COLLECTION FOLIO

Elsa Morante

Aracoeli

Traduit de l'italien
par Jean-Noël Schifano

Gallimard

Titre original :

ARACOELI

Elsa Morante est née à Rome, le 18 août 1912 dans une famille de condition modeste. Pendant sa jeunesse, elle est mêlée aux tragiques épisodes de la guerre et vit quelque temps avec les réfugiés et les paysans de l'Italie méridionale. Elle débute en littérature par des nouvelles, *Il Gioco secreto*, en 1941. Son roman, *Mensonge et Sortilège*, reçoit le prix Viareggio en 1948. Puis *L'île d'Arturo*, en 1957, obtient le prix Strega. Elle reçoit donc ainsi les deux plus grandes distinctions littéraires italiennes. En 1958, elle publie des poèmes, *Alibi*, puis d'autres nouvelles, *Le Châle andalou*, en 1963. Enfin son grand roman, *La Storia*, place Elsa Morante au premier rang des lettres italiennes. A sa mort, le 25 novembre 1985, la presse mondiale lui a rendu un hommage unanime.

Ma mère était andalouse. Le hasard fit que de naissance ses parents portaient l'un et l'autre le même nom de famille, MUÑOZ : si bien que, selon l'usage espagnol, elle portait le double nom Muñoz Muñoz. De son nom de baptême, elle s'appelait Aracoeli. Mon teint, mes traits, c'est à elle que je ressemblais, tandis que la couleur de mes yeux venait de mon père (Italien du Piémont). De ce temps où j'étais beau, me revient à l'oreille une chanson douce que l'on chantait seulement les soirs de pleine lune, et dont je ne me lassais jamais. Et elle, pleine de joie, me la répétait, en me faisant sauter vers la lune, comme pour m'exhiber devant ma sœur jumelle, là-haut dans le ciel :

> Luna lunera
> cascabelera
> los ojos azules
> la cara morena.

> Lune ronde lune
> hurluberlune
> les yeux tout bleus
> la frimousse brune.

Avec d'autres semblables chansonnettes du même répertoire, compagnes de mon âge tendre et heureux, c'est là parmi les rares témoignages qui me sont restés de sa culture originaire. Chez nous, à Rome, elle parlait peu de sa terre natale, presque rien, se renfermant sitôt après les premières allusions, dans une mauvaise humeur défensive. En effet, comme cela peut arriver à certains va-nu-pieds redoublant d'orgueil lorsqu'ils se voient promus dans les « hautes sphères », elle, la toute première, prenait envers son propre passé, en certaines circonstances, une attitude de dur mépris mondain qui allait jusqu'au snobisme, et même se ternissait, sans remède, d'une grossière honte ; mais toujours mêlée, jusqu'au plus profond de ses entrailles, d'une jalousie féroce qui interdisait son petit territoire aux étrangers, comme une propriété consacrée des Muñoz Muñoz.

Pourtant, d'après ses allusions méfiantes et avares, on avait l'incroyable vision d'une sorte de pays pierreux et désertique, sucé par un vent africain, où poussaient des arbustes qui ne donnaient que des épines, et où l'herbe maigre et clairsemée, à peine née, mourait de soif. À l'entendre, ma tante Raïmonda dite Monda (sœur de mon père) écarquillait les yeux de stupeur, car dans son idée l'Espagne (et plus que tout l'Andalousie) devait n'être qu'un immense jardin — d'orangers — et de jasmins d'Arabie — et de roseraies — et de fêtes pascales — jupes à volants — guitares et castagnettes. Cependant, discrète à son habitude, tante Monda n'insistait pas en posant trop de questions. Sur les origines familiales de ma mère, et sur son existence prénuptiale de vierge villageoise, il planait chez nous une manière d'honorable secret d'État, dont mon père était l'unique dépositaire légitime et tante Monda rien d'autre qu'une simple déléguée, avec bureaux très confidentiels et dans la limite du strict nécessaire. Au vrai, il s'agissait d'un secret obligé et nullement ténébreux en soi ; mais l'imagination enfantine ne peut s'imaginer un secret qui ne soit drapé de ténèbres ou cerné de splendeurs ; menacées quant à elles de déchoir à peine le mystère affronte la lumière. C'est ainsi que, bien naturellement de ma part, notre secret restait inviolé : pareil à un trésor exotique dont je renonçais à chercher la clef dérobée. Au cours de mon bref cheminement dans la vie familiale (pour moi terminée avec ma première enfance), il n'en filtra jusqu'à moi que des nouvelles casuelles et fugitives, que (et surtout de la part de tante Monda) l'on survolait en hâte. Certes, si j'avais été d'un esprit plus empirique, semblables réticences m'eussent incité à une enquête personnelle — aussi minime fût-elle ; mais elles s'alliaient bien plutôt à la déjà claire disposition qui m'inclinait aux visions plus qu'aux instructions. Alors, je laissais les différents indices sur la préhistoire de ma mère s'effacer devant moi, à peine apparaissaient-ils, à la façon de ces fils lumineux qui sillonnent la nuit des paupières. De certaines allusions cancanières de nos domestiques ou des curieux, je me détournais avec une inattention instinctive, quasi aristocratique, et souvent assombrie d'un air sinistre et menaçant. J'étais en effet là pour défendre non seulement la jalouse propriété de ma mère contre toute indiscrétion vulgaire ; mais aussi les étendues ouvertes, infinies de l'ignorance contre toute espèce de frontière.

Quant à ma mère elle-même, d'ailleurs, dès les temps de notre intimité exclusive, elle m'avait laissé à mon ignorance. Peut-être, du reste, sentait-elle que moi aussi, comme elle de moi, inconsciemment je savais tout d'elle. Son histoire m'avait été transmise dès l'époque où je grandissais dans son utérus, à travers le même message chiffré qui avait transmis de sa peau à la mienne la couleur brun maure. Or donc, il eût été vain de tenter une traduction terrestre de ce que je portais en moi de congénital, déjà imprimé dans son propre code fabuleux.

Elle jouissait plutôt de ce qu'elle me décrivait, en confidence, certaines merveilles toutes particulières laissées chez elle, au pays : toutes parentes, peu ou prou, de ces fameuses chansonnettes que je connaissais déjà ; et pareillement séduisantes pour moi. Avec la grande pompe d'une reine qui vante son propre lignage, elle me racontait, par exemple, sa chèvre Abuelita * (ainsi nommée, parce que grand-mère d'une autre petite chèvre, une orpheline répondant au nom de Saudade) et son chat Patufè (« rouge comme l'or ») ; et une de ses voisines, une petite vieille prodigieuse nommée Tia Patrocinio... etc. Mais au-dessus de tous ses voisins, parents et pays, et même au-dessus de tout le peuple andalou et espagnol, trônait son unique frère Manuel, appelé aussi Manolo et Manuelito. Ce mien oncle (destiné à demeurer, à jamais, un inconnu pour moi) avait quelques années de moins qu'elle, mais elle le considérait comme un vrai grand aîné. D'après ce que l'on pouvait deviner, il devait être de petite taille, comme elle ; mais son génie et sa valeur le grandissaient, dans l'esprit de sa sœur, jusqu'à une digne hauteur virile. « Il est plus grand que moi ! » déclarait-elle, en levant sa main ouverte au-dessus de sa tête, comme si elle voulait signifier, ce faisant, une rare hauteur ; et moi dans ma petitesse, je suivais la direction de sa main avec le regard révérenciel de celui qui tombe d'admiration devant les sommets de l'Everest. À peine parlait-elle de son frère — ne fût-ce que pour le nommer — sa voix vibrait de notes réjouies et

* La traduction des mots espagnols est donnée dans le lexique, en fin de volume, page 499.

12

sacrales, qui tenaient à la fois de la farandole et de l'éclat d'un alléluia. Et aussitôt ma gorge, mue par un tremblement, renvoyait en écho ces mêmes notes en un rire énamouré qui valait un chœur de louanges. Il n'existe pas dans la nature — je le crois — un seul enfant, même un petit enfant, qui n'ait, dès ses premières saisons, élu — ou mieux, reconnu — son propre HÉROS. Parti des Histoires, ou des contes, ou des mythes, ou de l'actualité concrète, ou même de la publicité, son HÉROS venu jusqu'à lui pourra se personnifier dans Bonaparte, où dans le Burgonde Siegfried, ou dans le Chinois Mao, ou dans Caïn, ou dans Belzébuth roi des Enfers, ou dans Casanova, ou dans Hamlet, ou dans le Mahâtma Gandhi, ou dans un champion du ballon rond, ou dans un jeune premier du Cinéma, ou dans une silhouette de bande dessinée... Et, cela va de soi, il pourra se transformer diversement selon la diversité des destins, des climats et des modes. Et c'est même là le cas le plus commun ; mais pas le mien ! Mon HÉROS fut, et jusqu'à présent demeure, toujours unique : mon oncle Manuel, depuis le jour où pour la première fois j'eus nouvelle de son existence. D'après mes calculs posthumes, à cette époque Manuel devait avoir environ treize ans, et moi dix de moins. Et j'imagine devoir, du moins en partie, précisément au nombre moindre de mes années et à mon âge cascabelera la faveur spéciale dont me jugea digne Aracoeli en me tenant pour unique dépositaire et confident de ses pompes privées, et en premier lieu des exploits et des beautés de son Manuel. Que je sache, en effet, elle n'étendait pareille faveur à nul autre, hors le bambin que j'étais. À nul autre, pas même mon père ! Cependant, je pense que devant lui ce devait être l'humilité qui la décourageait, désarçonnant ses vanités enfantines. Il est certain, en vérité, qu'à ses yeux toute splendeur, fût-elle celle de Manuel, ne pouvait soutenir la comparaison avec la lumière solaire de mon père.

Lequel, après tout, était le seul d'entre nous qui avait probablement pu rencontrer Manuel en chair et en os, comme d'ailleurs le Chat Patufè, et sans doute l'entière lignée andalouse des Muñoz Muñoz.

Trente-six ans ont passé depuis que ma mère fut enterrée dans le cimetière du Campo Verano, à Rome (ma ville natale). Je n'ai jamais franchi les grilles du Campo pour lui faire une visite. Et il y a plus de trente ans que je n'ai pas revu Rome, où je ne pense pas retourner jamais.

La dernière fois que j'y allai, ce fut au début de l'été 1945, à la fin de la guerre. J'avais alors treize ans environ (mais c'était comme si j'en avais encore dix). À cette occasion, entre autres nouvelles, je vins à savoir qu'au cours d'un bombardement aérien sur la ville, le Campo Verano n'avait pas été épargné par les bombes qui l'avaient lui aussi dévasté : de nombreuses tombes furent ouvertes, déracinés les cyprès. J'appris même le jour et l'heure du bombardement : sur le coup de midi, le 19 juillet 1943. Et depuis lors, dans mes visions, ce cimetière inconnu se représenta à moi à une heure fixe de canicule (je savais que dans la langue espagnole *verano* signifie été). Une forêt de fumée et d'incendie, d'où ma mère épouvantée fuyait, souillée de sang, dans la même chemise de nuit chiffonnée qu'elle portait quand je la visitai pour la dernière fois.

Où pourrait-elle avoir fui, sinon vers l'Andalousie ? Et aujourd'hui, après tant d'années de séparation sans mémoire, c'est justement là-bas, vers l'Andalousie, que je pars la chercher.

Parfois — surtout en de certaines solitudes extrêmes — une pulsion désespérée se met à battre chez les

14

vivants, qui les incite à chercher leurs morts non seulement dans le temps, mais dans l'espace aussi. Il y a ceux qui les poursuivent en arrière, dans le passé, et ceux qui, ne sachant plus où aller sans eux, parcourent leurs lieux, sur une quelconque de leurs pistes possibles. Semblable appel peut survenir d'une façon inattendue, et s'accompagner de la même fièvre qui saisirait un indigent haillonneux se souvenant — après une longue amnésie — qu'il possède un diamant caché. Cependant que lui-même en ignore la cachette, que tout signe en est effacé. Et il ne lui sert de rien d'invoquer un indice valable pour le récupérer ; et il ne lui est plus jamais donné de posséder d'autre bien.

En cet automne brumeux, depuis quelques jours je suis tenté de suivre ma mie Aracoeli dans toutes les directions de l'espace et du temps, sauf une à laquelle je ne crois pas : le futur. En réalité, dans la direction de mon futur je ne vois rien d'autre que rails tordus, le long desquels mon habituel moi-même, toujours seul et toujours plus vieux, continue à faire la navette comme un banlieusard aviné. Jusqu'au moment où se produit un choc énorme, et que cesse tout trafic. C'est le point extrême du futur. Une sorte d'aveuglant midi ou de minuit aveugle, où ne demeure plus personne, pas même moi.

Depuis environ deux mois, j'ai un emploi temporaire dans une petite maison d'édition où je suis affecté à la traduction et à la lecture des textes en examen, dont je dois ensuite rédiger un bref rapport. Ce sont, le plus souvent, des opuscules, de petits traités de vulgarisation scientifico-pratiques ou socio-politiques ou encore mondano-instructifs.

La société éditrice, à ma connaissance, tient en deux pièces de bureau, flanquées de chiottes sombres, et sans fenêtres. Une des pièces sert surtout de magasin ; l'autre, c'est moi qui l'occupe. Bien que le Chef (dans ses apparitions point rares mais en coup de vent) ait parfois fait allusion à son invisible « personnel », là-dedans, selon toute apparence, je suis l'unique *personnel*. La porte vitrée qui donne sur les escaliers, où se dessine l'enseigne *Éditions Ypsilon* et plus bas l'injonction *Poussez*, annonce les visiteurs par un long sifflement, aussitôt suivi de la libre entrée de l'inévitable quidam. La plupart du temps, il s'agit d'auteurs aspirants, pour une grande part d'un certain âge — et, avec leur apparence de loups chafouins tourmentés par la faim, ils augmentent le froid de ce lieu naturellement glacé pour me précipiter sur-le-champ dans une angoisse confuse.

Je dois passer mes journées dans le bureau, selon les accords, de 9 à 13 heures et de 16 à 19 h 30.

Sur le moment, j'avais accepté cet emploi comme un coup de chance (en effet, dans les derniers temps déjà, ma rente de misère ne suffisait même plus à me payer la location d'une chambre de bonne) mais je me rendis très vite compte que mon cerveau le rejetait dans une damnation sans remède. À la lecture de ces menus traités, dès les premières lignes j'avais la sensation de déglutir de la colle. Leurs sujets me laissaient de marbre, et je ne pouvais aller jusqu'à concevoir que d'autres cerveaux pensants y pussent prendre intérêt. À tout instant, j'en perdais le fil. Et, bien que depuis des mois j'eusse renoncé à toute drogue légère ou lourde, et même — dans les limites du possible — aux alcools, je rechutais dans mon vice morbide du sommeil. Alors je tombais soudain endormi, bouche bée, sur mes *travaux*. Et il m'arrivait de me secouer non sans mal au sifflement de la porte d'entrée, pour trouver debout, devant moi, déjà prêt, un de ces funestes visiteurs, qui considérait avec une manière de

16

ricanement mes yeux enflés et le filet de salive coulant sur mon menton. Il arrivait aussi que ces assoupissements m'apportassent des rêves, ou mieux des délires passagers, futiles et sombres. Par exemple, les caractères d'imprimerie, là, sous mon nez, devenaient des teignes par myriades qui grouillaient en essaims sur les feuillets, pour les réduire en une poussière blanche.

Chaque jour on déchargeait de nouveaux opuscules et de nouvelles épreuves sur ma table. Et la seule vue de ces pyramides branlantes suffisait, à peine j'entrais, à me donner la nausée. Certes mon bas rendement ne pouvait passer inaperçu, pas même aux yeux affairés et aux passages expéditifs de mon Boss laconique. Et il ne fait point de doute que depuis beau temps les Éditions Ypsilon avaient programmé ma prochaine et inévitable expulsion.

En tout cas, vers la fin octobre on m'a payé mon second salaire, qui a résisté presque intact dans mes poches jusqu'au congé annuel des premiers jours de novembre. La durée du congé a été calculée avec largesse grâce à l'usage national des *ponts* de fin de semaine. Quatre jours : depuis le vendredi 31 octobre (vigile) jusqu'au 4 novembre, le mardi (vieille festivité patriotique). C'est ainsi que ce matin (vendredi 31) je me suis mis en route pour mon voyage.

Depuis bien longtemps, je me suis fait sédentaire. Et puis, le mot *congé* ou *vacances* évoquait toujours pour moi une sordide tribu de fêtards, ivre de sachets en plastique, de coca-cola et de transistors frénétiques. Je ne suis jamais allé à l'étranger, auparavant. Et la décision de ce départ me faisait le brusque effet d'une sensation extrême de risque et de folie ; mais aussi d'un *enthousiasme* (*enthusiasmos* = transport divin) inconnu. Toutefois, au début, je restais indécis quant à mon itinéraire : où pourrait aller, en effet, un type comme moi, sauvage, misanthrope, et sans aucune

17

curiosité du monde — d'aucun lieu au monde ? ! Jusqu'au moment où l'enthusiasmos m'a enseigné l'unique itinéraire possible : commandé, plutôt.

Anda niño anda
que Dios te lo manda.

Va enfant va
Dieu te l'ordonne.

Ainsi me voilà (sur les cadrans, les aiguilles indiquent environ onze heures du matin) en chemin, au départ de Milan, pour aller à la recherche de ma mère Aracoeli dans la double direction du passé et de l'espace. Sur sa préhistoire en Andalousie, je m'étais gardé toujours dans l'ignorance, plus ou moins comme au temps de mon enfance. Et maintenant encore, pour moi, *la chercher* ne signifiait pas me documenter ou recueillir des témoignages ; mais partir d'ici, sur les traces de son antique passage, tel un animal égaré qui suit les odeurs de sa tanière.

Parmi les maigres renseignements que je possédais sur elle, il y avait les données principales de son état civil : en somme, outre son double patronyme de jeune fille, son lieu de naissance, que je savais situé sur le territoire d'Almeria, et qui s'appelait *El Almendral*. Cependant la rare correspondance qu'elle recevait des siens à Rome — ça, je m'en souviens avec précision — portait sur l'enveloppe le cachet de *Gergal*, un nom que j'ai cherché en vain dans les atlas usuels, mais que j'ai trouvé pour finir sur une grande carte de l'Institut Géographique. C'était une tête d'épingle, isolée au milieu de la sierra, à une distance considérable de la mer.

Par contre, El Almendral je ne le trouvai sur aucune carte. Mais, en attendant, cet infime point périphérique, ignoré de la géographie, avait fini par devenir l'unique station terrestre qui indiquât une direction à mon corps désorienté. Son appel était sans nulle promesse, ni espérance. Je savais, au-delà de tout doute, qu'il ne provenait pas de ma raison, mais d'une nostalgie des sens, tant et si bien que la certitude de son existence n'était même pas pour moi une condition nécessaire. Mon état ressemblait fort à celui d'un animal bâtard que, sitôt né, on a emporté loin de sa nichée, au fond d'un sac, pour s'en débarrasser au bord d'un chemin charretier. Qui sait comment il aura survécu ? Car, par ici, il n'a trouvé que des tribus hostiles, qui le traitent en intrus et porteur de la rage. Alors, guidé par ses sens aigus, il refait tout le chemin en arrière, vers le point de départ (vers une reconnaissance, peut-être).

> Este niño chiquito
> no tiene madre.
> Lo parió una gitana
> Io echó en la calle.

> Ce tout petit enfant
> n'a pas de mère
> Une gitane en accoucha
> et à la rue le jeta.

La tentation du voyage m'avait récemment envahi avec la voix même de ma mère. Ce ne fut pas une transcription abstraite de la mémoire qui me restitua ses toutes premières chansonnettes, ensevelies déjà ; mais vraiment sa voix physique à elle, avec sa tendre saveur de gorge et de salive. Sur mon palais, de nouveau j'ai eu la sensation de sa peau, qui sentait bon la prune fraîche ; et la nuit, dans ce froid milanais, j'ai perçu son souffle encore enfantin, comme un voile de

19

tiédeur ingénue sur mes paupières vieillies. Je ne sais comment les hommes de science expliquent l'existence, au cœur de notre matière corporelle, de ces autres organes occultes de sensation, sans corps visible, et isolés des objets ; mais pourtant capables d'entendre, de voir et de capter chaque impression de la nature, et d'autres encore. On les dirait munis d'antennes et de sondeurs à écho. Ils agissent dans une zone exclue de l'espace, mais de mouvement illimité. Et c'est là, dans cette zone, que se produit (du moins tant que nous vivons) la résurrection charnelle des morts.

Aracoeli. Dans les premières années de ma vie avec elle, son nom, on le comprend, me paraissait tout à fait naturel. Cependant, quand elle et moi fûmes amenés au milieu du monde, je m'aperçus que ce nom la distinguait à la ville, d'entre les autres femmes. En effet, nos connaissances s'appelaient Anna, Paola ou Luisa, ou bien, en certains cas, Raïmonda, Patrizia, Perla ou Camilla. « Aracoeli ! s'exclamaient les dames, quel beau nom ! quel nom étrange ! »

J'ai appris par la suite qu'en Espagne il est d'un usage commun de baptiser les filles de semblables noms, même latins, trouvés dans l'histoire de l'Église ou dans la liturgie. Toutefois, avec l'âge adulte, peu à peu ce nom d'Aracoeli s'est inscrit dans mon souvenir comme le signe d'une différence, tel un titre unique : où ma mère demeure séparée et enclose ainsi qu'à l'intérieur d'un cadre tors et massif, couché d'or.

Peut-être cette image du cadre me vient-elle du miroir qui existait effectivement dans notre premier deux-pièces clandestin, d'où il nous suivit ensuite dans la nouvelle maison légitime des Hauts Quartiers. Et là il est resté, dans la chambre de mes parents, grand et voyant au milieu du mur, jusqu'à notre écroulement financier. Depuis lors, je ne sais où il a fini : entre les mains de quelque parent, ou bazardé avec le reste de notre mobilier au profit d'un antiquaire quelconque ou d'un chineur. Cependant, il est vraisemblable qu'il existe encore, et survit à la famille disparue.

La surface glacée en était brillante et de fabrication récente ; mais le cadre, aux dorures vieilles et pâlies, était d'un style XVIIIe majestueux. Sa facture contrastait avec le ton très moderne (appelé alors *rationnel*) qui prédominait dans notre maison ; et en effet, à l'instar du tapis français étendu à ses pieds et de quelques autres objets éparpillés çà et là, il venait, à travers Raïmonda, de mes grands-parents paternels turinois.

Selon certains nécromanciens, les miroirs seraient des gouffres sans fond, qui engloutissent, pour ne jamais les consumer, les lumières du passé (et peut-être aussi du futur). Or, la toute première vision posthume de moi-même, qui sert d'arrière-plan à mes années en allées, se présente à ma mémoire (ou pourrait-on dire pseudo-mémoire ?) non point directement mais reflétée dans ce miroir, et cernée par le fameux cadre. Est-il possible qu'elle soit restée fixée là, dans les mondes sous-marins du miroir, pour m'être restituée aujourd'hui, recomposée dans ses atomes, à partir du vide ? On dit en effet que nos souvenirs ne peuvent pas remonter en deçà de notre deuxième ou troisième année ; mais cette scène intacte, et presque immobile, remonte en moi d'encore plus loin.

On y voit, assise dans un petit fauteuil peluché jaune d'or (bien connu de moi et familier), une femme, un enfant à la mamelle. Elle appuie contre le lit un pied nu, et par terre, sur le tapis français, il y a une pantoufle renversée. Je ne distingue pas bien la façon dont elle est habillée (une liseuse très longue, de

couleur fuchsia ?) mais je reconnais sa manière d'écarter le laçage de sa poitrine, veillant à tendre tout juste
la pointe du mamelon, avec une pudeur plutôt comique : d'une qui a honte même devant son propre petit.
De fait, il n'y a que nous deux dans la chambre ; et le
nourrisson à la menue tête noire, qui de temps à autre
lève les yeux vers elle, c'est moi.

Voilà. Et après l'apparition de ce point noir, le
miroir s'évanouit avec son cadre. Maintenant, à partir
de cette scène reflétée, qui paraissait peinte, s'appro-
chent de moi, se développant dans leur réalité tangible, les détails intimes, comme si le moi d'aujourd'hui
recouvrait les pupilles mêmes de la mignonne créature pendue à la mamelle. Se peut-il que ce soit là un
de mes souvenirs apocryphes ? Dans son travail
continu, la machine inquiète de mon cerveau est
capable de me fabriquer des reconstructions vision-
naires — tantôt lointaines et factices comme des
mirages, et tantôt proches et possessives au point que
je m'incarne en elles. Il arrive, en tout cas, que
certains souvenirs apocryphes se révèlent à moi plus
vrais que le vrai.

Tel celui-ci : d'entre les paupières mi-closes de ce
moi-même d'alors, je revois sa mamelle, dénudée et
blanche, avec ses deux petites veines bleues et autour
du tétin un halo de couleur rose orangé. Il est de
forme ronde, pas trop gros mais turgide ; et souvent,
avec mes mains minuscules qui piaffent, je la
recherche tout en la suçant, et je rencontre la main
qu'elle me tend, et la découvre et la recouvre en
même temps. Sa main comme aussi son cou et son
visage — et puis, le temps passant, ils s'éclaircirent —
en regard de la mamelle est d'une couleur beaucoup
plus brune ; et trapue de forme et courte, avec des
ongles eux aussi épais dans leur dessin presque rec-
tangulaire. À la suite d'une blessure d'enfance, les

phalanges de son auriculaire et de son annulaire sont restées enflées, et légèrement déformées.

Son lait a une saveur melliflue, tiède, comme celle de la noix de coco tropicale à peine détachée du palmier. De temps en temps, mes yeux amoureux se lèvent pour remercier son visage s'inclinant d'amour vers moi, au milieu des grappes noires de ses boucles aux longueurs inégales, qui lui touchent les épaules (elle ne voulait pas se les couper. C'était une de ses désobéissances).

Son front est recouvert de bouclettes jusqu'aux sourcils. Quand elle écarte les cheveux de son visage, découvrant son front, elle acquiert une physionomie différente, d'étrange intelligence et d'inconsciente, congénitale mélancolie. Sinon, sa physionomie est celle, intacte, de la nature : entre confiance et défense, curiosité et acidité. Dans son sang, toutéfois, vibre sans discontinuer une note de joie, ne serait-ce que pour la seule raison d'être née.

Dire : « des yeux comme une nuit étoilée » a tout l'air d'une phrase littéraire. Mais je ne saurais de quelle autre façon décrire ses yeux. Leurs iris sont noirs, et, à m'en bien souvenir, ce noir s'agrandit au-delà de l'iris, en un scintillement de gouttes ou de lumières minuscules. Ce sont de grands yeux, un peu oblongs, la paupière inférieure alourdie, ainsi qu'on le voit dans certaines statues. Les sourcils touffus (plus tard seulement elle apprendra à les désépaissir au rasoir) se réunissent sur son front en dessinant un accent circonflexe, au point de lui donner par moments, quand elle baisse la tête, une expression sévère, sombre et presque revêche. Le nez est bien modelé et droit, sans rien de capricieux. Sa face est un ovale plein, et les joues sont encore un peu joufflues, comme chez les jeunes enfants.

Aujourd'hui encore, je pense que la nature, dans sa variété, pourrait difficilement produire un visage plus beau. Pourtant, à force de solliciter, avec une insistance particulière, ma mémoire — me criant à l'unicité irremplaçable — j'aperçois certains défauts et des irrégularités dans ce visage : la légère cicatrice d'une brûlure au menton ; les dents trop petites et plutôt espacées ; la lèvre inférieure qui roule sous la lèvre supérieure, lui donnant, dans la gravité, un air suspendu ou interrogateur, et dans la gaieté un je ne sais quoi de fragile, ou d'interdit. Il en va de même de son corps d'alors : en premier lieu, je revois, avec une tendresse irrémédiable, certaines disproportions, ou laideurs, ou gaucheries qu'à cette époque je n'avais pas aperçues : la tête peut-être trop grosse pour ses épaules maigrelettes ; les jambes plantées rustiquement, aux mollets trop robustes, en contraste avec les bras et le corps encore graciles ; quelque gêne dans son allure (surtout quand elle s'habituait à porter des talons hauts) et les pieds courts et gros, aux doigts inégaux et un peu tordus, et les ongles poussés de travers. Même après avoir accouché de moi, son corps se gardait presque virginal, offrant ces angularités enfantines, et les mouvements soupçonneux et maladroits de l'animal transplanté.

Avec ses premières cantilènes chantées près de mon berceau (qui furent, en réalité, le premier langage humain que j'entendis) elle accompagne invariablement, en ces « souvenirs apocryphes », le geste de me donner le sein ou de me bercer. C'est vraiment sa tendre voix de gorge, imprégnée de salive, qui me rechante à l'oreille ces chansonnettes villageoises. Elle les entrecoupait de petits cris d'affection et d'éclats de rire badins. Et par ceux-ci, sa langue semble se délier en de longs propos qu'elle me tient. Les premiers temps, dans notre chambrette de la périphérie, sou vent encore elle parlait espagnol, surtout dans ses mouvements instinctifs. Et dans ses propos que maintenant j'écoute, je reconnais à coup sûr les accents espagnols. Mais je n'en comprends aucune phrase. Je ne saisis que les sons, qui pleuvent sur moi de sa bouche au fou rire comme un roucoulement venu d'en haut. Soudain me traverse une sensation horrible : comme si dans cet incompréhensible balbutiement elle me donnait un avertissement qu'elle ne parvient pas à articuler. Ce ne sont plus là « réminiscences apocryphes » ; mais peut-être l'anamnèse posthume d'un mal sans nom, qui continue à me miner depuis que je suis né.

Ainsi, j'ai cru comprendre pourquoi, maintenant que je m'approche de la vieillesse, elle s'obstine à me réapparaître dans l'acte de me tenir petit enfant dans ses bras : de la même façon, c'est dans ses bras qu'elle veut me ramener enfin à son nid, ainsi que l'air mène la graine qui veut s'enterrer.

Malgré la faiblesse de mes moyens financiers, j'ai décidé de faire le voyage en avion, réservant en temps voulu une place sur le vol d'Iberia qui partait dans la matinée pour arriver dans le soir à Almeria, après une halte de quelques heures à Madrid. Une fois mon passeport obtenu, il ne me restait pas à faire beaucoup de préparatifs. Depuis quelques mois, je change souvent de logement, et, à chaque déménagement, j'emporte avec moi tout mon bien contenu dans un sac que je porte en bandoulière. Dernièrement, je m'étais transféré dans un petit hôtel à deux pas de la Porta Ticinese, où cependant je ne compte plus revenir à mon retour. Et du reste, ce retour déjà prévu — au terme de mes obligations professionnelles — d'ici trois ou quatre jours au plus, je l'entrevois désormais à grand-peine, situé à une distance fuyante, comme les galaxies. J'ai éprouvé un sentiment de congé libérateur et irréparable en sortant pour toujours du petit hôtel. Et avec une grande avance sur l'horaire, je me suis hâté vers l'esplanade d'Air Terminal d'où démarrent les autobus de service pour l'aéroport.

Le bâtiment d'Air Terminal, bas et jaunâtre, se hisse en plein dans un vaste terrain vague aux rares constructions désordonnées, semblables à des pans de murs provisoires élevés après un cataclysme. À l'écart de la clameur des rues centrales, ce site suburbain, dans son informe laideur sans dômes ni enseignes, m'accueille comme un delta de silence et de repos. Ici n'arrivent pas les foules ahanantes qui, depuis quelques années déjà, sillonnent la ville, hurlant leur *révolution* présumée, laquelle, à mon avis ingénu, ne signifie rien qu'un énorme tintamarre mené par une fureur acéphale. C'est une empoignade de sigles et de slogans pour moi indéchiffrables, scandés en chœur, et qui à mon cerveau assourdi crient, fatalement, je ne sais quelles menaces vindicatives contre moi. Il m'est parfois arrivé de me mêler aux foules, tenté par ma peur même comme par une sirène. Et l'on a vu ma personne lourdement chalouper, inerte et incongrue au milieu des tumultes, pour en être aussitôt chassée par cette mienne misérable et bien connue panique de la matière qui entremêle encore ses racines enchevêtrées et torses dans les lieux de ma conscience. Plus d'une raison, en effet, me signale à la vindicte publique : et toutes ont germé sur un même bulbe d'amertume...

... Dans l'éventail des biens possibles dont les gens sont avides, moi, à longueur d'année, je demandais cette unique chose : être aimé. Mais il me fut bientôt clair que je ne peux plaire à personne, pas plus que je

26

ne me plais à moi-même ; et pourtant je m'obstinais, sans pouvoir renoncer à mon illusion — ou prétention ; tandis que ma demande lancinante se liait inexorablement pour moi à la hantise de la faute et de la honte. À la fin, j'ai renoncé à toute demande ; mais la faute et la honte s'incrustent. J'irais même jusqu'à dire qu'elles forment la substance même de mon protoplasme, et dessinent ma forme visible, qui me dénonce au monde. Ainsi, lorsqu'il m'arrive de me trouver en pleine foule, je sens qu'on me montre du doigt pour un lynchage collectif. Le jugement innombrable de la Collectivité pointe ses pupilles homicides sur mon corps.

Or, une Némésis rusée et malicieuse (non dénuée de grâce) va choisissant mes justiciers de préférence parmi les jeunes gens, les garçons sur les vingt ans. Ce sont eux, pour la plupart, les miliciens de cette *révolution*, qui me voient fuir à la fois atterré et furieusement fasciné, tel un ilote chassé de sa patrie. Ils avancent par bandes, arborant leurs banderoles péremptoires, et, encadrés de boucles poisseuses, leurs visages imberbes, sans ombre de mémoire et d'intelligence, s'enflamment à leur extraordinaire désobéissance comme à une cuite dominicale. C'est ma vue bornée qui les transfigure, ou sont-ils vraiment tous beaux ? L'uniformité de leurs traits me les fait confondre les uns les autres, ainsi que les animaux d'un même troupeau. Et avec leurs allures de matamores, et leurs bouches acerbes, grandes ouvertes jusqu'à la gorge dans leurs terribles haros, ils ont l'air de joueurs excités à l'un de leurs sports sanguinaires.

Dans la clameur de leurs condamnations, reviennent titres et patronymes que mes oreilles reçoivent sans comprendre, pas plus que des bruits étrangers. Un nom pourtant, qui revient souvent en écho avec leurs À MORT, je le reconnais comme une ritournelle pour l'avoir entendu bien des fois nommer. Celui-là, hélas,

je le connais. Le Généralissime Franco! Le Caudillo!
Mais, à présent, j'éprouve une légère stupeur incrédule, futile et risible autant que des chatouilles, si je
repense que dans mon enfance ce minable vieux pansu
fut mon Ennemi.

À la vérité, je ne l'ai personnellement jamais rencontré ou approché ; et je ne peux imputer notre désaccord
à des différences politiques (je n'ai jamais rien entendu
à la politique, pas plus à cette époque que maintenant).
Non, il y a une autre raison : ce type devint mon
Ennemi (secret et juré) quand je vins à découvrir que
c'était l'Ennemi de mon oncle Manuel.

Franco le victorieux, maître de toute l'Espagne!
Depuis que j'existe moi, lui a toujours existé. Ma
famille entière (tous pratiquement de loyaux fran-
quistes) est morte depuis longtemps (tante Monda a été
la dernière, voilà onze ans déjà). De même que les
autres personnages de notre comédie, grands et petits,
tous morts. Seul le Généralissime survit encore. Dans
les rues de la ville, au milieu de la kyrielle d'ana-
thèmes et de hosannas lancés au pistolet rouge ou noir
sur les murs, on lit : À bas Franco — À mort Franco le
bourreau. Et en plusieurs endroits, entourée de pein-
ture rouge, est placardée une affiche — récente, mais
déjà abîmée par les intempéries —, avec les photos
d'une poignée de guérilleros basques condamnés au
garrot pour crime de complot antifranquiste. L'un
d'eux (le plus jeune, dirait-on) a de grands yeux grands
ouverts, si clairs qu'ils semblent blancs sur la repro-
duction, sans pupille. Et encore que je ne suive pas les
vicissitudes publiques, rien qu'à regarder ces yeux-là,
je devine que, désormais, ce condamné au garrot a été
exécuté. Alors, enfin, le jeune Basque a transmigré,
intouchable, plus loin que Bilbao, plus loin que
Madrid, accueilli et fêté par les baisers et les rires de
mon oncle Manuel, l'Andalou.

Leurs beaux corps adolescents sont intacts ; et ni le Basque ni l'Andalou ne se souviennent même du nom d'un certain Caudillo, Généralissime. Lequel, en attendant, vieux de plus de quatre-vingts ans, se débat sur l'écorce terrestre contre sa propre fin, proche maintenant.

Tout à coup, je me surprends à rire, amusé, me rappelant qu'en certaines imaginations velléitaires de mon enfance, je ruminais moi-même, parfois, le projet idéal de m'enfuir en Espagne pour liquider le trop célèbre Ennemi ; sans comprendre (et pourtant il suffirait d'observer le profil de son menton et de son nez) qu'il lui échoirait une autre mort. Tomber sous le coup de grâce d'une toute jeune main serait pour lui une miséricorde impossible. Une faveur extrême, que lui-même récuse.

Pas même les douze Anges de la Mort tous ensemble réunis ne pourront détourner un mortel du cours tracé de son accomplissement. Pour l'un, ce sera une opération violente et prématurée. Pour un autre, une lente nécrose sénile, qui lui détache la vie morceau par morceau, comme un bandage voracement collé à son infection septicémique. Et pour d'autres encore, une impondérable chute en douceur, la chute d'une feuille détachée de sa branche. Pour certains, ce sera la croix — et pour certains autres, la lèpre — ou la faim — ou la piqûre d'un moustique... Cependant, du grand nombre des issues possibles de la matière, aucune — à les bien examiner — ne sera l'œuvre d'un aveugle hasard ; mais plutôt d'un calcul. Peut-être, en observant la photo de ce guérillero basque, un œil perspicace y lirait que son visage était celui d'un suicidé.

On dirait, en réalité, à voir l'épilogue de certaines destinées, que nous-mêmes, de par une loi organique qui nous est propre, dès le début, avec notre vie nous avons aussi choisi notre façon de mourir. A cet acte final seulement, le dessin, que chacun de nous va traçant dans sa vie quotidienne, prendra une forme cohérente et accomplie, où tout acte précédent aura son explication. Et ce sera ce choix — fût-il caché à nous-mêmes, ou masqué, ou équivoque — qui aura déterminé nos autres choix, nous aura livrés aux événements, et marqué nos corps dans chacun de leurs mouvements, les conformant à lui. Nous le portons écrit, indélébile, jusqu'à l'intérieur de chacune de nos cellules. Et le classique connaisseur à l'œil pénétrant pourrait sans doute déjà le lire dans nos gestes, nos linéaments, et dans chaque pli de notre chair vulnérable. Et il ne pourrait pas, en son âme et conscience, dénoncer des erreurs, ou des remplissages, ou des contresens dans sa trame. Bien plutôt, il apprendrait, en le lisant du début à la fin, qu'il renvoie partout à une logique sûre, constante, qui lui appartient. Cependant, nul d'entre nous, mortels, n'entend ce code et ses écritures. Selon notre nature, nous voulons ignorer le début et la fin. Et rares sont les cas contre nature de ceux qui, volontairement (ou croyant agir selon leur volonté), franchissent sciemment la barrière finale. En principe, jour après jour — et hier — et aujourd'hui — et demain — nous vivons ignorants de notre propre choix, comme de celui des autres.

Ignorants : c'est la règle voulue. Mais aussi, en quelques occasions, une certitude innommée frappe à notre conscience avec un vacarme assourdissant : comme les pas d'une armée étrangère en marche vers nos frontières pour une dévastation inouïe, que nous ne savons pas nous expliquer ; tandis qu'à voix basse un espion nous insinue que nous-mêmes nous l'avons appelée.

Quelques éclairs en arrière. Été 1945. Mon père, à ma première et dernière visite dans sa maison du quartier Tiburtino à demi bombardée, avec les fenêtres toutes fermées et cette puanteur douceâtre. Lui, avec sa peau d'une blancheur livide sous sa barbe en friche. Sa bouche qui mâche à vide. La sueur froide de sa main qui se retire... et il fait cette sorte de petit sourire misérable...

... Peu auparavant, le même jour. L'éclat de rire de tante Monda pareil à un cri de poule, alors que devant son miroir elle essaie sur sa face ridée son nouveau, invraisemblable chapeau de soubrette ; et se l'arrache soudain de la tête, comme pour s'amputer...

... Et plus loin en arrière, vers 1940, à Rome, en un tardif coucher de soleil dominical. Ma mère, tête nue (en défi sacrilège) dans notre habituelle, laide église du Corso Italia. Étrange effet des ombres de la nef, où la seule illumination nous vient d'une petite niche de cierges votifs, dans notre dos. Les yeux de ma mère marqués de cernes profonds paraissent d'immenses orbites noires et vides. Et sur son front les sourcils réunis en une seule ligne transversale ressemblent à une balafre magique...

... Et en arrière, encore plus en arrière dans le temps. Le 4 novembre d'il y a 43 ans, trois heures de l'après-midi. C'est le jour et l'heure de ma naissance, ma première séparation d'avec elle, quand des mains étrangères m'arrachent de son vagin pour m'exposer à leur offense. Et on a entendu, alors, mon premier pleur : ce pleur typique d'agnelet qui, d'après les docteurs, aurait une simple explication physiologique, pour moi si stupide. Je sais en effet que j'ai vraiment pleuré, d'un deuil désespéré : je ne voulais pas me séparer d'elle. Je dois l'avoir déjà su, qu'après cette première séparation sanglante en suivrait une autre, et une autre jusqu'à la dernière, la plus sanglante de toutes. Vivre signifie : l'expérience de la séparation : et moi j'ai dû l'avoir appris dès ce 4 novembre, avec le premier geste de mes mains, qui fut de tâtonner à sa recherche. Depuis lors, en réalité je n'ai jamais cessé de la chercher, et dès cet instant mon choix était celui-ci : rentrer en elle. Me pelotonner en elle, dans mon unique tanière, désormais perdue qui sait où, au pied de quel précipice.

> Este niño chiquito
> no tiene cuna.
>
> Ce tout petit enfant
> est sans berceau.

« C'est l'heure ! c'est l'heure !
Le Pouvoir aux travailleurs ! »
est un de leurs slogans favoris. Et ce matin aussi, le long de mon parcours vers Air Terminal jusqu'à deux pas du centre, les groupes de choc de la *Révolution des Jeunes* se sont acharnés à le hurler en chœur, comme pour me dénoncer ouvertement. Car, en vérité, je n'ai jamais travaillé de ma vie. Et, inadapté au travail, je serais tout autant inapte même au fameux Pouvoir, que cette jeunesse en masse paraît considérer comme le Bien Suprême. Pour moi, donc, leur slogan équivaut à une double disqualification. « Qu'est-ce qu'il cherche parmi nous, ce type ?! C'est pas un des nôtres !! » Tapie, la peur connue, ambiguë, commençait déjà à me mordre ; quand, tel un bistouri, la dernière grande nouvelle libératoire m'a traversé les chairs : « Aujourd'hui, je suis sur le départ ! Et de vous, je ne veux plus rien ! » Alors, d'un geste automatique j'ai enlevé mes lunettes, comme je le fais d'habitude lorsqu'il n'y a rien qu'il m'importe de voir.

Aussitôt un rideau de fumée m'a séparé de la scène qui se déroulait sous mes yeux : jusqu'au moment où le spectacle environnant, avec ses marionnettes de fumée, s'est éteint lentement vers cette pointe éloignée où le jour est nuit. Et peu après, même la danse atroce des autos, avec ses klaxons déments, a fondu en un faible murmure d'adieu.

Peu auparavant, au cours de ma marche vers Air Terminal, un des derniers objets tombés sous mon regard, à travers mes lunettes, avait été cette photo, toujours la même, du Basque collé au mur ; et là, soudain, dans ses yeux blancs il m'avait semblé reconnaître une certaine ressemblance avec mes yeux. Cependant que d'un groupe de passants me parvenaient des commentaires sur les faits du jour. On assurait que le Caudillo, réduit à une infime existence végétative, gisait dans un état de pré-agonie qu'on prolongeait artificiellement par des piqûres de drogues et des décharges électriques. Je ne sais quels intérêts politiques, économiques ou dynastiques conseillaient, en effet, de retarder l'annonce de sa fin. Et même, à ce sujet, parmi tous les on-dit, on pensait qu'en réalité cela faisait plusieurs jours déjà qu'il était mort.

Mais heureusement, à présent, ses histoires ne me concernaient plus. Depuis trente ou quarante ans au moins, l'âge puéril m'avait quitté, où je rêvais, de nuit en nuit, de m'enfuir en terre d'Espagne pour faire la peau à mon célèbre Ennemi. Désormais ta vie et ta mort, pauvre vieux bourreau, n'ont pas pour moi plus de poids que l'éclatement d'un pneu pendant un essai d'automobiles, ou qu'un mouvement de Bourse à Wall Street. S'ouvre un immense espace d'air autour de moi, à la seule pensée que, si je fuis enfin vers ma patrie maternelle, ce n'est pas pour justicier l'Ennemi, mais pour un rendez-vous d'amour.

Et pourtant, le délabrement de mon système nerveux est tel que, dans le geste de tendre mon passeport au contrôle de sortie, me traverse comme un éclair le soupçon bizarre que je vais être bloqué ici même, au départ, en tant qu'individu politiquement suspect. Et

33

sur quels indices ? Éventuellement, on trouverait tout ce qu'il faut, à commencer, mettons, par ces secrètes velléités terroristes de mes vertes années : qui avaient peut-être transpiré, par Dieu sait quelles voies méta-psychiques, jusqu'aux omnivoyants services secrets internationaux, et se trouvaient contenues dans leurs fichiers depuis cette lointaine époque, en attendant la première occasion pour me cueillir au passage. Certains phénomènes, en ce temps de sinistres machi-nismes — complètement inintelligibles pour moi —, pourraient sans nul doute traîtreusement se réaliser. Et même, certains signes sembleraient vouloir m'aver-tir que l'occasion tant attendue, le piège, est sur le point de se déclencher. J'ai en effet l'impression que l'agent de service scrute avec une attention peu ordi-naire la photo de mon passeport : sans doute a-t-il remarqué lui aussi cette ressemblance toute particu-lière qui m'apparente au jeune Basque (encore que ma laideur me distingue de lui). Pour un peu, je me vois déjà le cou pris dans le garrot. Enfin, je salue d'un sourire de gratitude le fonctionnaire qui me remet mon passeport, dûment tamponné.

Toutefois, me persécute encore le cauchemar qui ne cesse de me tourmenter à chaque traversée de gare — ou de semblables lieux de passage et de départ — dans la précipitation des horaires. C'est non seulement un effet récidivant de mes angoisses, mais — à l'origine — de mes tares visuelles. J'ai toujours été myope — et astigmate — dès l'époque où je portais des culottes courtes, et avec l'âge adulte, depuis quelques années, s'est ajoutée soudain la presbytie. Je suis donc à la fois myope et presbyte, et par conséquent — surtout quand mon cerveau est plein de confusion — les objets communs se changent devant mes yeux en silhouettes extravagantes et indéchiffrables, qui parfois rappellent des bandes dessinées de science-fiction. Et les lunettes ne suffisent pas toujours à me secourir puisque, en raison de ma pauvreté et de mon indolence, je continue toujours à me servir de vieux verres, désormais inadaptés. Ainsi, maintenant, j'erre à l'aveuglette dans cette aérogare de Milan, cherchant la porte de sortie pour le prochain vol de Madrid ; sans distinguer de loin les indications lumineuses, ni comprendre les avis crachotés et rageurs hurlés par les haut-parleurs, ni savoir à qui m'adresser, au milieu de tant de faces hagardes. Et quand enfin — par un coup de chance — j'ai atteint le fameux passage de SORTIE, je me retrouve tout en transpiration et hors d'haleine. Alors, semblable à un bigot nigaud en pèlerinage vers le Sanctuaire du Miracle, pris d'un spasme, j'ai tendu mes nerfs jusqu'au-delà de l'invisible stratosphère. Là où, en vol mais immobile, à l'intérieur de son miroir au cadre somptueux, me précède mon estafette encantadora : l'enchanteresse ! elle ! Aracoeli ! portant son enfant vers une chambrette à eux, immortelle.

Aujourd'hui, pour la première fois depuis que je suis né, je voyage en avion. Et, bien qu'évidemment ce soit devenu là, je ne l'ignore point, un moyen de transport banal, en montant dans l'appareil j'ai connu la sensation que peut-être éprouve le chaman en entrant dans le sommeil magique. Une musiquette sirupeuse fournie par l'harmonie industrielle, de celles qu'on entend aussi dans les grands magasins, qui vous curette l'estomac et le cerveau et toujours me révoltent avec leur niaiserie sordide, a précédé le décollage. Mais, aujourd'hui, ce bruit futile m'a trouvé complètement immunisé et presque sourd. Sitôt entré dans la carlingue, une sorte de narcose m'a momifié, qui m'isole des phénomènes ordinaires et des gens. Les autres voyageurs (que je ne distingue pas même entre eux, esquisses pour une unique caricature) se dirigent tous vers des destinations ordinaires, calculées par la raison. Moi seul m'embarque pour El Almendral : extrême point stellaire de la Genèse, qui brise l'horizon des événements pour engloutir chacune de mes trames dans ses gorges vertigineuses.

Là remontent à mes sens, tel un appel d'air, certaines ferveurs mystiques de mon adolescence : quand je me laissais tenter par le suicide, comme par une expédition pleine de risques en direction de je ne sais quels paradis : d'autant plus exotiques et enviés qu'ils s'avéraient impossibles.

Je n'ai pas mesuré la durée de ma « narcose » ; pas plus que je ne me suis aperçu qu'entre-temps, qui sait depuis quand, l'avion a entrepris la grande traversée des espaces, et déjà, dans son mouvement vertical, a désormais laissé loin derrière lui la Terre. Par bonheur, les musiquettes idiotes se sont tues. Et la première surprise fantastique de mon réveil, c'est de voyager au-dessus des nuages. En bas, au sol, le départ s'est fait dans la lumière automnale, pluvieuse et grise ; tandis qu'ici, dans notre machine volante, s'ouvre un pur infini céleste ; et en dessous, en direction de la Terre, toute trace du monde a disparu. Les seuls corps visibles sont les nuages qui, dans leurs formations ondées, composent un lumineux désert de dunes, moelleux comme des coussins de sultane. Et au-dessus d'eux, dans l'espace céruléen sans bornes, l'avion navigue insouciant, tel un cerf-volant dont on aurait coupé le fil.

Cette vision prodigieuse doit être, en réalité, un phénomène coutumier pour une population normale et adulte, experte en déplacements aériens. Les autres passagers de mon vol, en effet, ne se donnent même pas la peine de regarder par les hublots, aussi indifférents que s'ils étaient dans un tram, bavardant ou lisant leurs quotidiens ou leurs bandes dessinées. Alors, il me souvient d'avoir entrevu — sans doute peu après le

36

décollage ? — de mes yeux embrumés de somnolence, une femme en uniforme qui distribuait des journaux ; et de fait, comme les autres, je m'en retrouve un dans les mains. C'est un quotidien espagnol daté d'aujourd'hui, et en première page s'y détache une large photo du Généralissime Franco, dans son uniforme connu de tout le monde, agenouillé devant un Crucifix, en compagnie de sa femme et d'un haut dignitaire. Le Généralissime apparaît décrépit mais toujours vivant ; et alors cette photo — si elle est bien (comme on le déclare dans les titres) récente — démentirait la dernière nouvelle que j'ai entendue, et qui disait mon célèbre Ennemi au bord de l'agonie. Quoi qu'il en soit, pour moi qui voyage dans l'engin de notre temps, au-delà du mur du son, tout cela se perd en une région dépassée, effacée, peut-être depuis des siècles déjà : et le journal, tombé de mes mains, a l'air de jaunir déjà sur mes genoux. Dans ma somnolence filtrante, je me représente, en bas, sur la terre, mon bureau éditorial de Milan, fermé et désert à cause du pont de novembre : non point, cependant, de ce mois de novembre 1975, mais de qui sait quel autre novembre antérieur. Le bureau m'apparaît abandonné depuis des semaines, des mois, des années. Les araignées y ont tissé leurs toiles d'un mur à l'autre. Les étagères des fichiers et les lampes sont recouvertes d'une molle mousse de poussière. Et les épreuves à corriger, restées en plan sur ma table, sont émiettées par les mites.

Pour moi qui file vers El Almendral, les temps se réduisent à un unique point étincelant : un miroir, à l'intérieur duquel se précipitent tous les soleils et les lunes. Et là dans ce point suspendu, en vol mais immobile, me précède mon estafette encantadora.

A présent les nuages se sont transformés en une ondée ardoisée, au milieu de quoi l'appareil s'enfonce.

Une voix venue du cockpit a averti : Nous nous préparons à atterrir à l'aéroport de Madrid.

A Madrid, il faut attendre quelques heures pour la correspondance avec l'avion d'Almeria. Mon estafette céleste s'est, entre-temps, dissoute. Et pour mon esprit hébété, l'aéroport de Madrid, avec les voix irréelles de ses haut-parleurs, ses passagers fébriles et ses kiosques à journaux et « souvenirs », n'est qu'une copie hallucinante de l'aéroport de Milan, d'où je suis parti. Ici comme là-bas, je m'empresse d'un guichet à l'autre, pour vérifier des informations dont je me méfie, en balbutiant le nez dans mon dictionnaire espagnol élémentaire, mon sac en bandoulière, et mon passeport exhibé dans ma main droite comme un revolver. Or donc, ce type, c'est moi, frais débarqué à la première étape de mon maternel et légendaire côté ÉTRANGER : rien d'autre qu'un touriste hors saison, dépaysé. Après la brève aventure extra-temporelle du vol, le rapatriement terrestre me brouille l'estomac jusqu'à la nausée. Et le mouvement commun des escales, avec le télescopage éclair entre qui arrive et qui part, me blesse en me rendant à la notion inexorable de l'universelle indifférence à mon destin.

Farfouillant dans mes poches à la sempiternelle recherche de mes lunettes, j'ai failli tomber comme un sac de son, jusqu'en bas d'un escalier. Alors, je me suis assis sur l'une des marches, dans un coin peu éclairé et peu passager, bien décidé à attendre là jusqu'à l'heure de la correspondance. À l'intérieur de l'aéroport et sous les auvents, les lumières au néon se sont allumées ; dehors il fait déjà sombre et il pleut Et moi je sens remonter jusque sous ma peau, depuis les bas-fonds de mes névroses, la sensation d'être un apatride expédié par le hasard dans la salle d'attente d'un poste frontière, afin de prendre un convoi pour nulle part.

J'ai récupéré mes lunettes dans la poche intérieure de mon ciré galeux, mais pour l'instant je renonce à m'en servir, jugeant que, de toute façon, il n'y a rien à voir. Par moments, je tourne de droite à gauche un regard fuyant; et le monde environnant, à mes yeux mi-aveugles, se met à fondre, comme d'ordinaire, en un grouillement aqueux parcouru de lumières effarées et d'images estropiées. Les lampes se gonflent en d'énormes bulles enflammées, des étincelles transpercent les murs et des filaments électriques se tordent dans les pas des passants. Du plafond pend un immense cadran ténébreux, pourvu de pupilles luminescentes et de cils verts mobiles; passe une dame obèse avec deux têtes; et droits en rang d'oignons, tournés contre un mur comme pour une fouille, vacillent des individus qui, à la place du visage, ont une trompe. Mais ce genre de plaisanteries optiques est pour moi d'un effet habituel déjà prévu, et peu me chaut de les démasquer.

En cette période de l'année, la foule n'est pas excessive dans l'aéroport; mais c'est une foule loquace, variée et qui se déplace continuellement, m'agressant les oreilles du vacarme de ses voix. De temps en temps, un pied de passage achoppe sur mon sac posé contre la marche à côté de moi, ou encore m'effleurent, montant ou descendant, des groupes qui dialoguent en diverses langues, avec une prédilection naturelle pour la langue espagnole. Mais c'est précisément celle-ci, d'entre toutes les autres langues, qui paraît vide de signification à mon cerveau, se réduisant, pour moi, à guère plus qu'une rumeur incompréhensible.

C'est un phénomène ancien. En effet (alors que, dès mon enfance, j'ai su utiliser les principales langues étrangères) je suis devenu incapable, je ne sais plus depuis quand, de comprendre et de pratiquer avec succès la langue espagnole. Ce parler devait pourtant me sembler clair les jours où, analphabète, j'apprenais les premières chansonnettes d'Aracoeli ; mais par la suite — sauf le retour obsessionnel de ces chansons du berceau — elle a sombré dans quelque inaccessible, noir précipice de ma conscience. Et maintenant son bruissement presque étranger à l'entour de ma marche solitaire se transforme en une nostalgie négative, de rejet, comme le frémissement d'un arbre à peine abattu pour un moineau qui y avait fait son nid.

En réalité — depuis qu'Aracoeli a tranché net jusqu'aux racines mon enfance — ce pourrait être un acte de volonté de ma part (à moi-même inavoué) qui m'a poussé à éviter comme une voix de sirène notre première langue d'amour. Et cette inaptitude idiote pour l'espagnol ne serait qu'un expédient, dans ma guerre désespérée contre Aracoeli. D'ailleurs, je me demande même si, par ce voyage, sous le prétexte fou de retrouver Aracoeli, je ne veux pas plutôt tenter une ultime, hasardeuse thérapie pour me guérir d'elle. Tourner et retourner ses racines jusqu'à ce qu'elles deviennent arides entre mes mains, puisque je ne suis pas capable de les extirper.

Un jour, à Rome (je ne devais pas avoir plus de cinq ans), il arriva qu'une bohémienne rencontrée dans la rue, après m'avoir examiné les lignes de la main, se mit à pousser une théâtrale exclamation d'épouvante. Elle prit alors Aracoeli en aparté afin de lui révéler dans un murmure (pas assez étouffé toutefois pour que je n'entendisse pas) qu'il était écrit dans ma main que je mourrais d'amour avant mes quinze ans. Supposant que je n'avais pas entendu l'augure, Aracoeli s'efforça de me cacher sa propre peur (car elle croyait aux prophéties des bohémiennes, autant qu'aux statues des églises) mais, le jour même, elle suspendit à la chaînette que je portais au cou une amulette de bois, à quoi elle attribuait le pouvoir de tenir la mort à bonne distance. C'était une minuscule silhouette humanoïde, rudimentairement sculptée, qui de ses bras ouverts tenait un arc au-dessus de sa tête ; et je crois qu'elle faisait partie du bagage personnel (contenu tout entier dans un sac de paille) qu'après ses premières épousailles avec mon père, elle avait ramené d'Andalousie. Ce bout d'homme enchanté, garant de ma vie (sa foi à elle le consacrait à ma foi) s'ajouta ainsi à la médaille bénite et aux autres breloques maternelles propitiatoires déjà enfilées dans ma chaînette de baptême. Et elle resta là, jusqu'au dernier été de mon enfance : lorsque, en une heure d'obscur maléfice, soudain, avec le sentiment tragique d'une amputation, j'arrachai la chaînette de mon cou, et la jetai, chargée de tous ses gris-gris, dans un charreton d'ordures abandonné au milieu de la rue. Nul doute que mon intention, par ce geste, était de renier Aracoeli, et de m'amputer d'elle, et de mon trop grand amour, comme d'un objet de honte. Mais en même temps, trahir sa consigne, qui m'imposait l'amulette andalouse pour me sauver de la mort, c'était me livrer à la mort prescrite : d'amour, et avant ma quinzième année. Mais qui était, depuis toujours, mon amour ? et qui, par conséquent, ma mort ? Et à quel jeu jouait-on : renier une infâme femelle dans l'acte même où, tel un martyr, on jette à ses pieds sa propre vie ?

Or donc, déjà à cette époque, dans ma convulsive innocence, je trichais avec moi-même. Et le jeu n'a pas changé : car aujourd'hui encore, cette sorte de monologue déréglé que je me récite à moi-même, je l'ai bâti, dès l'exorde, avec les fils tressés de l'équivoque et de l'imposture. *Anda niño, anda.* Comme un orphelin de la campagne, je ne cesse de me raconter de petites fables paroissiales. Et je cours derrière ma fidèle mie, ma fille-mère, derrière son icône musicale, refoulant l'intruse, l'autre Aracoeli faite femme, qui en vérité m'a ignoblement abandonné, orphelin encore, avant que d'être tout à fait morte. Je cherche aujourd'hui à me cacher que cette seconde Aracoeli est, elle aussi, ma mère, la même qui m'avait accroché à son utérus ; et qu'elle aussi est intronisée dans chaque battement de mon temps, se riant de ma ridicule prétention à me reconstruire, par-delà elle, un nid *normal*. Encore que je veuille la repousser, elle ne m'épargne pas ses visitations : où souvent elle s'apparie avec la première Aracoeli, tel un sosie défiguré. Une Aracoeli me vole l'autre ; et elles se transmuent et se dédoublent l'une en l'autre.

Et moi, l'une et l'autre, je les aime : non point comme un homme déchiré entre deux amours, mais comme l'amant d'un hybride dont, en plein orgasme, il ne reconnaît pas l'espèce, ni ne comprend la trame. En guise d'exorcisme, qui me libère de la double invasion, je crie à voix forte : ARACOELI EST MORTE ! Et je fixe ma vue mentale sur l'état présent de ma mère : elle n'est plus un cadavre, peut-être plus même un tas d'os ; rien d'autre qu'un misérable reste de cendres. Et peut-être, cela aussi, dispersé. Qui donc a pu prendre soin, au fil des ans, de veiller à la tombe d'Aracoeli au Campo Verano ? Personne. Et l'espace ne suffit plus dans les cimetières, les morts sont trop nombreux, ils se pressent aux grilles pour se disputer une place. MORTE : autant dire JAMAIS ÉTÉ.

Et bien qu'en m'initiant à ce pèlerinage maniaque, je me simulasse une direction et un but, en réalité je ne me cachais pas, dès le départ, que j'étais à moi-même mon leurre : là-bas, dans la Sierra, ni plus ni moins qu'ailleurs, rien ni personne ne m'attend au nom d'Aracoeli. Au-delà de sa poignée de cendres disper-sées, elle n'a laissé ni cour, ni héritage, ni famille. De

42

sa parentèle, à ma connaissance, il n'existe pas de survivants. Son frère unique, Manuel, tomba — et peut-être resta sans sépulture — dans la guerre civile. Et de ses parents (déjà plutôt âgés à sa naissance) je dois croire que depuis longtemps désormais il ne reste pas même trace de poussière. Pour ma part, de toute façon, je ne me suis jamais enquis de leur état et de leur sort ; je maintenais entre eux et moi cet écran mémorable qui, en d'autres temps, devait cacher à notre monde la préhistoire d'Aracoeli.

Pour moi, cet écran avait représenté (et au moins en partie représente encore) une manière de porte magique, derrière quoi pouvait se révéler n'importe quelle surprise : un cagibi, ou une trappe ouverte sur les abîmes, ou encore une salle aux mille merveilles. L'obligation mystérieuse qui, chez nous, imposait la plus grande réserve sur mes ascendances maternelles, s'offrait à mon enfance comme une base de vols possibles vers des nids légendaires. C'étaient des possibilités labilement entrevues et pas même formulées ; et explorées à grand-peine sur mes ailes inexpertes. Mais toujours est-il que, dans ces planètes inexplorées de mon ignorance, ma mère pouvait descendre d'une lignée de gitans ou de mendiants ou de matadors ou de bandits ou de Grands Hidalgos (sa demeure aura peut-être été un Château inaccessible ? quelque alhambra, sans doute, ou alcazar ?). Et toutes ces destinées possibles — même si elles sillonnaient comme l'éclair le dessous de mes pensées — étaient un halo changeant et innombrable qui rayonnait d'elle comme d'un corps lumineux.

Toutefois, il ne m'était pas difficile de comprendre, dès alors, que ce grand Secret — quand pour moi il se traduisait en un mystère exotique, une manière d'hôte clandestin merveilleux — représentait en revanche chez nous un petit *cadavre dans le placard*, comme on dit. Et cela ne consistait, à l'origine, qu'en une assez considérable disparité de classe entre mes parents. Certains préjugés, à cette époque, jouissaient encore de quelque importance dans notre petit monde : sans compter la valeur codifiée — d'empreinte décidément sacerdotale — qu'ils avaient pour la caste militaire des marins à laquelle mon père appartenait.

D'après les divers et curieux cancans de cuisine dont la rumeur bourdonnante me cernait, moi aussi je dus certainement m'apercevoir bien vite que nos fameux arcanes domestiques étaient de fallacieux arcanes, autrement dit appartenaient en vérité au domaine public, fussent-ils seulement murmurés : ma mère n'était pas de ces sangs que l'on claironne dans les cercles officiels.

Chaque fois que l'on nommait une dame nouvellement venue, mariée à un monsieur de haute volée (tel qu'une Excellence, ou un officier supérieur, ou un noble à nombreux quartiers de noblesse, ou un Hiérarque du régime) tante Monda traditionnellement demandait d'abord : *Comment naît-elle ?* qui, traduit, signifie : *est-ce qu'elle provient, elle, d'une famille distinguée ?* D'autres fois, pour communiquer que telle dame *ne venait pas d'une famille distinguée*, elle déplorait, en levant les yeux au ciel : ELLE NE NAÎT PAS. Or, d'après ce lexique de tante Monda, ma mère, précisément, ne naissait pas : mais dans son cas à elle, tante Monda évitait le sujet, par délicatesse, ainsi qu'on le fait d'une maladie héréditaire (par ailleurs, elle acceptait, comme sacrés, tous les choix de mon père, et donc aussi son mariage morganatique).

On respectait le silence de tante Monda (de la façon dont on respecte une juste pudeur) dans notre petite société romaine, où, en général, le roman sentimental de mes parents était protégé par une sorte de rideau rose, qui le laissait à peine gentiment transparaître ; et ma mère se voyait traitée avec une bienveillante indulgence et en somme, comme on dit, avec distinction. Cela était dû principalement, je crois, à la personnalité de mon père et à son prestige naturel qui, d'ailleurs, après l'explosion de la guerre civile espagnole, s'était doublé d'une mystérieuse auréole de gloire. Il semble en effet que, dès les débuts de la guerre civile, mon père s'était signalé — en protagoniste — dans une entreprise héroïque demeurée inconnue, si ce n'est peut-être auprès de quelques groupes restreints des hautes autorités militaires : de fait, officiellement la non-intervention était toujours en vigueur en Italie. A l'époque, si je ne fais pas erreur, mon père, officier de la Marine Royale Italienne, avait le grade de lieutenant de vaisseau et commandait un sous-marin. J'allais sur mes quatre ans. C'était l'été 1936.

Cette même année marqua, pour ma mère et moi, notre entrée dans la société. Au vrai, jusqu'alors notre existence (celle d'Aracoeli et la mienne) n'avait pas, socialement, existé. Elle commença et reçut sa consécration avec le mariage légitime de mes parents suivi de notre prompt transfert (celui de ma mère et le mien) dans la nouvelle maison nuptiale de mon père, aux Hauts Quartiers.

LES HAUTS QUARTIERS.

Je n'ai jamais su si le terme « Hauts Quartiers » désignait précisément une altitude géophysique ou bien sociale ; mais ce qui est sûr, c'est que nombre de citoyens de Rome prennent, en le nommant, un air pompeux et quasi avide de distinction accréditée. En effet, les Hauts Quartiers étaient, en règle générale, un des lieux favoris de la moyenne et grande bourgeoisie : surtout dans leur zone « résidentielle », où justement se trouvait notre nouvelle demeure. C'était un vaste appartement en location, au troisième étage d'un petit immeuble construit environ vingt ans avant, dans un dérivé du style Liberty, qui prévalait encore dans la zone. Il m'arrive parfois en rêve — comme quelqu'un qui rentrerait chez lui après une courte absence — de revenir à ces pièces connues par cœur ; et d'en être remis à la porte par de nouveaux locataires, une tourbe farouche et tumultueuse. Encore que bouleversé par son air de fantôme, d'évanescence et de crime, l'immeuble, en rêve, m'apparaît intact et inchangé. Il y a toujours, à l'entrée, notre concierge, le même, avec sa casquette et ses galons d'or, qui m'appelait « notre jeune monsieur », *signorino*. Derrière lui, dans le hall en demi-lune, entre deux colonnes se trouve la cage de fer noir forgé en buisson de belles-de-jour ; et je reconnais la voix de l'ascenseur, qui, en s'arrachant de l'étage où il stationnait, poussait sa tortueuse lamentation, un brin hystérique. L'intérieur de l'ascenseur était spacieux, faiblement éclairé, et pourvu, sur les côtés, de deux petits fauteuils de velours rouge. Fixé à la paroi, encadré, il y avait un avis que je sais encore sur le bout du doigt, depuis le temps où je l'épelais avec application, dans mon précoce exercice de lecture :

PORTÉE : 4 PERSONNES.
QUI PREND L'ASCENSEUR LE FAIT À SES RISQUES ET PÉRILS.
L'UTILISATION DE L'ASCENSEUR EST INTERDITE AUX CHIENS AU PERSONNEL DE SERVICE AUX FOURNISSEURS AUX ENFANTS NON ACCOMPAGNÉS ET À TOUTES LES PERSONNES QUI NE CONNAISSENT PAS LA MANŒUVRE.

Quand nous fûmes promus aux Hauts Quartiers, les ascenseurs, pour moi et pour Aracoeli, étaient encore une nouveauté. Et pour moi (catégorie : *enfants*) le voyage en ascenseur représentait une occasion aventureuse qui s'offrait uniquement dans l'exceptionnelle compagnie de mon père ou — en de rares circonstances — de tante Monda. En effet, les accompagnateurs habituels de mes sorties n'utilisaient pas l'ascenseur : ma mère, parce qu'elle en avait peur, et les autres parce qu'ils n'en avaient pas le droit (catégorie : *personnel de service*). Au vrai, le concierge garantissait avec autorité que le personnel de service, en ma compagnie, acquérait le droit à l'ascenseur, étant ainsi élevé à la catégorie : accompagnateurs du Signorino. Mais tante Monda, qui se montrait des plus scrupuleuses au regard des hiérarchies sociales, s'opposait à ce principe en affirmant que les subalternes, une fois franchie la frontière des classes, risquaient de se corrompre jusqu'aux pires licences. Et à ce propos, elle déclamait un proverbe, qu'une de ses maîtresses de français lui avait appris dans son enfance, et qu'elle citait volontiers avec un bon accent :

> On vole un œuf
> puis un bœuf
> et puis on tue sa mère.

Et le reste de la famille se rangea au principe de tante Monda (d'autant que, de l'avis de mon père, la grimpette des escaliers, à mon âge, était un excellent exercice). Or donc, habituellement je montais et descendais les escaliers à pied : et j'en profitais pour faire étalage de mes progrès en lecture par le déchiffrage triomphal, à voix bien haute, des plaques de laiton fixées aux portes. Ainsi, je puis encore citer par cœur l'état civil affiché de nos voisins :

L'appartement sis au-dessus du nôtre (quatrième et

dernier étage — Attique) était au nom d'une *Excellence*, dont je ne me rappelle pas le nom car rarement j'avais l'occasion de monter au quatrième. Et pourtant, je crois que son occupant était alors une célébrité : grand lettré, ou quelque chose de semblable, membre de l'Académie Royale. Pour le nommer, il suffisait à notre concierge de dire avec suffisance : L'EXCEL-LENCE.

Au-dessous de chez nous, au deuxième étage, habi-tait notre propriétaire : N. D. Lydia Zante, veuve âgée d'un Général. Sa plaque s'ornait encore du grade : GÉNÉRAL, accompagné d'autres titres et marques d'honneur, que surmontait une petite couronne.

Au premier étage, le *dottore* Pacifico Milano, notaire de profession, avait son appartement et son étude. Deux portes : une, sans plaque ; et sur l'autre une plaque très large avec, gravé dessus : NOTAIRE.

Et, enfin, en face de chez nous, sur le même palier, demeurait un monsieur solitaire, un célibataire. À la place de la plaque d'usage, il avait punaisé sur sa porte un billet de visite : GR. OFF. Dr. ORESTE ZAN-CHI. Comme j'en avais l'habitude à chaque étage, je m'arrêtais au passage devant cette porte, mais ma mère me tirait brusquement en arrière — non sans une certaine violence de sa petite main robuste. Dès le premier jour, elle avait en effet éprouvé une sombre et soupçonneuse aversion pour notre voisin de palier. C'était une antipathie irrationnelle — du genre des phénomènes que les médecins qualifient de rejet, à telle enseigne que sa seule vue semblait lui soulever le cœur.

Il s'agissait d'un monsieur sur la quarantaine, aux tempes dégarnies et plutôt grassouillet, habillé avec une élégance raffinée (en clair, avec veston droit, le matin ; et veston croisé sombre, en fin d'après-midi) et toujours la pochette et les cheveux brillants exhalant un délicat parfum ambré. Dans son visage plein, au double menton, ses joues étaient lisses et roses comme celles d'une femme : si bien que les petites moustaches qu'il cultivait avec grand soin lui donnaient l'air d'une dame moustachue. Il avait une voix douce presque mielleuse, et une excessive onctuosité dans les manières ; et jamais, lorsque nous nous rencontrions sur le palier, il n'épargnait le baisemain à ma mère. À quoi elle se préparait en ôtant, comme il se doit, son gant à l'avance (selon l'étiquette que lui enseignait tante Monda), s'escrimant à cette opération pressée avec toutes les peines du monde : c'est qu'aussi, pour ses mains aux doigts courts, les gants s'avéraient toujours trop étroits. Et puis, je m'aperçus qu'après ce baiser, d'instinct elle s'essuyait le dos de la main contre sa jupe.

Quand notre concierge nommait LE DOTTORE ZANCHI, il affichait une éclatante majesté, allant jusqu'à gonfler la poitrine. Il appert donc que notre voisin d'en face, encore que d'un âge relativement jeune, occupait une fonction influente dans un ministère ou au gouvernement ; et cela, ajouté à son titre de GRAND OFFICIER, lui valait la considération déférente de l'immeuble tout entier. Où le personnage, en vérité, avait une conduite très urbaine et on ne peut plus discrète, gardant toujours une juste distance pour tout le monde, à commencer par nous, ses plus proches voisins. Envers mon père, son attitude confinait vraiment à l'obséquiosité, et son indulgence était sans bornes pour ma mère et ses visibles répugnances, qu'il feignait d'ignorer. D'ailleurs, ses fonctions le retenaient hors de chez lui, la plupart du temps : si bien que nos fuyantes rencontres (toujours limitées à l'étage) étaient extrêmement rares.

Le dimanche, à la maison, un certain tapage se déclenchait sur nos plafonds, car ce jour-là l'Excellence de l'étage supérieur (qui habitait seul avec sa femme) recevait la visite de ses petits-enfants. Mais, pour le reste de la semaine, l'immeuble était un lieu de silence et de repos. S'il m'arrivait (gâté par mes habitudes précédentes) de me déchaîner parfois en jouant avec Aracoeli, peu après, venue de l'étage inférieur, se présentait une domestique très stylée avec aux lèvres la prière de faire plus doucement, par égard pour la Comtesse, qui souffrait de migraines.

Même dans la bouche de notre concierge, la veuve du Général (qui *naissait* des Comtes Ardengo) était toujours : la Comtesse. Le premier de chaque mois, un représentant de notre *domesticité* (en tout et pour tout précisément représentée par la seule gouvernante Zaïra) était expédié en bas pour lui payer la location, qu'elle préférait recevoir en personne, de ses propres mains. En de telles occasions (puisque je disposais encore d'une mienne intrépidité native de petit mufle), je me faufilais hors de chez nous, derrière notre domesticité. Et la Dame, en me voyant, chaque fois me demandait de sa voix un peu brisée : « Bonnes nouvelles de ton papa ? », après quoi elle m'offrait un bonbon Mou, qu'elle dépliait devant moi, gardant pour elle la minuscule enveloppe, car, disait-elle, en envoyant un certain nombre de ces petits papiers à une certaine mission en Afrique, on sauvait l'âme d'un païen.

Cette dame qui, dans sa jeunesse, avait été, paraît-il, une sublime beauté (on la comparait à la reine Marguerite, chantée par le poète Carducci) parlait toujours la bouche mi-close, et sans jamais sourire, pour ne pas se faire de rides, à ce qu'on disait. À ce propos, en coulisse on murmurait même que la nuit — suivant une recette cosmétique garantie — elle s'appliquait sur les joues deux tranches de viande crue à peine sortie des abattoirs (Zaïra disait deux escalopes).

Toute décrépite, en vérité elle gardait encore la peau lisse : mais d'une matière sépulcrale, de couleur jaunâtre comme les papyrus. Son corps était décharné, elle portait toujours le deuil, et papillonnait de voiles noirs en l'honneur de son ancien veuvage. Et, bien qu'ayant une vue normale, elle chaussait toujours, même chez elle, des lunettes noires, comme les aveugles.

À l'occasion de certaines cérémonies officielles, elle avait l'habitude de piquer sur son deuil les décorations du Général son époux, et elle partait au fond d'une berline de l'Armée venue la chercher devant la porte.

L'Excellence aussi (monsieur massif et athlétique, au regard opaque) trouvait en bas, à sa disposition, dans certaines circonstances particulières, une limousine avec chauffeur en uniforme. Et, au moins par deux fois, il nous arriva de le rencontrer à la porte d'entrée de l'immeuble, paré d'un habit de grande pompe, avec glands d'or, bicorne et même une épée de parade au côté. Au fier salut romain de notre concierge, il répondit mollement par un salut identique ; à l'intention de ma mère, il ébaucha une inclinaison, en juste mais malaisé hommage. En effet, son cou était quasi inexistant. Et sa tête chenue, d'une grosseur anormale et mal collée sur les épaules, se trouvait toujours tordue et penchée sur son vaste thorax. Derrière, sa femme, une petite dame en robe de grand après-midi, impatiente, agitée et myope à l'excès, saluait les gens au hasard d'un demi-salut romain, tout en murmurant à son mari : qui c'est ? qui c'est ?

Les saluts les plus rapides étaient ceux du NOTAIRE, au premier étage, que nous croisions, habituellement, alors qu'il traversait son palier pour aller de la porte de Gauche à la porte de Droite (il occupait les deux logements, celui de Gauche comme étude, celui de Droite comme appartement). Il filait à toute allure, en agitant les bras ; et ressemblait, dans sa silhouette rabougrie et lunettée, à un moineau déplumé en hiver, qui, la tête nue et lisse, sautille d'une branche à l'autre. On savait qu'il était très riche, mais d'une avarice fabuleuse ; et de fait, il n'avait aucun domestique, et il venait ouvrir lui-même la porte à ses clients, après les avoir dûment examinés dans l'entrebâillement barré d'une chaîne de sûreté. Une fois nous vîmes le plombier de l'immeuble protestant à plein gosier sur le palier, pour un paiement dû et que l'autre lui refusait ; tandis que, venue de l'intérieur à travers la fente, on entendait une petite voix stridente qui criait par défi et dépit : *Cìtimi ! Cìtimi !* (autrement dit : Cite-moi donc pour la dette. Adresse-toi à ton Avocat !).

Quoi qu'il en soit, lui aussi bénéficiait d'une excellente considération de la part du concierge, non seulement pour sa richesse, mais parce que (en contraste apparent avec sa chétive musculature) il paraît qu'il avait accompli d'authentiques prouesses au cours de la Première Guerre mondiale, remportant, de fait, une médaille d'argent !

À son habitude, en signe de salut, il se contentait de redoubler l'agitation de ses bras, en lançant à notre adresse mais sans nous regarder : bonjour bonjour. Et en retour, avec l'emphase de ma voix menue, je lui criais : « Bonjour ! » tandis que ma mère, resserrant l'étreinte de sa main sur la mienne, passait son chemin, libre et soulagée. En effet, ces cérémonies rapides et casuelles — qui en vérité restaient au fond les seules formes de relation entre les habitants de notre immeuble — dès le début, et puis les années passant, ne cessèrent jamais de lui porter sur les nerfs. Quand la Comtesse, veuve du Général, lui demandait en nous croisant : « Bonnes nouvelles de votre époux ? » elle répondait oui oui oui, troublée devant la dame comme en présence d'un esprit. Et puis elle s'enfuyait d'un coup, me tenant par la main, franchissait la porte en courant ; et, réfugiée derrière l'angle de l'immeuble, elle commençait à rire, entre pure hilarité et crainte sacrée, comme si nous étions deux petits maraudeurs réchappés des pognes du fermier après le vol d'une pomme.

Il n'était pas jusqu'au concierge qui n'en imposât quelque peu à ma mère ; et en passant devant la loge, elle doublait le pas et détournait la tête, peut-être dans la tentative de se rendre invisible. Quant à lui, il faisait montre envers elle d'une sorte d'indulgence supérieure, non dénuée, dans tous les cas, du respect qu'il devait (*à la Femme du COMMANDANT*).

Notre appartement était pratiquement confié à la gouvernante Zaïra, à qui l'on pouvait, à l'occasion, adjoindre une aide. Zaïra provenait de la maison piémontaise de mes grands-parents, qui l'avaient fait passer au service personnel de leur fille aînée, Raïmonda, laquelle maintenant la partageait avec nous.

Raïmonda (tante Monda) vivait seule, juste aux confins de notre zone résidentielle, dans un bâtiment beaucoup plus grand que notre petit immeuble, et moins distingué, mais plus moderne : où elle occupait, au septième étage, un attique de sa propriété donnant sur la grande esplanade, frontière entre nos deux zones, alors en construction. Derrière l'esplanade, poussaient les nouveaux quartiers dans une promiscuité envahie par toutes sortes de trafics ; mais ils apparaissaient là en bas, rampant pêle-mêle comme une fourmilière, vus du perchoir de tante Monda.

Celui-ci se composait, en tout et pour tout, d'un petit *salon* et de deux chambrettes ; mais il s'enorgueillissait, par contre, d'une immense terrasse panoramique, peuplée de jasmins, d'oléandres et de roses, que tante

Monda cultivait elle-même, mieux qu'un jardinier. Souvent, on la voyait, piquée droite au beau milieu de la terrasse, en train de gesticuler de ses longs bras tendus, en une pantomime d'épouvantail, pour éloigner de ses plantes les oiseaux dévastateurs.

Elle se consacrait avec la même attention passionnée à son mobilier et à la décoration de ses pièces : au point qu'elle avait renoncé à donner l'hospitalité à des chiens et des chats, de crainte qu'ils n'abîment ses tapis turcs et ses sofas de velours recouverts de taies blanches et brodées. Les seuls animaux qu'elle se permettait, pour qu'ils lui tiennent compagnie, c'étaient de frétillants poissons rouges, qu'elle avait installés dans un petit aquarium d'une propreté impeccable contre les baies vitrées du salon. Et elle les élevait avec une telle affection que, quand elle en trouvait un mort, elle éclatait en sanglots, et versant de chaudes larmes, elle lui donnait sépulture dans un vase de la terrasse, au milieu des fleurs. « Comme à un chrétien », disait Zaïra.

Conformément aux traditions désuètes de sa famille, elle menait une vie sérieuse et sobre, sans trop de tentations mondaines ; mais, tout en ne cédant à aucune vanité tapageuse, elle avait un soin extraordinaire de ses toilettes. Pour ses tailleurs, elle se servait chez un célèbre couturier de la via Veneto ; n'utilisait que des chaussures cousues main : et, sous sa veste, elle portait de précieux chemisiers, ouvrages d'artisans florentins, tout plissés et brodés, achetés à des prix faramineux dans une boutique de la place d'Espagne. Dans la même boutique, elle s'était procuré des chemises de nuit en lin ou en soie, travaillées comme des bijoux, et aussi somptueuses que des robes de bal ; mais elle ne les mettait jamais, les conservant peut-être pour Dieu sait quelle fantastique nuit de noces ; et en attendant, elle passait ses nuits de vierge dans de simples pyjamas de coton ou de pilou.

À quarante ans révolus (elle avait des années de plus que mon père) elle vivait sa virginité sans amertume, en toute sérénité, presque heureuse dans sa chaste solitude. En complément de sa rente personnelle (fruit de l'héritage d'une grand-tante) elle se consacrait, en qualité de conseillère ou secrétaire, à des publications scolaires ; et cette activité continuelle, en alternance avec son grand affairement chez elle, et sa terrasse et ses vêtements, outre qu'elle lui assurait une fort digne indépendance, suffisait à ses exigences d'utilité sociale et d'intégrité morale. Extérieurement, elle avait cet aspect caractéristique, et prédestiné, par quoi la typologie vulgaire a coutume de représenter les *vieilles filles*. Presque aussi grande que mon père (trop grande pour une femme, disait Zaïra, qui voyait dans la taille excessive de « Mademoiselle » la cause principale de sa malchance avec les hommes) elle était étroite de hanches et plate de poitrine, large d'épaules et d'allure peu souple, dure et quasi militaire. Son teint était d'un rose décoloré (avec de ces plaques plus foncées qui se dilataient à en devenir écarlates quand elle rougissait) ; son menton trop prononcé, ses yeux de myope d'un bleu délavé et à fleur de tête ; sa bouche irrégulière aux dents longues et chevalines, qui prenait en souriant une pauvre grâce désarmée, ingénue et débordant encore d'immaturité. Et le fait est qu'au plus profond de son corps inharmonieux, tante Monda gardait en réalité, comme le motif lancinant d'une chansonnette, le rêve romanesque d'une petite fille. C'est toujours la même Zaïra qui exprima une fois l'idée qu'*elle attendait le Prince Charmant* (c'était précisément, d'après Zaïra, la raison cachée qui l'avait fait se dérober, par le passé, aux rares occasions de mariage). Et sans doute était-ce en L'attendant, qu'elle se réservait, toujours prête, avec ses deux pièces astiquées à outrance, parfaitement tenues et sans un grain de poussière, et la terrasse aux plantes verdoyantes et en fleurs, et ces royales chemises de nuit pliées dans du papier de soie. Quant au Prince plein de charme, qu'elle attendait, il faut imaginer, d'après différents indices, que, dans ses pensées, il devait ressembler à certains Grands de l'époque, dans lesquels s'incarnait, selon elle, la vraie puissance virile ; et à qui il lui semblait doux de se soumettre et de se consacrer en esclave, sur le modèle des héroïnes d'Éléonore Glyn. Sans doute fut-elle amoureuse de Mussolini, présent aux murs — sur des photos magnifiquement encadrées — dans des poses solennelles et des costumes variés (guêtres et melon, grand uniforme, fez) de même que, par la suite, elle fut amoureuse du Généralissime Franco. Et sans doute serait-elle aussi tombée amoureuse du Généralissime Staline, si cela ne lui avait été interdit par sa terreur et son horreur des Communistes. Elle affirmait, entre autres, que partout où ils arrivaient, les Communistes mettaient à sac les meilleurs quartiers ; ils incendiaient les couvents et les églises, avec à l'intérieur les religieuses et les prêtres brûlés vifs ; et ils dépeçaient les jeunes enfants des gens bien, les cuisinant ensuite pour les cantines ouvrières.

De son côté, Zaïra, d'accord avec sa maîtresse, professait un anticommunisme implacable, à la fois viscéral et idéologique : fermement convaincue que les différences de classes étaient une manière d'ordre sacré, et que les récuser signifiait non seulement démence, mais, pis encore, sacrilège. En vérité, on ne sait à quelle transcendance s'en remettait Zaïra, qui n'accordait de prix à aucune foi religieuse (sa maîtresse en matière de religion était d'ailleurs plutôt agnostique). Mais il est certain qu'elle réservait toute sa considération aux Messieurs, et en l'espèce aux Messieurs *nés*, autrement dit légitimes (les *arrivés* lui faisaient figure d'usurpateurs d'un droit divin) alors que les pauvres, à son avis, étaient marqués d'une sorte de malédiction tombée des cieux, qui les voulait tous ignorants, sales et malheureux (dans sa bouche, *malheureux* était la pire des insultes).

Au besoin, cependant, parmi les pauvres elle attribuait une certaine supériorité hiérarchique aux serviteurs de bonne condition, lesquels ne croupissaient pas dans les bas-fonds de l'ignorance avec les pauvres du commun, puisqu'ils s'étaient élevés à la culture distinguée, en somme aux bonnes manières en société, à la bonne tenue des personnes et des maisons, à certains secrets de cuisine, et à l'étiquette des déjeuners et des dîners. C'est dans cette catégorie plus décente qu'elle s'incluait elle-même, et notre concierge ; quand, en général, elle traitait de haut la race de ses inférieurs, les rabrouant d'importance, et arrivant même, en des cas extrêmes, à les malmener, usant des plus basses manières de la plèbe. Avec eux, pourtant, dans ses jours d'humeur loquace, elle ne résistait pas à la tentation de tailler une bavette, surtout au sujet de tante Monda. Et il arrivait que plus d'une nouvelle réservée voyageât jusqu'à mon oreille. Parmi lesquelles on peut compter, par exemple, les funérailles du poisson rouge, et les épiphanies présumées du Prince Charmant, et les exaspérantes crises de maniaquerie de Mademoiselle en ce qui concernait le repassage des chemisiers ; et d'autres choses encore. Et je dois dire qu'alors, vraiment, pareilles nouvelles me paraissaient insipides et de maigre intérêt, au point que, dans mon esprit distrait, elles passaient aussitôt sans laisser de traces. Ce n'est qu'en ce présent brassage, qu'elles remontent à moi, venues de l'ultime mémoire, comme de sottes petites bulles d'écume à la surface d'une mer sombre.

Quand je l'ai connue (c'est-à-dire dès ma venue au monde, ou presque) Zaïra allait déjà vers ses cinquante ans ; et d'elle, le premier signe particulier, qui me revient à l'esprit, c'est l'important et digne balancement qu'avaient à chaque pas ses hanches et ses fesses fort retroussées. Plutôt courte de taille, mais le buste bien droit, grassouillette, les jambes faites au tour et le visage de pomme rose où semblaient manquer les lèvres. Elle mettait un point d'honneur à s'habiller en domestique raffinée, avec le petit tablier blanc brodé et le bonnet. Et souvent elle se vantait des fastes de son passé, des maisons où elle avait servi avant de se voir employer au suprême Olympe de mes grands-parents. Des maisons, à n'en point douter, toutes de premier ordre ; une en particulier, où le Chef de Famille était un noble avec blason, et en outre Agent Général des Assurances. Elle avait aussi eu un mari, mais par elle mentionné avec haine et mépris, car c'était un fainéant qui voulait vivre à ses crochets, mort en état d'ivresse, renversé par un camion, une nuit qu'il titubait au beau milieu de la rue. Requiescat. Mais, de son mariage, il lui restait, en compensation, un fils — maintenant établi à Pise — diplômé des Écoles Techniques et élève pilote d'aviation. Et c'était là son titre de supériorité sociale le plus élevé en regard, par exemple, des ordonnances, race ordinaire et postiche de recrues sans instruction et sans grade.

À certains signes, on comprenait que, sans l'avouer, elle était loin de partager l'admiration de tante Monda pour le duce Mussolini, car celui-ci (et avec lui, tous dans le même sac, les hiérarques principaux du Parti Fasciste) était un parvenu, selon son système de valeurs, et donc pas un vrai monsieur, mais un usurpateur ! Forcément, elle évitait avec diplomatie toute discussion sur le sujet, s'en détournant, à l'occasion, comme d'un mets un peu indigeste pour son estomac. Auquel il fallait bien qu'elle finisse par conformer son goût : mais en l'avalant surtout en guise de remède, car les *parvenus* fascistes sauvegardaient les *vrais messieurs* du communisme, « ennemi numéro un ».

Toutefois, pour certains sujets, bien que résignée, Zaïra couvait sous la cendre du quotidien un désaccord brûlant avec le monde en général, et notre concierge en particulier. En son for intérieur, elle ne réservait ses propres respects et soumission qu'aux Souverains légitimes. Et nul doute qu'elle était même — à sa façon — amoureuse du Prince Héritier (qu'elle appelait Petit Prince). Ce qui ne l'empêchait pas d'être en même temps (toujours à sa façon) amoureuse de mon père.

Quant à moi, je ne savais rien des affaires politiques, ni théoriques ni pratiques. Et les très rares commentaires ou impressions que j'en recueillais se retiraient aussitôt de mon esprit (à l'égal des bruits qui couraient sur tante Monda) comme les vagues inoffensives du ressac. Je me rappelle que jusqu'à un certain âge (lorsque j'avais déjà changé toutes mes dents, et peut-être plus tard encore) j'eus vaguement dans l'idée que *mussolini* était un nom commun au pluriel, qui indiquait en général les chefs de gouvernement : et je m'imaginais que chaque pays avait son propre mussolino, de même qu'il devait avoir aussi un roi, une reine, et, en plus, un pape sans doute.

Mon grand-père paternel, haut magistrat de Turin, était un éminent Docteur en Droit, apprécié dans tout le Royaume. Et ce côté de ma famille comptait, parmi ses ascendants directs, des personnages de la bourgeoisie historique, des notables qui prirent part au Risorgimento, à telle enseigne que quelques rues du Piémont portent encore leurs noms. Conscient de mon indignité, je tais ici notre patronyme.

De son nom de baptême, mon père s'appelait Eugenio, auquel s'ajoutaient un deuxième et un troisième prénom : Ottone et Amedeo. Et bien que, vu son jeune âge, en tant qu'officier il appartînt encore aux grades intermédiaires de la Marine, dans l'immeuble et parmi nous il jouissait du prestige d'un Amiral. Le mérite n'en revenait pas seulement à son *bon* patronyme et à ses actions renommées (fussent-elles tues) ; mais aussi à son physique — qui, au dire de Zaïra, « faisait lumière » — et à ses manières, réservées, mais à la fois naturelles, confiantes et franches, qui étaient — toujours au dire de Zaïra — « dignes d'un prince ».

On ne pouvait nier sa ressemblance extérieure avec tante Monda : au premier coup d'œil, on les reconnaissait aussitôt pour frère et sœur. Mais ces traits communs de famille qui, soit heurtés, soit déplacés, détonnaient en elle, s'harmonisaient par contre chez lui en un effet de prestance virile, adoucie par une sorte de fraîcheur juvénile. Sa taille sensiblement plus élevée que la moyenne exprimait la beauté, avec ses larges épaules sur un corps élancé. Et une certaine raideur, presque mécanique, dans ses mouvements était un signe positif de son caractère à la fois résolu et discipliné. Lui aussi, comme sa sœur, était blond ; mais d'une blondeur saine et solaire, et non point filasse comme chez elle. Et les yeux, chez lui aussi, s'ouvraient grands et saillants, de couleur bleu délavé et plutôt inexpressifs, cependant ils n'étaient pas abîmés par la myopie (le frère, au contraire, jouissait d'une vue parfaite) et par ailleurs ils s'ornaient de cils courts et denses d'or cuivré qui leur faisaient tout autour un petit feu d'étincelles.

Sa carnation aussi avait cette même teinte rose, mais unie et sans plaques, et renforcée par le bronzage; et même si, à lui aussi (mais beaucoup plus rarement) en certaines circonstances il lui arrivait de rougir, sa rougeur ne trahissait ni honte ni embarras; mais bien plutôt une extraordinaire et profonde candeur qui, se révélant aux autres, leur mettait du baume au cœur.

Son menton était régulier, point trop prononcé; et sa denture, plus grosse et robuste — peut-être — que la normale, était cependant bien plantée, d'une blancheur lumineuse, à la différence de celle de tante Monda.

Certes, cette dernière était bien consciente de son infériorité par rapport à lui; mais sans nulle envie! Elle se drapait dans l'image de ce frère comme dans un drapeau de famille. Parfois, elle avait l'air de s'excuser de faire, à ses côtés, un couple si mal assorti, auprès du couple réussi. Et quand les gens relevaient leur ressemblance, tout en étant flattée à en devenir cramoisie, elle s'effaçait au même instant, comme si la comparaison entre le couple laid et le beau couple péchait d'irrévérence envers celui-ci et devait, d'une manière ou d'une autre, le contaminer. Parfois, elle s'arrêtait pour contempler son frère, avec le petit sourire privilégié de qui, se dédoublant en une extase, assiste à sa propre transfiguration. Et c'était peut-être cette sorte de dédoublement sacral qui lui interdisait de prêter à son futur Prince Charmant les traits de son frère, au point même qu'elle était séduite par des dehors opposés. Tante Monda n'était pas du genre à chercher l'âme sœur, en amour.

Raïmonda vouait à son frère une adoration bien enracinée, de celles que ressentent les catéchistes pour leur Dieu; et du reste, en famille, dès sa plus tendre enfance, elle avait appris le principe que le mari est supérieur à sa femme, et les garçons aux filles. Déjà, dans le simple fait de nommer EUGENIO, elle trahissait par sa voix la délectation rentrée de qui communique ses propres quartiers de noblesse, ou une distinction honorifique. Et jamais, au grand jamais, elle ne discutait les raisons et les volontés de son frère, même si sur quelques points elle se permettait des préférences personnelles. D'ailleurs, quant à lui, mon père n'imposait à personne ses propres opinions, il était plutôt enclin par nature à complaire aux autres, parfois même jusqu'à l'indolence. Ses seuls points fixes de vérité absolue étaient : l'honneur militaire et la Patrie avec ses suprêmes symboles. Ceux-ci relevaient pour lui de la foi, au même titre que le symbole de la Croix pour un chevalier du Saint-Sépulcre.

Son motif personnel d'orgueil était d'appartenir à la Marine Royale, qui, au cœur de sa foi, représentait, je pense, un Ordre distinct, auréolé d'honneur particulier pour les armées. « Nous, gens de mer ! » lui ai-je entendu dire avec une fierté enfantine, comme si la mer était un clan. Il citait aussi tel ou tel autre officier supérieur ou un amiral, avec le respect d'un écolier qui nomme ceux de ses maîtres pour lesquels il nourrit une confiance aveugle.

Il mentionnait rarement les mussolini, et seulement en tant que personnages secondaires, et peut-être même de qualité douteuse ; tandis que sa plus grande considération — mieux : son culte, il le vouait au roi. En le nommant, il lui donnait toujours le titre de Majesté (convaincu de désigner, sous ce titre, le modèle national de toute perfection). Et à la place d'honneur, dans notre entrée, il exposait son effigie retouchée de couleurs, qui représentait Sa Majesté en buste, dans un uniforme militaire couvert de médailles, rubans, nœuds et croix ; et sur la tête une sorte de colback très haut, sommé d'une longue plume blanche.

On savait à la maison que ce portrait (où le Souverain apparaissait moins vieux qu'il n'était) remontait au temps où mon père commençait à peine sa carrière. Et qu'il était lié à certain événement qui, pour lui, restait encore à compter parmi les fastes mémorables.

On dirait qu'à cette époque-là, au cours de quelque grande revue, le roi d'Italie en personne avait visité son navire. Et qu'entre tous, il avait adressé la parole à lui précisément, avec des questions directes : « En quelle année, diplômé de l'Académie ? Combien d'années de service ? Depuis quelle date, à bord de ce navire ? »

Ce fut la première chose que j'appris sur le compte de mon père, en débarquant dans notre nouvelle maison des Hauts Quartiers.

Tout le monde sait que le roi d'Italie, Victor Emmanuel III, était petit de taille ; mais moi, qui ne l'avais jamais vu en chair et en os, d'après ce titre de Majesté et la hauteur de son colback, j'imaginais un géant : dominant le pont du navire au milieu des marins du contingent et des officiers de tous grades, à tel point que même mon père, à côté de lui, devenait tout petit.

Au moins une fois, je ne sais plus dans quel port, ni à l'occasion de quels fête ou lancement, ma mère et moi fûmes admis, ou, pour mieux dire, reçus comme hôtes de marque à bord d'un bateau de guerre. Il m'en reste la vision d'un grand vaisseau couvert de drapeaux, où mon père, rayonnant, en grand uniforme d'été blanc et or, nous fait les honneurs de la maison, depuis les gueules de canon jusqu'aux peintures d'une blancheur éclatante et aux cuivres brillants comme des soleils ; alors que, ma main dans sa main, ma mère avance au milieu des hommages qu'on lui présente, habillée d'une robe rose orangé et d'un chapeau de paille couleur des blés, d'où tombe une voilette rose. Je la revois en train de retirer son long gant de dentelle ivoire, très prise par cette opération qui, toutes les fois, la met dans l'embarras.

A chacun des retours de mon père, c'étaient chez

nous, dans l'attente, les grands nettoyages de Pâques. Mais il ne fallait pas exclure le hasard de visites inattendues, car il ne perdait aucune occasion de nous faire une surprise, ne fût-ce que pour quelques heures. Et à son coup de sonnette bien à lui, ma mère, en un battement de cœur d'allégresse, courait se peigner, alors que déjà il l'appelait du couloir, de sa voix de ténorino vibrante d'appréhension et d'heureuse impatience. Et puis, aussitôt, de l'air de celui qu'on fête mais aussi un peu de l'intrus, il se présentait sur le pas des portes, avec ses larges dents d'une blancheur éclatante laissant fuser les rires, et le scintillement de ses cils d'or autour de ses iris pervenche très pâle, presque d'albinos. C'était comme « quand entre le soleil », disait Zaïra. Réprimant depuis toujours ses mouvements naturels, il avait en manifestant sa joie les élans maladroits des jeunes chiots. Mais lorsque ma mère et lui s'enlaçaient, serrés fort dans l'étreinte de la bienvenue, leur amour jaillissait de leur gêne en un battement d'aile qui faisait trembler la lumière.

De la gorge étranglée du haut-parleur viennent de sortir des hurlements où il m'a semblé déchiffrer l'annonce du départ pour Almeria. Me voilà donc de nouveau en mouvement. La porte d'embarquement est en bas, au fond des escaliers. Et tout en descendant, je vois déjà là-bas tout au fond le but de mon voyage : El Almendral, réduit à rien d'autre qu'une fosse découverte, sans trace aucune de restes : ni os, ni cendres.

Anda niño anda
que Dios te lo manda.

Parmi tous les airs fredonnés par Aracoeli, ce dernier est souvent revenu me hanter, depuis que j'ai décidé de partir. Je pourrais l'appeler *du bon voyage*. Ce fut la chanson de mes premiers pas. La ligne d'arrivée, c'était Aracoeli accroupie par terre, qui m'indiquait de ses deux bras tendus le couloir de ma course. Dios te lo manda. Et en vacillant le niño pionnier risqua le tout pour le tout, d'un seul élan, sans laisse, à la grâce de Dieu. Jusqu'à la ligne d'arrivée glorieuse de l'applaudissement et des rires et des baisers sonores et des yeux d'étoile et des mamelles frémissantes. DIOS. Depuis beau temps ce Dios de comptine, et avec lui le Theos des Testaments, et Dieu, Dio, God et Gott et leurs autres synonymes avec toutes leurs cours et leurs Vierges, pour moi tout cela n'est que nuit et brouillard. Mais, d'une façon tout à fait absurde, persiste encore en moi le dernier mirage de quelque paradis. Je ne sais où ni quand, j'ai appris que dans la langue espagnole *almendral* signifie amandaie. Et à ce nom, un verger m'accueille un instant au cœur lumineux de la symphonie céruléenne de ses fruits oblongs aux douces amandes blanches.

Dans l'avion pour Almeria, les places vides ne manquent pas, et je me précipite sur la dernière, en queue, soulagé qu'il n'y ait personne à côté de moi. Comme à Milan là aussi, avant le décollage on vous assène ces sempiternelles, inéluctables « musiquettes » préfabriquées et supranationales, qui paraissent l'écho mécanique d'un monde décomposé. Je me bouche les oreilles. Mais après le décollage, au milieu des voix et des rires espagnols qui se poursuivent dans la carlingue, tout à coup je sens monter en moi le repos et le plus complet silence. Une fois sorti du moutonnement de nuages qui entouraient la terre, au-delà de la vitre m'est apparu un étoilement lumineux.

Devant moi, de la poche du siège sort un dépliant touristique, intitulé COSTA DEL SOL. Le texte est en anglais. Et là, j'apprends qu'*almeria*, en arabe,

65

signifie miroir. Ce qui me semble un nouveau signe du destin, ce rappel du miroir d'où toujours réaffleure pour moi, vive et présente, Aracoeli ; et cette découverte a suffi à me restituer, d'un bond, mon estafette céleste revenue pour précéder au milieu des étoiles, mon vol vers El Almendral. Toujours les produits de ma tête en désordre ; où la sotte mécréance se pétrit avec des croyances superstitieuses ; et les visions opposées se superposent ; et, dans les souvenirs (authentiques ? apocryphes ?) une impression claire et minutieuse, propre au documentaire ou au traité, succède à des séquences floues, trop exposées et tronquées.

Almeria espejo mirror miroir. Je ne sais vraiment pas grand-chose sur cette ville. Même le dépliant publicitaire, que j'ai ici sous les yeux, ne me fournit que de maigres renseignements. Anciennement appelée le Grand Port... Jadis repaire de pirates... Autrefois capitale de splendeur mauresque... Ses seules images, qu'encore je porte gravées dans mon esprit, sont deux cartes postales arrivées par le passé, à Rome, avec le cachet de Gergal, et conservées des années chez nous. La première représente une vieille vue de la Porte d'Almeria (la puerta de oro), dessin digne des Mille et Une Nuits, imprimé en une couleur ocre solaire (l'or) avec quelques taches de bleu et de rouge vermeil. Tel un immense navire, cette Porte se dresse au bord miroitant d'un lieu d'abordage peuplé de voiles et de minuscules personnages d'Orient.

Quant à la seconde carte postale, c'est un intérieur de cathédrale (la Catedral-Fortaleza de Almeria) aux nombreux ciels parfois entrelacés de nervures ; et sculpté d'emblèmes et de simulacres de tous côtés, au point de paraître complètement tapissé d'une végétation cosmique.

Pour le garçonnet que j'étais, ces deux cartes postales ont exprimé le vrai portrait d'Almeria, la ville inconnue. Mais d'une troisième, je m'en suis résolument approprié, en la conservant, par la suite, dans mes tiroirs, tant elle me fascinait. On y voit une jeune fille en fête, habillée d'une ample jupe rouge feu, et, tapageur, un jupon à volants, d'une matière légère et gonflante, qui a l'air faite de plumes. Elle porte des bas blancs et des escarpins rouges ; sur son buste, un châle travaillé de fils multicolores et, piquée sur le sommet de la tête, une rose blanche.

À cause de certaines interdictions du Code de l'Armée concernant les mariages des officiers de carrière, mon père et ma mère, dans les premières années de leur union, étaient restés des amants clandestins. Je n'ai cependant jamais douté, dans mon enfance, que mes parents (même si pendant un certain temps ils furent divisés par quelque obscur Devoir), à peine s'étaient-ils rencontrés, eussent aussitôt célébré en grande pompe leur cérémonie nuptiale.

Je savais que leur première rencontre avait eu lieu sur la terre natale de ma mère ; et je ne pouvais reconstruire pour moi le théâtre de leurs noces ailleurs que dans l'unique document dont je disposais : ces fameuses cartes postales. À travers une porte d'or, après avoir longé une rade bleu turquin pavoisée de voiles, les deux époux entraient dans une Catedral-Fortaleza. Elle, habillée d'une immense robe rouge feu, un chapeau de plumes blanches sur la tête ; et lui, en uniforme de parade blanc et or.

En réalité, leurs noces légitimes furent célébrées presque en cachette, et sans éclat, ni faire-part, ni invités, même si cela se fit avec le consentement royal (selon l'expression du Code de l'Armée). La petite cérémonie (que les deux amants appelaient déjà depuis longtemps de leurs vœux) dut se dérouler au fond d'une église quelconque, dans un coin perdu hors les murs de Rome, en présence, je crois, des seuls témoins et de tante Monda, et, naturellement, à mon insu. Cela faisait cinq ans, désormais, que durait l'amour interdit des époux (c'était l'automne 1936).

On ne sait pas les circonstances précises de leur première rencontre ; mais différents indices me laissent croire que ce fut par hasard. Et pour mon père, plus qu'une rencontre, ce fut une apparition. Arrivé, Dieu sait pourquoi (mais peut-être seulement parce qu'il ne savait que faire d'une demi-journée de liberté) en un point quelconque du territoire almérien, mon père la vit passer devant lui ; et, sur-le-champ, il en tomba amoureux.

Je m'imagine que le point de leur rencontre doit se trouver dans un périmètre bien circonscrit de la Sierra, aux proches environs de El Almendral, où la petite existence de ma mère était jusqu'alors restée confinée. On peut penser que ce site était rarement, ou jamais, un but de divertissements ou de promenades pour les élégants jolis princes des vaisseaux. Et dans son catholicisme élémentaire, habité par des images d'église, des légendes afro-asiatiques et les statues des processions, elle doit avoir vu dans le blond monsieur élancé et doré, venu du Nord, une sorte d'Être épiphanique, porteur de mystères et de grâces. Et jamais par la suite, et jusqu'au dernier moment, cette première vision de mon père ne perdra à ses yeux son auréole primitive.

Le bruit court que les Piémontais — sous une écorce plus sage et plus lisse en général que le commun — cultivent parfois, dans leurs arrière-mondes, des semences de feu, germant en une folie de cheval et en une obstination de mulet. Mon grand-père paternel, par exemple, magistrat insigne, était un lombrosien si acharné qu'il se résolvait, le cas échéant, à condamner un pauvre type en le jugeant seulement d'après la forme de son crâne. Et ma grand-mère paternelle se consacrait avec une telle passion à sa collection de perruques anciennes qu'elle affrontait de longs voyages pour s'approprier une vieille touffe de cheveux toute mitée. D'un seul coup, au passage de cette fillette andalouse, mon père fut saisi au sang et aux sentiments, sans remède, tellement qu'il décida, avec une suprême impatience, de l'emporter avec lui dans sa patrie et d'en faire sa femme pour l'éternité. Lui-même, à cette époque, n'était guère plus qu'un petit jeune homme, sous-lieutenant de vaisseau de fraîche promotion et soumis aux lois et aux interdits des armées royales. Et c'est là que commence — je crois — le premier terrible conflit de sa vie, entre son devoir sacré envers l'amour, et son autre devoir — tout aussi sacré — envers la Marine Royale Italienne. Mais il résolut de se jeter, sans choisir ni trahir, dans la lice ouverte du destin. Et peu avant de devenir des amants, ma mère et lui consacrèrent, avec solennelle promesse, leurs fiançailles.

De cette aube de leur amour, se transmit, je ne sais comment, un unique épisode : le premier baiser. Il paraît qu'en avançant les lèvres vers la bouche de sa fiancée, il fit, par émotion et précipitation, un mouvement maladroit : si bien qu'avant que leurs lèvres ne se rencontrent, leurs deux nez se heurtèrent rudement. Ce drôle d'incident qui fit rire la fiancée, et lui fit perdre, dans cette hilarité, ses craintes enfantines, marqua le vrai début de son amour pour lui. Ils aimaient tous deux pour la première fois : elle, vierge qui n'avait jamais embrassé un homme ; et lui, garçon esseulé et sans autres expériences amoureuses que les commerces sexuels ordinaires, obligés et quasi thérapeutiques.

Étrangement, ce premier baiser dévié, au lieu de les

embarrasser, suscita entre eux un élan d'intimité ; au reste, leur lien était déjà scellé au premier regard. Il n'y eut ni cour ni éloquence de sa part à lui, ni résistance de sa part à elle. Leur dialogue initial fut peut-être : « tu veux casarte conmigo ? » « oui ». Et lui, à ces mots, il aura peut-être rougi jusqu'aux cheveux, elle, elle aura un peu pâli. Pour l'un comme pour l'autre, le hasard magiquement avait pris la forme indiscutable du destin.

Parmi leurs si nombreuses différences, ils avaient quelques ressemblances : par exemple dans la candeur vive des sentiments, et dans la foi jurée en une Légende à eux, qui les dominait. Ce fut aussi, pour elle comme pour lui, une passion hardie et soudaine, mais conjugale et définitive.

En partant avec lui, elle laissait derrière elle ses parents déjà âgés (sans doute avec ceux-ci, pour emmener loin d'eux leur fille, usa-t-il d'une exceptionnelle éloquence) et son jeune frère Manuel, qui alors avait peut-être onze ans. Sans compter sa famille non humaine : Patufè le chat, Abuelita la chèvre.

Ils consacrèrent leurs fiançailles — eux seuls présents — devant l'autel d'une église, tôt le matin. La cérémonie — qui pour eux (pour elle, surtout) eut valeur de cérémonie nuptiale — dut consister en un serment réciproque et dans le don d'une bague que mon père passa au doigt de ma mère, et qu'à partir de cet instant elle ne cessa de porter, avant comme après leurs noces à venir. C'était un cercle d'or, semblable à une alliance, où se trouvaient gravées les initiales de leurs deux prénoms, et la date : 1-11-1931.

J'ignore où s'est déroulé ce petit rite religieux : dans quelque église paroissiale de la province, ou bien dans la capitale Almeria. Il est certain que ma mère n'avait jamais vu Almeria avant son *enlèvement* ; auquel succéda de peu son départ de l'Espagne à la suite de mon père. Et ce départ, lui aussi, est resté pour moi jusqu'aujourd'hui un mélange d'Histoire et de légende. D'après l'imagination romanesque de tante Monda (c'est d'elle que me provinrent certaines vagues informations posthumes) ma mère fit la traversée jusqu'à Livourne (ou La Spezia) cachée sur le bateau de mon père, avec la complicité de l'équipage. Mais tante Monda, sur de pareils sujets, n'est pas toujours digne de foi. Il se peut que mon père, après une courte absence consacrée aux préparatifs nécessaires, soit revenu prendre sa fiancée avec tous les moyens nécessaires ; ou encore, tandis qu'il levait l'ancre sur les côtes espagnoles, il l'aura envoyée à destination par voie de terre, en la mettant sous la protection de quelque bonne bourgeoise de confiance. Dans mes visions primitives, il va sans dire que les deux époux partaient ensemble du Port d'Almeria sur un croiseur pavoisé, fêtés par l'équipage tout entier, au milieu des salves de canon ! et au moins trois cents trompettes les célébrant à l'unisson, tel un seul, immense orgue de cathédrale !

Nous atterrissons à l'aéroport d'Almeria, dans l'obscurité et la pluie. D'après l'odeur et les formes végétales, qu'on distingue à peine, j'ai l'impression d'être descendu dans un ardent jardin tropical. Suit un hall noir de monde, et sous les lumières au néon me voilà presque emporté par le tohu-bohu des arrivées et des bienvenues qui me cernent de toutes parts. Rires et voix harmonieuses, et appels à pleins poumons : Pepito ! Miguelito ! Mamita ! Benina ! et des étreintes si fortes, qu'on dirait toutes des étreintes d'amants. Moi seul, personne ne m'attend. Mais aussitôt, dans mon dépaysement, un son familier a déchiré mes sens et s'est fait reconnaître : le claquement des baisers. Aussi

71

sonores, de la même espèce, étaient les baisers d'Aracoeli. Ils claquaient tels des fanions au vent ou de
minuscules castagnettes, et laissaient un petit sillon
mouillé de salive, qu'elle m'essuyait d'une caresse du
doigt. Elle était appliquée comme un acte de guérison,
sa caresse ; mais aussi, futile comme une plaisanterie :
et nous en riions ensemble.

Je me hâte de sortir de cette presse en fête, de cette
eau sale. Le chœur amoureux des baisers a noué mes
nerfs d'un accès de haine. HAINE, eh oui ! comme si je
ne savais pas que le mot juste, ici, serait en vérité :
ENVIE ! Et pour repousser une envie impossible, la
seule arme possible est une HAINE totale. Mon ultime
défense, et mon secours.

Selon une ancienne historiette, il existerait, caché
dans une forêt, un tailleur immortel, qui dort le jour,
perché sur un arbre comme les hiboux, et la nuit hante
les chambres de certains mortels qu'il a pris le soin de
choisir à l'avance, et auxquels il coud, dans leur
sommeil, une chemise invisible, tissée avec les fils de
leur destin. À partir de cette nuit, chaque élu — sans le
savoir — circulera cousu vivant dans sa propre chemise ; et dès lors jamais ne pourra en changer ou s'en
débarrasser : ni plus ni moins que s'il s'agissait de sa
propre peau. En outre, ignorant à jamais de ce qui
vient de lui échoir — puisque, plongé dans le sommeil,
il ne s'était aperçu de rien — chacun, jusqu'au lendemain, aura repris la lutte pour sa propre existence, à
son habitude, sans s'expliquer le pourquoi de certains
prurits, élans ou malaises qui le font délirer. Et l'on dit
à ce propos que le tailleur nocturne, goûtant à l'avance
les tourments futurs de ses clients, pendant son travail,
à chaque aiguillée, éclate de rire.

Savoir, d'ailleurs, si le tailleur, dans ses choix, suit
un critère personnel ou une règle établie, ou bien va à
l'aventure ou se laisse mener par son caprice : la fable

ne l'explique pas. Elle fait cependant allusion, au dernier moment, à l'existence de certains corps mortels miraculeux, doués de facultés excentriques : celle, par exemple, de changer de peau comme les serpents, ou de glisser inopinément hors de sa propre chemise, telle une fève de sa gousse, ou même de faire évaporer la chemise de son dos sans du tout s'en apercevoir, par l'action naturelle du souffle. Mais il s'agit là de cas rarissimes. Et le tailleur immortel, après les avoir identifiés, en prend note avec soin, les distinguant, avec des marques particulières, de la normalité générale. Dans sa Liste Universelle des corps, leurs noms (accompagnés de leurs respectives positions dans les espaces nocturnes) sont précédés de la lettre P (qui peut signifier PARADOXE ou PRIVILÈGE) et suivis du sigle NSCF, que d'aucuns déchiffrent ainsi : NON SUJETS À CASAQUES DE FORCE (ou à CHEMISES DE FORCE).

Mais le tailleur immortel, possédé par son idée fixe, ne se fait pas facilement à de pareilles anomalies. Et il insiste dans ses tentatives de revêtir à nouveau de chemises les mêmes corps miraculeux déjà revêtus en vain précédemment, aspirant ainsi à un succès quelconque, encore que bien improbable. Il n'en résulte pas pour autant qu'une telle satisfaction lui ait jamais été donnée. Régulièrement, et sans exception aucune, ces corps NSCF se dépouillent petit à petit de ses nouvelles chemises, comme de transitoires maladies saisonnières.

De même que toute autre fable ancienne, celle-ci aussi communique sans doute sa part de vérité. Et dans ce cas, elle me communique à moi que je ne suis certainement pas un corps miraculeux. Si j'avais une sonde appropriée, je pourrais repêcher au fond de mon passé la date lointaine de cette nuit où je reçus la visite du tailleur immortel. Depuis, parmi les sorts indélébiles de ma trame future, cousus désormais dans le vif de ma chair, le premier disait :

JAMAIS PLUS TU NE SERAS
UN OBJET D'AMOUR
JAMAIS POUR PERSONNE JAMAIS
JAMAIS TU NE SERAS UN OBJET
D'AMOUR.

Pourtant, ce sort qui me fut décrété, je l'ai appris beaucoup plus tard. Pendant trop d'années, je n'ai pas voulu reconnaître, dans les tours et les retours monotones de ma chanson, le thème obsessionnel d'un destin nécessaire. Et je vois enfin maintenant tout le ridicule de certaines de mes contorsions absurdes dans les tentatives répétées pour sortir de ma peau. Et de mes si nombreuses marches et courses et poursuites et supplications de gueux, moi qui allais mendiant des réponses d'amour, contre toute dénégation reconfirmée et impitoyable de Nécessité. Et les attentes incalculables d'un démenti. Et les rechutes. Et les sourires confiants devant des faces froides. Et les pauvres gratitudes pour les corps concédés sans envie. Et les frissons devant les nouvelles répulsions. Et les présomptions dérisoires. Rien. Aucune réponse. Depuis que j'ai perdu mon premier amour Aracoeli, plus jamais on ne m'a donné un baiser d'amour.

« Qu'est-ce que tu viens faire ici ? Je veux être seul ! Tu piges à la fin ou tu piges pas ?! JE VEUX ÊTRE SEUL !

— ... Je passais par ici... par hasard... et j'ai pensé monter un instant...

— *Un instant*, c'est ça ! Tu dis *un instant*, et puis tu restes ici deux ou trois heures, le cul collé à la chaise...

— Je ne vais pas m'asseoir... je resterai ici debout, rien qu'un instant... je ne suis monté que pour un instant... que pour voir comment tu vas...

— Je vais comme ça me chante ! Qui t'es, toi ? ma nounou ? Bon, t'as vu comme je vais. Et maintenant, salut. Je te salue. L'*instant* est passé !

— ... pourquoi m'as-tu raccroché le téléphone au nez, ce matin ?...

— Parce que j'en ai ma claque de te répondre ! Rien qu'à entendre ta voix : *allô ! Mariuccio ! Mon petit Mario*... j'en ai la chair de poule. Allez, vas-y, qu'est-ce que tu avais à me dire ? que tu m'aimes, hein ? Première nouvelle ! Tu m'aimes ! Et qu'est-ce que j'en ai à braire, moi, si tu m'aimes ! va faire tes petites confidences au barbier, au curé, écris-les au courrier du Cœur, consulte Radio-familles ! *Tu m'aimes !* Et moi, de ton AMOUR je ne sais pas qu'en foutre. Ni de ton amour, ni de l'amour de personne. O'kay ?

— Mais moi, je t'aime trop.

— Sûr ! *Trop*, mais pas *assez*.

— Pas assez... Et que devrais-je faire, pour t'aimer *assez* ?

— Tu devrais arrêter de me les casser... Ou si tu veux, te tirer de mes pieds. C'est ça que tu devrais faire ! Ça ÇA !

— ...

— Et t'es encore ici !! C'est un vrai cauchemar ! Je savais bien que ton *instant* ça voudrait dire, comme d'habitude, deux ou trois heures de cauchemar...

— Mais quel mal je te fais, en restant ici ?

— Et il remet ça ! Mais je dois te le dire comment, en chinois, que je veux être seul ! s'il te plaît, va-t'en. Quand tu es ici, j'ai envie de me gratter, comme si j'avais la gale. Même si je ne te regarde pas, je te vois, là, planté droit au pied de mon lit, à me fixer avec tes yeux de merlan frit : la Vierge devant l'archange de l'Annonciation ! Moi je suis pas l'Annonciation, t'as pigé ? ! mais toi, tu veux enfin savoir qui tu es, toi ? tu es une merde de bourgeois qui s'emmerde ! Tu as besoin d'un Héros, pour ton tonus ! un type Génie-Rimbaud, un Che Guevara, un Christ sur le Mont Thabor. Mais moi je ne suis pas le genre, t'as pigé ? ! Je suis un pédé commun : et un point c'est tout. Et toi, tu voudrais me toucher, hein. Mais moi, par toi, je ne me laisse pas toucher. Tu n'es pas même une vraie tantouze, tu es un mec manqué, une épave de classe hors service, tout juste bon pour le Musée des Faisceaux défunts. Tu veux un conseil ? marie-toi, ou bien fais-toi curé. Pourquoi ne t'engages-tu pas au Vietnam ? pourquoi ne vas-tu pas en Inde ? en somme, va où putain de Dieu bon te semble, mais d'ici, dégage ! DÉGAGE ! Tu ne veux pas le comprendre que tu me dégoûtes ? Tu as des yeux de morue pourrie, l'estomac enflé et les jambes sèches d'une vieille, les pieds plats... l'haleine fétide, les aisselles puantes... »

Il s'est mis à rire horriblement, les lèvres écumant d'une aversion frénétique. Et à chaque instant son toupillon châtain lui tombe sur les yeux, et il le relance en arrière, des rides de haine ravageant son visage d'enfant. Et moi je suis là, ma présence désespérée, à me répéter que c'est la dernière fois, ma contemplation extrême, en m'efforçant par chaque nerf de graver au centre de mon être (où ? dans mon cerveau, dans mon sexe, dans mon cœur ?) ce toupillon, cette pâleur sénile sur un visage d'enfant, ces doigts grêles, son image adorée, sa sordide petite pièce adorée ; « Salut ! » me relance-t-il, brûlant d'envie que je disparaisse d'urgence ; et en attendant, pour m'éliminer de sa vue, il a plongé sa tête dans l'oreiller. « Alors... » dis-je, « salut... » Mais sur le point de quitter ses quatre murs, stupidement je me prends à balbutier : « Quand nous revoyons-nous ?... » « Jamais ! » crie-t-il en relevant la tête. Et, la bouche déformée par un rictus, et la voix presque épuisée par l'aversion, il m'annonce : « À propos, moi je pars demain. Je vais à Zurich, trouver une vraie tantouze qui m'a promis une Ferrari. Bien le bonjour. » « Et quand reviens-tu ? » « Jamais ! » Deux jours plus tard, je l'ai revu par hasard, collé à un juke-box, dans un Bar du Corso Magenta. Au vrai, je le savais bien que cette tantouze n'existait pas, et que lui, du reste, il n'en a rien à faire d'une Ferrari ou d'un quintal d'or. À mon salut distant, il a répondu par une grimace muette.

Le jour suivant, à la même heure, je suis repassé devant le même Bar, il était encore là-dedans, collé au même juke-box, comme s'il ne s'était plus déplacé depuis la veille. Cette fois il s'est tourné de biais pour ne pas me saluer.

Pendant environ une semaine, j'ai continué à me présenter chaque jour à la vitrine de ce Bar, mais sans plus l'y retrouver. Jusqu'à ce qu'un après-midi dans la rue, je le voie à quelques pas devant moi, avancer à vive allure : je l'ai rattrapé. « Qu'est-ce que je dois faire », il s'est brusquement retourné, il était d'une pâleur furieuse, « pour ne plus t'avoir dans ma ligne d'horizon ? je dois te flinguer ? Ah, ça te plairait, hein », a-t-il ajouté avec mépris.

Ainsi, je l'ai vu filer plein de dédain, de sa démarche disloquée qui tenait de la marionnette et du petit chien ; ses longues jambes d'adolescent serrées dans ses éternels blue-jeans sales, toujours les mêmes en été, en hiver ; les omoplates saillantes sous un tee-shirt dépenaillé... Ce devait être ma dernière vision de lui. Pendant plusieurs jours encore, je n'ai fait rien d'autre qu'errer dans les parages, frôler son immeuble et guetter aux coins des rues, à la fois appelant de tous mes vœux et esquivant les occasions possibles de le rencontrer. Mais un soir, incapable de résister davantage, je me suis encore précipité dans sa montée d'escalier, épuisé par mon audace même, comme un assassin sans courage. À plusieurs reprises, j'ai violemment appuyé sur la sonnette.

D'évidence, il ne s'attendait plus à mes visites. De l'intérieur a retenti son inquisitorial : « Qui va là ? », espiègle parodie des romans de cape et d'épée. Mais à l'appel reconnaissable de ma voix : « Mariuccio ? Mariuccio ? » il y eut d'abord un silence ; et puis, derrière la porte close, un étrange cri hystérique et grossier, quasiment un rejet viscéral. Et cette sorte d'obscénité inarticulée a eu le pouvoir de me bouleverser plus que n'importe quelle insulte. Pourtant, dans mon obstinée, inguérissable prétention, j'ai appuyé de nouveau, avec une violence encore pire, sur la sonnette. Mais derrière la porte close, il n'y a plus eu de réponse.

Après une pareille journée, je n'ai plus osé affronter l'ordalie de cette porte ; pendant un grand mois, je me suis banni, contraint et forcé par moi-même, de ma zone d'amour comme d'un lager de supplices. Mais la vérité, hélas, mon exercice désespéré se voulait aussi, dans le fond, une opération astucieuse. Dans un traité sur la stratégie amoureuse, j'avais lu que les grands séducteurs recourent, en dernier ressort, à la tactique de l'absence pour transformer une aversion ordinaire en une extraordinaire nostalgie. Pourtant, à mon absence ne répondit qu'un calme spectral.

Au bout de ce mois héroïque et épouvantable, ne recevant point de nouvelles en provenance de la petite pièce, il ne me resta plus qu'à affronter encore cette infernale échelle de Jacob. À mon timide coup de sonnette, là porte s'ouvrit, ce jour-là, ou plutôt s'entrouvrit de la largeur du fil d'un couteau ; et à travers la fissure, une étrange voix féminine m'informa que Mariuccio n'habitait plus ici. Après quoi, la porte se referma ; et moi, tout en descendant, me tenaillait le soupçon que l'autre, la femme derrière la porte, était sa maîtresse du moment. Déjà, lors d'une précédente occasion, en me refusant sa porte, Mariuccio m'avait dit de l'intérieur : « Impossible de te recevoir, nous sommes en train de faire l'amour », « Nous sommes... avec qui ? » « Avec une dame ! » m'avait-il répondu. Cette fois-là, je l'avais pris pour une fausse excuse. Mais si, en revanche, ç'avait été vrai ? Si sa maîtresse clandestine était celle qui venait de répondre ? Une amante, une femme ! Qui sait pourquoi, la jalousie m'en était plus atroce encore que s'il s'était agi d'un amant, d'un homme.

Par ailleurs, la concierge, en bas dans sa loge, à mon enquête confuse me confirma qu'en effet Mariuccio n'habitait plus ici. Eh, depuis plus d'un trimestre, ajouta-t-elle, il recevait des avis d'expulsion, parce qu'il ne payait pas sa location (il ne m'avait jamais parlé de ces choses, à moi).

Ce jour-là, donc, ç'avait vraiment été ma dernière ascension de ces escaliers. Désormais, là-haut, au sommet, on ne pouvait plus trouver que quatre sordides murs étrangers. J'étais repoussé de nouveau dans mon habituel réseau de rues archiconnues, voies principales ou de traverse, droites ou tortues, où tous les passants m'étaient hostiles. Une furieuse, incessante, monotone tourmente de pas et de roues et de hurlements de sirènes et de coups de klaxon. Par moments, tout cela se calcifie en une unique, dure platitude carcérale, où je balle, emmuré.

Mariuccio. C'est le nom de mon second, suprême amour. J'avais alors trente-trois ans et lui dix-huit. Lui aussi de race bourgeoise, comme moi. Lui aussi avait étudié le latin, le grec, l'anglais et lu des livres. Mais maintenant il ne lisait plus rien. Il méprisait tous ceux qui ouvraient les livres.

Pour moi, qu'était-il ? Rien qu'un reflet peut-être de quelque chose d'autre, une buée lumineuse que je poursuivais, sans vouloir, en réalité, l'atteindre. S'il s'était laissé étreindre par moi, ne fût-ce qu'une seule fois, sans doute me serais-je aperçu qu'entre mes bras je n'étreignais rien ; ou rien qu'un corps de vieux. Certes, c'est lui qui avait raison, en disant qu'il n'était pas, pas même lui, un « corps miraculeux ». C'était un chiot de rebut, de ceux qu'il fallait éliminer du nombre. Un de nos banals petits mecs d'aujourd'hui, pour lesquels les lendemains terrestres s'annoncent comme un viol innommable. Et leur adolescence est un demi-sommeil agité, au milieu de vilaines ombres inexplicables, traversé de la peur du croque-mitaine.

> Duérmete niño mio
> que viene EL COCO
> y se lleva a los niños
> que duermen poco.

> Dors bien mon enfant
> car LE CROQUE-MITAINE vient
> et il apparaît aux enfants
> qui ne dorment pas bien.

De lui, je n'ai plus jamais rien su. Et je me demande s'il est toujours en vie. Il ne semblait pas destiné à une longue survivance. Mais pas même la nouvelle de sa mort ne pourrait désormais me toucher.

Il m'a laissé en cadeau l'usage des drogues, y compris de celles qu'on dit « dures ». Avant lui, je m'étais limité à l'usage des somnifères ordinaires qu'on achète en pharmacie, comme remède nocturne contre l'insomnie, ou refuge temporaire dans certaines crises extrêmes. Mais avec Mariuccio j'ai appris à pratiquer le sommeil comme gaspillage, grève et sabotage. Et ces dernières années, je les ai brisées et défaites, désertant la fabrique du temps chaque fois que ses rythmes prescrits m'effrayaient, dans leur éternité chiffrée. Moi absent, les horloges du monde sautaient, et les journées s'effeuillaient en désordre, tels les copeaux d'un rabot déglingué. Je me réveillais d'un sommeil de plusieurs jours, supposant que je m'étais endormi la veille au soir. Le futur était déjà passé, toutes les dates se trouvaient échues sans avoir à vérifier, les nouvelles du journal étaient supplantées par d'autres nouvelles contraires. Les pronostics de la source avaient été inversés par les morts.

Si je tente une recherche de ces années passées, plus que les revoir il me semble les réentendre, ainsi qu'une fuite de coups de tonnerre sur son sommeil intact. L'année des Colonels et celle du Kippour. Et l'année des mois de mai. Et les années des bombes et des tumultes, et des séquestrations et des tremblements de terre et des génocides, des scandales, mafias, procès. Et les carillons de Noël et de Pâques, et les processions de voitures pour les exodes estivaux. Bien sûr, pendant que je dormais, les « corps miraculeux » auront refait, aux nouvelles saisons, leur mue, pour les rendez-vous d'amour. Mon corps, lui, durant mes sommeils, s'est livré à la vieillesse. Mariuccio était peut-être un messager, ou un tueur : envoyé pour m'injecter le sommeil afin d'inverser le système du temps. Le futur fuit en arrière, le passé vient à notre rencontre. Et dans cette extravagante chienlit, au-delà de la croix des jours, elle est là, qui m'attend, avec ses premiers baisers.

... L'amour est échange : il veut donner — et recevoir. Et si, maintenant, à 43 ans, je me suis mis en route à la chasse d'un fantôme, c'est parce que j'ai appris depuis longtemps (et désormais, sans l'ombre d'un doute) que je n'ai rien à offrir à personne, point d'échange digne. Je ne trouve pas grâce dans les cœurs.

Et jusqu'à l'amour payé (et y penser m'attriste aux larmes) qui serait maintenant une marchandise au-dessus de mes moyens. Je suis, en effet, un pauvre, même si j'appartiens à la classe des possédants, régulièrement oisifs et qui vivent de rentes. En vérité, je possède une propriété immobilière...

Il existe, à Turin, un quartier, naguère cossu, mais par la suite dégradé en une sorte de ghetto pour les plus pauvres immigrés méridionaux. Ses immeubles sont réduits à des montagnes de taudis, et le vieux deuxième étage d'une de ces bâtisses, celui qu'on dit *noble*, m'appartient. C'est le dernier reliquat de l'héritage de mes grands-parents paternels, cédé, je ne sais plus depuis combien de temps, en location à deux Turinoises, des sœurs d'un âge respectable, qui m'en paient encore maintenant la mensualité due, très basse mais ponctuelle. Je n'ai jamais vu ma propriété ; mais je sais que les deux vieilles (jamais vues, elles non plus) en ont rempli les pièces, jusqu'aux plafonds, de lits de sangle, de petits sommiers, pour en faire, tout à leur bénéfice, une espèce de dortoir pour immigrés hommes seulement. Chaque lit est utilisé par une seule personne ; cependant, en certains cas, un seul lit est retenu en société par deux utilisateurs, qui en partagent les frais : et y dorment alternativement, un de jour et l'autre de nuit, suivant leurs différents tours de travail. En règle générale, les locataires sont tous des ouvriers, célibataires ou séparés de leurs familles, mais en majorité des jeunes, et provenant du Sud. Et moi j'éprouve une tendresse attristante en m'imaginant, endormis en rang dans leurs lits étroits, ces jeunes corps de peine, auxquels je dois, en quelque sorte, ma survivance. Certes, si je me présentais à eux, eux aussi me regarderaient comme un vieux bourgeois, inutile, laid, leur exploiteur, leur ennemi.

Et maintenant, ici en Andalousie, comme à Milan et partout ailleurs, il serait bien trop tard, et démentiel, pour moi, d'attendre autre chose que de l'indifférence de la part des vivants ; et je ne veux rien d'autre. Et je sais plutôt gré aux vivants de cette indifférence, qui me permet de passer moi-même, au milieu d'eux, ainsi que passe une ombre insensible. Dans l'autobus en partance du petit aéroport pour Almeria-ville, je me suis assis, comme précédemment dans l'avion, seul à l'écart, vers le fond. Je ne veux plus entendre les baisers sonores ni les dialogues amoureux ; et j'ai replacé mes lunettes dans la poche de ma veste, si bien que les autres passagers de l'autobus se réduisent sous mes yeux à d'informes larves. Au-delà de la vitre rayée de pluie, je peux entrevoir, par moments, les bras d'un arbre tendus et battus par le vent, sur les côtés d'une route périphérique, peut-être roule-t-on au milieu des champs, éclairée seulement par le gros balai des phares. À Milan, avant de partir, j'avais relevé l'adresse d'un hôtel à bon marché (signalé par une seule étoile) non loin du Port et du Centre. Instruit préalablement par un plan sommaire de la ville, je le retrouve sans trop de difficultés.

Dans la petite entrée de l'hôtel, un vieux est à la réception, assis derrière le comptoir, l'oreille collée à un transistor : je lui remets mon sac et mon passeport, sans me soucier de voir la chambre qui m'abritera pour la nuit. Cependant, j'ai ressenti le besoin d'uriner, et une sorte de rituel improvisé m'a commandé, sur le moment même, de répandre la première urine de mon arrivée dans la mer d'Almeria. Souvent je me soumets à de semblables mouvements pulsionnels, comme au chantage de minuscules puissances magiques, lesquelles, sans discernement ni explication, menacent de représailles en cas d'inobservance.

Le vieux de l'entrée, qui ressemble à certains papes médiévaux et dilate, en parlant, ses narines vastes et pelues, m'a indiqué le Port, éloigné de quelques dizaines de mètres de l'hôtel, mais visible à grand-peine dans le mauvais temps. Le capuchon de mon ciré ne suffit pas à me protéger de la pluie qui redouble et dégouline sur mon visage, embuant mes lunettes. Mais en m'avançant sur l'esplanade du Port, je reconnais, en un soudain sanglot, qu'autrefois Araceoli passa par ici et qu'à présent mes pieds foulent l'empreinte des petits pieds de la fillette qu'elle fut.

Même avec mes lunettes, je ne parviens à distinguer, en face de moi, aucune démarcation entre la terre et l'eau. Sauf une longue ombre massive, qui m'indique la jetée, et les silhouettes curvilignes de deux ou trois grosses barques sans fanaux, l'étendue d'eau et de terre apparaît à ma vue comme une unique surface plate pétrifiée. Le Port est sombre, et, tombant des nuages, une pâle clarté renvoie vers le bas la même teinte grise de cette immense plaque de pierre. Allant d'un pas incertain, je me suis trouvé les pieds dans l'eau, sans doute une flaque ; et là j'ai uriné, en m'expliquant tout à fait fortuitement, au cours de l'acte même, l'intention occulte de ce « rite commandé » (et plutôt mal exécuté). Une déclaration virile de possession : c'était cela. L'un des signaux usuels de certains animaux nomades : « Avis. À partir d'ici s'étend mon fief. » Ce qui correspond à la chanson des oiseaux vers la saison des nids ; et sur le moment, il m'a semblé avoir déjà adopté pareil signal fauve, au cours de qui sait quelles disputes enfantines (peut-être en rêve ?). Alors, bien imprévue, me frôle une très légère bouffée d'allégresse. Et cette obscure ouïe intérieure, qui nous restitue jusqu'aux voix des morts, me fait reconnaître, à sa voix, quelqu'un que je n'ai jamais connu de ma vie : mon oncle Manuel. Au temps de sa mort dans la guerre civile, il n'avait pas encore atteint son plein développement ; or cette voix a un âge encore plus vert, et elle se confond en moi avec la voix de ma première puberté, encore aigre et bien mal assurée. Mais, sans nul doute, c'est lui, on le reconnaît même à l'odeur, celle d'un muchachuelo qui passe une grande partie de sa vie en plein air. Et voilà qu'il se met à me contester la prise du fief : « Moi », proclame-t-il, « j'ai pissé ici avant toi ! » Les yeux clos, je le regarde et le contemple pour les si nombreuses fois que j'avais dû le deviner. Manuel Muñoz Muñoz, signataire et scripteur de toutes les cartes postales d'Almeria (puisque, dans sa famille, il était le seul qui sût écrire). Peut-être, écrivain sur les murs aussi, et lecteur d'affiches, et, qui sait, de journaux aussi, outre qu'expert en barrios et en ports et en arènes (« Mon frère est valeureux, au jeu de la corrida, il fait toujours l'espada, et, quand il sera grand, il sera espada, ou bien explorateur, ou encore routier »). Eh oui, d'évidence il est belliqueux, même si, ce soir, il est revenu ici sans armes d'assaut. Et le visage, presque trait pour trait celui de sa sœur aînée (« Mon frère et moi, nous sommes deux comme un, du même moule ») mais avec la tête rasée, selon l'usage ancien pour les garnements de moins de quinze ans. C'est Lui, et je ne lui dispute aucunement son droit. « Roi d'Almeria », l'appellerais-je, s'il était vraiment revenu exister, vivant et de chair, ici, à ma rencontre, au bord de cette flaque de pluie ; et « Prince et Comte de toute la Sierra et d'El Almendral ». Et je n'hésiterais certes pas à lui déclarer : « Le fief est à toi ! » « Ce qui est à moi, est à toi ! » serait alors sa réponse, selon le faire grandiose des Hidalgos. Et nous reconnaîtrions que nous sommes parents, point étrangers ni différents l'un de l'autre, du même âge, jumeaux. À l'égal des nouveau-nés, en effet, celui qui remonte de la mort ne devrait pas tenir compte de l'âge, ni distinguer entre beauté et laideur.

La pluie tombe plus dru maintenant, faisant des sillons liquides sur mon capuchon ; et lorsque je relève les paupières, le Port, à travers mes verres que l'eau strie, se défait en une sorte de matière nébulaire, engloutie, par moments, dans des gueules d'ombre. Complètement trempés, mes blue-jeans durcissent sur ma peau, l'eau a pénétré dans mes chaussures jusqu'à mes orteils, et un froid humide, quasi hivernal, stagne dans mes os. Certes, rien de ressemblant avec les soirées andalouses telles que les attendent les gens du Nord (peut-être avais-je cru moi aussi que l'unique saison d'Andalousie était l'été ?). Mais, pour moi, il vaut mieux qu'il en soit ainsi. Il eût été terrible de débarquer aux abords célèbres de la carte postale, dans la baie bleu perle que regarde la Porte d'or, quand *eux tous* en sont absents. En réalité, c'est là pour eux un lieu étranger, comme c'est un désert pour moi. Et si pour eux, à moi invisibles, j'étais par contre visible, ce serait certes un drôle de spectacle qu'ils auraient sous les yeux, ce binoclard qui va de-ci de-là en titubant, pour consacrer de solennelles pissées, et sourit, les yeux clos, dans le vide. À coup sûr, s'ils nous observent, les morts rient de nous.

Je me suis décidé à revenir sur mes pas. Le long du côté opposé au Port, au-delà de très hautes silhouettes végétales qui m'ont l'air de palmiers, on aperçoit la rare petite flamme électrique des réverbères en file, et des entrées éclairées, sûrement des bars. J'en perçois, en effet, les effilochages de musique à quatre sous, où j'ai reconnu, en m'avançant, les mêmes disques tournant sous le verre des juke-boxes milanais. La rue est pleine d'automobiles qui filent, et dont, sans en voir grand-chose, j'entends le crissement de pneus sur l'asphalte, dans une fuite de lueurs déformées par la pluie. Je ne m'attendais pas à une pareille circulation dans la ville d'Almeria, et en dehors de la saison touristique ; sans doute quelque rassemblement patriotique : une célébration, peut-être ? ou un assassinat ? ou bien le Généralissime est-il mort ? Il me semble voir, oscillant au-dessus des coffres, la flamme noirâtre de fanions, ou des couleurs de drapeaux ; mais, comme d'habitude, c'est un faux effet de mes pupilles affaiblies et des lunettes mal chaussées et couvertes d'eau. Au vrai, il doit s'agir des enseignes lumineuses sur les murs d'en face et des antennes de radio de passage, ou des poteaux télégraphiques ou des arbres qui projettent leurs ombres contre les surfaces cimentées. C'est alors que je me suis répété une question habituelle en de semblables occasions : ne devrais-je pas me munir, dès à présent, de la canne blanche des aveugles ? Comme à Milan, ici aussi maintenant, passer sur l'autre trottoir m'expose à un jeu de hasard mortel. Anda niño anda. Et je me suis aveuglément jeté dans ma traversée, par coutumiers défi et dépit, ponctuellement harcelé par des appels de phares furieux et talonné par des coups de klaxon pleins de reproches. Chaque fois que je touche, indemne, le trottoir d'en face, je m'étonne du Sort qui toujours m'épargne.

Là-haut, une cloche a sonné les heures, sans que je m'avise d'en compter les coups. Et je ne parviens pas à distinguer les aiguilles au cadran de ma montre : de toute façon, il doit être juste l'heure de dîner. Aux vitrines des bars, à deux doigts de mon nez, je peux lire les messages alléchants : *pescados, mariscos, bocadillos* ; mais je n'ai pas faim. J'ai seulement soif d'un alcool fort, n'importe lequel, mais ces bars, avec leurs musiques obsédantes, me repoussent. Bifurquant brusquement, je me trouve à l'orée d'une grande Avenida, où la mystérieuse circulation des voitures est encore plus dense que sur le Paseo du Port. Les entrées hautes et voyantes des immeubles les plus proches s'ouvrent sur des halls grandioses illuminés a giorno : des théâtres, peut-être, des cinémas de luxe, de riches hôtels à quatre ou cinq étoiles. Vivement, je me retire vers les ruelles de l'intérieur, à la recherche d'un petit bar bien tranquille où m'abriter pour boire ; mais là aussi, sorties de ces rares troquets les identiques clameurs des musiques mécaniques et des télévisions vociférantes se ruent sur moi en une explosion, à peine je franchis les seuils : comme une unique, petite horde hostile qui m'interdirait toute entrée, me refoulant aussitôt sur le pavé. Par les vitres gargouillantes (*bocadillos*, *mariscos*, *pescados*) filtrent fumées et odeurs de fritures de mer. Et au-delà, dans ces intérieurs enfumés, j'entrevois en passant une confusion de têtes et de bras, des gesticulations de fêtards. Là aussi, comme partout ailleurs ; entre riches et pauvres, et révolutionnaires et conservateurs, et fascistes et communistes et modérés, je suis un intrus.

Ces ruelles étroites que je parcours sont pis que pauvres, misérables. Le pavement est défoncé, et dans des nids-de-poule stagne la pluie. Sous le maigre éclairage, de temps à autre je découvre, à ma hauteur, un pan de mur rongé par les ans et éclaboussé de taches, ou encore un portillon de bois vermoulu à moitié ouvert sur un passage invisible. Cependant la pluie a presque cessé, et j'ai abaissé sur ma nuque mon capuchon ruisselant, et essuyé mes lunettes à mon chandail, sous ma veste. Autour de moi les passants se font rares, les voitures ont disparu. Sur le toit des immeubles, se dressent les antennes de télévision, toutes collées les unes aux autres, et de hauteur irrégulière, telle une multitude d'arbrisseaux secs et noirs : et de chaque logement, même à travers les fenêtres closes, sortent les voix en série des téléviseurs qui battent les ruelles, faisant d'un pas à l'autre une chaîne d'échos. Tombe, un court laps de temps, un silence bourdonnant, suivi de furieux échanges de coups de feu et de hurlements atroces, et puis d'un long coup de sifflet : probablement transmet-on un drame policier. Entre-temps, une femme a ouvert à deux battants une fenêtre basse en appelant : Manola! Manola! pour aussitôt refermer. Vers le bout de la ruelle, enfoncée entre deux immeubles, j'aperçois la vieille ruine d'une bâtisse de hauteur moyenne, presque entièrement détruite, à la suite d'une démolition ou d'un écroulement. Les deux cinquièmes découverts en demeurent debout, avec les restes d'un escalier de pierre à demi enterré ; et le vide persistant m'a semblé étrangement profond, noir comme un puits. À quelque distance de là, isolée sur une petite esplanade, je rencontre une autre ruine : elle aussi, également rongée par la vieillesse. Et, pris d'un doute, je me demande si ces restes ne remontent pas aux jours désormais lointains de la guerre civile. De ces jours passés, émerge en moi l'écho d'une information à peine recueillie, alors, je ne sais trop où, dans notre maison des Hauts Quartiers : Almeria bombardée au canon depuis la mer. Dans la cuisine, tante Monda, commentant à voix basse la nouvelle avec Zaïra, explique ce bombardement comme une action de défense nécessaire contre le communisme : puisque, malheureusement, Almeria n'avait pas encore été « libérée de la barbarie rouge ».

Dans mes réminiscences, un tel regret de la part de tante Monda accompagne, ainsi qu'une petite basse continue, toute la durée de la guerre civile. C'est un fait : le dernier jour de la guerre, le dernier, après la chute de toutes les autres villes espagnoles, l'armée franquiste entra dans Almeria.

La mémoire, en certains états morbides, est un corps malmené et livide, qui peut ressentir un simple contact comme un horion. Depuis que, garçonnet, j'ai traversé des zones dévastées par la guerre, toute vue de démolition ou de destruction fortuite provoque en moi un heurt brutal, tel qu'un coup de poing dans les côtes.

Une fois dépassée la place étriquée avec sa pauvre, vieille ruine, je me trouve dans une petite rue tranquille, d'où j'entrevois de nouveau, sur le fond, l'esplanade du port quasi plongée dans l'obscurité. Collé à la vitrine d'une gargote, un morceau de papier écrit à la main promet : *Paella*. Et j'en profite, car c'est pour moi une sorte d'invitation. *Paella à la valenciana !* dans mon passé familial, c'était le seul plat que je connaissais de toute la cuisine espagnole. Et je réentends la voix de mon père, qui, assis à table entre nous deux, disait à ma mère et à moi, à l'occasion : « Quand l'Espagne entière sera de nouveau en paix, nous irons à Valencia, déguster une vraie paella. »

Pour moi, Valencia était une vieille chansonnette, que tante Monda fredonnait d'une voix nostalgique (et passablement fausse) :

> Valencia
> douce terre qui nous étreint de ses mille
> séductions !
> Sur ton sol parfumé
> des plus ravissantes fleurs
> j'ai trouvé dans l'amour
> la paix du cœur !

L'intérieur de la gargote est à moitié vide, et sans juke-box. Seule, placée si haut qu'elle en touche le plafond, une télévision allumée domine la salle, d'où un orateur gesticulant, l'air imposant, tient une manière de réquisitoire, sans que personne, en bas, ne lui prête attention. La salle, parsemée de quelques tables aux nappes de toile cirée, est éclairée au néon, dépouillée de tout ornement, et à mon entrée ne s'y trouvent que quatre clients : debout au comptoir, deux hommes d'environ mon âge, qui, si j'en juge d'après leur apparence, doivent être des travailleurs du Port ; et, assises à une table, deux filles d'une pâleur brunâtre qui, à la lumière du néon, tire sur le vert, et dont les lèvres d'un rouge dense et sombre ont l'air d'être noires. L'une et l'autre portent des minijupes très collantes, déjà passées de mode, et prennent des poses languissantes, un peu avachies, sans rien consommer.

À la caisse est assise une matrone dont la poitrine volumineuse et l'aspect m'évoquent une tenancière de bordel en grande cérémonie. Elle a une veste violette de coupe militaire, avec garnitures et brandebourgs noirs, et sur la tête quelque chose de turriculé, un couvre-chef ou une chevelure énorme, je n'arrive pas à bien distinguer. Et au comptoir, s'affaire une femme plus jeune, en pantalon et tablier, la bouche entrou-verte et le regard vide. Occupée à servir les deux clients debout, elle s'est déplacée avec un certain retard vers moi, qui en attendant m'étais assis à une table d'angle, d'où la télévision se voit de biais.

Après lui avoir commandé une paella, je lui ai demandé si elle pouvait me servir de la grappa, notre eau-de-vie nationale. Mais là, elle est restée sans voix, me fixant encore plus de ses yeux inexpressifs. C'est alors que l'un des deux clients accoudés au comptoir s'est avancé vers moi en me posant la question : « Italiano ? » Et, le sourire aux lèvres, parlant un italien assez courant, il m'a suggéré, en remplacement de la grappa, une liqueur espagnole appelée chichón. Après quoi, il m'a expliqué qu'il circule souvent en Italie, grâce à son travail de camionneur.

Le chichón est une liqueur blanchâtre, plutôt forte, au goût d'anis amer. Et selon mon habitude — ma résistance à l'alcool devient de plus en plus faible, surtout si je bois à jeun — dès les premières gorgées j'en ai ressenti un effet d'égarement et d'agitation, comme sous l'empire de certaines fièvres bénignes qui vous prennent le soir. Avec la liqueur, la femme avait apporté ma paella, mais je ne me décide pas à y toucher, et parce que je n'ai pas très faim, et parce que je suis gêné par la présence du camionneur. Lequel s'attarde debout contre ma table, suivant des yeux chacune de mes gorgées, avec une familiarité souriante, satisfait de me voir boire son chichón, tout comme s'il en tirait un mérite personnel. Et il a l'air d'avoir envie de prolonger notre conversation, peut-être pour faire étalage de son italien.

C'est un homme sur les quarante-cinq ans, d'une taille en dessous de la moyenne, mais vigoureux et bien proportionné. Ses cheveux corvins, à peine éclaircis aux tempes, sont si lisses et aplatis qu'ils lui dessinent une espèce de petite calotte noire bien adhérente. Son crâne est d'une rondeur parfaite, comme celui des bambins, et son visage aussi qui, de fait, conserve une expression enfantine, bien que deux rides profondes le sillonnent du nez aux lèvres, conséquence peut-être de son sourire presque ininterrompu. Sourire simple et lumineux ; et ses yeux marron, prenant toute la largeur du front, tels ceux des chevaux, n'évitent pas le regard de l'interlocuteur, ils le cherchent plutôt, avec une franche douceur dénuée de malice. Et cependant je lui vois — je crois lui voir — certains traits qui, d'instant en instant, augmentent mon malaise, insinuant en moi le soupçon qu'il se moque. D'abord, cette façon continue de sourire — même hors de propos — contredite (me semble-t-il) par ses rides obliques, qui m'ont l'air — sous la lumière du néon — de deux sinistres coupures noires. Et puis, une mimique extrêmement expressive, mais limitée aux bras, qui paraissent ainsi exécuter pour leur propre compte une représentation d'histrion, tandis que les autres membres et la face demeurent fort corrects et inchangés. Pour engager la conversation, il m'a demandé si c'était la première fois que je passais par Almeria. Et à ma réponse aphasique (je n'ai fait qu'acquiescer mollement d'un signe de tête) il s'est employé à me recommander tout *ce qu'il y a à voir* dans la ville. Le sourire dont il accompagne ses différentes indications est très discret, genre formalité d'usage ; mais, en même temps, ses bras tourbillonnent vers tous les points cardinaux, comme s'il peignait dans l'air la fresque d'un plan touristique grandiose.

Je l'ai entendu nommer, entre autres, la Forteresse des Maures, et l'Avenida du Généralissime ; mais inutilement j'ai attendu en silence une quelconque mention de la Puerta d'Oro, ou de la Catedral-Fortaleza.

Parmi les personnes présentes, nul ne lui prête attention, pas plus qu'à l'orateur de la télévision. Seule la barmaid pose son regard vide tantôt sur lui, tantôt sur moi. Et, interprétant à sa guise une de mes grimaces, ou un mouvement casuel de ma main, elle s'avance pour remplir de nouveau mon verre de chichón, vidé et que je revide d'un coup. Cependant que le camionneur reste collé à ma table et ne cesse de sourire, même sans dire un mot. Et son silence m'impatiente plus encore que son bagout. J'aimerais qu'il me laisse seul dans mon coin. Tout à trac, je lui ai demandé si les destructions, qu'on remarque autour du Port, remontent aux temps de la guerre civile.

Dans son sourire, s'épanouit une ignorance perplexe : « Moi », se justifie-t-il, « je ne suis pas d'ici. Je suis de Malaga. Vous connaissez Malaga, Usted ? Malaga, bon vin ! » souligne-t-il avec un sourire publicitaire.

« Moi, de la guerre », reprend-il pour s'excuser tout à fait, « je n'ai pas beaucoup de souvenirs. J'étais encore petit : Chico — chico » (il baisse la main à un demi-mètre du sol, pour donner la mesure de cette petite stature). « La chute de Malaga », précise-t-il peu après, « ça oui, c'est un souvenir ! los vencedores entrés dans la ciudad, un fameux souvenir ! » Et il mouline l'air de ses deux bras : « ... moi, chico, chico... » puis il ajoute : « Ce furent les Italiens, los vencedores de Malaga ! » et une lueur spéciale, révérencieuse, éclaire son sourire comme pour attester le mérite de ma propre personne.

Et là, il s'exhibe à n'en point douter dans une sorte de *chronique sur le vif* pour relater cette mémorable entreprise ; mais ses phrases me parviennent seulement par fragments confus et désordonnés : car il s'est mis à parler à grand débit, maintenant, dans son jargon italo-espagnol ; et puis aussi parce que sa voix est couverte par l'orateur de la télévision, qui, touchant à sa conclusion, élève volontiers d'un diapason ses emphases sonores. Lui, au contraire, reste dans un registre bas, inexpressif et mécanique, à la manière d'un speaker donnant des informations à la radio italienne : tout en s'accompagnant de sa débordante gesticulation, pantomime tellement simiesque et convulsive que je le soupçonne, à chaque instant, de vouloir viser à un effet comique.

« ... Avions — barques — bombarderos — tuta Malaga a fuego — (ses bras se mettent à danser comme des flammes) — Entrent les tanques, les blindés italiens (ses mains avancent à plat imitant une marche de bisons) — toda les gens fuient por la route — anarchistes familles paysans tous traîtres beaucoup gens — tous traïdori — massacre de migliara — mon père muerto — oncle Mariano muerto — mi sœur muerta (imitant qui est abattu, ses bras nagent lourdement en arrière) — Nosotros où vamos ? — mugliera y niños — sans papa — sin rien à manger — vamos en avant — (ses mains avancent, les doigts repliés en griffes, pour contrefaire le pas des félins) — vamos en avant — Vois

vois Malaga toute humo y polvo — poussière y fumée... »

Si je lève les yeux, je rencontre son regard ouvert de chien hilare, et ce sourire particulier, complimenteur. Peut-être ce type n'est-il qu'un cabotin dilettante, un peu gris, un peu fêlé, censé honorer l'hospitalité des lieux en entretenant *le Vencedor* avec des improvisations de bouffon, comme on le ferait dans un cabaret ? Mais ces deux signes noirs cernant son sourire continuent à me troubler, ainsi qu'un grimage chargé d'allusions. Peut-être s'agit-il d'un bavard plein de malignité, qui entend faire de l'esprit en se jouant de moi ? Ou ne serait-il pas, par hasard, un provocateur de la police mis sur mes traces à la suite d'indices ou de délations ?! (il n'est pas exclu que dans les archives abyssales du Régime il n'existe pas quelque note ancienne sur ma fameuse INIMITIÉ)... Pourtant, une dernière hypothèse (à mes yeux la plus dure) s'insinue en moi : que ce camionneur loquace est une manière de démon vindicatif, lequel, exhumant sous forme de farces certaines plaies mortelles, entend — à l'instar des acteurs d'Hamlet — me les jeter sournoisement au nez comme mes propres méfaits !

(Ce ne serait certes pas la première fois que je me trouve chargé des forfaits les plus sanglants du monde : des camps d'extermination aux guerres impérialistes, aux génocides, aux tortures policières, à l'assassinat de Che Guevara, aux coups d'État militaires sud-américains, aux manœuvres de la C.I.A. À plus d'une occasion, devant certaines de mes justifications confuses, j'ai vu apparaître en réponse, sur de chers visages adolescents, la grimace de rejet bien connue, qui dénonçait ma marque : *Race bourgeoise !* Inutile de se camoufler en converti. Nul baptême ne pourrait racheter ce péché originel de ma chair : peut-être cousu sur moi, lui aussi, par le tailleur immortel ?)

Je me suis mis à me gratter la poitrine sous mon chandail, tel un chien errant harcelé par les tiques. Et je jette un regard circulaire de mes yeux lunettés, dans le doute que les présents ne soient les complices du camionneur, et ne manigancent pour me chasser de ce pays, ainsi que le bouc chassé des terres d'Israël. Mais, au vrai, même maintenant, personne ne paraît se soucier ni du camionneur ni de moi. Le camarade du camionneur, un bras bien calé sur le comptoir, tord le cou afin de mieux lorgner les deux filles. Les deux filles (que, dès mon entrée, j'ai prises pour deux prostituées) affectent d'ignorer les manœuvres de l'homme, et échangent quelques phrases oiseuses, d'un air presque salonard. La fille du comptoir observe le trio avec son regard toujours aussi vide, un chiffon sale à la main. Et la Dame de la caisse garde toujours la même pose, lèvres serrées, yeux clos, rengorgée telles les lionnes aux piédroits des cathédrales.

Pour finir, la voix de l'orateur de la télévision s'est élevée en un grondement assourdissant, si bien que je n'entends plus du tout les propos du camionneur dont je vois seulement les contorsions des bras. Alors, j'ai enlevé mes lunettes, et chaque objet, chaque personne autour de moi a pris place dans mon spectacle d'ombres. La Dame de la caisse est devenue une tache couleur de boue rougeâtre, et la gargote éclairée au néon, un dépôt de matériaux méconnaissables, çà et là luminescents ou en mouvement. L'unique présence qui, par sa proximité, se laisse encore distinguer, c'est le camionneur. Et je l'ai vu baisser d'un coup les bras, prenant plus ou moins la pose d'un soldat au garde-à-vous, tandis que du petit écran, après le finale retentissant du tribun, jaillit, impétueuse, une marche patriotique. Sans plus un geste, le camionneur achève à présent de brasser ses vieux souvenirs, en émettant une conclusion indistincte, dont seule la dernière phrase m'est parvenue : « une histoire d'il y a cent ans ! », et moi, un court laps de temps, j'ai perdu la conscience de la durée. Je ne sais plus depuis combien de jours — ou de mois — d'années, j'ai débarqué dans ces pays, ni quels faits se sont produits pendant ce temps. Mécaniquement, j'ai remis mes lunettes, pour aussitôt rencontrer le regard du camionneur qui me sourit, hésitant, comme s'il attendait un quelconque geste de congé de ma part. Et puis, inattendu, de l'appareil de télévision s'est élevé un chant grégorien, et j'ai aperçu là-haut, de biais sur l'écran de verre, un personnage en habit ecclésiastique, qui portait une grande croix. Au même instant, j'ai vu la Dame de la caisse lever la main pour faire dévotement le signe de la croix, et j'ai demandé d'une voix haute et sonore :

« Francisco Franco est mort ? »

À ma question, j'ai cru saisir un coup d'œil scandalisé de la Dame. Le camionneur, lui, s'était distrait pour suivre les manœuvres d'approche de son camarade qui, toujours debout et appuyé au comptoir, avait lié conversation avec les deux filles. Il a eu un dernier sourire presque casuel, d'abstrait étonnement, et il m'a répondu d'un ton où perçait l'évidence :

« Le Généralissime est vivant ! »

Après quoi, en un soudain oubli de moi, il s'est détaché de ma table pour se joindre vivement à son camarade et aux deux filles. La Dame avait repris sa pose du début, immobile et rengorgée. Le chant grégorien, avec ses ondes spatiales allant au-delà de ma mesure, me repoussait dans mon univers étriqué, tel un stimulus répulsif. Je me suis décidé à avaler quelques cuillerées de ma paella, tout à fait froide à présent : une grosse portion de riz trop cuit, d'une couleur jaunâtre, avec des miettes de poulet sans goût. En sortant, comme je passais à la caisse, j'ai revu le camionneur et son camarade qui s'entretenaient avec

97

les deux filles, et me tournaient le dos. Mais à peine débouchais-je de la ruelle, que j'ai entendu des pas derrière moi, et, faisant volte-face, dans l'homme qui me suivait j'ai cru reconnaître, à son visage rond, le camionneur lui-même. Pour me rendre aussitôt compte de ma bévue : mon suiveur a des cheveux grisâtres qui pleuvent sur son front, et une bouche où manque une bonne partie des dents. Il m'a accosté avec un marmottement chafouin, presque complice ; et distinguant, au milieu de son jargon anglais, la syllabe *hasch*, j'ai compris qu'il me proposait d'acheter de la drogue. J'ai cherché à le repousser en secouant rageusement la tête dans mon refus. Sans compter, de fait, mes strictes limites pécuniaires et la crainte de la police franquiste, depuis quelque temps déjà je suis dégoûté des drogues — et même des simples somnifères — comme d'un vulgaire ersatz de la mort (c'est depuis lors que, pour m'aider dans l'abstinence, je recours souvent à l'alcool). Toutefois, l'homme, ne cédant pas, a continué de me talonner encore, jusqu'à ce que je me retourne en agitant les bras contre lui, dans le geste qu'on fait pour éloigner un animal agaçant. Alors, j'ai cru voir que l'homme me menaçait du poing : et ce poing, semblable à un moignon, était enroulé dans un gant de peau — ou une grosse bande Velpeau — noir, tout souillé de sang.

Au tournant d'une ruelle, l'homme a disparu. Peut-être n'était-il qu'une larve de mon imagination. Et puis, tout ce voyage absurde en Andalousie — à l'égal du miroir extravagant, maintenant évanoui dans sa guirlande baroque — est-il autre chose qu'un fantôme onirique de ma langueur : quand en réalité mon corps dort, abruti par les hypnotiques, dans une sordide chambre de bonne louée à Milan. La présente Avenida — maintenant vide et aux lumières presque toutes éteintes — est la projection ou la copie conforme d'autres artères citadines bien connues, que, le soir venu, on parcourt à grands pas d'une extrémité à l'autre, en achoppant toujours contre le même soi-même. Toutes les villes sont faites sur un moule identique, quand je m'y trouve, seul avec le même moi-même de Milan et de Rome et de partout ailleurs. J'ai regardé ma montre : il était à peine dix heures et demie. Et bien qu'une grande fatigue nocturne m'alourdît les jambes, et que j'eusse plutôt envie de me jeter sur un lit, je m'effrayais à la pensée des trop nombreuses heures à passer seul, entre quatre murs, dans un hôtel inconnu. Il ne pleuvait plus : quelques rares voitures bruissaient encore sur le macadam, des passants rasaient les murs. Et je me suis dit que d'autres, à ma place, feraient peut-être tout ce réseau de ruelles, à la recherche, au moins pour la compagnie, de quelque pauvre petit prostitué à jeun. Mais les aventures vénales furent toujours une affaire triste pour moi. Ma première demande, ma demande désespérée fut toujours, en effet, d'être aimé. Et si, par invraisemblance, on m'eût donné le choix, j'aurais voulu, des deux, être la marchandise plutôt que l'acheteur. Mais une marchandise précieuse : une chair resplendissante. Et là, en un pauvre jeu qui parfois me tente dans l'obscurité, pendant quelques instants j'ai fait semblant d'être un autre. J'étais le beau marin des romans, au corps tatoué qui sent bon l'air salin, errant sur le Port d'Almeria.

De fait, je me retrouvais en face du Port qui, dans sa mer invisible, me semblait enseveli. Sous les nuages bas, nul miroir baroque, nulle porte d'or. Moi seul, avec ma petite cuite rentrée, en attendant de me tourner et retourner dans mon lit solitaire, selon l'habituelle monotonie de mes nuits. En une espèce d'envie sans désir, j'ai pensé au sort des « normaux »,

semblables au camionneur de Malaga et à son camarade, qui, à cette heure sans doute, couchaient à
quelques pas d'ici, avec les deux filles. Derrière les
murs de ces ruelles, nichaient certainement les célèbres putains des ports, dont seule la légende m'était
connue. En haut d'un de ces escaliers étroits, entrevus
par une porte mi-close, à coup sûr s'éclairait l'entrée
de quelque bordel. Je n'ai jamais été dans un bordel ;
cependant, dès mes années d'initiation, pour moi sa
représentation inaccessible pullulait d'angoisse. J'en
détournais mes sens, comme devant un drap qu'on
éprouve de l'horreur à soulever, parce qu'il recouvre
un cadavre. Et mon horreur était d'une si sauvage
espèce, qu'elle en dénaturait la terre et en écartelait le
ciel : car en ce cadavre, je redoutais de reconnaître un
visage adoré et divin, qui, dans sa dissolution même, se
faisait pour moi encore plus sacré. Sa misérable odeur
avilissante engendrait, à partir de la répulsion même,
une tendresse déchirante et une pudeur surhumaine ;
et elle s'offrait comme une ultime innocence, si fragile qu'il n'était pas jusqu'à la compassion qui ne
semblât la violenter. Parmi les seuils de mon enfance,
il y a un portail d'un style liberty bien vulgaire ; par
lequel, au-delà d'un jardin étroit orné de statuettes
pleines de mignardise, on voit une porte peinte en
un jaune pâle au milieu de stucs blancs et encadrée d'une glycine. Ce portail, marqué au sceau de
l'interdiction, et maudit, resta, pour l'enfant que
j'étais, l'entrée du Palais des Mille et Une Nuits. Mais,
ce soir, je dois l'abandonner loin derrière moi. Comme
d'une longue-vue braquée ailleurs, d'autres étoiles
plus tardives occupent le champ de vision, agran-
dies par le temps jusqu'à la démesure : MES
FEMMES.

> « Hop donc ! Soyez-moi ballerines
> pour un moment ! » *

La nature, en général, fournit aux animaux terrestres, aquatiques et aériens, les instruments sensibles
pour qu'ils s'orientent selon les moyens qui leur sont
propres. Il est donc naturel, pour un hirondeau qui a
grandi, de suivre l'envolée collective vers l'Afrique, ou
pour une jeune anguille de remonter, avec les autres,
depuis la Mer des Sargasses le cours des rivières.
L'instinct primaire de chaque créature est d'égaler
— ou de dépasser — ses semblables, ceux qui appar-
tiennent à la même espèce, en s'orientant dans le
milieu commun avec les instruments qui lui sont
propres. Cependant, que ceux-ci soient altérés par un
germe mystérieux, le petit, ignorant des causes et des
effets, s'en avise non sans peine et trop tard. Ainsi, en
attendant, sans être bien convaincu, il va à l'aveuglette
derrière la volée, qui le distance déjà : se débattant aux
croisements des vents et incapable de lire les signaux
du ciel et de la terre.

Dès leur première puberté, on entendait mes camarades d'école se faire gloire, entre eux, de leurs bonnes
fortunes. Sans doute, étaient-elles en grande partie
inventées de toutes pièces ; mais moi, je ne doutais pas
un instant qu'elles ne fussent toutes authentiques. L'un
d'eux, roux de cheveux, quatorze ans, racontait, je
m'en souviens, qu'il avait une maîtresse attitrée
— danseuse ou chanteuse afro-américaine — qui lui
avait donné un enfant. Et moi, je le croyais lui aussi. Je
me prenais même à penser qu'il ne m'aurait pas déplu
d'avoir, comme lui, un enfant. J'imaginais qu'il était

* En français dans le texte (*N.d.T.*).

mon portrait tout craché — en petit — un sosie gnome, comptant qu'une telle ressemblance me garantirait, venant de lui, de toute accusation de laideur, et qu'il ne rechignerait pas à agréer mes tendresses. Toutefois, me faisait problème la façon dont j'aurais pu gagner de l'argent pour l'entretenir ; mais, pour lui, je me sentais prêt à n'importe quel métier. J'aurais été jusqu'à tendre des embuscades, la nuit, sur les routes, afin de détrousser les automobilistes.

Quant à moi, je n'avais aucune aventure de femmes à raconter ; mais, pour quelqu'un qui venait à peine de franchir le seuil de la puberté, cela n'offrait encore rien de bien bizarre. Du reste, je ne participais presque pas à la conversation des autres, et je me tenais seul et taciturne en marge de leurs groupes, prêtant parfois l'oreille pour recueillir leurs bobards amoureux, tel un novice admiratif et fasciné. Même la désinvolture de leur parler obscène me semblait le signe distinctif de leurs prouesses ; et le soudain instinct de révolte, qui alors m'arrachait de ces groupes, se mêlait en moi à une déserte, irrémédiable mélancolie.

C'étaient les premières années de l'après-guerre. J'avais presque seize ans. L'été. Le temps des vacances. Mais les moyens de ma famille ne me permettaient aucune villégiature. Le reliquat de nos propriétés familiales suffisait à peine et bien chichement à payer mes études. Une fois terminé le premier cycle, j'avais obtenu mon diplôme au collège de prêtres, perché sur la colline piémontaise. Avec l'automne, je devais commencer le lycée.

Les premiers jours de septembre, une de nos connaissances m'invita à passer une journée dans une petite ville de la Ligurie, au bord de la mer, où se déroulait une fête populaire en l'honneur de la Vierge,

102

qui attirait des gens de toute la région. Pour moi, pareille excursion représentait un vrai voyage et un événement. Cependant, j'avais désormais pris en aversion l'Église et ses curés. Je me rappelle cette fête populaire comme un mauvais rêve. Le simulacre de la Vierge, qui, de temps à autre, réapparaissait en vacillant au fond des rues, je le voyais maintenant avec mille répugnances et révoltes, presque une parodie de mon enfance enfin reniée. Il avait quelque chose de cadavérique, à l'égal de certaines poupées anciennes qui reposent, les yeux révulsés, dans la poussière des greniers. Ma journée se passa en une continuelle fuite obstinée pour éviter les tours et les retours de la procession porteuse de l'horrible pantin. Sous les feux du couchant, je me retrouvai seul vers l'extrême limite de la plage.

La saison des estivants touchait à sa fin. Une grande partie des établissements de bains et des cabines étaient déjà démontés. Je m'allongeai sur le sable, le nez au ciel, à quelques mètres de l'eau. J'avais laissé derrière moi jusqu'aux derniers échos de la fête villageoise, et les ondes rythmiques de l'eau calme, unique son sur la plage déserte, me semblèrent la mesure d'un temps incalculable, non humain, qui ignorait les Maries, les Nativités et les processions, et soulignait ma solitude. Je m'étais moi-même réfugié dans la solitude, dégoûté de la fête des autres mais, en même temps, cet objet de dégoût était aussi pour moi l'objet d'un regret : comme si je me trouvais volé d'un bien commun, dont il était donné à tout le monde de jouir. En cet instant précis, du fond de la plage s'avança un vif, cru raffut de voix : aussitôt je levai la tête, dans un mouvement d'alarme ou d'attente inquiète. Et, m'armant en toute hâte de mes lunettes de myope, je m'allongeai à demi dans les petites dunes du rivage qui m'abritaient du regard d'autrui tout en me permettant de voir.

C'était un essaim de jeunes, garçons et filles, que l'un d'eux précédait (peut-être un habitant des lieux) dans le rôle de capitaine ou de bonimenteur, et guidait vers un point isolé de la côte, par lui célébré à grands éclats de voix. Là-bas, en effet, selon ses promesses, le sol planté de rochers formait des murs naturels, comme autant de chambrettes séparées, où ceux qui le voulaient pourraient se retirer en toute liberté.

Après les longues privations de la guerre, la sexualité des jeunes était à la fête, et virevoltait follement dans les bals qui explosaient à chaque coin de rue. À la propagande du guide, les autres répondirent en chœur par une urgence réjouie et tapageuse, un vacarme de vacances, quoi. Ils n'avançaient pas par couples, mais dans une promiscuité, un désordre précédant les choix, s'enlaçant tour à tour et s'embrassant à pleine bouche avec une voracité ostentatoire, comme dans les bandes dessinées. Ils avaient tout l'air, en réalité, de s'être connus une minute auparavant, réunis par le caprice au milieu de la foule. Les filles (qui me paraissaient plus nombreuses) étaient sans doute de ces petites putains occasionnelles, souvent nouvelles dans le métier, qu'alors on disait *segnorine* pour imiter la prononciation des soldats de l'armée américaine d'occupation, champ principal de leurs trafics. De fait, la joyeuse troupe comptait, parmi les garçons, deux militaires américains en uniforme, qui portaient tous deux une bouteille au bout de chaque bras. Tous, dans la compagnie, étaient nippés pour la ville (les filles en robes légères, encore estivales) sauf un, sur les vingt ans, Italien peut-être du Sud, qui se trouvait en slip de bain : un petit slip à moitié déteint sur son beau corps bronzé. Il se faisait remarquer non seulement pour sa nudité, mais aussi pour sa turbulence : il s'emparait au petit bonheur de l'une ou l'autre fille en proclamant d'une voix de stentor : « We go to make love ! Ammore ! Ammore ! » en une emphase glorieuse et moqueuse.

Comme je les vis s'éloigner au-delà des dunes, en un mouvement presque involontaire je me levai d'un bond et les suivis, entraîné par l'envie et une impossible nostalgie. Ils me précédaient d'une quarantaine de mètres, dans leur course excitée, sans s'apercevoir de ma présence. Je les filai de loin, les accompagnant de mon regard fasciné, sans hâter le pas, en deçà d'une frontière invisible qu'il m'était interdit de franchir. À travers mes lunettes fumées, le crépuscule tombant prenait des teintes irréelles, si bien que la côte devenait une étrange région lacustre. Le rivage était violacé, strié de larges flèches d'ombre ; les sables s'éteignaient en une couleur de cendre ; dans le ciel vert d'eau, la lune, reflet du soleil déjà immergé, avait la pâleur rose d'un cierge. Et moi, en allé derrière le mirage des heureux amants, je ressemblais à un piéton des limbes, qui tend le cou vers les volées aériennes du Paradis.

C'est alors qu'une fille de la bande, qui avançait péniblement sur le sable avec ses talons hauts, resta à la traîne à quelque distance de ses camarades. Et s'arrêtant, soudain, agacée, elle fit le geste d'enlever ses chaussures et m'aperçut. Elle devait être à moitié ivre : « Hé ! toi ! » commença-t-elle à m'appeler d'une voix aiguë, en agitant ses chaussures à bout de bras, « qu'est-ce que tu fais là, tout seul ? Viens avec nous ! » Et sans plus de cérémonie, elle se mit à courir vers moi, qui du coup m'étais arrêté là où je me trouvais, cloué sur place de stupeur.

Je sentais une rougeur m'enflammer, comme pour une fièvre à quarante, tandis qu'avec force elle me saisissait le bras : « Allons, bouge-toi », me pressat-elle, « ne fais pas le morveux. Écoute : que tu aies de quoi ou non, j'en ai rien à faire, ce soir tu seras mon petit chou, je te l'offre, c'est gratis. » Ses manières expéditives, grossières, contrastaient avec son visage d'enfant. Elle n'était pas même maquillée, et ses traits, gracieux et irréguliers, me rappelaient à la fois les chevrettes sauvages et les petits singes domestiques. Immédiatement mon cœur tomba amoureux. Elle avait des cheveux marron mi-longs, lisses et vaporeux, qu'elle venait de laver, tenus de côté par une barrette de celluloïd verte en forme de trèfle à quatre feuilles. Sous son tricot adhérent, pointaient deux seins minuscules, surgis depuis peu, mais déjà ronds, les bouts tirant vers le haut, avec un air d'excitation ou d'étonnement. Je me mis à rire, d'un rire tremblant, et tandis qu'elle s'employait à me traîner par la main, de ma main libre je fis disparaître en hâte mes lunettes, pour lui sembler plus beau. En un tumulte de terreur et d'exultation, me voilà courant comme à l'intérieur d'une nébuleuse, mené par sa main, à elle, l'effrénée sur ses jolies jambes nues, élancées et bien faites. Ma principale, presque unique perception, dans cette traversée, fut le flottement de sa jupe plissée, aussi courte que celle d'une ballerine, de couleur orange à taches jaunes. Je m'aperçus que nous avions dépassé le groupe ; et comme les premiers rochers affleuraient du sable, elle se laissa tomber sur le dos, soulevant sa jupe sur ses jambes ouvertes, d'un geste curieusement puéril dans son effronterie. Sous sa jupe elle ne portait rien, mais je ne pus qu'entrevoir sa chair car elle m'entraîna aussitôt, me tira par le bras, m'abattit de tout mon poids sur elle. J'ai craint que la panique de mon cœur ne résonnât, coup par coup, jusqu'au centre du monde. Et en une imitation désespérée de la virilité, je me mis à lui caresser d'une main les cheveux (de l'autre main, je serrais mes lunettes, de peur de les perdre dans le sable) en inondant son visage d'une pluie de petits baisers. C'était la première fois que j'embrassais une fille, cependant que je continuais à rire de mon petit rire désorienté. « Allons, fais vite », dit-elle, d'un ton quasiment autoritaire, « mets-la-moi dedans. » Et comme mes doigts s'embrouillaient gauchement dans la fermeture de mon pantalon, elle intervint, experte, pour me le déboutonner, et en extraire de sa menotte mon sexe encore mou, et l'approcher de sa petite vulve ouverte entre deux ailerons duveteux, doucettement humides et chauds, qui palpitaient, impatients, à ma rencontre. Leur pauvre, étrange innocence m'apitoyait, et cette peine augmentait la lourdeur de mon corps disgracieux et immature. Elle n'en caressait pas moins mon visage de sa langue vive, telle une chatte. Et ses doigts mignons jouaient avec mon sexe, le malmenant presque sur son ventre nu, tandis que, dans mon ignorance, pour lui faire croire en mon adresse, j'essayais de la seconder par des mouvements ineptes ; le long de mes veines et de mes nerfs, je ressentais à peine une sorte de scintillement vibratile, comme quand on avale une boisson pétillante. « Prends-moi ! Je suis à toi ! je suis à toi ! » me lança-t-elle alors, avec l'accent d'une femme qui s'abandonne, et cela tout à la fois me flattait et m'effrayait. Dans sa voix encore aigre de fillette, ici filtrait, en réalité — pour qui eût su l'entendre — une note de malice maniérée, genre réplique à effet, copiée pour son art chez les ensorceleuses des écrans. Mais je ne doutais pas qu'elle m'aimait, comme il ne faisait pas de doute que je l'aimais ; et j'aurais voulu lui déclarer mon sentiment, alors qu'il ne sortait de moi d'autres réponses, à nouveau, que ces petits éclats de rire désorientés, pleins d'anxieuse pudeur.

Une giclée de sable, soulevée par un pied alerte et nu, vint me gifler le front. Et soudain, dans la dernière clarté vespérale, apparut une forme sombre, qui piquait vers moi ainsi qu'un avion de guerre : « Qu'est-ce que tu peux bien en faire, de celui-là ? Tu ne vois pas qu'il tète encore ? » C'était une voix mâle, coupante, qui s'interposait avec éclat entre ma petite amie et moi ; alors que deux bras, qui me semblèrent gigantesques, d'une seule poussée m'envoyaient valdinguer dans les sables, loin d'elle. Un coup d'œil, et je reconnus aussitôt ce jeune homme brun que j'avais déjà remarqué dans le groupe : le seul qui fût nu, avec son léger slip de bain. J'eus tout juste le temps de me remettre debout : l'autre s'était déjà jeté à ma place sur le corps de la fille. Je tremblais, mes lèvres tremblaient ; et, un instant, je conçus la folle entreprise de me précipiter contre l'usurpateur. Mais j'avais trop honte de mon sexe découvert, et que je cachais tant bien que mal derrière une main (dans l'autre main, je serrais encore mes lunettes). D'ailleurs, je m'aperçus tout de suite que la fille ne le repoussait pas ; bien au contraire, elle l'accueillait entre ses bras, avec un petit rire de consentement et d'ivresse. Je pris alors mes jambes à mon cou, et courus trouver refuge à une courte distance, derrière deux rochers jumeaux plutôt élevés, semblables à de hauts écueils terrestres. Je ruisselais de sueur, comme un malade ; mais, pris d'une étrange nécessité de rengréger sur ma souffrance, emporté par l'urgence d'un crime, je chaussai mes lunettes, et là, recroquevillé sur le sable, entre les écueils j'épiai les deux corps allongés. Sous le corps du jeune homme, ébranlé de secousses fébriles, le petit corps de la fille disparaissait presque entièrement. Elle était bras écartés sous lui, qui la serrait furieusement aux mains, doigts entrelacés, la clouant ainsi au sol ; tandis qu'à son tour, elle aussi prenait sa proie en tenailles, faisant un anneau de ses fines jambes blanches autour des cuisses musclées et noircies de soleil. J'entendis qu'en une sorte de grognement menaçant et ininterrompu, il lui disait, lui glissait des mots obscènes, qui me semblaient de la dernière atrocité ; elle, pourtant, n'avait pas l'air de se sentir insultée, mais bien plutôt bercée, car elle lui répondait par de petits cris de délice, implorants et avides, ainsi qu'un tout petit enfant. Elle paraissait articuler chaque syllabe des propos qu'elle lui tenait, et dont je ne distinguais d'autres mots que : oui, oui, oui, oui. Cependant que je voyais sa tête menue osciller, comme pour accompagner, dans son propre rythme, un ordre implacable d'obéissance, qui règle un système infini. Ma mémoire se refusait à reconnaître ce terrible métronome chevelu, qui pourtant, depuis une heure ancienne de mon enfance, n'avait plus jamais cessé de battre vivement dans les dépôts obscurs de mon destin. Instinctivement je détournai le regard de la scène, et enlevai mes lunettes, pour me jeter de tout mon long sur le sable. J'entendis toutefois la voix de la fille, mourant de désir et suppliant : « Oui ! Oui ! Jouis ! » et le jeune homme éclater en un juron commun, une exclamation qui sentait l'émeute et retomba tel un remerciement. Comme si je le voyais, même sans le regarder, je sentis que ses membres s'abattaient, et que ses doigts se dénouaient, se détendaient dans les doigts de la fille, à l'instar d'un corps qui se meurt. Il y eut un intervalle de silence ; après quoi, me parvint sa voix, à lui, qui, sur un ton ironique jusqu'à la dérision, demandait : « Tu m'aimes ? », et sa voix, à elle, qui, sur le même ton de raillerie extrême, lui répondait : « Pourquoi pas ? »

Peu après, avec une excessive finesse, mon ouïe perçut, en les amplifiant, les mouvements de leurs membres qui se levaient, et le friselis de la jupette secouée de son sable ; et le pas accordé de leurs pieds nus qui s'éloignaient. La scène avait duré peut-être, en tout, trois minutes. Ni présences ni voix ne se faisaient désormais entendre à l'entour. Les autres membres de la bande avaient dû eux aussi se retirer Dieu sait où, dans les anfractuosités les plus dérobées des rochers. Nul écho n'arrivait de la fête villageoise, qui, là-bas, devait encore battre son plein. Terrassé sur le sable déjà humide, j'éclatai en sanglots, et pleurai longuement comme pleure une fille.

L'obscurité tombait maintenant. La zone qui m'entourait, engloutie par les ombres, entre les silhouettes pétrifiées des rochers et les soupirs de la mer, me semblait un lieu d'abordage informe, casuel et sans nom, où le navire des vivants, levant l'ancre pour ses grandes croisières, m'avait abandonné dans ma solitude. Dans l'ascension de son arc nocturne, la lune s'était faite blanche, et à travers mes larmes j'apercevais son corps fluet suspendu dans l'air du soir, glacé et sans défense dans sa nudité. Mes mains, en se tendant toutes tremblantes et avides d'un contact, rencontrèrent la matière rugueuse du rocher qui se dressait à mes côtés. Et moi, tel un pauvre désespéré, je caressai les aspérités de ce gros caillou. Et, fermant fort les yeux, je tirai de mes nerfs quelque « vision » qui m'aidât.

Ainsi, je me figurai, dans cette « vision », que la plage oscillait. Un immense raz de marée secouait les fonds de la mer sanglotant, et le sable et les rochers. Les deux proches écueils se heurtaient ainsi que deux lutteurs de pierre. Cependant que la petite lune blanche s'agrandissait jusqu'à la mesure d'un soleil, prenant la couleur enflammée de l'astre de midi. Ce n'était plus la lune, mais le soleil ; et son feu incendiait toute la zone, en projetant sa substance, comme d'un volcan, en une volée d'étincelles. Dans leur lutte, les deux écueils s'écroulaient en arrière, l'un sur l'autre. Et le premier s'élevait en une flamme gigantesque et pointue : à cette acmé de ma « vision », je me masturbai.

Ce n'était pas la première fois que je me masturbais. Et je savais, depuis longtemps déjà, que je n'étais certes pas le seul « amant solitaire » parmi les garçons de mon âge. J'avais cru pouvoir comprendre aussi, en entendant les bavardages de mes camarades, que je n'étais pas le seul à évoquer, pour ces exercices d'amour, des visions intimes, qu'entre eux ils appelaient leur *petit cinéma*; mais je doute que le *petit cinéma* des autres ressemblât au mien. En effet, la trame de mes visions, avec ses variantes, obéissait toujours à cette loi : toute présence humaine, ou même animale, en restait exclue. Au vrai, il arrivait parfois qu'une apparition mystérieuse et méconnaissable menaçât, venant du fond, le décor à peine planté : cela se présentait comme une lueur indistincte, qui pouvait se changer en une forme humaine. Mais j'éprouvais une telle horreur à reconnaître cette forme, que la pauvre lueur s'éteignait aussitôt d'elle-même, pour me sauver, eût-on dit, d'un crime. À peine sentait-on, dans cette lueur vague, une manière d'acte d'adoration ou de consolation. Pourtant ma mise en scène négative s'acharnait avec des fureurs terroristes contre cette larve innommée.

Même dans leurs variations, mes spectacles étaient toujours viciés par une fatale monotonie. Le décor représentait toujours des régions vierges et sauvages couvertes de forêts, vallons, cavernes et dômes volcaniques : tous éléments hors de ma portée et de mon expérience, mais que je fixais dans tous leurs plus petits détails, avec une insistance maniaque. Et le scénario — de règle, rudimentaire — suivait toujours son propre schéma calculé en vue du finale nécessaire, qui exigeait une furieuse dévastation. Y intervenait, d'abord lente et sournoise, et puis de plus en plus manifeste et rapide, une quelconque violence cruciale de la nature. Et à l'instant que les eaux fluviales ou salées — ou les arbres imaginaires — ou certaines étranges architectures turriculées des déserts — se tordaient dans une tornade, ou s'écroulaient dans une érosion ardente — ou ployaient en torsions, mangées par le feu — moi, d'un cri, je parvenais à l'orgasme. Et j'étais alors soufflé à terre, rampant sur le dos, me débattant en une étrange convulsion, laquelle (d'ailleurs compagne du cri) plus qu'au plaisir ressemblait à une attaque de haut mal.

Ces miens « plaisirs » solitaires, escortés de leurs bizarres « petits cinémas », coïncidèrent avec le début de ma puberté, autour de mes quinze ans. Ce fut alors que prit fin mon *époque mystique*, et, avec elle, celle de mes *suicides*. La mort s'était en effet promise à moi comme une possible escalade, au-delà de la terre hostile, vers la maison hospitalière de Dieu. Mais ma puberté démasqua aussi ce dernier, comme le dernier des imposteurs. Son sourire enchanteur à mes yeux se transforma en une grimace, qui se dissipa bientôt dans le néant, tel le fameux ricanement du Chat dans la fable d'Alice. Pour moi la mort était, en réalité, une autre peur ambiguë, comme la vie et même pire encore. Nulle alternative d'espérance n'existait. Et mes mini-suicides (tous des fiascos) avaient été, à dire le vrai, des tragi-comédies, où la fuite au ciel me servait peut-être de prétexte, alors que ma véritable espérance était d'ébranler — en me déchirant de mes mains mêmes — l'indifférence totale de la terre. Or, ces coquetteries sanglantes (mes morts étaient toujours des tentatives maladroites de me saigner à blanc, opérées avec des verres de bouteilles brisées ou des canifs) n'avaient eu d'autres effets que de me laisser aux poignets leur marque visible. Et ce n'étaient pas, hélas, des cicatrices d'honneur ; mais de ridicule.

112

La puberté, autrement dit l'entrée dans l'âge viril (fête honorifique chez les Grecs et les Romains) fut pour moi un événement néfaste : car en vérité je ne voulais pas grandir, et il me paraissait scandaleux de me faire homme. Les transformations corporelles de la virilité me bouleversèrent autant qu'une usurpation outrageuse. Et l'apparition de ma première barbe, en particulier, m'angoissa au même titre qu'une dénonciation flagrante du scandale. Je me rappelle qu'un de ces jours-là, en un acte d'indicible hardiesse (tant me poussait mon malheur) je me glissai, en longeant les murs, dans l'échoppe d'un barbier et en un aparté avec le patron, à voix très basse, je m'informai s'il existait une drogue pour détruire les racines de la barbe. Mon interlocuteur d'abord ne comprit pas ; et quand il finit par comprendre, il partit d'un grand rire : « Je connais », me dit-il, « des lotions *pour faire pousser* la barbe et les cheveux ; mais pas pour faire le contraire. » Et puis — sans doute avait-il remarqué que mes yeux se voilaient de larmes — pour me consoler il ajouta : « Ça alors, quelle mouche t'a piqué : renvoyer ta barbe dans ton menton !? La barbe, c'est l'honneur de l'homme ! » Et il me raconta que dans son village des garçons à peine entrés dans l'âge viril s'appliquaient sur les joues, la nuit venue, des emplâtres d'engrais organique, en espérant que leur barbe, comme les blés, en tirerait vigueur.

Ce barbier était un bout d'homme noirâtre, petit vieux déjà dans la cinquantaine, avec des sourcils broussailleux poivre et sel et des touffes de poils gris qui lui sortaient des oreilles et des narines. Il ne valait certes mieux pas lui expliquer que pour mon moi intime la barbe était une défiguration, une flétrissure, pire que la petite vérole. Je quittai sa boutique, dans un silence revêche.

Et mon destin fut de devenir l'un des hommes les plus défigurés par la barbe, qui soient au monde. Même après rasage, me reste sur la peau sa tache sale, d'une couleur de poussière noire ; et quelques heures seulement suffisent à la faire renaître en tumulte, véritable invasion. Ce n'est pas la végétation ardente, florissante et joyeuse, qui pousse sur les visages colorés des jeunes baigneurs ou marins ; mais une herbe maligne, nourrie d'un sang vicié et trouble : comme chez les prisonniers ou les fous, ou ceux qui veillent la nuit.

Film.

Après mon « aventure de plage », et jusqu'à dix-huit ans environ, je n'eus plus d'autres expériences érotiques, à part les « amours solitaires ». Mais à quelque distance de là, dans mes habituels *petits cinémas*, intervint un changement : à savoir l'apparition sur la scène de personnages humains. À l'origine, du moins je le crois, il y eut un rêve, lequel me provoqua un orgasme, et continua à m'envahir, ensuite, durant plusieurs jours, bien que — comme il m'arrivait à tous mes réveils — j'en eusse immédiatement oublié le décor et la trame. Il ne me revenait qu'en un mouvement d'ombres, lesquelles, à mon immense trouble, se condensaient en une seule au-dessus de moi. Et ce *moi* fut le premier signal de la transformation suivante, car auparavant mon moi-même avait toujours assisté, presque en spectateur extérieur, à mes scènes imaginaires ; tandis que depuis lors, ainsi que déjà dans le rêve, il y entra en tant que présence participante. À la mienne vint s'opposer, en outre, une seconde présence (ce fut comme si l'ombre du rêve indistinct avait annoncé, pour la veille, une mystérieuse apparition humaine) ; mais, alors que celle-ci, dans mon spectacle cinématographique, surgissait toujours de face, mon moi-même, par contre, se montrait seulement de dos, et (pour ainsi dire) appuyé sur le bord inférieur de l'écran. Les décors aussi s'étaient transformés. Aux forêts, volcans et formations désertiques — naguère protagonistes de la catastrophe finale — s'étaient substitués des panoramas conventionnels et anonymes, qui n'avaient pas une part active dans l'histoire, puisqu'ils ne servaient plus que de toile de fond. C'étaient, pour la plupart, des plans sans relief, fermés à l'horizon par des chaînes de montagnes ou de collines, ou par des murailles interrompues d'immenses portes. Les ciels, plats et incolores, sans astres nocturnes ni diurnes, on pouvait dire qu'ils étaient absents. L'heure et la saison restaient indéfinies. Et tous les éléments du plateau s'estompaient en une pénombre confuse : sans nul doute, dans quelque intention précise de la mise en scène, que j'étais personnellement incapable de justifier.

Au début, j'étais seul sur la scène : vague personnage sans visage, blotti dans une attente qui se prolongeait à dessein, pour fomenter la promesse du spasme. Aux termes du scénario, je devais subir le doute de l'absence ; et la peur de la rencontre ; et la fausse tentation de la fuite ; et pitié et honte de moi-même. L'annonce frappait ses coups inaudibles. Et alors l'Autre arrivait. Il se présentait à l'une des portes, ou bien à l'opposé, à l'un des passages entre les collines, avançant, indifférent, sur moi. L'indifférence était le premier caractère de sa nature ; avec une arrogance mélancolique ; et la distraction. Encore que je fusse sa cible préétablie, il négligeait même de me regarder, ses pupilles distraitement se posaient sur n'importe quel rien (feuille tombante, insecte en vol) et il avançait d'un pas nonchalant, de l'allure d'un oisif. De temps à autre, il s'arrêtait pour bâiller à s'en décrocher la mâchoire ou pour mieux boucler sa ceinture ; ou encore, il se penchait en avant pour ramasser une pierre qu'ensuite il jetait ; ou il cherchait une cigarette dans sa poche et la fumait. Et le moindre geste de cette séquence se projetait au ralenti sur mon écran. Chaque mouvement infinitésimal de l'autre multipliait dans mon attente les instants de sa durée, comme pour me suggérer ambigument de me sauver de l'Autre, en sautant par-dessus le bord de l'écran. Cependant, tout en sachant qu'il était mon assassin, je restais blotti là, à l'attendre. Ce n'est qu'au moment où il m'affrontait que je me mettais debout, en garde, pour lutter avec lui. Mais lui, avec une violence atroce et inattendue, m'étendait d'un coup par terre, m'abattait sous son corps ; tandis qu'à cet instant précis je sentais sa semence m'inonder, chaude et gluante comme du sang. Et pour le moi-même réel, qui brûlait de désir sur son propre petit lit, en deçà de l'écran, c'était le moment de l'orgasme (l'extrême sensation enivrante : que la semence de l'autre, et la mienne, fussent une seule chose).

Ce nouveau scénario, plus encore que le précédent, se répétait avec une obsédante monotonie. S'il admettait des variations, ce n'était que sur quelques détails du décor, ou autres, de toute façon, secondaires. Il n'y avait toujours que deux seuls acteurs et toujours les mêmes : lui et moi. Pourtant, malgré nos habitudes fixes et notre terrible intimité, je n'aurais pas su décrire son aspect avec précision. Il était à coup sûr très jeune (nous avions le même âge) et, « en beau », il me ressemblait : bref, il était tel que j'aurais dû être pour me plaire (puisque, hélas, je ne me plaisais pas). Et jusque dans la lenteur délibérée de ses mouvements, on reconnaissait en lui — dès le premier instant de son apparition — un de ces êtres « aux semelles de vent » qui prennent toujours le chemin des adieux. Et la

futilité de ses distractions ne paraissait rien d'autre
que l'élan enfantin d'une virilité sévère et tragique :
adonnée instinctivement à l'action, et même à l'action
extrême.

Dans la ressemblance de ses traits avec les miens
devait certainement se lire une écriture chiffrée qui le
convoquait dans mon réduit de garçon. Mais, pour
autant que je reconnusse, obscurément, cette ressemblance, ses traits précis ne se laissaient pas distinguer.
Dans mes sens et dans mon cerveau, ils restaient,
formation ombreuse, comme le thème effleuré d'une
chanson, dont il manque les notes et les paroles. Je
n'en percevais invariablement que le modèle (de grâce
angélique et délicate) ; et savais que ma face, sombre et
jaunâtre, laide et pustuleuse, en était toutefois une
copie.

Quant au corps, là, notre ressemblance tombait. Lui,
il était agile et bien découplé, d'une structure à la fois
héroïque et ingénue. Sa vigoureuse souplesse rappelait
les gens de mer et des campagnes. Mais la forme de ses
vêtements ne permettait pas de lui attribuer une classe
sociale déterminée, car sa tenue négligée, en vérité, ne
témoignait d'aucune mode et il semblait que ses
fringues, des plus communes, étaient nées et avaient
grandi avec lui. Là aussi, ma vision des détails était
plutôt imprécise ; mais je remarquai parfois, dans sa
manière de s'habiller, quelques changements. Une fois,
il me paraissait porter des pantalons retroussés sur les
mollets et il avait les pieds nus ; une autre fois, je lui
voyais de grosses bottes de caoutchouc et un petit
béret ; et d'autres fois encore, une large chemise
flottante ou une casaque chiffonnée, avec un ceinturon
de l'armée. Bien qu'il ne se servît d'aucune arme pour
m'assassiner, certain jour je lui entrevis un fusil en
bandoulière, ou encore une petite épée — ou long
couteau — suspendue à sa ceinture. Sur un point, je

n'avais pas de doute : il n'appartenait pas à la classe bourgeoise. Dans mon infatuation d'adolescent, je lui attribuais les titres pour moi, alors, les plus élevés : ce devait être un bandit, un révolutionnaire, et, par-dessus tout, un communiste.

Cependant, sur ce plan-là non plus je ne pouvais lui donner d'attribut précis. Il ne correspondait à personne de ma connaissance. Il n'avait pas de nom. Et de lui, je ne possédais qu'un unique renseignement vérifiable : il n'existait pas. Pour moi, sa non-existence était une chance, car elle seule me le rendait accessible. Mais entre nous deux, il ne pouvait y avoir d'autre intimité que l'assassinat. De quelqu'un comme lui, quelqu'un comme moi ne pouvait prétendre à des gestes d'affection, hors ceux de la dernière violence. Il est un pacte de communion charnelle irrémédiable entre le tueur et son supplicié. Et dans mon besoin d'amour, je jouissais de son geste assassin ainsi que d'une confidence totale, une tendresse.

Forfait.

Ce fut l'année de mes dix-huit ans que j'eus ma seconde « aventure de femmes ».

Quelques semaines avant, j'avais fait la connaissance d'un jeune étudiant, un habitué d'une crémerie où, vu l'étroitesse de la boutique, nous nous trouvions assis à la même table pour consommer un déjeuner succinct. Il était un peu plus âgé que moi, et pauvre autant sinon plus que moi. Et comme, contrairement à moi, il était loquace, il m'avait quasi contraint à entrer dans sa conversation. Nous étions, à ce qu'il me semble, lui et moi, les seuls clients habituels « de la table d'hôte » dans ce minuscule magasin de produits laitiers et d'œufs. Et, de temps à autre, il m'arrivait de me trouver seul à notre petite table, car il sautait parfois les repas pour accumuler une certaine somme (minime) qu'il courait aussitôt dépenser en compagnie des prostituées. Il ne pouvait pourtant pas jeûner tous les jours, le choix quotidien était inévitable ; si bien que son existence était déchirée entre deux faims.

C'était un Sicilien au corps petit et musclé, aux cheveux frisés et dont les beaux yeux scintillaient dans un visage simiesque. Les jours où il venait à la crémerie, il était torturé par le désir de femmes ; et, espérant presque en une multiplication miraculeuse, il allait comptant et recomptant les sous qu'il avait dans sa poche. Cependant, il était d'instinct si généreux que, devinant ma misère, lui, dans sa propre misère, il insistait (comme il voyait que je ne mangeais que deux œufs) pour m'offrir de ses deniers un dessert. Et cette offre d'un gâteau, il me la faisait d'une façon grandiose, tel un millionnaire qui ne regarde pas à la dépense. Et il s'offensait si je refusais.

En attendant, il parlait sans arrêt de femmes. Mais pas de celles qu'il appelait « femmes honnêtes », et dont instinctivement il se gardait, comme entravé par un tabou. Les femmes sur lesquelles son désir même se fixait (mais qui pourra jamais dire les vraies causes, souvent désespérées, de certaines *fixations* ?) étaient les prostituées. Offertes à son imagination de paria, avec le charme de l'imprévu, de la disponibilité et de l'aventure, elles incarnaient chaque fois, à ce qu'il paraît, sa *Reine inconnue* : déité unique, multiple et couverte d'or à l'instar d'une constellation australe. D'après ses confidences, j'avais appris que cette Déité s'était révélée à lui le jour même de son initiation érotique (fort précoce, à en croire ce dont il s'honorait). Et cette révélation avait été une sorte de chemin de Damas. Depuis lors, l'amour signifia à jamais pour lui une marchandise (d'immense valeur). Et il se voua à ses marchandes, les célébrant partout en un jargon d'emprunt, héraldique et louangeur.

Le Sicilien était aussi un grand amateur de poésie (il citait D'Annunzio de préférence), et lui-même versifiait. De lui, je me rappelle encore ces vers :

> ... le parfum de Toi dans mes chambres,
> ô ma divine Hétaïre !...

Au vrai, de chambres à lui, ici, dans la ville, il n'en avait point ; pas même une petite pièce meublée (comme celle que du moins je possédais). En effet, il ne disposait pour ses nuits que d'un lit de camp de location installé dans un couloir, de ceux qu'au matin les maîtresses de maison replient et replacent dans un cagibi. Et même ce lit de fortune était, en général, provisoire, ses adresses étant toujours incertaines et changeantes. De fixe, et définitif, il y avait seulement la sempiternelle interdiction, que lui imposait sa logeuse (dans les mêmes termes que la mienne, d'ailleurs) dès le premier jour : « Que cela soit clair ! Ici, pas de femmes ! »

Il est vraisemblable que lui aussi, dans ses pauvres soirées d'abstinence, il se projetait, au milieu du couloir éteint, son *petit cinéma*. Où, certes, son faste congénital lui dressait des décors de lupanars d'un luxe suprême, avec HÉTAÏRES plantureuses, qui, en de longs adagios pornographiques se dénudaient pour lui de leurs dentelles. L' « Acte » (que lui appelait l'Étreinte) s'accomplissait alors dans des alcôves d'ébène égyptiennes incrustées de nacre, recouvertes de tapis turcs et de fresques voluptueuses du bas Empire ; avec l'accompagnement, sans doute, de vers inspirés, et par lui-même composés.

Et puis, dans la pratique, les bordels, fussent-ils du plus bas étage, étaient au-dessus de ses moyens. Et il n'était pas rare, dans ses soirées de bringue, qu'il dût se jeter sur la piste des femmes errantes de la périphérie qui travaillaient en plein air, même par temps de gel, couvertes de vieilles fourrures éthiopiennes ou de manteaux militaires rapiécés. Elles tenaient commerce au fond de dépôts d'immondices, ou dans les ruines de la guerre. Et là, elles attendaient accroupies, toujours veillant sur leurs sacs à main (qui, mis à l'abri sous des tas de bois ou des détritus, contenaient, entre autres, leurs « articles sanitaires »). Certains soirs, elles avaient plus d'un client : ils faisaient la queue sur le bord de ces cratères d'ordures, ou derrière un pan de mur éclaté.

Comme toutes les autres « femmes de mauvaise vie » sans distinction de classe, ces errantes s'appelaient *hétaïres* dans le langage du Sicilien. *Putains*, jamais. Au besoin, *courtisanes*, ou *femmes perdues*. Mais aucun doute que son vocable favori pour les désigner était hétaïres. Et lui, on aurait pu justement le qualifier d'hétaïriste. Il citait, ainsi qu'une flore légendaire, les noms des courtisanes historiques les plus glorieuses depuis les temps bibliques ou ceux de la Rome antique. Il parlait avec une grande compétence des cultes orientaux qui entretenaient dans les temples des hétaïres sacrées ; et il disait les villes modernes qui réservaient rues et quartiers aux « femmes perdues ». On y voyait, par exemple, des rangées de grandes vitrines lumineuses, offrant aux regards des intérieurs bien visibles de chambres éclairées avec magnificence, meublées de lits tout prêts. Chaque hétaïre, comme une poupée en vente, était exposée derrière sa vitrine particulière : reine de superbe beauté, aux robes telles qu'on en porte dans la haute société, les cheveux propres et ondulés, le visage maquillé, les ongles faits non seulement au vernis rouge ou orange ou violet ; mais parfois aussi couchés d'argent ou d'or. Lorsqu'un passant en choisissait une, celle-ci, par une petite porte dérobée, le faisait entrer dans sa chambre, après avoir tiré le rideau derrière la vitrine. Certains soirs, tous les intérieurs étaient voilés de rideaux, ainsi que des chapelles aux cérémonies des Mystères. Et il s'en déversait des musiques sensuelles de violons et de flûtes, qui voulaient à la fois suggérer, accompagner et couvrir les mystères de la marchandise scandaleuse.

Il racontait aussi qu'à Paris, sur le jardin des Tuileries (il disait *Touliérié*) donnait un splendide hôtel particulier, semblable à un château de fées, qui, en d'autres temps, avait servi de bordel privé aux rois de France. Où les vitres et les portes étaient toutes peintes de scènes galantes. Et les chambres, depuis les murs jusqu'aux plafonds, complètement revêtues de miroirs.

D'une certaine façon, le Sicilien avait rencontré en ma personne l'unique auditoire qui lui convînt : en somme, le seul qui pût (fût-ce par des voies détournées et innommables) suivre pas à pas ses chimères. Évidemment, nos camarades communs auraient eu tôt fait de caricaturer ses mythes de monomaniaque et son cabotinage vieillot de poétereau de province. Mais eux n'étaient pas, comme moi, atteints d'un mal inguérissable de la croissance, qui s'était collé à mes basques dès mes premiers pas, m'interdisant de franchir tous les âges de l'homme. Je ne disais rien, ni au Sicilien ni à personne d'autre, de mes noirs faits divers passés. Mais, en vérité, il suffisait que les petits tumulus mal recouverts de mon enfance soient légèrement remués, pour qu'aussitôt il en jaillisse des rayons aux couleurs merveilleuses, qui me transperçaient de nouveau de leurs terribles pointes. Pour médiocrement disposé que je fusse aux fables et aux rapports érotiques du Sicilien, je n'en subissais pas moins une fascination sacrée, et pourtant immonde : comme si je fêtais un retour de stupeurs célestes, qui toutefois me provoquaient un sursaut atroce et purulent. Parfois, une résistance interne me faisait déserter la crémerie ; mais c'était pour y retourner le lendemain, parce qu'aussi, en l'absence de camarades et d'amis, j'avais là ma seule occasion de sortir dans le monde.

En règle générale, le Sicilien bavardait et je l'écoutais, je l'écoutais, en un silence tantôt inquiet, tantôt somnambulique. De temps en temps, je bâillais ; ou bien, avec quelque ostentation, je parcourais les pages d'un livre que j'avais emporté avec moi ; ou encore, je riais d'un rire gras, en y ajoutant même l'air ténébreux du viveur, pour déjouer certaines comparaisons possibles du Sicilien, laissant ainsi entendre qu'il s'agissait, pour moi, de choses vécues depuis longtemps et tout à fait évidentes. Mais, en attendant, je ne cessais de l'écouter ; sans vouloir admettre qu'au fond de mes silences se cachait aussi une mienne curiosité qui récidivait (témoin immarcescible de ma légende déchirée et interrompue) ; et peut-être aussi une envie pour les courageuses entreprises du Sicilien, et pour sa libre connaissance des mondes habités et des « belles Résidences » et des Mystères « douloureux et joyeux » qui m'étaient refusés. Les fastes verbaux de sa vicieuse candeur faisaient tressaillir en moi, écrasées et palpitantes, je ne sais quelles séductions d'impiétés impossibles ; au milieu de quoi surgissaient par moments, en une rixe confuse, des nostalgies peut-être encore possibles : presque des espérances.

Je ne lui avais jamais avoué ma virginité ; mais lui, tout en ne doutant pas que j'étais un garçon « normal », devait du moins avoir eu l'intuition de ma maigre expérience (dont, sans doute, il rejetait la faute sur mon manque d'argent, ou mon peu de chance). Il devait même me plaindre : car, de temps à autre, il y allait de son petit sermon : un garçon qui vit sans le *contact* féminin « est comme une plante qui pousse sans humus : puisque c'est dans la nature de la femme qu'est déposée l'éternelle substance vitale d'où s'épanouissent tous les fruits de la création, et les flores, et les faunes et jusqu'aux étoiles ! ». Un jour, il se présenta tout content à la crémerie ; et sans même prendre place, d'un seul souffle il se hâta de me dire que lui, il avait déjà mangé debout à la rôtisserie mais qu'il disposait encore de cinq cents lires. Et qu'il se rendait maintenant chez une femme qui prenait, pour une passe, deux cent cinquante. Si bien que ses cinq cents lires pouvaient nous suffire à tous les deux. « Et pas une qu'on ramasse dans la rue », tint-il à me préciser aussitôt (en guise d'incitation) dans sa manière protectrice, « elle reçoit chez elle ».

Sur le moment, j'avais pâli, tout en restant figé à ma table — assis, mais décontenancé et complètement de travers. D'un coup, je me trouvai debout, et je fus envahi par une rougeur chaotique et bouillonnante, au point d'en sentir sur le visage les ondes ruisselantes. Dans le même temps, je me pris à rire, avec des prétentions à l'ironie. Et dans un murmure presque aphone, qui voulait pourtant être agressif, archi-blasé, sarcastique et quasi blasphématoire, je rétorquai au Sicilien :

« *Chez elle*... mais où donc ? Au... boxon ?

— Quelle idée ! » répondit le Sicilien, toujours avec sa façon à lui de se porter garant, de maître à élève, « c'est une Dame, qui exerce en privé, pour aider sa famille. Elle reçoit dans une belle chambre, et tout à fait centrale. Et elle, c'est encore une belle femme. J'y suis déjà allé, plus d'une fois. »

Je ne sais comment, mais sans ajouter un mot et sans résistance, je me laissai entraîner à vive allure, tel le drap d'une oriflamme qui vole à contre-courant derrière celui qui la tient. Si cette oriflamme avait porté une devise, j'imagine que c'eût été : *Être comme les*

124

autres ! mais il n'y avait vraiment aucune idée dans ma tête : rien d'autre qu'une sorte de cri — presque un commandement — protestant qu'aujourd'hui était un jour solennel, qui m'était prescrit pour une ordalie définitive. Il me semblait, dans mon transport impétueux, que l'air déplacé par mes pas vrombissait. Et cependant j'entendais — sans pourtant l'écouter — le Sicilien qui continuait à me vanter la marchandise promise, tout en me guidant de ses pieds ailés. Il était si content de m'offrir cette occasion exceptionnelle, qu'il se permettait des chutes insolites de langage. J'eus même la nette impression de l'entendre dire, au lieu d'*Acte* — ou *Étreinte* — *baisante*.

Je recevais les sons et les voix ainsi que des échos provenant d'un précipice irréel, et je flottais, sans poids, sur un torrent en crue. Et je ne saurais donner la moindre indication sur notre parcours, qui, du reste, fut bref. Comme nous arrivions à destination, mon corps reprit aussitôt son état de pesanteur.

Dès le seuil de la bâtisse, on se rendait compte que le lieu était surpeuplé et que régnait une grande promiscuité. Dans l'entrée, vaste et de noble architecture, mais sombre et humide comme une cour profonde, des gamins s'amusaient avec fracas à se traîner les uns les autres sur une espèce de petit chariot fait de quatre planches et muni d'une ficelle. Deux jeunes gars bricolaient leurs bicyclettes, avec pompes et tournevis. Une femme, accroupie, triait des légumes entassés dans un ballot et les plaçait sur des feuilles de journaux. Une autre renversait sur le sol un grand seau d'eau de rinçage, vertement tancée par un vieux, assis sur son escalier, et dont elle avait inondé les pieds. Venus d'en haut, se répétaient des appels de voix féminines, si urgents et impatientés qu'ils avaient presque des accents de désespoir ; et

125

des stridences et des chutes d'enfants pris par leurs jeux, au milieu des musiques de la radio.

Après un grand escalier de pierre à moitié abîmé, escalier d'honneur avec sa balustrade artistique en état de délabrement avancé, nous montâmes deux longues rampes disloquées, semées de papiers gras et emplâtrées de vieille boue. À l'intérieur de niches, peut-être occupées autrefois par des statues ornementales, on voyait des lettres biscornues écrites au charbon et des empreintes de mains sales. Çà et là, les plafonds se lézardaient, se fendaient (dans le quartier, plus d'un édifice avait été fissuré par la guerre). Et à travers les différents étages, l'ancienne structure architectonique était tout assiégée et bouleversée par une invasion de structures étrangères, rudimentaires et enchevêtrées qui en faisaient un boiteux et miséreux labyrinthe. C'était une de ces bâtisses, palais jadis, qui avaient conservé leur ancienne façade imposante, encore que mutilée et crevassée ; tandis qu'à l'intérieur, se transformant en dortoirs et colonies de fugitifs et sans-logis, elles se développaient en une prolifération dégénérée, semblable à une concrétion de la nature. Pour chaque espace disponible, jusque dans les plus petits passages et sur les paliers, s'étaient mis en place des mini-paliers, des cloisons, de petits escaliers provisoires et des galeries, montés tant bien que mal avec des matériaux de rebut, comme s'il s'agissait des coulisses ou des praticables du théâtre de la misère. Partout l'on voyait du linge étendu, des baquets pour laver, des petits fourneaux, des fiasques et des bidons d'ordures. Par les fenêtres ouvertes, on pouvait apercevoir des espèces de campements, ou d'ateliers à domicile, noirs de gens et débordant de bruits. Et en haut et en bas et devant les portes on rencontrait des familles, des enfants hurleurs et tout un peuple oisif et affairé. Je sentais grandir en moi une honte qui m'avait pris dès

notre entrée. Et je demandai à voix basse au Sicilien :
« Mais ces gens, ils le comprennent que nous allons...
là-bas ? »

« Ne t'inquiète pas », me répondit le Sicilien en
souriant, « même s'ils le comprennent, ils n'y prêtent
aucune attention. Là-dedans, pour vivre, la majorité se
fait à n'importe quel genre de gains. Et, en tout cas, tu
peux être sûr qu'en haut, chez la *Dame*, à part elle il n'y
aura personne de sa famille. Sa fille, pendant la
journée, fait des ménages. Quant à ses fils, les deux
plus grands vont à l'école l'après-midi ; et les plus
petits, dans ses heures de *travail*, la Dame les envoie
jouer en bas.

— Et quel est son horaire, à elle ?

— De deux à quatre. Aujourd'hui, nous deux nous
serons les premiers. »

Au dernier palier, presque sous les toits, à droite, des
gens en rang d'oignon attendaient. Ils se trouvaient
tous alignés sur une petite terrasse donnant sur le vide,
devant une porte à moitié dégondée qui laissait fluer
de lourdes odeurs de latrines. Les premiers de la file
protestaient bien haut, en frappant contre la porte et
piétinant, contre quelqu'un qui s'attardait dans le
puant réduit. Il me sembla que de la file partaient des
coups d'œil plutôt mauvais dans notre direction. Mais
à ce moment-là, tournant à gauche, le Sicilien me dit :
« Nous sommes arrivés » et, en toute hâte, je pris soin,
selon mon habitude, d'ôter mes lunettes qui, à mon
avis, m'enlaidissaient. Mes mains tremblaient d'émotion, et chacun de mes gestes avait quelque chose de
balourd et de trouble. Et pourtant, mes perceptions
étaient étrangement lucides, à tel point que bien des
détails de la scène suivante, alors enregistrés par mon
cerveau, y demeurent imprimés comme au néon.

Dans un renfoncement du mur, encombré de caisses
d'emballage, vieux balais et fiasques vides, il y avait,

voilée de pénombre, une porte avec une plaque. Sur celle-ci était gravé le mot *Famille* suivi d'un patronyme que je ne distinguai ou ne me rappelle pas. Je ne saurais pas dire non plus si le Sicilien pressa le bouton d'une sonnette, ou frappa, ou s'il annonça de quelque façon nos personnes. L'image initiale qui me reste de la visite, c'est une haute silhouette féminine, qui, en nous ouvrant, évita de se présenter dans l'encadrement de la porte, se protégeant ainsi de la vue d'autrui derrière le vantail, accueil muet, sans salut ni cérémonie. Dans le mince rai de lumière qui s'ouvrit à notre passage, elle m'apparut obliquement, enveloppée d'une lourde robe de chambre, enturbannée dans un fichu à taches de couleur, qui lui faisait comme un bandage autour de la tête. Et de son visage, je ne distinguai rien, si ce n'est le scintillement de pupilles fuyantes et peut-être aussi la teinte enflammée d'une joue qui se confondait dans les taches du fichu, imprimées avec une vivacité éclatante, quasi électrique. La femme nous tourna aussitôt le dos, pour nous précéder le long d'un couloir plongé dans l'obscurité, qui résonna de son pas traînant, étirant le plic-ploc de petits talons de bois pointus. Au fond du couloir, il y avait un rideau sombre, et là, toujours de dos, la femme tourna un interrupteur, et à la lumière d'une faible lampe, je vis que l'étroit passage était meublé de deux chaises rembourrées. Sans hésiter, le Sicilien en occupa une, et, voulant me faire une faveur, il me dit : « Vas-y toi le premier, moi j'attends ici. »

Tel un automate, je suivis la femme derrière le rideau, et je me trouvai seul avec elle dans une chambre tout en longueur, qui, d'une fenêtre trouant le mur du fond, recevait une avare clarté diurne, grisâtre et bruineuse. La première sensation qui me frappa à l'estomac fut l'odeur du lieu : un mélange de souffles nocturnes, de pétrole brûlé, de lingerie sale, d'urine, levure et poudre de riz. Mais je sursautai : j'avais cru apercevoir, dans un coin, un être humain planté là, droit comme un i : lequel était en revanche un de ces lavabos à trépied, hauts, en fer forgé noir, portant des chiffons ou des essuie-mains sur leurs deux bras latéraux. Dans le même temps, je me rendis compte que la chambre, sur toute sa surface, était occupée par plusieurs lits mal refaits ; et sous l'un d'entre eux, le plus proche, apparaissait un petit vase de nuit pour enfant. Alors je discernai que dans cette odeur composite il y avait aussi un relent d'enfance : en somme, cette puanteur de morve et de rejets, saleté incrustée, larmes et sans doute aussi maladie, qu'on sent — par exemple — dans certains asiles de nuit.

J'évitais de regarder la femme, qui, cependant, se jetait de tout son long sur le lit le plus grand, laissant tomber par terre ses savates ; et comme, piqué là debout, je doutais si je devais à mon tour me déchausser, elle me dit brusquement :

« Eh bien ? Du nerf, Jeannot ! »

Je restai interdit en entendant ce petit nom arbitraire, mais je ne crus pas nécessaire de lui dire mon vrai prénom. Bien plutôt, m'avait ébranlé le timbre de sa voix, que jusqu'alors elle n'avait pas encore fait entendre, et qui était forte, mais poussive, comme un grand orgue d'église, sourd et désaccordé. Là, prenant un air résolu, et dans un acte frôlant l'exhibition ou le défi, elle alluma la lampe au chevet du lit, tout en dénouant sa robe de chambre, jusqu'à l'ouvrir largement sur le devant. Alors, saisi d'une pudeur sauvage, je détournai mon regard, le fixant en haut, vers le plafond. Je me souviens qu'en cet instant suspendu, ma perception visuelle s'arrêta sur une soupente faisant saillie au milieu du mur, et dont quelque chose d'étrange piqua ma curiosité, plus précisément le fait qu'elle était construite avec de vieilles portes assemblées. Je remarquai que ces portes conservaient, bien que décolorées, des scènes pastorales peintes à l'ancienne (c'est peut-être pour cela que le Sicilien m'avait parlé d'*une belle chambre*) et que le mur, au-dessus du lit, n'exposait aucune image sacrée ; mais une frise de cartes postales illustrées et de gravures de mode découpées dans des revues. Le temps d'un éclair. Et je baissai les yeux sur le corps de la femme. Sous sa robe de chambre, elle portait une combinaison courte de dentelle noire qui lui arrivait à mi-cuisse ; des bas noirs très fins, d'où ressortait une reprise au genou. La reprise et la maigreur squelettique de ses deux jambes furent deux détails qui, pendant un instant, aiguillon-nèrent mon attention, tandis que mon regard, qui jusqu'ici l'avait fuie, inévitablement se portait sur sa face. Et cette face me sembla d'abord un masque, plutôt qu'une vraie figure humaine.

Appuyée, la nuque un peu haute, sur un coussin oriental, et centrée (comme par une cruelle intention) sous la lampe électrique qui la surplombait, la femme avait enlevé son fichu, libérant ainsi une masse de bouclettes fines et drues, évidemment postiches, d'un blond doré flamboyant. Et son visage était celui d'une vieille (peut-être âgée de plus de soixante ans) peinte avec les couleurs de la jeunesse ; pourtant (d'après ce qu'on voyait) sans aucune prétention à faire allusion, et avec plutôt une ostentation rageuse de sa propre comédie. Usé, émacié, il n'était pas maquillé avec soin ; mais outrageusement enduit à la manière d'une face de paillasse, tant et si bien que ses traits (peut-être même beaux autrefois) en restaient irrémédiablement gâchés. Le fond de teint était une pâte poussiéreuse d'une blancheur mortuaire, irrégulier et fendu de rides ayant l'air de crevasses, qui découvraient la pâleur rosée et maladive de la peau mise à nu. Sur les joues se détachaient deux taches de fard, semblables à de grosses bulles enflammées ; et la bouche écarlate,

130

réduite à une forme imprécise de petit cœur, laissait voir, aux commissures, des lèvres parcheminées.

Les seuls points vivants, dans cette étrange larve, étaient les pupilles dont les feux brillaient entre les cils durs et étoilés, au fond des orbites chargées de bistre foncé. Et moi j'aurais voulu qu'il m'en vînt, au moins, un regard un peu caressant, ou de quelque douceur. Mais peu leur chaut de me regarder ; et leur brillant n'est qu'une brûlure de fièvre, au milieu des cendres d'un ennui extrême, d'une atroce indifférence mâtinée d'hostilité. « Alors, mon mignon ? » de nouveau je fus ébranlé par sa voix sourde et hâtive, « qu'est-ce qu'on fait de beau ? tu paies l'extra ? Ici, le temps vole ! » Il est vrai que je n'étais guère instruit sur le minutage de règle chez les putains. Et tandis que je me débattais, empêtré dans ma faute et ma honte, avec empressement intervint, de derrière le rideau, la voix du Sicilien : en une forme élégante et digne, cérémonieuse même, son exorde fut à peu près de cette teneur : « Ayez, je vous prie Madame, quelque indulgence. Sans doute ne vous souvenez-vous pas de moi ? A la différence de mon ami, quant à la vitesse en amour, j'aurais plutôt tendance à exagérer. » Et rapidement, il proposa une mesure de conciliation, qui était, en somme, de compenser par son gain de temps à lui ma perte de temps à moi : autrement dit de compter nos cinq cents lires pour un prix global, le juste prix pour nous deux (je crois que le temps maximum concédé à chacun, selon l'usage, ne dépassait pas les dix minutes, montre en main : ou peut-être même encore moins ?).

La Dame eut un demi-sourire d'accommodement ironique ; et d'un geste apathique, mais plutôt de mépris que de complaisance (*Bon, sers-toi alors. Fais à ta guise. Pour ce que tu paies, voilà, c'est ma marchandise*) en écartant les jambes, elle releva sa courte combinaison sur son pubis à nu. Cette partie de son corps restait en dehors du cercle de la lampe, si bien qu'à mon regard surpris, elle s'offrit assombrie par la pénombre, avec la violence des choses obscures. Je n'avais encore jamais vu, exposé si près devant mes yeux, un sexe de femme ; et celui-ci, qui en ce jour se dévoilait à moi, m'apparut comme un objet de carnage et d'horrible peine, pareil à la bouche d'un animal de boucherie qu'on vient d'abattre. Entre deux limbes de pauvre chair flasque, nue et grisâtre (à ce qu'il me parut) je pus tout juste entrevoir une sorte de blessure cruentée, aux bords plus foncés ; et mon estomac se tordit de dégoût, et j'en détournai le regard, remontant involontairement vers la tête de la femme allongée. L'hybride, étrange sourire qu'elle avait peu auparavant s'était figé, telle une fente accidentelle sur la face d'un automate ; cependant, elle s'attendait sûrement à ce que je consomme la marchandise payée, et je fus saisi de la peur de l'offenser, si je m'en abstenais. Alors, en une sorte d'élan panique, je me jetai à plat ventre sur son corps de vieille.

J'étais tout habillé, comme à mon entrée dans la chambre : jusqu'à mon pardessus et mes chaussures ; et jusqu'à ma braguette, que je négligeais de déboutonner. A la différence de la fillette de la plage, cette dernière ne se souciait pas de me venir en aide ; et je lui en étais pourtant reconnaissant, tant me répugnait, rien qu'à y penser, le contact de sa chair. Les aliments que j'avais récemment ingérés stagnaient dans mon estomac, à la manière de charbons putrides ; et je redoutais, d'un moment à l'autre, de les vomir sur elle. Mais, pour mon honneur et le sien, je concevais par éclairs, dans mon cerveau effaré, l'absurde dessein de jouer, en quelque sorte, l'acte érotique rituel : à commencer par la « danse angélique » dans son obsédant, terrible rythme, jusqu'au hurlement de l'acmé. Je demeurais immobile, pourtant, renversé sur l'autre corps lui aussi inerte ainsi qu'un objet sans âme. Je sentais la mollesse de ses mamelles longues et blettes ; et au milieu des membres décharnés, son ventre plutôt enflé (le ventre d'une pauvre femme qui a subi un grand nombre d'accouchements). Seule sa respiration témoignait qu'elle était vivante ; et cette passivité totale (que même dans mon jugement inexpert je trouvais anormale de la part d'une putain) inopinément m'apaisa. Je n'étais pas loin de me flatter que, dans sa pitié, elle accueillît, en me pardonnant, mon impuissance. Et, quelques secondes, j'eus l'illusion de l'aimer : non point, certes, ainsi qu'un homme aime une femme ; mais comme un tronc aime la terre sur laquelle il s'est abattu. Elle était intouchable par mes sens, non tant — maintenant — parce que répulsive, mais plutôt parce que sacrée. Et, fermant les yeux, je restai moulé sur elle, désireux de me reposer sur sa chair triste, ne fût-ce que pendant les quelques minutes auxquelles j'avais encore droit. C'est alors qu'elle remua, certainement gênée par mon poids mort ; et de ses bronches montèrent des sons rauques et rompus, qui étaient sans doute des accès de toux, mais que je pris pour des éclats de rire contenus et moqueurs. Je tressaillis et poussai un cri sourd, comme celui qu'on arrache à un demi-sommeil ; et en murmurant je ne sais quelles excuses, je sautai à bas du lit et filai vers le rideau. Elle m'arrêta, pourtant, de son étrange voix liturgique, poussant je ne sais quelles invectives triviales ; et j'eus encore le temps de l'entrevoir, en tournant la tête : elle s'était dressée sur son séant, débraillée dans son auréole lumineuse, et agitait contre moi, sorti nu de la large manche de sa robe de chambre, le squelette d'un bras blanc. À n'en pas douter, elle réclamait son salaire, car aussitôt, de derrière le rideau s'interposa la voix du Sicilien, qui se portait garant du règlement total. Avant d'arriver au rideau, je tombai en butant contre quelque chose que je distinguai nettement au moment de me relever : une babouche rose, au talon de guingois, bordé d'un blanc duvet de cygne sale et râpé. J'imagine que le Sicilien supposait que j'avais consommé la marchandise selon l'usage, car, alors que je traversais le couloir, avant de passer à son tour derrière le rideau, avec son naturel viril qui ne l'abandonnait jamais, il me dit : « Tu descends ? Tu m'attends dans la rue, devant la porte ? » et je dus faire oui de la tête, quand en réalité je voulais seulement m'enfuir de ce lieu et le fuir, lui. Dans mon affolement, je négligeai de remettre mes lunettes, et ce fut miracle si je ne piquai pas du nez dans l'escalier. Comme je descendais, les bruits et les éclats de voix de la bâtisse me talonnaient, transformés en un unique coup de tonnerre qui me répétait : tu es condamné ! aucune femme, jamais, pour toi ! tu es condamné ! Au premier coin de rue, mon estomac retourné se libéra.

1950 fut l'année de cette seconde (et dernière) aventure de femmes, et la ville de Turin en était le lieu. Il restait alors, me semble-t-il, quelques semaines jusqu'à mon transfert à Milan, où m'attendait — procuré par les survivants de ma parentèle — un petit emploi à la Municipalité ; en même temps que mon accès à l'Université. Dans l'intervalle, je me tins toujours loin de la crémerie, évitant toute rencontre avec le Sicilien, qui était devenu pour moi, maintenant, une présence menaçante. Le charmeur, harcelant sujet de ses conversations, me faisait désormais reculer, comme un nid de serpents ; et pis encore, m'effrayaient ses inévitables questions sur notre double aventure avec la *Dame*. Certains jours, en vérité, déchiré de solitude, me prenait la nostalgie de lui, ma seule compagnie ; mais certes avec le souci de gommer tout indice qui eût pu trahir notre situation irrégulière. Puis il poussa un marmottement de satisfaction, et n'ajouta rien d'autre.

Maintenant, je l'avais fort bien identifié, bien que je le connusse depuis quelques heures à peine. En effet, c'était un de ceux qui avaient débarqué l'après-midi même au collège. On lui avait déjà conféré le niveau de Seconde Élémentaire, et donc il devait avoir pour le moins sept ans, mais, à sa taille, on lui en donnait quatre ou cinq au maximum. De fait, je l'avais déjà remarqué, juste après son arrivée, surtout en raison de sa courte stature, et de ses jambettes tordues comme celles des tout petits enfants. Malgré la terrible famine de guerre, il n'était pas trop maigrelet ; et ses joues s'arrondissaient tellement qu'elles en paraissaient enflées. Sa tête, à peine un peu grosse par rapport à sa taille, avait une forme parfaitement ronde ; et, rasée depuis peu, elle était couverte d'un duvet marron léger et dru. Ses cils, plus foncés que ses cheveux, presque noirs, étaient extraordinairement longs, et recourbés. Il lui manquait une dent, juste devant, au milieu.

De telles caractéristiques en faisaient un type inconfondable. Et maintenant, même dans ces demi-ténèbres, je reconnaissais le petit globe duveteux qui pointait à côté de ma tête, de dessous le drap. Il demeurait silencieux, mais je doutai que, à peine couché en compagnie d'un autre, il tombât dans le plus profond sommeil ; je ne pouvais pourtant pas m'assurer de son réel état de somnolence à cause de la longueur de ses cils, présentement mouillés, qui lui cachaient les yeux de leurs pinceaux ombreux. Au reste, de mon côté aussi, j'évitai, par prudence élémentaire, d'émettre le moindre son qui pût nous trahir dans le dortoir, personne heureusement ne donnait signe de vie. Et même le sommeil de l'Aigle nous était garanti par les habituels ronflements à explosion

aussitôt, saisi de peur, je me refourrais derrière mes défenses. Et lui, ne sachant plus mon adresse (ni moi la sienne) nous finîmes par ne plus jamais nous revoir.

Salut Pennati.

Avant que la puberté, avec son abstrus petit cinéma, vînt me secouer, mon existence avait été celle d'une créature asexuée. Après la perte d'Aracoeli, et mes exils qui ont suivi, avec un instinct féroce j'avais réprimé toute enfantine, extrême quête d'amour ; et pourtant, même si une telle quête, au vrai, ne cessait de me brûler aux racines de mon être, elle ne touchait jamais la sexualité. Mes yeux avaient assisté aux plus cruelles convulsions des sens ; et pourtant mon sexe restait endormi dans son limbe virginal, sans rêves et à l'abri des contagions. On eût dit qu'une volonté perverse voulait me préserver tout au long de mes états transitoires d'avant l'aube, pour me remettre indemne, dès mon premier réveil, aux escouades infâmes de mon Eros adulte déjà prêt avec ses cordes.

Lorsque Aracoeli fut ensevelie, pour moi l'enfance avait commencé depuis peu. Et puis, les vicissitudes familiales, et la guerre, me bringuebalèrent d'une maison à l'autre, et d'une ville à l'autre. Dans ma première adolescence, je me sentais paria, abandonné de tous. Mais je connus, en ce temps-là, une nuit de bonheur enchanté et innocent, jamais plus éprouvé après la perte d'Aracoeli.

La guerre durait toujours, je n'avais donc pas plus de douze ans. Et c'était l'époque de mon premier collège, précédant de peu la saison de mes fugues, et encore éloignée de mon ultérieure *crise mystique*. Le collège hébergeait un petit nombre de garçons, tous des préadolescents : et moi j'étais l'un des plus grands.

Avec son couvent annexe et sa chapelle, cet institut

religieux — pas très grand et entouré d'une petite surface de jardins potagers — était situé dans une vallée champêtre, à l'intérieur d'une région vallonnée du Piémont. Et comme les bombardements aériens faisaient rage sur les centres habités, des familles qui résidaient dans les villes, jugeant cet endroit moins exposé, y envoyaient leurs fils comme en un refuge provisoire, fussent-ils des enfants de classes élémentaires. C'était l'hiver : et à cause du chauffage réduit au minimum et du black-out, on allait au lit encore plus tôt qu'il n'était de règle au collège. Dans l'unique dortoir, aux fenêtres soigneusement voilées, les ténèbres se trouvaient à grand mal éclaircies par un lumignon dit *éternel*, et placé devant l'image d'un agneau couronné d'or. Au fond du dortoir, derrière des rideaux tirés à moitié, se dressait le lit du surveillant.

Celui-ci se couchait un peu plus tard que nous, quand, en général, nous étions déjà endormis. Et il faisait d'abord, entre nos lits, sa ronde régulière (à laquelle, certaines nuits, pouvaient s'en ajouter d'autres) afin de vérifier, à la lumière d'une pile électrique, si aucun d'entre nous n'avait les mains sous les couvertures. Il disait, en effet, que souffrir du froid était toujours mieux que pécher ; et que les mains sous les couvertures étaient une tentation de chute. Bien mal volontiers, je me résignais à la règle, encore que dans mes mains frileuses n'habitât nulle mauvaise intention.

Le surveillant, figure de géant, rapide et élastique, ressemblait, en raison de son très grand nez recourbé, à un aigle. Et sans doute aussi, toujours en raison de ce nez, en dormant il ronflait sans trêve, et passait des phases de grognement ordinaire à des explosions retentissantes. Au début, ce bourdonnement détonant avait dérangé mes sommeils, mais avec le temps je m'y étais habitué ; j'en étais même arrivé à lui attacher du

prix : il me garantissait que l'Aigle dormait, et d[...] qu'il n'y avait pour le moment aucun risque de ro[...] hors programme.

Une de ces nuits-là, je fus surpris dans mon pre[...] sommeil par certaines secousses insistantes. Sera[...] déjà le réveil ?! Ou une ronde ?! Mon corps était [...] entier enveloppé dans les couvertures — bras et n[...] compris — et rechignait à se retrouver à l'air [...] ébloui par la lumière d'une pile, sous le bec de l[...] vengeur. « Qui est-ce ? » murmurai-je hébété, e[...] plongé dans un sommeilleux aveuglement. Alor[...] voix toute fluette, aussi plaintive qu'un gratt[...] d'ongle sur du verre, m'annonça :

« C'est moi ! »

Me soulevant un peu de mon oreiller, je clign[...] paupières. Dans la grande salle endormie, il [...] encore nuit noire. Et à la faible lueur du lu[...] *éternel*, mes yeux myopes, chassieux de nuit et [...] aperçurent près de mon lit, non point l'Aigle, [...] qu'à première vue je pris pour la silhouette d'[...] Et puis, me réveillant un peu mieux, je recon[...] s'agissait simplement d'un garçonnet, tout pe[...] et plus encore de taille. Il s'agrippait, trembl[...] literie, ainsi qu'un naufragé à un radeau de s[...] Et, réprimant ses pleurs à en suffoquer, en d[...] trois mouvements il grimpa sur mon lit [...] réfugier promptement sous le drap. « J'a[...] dormir tout seul dans mon lit », m'expliqua[...] balbutiement plein de larmes ; et il prenai[...] tion de parler si doucement qu'il émettai[...] infime gazouillis. Quoi qu'il en soit, je réu[...] saisir, dans son raisonnement convulsif, ce[...] tion : chez lui, il dormait avec sa mère. [...]

Je ne sus que lui dire ; mais je ne le ch[...] lui, avant de se blottir définitivement [...] veilla, avec une certaine force, à me tire[...]

provenant de derrière les rideaux). Mais ce fut lui, mon hôte, qui, révélant ainsi qu'il ne dormait pas, se mit tout à coup à parler. D'abord la ligne incurvée de ses lèvres s'élargit en un petit sourire (je pus même distinguer le vide de sa dent manquante). Et puis, sous ses cils, ses yeux se mirent à rire. Et sa voix fluette, dans un souffle léger, me demanda :

« Tu te souviens ?... »

Dans ce murmure imperceptible, comme déjà dans les yeux et dans le sourire, on ne pouvait que relever une allusion importante à un événement qui devait nous concerner, précisément nous deux en particulier : et digne, à son avis, de souvenir. Interdit, je me taisais. Alors il insista.

« En bas... à l'autre étage... avant... »

Et cette fois, sa voix exprimait une sorte de blâme boudeur.

De crainte de l'offenser, je me plongeai avec une profonde attention dans la mémoire de notre passé. En effet, nous avions derrière nous un passé commun, encore que réduit au minimum : depuis son arrivée, en début d'après-midi, jusqu'à cette nuit. En vérité, au cours de ces quelques heures — par moi employées à étudier — nos rencontres avaient été on ne peut plus brèves, casuelles et fuyantes. Je m'efforçai, en les exhumant, de les énumérer en moi-même.

Rencontre Numéro Un. Peu après son arrivée, je l'avais aperçu, dans la salle de récréation, au milieu du groupe des petits. Sa mère venait tout juste de s'en aller, et il avait un air désespéré et perdu, comme un petit chien lancé dans une fusée pour alunir. Toutefois, avec une obstination de propriétaire, il se refusait de céder à quiconque son cartable : un objet d'une rare beauté, couleur jaune canari, à la poignée cerise. Et les autres, par dépit, se moquaient de lui, en commentant une scène toute récente (et célèbre aussitôt) qui s'était passée peu auparavant, au moment de son entrée. Il s'était présenté au collège vêtu d'un petit manteau de fourrure muni d'un capuchon qui lui descendait jusqu'aux yeux. Et le Gardien, en l'accueillant, lui avait, en guise de premier salut, renversé le capuchon, en lui signifiant qu'on ne se présente jamais à ses Supérieurs (de même qu'on n'entre jamais dans une église) un chapeau sur la tête. À quoi l'enfant, regardant étonné autour de lui, et à moitié tourneboulé de peur, avait enfin résolument répondu en se fourrant de nouveau sous son capuchon.

Numéro Deux. Au réfectoire, je l'avais entrevu parmi ses camarades, au moment où ils se rangeaient à la table des petits. Et lui, sur le point de prendre place, s'était tourné vers notre table, celle des grands, et, regardant par hasard dans ma direction, souriant faiblement, il avait ébauché de la main (fermant et rouvrant ses doigts réunis) le geste du *ciao*. Personne ne lui avait répondu. Moi seul, par devoir de politesse, j'avais paresseusement imité son salut. Cependant qu'il s'était déjà retourné vers sa propre table.

Numéro Trois. À l'heure du coucher, je l'avais confusément remarqué tandis qu'il montait sur le petit lit qu'on venait de lui attribuer (du côté des petits et en face de nous, les grands) se prenant les pieds dans sa chemise de nuit longue et blanche ; et qu'il restait là, immobile, à genoux, pour dire ses prières. D'après le tremblement rapide de sa voix, on ne pouvait distinguer que les mots : *custode, lumina, pace.* Après quoi, il plongea sous ses couvertures, comme qui se jetterait dans un puits. En tout cas, ce Numéro Trois ne pouvait entrer dans le calcul, pour la bonne raison qu'il avait eu lieu là, en haut, et non pas *en bas à l'autre étage,* comme il le disait lui.

Ce fut à ce moment-là que je vis son poing sortir de la manche trop large de sa chemise, s'ouvrir et se refermer en signe de *ciao*. Je compris alors son allusion. C'était au Numéro Deux, qu'il voulait se référer ! Et donc je lui répondis :

« Oui. Je m'en souviens.

— Bon ! » commenta-t-il avec un autre petit sourire de satisfaction. Et aussitôt, après avoir poussé un soupir, il s'endormit.

Moi, le sommeil ne me gagna pas aussi vite, et je me mis à méditer. Et cette méditation m'éclaircit mieux l'histoire. Il n'était pas lancé, là, au hasard, à la cantonade (ainsi que je l'avais cru) ce *ciao* du souper ; mais adressé bel et bien à moi, à moi à l'exclusion de tous les autres ! La découverte m'emplit d'une joyeuse émotion. L'enfant m'avait élu : et pas rien qu'une, mais deux fois ! La première, avec son ciao ; la seconde, en déménageant, parmi tant de lits, précisément dans le mien. Il ne m'arrivait jamais d'être choisi. Même quand (tout à fait par hasard) je m'étais laissé entraîner dans le jeu « des voleurs de grand chemin », et que j'espérais être pris pour n'importe quel rôle : celui du voleur, ou du volé, ou du gendarme ; je n'avais jamais été choisi : pour aucun rôle.

Je ne savais de quelle manière manifester ma surprenante joie. Mais, en m'apercevant qu'il avait encore la frimousse mouillée de pleurs, je la lui séchai, précautionneusement, avec le bout de ma manche, pour éviter que les larmes, dans cet air gelé, ne se changeassent en glaçons. Puis, toujours avec précaution, je lui bordai les couvertures sur le côté, et lui couvris aussi une partie de la tête, veillant à ce qu'il puisse librement respirer.

Je m'assoupis en chien de fusil ; mais, quelques instants plus tard, je fus réveillé par une sensation de froid entre les mollets. C'était lui qui, d'instinct, en dormant, se réchauffait les petons. Ses mains ne tardèrent pas à s'agripper à mon cou, tandis que sa tête se nichait sur ma poitrine. Alors je devinai facilement ce phénomène naturel : dormant hors de chez lui pour la première fois (la première de sa vie, sans doute), dans son sommeil il me prenait pour sa mère.

À ce point-là, m'envahit lentement une invraisemblable suggestion : comme si j'étais réellement sa mère. Je sentais, entre mon cou et ma poitrine, le duvet de sa tête ronde et le soyeux chatouillement de ses cils humides. Son souffle léger et ma respiration réchauffaient à l'unisson notre couche, et ma poitrine, à travers la chemise, touchait son thorax de passereau qui frémissait aux battements confiants de son cœur. De ce corps pygméen, qui cherchait protection dans mon corps plus volumineux, et de la tiédeur de son souffle, et du froid de ses petons, je recevais une sensation d'hilarité tranquille, et en même temps le sentiment d'une fière responsabilité. *Maternité,* il n'y avait pas d'autre nom pour cette étrangeté. J'étais une mère avec son tout petit enfant. Mais notre appartenance à l'espèce humaine n'était pas nécessaire. Bien plutôt, je m'étais transformé en une animalesse (brebis, vache, hirondelle, chienne) qui protégeait son petit de l'horreur de la société humaine.

Quelques minutes plus tard que l'enfançon, je fus repris moi aussi par le sommeil. Et nous passâmes à dormir le temps de la nuit qui nous restait, comme ça, recroquevillés ensemble. Voilà qui représentait, pour moi, la possession jalouse d'un trésor : tellement que, pour ma part, je réussis — même en plein sommeil — à rester immobile et attentif, ne me déplaçant pas d'un pouce. Par contre, il m'arriva, à l'occasion, de ressentir quelques mouvements de l'autre corps endormi : pourtant jamais en vue de se détacher ; mais pour se resserrer davantage encore contre moi (sa mère).

Ma position contrainte n'était vraiment pas commode ; mon sommeil fut cependant éblouissant de lumière, comme il arrive quand on est enfant, la noche de Reyes. Je ne me souviens pas d'avoir eu des rêves ; et mon sommeil fut encore plus léger que d'habitude, surtout parce que dans mon cerveau veillait l'exigence absolue de transborder à temps mon hôte dans son propre lit. Mais même l'imminence d'une telle fatalité ne pouvait troubler ma joie parfaite. Peut-être parce qu'un miracle est chose immortelle ; et que les choses immortelles sont déliées du passé et du futur.

Je m'éveillai, qu'il faisait encore noir ; et de l'extérieur me parvint le son d'une cloche qui annonçait, à la chapelle, les premières fonctions religieuses du matin. La nuit finissait donc. Et moi, pour réveiller discrètement mon petit compagnon nocturne, sans trop y penser je le chatouillai sous les bras (c'était l'instinctive imitation d'un réveil habituel de mes premières années : je l'avais baptisé *mamóla*, car ma mère, en me chatouillant, me murmurait : *mamóla mamóla*).

La réaction du petit enfant fut un crépitement d'éclats de rire : auxquels je répondis par un rire irrépressible. Peut-être étais-je fou à ce moment-là ? L'effet ne se fit pas attendre (sous l'impulsion électrique directe de nos rires, aurait-on dit) : les lampes centrales du plafond s'allumèrent, éclairant brusquement la grande salle en son entier. Et simultanément, l'Aigle (sans doute déjà réveillé bien avant et prêt au lever) surgit de derrière ses rideaux enroulé dans une couverture, allant sans hésiter vers mon lit en piqué sur notre couple. Il apparaissait encore plus consterné qu'indigné : « Honte ! Honte à vous !! Comment lui as-tu permis, toi ?! Et toi, comment t'es-tu permis ?! tout de suite à ta place, fripouille ! Dans ton lit ! » Nous nous étions levés à moitié, de la hauteur de notre buste ; et mon compagnon, pas encore bien réveillé, n'avait d'abord cure que de bien se frotter les paupières de ses petits poings. Mais sitôt qu'il revint à la réalité, il regarda l'Aigle par en dessous et plutôt de travers. Puis, tandis que ses lèvres se tiraient vers le bas comme pour une envie de pleurer, il fixa pourtant l'Aigle avec l'œil du défi et de la menace ; et, pour seule réponse à ses ordres, il se rejeta de tout son long sous les couvertures qu'il tira sur son nez, retournant la tête du côté opposé (le mien).

Première conséquence inévitable : l'Aigle le traîna de force hors de mes couvertures, jusque sur le petit lit abandonné. Mais alors, de cette couche étroite s'éleva un tumulte si énorme que toute la chambrée fut réveillée en sursaut et se pressa autour du petit, pour un divertissement général (moi aussi je me trouvais au milieu de cette foule pouffante, mais avec un tout autre sentiment). Comme devant un abus intolérable, mon gentil compagnon avait explosé en une terrible révolte, alternant sanglots désespérés de poupon et hurlements sauvages pleins d'arrogance, dignes d'un guerrier et d'un taureau ; tandis que, luttant corps à corps avec le Surveillant, il répétait en assenant des coups de pied :

« Gros pif ! Gros ronflonflon ! Gros arpions ! »
et autres insultes inouïes de la même eau. Mais une partie de celles-ci se perdit dans le couloir, car l'Aigle l'emporta au plus vite, le reléguant Dieu sait où, peut-être dans une cellule du couvent. Peu après il reparut (l'Aigle) et me dit, en me flanquant une bourrade :

« Toi, tu viens avec moi ! »
et il me colla quarante minutes de pénitence : la même que d'habitude, c'est-à-dire rester à genoux sur le pavement nu, tourné contre le mur, en dénonçant mes fautes au Dieu miséricordieux. Pour moi, certaines pénitences étaient d'un ennui insensé (entre autres, à cette époque, avant ma « crise mystique », je me méfiais, en secret, de Dieu et de sa cour) mais, cette fois-là, les quarante minutes glissèrent sur mon être aussi suavement qu'une fugue musicale. De temps en

temps, je riais tout seul, et une petite jubilation sautillait dans mon sang, à la simple idée que Pennati existait.

Je le revis à l'heure de la messe : loin de moi, dans une autre rangée de bancs, vêtu du tablier noir et des bas noirs du collège. Son tablier lui était si long qu'il lui arrivait aux chevilles, ainsi ne me fut-il pas possible d'observer ses genoux, pour juger si de son côté on lui avait imposé la même pénitence. Il avait l'air maussade, tout renfermé en lui-même, et ses lèvres avaient beau se tirer vers le bas, son œil était féroce. Je le vis et il me vit, dans le même temps. Et je lui envoyai porté par l'air un ciao à peine dessiné par mes lèvres, sans émettre un son, alors qu'il ébauchait de son côté un petit sourire amical, mais flou, presque inexpressif, qui pouvait signifier l'entente ou l'adieu. Ce fut en effet notre dernière rencontre : la quatrième et la dernière. Après la messe, vint pour moi l'heure de l'école. Mais, au repas de midi, il n'était pas là, et j'entendis expliquer qu'il avait passé la matinée à pleurer et à s'agiter comme un petit démon, en criant qu'il voulait retourner auprès de sa mère (la vraie, celle de Turin) jusqu'au moment où sa mère, convoquée d'urgence, était venue le chercher pour le ramener chez eux. Ce fut en cette circonstance que j'appris son nom : Pennati. Son nom de baptême, je ne l'ai jamais su (là-bas, on ne s'appelait que par son nom de famille).

Pennati. Il fut, je crois, le premier révolutionnaire que je rencontrai dans ma vie. Selon mes calculs, il avait dû naître en 1937 : trop tard pour les batailles de la Résistance, et trop tôt pour les mouvements de 68. Je me demande ce qu'il est advenu de lui. Révolutionnaire, capricieux et attaché aux jupons de sa mère. Mon petit enfant d'une nuit. Après son départ, je n'osai plus jamais en demander des nouvelles à personne, dans la peur obsédante de m'entendre répondre qu'il était resté sous les bombes. Car en ces mois-là, les incursions sur Turin ne discontinuaient pas, et chaque nuit on entendait les escadrilles aériennes passer au-dessus du collège en direction de la ville. Mais, en vérité, une voix intérieure m'a toujours assuré qu'il vivait. Et souvent, au fil des années, même quand je devins adulte, je me suis surpris à fouiller du regard les rues des villes, pour voir si par hasard je ne le reconnaissais pas au milieu des passants. Curieusement, je recherchais encore l'enfant de sept ans que j'avais connu, sans songer qu'en réalité lui aussi, entre-temps, avait grandi. À cette heure, c'est un homme fait, de quarante ans : de peu moins âgé que moi, presque vieux. Lui, il est à coup sûr marié, et père de nombreux petits nains. Un type trapu, au corps empâté, avec ses jambettes restées tordues, et son duvet qui commence à devenir gris sur son crâne. Il est du genre qui marche toujours le front haut, tel un pionnier, où qu'il aille, et appuie sur le klaxon de sa Fiat 600 comme s'il s'agissait d'un clairon sonnant l'attaque. Peut-être est-il représentant de commerce.

De mes aventures de femmes (deux en tout et pour tout), je n'ai jamais rien raconté à personne, jusqu'en 1968. Cette année-là, j'avais connu, à une manifestation de rue, un tout jeune homme, encore mineur, quant à son âge, mais que j'allais jusqu'à considérer comme un Maître. Il faisait partie d'un groupe dit « marxiste-léniniste » et s'était voué à ses propres idéaux avec tant d'absolu qu'il renonçait pour lui-même à tous les plaisirs matériels, et d'abord à ceux du sexe, choisissant, une fois pour toutes, la chasteté. Il était beau, et dans ses yeux graves et mélancoliques, je lisais une telle maturité précoce, une telle science, que je me résolus à lui confier mes deux lointaines, uniques et fatales entreprises, en espérant trouver en lui la même compassion que je nourrissais, à ce sujet, pour moi. (En effet, si je regarde en arrière, là-bas, garçonnet sur cette plage de Ligurie ou dans la chambre de la vieille marchande de plaisir, je m'étais toujours vu comme un objet de pitié : une sorte de petit animal vulnérable et sans faute, jeté sans défense, par l'incompréhensible Fatalité, aux offenses extrêmes.)

En revanche, la sentence de mon jeune Maître fut la suivante :

« *Primo*. La fille de la plage était une enfant innocente, corrompue par la guerre impérialiste. En réalité, elle subissait, sans défense, un viol après l'autre : et moi, de par un prétendu *droit à la vie*, je n'hésitais pas à jouer, sur son dos, le rôle de violeur. Cependant, si je n'avais pas été un profiteur et un lâche, je l'aurais arrachée aux violences des autres, et respectée, en lui apprenant qu'elle avait été une victime, et qu'elle se devait de refuser de l'être.

Secundo. La *Dame* de Turin était vraiment une Dame, autrement dit une prolétaire honnête, contrainte par la faim à vendre — ne possédant rien d'autre — ce dernier morceau de vieille carne qui lui restait. Et moi, si je n'avais pas été un exploiteur sans conscience, j'aurais dû éprouver du dégoût non pas pour elle, mais pour moi-même. Au lieu de la traiter à l'instar d'une cuvette de chiottes, gardée à mon service pour mes bas besoins, je lui aurais épargné un pareil supplice. Et je me serais limité à lui baiser la main ; et, pourquoi pas, je lui aurais laissé en cachette, sous l'oreiller, tout l'argent que j'avais.

Tertio. Quant à mon ami sicilien, c'était un immonde satyre et un sado-masochiste. Qui, d'ailleurs, souffrait probablement aussi d'*eiaculatio praecox* : un défaut qui peut tout juste convenir, en principe, aux prostituées. Ainsi, se payant d'un idéal rhétorique de lui-même, il affectait de glorifier les prostituées, quand au contraire il s'en servait comme d'instruments commodes pour satisfaire ses vices. Il eût mieux fait de se châtrer. Et moi, si je n'avais été son égal en crapulerie, au lieu de le suivre à la trace tel un chien, je lui aurais craché au visage, et fourré un bon coup de pied au cul.

Mais toute ma conduite était historiquement logique, car j'étais né bourgeois et tel restais. Tant que les bourgeois ne seront pas tous éliminés jusqu'au dernier, il n'y aura pas de salut pour le monde : la bourgeoisie étant une peste qui contamine ce qu'elle touche. Moi, bourgeois, j'étais un être infecté et j'infectais les autres. Et avec la bourgeoisie, on éliminera tout le mal, à commencer par les vices du sexe, qui sont l'effet de l'hypocrisie et de la répression bourgeoises. La prostitution, les perversions, plus rien de tout cela avec la montée du prolétariat. L'acte sexuel sera un mouvement créatif. »

La voix de mon jeune Maître, mûrie depuis peu mais déjà de baryton bien timbré, et presque mélodieuse à mes oreilles, était ferme et sereine dans sa condamnation, encore que parcourue en arrière-fond d'un vibrant filet de rancœur. Voilà quelques mois, j'étais à Milan, assis tout seul dans un bistrot des Navigli, et soudain, j'ai entendu cette voix inoubliable. Elle venait d'un poste de télévision, et sur l'écran il se trouvait là, lui, qui parlait avec désinvolture et autorité. Il y avait environ sept ans que je ne l'avais pas revu, mais je l'ai reconnu sans hésiter, quelque changé qu'il fût dans son apparence. Il était habillé avec distinction, veston bien repassé et cravate, et il n'avait plus ses longues boucles sales, mais le cheveu bien coupé, et lavé, peigné avec soin. Autres nouveautés : il portait une alliance au doigt, il avait épaissi ; et pris, dans ses manières et son élocution, un brillant averti et sobre d'homme du monde promis à une belle carrière. Je suppose qu'il parlait à un public, puisqu'il avait un micro devant lui ; et il faisait de la propagande pour un gros parti de la Demi-Droite Modérée, le parti favori de la bourgeoisie. J'eus un doute : c'était là un sosie de mon jeune Maître, ou une hallucination de ma part. Pourtant, à bien le regarder, à l'entendre, c'était vraiment lui, bien vivant dans sa réalité : et alors, je fus rongé du soupçon de l'avoir, moi, par ma présence, sept ans auparavant, contaminé.

Après mes deux échecs, je n'ai plus tenté d'expériences amoureuses avec les femmes. Avec mon transfert à Milan, commencèrent mes autres, malheureux amours. Ils apportèrent quelques changements dans mon *petit cinéma* aussi. À cet unique passager d'avant, sans nom et aux traits fuyants, succédèrent différents personnages, et aussitôt individualisables à quelque signe qui leur était propre : un toupillon lisse — une cicatrice sur le nez — une pièce aux pantalons — ou une voix, ou une autre voix (au besoin, la même qui m'avait fait trembler pendant la journée). Jusqu'aux différents prénoms ou surnoms : Antonello, Cherubino, Tigre, Rock : sensations auditives capables, à elles seules, d'engendrer les spasmes et le fracas du sang, ainsi que des formules suprêmes. À la différence de mon premier antagoniste, ceux-ci n'étaient pas des Inexistences ; mais des Doubles d'existences réelles ; et leurs Doubles vivants circulaient pendant ce temps dans la ville, entre les bars, les chantiers, les guinguettes, les rives du fleuve. Ils étaient tous des adolescents et, pour la plupart, ils aimaient les femmes. Et dans mes films solitaires, nos rencontres, toutes nos rencontres, à l'ordinaire, se terminaient en beauté, par mon assassinat : tandis que dans la réalité aucun d'eux ne se donnait la peine de me tuer. D'eux je ne pouvais attendre nul amour, ni la dernière plaie soupirée. La plus grande grâce qu'ils pussent, eux, me concéder, c'était de se laisser sucer par moi. Si je déboursais. Eux, pareils à des statues royales. Moi, comme s'ils étaient des saints, à genoux à leurs pieds. Et ma pupille, à les boire, se voilait ainsi que le regard adorant et ensommeillé de l'enfant par sa mère allaité.

L'air, sur l'esplanade du port, est humide et immobile ; mais soudain — conséquence de ma vaine fatigue — les courants du sang se sont mis à me flageller en un sifflement qui me monte jusqu'aux tempes : et je les ai pris, ces courants, pour un grand vent invisible qui se lèverait en grondant. Sans m'en apercevoir, mes pas m'ont entraîné vers le bord du quai ; et je me retrouve assis dans un jardinet planté de quelques arbres, où est installé un mini-lunapark désert, ce soir, et plongé dans l'obscurité. Il y a une baraque de tir forain, et, au milieu, un manège avec ses chevaux et ses cygnes de bois immobiles, et ses bicyclettes naines, et ses mini-autos et mini-camions ancrés sur le fond. Sans que j'en sois autrement surpris, une tiédeur solaire, douillette, a parcouru mes sens. Et il m'a suffi de fermer les yeux pour que le manège se mette à tourner, en un après-midi d'été où les ombres de la feuillée et les lumières aériennes se poursuivent en battant comme des ailes jaspées. J'ai quatre ans, peut-être cinq, et je voyage sur le manège de la Villa Borghèse, à Rome. Selon mon habitude, plutôt que des véhicules à moteur ou à roues, j'ai dû choisir tantôt un cheval tantôt un cygne, animaux fraternels, et enclins à des itinéraires de folie. Le manège tourne en jouant une chansonnette, à un rythme aussi rapide que la rotation de la terre : radieuse cavalcade, peurs et délices, sous la secrète menace de ne jamais plus s'arrêter. À chaque tour, on

150

refait le tour du monde, repassant en une volée tous les points de l'équateur. Et en un point précis, il y a toujours une femme qui m'attend, moi, précisément moi et personne d'autre parmi tous les voyageurs. Aracoeli ! déjà de loin elle me reconnaît, à sa grande surprise ; et elle me fait fête, dans sa sautillante jupette à fleurs, elle agite sa petite main : « Adios ! Adieu ! Adieu ! » Et moi, fier de mon équipée à travers le monde, encore que tout concentré pour me bien tenir en croupe, je la salue d'un rire jubilant. À mon rire répond l'égale jubilation de son rire. Et nos deux rires sautent ensemble d'une corde à l'autre, vibrant en d'invisibles caisses de résonance le long d'une fugue infinie : jusqu'au moment où ils ont atteint ma station nocturne d'Almeria. Un sifflement imperceptible et râpant l'intérieur des oreilles est le signal final : l'arrêt de mon carrousel. Et, saisi par un froid insensé qui me fait claquer des dents, je me décide à rentrer à l'hôtel.

La chambre est telle que je pouvais l'imaginer : une chambre d'hôtel d'avant-dernière catégorie, pas très différente de celle que j'ai laissée ce matin à Milan. Aux murs un papier peint à losanges et fleurettes étiolées ; un lavabo avec eau courante, qu'aussitôt — selon mon habitude — j'ai utilisé comme urinoir ; une armoire à glace branlante, qui à coup sûr suinte à l'intérieur d'odeurs nauséabondes ; et un lit à une place, fagoté tant bien que mal dans sa couverture brique, au pied duquel gît une descente de lit usée jusqu'à la corde. Par terre, mon sac, débarqué là-dedans avant moi, me saute aux yeux, telle une dénonciation complice et agaçante de mon identité irréfutable. D'un coup de pied, je le repousse vers le mur ; mais je suis si épuisé, au bord de l'évanouissement, que je me jette sur le lit tout habillé, la lumière allumée.

Les yeux me brûlent, et je me les protège du bras, en attendant de me déshabiller et d'éteindre la lampe. Mais ces simples actions de clôture de la journée se font pour moi, d'instant en instant, effort musculaire impossible, comme s'il me fallait décharger un navire d'un lest énorme. Et mon corps, rendu à sa pesanteur, s'est laissé engloutir lentement par le sommeil.

Le début, avec le premier assoupissement, n'a peut-être été qu'un effet malin de la lumière électrique qui donne en plein sur ma tête. C'est un éclatement de lignes brisées, bulles et rhomboïdes aux couleurs éblouissantes, qui se percutent dans le champ noir de mes orbites, frappant à mes tempes jusqu'à la nausée : quand enfin, en tombant dans le sommeil, tout cela s'est composé en une figure de pâleur et de repos. Accompagnée de légers signaux (chuchotements sous-marins ou hyperboréens) a affleuré une tête féminine de marbre blanc, coupée à la base du cou, selon qu'il est d'usage dans la statuaire ; avec les yeux clos et la lèvre inférieure proéminente, à peine détachée de la lèvre supérieure, comme si elle respirait. Immédiatement, je la reconnais ; et puis je me demande si je ne me trompe pas, parce que, si c'était elle, je verrais, au milieu de ses cheveux, le nu sillon de sa blessure horrible ; tandis qu'au contraire ses boucles marmoréennes la ceignent, florissantes et bien ajustées, ainsi qu'une guirlande de boutons liliaux. Sa forme enchanteresse est intacte, dans la lisse blancheur de sa matière ; et moi (qui la contemple d'un point rapproché invisible) je m'étonne qu'en cette immense traversée elle n'ait pas été mutilée par les heurts. Toutefois je crains, même au milieu de mon plaisir, que maintenant, exposée ici à l'air, elle ne puisse s'abîmer ; mais un enfant inconnu, qui se trouve à mes

152

côtés, me rassure : « A présent, dit-il, ils vont la couvrir d'un drap, pour la cérémonie de l'inauguration. » Et de fait, sur la splendide tête de marbre tombe une espèce de nébuleuse, qui, d'après son volume, et en particulier sa hauteur, paraît cependant recouvrir une silhouette entière. La cérémonie du dévoilement se prépare, apparemment, dans une salle de variétés (sans doute souterraine) où la statue couverte a déjà été installée dans un coin, contre le mur du fond, qui est noirâtre et nu. les autres murs, par contre, blanchis à la chaux, sont tapissés d'affiches en blanc et noir très mélangées et délavées : on dirait des avis commerciaux de films ou quelque chose dans ce genre, car on y distingue, çà et là, des cuisses de femme à demi nues. Mais seule se détache, parmi ces annonces, une grande photo bordée de noir : mon père en uniforme de parade, avec sur la tête un colback extravagant semblable à celui du roi d'Italie.

Tout à coup je m'aperçois que les rangées de bancs, placées au centre de la salle, sont déjà occupées par une foule de spectateurs, lesquels tournent bizarrement le dos à la statue. Ils sont tous excessivement colorés, et leurs teintes criardes, irréelles, me troublent la vue ; mais parmi eux, gens anonymes et sans visage, se laissent aussitôt reconnaître, avec évidence, certains personnages rencontrés au cours de la soirée. La matrone rengorgée de la caisse, sous une colossale coiffure entortillée en forme de tiare. Le camionneur, qui agite un poing noir souillé de sang. Et le portier de l'hôtel, avec ses grosses narines mobiles. A ceux-là, s'est ajouté le Généralissime à la tête bandée, au visage rongé et vert qui montre un dentier branlant de métal, et sur sa poitrine une énorme quantité de décorations rubanées se tortillant comme choses vivantes. Or, du public à l'unisson s'élèvent des protestations, car, le spectacle étant en noir et blanc et eux en technicolor, il leur demeure invisible, nul. Alors, on distribue sans tarder des lunettes de plastique vertes, et avec un effet immédiat un grand faisceau de lumière se projette vers l'angle du mur occupé par la statue, tandis que tous les spectateurs se mettent debout ou même se hissent sur les bancs, tournés vers ce point lumineux pour assister au dévoilement. Cependant que je refuse de regarder, assailli par un pressentiment innommable; quand là-bas, en ce point figé sous le faisceau, résonne soudain un hurlement féminin, atroce, laid et tragique. Et du parterre comble, qui se presse excité de curiosité, fusent des rires indécents, au milieu d'exclamations d'horreur et de scandale. Et moi, par honte et peur de voir, je me couvre le front de mon bras replié.

D'un coup, je me suis réveillé dans cette position, la même que j'avais prise en m'endormant. Au vrai, mon sommeil n'a pas duré plus de quelques minutes (ou secondes, peut-être?). Ma montre à mon poignet indique onze heures et quart. Et pourtant, je me retrouve avec un esprit très lucide, prêt à brûler un temps infini de veilles nocturnes. Je ressens encore dans ma poitrine un affaiblissement des muscles et un essoufflement, comme après une violence subie; et puis les vilaines marionnettes de mon rêve hantent encore la pauvre, étroite chambre, si bien que, pareil à un petit enfant, j'ai peur d'éteindre la lumière.

« Duérmete, niño mio
que viene el coco ! »

À cette heure-là (il y a quarante ans) depuis deux heures déjà tu dormais avec ton niño, ainsi que chaque soir, contente, après les bisous de la bonne nuit. Mais qu'as-tu fait de ce niño, Aracoeli ? En le livrant à ta *bonne nuit*, tu le gardais, nigaude, pour les nuits du COCO.

154

Et donnons-nous donc ici, ce soir, la mauvaise nuit. Mauvaise nuit à toi, Aracoeli, qui as reçu la semence porteuse de moi comme une grâce, et qui l'as couvée dans la douce chaleur de ton ventre tel un trésor ; et puis, la neuvième lune, tu t'es déchargée de moi avec joie pour me remettre, nu, à tes sicaires. De la conception à l'accouchement, de l'allaitement à la petite école des premiers pas et de l'alphabet, tu n'as rien fait d'autre que tendre et croiser sur moi — tendre et croiser — les fils de ta machination criminelle. Il valait mieux que tu avortes, ou que tu m'étouffes de tes mains à ma naissance, plutôt que de me nourrir et de m'élever avec ton amour félon, comme une bête qu'on gave pour l'abattoir. En réalité, tandis que tu me souriais de ton regard énamouré, tu faisais un clin d'œil à tes fauteurs. Et, en attendant, le philtre ensorcelé que tu gâchais jour et nuit au creuset de ma chair, c'était ça vraiment : ton faux excessif amour, auquel tu m'as accoutumé, ainsi qu'à un vice incurable. Si tu avais appris les sciences positives de l'âme, tu pourrais au moins reconnaître tes crimes maternels. Il s'agit, désormais, de notions élémentaires ; mais ton cerveau incapable ne fut jamais accessible, de par sa nature, à aucune science. Toi, au fond, tu es toujours restée la fille rustre que tu étais à l'origine, même si avec le temps tu avais appris à distinguer le renard argenté du renard bleu et un chemisier d'un tailleur ; et à agiter les divers ingrédients d'un cocktail. Et cætera. (Ta culture acquise ne végétait, en général, que dans cette sphère-là.) Avec le temps, certes, tu t'étais dégrossie. Tu avais appris à lire (encore que tes lectures n'allassent jamais au-delà des revues féminines illustrées, ou de quelques livres de fables). Tu ne croyais plus que la terre était un disque plat suspendu dans les airs, entre l'enfer en dessous et, en dessus, le ciel de Dios y Jesus y la Virgen. Avec tout autour la mer qui était le berceau du Soleil ; c'est pourquoi elle se balançait : elle semble bercer le Soleil, *para cunear el Sol*. De ce tien concept, et d'autres semblables, toi-même, plus tard, tu avais honte. Mais certains témoignages mémorables de ton premier noviciat romain continuèrent à circuler longtemps, en catimini, dans notre milieu familial, comme de bonnes blagues. Il paraît que dans tes premiers voyages en train, tu t'agrippais en tremblant à qui t'accompagnait, de peur que le wagon, dans sa course folle, n'allât finir au-delà de la ligne d'horizon (le bord du plateau terrestre) pour se précipiter dans le gouffre infernal. Aux explications empressées, convaincantes sur la rotondité du monde, toi tu rougissais au début, plutôt courroucée, soupçonnant qu'on se moquait de toi. Et tu en mis du temps à te persuader de la chose, jusqu'au moment où — mon père se portant garant — elle te devint matière de foi, mais aussi de préoccupation. Tu étais prise de vertige, à l'idée de te trouver aux antipodes, et de tourner la tête en bas. « Mais comment ne tombe-t-on pas la tête la première ? » continuais-tu à te demander, perplexe, en te retenant aux réverbères. Et tu serrais tes jupes sur tes jambes, atterrée à la pensée — jamais de la vie ! — qu'elles pussent se renverser tout à coup sur ta tête.

Tes ignorances d'autrefois étaient devenues proverbiales. On murmurait que, dans les débuts, tu ne savais rien des appareils hygiéniques ; et que tu montais, les pieds sur la lunette du water, où tu t'installais à croupetons, au lieu de t'asseoir dessus. Et que tu ne connaissais pas l'usage de la brosse à dents. Ni celui des porte-jarretelles. Ni celui du fer à repasser. Et que tu avais peur non seulement des appareils électriques (à l'exception de sonnettes, que tu actionnais pour ton amusement) mais même de la petite flamme du gaz, à tel point qu'avant d'allumer un four, pour conjurer une explosion tu faisais le signe de la croix. Je n'en finirais plus avec la liste de tes sottises légendaires. Tu te trompais comme une tigresse. Tu mordais dans les fruits. Tu soufflais sur la soupe comme sur une forge. Et tu te grattais la tête avec ta fourchette. Et la première fourrure que tu as eue, tu l'as mise à la lessive dans la baignoire. Et une fois, tu as allumé la cheminée avec une vieille estampe française.

Mais ton méfait impardonnable fut de m'engendrer. Et tant pis si, ignorante et étourdie, tu ne prévoyais pas les effets funestes de ton maléfice. L'ignorance des lois est un crime. Toi, tu ne savais rien de rien ; mais moi, par contre, je savais que ce corps supplicié qui est le mien, tu voulais te l'offrir en cadeau, à toi-même, comme un jouet. En réalité, petite va-nu-pieds, tu avais envie d'une poupée. Une muñeca ! dès l'instant où tu appris à dire mama, cela avait été ta prière ardente : et toujours impossible. Il n'y avait noche ni dia de Reyes qui te l'exauçât. Le cortège itinérant des Trois Rois ne passait jamais par El Almendral. Et toi, tu te confectionnais des muñequas de tes propres mains, à l'aide de vieux chiffons qu'on jette aux ordures : le corps, un vieux bas, et les entrailles, de l'herbe sèche. Des señoritas sans bras ni jambes, sous l'habit et la mantilla festoneada. Et des nenes, des bébés avec leur seule tête (un peloton de laine) cousue un peu de travers sur un camisón sans manches, vide à l'intérieur. Tu enlevais la chaînette d'or de ton cou pour en décorer tes muñequas. Et tu déguisais en muñeca un vieux balai, ou la palme pascale, ou deux branches en croix ; et tu berçais même les miches sorties du four, presque éplorée de devoir les manger.

Par la suite, vers l'âge de la puberté (qui dans tes régions est précoce) tu ne te contentas plus de tes poupées. Ni même le chat Patufè, ni la chèvre Abuela ne te suffisaient plus. Et ton mignon petit frère (Manuel Manolo Manuelito), que naguère tu portais dans tes bras, avait grandi maintenant, et depuis beau temps il vadrouillait sur ses propres pieds. Or, tes mamelles, qui d'abord n'étaient pas plus grosses que deux lentilles, avaient grandi jusqu'à rivaliser de volume avec deux manzanes, et pendant la nuit, certains petits élancements et une sensation de tuméfaction douloureuse t'avertissaient qu'elles grandissaient encore. Sous les aisselles et entre les cuisses te poussaient des bouclettes laineuses et chaudes. Et une nuit, comme tu dormais à côté de ta mère, tu rêvas que par la fenêtre entrait un incendie en forme de taureau dressé sur ses sabots de derrière et qui agitait ses pattes antérieures contre toi. À un tel rêve, d'un cri tu fus sur ton séant, réveillée, et tu pleuras de te trouver dans les sangs, et le drap taché de sang, sûrement à cause d'un coup de corne de ce taureau. Ta mère, cependant, réveillée par tes sanglots, vivement t'expliqua tout bas que ce sang était un signe naturel envoyé par la Virgen à toutes les jeunes filles pour les avertir quand elles étaient devenues grandes. C'était un sang de sacrifice qui coulait de ton cœur en souvenir des plaies de Marie. Donc, le premier domingo, toi et elle, ensemble, vous iriez jusqu'au Sanctuaire de Tabernas saluer Nuestra Señora de las Angustias, te dit ta mère. Et, pour ton petit déjeuner, elle te donna un œuf à gober.

Quel âge avais-tu, alors ? Douze, treize ans. L'envie de poupée ne t'avait pas passé, au contraire : elle fermentait dans ta chair. Et c'était peut-être précisément cette urgence qui faisait lever tes seins et multiplier les bouclettes sur ton nid de sang. Maintenant je te connais, Aracoeli. Cette nuit, je découvre toutes tes cabales. La mort (à laquelle tu m'as voué en m'engendrant) est sadique et carnivore de par sa nature. Ta fameuse envie inassouvissable exigeait désormais une poupée de chair vivante, vulnérable et mortelle.

C'est ainsi qu'au fond de toi commença l'attente inconsciente de la semence. Non pas pour ton bonheur sensuel (celui-ci ne fut jamais promis à ton sort) mais parce que, à ton insu, de cette semence jetée au creux de ton nid sortirait vivante ta muñeca : le joujou toujours convoité pour tes canciones de cuna, tes berceuses. Toutes tes cellules désormais travaillaient à ma naissance, ton ventre en grouillait comme une ruche inquiétée. Mais toi, telle une machine stupide, tu étais la servante ignare de ta propre manœuvre. Tu ne connaissais pas les mécanismes ni les fins dernières de l'usine. Et malgré le « sang de la santé » versé chaque mois, ton corps, exempt de toute tentation érotique, gardait sa gaucherie enfantine. En marchant, tes jambes rondes et bien plantées s'arquaient un peu, et tu caracolais, dans tes flancs encore anguleux, d'une manière presque comique, sans langueur ni coquetterie. Si tu t'arrêtais pour discuter, dans ton agitation tu te balançais d'un pied sur l'autre, et par moments tu t'immobilisais, déséquilibrée, avançant ton petit ventre plat, et ployant la tête sur tes épaules maigrelettes. Le matin, en semaine, tu te lavais tout juste le visage ; et les pieds, le soir (car pendant la journée tu allais nu-pieds) dans la cuvette commune à toute la famille. Tu n'ajustais pas tes cheveux, tu ne prenais pas la peine de te faire belle (du reste, tu ne savais même pas si tu étais belle ou laide). Et comme avant, tu continuais à sauter à la corde, ou à jouer à colin-maillard.

Tes poupées simulacres d'avant, à présent tu les répudiais ainsi que choses mortes ; et partout où l'on voyait un vrai poupon vivant, tu accourais. Et tu implorais les mères de te laisser un peu porter leur créature dans tes bras. Et quand tu l'obtenais, tu poussais des gerbes de rires inouïs, inspirés ; et tu inventais pour la créature des petits cris variés, et des musiques angéliques ; et ton âme entière s'épanouissait sur ton visage telle une rose. Dans ton temps libre, tu t'offrais (gratuitement, cela s'entend) comme baby-sitter pour tout le voisinage.

Cependant, tu ne bâtissais pas de châteaux en Espagne autour d'un novio futur, contrairement aux autres filles de ton âge. Parfois même, te tentait le caprice de te faire nonne, une carrière qui était pour toi promesse de chœurs, visions, bougies allumées, petits pains et festons de fleurs colorées. En explorant dans les brumes de tes chimères enfantines, sans doute découvrirait-on que toi, alors, tu comptais sur une fécondation « sans péché », à l'exemple de la Virgen. En effet, les hommes mûrs te faisaient peur à toi. Certains avaient de grosses moustaches, une peau tavelée, des yeux injectés de sang, et il t'était arrivé de les voir pris de boisson — dans la bagarre — dans la fureur, devenir plus laids que des loups. Toi, tu ne voulais te casar avec personne. Jusqu'au jour où, dans ta seizième année, surgit le beau Marin, le Caballero exotique, aux gentilles manières d'agneau, différent de tous les autres novios. À cette époque, tu croyais encore qu'il suffisait d'un baiser d'homme pour mettre enceinte une fille. Et après t'être abandonnée à son baiser, tu t'informas auprès de lui-même, avec un filet de voix tremblante, si la conséquence en serait la naissance d'une créature. Mais, soit ton manque de souffle, soit sa connaissance fort réduite du vocabulaire andalou, il n'a pas dû comprendre ta question ; et, dans l'incertitude, il t'a répondu oui (à toi, il n'a jamais répondu non, toujours oui). Du reste, bien avant de t'embrasser, il t'avait déjà demandée en mariage.

Cette même nuit, tu rêvas que tu perdais une dent, et que tu la déposais sur le faîte du toit, en offrande à sainte Anne, la grand-mère de Dieu : laquelle, en échange de semblables offrandes et en manière de consolation, laisse parfois un cadeau. Peu après, on entendait sur le toit une stridulation de grillon. Et toi, courant à toutes jambes, tu trouvais, en échange de ta dent, une fève sèche. Mais à l'intérieur de cette fève, tu trouvais ensuite une niña, d'une taille infime, et pourtant entière et complète, qui déjà bougeait les yeux. Elle était habillée en petite reine, et sur la tête, en guise de couronne, elle portait un petit anneau d'or.

Pour toi, pareil rêve avait valeur d'avis officiel : une espèce de télégramme, expédié à ton adresse par les suprêmes Autorités du Cosmos. Il te semblait déjà ressentir, dans ton ventre, d'alertes petits coups, d'imperceptibles ruades. Et, prise d'anxiété, en grand secret tu confias l'irréparable à ta mère : tu te trouvais enceinte. Cependant, tu ne lui dis rien de ton rêve. Ni à elle ni à mon père ni à moi. À personne, jamais. C'était un message clandestin de sainte Anne, réservé à toi seule et à personne d'autre. Et mon espion, cette nuit, a sans doute été le Démon, pour que me soit insinué, si fort à propos, que déjà cette petite Anunciación prématurée de ma Navidad, fut chose équivoque. Une *petite Reine* : autrement dit une fille. En t'envoyant ce préavis garanti, la grand-mère de Dieu trichait.

Le fait est que ton rêve répondait, en réalité, à ton désir naturel. La vraie muñeca est de sexe féminin. Tu aurais voulu être enceinte d'une niña. Et tu as sûrement dû éprouver une pointe de désillusion lorsque, environ un an après, la sage-femme annonça : « Un garçon est né ! »

Il est vrai qu'ensuite, immédiatement, tu t'entichas de moi, jusqu'à me considérer comme l'unique créature parfaite, au point de l'emporter en perfection sur tous les nés d'un ventre de femme. Mais c'était encore là un effet de ton enfantillage insensé. Une toute jeunette, qui en vain pendant des années a désiré une poupée, se prend facilement d'affection pour le premier poupon qu'on lui donne, même s'il ne correspond

161

pas exactement à la petite reine promise. Puisque ce malchanceux bambin est enfin le sien (au vrai, son unique propriété) elle ne tarde pas à lui prêter toutes les beautés. Et elle en tombe amoureuse, ce qui la rend si aveugle qu'elle ne l'échangerait contre aucun autre jeu.

Mais un jouet, après qu'on l'a tripoté à satiété, un beau jour on le laisse de côté, objet de rebut.

Mon corps, engourdi dans ses vêtements humides et poisseux, repose inerte encore, dans la même position qu'auparavant. Cependant, sur la ville d'Almeria s'est levé un vent à décorner les bœufs, si bien que la masse agressive de l'air contre ma fenêtre close donne l'impression du claquement d'une immense toile de cirque toujours sur le point de s'abattre ; et que les attaches des volets grincent sans arrêt. Ce météore nocturne, dans son assaut tumultueux, violemment m'a reporté, en deçà de mes mythes anachroniques, à ma présente station d'arrivée, entre les quatre murs de la pauvre chambre de hasard qui m'abrite cette nuit. Et là, j'ai fixé avec désarroi le piège où je me suis fourré : en me précipitant, moi le sédentaire aux nerfs fragiles, dans cet absurde voyage d'une affreuse chambre d'hôtel milanaise à une affreuse chambre d'hôtel étrangère. Qu'est-ce que je fais, moi, ici ? Plus effrayé qu'un enfant, je contemple maintenant la distance démesurée qui me sépare de Milan, ma résidence. Et il m'en vient une vile, extravagante nostalgie. Comme si cette lointaine résidence forcée — pour moi toujours fortuite et rébarbative, et où j'ai survécu, jusqu'à hier, tel un rat qui se terre à l'aventure — était désormais ma famille. Un pareil flux de nostalgie sénile me transmet en un éclair, comme à travers un circuit électrique, le signal extrême de ma solitude.

Avec un frisson, j'ai mis les pieds par terre, décidé à me déshabiller pour ensuite sombrer dans le noir. Mais quand le linge, que je décollais mécaniquement de mon corps, est tombé par terre éparpillé autour de moi, tout à coup dans le miroir m'a surpris l'apparition de ma nudité. Et aussitôt j'en ai reçu une sensation déjà connue, mais toujours incertaine, désorientée, et de stupeur : comme devant l'intrusion d'un inconnu. Il m'est toujours plus difficile (presque un exercice affecté et pénible) de me reconnaître dans mon corps, je veux dire dans mon enveloppe extérieure. Au-dedans de moi, par un sentiment inné, mon moi-même s'incarne obstinément dans une forme pérenne d'enfant. Cet amas de chair mûre, qui aujourd'hui me recouvre à l'extérieur, doit être une élaboration aberrante, une concrétion maléfique formée sur mon corps réel.

Un instinct de rancœur vindicative m'a forcé, devant le miroir, à me regarder de près, exposé dans ma nudité. Malheureusement, les défauts de ma vue ne m'empêchent pas de percevoir, avec suffisamment d'évidence, les objets qui me sont proches.

De taille médiocre, jambes trop courtes par rapport au buste, mon aspect réunit, mal combinées, la gracilité et la corpulence. Du thorax, couvert d'un poil noir touffu, l'estomac et le ventre, avec leur gonflement sédentaire, rebondissent sur les jambes minces et pèsent sur les parties génitales (les « attributs de la virilité ») dont je détourne aussitôt mon regard humilié. Les pieds, passablement sales, sont larges, leurs doigts déformés. La tête frisée et plutôt grosse s'attache grossièrement au cou épais et court, uni en un seul bloc avec la nuque bovine. Les épaules sont larges, mais molles et tombantes. Et les bras, amaigris et de pauvre musculature, se font même décharnés du coude au poignet. En particulier, je suis presque resté fasciné par mon avant-bras, déchiré de cicatrices plus ou moins récentes, et de pâles traces linéaires de coupures anciennes, visibles aujourd'hui encore (pour moi, du moins ?). Signes permanents de ma drogue adulte et de mes « suicides » enfantins.

À les voir, j'ai ressenti une sorte d'envie désespérée, ou commisération, de moi. Et quand j'ai levé les yeux, j'ai rencontré mon visage : pour moi objet bien trop connu, dans sa mortifiante quotidienneté ; et qui, lui aussi, m'apparaît toujours étranger, comme s'il s'agissait d'une prothèse. J'ai éprouvé une contraction d'antipathie devant cette face, noirâtre de barbe nocturne, large et amorphe dans ses flasques bajoues : défaite à jamais, sans avoir mûri.

Et alors je me suis regardé dans les yeux. Rarement on se regarde soi-même dans les yeux, et il paraît qu'en certains cas cela vaut pour un exercice extrême. On dit qu'en plongeant au miroir dans ses propres yeux — avec à la fois attention cruciale et abandon — on arrive enfin à distinguer au fond de la pupille le dernier Autre, plus précisément l'unique et vrai Soi-même, le centre de toute existence et de la nôtre, bref ce point qui aurait pour nom Dieu. Moi, par contre, dans l'étang aqueux de mes yeux, je n'ai rien aperçu d'autre que la petite ombre diluée (presque naufragée) de ce niño familier et attardé qui végète en moi, dans la plus totale ségrégation. Toujours le même, avec sa quête d'amour, révolue et inutile désormais, mais obstinée jusqu'à l'indécence.

El niñomadrero. La fable du type qui vit dans les jupes de sa mère est éculée, trop évidente relique pour séance psychanalytique, ou thème d'édifiante chansonnette. Il y avait une fois un miroir où, en me regardant, je pouvais tomber amoureux de moi-même : c'étaient tes yeux, Aracoeli, qui me couronnaient roi de beauté dans leurs petites flaques enchantées. Et ce furent là les illusions d'optique que tu me fabriquas à l'origine, les projetant sur tous mes Sahara futurs, par-delà tes horreurs et ta mort. Ton corps s'est dissous, sans plus d'yeux ni de lait ni de menstrues ni de salive. Il est rejeté dans l'espace, rien d'autre qu'un infime délire ; tandis que moi je survis, Narcisse chenu qui ne crève pas, dévoyé par tes mirages. Certes, c'est toi qui, lorsque j'eus grandi, m'interdisais les filles, jalouse d'elles, de leur fraîcheur, de leur beauté, alors que toi tu étais réduite à l'état de spectre livide. Et tu me pénétrais de ton envie et de ta luxure, jusqu'à faire de moi ton cabot. Tu me condamnais à mimer ton rôle de mère, et je me jetais à la poursuite des Narcisses imberbes, derrière la quotidienne illusion de ce mignon fils trahi, que j'avais été. Ainsi me surprenais-je, hébété, à minauder, à ton imitation (n'avais-je pas été ta poupée ?) et, intoxiqué à jamais par ton lait, je m'humiliais en implorations maniaques, prostré, gémissant. Bouffon, pour ton jeu spectral, des petites frappes traînant la nuit dans les rues : objet de leurs moqueries, dégoûts, chantages, coups et lynchages. Au moins, si tu m'avais fait naître l'un d'eux, naître de leur classe. En revanche, tu m'as engendré bourgeois qui aujourd'hui signifie esclave.

Et maintenant, où m'emmènes-tu ? Peut-être qu'El Almendral n'existe pas. C'est un des tours que tu inventes pour me lancer sur des pistes fausses, après m'avoir déjà trompé, enfant. À présent, tu t'es évanouie comme une voleuse ; quand moi je me retrouve ici, seul et nu, devant ce ropero de luz — espejo de cuerpo entero, qui me jette à la figure, sans cérémonies, ma forme réelle. Et qui n'éprouverait de la répugnance pour ce singe, quand il me répugne à moi-même ?

Toute créature, sur la terre, s'offre. Pathétique, ingénue, elle s'offre : « Je suis né ! ici, me voilà, avec ce visage, ce corps et cette odeur. Je vous plais ? Vous voulez bien de moi ? » De Napoléon à Lénine et à Staline, à la dernière putain des rues, à l'enfant mongolien, à Greta Garbo et à Picasso et au chien errant, c'est en vérité l'unique perpétuelle question de chaque vivant aux autres vivants : « Je vous parais beau ? moi qui à *elle* paraissais le plus beau ? » Et chacun, alors, se met à exhiber ses propres beautés : d'où s'expliquent nos vanités désespérées. Les rages publicitaires des starlettes, et les gueules à poigne des généralissimes, et les pouvoirs, et les finances, et les kamikazes, et les alpinistes, et les funambules ; et chaque ligne d'arrivée franchie, chaque record battu (« Pour *elle*, j'étais le premier de tous »). Orphelins et jamais sevrés, tous les vivants font le trottoir pour s'offrir à un signe d'amour. Une couronne ou un titre, ou un applaudissement, ou une malédiction, ou une aumône, ou le tarif du prostitué. Tu me paies, et donc tu acceptes mon corps. Tu me tues, et donc tu te damnes pour moi.

Toujours pour la même quête, ou fanfaronnade, ou prétention, on se livre au massacre et à la croix et au sadisme et à la douloureuse jérémiade et au pillage et aux décombres. Personne ne peut échapper à la condamnation de la naissance : qui en un seul instant t'arrache de l'utérus et te colle au téton. Et quel est celui qui, naguère hôte en ce nid et nourri par ce fruit gratuit, pourra s'adapter au territoire commun, où on lui dispute chaque morceau de nourriture et chaque coin abrité ? Accoutumé à une fusion fabuleuse qu'il croit éternelle, et certain d'un remerciement joyeux pour son offre ingénue, le débutant pâlira de stupeur quand il rencontrera l'extranéité et l'indifférence terrestre ; et alors, il s'abrutira ou se fera esclave. Même les animaux errants demandent, plus encore que de la nourriture, des caresses : gâtés eux aussi par leur mère qui les léchait, tout petits, et de jour et de nuit, et dessous et dessus. Pour son téton et pour sa langue, on n'exigeait pas de titres. Et les parements ne servaient de rien, pour lui plaire à elle.

« Vous aurez honte de votre nudité. » Et là, le premier gros autocrate négligea d'ajouter : « Et vous aurez besoin de caresses jusqu'au dernier de vos jours », alors qu'il réitérait, avec cette loi non dite, l'institution de sa propre injustice. En effet, favorisés d'entre les mortels sont les jeunes gens beaux, qui peuvent offrir sans honte aux caresses leur chair radieuse. Et rachetés ceux qui, du moins, peuvent offrir d'autres magnificences dont ils se parent pour plaire : les champions, par exemple, les thaumaturges, les poètes. Mais moi ? Je n'ai rien à offrir. Nul parement à exhiber sur ma honte : pas même un championnat de dernière série, le moindre miracle obscur, une chansonnette à la radio. Je suis une marionnette bourgeoise désarmée et avachie, une cible anthropomorphe dans une foire. Nous pouvons en rire ensemble, Aracoeli !

Mais toi, mamita, aide-moi. Comme font les chattes avec leurs petits mal nés, toi remange-moi. Accueille ma difformité dans ton gouffre compatissant.

Le vent qui file à travers la ville d'Almeria devient maintenant, dans mon cerveau, la clameur d'une multitude hurlante (slogans ? menaces ? sanglots ? kyrie ? peut-être le Généralissime est-il mort cette nuit ? guérilla à Milan entre les Rouges et les Noirs ? les banques sautent-elles ? des bombes contre le Dôme ?). Et tout à coup s'impose à moi, avec panique, une loi géométrique naturelle, que mes sens écoutent — et ce n'est pas la première fois — comme une sentence : je suis, moi, où que je me déplace, le centre de l'univers : qui infailliblement tourne ses roues rageuses autour de ce point, moi. Le nœud de la croix. L'œil du cyclone. Il ne me reste plus alors qu'à me réfugier en hâte dans le lit. Et là, une fois tiré le pont-levis entre moi-même et ma présence, je me sens alors presque en sécurité, disparu jusqu'au lendemain. Dans le noir, blotti sous ses draps, enfin on se sent en cavale, en une anarchie sans formes, ni anamnèse, ni identité. Et on peut faire semblant d'être un autre, comme on veut : beau, frais, enfant. À présent, ma grande lassitude devient ma médecine. Mon corps sèche, en dégageant sa chaleur, les draps moites de l'hôtel, et se creuse un nid dans le matelas dur et tors. De nouveau s'est ouvert devant moi le théâtre du rêve. Cette fois-ci la scène est un ring. Par-delà les cordes, c'est la rumeur d'un public invisible, et en deçà se dispute une rencontre entre deux jeunes du même âge. L'un des adversaires, c'est moi, et l'autre est Manuel. Je l'ai immédiatement reconnu, bien qu'il ne porte plus les cheveux courts, mais longs suivant la mode d'aujourd'hui, presque jusqu'aux épaules, dans leurs grandes boucles corvines. Sa beauté nue est si merveilleuse que, au plus fort de la lutte, j'éprouve une exultation secrète en m'attendant à sa victoire ; quand au contraire, dans l'enchevêtrement confus de nos membres, je sens son corps se liquéfier et disparaître sous moi. Et par le soudain silence des spectateurs, je comprends que je l'ai tué. Sur l'estrade, point d'arbitres ; peut-être le parterre muet est-il vide. Et moi je demeure seul dans ma peine, je me penche pour interroger le visage du vaincu, qui a déjà pris une horrible couleur bleuâtre ; mais, plein de stupeur, je reconnais dans cette face mes propres traits, et m'aperçois, dans le même temps, que mon adversaire se dresse haut sur ses jambes, auprès de mon corps abattu, dans le geste radieux du vainqueur. C'est donc moi, le vaincu et le tué. De fait, je ressens dans la trachée la brûlure de la mort, mais déjà confondue avec le tremblotement gargouillant de la résurrection ; tandis que d'en bas je l'entends, ployé jusqu'à ses pieds, rire à pleine gorge de sa bonne farce réussie. Mais au fond de son rire arrogant, je reconnais toutefois, pareille à une caresse, la douce sensualité andalouse.

« Ô ange prestidigitateur, autel céleste ! » lui crié-je au tréfonds de moi. Et me relevant de ma chute, je me dresse à genoux à ses pieds, en même temps que lui, avec une docilité ravissante, se fait un peu plus petit pour s'adapter à ma stature terrestre. Devant moi, son sexe, semblable à une rose, éclôt et s'enfle vers ma bouche. Et à sa tiède saveur, je sens mes pupilles se voiler, dans les délices odorantes et ensommeillées qui comblent de nouveau le petit enfant au sein de sa mère. Alors, de nous deux monte un haut cri, double et pourtant unique. Et encore que je sois certain d'avoir poussé, moi, réellement, ce cri, ce cri ne m'a pas réveillé de mon sommeil ; il semble plutôt accompagner ma chute dans un sommeil plus profond, sans plus de voix ni de visions.

Hier soir, avant de me retirer dans cette petite chambre, j'avais chargé le portier de me réveiller tôt le matin, pour être à l'heure au départ de l'autocar. Mais mon sommeil s'est interrompu spontanément, sans doute plus d'une heure avant l'aube. La chambre est ensevelie dans la nuit noire, au point que, à peine eus-je ouvert les yeux, me trouvant enfermé dans ces ténèbres, je me suis demandé avec angoisse si, par hasard, dans mon sommeil, je n'étais pas devenu aveugle. En effet, il y a quelques années de cela, un médecin m'avertit que ma vue était menacée, et depuis lors il n'est pas rare qu'à mes réveils précédant le jour, pareille peur m'envahisse de nouveau. Pourtant, en aiguisant mes pupilles vers les différents points de l'espace noir, j'ai enfin aperçu, le long du bord supérieur des volets, une lueur filiforme : les lumières électriques de la rue. Et, rassuré, j'ai refermé les yeux, sans sommeil mais avec une sensation de repos.

Par une de ses bizarreries habituelles, ma vue malade, alors qu'elle me décolore et m'appauvrit le monde extérieur, est capable de susciter en moi, les yeux clos, des lumières et des spectacles extraordinaires. Ce filet de clarté électrique filtré par les volets s'est dissous derrière mes paupières en une vapeur pâlie, qui a diffusé entre mes quatre murs une légère luminosité bleu-violet. Cette couleur ne correspondait à aucune heure réelle, ni diurne ni nocturne ; mais plutôt évoquait le premier chapitre de la Genèse, en ce point — entre le troisième et le quatrième jour — qui précède la création des grands astres. Dans une telle pré-aube vide, des formes sphériques ou filantes ont commencé à se dessiner devant moi, qui d'abord ressemblaient aux ballons colorés des foires ; mais bien vite elles se sont révélées être des créatures végétales. Et en quelques secondes la petite zone nébuleuse est devenue un champ solaire d'herbes et de fleurs et de fruits géants, qui, par la gaieté de leurs présences irradiaient dans tous mes nerfs, et jusque sur ma peau, une merveille plus que naturelle. Leur physionomie extraordinaire agissait sur moi avec une obscure duplicité : comme (si l'on en croit les textes dominicaux) certaines visions joyeuses qui, plongeant dans l'extase, produisent des stigmates.

Ce fantôme végétal me paraissait nouveau, mais aussi, de quelque manière sournoise, il se laissait reconnaître. Et je me suis demandé s'il n'était pas par hasard la projection onirique d'une vieille, prodigieuse

170

lecture : le jardin d'Armide ? les vergers des Hespé-
rides ? ou peut-être l'Alhambra ? jusqu'à ce que je
m'aperçoive qu'il me restituait tout simplement un
lieu réel de ma biographie. Dans ma jeunesse, on peut
dénombrer deux jardins scandaleux — de façon différente — et interdits. Et celui-ci fut le premier. C'était le
jardinet (quelques dizaines de mètres carrés) de ma
première maison. La petite villa du quartier de Monte
Sacro à Rome, où — pour la première fois sur la terre
— mes yeux avaient vu Aracoeli.

Qui peut dire où et quand la machine des souvenirs
commence son propre travail ? On suppose, en général,
qu'au moment de la naissance, notre mémoire est une
feuille blanche ; il n'est cependant pas exclu, au
contraire, que chaque nouveau-né porte en lui
l'impression d'on ne sait quels séjours antérieurs, avec
d'autres natures et d'autres lumières. Peut-être que ces
dernières, dans les débuts de son séjour terrestre,
interfèrent encore, semblables à une aberration d'optique, dans les nouvelles apparences quotidiennes
offertes à sa rétine. Et alors son champ s'inonde de
formes et de couleurs fabuleuses, pour se réduire peu à
peu, pâlissant dans le temps, à la pauvreté du sinopias
quand on a détaché la fresque de son mur. Jusqu'à ce
que la mémoire adulte (communément, du moins), se
charge de dissiper la dernière ombre de ce premier
spectre lumineux ; n'y voyant, à distance, rien d'autre
qu'un effet équivoque, faux et instrumental : lequel
sans doute, avec ses fantasmagories précaires, voulait
nous consoler de la naissance, de même que les visions
légendaires de l'au-delà voudraient nous consoler de la
mort.

171

Lorsque Aracoeli et moi nous quittâmes la maison de ma naissance bâtarde, je devais avoir environ quatre ans. Et depuis lors, je n'ai plus jamais revu cette maison. Au nouveau domicile légitime de notre famille, dans les Hauts Quartiers, on évitait de mentionner le quartier de ma naissance, Monte Sacro ; tant et si bien que dès les tout premiers temps de notre déménagement, je compris que le mot même *Toté-Taco* (dans ma prononciation d'alors, ainsi sonnait le nom du quartier) était tabou. À peine nommais-je TOTÉ-TACO, que même Aracoeli rougissait. Et aussitôt tante Monda s'évertuait à me faire dévier de ce sujet, s'employant, par différents expédients imaginatifs, à en confondre les traits encore frais dans ma tête enfantine. Si bien qu'à la fin les temps et les lieux de ma clandestinité s'éloignèrent de moi, retournant à tire-d'aile vers les firmaments prénatals. Et cette nuit, j'ai douté de l'existence réelle de Totétaco, comme de celle d'El Almendral. Il se peut que ma première Aracoeli, celle du miroir et de Totétaco, n'ait jamais existé.

On raconte que, dans les premiers mois de leur amour, mon père tint cachée sa fiancée andalouse dans quelque logis de fortune à proximité de la flotte de guerre (La Spezia ? Livourne ?). Mais quand la fiancée se trouva enceinte, il fallut lui procurer un meilleur refuge. Et ainsi fut décidé son transfert à Rome, où vivait Raïmonda, son unique sœur à lui, qui pouvait assurer protection et assistance à la jeune fille enceinte. Plutôt effrayée, mais néanmoins exaltée par l'aventure, la fidèle Raïmonda (vierge seule et déjà défleurie) se voua avec ardeur à la très secrète entreprise. Et dès avant d'avoir connu sa petite belle-sœur interdite, elle s'évertua de lui procurer une cachette idéale : autrement dit, éloignée, mais pas trop, de sa demeure à elle, Raïmonda ; confortable, mais pas trop coûteuse (le jeune officier de vaisseau disposait à l'époque de moyens modestes) et naturellement à l'écart de la curiosité du monde.

Telle, à coup sûr, était la maison de Monte Sacro dans ses caractéristiques générales ; et quant aux détails, ce devait être vraisemblablement un de ces petits pavillons pour employés de bureau, comme on en construisait encore dans la périphérie, avant la grande ruée. Avec cuisine et séjour au rez-de-chaussée, et deux chambres à l'étage. Au sous-sol une petite cave et un lavoir. Une terrasse en haut pour le linge à sécher. Et, tout autour, un dérisoire petit jardin domestique où poussaient tout seuls des marguerites, des giroflées et des dents-de-lion, outre un figuier et un laurier-rose.

L'intérieur aussi — mobilier, décoration — était d'une analogue médiocrité, même si Raïmonda avait veillé à l'ennoblir de quelques bibelots distingués (N.B. Mon père lui avait confié Aracoeli comme son suprême, éternel trésor — et, coûte que coûte, sa future épouse légitime). Et puis, en ce qui concerne la zone environnante, le quartier de Monte Sacro était en ce temps-là presque champêtre, je suppose. Survivaient alors les étendues d'herbe, sans doute déjà interrompues de loin en loin par les terrassements des futures constructions. Des hirondelles trissant dans les airs, et parfois un troupeau en transhumance. La rivière Aniene, dite *Teverone*. Et peut-être des vestiges de bois ou de maquis.

Ainsi, ou à peu de chose près, se présente à moi, avec ses alentours, la maison de Totétaco, si j'en tente ici une reconstruction logique. Mais il s'agit, en vérité, d'une reconstruction forcée, en somme fabriquée par ma raison « réelle », sans aucune aide de mes souvenirs. Si je sonde ma mémoire, jusqu'à en toucher le fond, j'en rapporte à la lumière un tout autre Totétaco : d'une vérité si évidente que maintenant encore, alors que je suis en train d'en parler, je demeure incertain et partagé entre les deux. Et je dénonce par là même (et pas pour la première fois) ma nature divisée, qui souvent invalide mon témoignage, même à mes propres yeux.

Lequel des deux fut le *vrai* Totétaco ? En des années récentes, il m'est arrivé parfois (surtout quand la drogue m'inspirait) de sacrifier des journées entières à des débats à plusieurs voix sur de semblables dilemmes ou sur des problèmes personnels plus actuels. Je dis *à plusieurs voix*, bien qu'en réalité il n'y eût qu'une seule voix : la mienne. En effet, je me suis réduit à une telle solitude que je n'ai plus d'autres interlocuteurs que moi-même. Et notre dialogue n'est pas toujours muet : il n'est même pas rare que j'arrive à percevoir physiquement ma propre voix qui parle. Et en certains cas, elle varie timbres et tons ; et elle se redouble, et se multiplie et dispute et se presse. Il m'arrive d'assister, dans mon espace intérieur, à des dissertations publiques sur ma personne, montrée comme objet d'étude clinique ou psychiatrique ; ou bien à des leçons pratiques de chirurgie et anatomie tenues sur mon corps ; ou encore à des procès dans lesquels je suis à la fois le juge, la victime et l'inculpé ; mais particulièrement l'inculpé. Et à y bien regarder, tous ces psychodrames possibles signifient, en substance, un procès. De fait, il y a toujours l'ACCUSATION (A.) personnifiée soit par le Juge, soit par le Titulaire de la Chaire, ou congénères ; la DÉFENSE (D.) assumée par une manière d'Alter Ego raisonneur ; l'AUDITOIRE (X.Y.Z.) représenté par une voix seule qui intervient avec des observations personnelles, ou demandes d'explications ; et, au centre, l'INCULPÉ (I.), moi.

174

A. (l'Accusation) — Messieurs! L'individu ici exposé à notre observation est un sujet psychopathique et mythomane typique, affecté de confusions pathologiques de l'imagination et de la mémoire. Pour les êtres sains, la mémoire est ce que l'Histoire est pour les peuples : maîtresse de vie. Mais pour les malades, qui ne la distinguent pas de l'imagination, elle est cause concomitante de troubles et fourvoiements fatals. Et d'abord, chez les individus normaux, la fonction de la véritable mémoire commence, pour des exigences de santé, avec l'âge de raison. Tant que les facultés de raisonnement sont absentes, ou incomplètes, l'individu humain, selon la nature, est incapable de donner aux impressions la forme et l'ordre indispensables à l'historicité d'une expérience. Mais le sujet ici exposé remonte, avec ses propres souvenirs (présumés) jusqu'à ses toutes premières années : à commencer par le moment de sa naissance.

I. (l'Inculpé) — Et peut-être même avant! Tout en admettant que, de cet *avant*, je trouve à peine quelques réminiscences incertaines. Je n'en revois qu'un espace abstrait, et une espèce de cerf-volant de soie colorée, qui file suspendu... Mais ensuite je le confonds avec notre maison de Totétaco.

De ma naissance, par contre, j'ai bonne mémoire. Je me souviens que j'entendais Aracoeli hurler, parce qu'elle ne voulait pas être arrachée de moi. Et elle m'appelait en criant au secours. Et moi aussi, dans l'horreur d'être arraché d'elle, je poussais des hurlements déchirés, qui cependant ne produisaient pas de sons.

A. — Voyons donc : elle vous appelait comment, elle? Par votre prénom?

I. — Non, monsieur. Et même, j'ai compris par la

175

suite qu'elle ne m'appelait pas vraiment moi. À y repenser, sa voix criait, niña! niña! Je ne distinguais pas, alors, entre garçons et filles. Mais elle, dans son for intérieur, désirait une fille.

D. *(la Défense)* — Cette induction du Sujet est confortée par des preuves et des témoignages. Il résulte, en effet, que pendant la grossesse d'Aracoeli, tante Monda préparant le berceau pour l'enfant qui allait naître, selon ses propres vœux, le revêtit de rideaux et festons de mousseline bleue (bleu : couleur des garçons) : et cela provoqua une timide résistance de la part d'Aracoeli qui les aurait voulus roses (rose : couleur des filles).

I. — Mais, en fin de compte, ce berceau ne fut jamais utilisé. Moi je voulais dormir avec Aracoeli. Et elle avec moi.

X.Y.Z. *(Un de l'Auditoire)* — Je dirais que le cas entre dans le schéma œdipien commun.

D. — Retomber dans les sempiternels schémas obligés me semble, ici, déplacé. Notre cas ne rentre dans aucun schéma préétabli.

X.Y.Z. — Et alors, comment le définir ?

D. — Éternel amour.

A. — Je vous invite, messieurs, à revenir, sans divaguer, à nos moutons. Donc. On sait que le Sujet a vécu les quatre premières années de sa vie à Monte Sacro. Il s'agit d'un quartier périphérique de Rome envahi par des constructions massives et pour les masses, collées les unes aux autres, typiques de la spéculation immobilière.

I. — Depuis l'âge de quatre ans, je n'ai jamais revu cette zone. Et, aujourd'hui, j'ai quarante-trois ans. À l'époque dont je me souviens, Totétaco était autre chose.

A. — Et quoi d'autre ? Écoutons voir ?

I. — Une grande forêt.

A. — Ni au temps que vous dites, ni avant — dans les temps modernes, du moins — il n'appert que la ville de Rome était entourée de grandes forêts.

D. — Peut-être n'était-ce qu'un maquis. Mais il faut considérer que les dimensions sont relatives. Pour un moineau, dont la taille ne dépasse pas quelques centimètres, un buisson peut paraître une forêt.

I. — Certes, en ce temps-là, j'avais la stature d'un pygmée. Mais je ne crois pas qu'une telle explication suffise. Ce n'est pas seulement par sa taille que la forêt de Totétaco se distingue de toutes les forêts que l'on connaisse ; mais pour tous ses caractères naturels. Je pense que sans doute certaines différences n'apparaissent pas toujours à l'œil nu. Je crois que mes yeux jouissaient, en ce temps-là, d'une exceptionnelle acuité visuelle.

D. — Cela est vraisemblable. Il existe, dans la nature, une infinie variété d'yeux. Qu'il nous suffise de citer les yeux télescopiques des créatures abyssales, et l'œil à facettes de la libellule, doté de vingt mille unités réceptives pour les stimuli lumineux.

A. — La forêt est le siège classique des mythes. L'hypothétique forêt de Monte Sacro fournit un arrière-monde conforme à l'imagination mythomane du Sujet.

I. — Mais moi je ne l'invente pas : je me la rappelle, pour l'avoir vue, de mes yeux vue. Le célèbre arbre de Noël est une pâle imitation des arbres de Totétaco. C'était une population d'arbres géants (je ne sais s'il s'agissait de chênes, de conifères ou d'autres essences). Et leurs feuillages étaient très colorés : beaucoup plus de couleurs qu'il n'en apparaît normalement dans le spectre visible : à tel point que je ne saurais les décrire. Parmi les feuilles, on voyait de petites flammes tremblantes, cercles et prismes de lumière colorée, qui variait de couleur selon les heures. Tôt le matin, de nombreuses feuilles se changeaient en oiseaux, qui prenaient leur envol, et puis, le soir, au retour, redevenaient feuilles.

A. — Ces métamorphoses aussi, vous les voyiez de vos yeux ?

I. — Oui, Monsieur, tel qu'à l'instant je vois votre Seigneurie et ces autres messieurs ici présents. Et même je les voyais plus clairement, dans leurs moindres détails. Alors, je n'avais pas besoin de lunettes. Je n'avais pas de défauts, mais plutôt des excès de vue.

A. — J'entends. Poursuivons.

I. — Nous avions un jardin planté de fleurs peu ordinaires, beaucoup plus grandes que leurs semblables. Les marguerites avaient la taille des tournesols, et de fait, dans leur forme elles servaient de miroir au soleil et en recevaient même le nom : fleur-soleil. Et puis il y avait aussi, cela s'entend, les fleurs-lune, les fleurs-comète... D'ailleurs, une grande partie des fleurs se formait à l'image des astres. Mais il ne manquait pas non plus de fleurs-coquilles, de fleurs-paloma, de fleurs-dragons... Il faut dire qu'il existait un lien étroit de parenté entre toutes les choses : toutes parentes par la lumière. C'était un immense signe universel, immense mais délicat. Une herbe, un cheveu, rien qu'à les toucher ils changeaient de lumière. Et Totétaco, au cours de la journée changeait de lumière un nombre infini de fois : non seulement à la salida del sol, et à mediodia ou au couchant. Chaque minute. Il suffisait d'un passage de vent, un nuage. Le ciel se renversait dans la terre et dans l'eau, et l'on reconnaissait de mieux en mieux les parentés. Toutes les couleurs se prenaient l'une pour l'autre. C'était un divertissement continu de voir les variations de l'espace.

A. — Abrégez. Ne traînons pas.

I. — Même la nuit était colorée. Les étoiles avaient d'infinies variétés de couleurs, à part l'or et l'argent.

178

Des figures aussi : on y reconnaissait la couronne d'épines de Dieu. Et les bijoux, les dentelles de Notre-Dame.

Autour de notre maison, il n'y avait pas d'autres maisons : des prés seulement, et des arbres, et aussi un fleuve. Ce fleuve était gigantesque, plus grand que le Nil et que le Gange et que le Tibre lui-même : de fait, il s'appelait le Gros Tibre, le Teverone. Je ne doutais pas un instant que tout ce territoire était à nous. Et notre maison, à l'intérieur et à l'extérieur, était très belle : je n'ai plus jamais vu une demeure pareille. Avec les fenêtres ouvertes, elle aussi changeait toujours de couleur : pour la bonne raison qu'elle tournait toujours, comme un carrousel.

A. — Elle tournait !

I. — Oui, Monsieur. C'est Aracoeli qui me l'a appris : que ce n'était pas le soleil, comme il le paraissait, qui tournait dans le ciel ; mais le monde. Lequel était mû par un air qui tourbillonnait perpétuellement, si bien qu'il tournait toujours, nuit et jour ; et toujours, naturellement, il entraînait notre maison avec lui. Et puis, le fait était que le monde ne se trouvait pas planté sur un terrain, tel un arbre ; mais suspendu dans les airs, au milieu des constellations. Non seulement au-dessus du monde, mais aussi en dessous, il y avait des étoiles par milliards. À creuser un long couloir, qui débouchât sous le monde, on trouvait, en se penchant, d'autres étoiles encore. Et ainsi en allait-il de tous côtés. À moi, notre maison me semblait un sommet, une manière de joyeux observatoire astronomique qui se dressait au centre du monde. Par certaines nuits, je la sentais décoller du terrain et filer en direction verticale, tel un cerf-volant assuré au sol par un fil. Ainsi les étoiles se montraient-elles beaucoup plus proches, avec toutes leurs figures héraldiques colorées. Et l'on entendait un friselis parfumé de soie, de velours : c'étaient les châles et les jupes des Toujours-Vierges.

A. — Et qui sont-elles, celles-là ?

I. — La Toujours-Vierge était Notre-Dame, la Mère de Dieu. Elle était une, mais plus d'une : et toutes vêtues comme sultanes, ou souveraines. Du linge somptueux et sans prix.

D. — Il convient de rappeler que la mère du Sujet était andalouse. Andalousie — Andaluz — appelée jadis Espagne musulmane. Toujours-Vierge est nommée Marie des Béatitudes, mais aussi les Houris du Paradis Islamique. Il est possible qu'en cette mère andalouse aient survécu des théophanies ancestrales d'Arabie et d'Afrique. Dans son catholicisme élémentaire, revenaient des rituels barbares et des fables païennes.

I. — Il s'agit bien de fables ! Les Toujours-Vierges n'étaient pas des fables, mais des vérités documentées, vu que, chez nous, nous en avions les photographies. Il y en avait des petites, format carte postale, et une suspendue au-dessus du lit — grandeur nature — en couleurs. Celle-ci portait, sous une lourde couronne, une coiffe de franges et de dentelles superbes qui lui descendaient en mantille jusqu'aux épaules. Ses joues étaient florissantes et rouges, à en paraître maquillées, et ses cils si longs qu'ils avaient l'air faux ; mais ses grands yeux en amande reflétaient la tristesse, et il en coulait des larmes aussi grosses et dures que des cailloux. Cette Dame s'appelait Macarena, et chez nous elle était comme chez elle. Elle remédiait à tout, il suffisait de la prier ; et elle comprenait, bien sûr, toutes les langues, mais l'espagnol mieux que toutes, car elle venait de Séville. Pour chaque événement différent, elle demandait une prière spéciale. L'une valait contre la fièvre et le hoquet, une autre contre les piqûres de guêpe, une autre encore contre les coups de tonnerre :

180

et elle les exauçait toutes. Je me souviens qu'une fois, tandis que j'apprenais à marcher, je tombai par terre, me blessant au genou. C'était une vilaine blessure, large, sanglante. Mais Aracoeli murmura à Notre-Dame Macarena la prière des chutes, et puis elle m'effleura le genou d'un petit coup de langue. Sitôt après, passa sur mon genou une légère brume, et en un instant ma peau redevint lisse et intacte : la plaie était guérie.

A. — Donc, un miracle ! Le Sujet croit-il aux miracles ?

I. — Non, Monsieur.

A. — Et pourtant, il affirme se rappeler cet incident du genou miraculé. Implicitement il admet donc qu'il puiserait ses souvenirs non tant dans sa mémoire que dans son imagination.

D. — Il peut effectivement sembler, parfois, que les souvenirs sont le produit de l'imagination ; alors qu'en réalité c'est toujours l'imagination qui est le produit des souvenirs.

A. — Suffit. Une dernière question avant de suspendre l'interrogatoire. En définitive, le Sujet juge-t-il ses souvenirs DIGNES DE FOI ?

I. — Hélas, comment le saurais-je ?

Le matin, à Totétaco (après que l'Archange saint Gabriel avait de son épée ouvert tout grand le rideau de la lumière) j'étais réveillé par la voix rieuse d'Aracoeli qui me chatouillait sous le menton en disant : Mamola mamola mamola ! Puis, nous lancions ensemble un baiser vers le tableau de la Macarena, et cela suffisait à contenter Dieu jusqu'à la prière du soir. Celle-ci comprenait en tout et pour tout deux mots : « Deo gratias » (Aracoeli n'avait aucune patience pour les trois longues récitations) que nous faisions suivre de notre habituel et rapide baiser envoyé au bout de nos doigts. Et notre unique baiser, selon les explications d'Aracoeli, était destiné à trois personnes (Jesus, le père et la mère) qui en réalité n'en faisaient qu'une : Dieu. En effet, Dieu était Jesus, mais aussi le père de Jesus, et aussi sa mère. Dieu était un tout petit enfant, et en même temps une grande dame en robe de gala, et de plus un homme barbu couronné d'épines (les mêmes, en forme d'étoiles, discernables dans le noir). Semblables phénomènes sacrés ne heurtaient pas mon sentiment de la logique, et le dogme de la trinité, je ne le considérais nullement abstrus. Pour moi, entre l'unité et ses multiples, il n'existait pas de frontières précises, de même que le je ne se distinguait pas encore clairement du tu et de l'autre, ni les sexes l'un de l'autre. Pendant tout le temps de Totétaco, je n'eus pas la notion d'appartenir au genre masculin, autrement dit d'être quelqu'un qui ne pouvait jamais devenir femme, comme Aracoeli.

La nuit, je dormais niché entre ses bras, jouissant de ses mollesses et de ses tiédeurs comme un poussin jouit des plumes du nichoir. Et la diversité de ses membres, le long des miens, s'offrait à ma béatitude ainsi qu'un acte substantiel de la maternité : un accomplissement au-delà de toute quête. Pour moi, ses nudités de femme restaient toujours cachées ; elle allait jusqu'à veiller, en m'allaitant, à ne pas trop se dénuder les seins (le plus cher objet de notre intimité, que souvent, même sevré, je recherchais avec anxiété, en tâtonnant à travers le tissu de ses très longues chemises de nuit). Sur les formes de son corps, régnait en effet une sorte de commandement rigoureux : elles devaient rester couvertes. Certaines images du passé, avec leur mouvement dans le temps, exigeraient une musique, à la place des mots : si l'on veut pourtant appeler par leur nom, un par un, les thèmes que mettait en musique ma mère-ma mie, le thème suprême où je la reconnais (et il m'énamoure encore aujourd'hui) se nommerait : pudeur. Je ne sais d'où lui venait la fière jalousie qui lui ordonnait de défendre son corps de tout regard comme d'une violation : des traditions de sa Sierra (que j'ignore complètement) ? D'une singularité qui lui était propre ? Parfois, dans les défenses de ses pudeurs, elle prenait un air torve et perdait sa grâce. Si par hasard quelqu'un se présentait à notre porte tandis qu'elle s'habillait, bien enfermée dans une pièce, elle se mettait à pousser d'inouïs cris sauvages de menace terrible. Je ne la vis jamais nue. Elle ne se déshabillait jamais en ma présence. « Tourne-toi », me disait-elle, si elle devait ôter un chemisier ou un jupon. Et le soir, dans notre chambre, au moment de se dévêtir, elle éteignait la lampe. Pour moi, le secret de son corps était presque un sacrement, qui la parait d'un titre royal ; et j'en avais une telle révérence, qu'à l'ordre : « Tourne-toi ! », non seulement je me tournais aussitôt, mais je serrais fort les paupières. Et ce n'est certes pas parce que j'avais peur d'elle ! car, au contraire, elle suffisait à éloigner de moi toute peur. Si, pour plaisanter, elle me disait dans le noir : « Attention EL COCO va venir ! », je lui rétorquais : « Et toi, tu restes ici, près de moi ? »

Notre intimité se mêlait, pour moi, de mythes révérenciels, à telle enseigne que je croyais, par exemple, qu'elle n'allait jamais aux cabinets (quand elle se retirait dans la salle de bains, c'était seulement pour se laver). Elle prenait soin de se cacher avec honte pour ses fonctions corporelles. Un matin, elle avait laissé une tache de sang menstruel sur le drap : elle rougit comme une criminelle, en se hâtant de m'expliquer qu'au cours de la nuit elle avait un peu saigné du nez.

Peut-être à mon père (à lui seul) se montrait-elle nue ? Pourtant, telle que je la connais, je suis sûr que

183

ses sens étaient chastes comme ceux d'une enfant ignorant tout de la vie. Pour elle la copulation était une espèce d'acte magique — un tribut dû à l'époux, dans le même ordre que les baisers dus à Dieu. Elle s'abandonnait à mon père non pas pour le plaisir des sens, mais par consentement et confiance. Lui paraissait bénéfique tout ce qui venait de lui, et, d'une certaine façon, saint. À ses yeux, leur amour transfigurait non seulement les lieux et les temps où il se trouvait auprès d'elle, mais aussi les intervalles de l'absence. Lui, il ressemblait à l'Angel de la Guarda qui, même invisible, fidèle étend sur les fidèles ses nombreuses ailes transparentes.

L'existence d'Aracoeli à Totétaco se nourrissait, comme celle d'un arbre, de deux substances vitales : une sève montante que ses racines buvaient en plongeant dans la terre, et une tension vers l'énergie solaire lumineuse. La première, c'était ma présence ; et l'autre, c'était l'attente de mon père ; mais de celle-ci, ainsi que du secret interdit de ma naissance, il ne fallait pas que j'aie le moindre soupçon. Il est certain que mon père consacrait à son aimée toutes les rares permissions dont il disposait ; mais où et quand ils se rencontraient, cela me demeure obscur. Toute interrogation possible de ma mémoire à ce sujet resterait vaine ; ainsi de certaines phrases grattées et illisibles, qui interrompent la lecture des épitaphes antiques.

Alors, pour ce que j'en savais, je n'avais point de père. Ni ne concevais, du reste, que les pères sur cette terre fussent nécessaires et inévitables. Il est très vraisemblable qu'au cours de ses permissions, mon père — incognito — montait à Totétaco : son lieu d'abordage enchanté, scandaleux et difficile. Et toutefois, de ses visites ma mémoire ne garde aucune trace. De même, l'assiduité, là-haut, à Totétaco, de tia Monda est plus que certaine, car elle avait en grande partie la direction de notre existence quotidienne (elle était, entre autres, l'institutrice d'Aracoeli : leçons d'italien et d'alphabet). Mais elle aussi, dans mes souvenirs de Totétaco, se réduit à peine à une ombre, qui traverse les pièces de l'allure labile d'une mite. Les premières images réelles de mon père et de tante Monda se présentent à moi dans la maison des Hauts Quartiers, avec la solidité de véritables institutions. Dans la maison clandestine de Totétaco nous ne sommes que nous deux seuls : Aracoeli et moi. Jonction inséparable par nature et dont me paraissait naturelle aussi l'éternité.

Nos 1 400 journées à Totétaco sont d'un bout à l'autre un seul et unique bal fantastique, où le jour et la nuit répètent leurs tours de piste, s'enlaçant et se poursuivant en un couple danseur ; et, à travers les plafonds et les murs, comme s'ils étaient faits d'air, à pas majestueux ou à larges envolées circulent les déesses. C'est notre Cour familière peuplée de nombreux noms (qui sont, au fond, tous des noms de Dieu). Notre-Dame de los Reyes, armée d'une épée. La Virgen del Rocío, vêtue d'or massif et de roses fraîches. La Virgen de las Angustias, portant le sceptre. Et au milieu, la Macarena, aux larmes solidifiées, tels de petits cailloux.

Aracoeli ne pleurait jamais. Si à moi il m'arrivait de pleurer, elle buvait mes larmes à coups de petits baisers (« Ah ! qu'elles sont bonnes. Elles ont un goût de cannelle ! »). Ensuite, pour me les sécher, à toute allure elle me caressait les joues de ses paumes ouvertes, en disant : « Zapé ! zapé ! zapé ! »

Si un chien avançait le museau vers notre portail, elle me hélait toute joyeuse : « Mira ! que bonito ! » Et quand passait un troupeau de moutons, ou un vol d'étourneaux : « Mira ! regarde ! beaux ! » À toutes les heures il arrivait quelque beauté de passage, à mirar.

Mais les beautés les plus belles, qui pouvait s'en targuer ? Moi ! Du nez aux oreilles au culillo aux doigts des pieds, il n'était lieu de mon corps qu'elle ne jugeât parfait. Et je lui plaisais tant que parfois, au milieu de ses baisers claquants, elle me donnait des petits coups de dents inoffensifs, en me disant qu'elle me mangeait, et elle faisait l'éloge de mes diverses saveurs. Les joues : des manzane. Les cuisses : du pain frais. Les cheveux : des grappillons de uvas. Et puis, en contemplant mes yeux, elle s'enorgueillissait, ainsi que d'un signe d'allégresse de ses grandes épousailles exotiques :

los ojos azules
la cara morena.

Je ne doutais pas que j'étais beau : et peut-être l'étais-je en réalité, car en ce temps-là je lui ressemblais, tout le monde le disait. Mais mon plus grand titre de gloire, par elle le plus vanté, était de ressembler à son frère Manuel. Elle ne se rassasiait pas de relever cette ressemblance dans chacun de mes traits, l'applaudissant avec une surprise toujours nouvelle, comme si chaque fois elle la découvrait de nouveau. Quand il était petit, attestait-elle, son hermanito avait le même visage que le mien, au point qu'on nous prenait pour deux jumeaux, et qu'on nous confondait ; et, parfois, je finissais vraiment par confondre l'autre en moi-même, d'autant que le hasard nous assemblait aussi par notre nom. Entre lui et moi, selon Aracoeli, la seule différence était la couleur des yeux, car lui les avait noirs (comme Aracoeli).

Elle avait quitté son frère encore garçonnet à El Almendral. Mais, bien qu'il fût à peine poulichon, elle le tenait manifestement pour un champion de course. Pour ne pas parler de mon père, l'innommé (qu'à coup sûr, dans ses royaumes occultes, elle plaçait au-delà de toute évaluation humaine), son célèbre Manuel (Manolo Manolito Manuelito) représentait pour elle le Grand Condottiere et le Héros valeureux, parmi les premiers de la Sierra et peut-être de toute l'Andalousie. Quand, dans le terrain qui se trouvait en bas de chez eux, on jouait à la corrida, il lui revenait toujours le rôle de l'espada, qui transperçait le taureau. Lui, en tant qu'espada, il était armé de deux lattes de bois fixées en croix, tandis que l'autre, pour faire le taureau, tenait les index des deux mains pointés sur les deux côtés de sa tête.

À Totétaco, Aracoeli se montrait moins rétive (qu'elle ne le demeura par la suite) à donner des nouvelles de son pays. En plus de l'existence du chat Patufè et des chèvres Abuelita et Saudade, j'appris alors, entre autres, que dans son voisinage habitait une vieille demoiselle de cent vingt ans, du nom de Tia Patrocinio, qui de temps à autre disparaissait de chez elle. Il paraît qu'elle allait se retirer dans une certaine mine abandonnée, où, du cœur de la terre, une de ses grands-mères gitanes lui soufflait à l'oreille les destinées de tout le village. De ses disparitions, tia Patrocinio revenait en effet tout empoussiérée de charbon ; mais elle ne transmettait les informations de la gitane qu'à peu d'élus, et toujours en échange de provisions de bouche (pois chiches, fruits secs, olives, etc.). Elle avait annoncé à Manuel grands cheminements et corridas : l'avisant de se garder d'un taureau, qui touchait le ciel de ses cornes.

Elle connaissait aussi la formule secrète pour appeler la pluie ; mais elle ne la révélait à personne, parce que ses os craignaient l'humidité.

Le soir, à Totétaco, après bien des jeux, Aracoeli et moi nous adonnions à l'étude. Pour l'honneur de ses épousailles, elle estimait de son devoir de m'élever en fils d'Italiens : raison pour quoi, après ma naissance, elle redoubla d'effort dans sa propre conquête de la langue italienne. Et l'on peut dire, ainsi, que nous apprîmes à parler ensemble : car dans le même temps où elle apprenait l'italien, elle m'enseignait à parler (de là me vient l'habitude — qu'encore je conserve — de redoubler les *r* au début des mots). Bien vite je voulus aussi m'ingénier à imiter ses exercices opiniâtres sur l'abécédaire. Et donc, je pourrais dire aujourd'hui, sans trop exagérer, que pour moi les initiations au langage, et à l'écriture et à la lecture, furent presque contemporaines.

À travers la fente de la fenêtre, je vois filtrer la première lumière du jour ; et sans plus attendre, je me hâte de m'habiller et de descendre. J'ai d'abord eu l'intention de quitter tout de suite l'hôtel ; mais, en soulevant mon sac, je le sens si lourd à mes muscles épuisés, que je décide de le laisser au pied du lit : je reviendrai le prendre en temps voulu pour m'embarquer dans l'autocar. J'ai en effet deux heures de battement avant le départ. À cette heure, en cette saison, il fait encore nuit à Milan.

Dans la petite entrée de l'hôtel il n'y a personne, la porte donnant sur l'extérieur est entrebâillée ; je la franchis vivement pour me retrouver dans la rue, reconnaissant au portier de son absence, qui m'épargne toute explication superflue. L'impatience que j'ai ressentie peu auparavant, à l'apparition de la première lumière, se fait agitation à présent. Le premier réveil dans une ville inconnue s'annonce aux enfants comme une fête, et les aiguillonne dans les rues vers des explorations indicibles ; et maintenant, tout à fait inattendu, un ferment à peu près semblable s'est coulé dans mon sang. Chez moi, ce bouillonnement ne vient pourtant pas de la curiosité d'explorer Almeria (car, au contraire, je veux laisser derrière moi cette ville comme un obscur lieu de transit) mais du désir anxieux de vite passer, dans le mouvement, l'attente énervante pour la dernière station promise : El Almendral.

Cette attente, qui jusqu'à hier au soir, et puis dans le cours de la nuit, s'était décomposée en une basse matière d'ennui, de fatigue et d'imposture, soudain, après mon réveil, au seuil de l'aube, s'est remise à palpiter vers ses trésors lointains, qui jadis m'avaient été promis. Le jardin magique, fleuri ce matin à l'intérieur de mes quatre murs sombres sous mes paupières closes, veut me signifier que, en réalité, l'autobus d'El Almendral me ramènera à Totétaco. Depuis beau temps, désormais, je sais que dans le quartier de Monte Sacro à Rome, il serait inutile de le chercher. Nos 1 400 jours de bonheur ont été chassés de là. Notre Totétaco — le mien et celui d'Aracoeli — a émigré dans le petit village de la Sierra d'où, au cours de mes dernières nuits milanaises, elle m'appelait déjà — et à présent me rappelle — et où elle m'attend aujourd'hui pour le rendez-vous promis. De sa propre bouche — à travers ses avares allusions mélancoliques et pudiques — j'entendis, dès l'époque où j'étais petit garçon, qu'El Almendral n'avait rien d'une amandaie (comme le voudrait son nom) mais était au contraire une étendue pierreuse brûlée par les vents. Cependant cette caillasse cache — invisible à des yeux étrangers — mon jardin d'amour.

Telle une aire magique, défendue par des gardiens aériens contre le passage successif des hasards et des sorts, elle doit encore contenir pour moi les pas et les souffles d'une Aracoeli enfant. Tous les moments de cette enfance, vivants et intacts dans leur efflorescence, en font un jardin au-delà de toute perception extérieure des sens, et non moins riche et coloré que ceux de Chiraz ou de l'Alhambra. Plus petite et moins petite, ici titubant encore sur ses jambes et là imbattable à la corde à sauter, ce jardin est partout hanté par Aracoeli : aussitôt reconnaissable aux mille étoiles qui jaillissent de ses yeux. D'un bout à l'autre, s'y poursuivent ses petits cris duvetés ; l'espace en renvoie les actes insignifiants de tous les jours. Et il n'y manque naturellement pas la chèvre Saudade aux petites cornes encore neuves ; ni le chat Patufè chassant les lézards ; ni le petit frère, Manuel, armé d'une épée. En haut, dans les airs, au-dessus du toit et à la cime de l'olivier, tels de superbes paons, volent et se posent les Toujours-Vierges, avec leurs chapeaux de flammes et d'aiguilles précieuses, et leurs traînes gemmées qui s'élargissent en forme de roue à travers le ciel : Nuestra Patrona del Mar et la Reine du Martyre, et la Dame des Rois et de la Esperanza.

Cette Aracoeli-là n'est pas la même que celle du miroir, mais une Aracoeli antérieure à ma naissance, qui sera toutefois prête à me reconnaître, quand j'arriverai. Le corps dont j'ai honte tombera de moi tel un déguisement de comédie, et, en moi, riant, elle reconnaîtra l'enfant de Totétaco. Pareils, elle et moi, redevenus du même âge. Petit garçon ? petite fille ? Là, certaines données n'ont plus cours. Sexe masculin ou féminin ne signifie rien. Là, on ne grandit pas.

Ce matin, il ne pleut pas. Un vent sans plus de force circule bas et fiévreux, traînant dans les airs des nuages semblables à des chiffons mouillés. La pâleur opaque, noirâtre de la lumière ne permet pas de comprendre si, au-delà des cumulus, le soleil est, ou n'est pas, déjà levé ; mais la ville d'Almeria dort inanimée et déserte ainsi qu'une nuit profonde. Derrière l'hôtel, le long des ruelles, on n'entend que mes pas étrangers, amplifiés par mon étrange excitation aurorale en sons de tambours et de timbales, aux échos multipliés. Et, un instant, je fus pris du sentiment de n'être pas seulement un ; mais que beaucoup de moi-mêmes, porteurs de tous mes différents âges, convergent de leurs divers chemins dans mon unique direction. Telle une file de soupirants acharnés, je suis Aracoeli : pierreuse enchanteresse et multiforme, qui, tout en ayant l'air de ne pas nous apercevoir, nous sert d'éclaireuse pour gagner sa chambre. Afin de me plaire, elle revêt tous les déguisements conventionnels qui toujours, en retour, font rêver les imberbes (comme les marionnettes consacrées des théâtres ambulants font applaudir les enfants). Bergère. Hidalga. Sainte. Prostituée. Morte. Immortelle. Victime. Despote, Poupée. Esclave. Mère. Fille. Danseuse.

Craindrais-je de perdre sa trace ? De temps en temps j'accélère mon allure. Et pour me défendre d'intrusions extérieures — selon mon habitude en certains cas — j'enlève mes lunettes, si bien que les murs et le pavé deviennent pour moi les excavations confuses d'une contrée par moi déjà parcourue en d'immémorables crépuscules. Au-dessus de la ville, à ma droite, j'ai aperçu la masse dorée de rose d'un grand navire en mouvement sur les crêtes des nuages. Ce doit être le château dont m'a parlé le camionneur, hier soir.

Je ne crois pas avoir longtemps marché : peut-être à peine quelques minutes, lorsque, légèrement essoufflé, j'ai eu envie de me reposer, et même de boire. Dans le port, on pourrait probablement tomber sur un bar déjà prêt à me donner l'asile. Mais une répugnance mentale m'écarte du port non moins que des lieux touristiques, châteaux, cathédrales ou Portes d'or. Ce sont là autant de larves charmeuses, qui veulent me détourner de ma destination. Pour que la promesse finale se réalise, je « ne dois plus me retourner en arrière ».

Le premier signal du jour a été le son d'une cloche. À côté de moi, une petite église anonyme a ouvert toute grande sa porte à deux battants ; et moi, en l'absence d'endroits où je puisse réparer mes forces, pour me reposer un peu, je profite de ses inconfortables sièges. Le petit intérieur en forme de coupole, de pierre irrégulière et nue (peut-être une ruine d'ancien minaret adaptée à l'usage chrétien) est semblable à une grotte. Quelques bancs, et çà et là de rares cierges qu'un bedeau, à mon entrée, finit d'allumer. On y respire une odeur d'humidité et de mer ; et son seul ornement est, au centre de l'autel, une image oblongue et encadrée d'or, que mes yeux n'arrivent pas à bien distinguer, fût-ce avec l'aide de mes lunettes. Sans doute elle représente une Assomption, ou une Transfiguration ; mais à mes yeux elle apparaît comme une sorte de sirène, ou autre animal aquatique serpentiforme : entouré de minuscules silhouettes frétillantes — des anges, peut-être — qui m'ont l'air de poissons.

Pendant ce temps, le bedeau a rallumé la flamme d'un long chandelier près du banc que j'occupe ; et à sa lumière, je remarque, à côté de moi, un lutrin recouvert d'une plaque de verre, sous laquelle est protégée une feuille aux bords déformés et jaunâtres avec un dessin aux traits gros et durs, peut-être exécuté au charbon. Le sujet est un crucifié, mais qui, manifestement, ne montre pas la personne de l'Homme-Dieu. C'est un avorton tout déjeté, avec des pieds et des mains en forme de pattes de canard, et la bouche large et noire grande ouverte en un hurlement, jusqu'à la gorge. De côté, à la hauteur de ses pieds, vers le bord de la feuille, on voit deux autres pieds — en comparaison colossaux — cloués ensemble sur un axe plat qui, d'évidence, est la base d'une très haute croix. Or, voilà qui m'aide à identifier l'avorton comme étant l'un des deux larrons : que souvent les peintres, pour signifier la vertigineuse supériorité du divin, peignent de la taille d'un nain auprès d'un géant.

Et des deux, celui-ci doit précisément figurer le bon larron : je m'aperçois, en effet, que, du haut de la grande croix invisible, vers lui pleuvent, à l'intérieur d'une sorte de bulle de bande dessinée, ces mots :

HODIE MECUM
ERIS IN
PARADISO

Mon esprit est un cagibi meublé de bric et de broc, où peuvent se rencontrer en une drôle de cohabitation la mécréance la plus rigide et les superstitions les plus futiles. Il peut m'arriver, par exemple, en une crise désespérée, de percevoir une lueur d'espoir provisoire dans le passage d'un cheval blanc, qu'on dit de bon augure. Ou encore, je peux me retrouver soudain — alors que j'errais en pleine dépression — en train de galoper après l'une de ces blanches plumules végétales qui voyagent dans l'air au printemps, et que pour leur vertu présumée, on appelle *aubaines*. C'est ainsi qu'aujourd'hui, dans mon état d'exaltation presque électrique, j'ai interprété cette bulle du dessin comme un message secret de mon Andalouse : où elle me reconfirmait, pour la fin du voyage, notre rendez-vous dans quelque inexplicable ciel.

L'imagination roulant autour d'elle-même raille la course des horloges. Là, assis sur un banc d'église, entraîné dans ma girandole de feux follets, j'avais perdu le sens des durées ; quand un avertissement

193

intérieur, semblable à une menace physique, me rappelle aux échéances horaires. Une petite vieille bigote, sur la porte, m'indique avec empressement le chemin. Et, à l'allure d'un coureur en compétition, je file vers l'Avenida, pour rejoindre la gare routière.

Je tremble d'être en retard ; mais au contraire, à la Estación de Autobuses, je découvre que je me suis trompé d'heure. En effet, je m'étais réglé sur l'horaire des jours ouvrables, sans tenir compte de celui des jours fériés, qui retarde les départs d'une heure : en réalité, j'avais oublié qu'aujourd'hui, premier novembre, c'est la fête de Tous les Saints.

Ce contretemps suffit à me dépouiller — sous le coup d'une frustration instantanée — des tissures fragiles et lumineuses que je m'étais fabriquées pour me flatter, tel un séducteur de moi-même. Donc une heure de plus à attendre ! La nouvelle m'est tombée dessus avec le poids d'une sentence. Et l'espace de ces soixante minutes s'est ouvert devant moi comme une lande interminable d'ennui. Même ma folle attente de tout à l'heure a été immédiatement engloutie par cet ennui, s'inscrivant ainsi au compte de ma futilité, avec les chevaux blancs et les *aubaines*. Une telle inertie m'a gagné, que me déplacer, fût-ce d'un pas, me coûterait de la peine. Et je reste ici, immobile et debout, à remâcher l'ennui, amolli et contraint comme un cheval cagneux entre ses limons. Graduellement, dans l'usure de l'attente, les discrets mouvements du matin férié (au milieu des cloches pressantes des Messes, des bruissements de pneus sur l'asphalte et des rares ronflements de moteurs) ont pris une épaisseur exagérée, enflant sur moi comme une bouffissure de mon corps. Où que j'aille, en vérité, je me retrouve toujours dans un Milan laborieux et irrémédiable. Et je suis pris du doute qu'à El Almendral (si toutefois El Almendral existe) au lieu du berceau maternel m'attend à présent

194

un faubourg industriel de vacarme, chaînes et fumée, pareil à Sesto San Giovanni.

En attendant, mon sac, délaissé dans la chambre du petit hôtel, je l'avais complètement oublié. Je m'en ressouviens trop tard, quand déjà l'autocar en partance se prépare enfin à rouler. Trop tard, mais avec indifférence.

À bord de l'autocar, m'attend une présence presque forcée, même si je ne l'avais pas prévue du tout : un haut-parleur avec ses sempiternels produits musicaux de style américain, qui devront nous accompagner pendant tout le voyage. Fixé, au sommet, à l'avant, il déploie sur les passagers muets les vibrations de sa voix lacérante, à l'instar des dix mille trompettes de Dieu.

HAUT-PARLEUR, du reste, vaut pour un synonyme de Dieu. Le Haut-parleur ! Présent en tout lieu. On dirait que les humains refusent, aujourd'hui, le Dieu qui parlait le langage du silence. Dans toutes leurs actions quotidiennes : se laver, se nourrir, travailler, s'accoupler, marcher ou rester sans bouger ; et partout : dans les maisons et dans les cafés, dans les hôtels, dans les bordels et dans les asiles, dans les prisons et dans les bureaux, dans les automobiles et dans les trains et dans les avions ; partout et toujours, individus et masses ; tout le monde vit en sujets de cette Majesté électrique, gaga et sinistre, qui fait rage dans ses caisses de matière plastique d'où sortent « éclairs et voix et tonnerres ». C'est un dernier Dieu de la planète industrielle, peut-être visant à venger la furie assourdissante des usines, en en imitant la dégradation et le supplice. Mais, aujourd'hui, une providence toute nouvelle et extravagante est descendue sur moi, envoyée par ce Dieu. Les hymnes déments bien

195

connus de ses gorges mécaniques, qui d'habitude me chassent chaque jour de tous les établissements publics, aujourd'hui favorisent de fait ma séparation d'avec les autres vivants, rendus muets et sourds par son suprême boucan. Chacun des voyageurs du véhicule est retranché de l'autre, et ainsi moi de tous. Et comme il arrive à certains moines recueillis en prière au milieu des marchés, le vacarme étranger faisant barrage aux voix proches, targe de sons à mes sens, m'a contraint à merveilleusement m'isoler dans la clôture de ma fable extrême. Là-dedans, la frénésie du haut-parleur se réduit pour moi à un écho de grondements lointains et de gargouillis essoufflés.

C'est ainsi que, selon la manière que je me suis prescrite à moi-même, je prends l'itinéraire de mes vacances en me refusant à toute rencontre, le long d'un canal d'absence foré dans un glacier.

Pendant ce temps, mes yeux fixent, inertes, le paysage qu'encadre la fenêtre. Mais, une fois passés les abords ultimes de la ville, il s'en est fallu de peu que je ne croie traverser un de ces sommeils morbides, obliques et interrompus, au cours desquels nous rêvons, justement, que nous dormons, et précisément dans cette même chambre de malade où nous sommes, que nous retrouvons de fait en ouvrant les yeux à la lueur de nos réveils provisoires. Fût-ce sous les déformations oniriques ou fébriles de son dédoublement confus, la chambre se laisse pourtant reconnaître. C'est toujours la même : cependant transférée dans un royaume cimmérien fait de purs fantômes.

Au début du voyage — peut-être pour mieux m'initier à ma claustration — d'un geste presque involontaire j'avais ôté mes lunettes. Et par la suite, pendant une bonne partie du trajet, j'ai négligé de m'en servir, oublieux même de mon défaut de vue : telle est la monotonie hypnotique du territoire, qui accompagne notre chemin ; d'une continuité sans changement ni horizon, jusqu'à ce que le paysage paraisse immobile à ma contemplation passive, dans la course de l'autocar.

En haut, il me présente un ciel qui ne ressemble pas à une voûte d'air, mais à une croûte de cendres jaunâtres, peut-être déposées par des astres en décomposition, éteints depuis des millénaires déjà. Et sous ce ciel, s'étend une région désertique et tourmentée de roches déchiquetées, qui me font croire, d'après certains signes extérieurs, à une de ces nécropoles fossiles des temps préhumains. En effet, j'aperçois sur ses surfaces l'impression d'étranges membres mutilés. Une mandibule gigantesque avec des dents recourbées comme autant de cimeterres. Un dos squameux aux crêtes pointues et aux vertèbres semblables à des arêtes. Une queue de reptile armée de longues épines. Peut-être fut-ce là une vallée de boues diluviennes pétrifiées, sur lesquelles les monstrueuses créatures des origines, ensevelies dans les ouragans, laissèrent leurs masques mortuaires ? L'autocar — je crois — a déjà parcouru au moins un tiers de sa route, quand, rêvant les yeux ouverts, j'ai remis mes lunettes. Mais — contrairement à l'ordinaire — celles-ci n'ont pas apporté une réelle transformation à ma vue. Sauf quelques rectifications superficielles (et pour moi superflues), cette seconde image du paysage n'est qu'une copie calquant la première, le long d'une même séquence d'ennui irréel et funéraire.

À présent, en levant les yeux, je vois s'offrir à moi un ciel bas, tout couvert d'un amas de nuages striés, qui ne semblent pas de nature aqueuse, mais ressemblent plutôt à une couche de scories brûlées, apportées jusqu'ici par le souffle africain. Et de fait, dans la sécheresse rageuse qui l'a dénudé, le terrain rappelle les hamadas des proches déserts. Je reconnais les roches déjà vues, jetées en désordre les unes sur les autres, telles d'énormes pierres tombales soulevées par un cataclysme. Mais, de près, on ne lit rien à leur surface : ce qui m'était d'abord apparu comme des empreintes d'étranges corps, ne sont que lézardes et difformités de la matière, bien visibles sur les blocs les plus proches, tout ulcérée, et malade d'une sorte de gale sèche. Soudain, à quelque distance, dans un espace carré, je vois le spectacle d'une fête japonaise, éclairée de lanternes colorées d'un vert et d'un or lumineux ; mais je ne tarde pas à reconnaître qu'en réalité il s'agit d'une petite orangeraie couverte de fruits, irriguée, bien sûr, par une source secrète de la Sierra (c'est peut-être d'une source semblable que s'épanouit la chair en fleur d'Aracoeli ?). Et puis aussitôt l'autocar laisse derrière lui ce jardinet magique. Il suit un désert noir de pierraille anguleuse, à quoi fait suite encore une étendue couverte de détritus minéraux, noirs eux aussi. Et là, dans le fond, surgit un village texan !

Le style typique de ces constructions sommaires, basses, carrées et calcaires, me transporte dans l'Amérique de certains films d'aventures, vus dans les cinémas de la banlieue milanaise, que je fréquentais au cours de mes pauvres chasses vespérales. Et maintenant, à y repenser, je me rappelle avoir lu dans un guide que certains westerns-spaghetti ont été tournés dans cette région. Alors, en un renvoi amer, me revient à la gorge, et jusque dans la tête, le morne malaise ordinaire, que je connais trop bien. Je me vois ici, en train de courir sur une piste tracée dans un désert, au milieu de mirages absurdes, faux signaux et décors vides ; et une fois de plus, je me répète que les appels d'Aracoeli ont été, eux aussi, un faux signal ; et mon pauvre, dernier roman andalou, une fabrique d'ombres équivoques, passe-temps de mes jours vains. Du monde, où je prétends rencontrer Aracoeli, monte vers moi l'habituelle et unique réponse : « Que cherches-tu, et qui ? ! il n'y a personne. Autant que tu enlèves tes lunettes. Il n'y a rien à voir. »

À cet instant-là, le fracas du haut-parleur, que jusqu'ici je repoussais de ma petite bulle d'air — comme si j'avais les oreilles bouchées à la cire — en une subite explosion s'est renversé sur moi, tel un troupeau de sirènes estropiées et furieuses chassées des mers. Et puis je me suis encore revu : un faux Ulysse de terre, voyageant au milieu de faux vivants charmés par de fausses musiques vers des colonnes d'Hercule, fausses elles aussi, car immanquablement, il reviendra sur ses pas. Par certains côtés, ces sons tonitruants sembleraient une musique de danse ; mais d'une danse affligeante, fausse barbarie et fausse ivresse : une sorte de déclamation forcée des maux qui humilient les corps. Projetée par les rythmes de mon cerveau, une forme d'Aracoeli danse pour moi seul sur le terrain pierreux. Elle est vêtue comme une élégante dame bourgeoise des années trente, porte des bas de soie couleur lilas, et sa danse est une obscène parodie du racolage putassier. Au fur et à mesure qu'elle évolue sur son rythme, elle se défait de ses vêtements ; et ses nudités découvertes provoquent à les voir la même honte misérable et sans remède, qui nous fait détourner le regard du corps des animaux écorchés. Cependant qu'en se trémoussant elle ne cesse de rire, avec cet air de mépris et de refus définitif dont seuls les morts sont capables.

Le terrain pierreux est de nouveau désert. Aucun passant : ni vivants, ni spectres. Le seul maître, sur cette rambla, est le Haut-parleur. Il s'est rempli le ventre de tous les vacarmes et les chahuts du nouveau siècle, pour les déverser maintenant dans ce gourbi roulant sous forme de produit musical. Ses matériaux disloqués, on les dirait ramassés dans les supermarchés et à la corbeille de la Bourse, au passage des feux tricolores dans les villes, sur les autoroutes dominicales, dans les préfabriqués des usines, dans les discothèques souterraines, et parmi les juke-boxes si chers à Mariuccio. C'est la voix de Dieu. Celui-là même qui, au tout début, répondit quand on lui demanda son nom : Je suis celui qui est.

On le sait, je ne crois pas en Dieu ; mais pour bizarre que l'idée paraisse (et elle me le paraît à moi aussi), à l'intérieur de cette symphonie de bavardages déversée par le haut-parleur, j'essaie pourtant de capter une phrase révélatrice, peut-être un communiqué qui me serait adressé, à moi précisément. Il n'est pas possible qu'une pareille quantité de matière ne soit qu'une avalanche de déchets, sans une parcelle — au moins — de signification. Qui sait : une de ses paroles de vie éternelle m'a peut-être été transmise ici à mon insu, par voie subliminale, et elle me sera expliquée en son temps ?

Je mets, et enlève de nouveau, et remets mes lunettes, pour retrouver toujours le même écroulement de cailloux et de rocs. Par moments, on distingue à l'arrière-plan des formes bosselées de hauteurs inégales, des roches couleur fer. Ou bien l'on côtoie des carrières ou des éboulis de pierres fendues, qui ressemblent à des ossuaires. Le Haut-parleur fait peut-être allusion à la prise de Malaga, évoquée hier soir par le camionneur ? Serait-ce la route parcourue par les fugitifs vers Almeria ? Mes tympans vibrent comme sous le vrombissement des avions, le vacarme des chenilles et les hurlements. Mais tout ça, moi, je n'y suis pour rien. J'étais un muchachito. Ces événements, pour moi, sont à des siècles de distance, pas moins loin que la prise de Carthage. Peut-être Manuel fut-il abattu sur ce champ de pierraille ? Enterré avec d'autres corps, en tas, dans cette bande de terre steppique ? Ou encore ce tohu-bohu de notes, est-ce le bombardement du Verano, à Rome ? Ce sifflement sort-il des bronches et des poumons de la foule qui se presse dans les salles de « douches », à Treblinka ?

Soudain, une V R A I E vision me fait sursauter sur mon siège. Le long de la rambla rocheuse, très haut contre les nuages, est apparu un immense taureau noir. Mais, comme l'autocar le dépasse, je m'aperçois qu'il s'agit d'une silhouette publicitaire plate, blanche au revers, qui porte imprimée en grands caractères écarlates la marque d'un whisky espagnol.

Cette route s'appelle Rambla de Gergal. On peut donc prévoir une prompte arrivée à Gergal, dernière station avant de parvenir à mon humble but. Mais bien que Gergal, d'après mes renseignements, soit à peine à quarante kilomètres de distance d'Almeria, le voyage me paraît interminable. C'est un fait — prouvé désormais — que rarement mon temps correspond au temps « normal ». Étiré ou comprimé par mes nerfs, il s'allonge ou se contracte selon leurs caprices. Peut-être en conséquence de la publicité sur le taureau blanc, présentement l'envie qui plus me point est celle de boire. Je me demande si à Gergal je trouverai aussitôt un débit de chichón... Mais l'odeur qui, de quelque veine engloutie, a effleuré par surprise mon palais sec, n'est pas celle d'un alcool. Elle est inoffensive, idiote : autrement désaltérante. Elle m'arrive de Totétaco.

> À Rome superbe s'est érigé
> le Cornet Glacé Norgé.

On peut supposer sans peine qu'Aracoeli enfant n'avait jamais vu aborder la voiturette des glaces à El Almendral. Il est certain que pour elle, non moins que pour moi, l'apparition d'un de ces véhicules, à Totétaco, était saluée avec applaudissements et cris de joie,

201

comme si, sur ses quatre roues, on nous présentait un autel. L'objet était peint de couleurs vives, avec des figures d'êtres extraordinaires à nos yeux (morses, phoques, familles d'Esquimaux) et le marchand de glaces lui-même était un petit homme fascinant : armé d'un chasse-mouches fait de rubans de toutes les couleurs, et d'un gros bouquet de grelots.

Ce fut le premier poète italien que j'ai rencontré. Il ne s'exprimait qu'en vers et rimes, s'annonçant, à son habitude, par le cri :

> Ici le Règne du Gel sucré !
> Tout crémeux et chocolaté !

Ensuite, au cours de sa vente, il répétait à intervalles :

> Qui veut le Cornet !
> Courez les gourmets !

Et il proclamait, d'une voix immense :

> À Rome superbe s'est érigé
> le Cornet Glacé Norgé !

Ce dernier distique était le slogan d'une marque de cornets de glace — *Norgé* — qu'alors justement on trouvait dans le commerce ; et pour moi, cela paraissait un chef-d'œuvre de la poésie. Dans ma totale ignorance de l'Histoire Romaine (et jusqu'à son faste le plus récent, à l'époque célébré : la Conquête de l'Empire) pour moi la Superbe de Rome était ce Cornet fameux.

Extase et délice emplissaient le moment du cornet de glace dans les après-midi de juillet et d'août, quand Totétaco était un champ d'or sur lequel volaient et

202

puis se posaient deux jolies robes légères et bariolées : celle d'Aracoeli et la mienne.

Selon un usage ancien (à l'époque de tante Monda) dans leur prime enfance les garçons aussi — pour des raisons d'hygiène, je suppose — portaient des robes, comme les petites filles. Mais du temps dont je me souviens, mon costume, à Totétaco, était en vérité plutôt androgyne : une sorte de barboteuse sous un tablier plus long boutonné dans le dos. Et en attendant on me laissait pousser les boucles : très noires les miennes aussi, comme celles d'Aracoeli, mais plus frisées.

Je me rappelle quand on a coupé mes boucles, comme d'un sacrifice sanglant, même si c'était à l'occasion d'un jour de fête pour notre famille. Ce petit rite célébrait en effet non seulement ma promotion à la virilité, mais la fondation légitime de notre famille, après les noces de mes parents.

Mon quatrième anniversaire fut fêté dans la nouvelle maison des Hauts Quartiers, où nous venions de nous transférer. La date de ma naissance, 4 novembre, était indiquée en rouge dans les calendriers de l'époque, en tant que fête nationale commémorant la victoire de 1918 sur l'Autriche. Pour l'occasion, la ville entière pavoisait (même à notre balcon pendait un drap tricolore) et Aracoeli me fit savoir que cette parade grandiose était toute en l'honneur de mon anniversaire. Moi je la crus sans peine, et ne m'étonnai point de la nouvelle : fraîchement débarqué de Totétaco, j'acceptais comme un phénomène naturel que le cœur de l'univers entier battît à l'unisson avec le nôtre.

Pour mon père, le hasard qui me faisait naître le jour de la Victoire avait toujours été salué ainsi qu'un signe faste d'honneur et de chance. Et d'autant plus que, dès l'époque où Aracoeli était enceinte, lui-même avait suggéré d'appeler leur premier garçon Vittorio Emanuele, en hommage au roi d'Italie : promettant en échange, pour leur première fille, un nom espagnol, dont il lui laissait, à elle, le choix. Elle avait proposé le nom Encarnación aussitôt approuvé par mon père ; ils avaient pourtant décidé ensemble, pour l'usage de tous les jours, de traduire ce nom en *Carina*.

Aracoeli se complut fièrement à l'idée que son futur petit garçon à elle s'appellerait « como el rey ». Et elle rougit de satisfaction en découvrant qu'*Emanuele* était l'équivalent de *Manuel*, qu'en somme c'était le nom même de son frère.

C'est ainsi que je fus inscrit sur le registre de l'état civil, et baptisé, Vittorio Emanuele Maria (cette dernière adjonction, dédiée à la Madone, fut un désir personnel d'Aracoeli). Au début, en imitant mon babil enfantin, il arrivait qu'on m'appelât Toïo Mamèle. Mais par la suite, sur l'exemple de ma mère, ils s'habituèrent tous à m'appeler Manuele ou Manuelino. Parfois, par distraction, Aracoeli disait : Manuelito, pour aussitôt corriger : Manuelino. En effet, elle s'efforçait toujours, dans la mesure du possible, de ne pas trahir les vocables de son époux.

Je me souviens que le jour de mon quatrième anniversaire je portais un complet d'homme très élégant : pantalons et veste de velours bleu, avec un petit gardénia à la boutonnière. J'éprouvais pourtant, dans ce nouveau costume, une certaine gêne, surtout pour m'asseoir. Et Aracoeli, observant que les pantalons me serraient à la fourche, le déplorait et, de temps à autre, venait vers moi pour me les arranger, préoccupée du sort de mon culillo ; et elle n'omettait jamais, ce faisant, de me donner quelques petits baisers sur les mains et le visage. Sa bouche était plus chaude que d'habitude, d'émotion et de bonheur. Et moi, insouciant et curieux, je jouissais non moins qu'elle : car tout ce qui la réjouissait était une joie pour moi.

De temps à autre, elle courait à mon père, et lui faisait une caresse sur la manche, ou bien lui serrait un doigt, comme pour lui dire : « Je suis là ! » Et lui la regardait avec un petit rire indicible, presque incrédule : telle une âme qui, à la résurrection des corps, retrouve au Paradis à la fois le bonheur des cieux et celui de la chair.

Alors je me précipitais sur les talons de ma mère, m'approchant moi aussi de lui, avide et perplexe, mais plein d'extrêmes égards. Au vrai, dans l'imminence de notre prochaine rencontre, Aracoeli m'avait magnifié sa personne avec de tels accents, que je restais là, planté en contemplation, comme devant une autre Macarena. Théophanie nouvelle et inconnue — mais certes bienveillante — descendue — ou montée — ici, sous une forte poussée de l'air, de l'un des fonds opposés de la terre, qui toujours tourne. Nulle menace de lui à moi. Trop différentes étaient nos deux mesures, pour justifier une comparaison, ou, encore moins, une compétition. Bien plutôt, le corps mystique qu'Aracoeli lui prêtait élargissait jusqu'à moi sa dignité grandiose.

Envers moi, dès le début, ses manières révélaient, avec son inexpérience drôle dans le métier de père, une discrétion hésitante et confuse, comme s'il craignait de m'imposer sa puissance, sous quelque aspect que ce fût. Ainsi, par exemple, pour mon anniversaire (sans doute en sacrifiant ses préférences naturelles) il ne m'offrit pas un cuirassé miniature, ou un sous-marin, et pas même un simple batelet ; mais une lanterne magique et un livre de fables colorié ; me demandant et me redemandant, avec une anxieuse sollicitude : « Ça te plaît ? ça te va ? » Et comme il ne voulait pas démentir Aracoeli, lui aussi me félicita pour le grand pavoisement de Rome en mon honneur ; mais son rire complaisant s'embarrassa d'un voile de rougeur, qui trahissait une certaine gêne pour cette innocente blague.

Entre lui et moi, s'établit aussitôt — au lieu de l'affection charnelle — un silencieux accord : peut-être aussi en vertu de notre passion commune pour Aracoeli. Il est certain que notre grand amour exclusif pour la même femme était entre nous deux un motif de reconnaissance, plutôt que de dispute. Chaque fois qu'il repartait de la maison, dans l'acte de me saluer d'une rapide caresse, il paraissait me remercier car, même en son absence, je le liais à Aracoeli. Et pour content qu'il fût de me voir exister, il était visiblement persuadé que, de droit, j'appartenais à ma mère plus qu'à lui. Et même, chez lui le plaisir de me voir exister dérivait spécialement de ma ressemblance avec Aracoeli ; et je me rappelle un rire de lui, un rire attendri, lorsque, dans mes manières et les intonations de ma voix, il reconnaissait les traits enfantins d'Aracoeli.

Quant à moi, dans mon incompétence au regard des titres de père et d'époux, il me suffisait que ces titres comptassent pour Aracoeli et que ce père qui était mien et son époux lui apportât honneurs et bonheur. Du reste, en reparcourant mon passé, je suis convaincu de n'avoir jamais connu, jusqu'au bout, la vraie tragédie de la jalousie. J'étais plutôt de ces amoureux pour lesquels tout ce qui appartient à la créature aimée se revêt de mérites supérieurs, de justice et de fascination. Ceux-ci subissent une sorte de mysticisme magique qui les promet, dès leur plus jeune âge, aux perfides divertissements du destin. Ils s'armeront difficilement pour la compétition. Il sera plus facile qu'en eux une admiration désespérée prenne la place de l'envie. On dit que, en des cas extrêmes, certains d'entre eux pourront se réduire à se faire les servants de leurs propres rivaux, pourvu qu'on les laisse seulement dans l'arrière-cour de l'être aimé.

Il se peut qu'à l'âge de quatre ans, germât déjà en moi une première semence de cette race triste. Mais alors, un pareil germe à peine éclos, frais et confiant dans sa primeur, m'aida sans doute dans une épreuve terrible qui m'attendait aux Hauts Quartiers. On m'y fit trouver, déjà prête, une chambrette très gaie, toute peinte de figures et avec des meubles colorés, dans laquelle, hélas, je devais dormir seul. Aracoeli dormirait dans la grande chambre matrimoniale réservée à elle et à l'époux, à quelque distance de la mienne.

Et cette séparation ne devait pas se limiter aux périodes, brèves et rares, où mon père séjournait à la maison ; mais se répéter, comme une règle normale, dans toutes les futures nuits du temps. Ce système, selon le conseil de tante Monda, favoriserait de ma part, avec l'habitude, une saine résignation ; conjurant, en outre, le danger que les retours de mon père ne se tranformassent, de fête, en une menace pour mon cœur.

Sans doute ce dernier argument fut-il décisif : et Aracoeli se conforma au sage conseil de tante Monda.

Plein de bonne volonté et de sérieux, au milieu des sanglots de mon premier soir, elle m'expliqua que telle était la loi de la famille, par ordre de Dieu. Lequel — avec la Trinité au complet et quatre Anges Gardiens en faction — nous avait suivis dans la nouvelle maison et nous tiendrait compagnie dans notre sommeil. La compagnie céleste se disposerait ainsi : la Madone (Dame et Une en Dieu) au chevet du lit ; et les quatre Anges (quatre Duende de Dieu) un pour chaque coin de la chambre. C'est là, en effet, la position normale de la garde nocturne de Dieu : ainsi qu'il est de notoriété publique et comme le dit aussi la chansonnette *Cuatro esquinitas*.

Et puis, pour me consoler, tous les soirs — qu'il y eût mon père ou non — Aracoeli venait s'allonger tout habillée à côté de moi, sur mon lit, en me donnant un de ses doigts à serrer, jusqu'à ce que je m'endormisse. Cependant que, si le sommeil tardait, il suffisait, pour le solliciter, de certaines petites oraisons appropriées, qu'elle récitait à l'instar des formules magiques : c'est-à-dire à toute vitesse, et sans aucune expression. Et moi, telle était ma foi, quelques instants plus tard, je dormais.

Ces petites strophes miraculeuses, ma mère les adoptait non seulement pour moi, mais pour elle-même, les nuits qu'elle était seule dans la chambre matrimoniale. Et de là, elle les adressait aussi à son époux, errant Dieu sait où, enfermé dans son propre cubiculum sous-marin pour ses rondes méditerra-néennes. Afin qu'aussitôt elles partissent, un souffle sur la paume des mains suffisait ; et Dieu, sur le souffle, se chargeait de les acheminer. En ces temps-là encore, pour Aracoeli et pour moi, Dieu (de préférence sous l'apparence de Notre-Dame) s'adaptait à toutes les fonctions : consentant, à l'occasion, à servir de nurse, de facteur, et même de somnifère.

La nouvelle que la « chambre matrimoniale » c'était Dieu qui nous la commandait, distingua cette pièce, à mes yeux, de tout le reste de notre maison, comme une investiture sacrée. C'était un lieu de cérémonies et de sommeils mystérieux, certainement d'ordre céleste. Et cet ordre secret était réservé aux époux, et cet ordre excluait les enfants. Il était trop étranger à ma peti-tesse, et terrestre ignorance, pour tenter mes pensées. Mais le titre « Chambre matrimoniale » était pour moi un sceau armorié, qui excluait cette pièce de mes intrusions et de mes jeux. Même en l'absence de mon père, je ne pouvais en franchir le seuil, si ce n'est avec une considération spéciale, où se mêlaient l'insécurité et la hardiesse, à la manière de quelqu'un qui s'avance vers un trône.

Presque aussitôt après ses noces, mon père avait dû repartir de chez nous. Et le grand livre illustré — son cadeau pour mon anniversaire — souvent nous aidait à passer les soirées. Le sujet en était quelques fables célèbres, réduites en partie, je crois, à l'usage des enfants les plus petits ; et ensemble, Aracoeli et moi, nous efforcions de les déchiffrer, jusqu'à ce que l'intrigue coulât de source. Malheureusement, ces histoires me réservaient, avec le plaisir, quelque amertume. Et, par exemple, je me souviens que l'une d'elles : *Les habits neufs de l'Empereur*, me gonfla les yeux jusqu'aux larmes. Il me faisait trop de peine, le spectacle de ce pauvre Empereur trompé, promené parmi les gens sans rien sur la peau, tandis que dans sa crédulité il allait se pavanant ! Et je me demandais pourquoi son Angel de la Guarda n'était pas intervenu pour couvrir sa honte d'un manteau tissé de perles et de roses fraîches (selon la mode bien connue au Paradis) et pour chasser de son épée les tailleurs filous. N'eût été la présence de tante Monda, qui m'embarrassait, j'aurais demandé à ma mère une explication qui pût me rassurer, dans le doute obscur où je me trouvais. Mais déjà, à la vue de mes larmes, Aracoeli se hâtait de les boire à petits baisers, en répétant, à son habitude : Zapé ! zapé ! zapé !

En ce temps-là, mes yeux étaient encore d'un bleu vif et serein. Et dans mes traits, on reconnaissait l'empreinte des Muñoz Muñoz.

En nos saisons initiales aux Hauts Quartiers, Aracoeli n'avait pas changé par rapport à ma première Aracoeli de Totétaco. Malgré nos séparations nocturnes, le cerf-volant multicolore de notre maison clandestine naviguait encore au-dessus de nous. Et nous en tenions encore le fil, tandis que nous deux seuls ensemble, la main dans la main nous parcourions les rues du nouveau quartier. Une fois mon père parti,

Aracoeli s'était résolument opposée à la suggestion de tante Monda : m'envoyer tout de suite, pour ma bonne éducation, à l'école maternelle chez les religieuses françaises. « Il est encore trop petit! » avait-elle protesté. Mais de la façon dont elle serrait contre elle mon corps (tel un bouclier) elle paraissait, en outre, vouloir dire : « Et moi aussi, je suis encore trop petite! » Tandis que ses yeux, assombris par une volonté qui allait jusqu'à se faire féroce, déclaraient : « Ce tout petit est à moi! » Ainsi, le projet de l'école maternelle fut laissé de côté. Et les journées d'Aracoeli, comme déjà lors des précédentes saisons, étaient exactement les miennes. Qu'un seul instant, à la maison, elle me perdît de vue, elle se mettait à m'appeler en parcourant toutes les pièces : « Manuelito! MANUELINO! » Nous n'étions pas encore devenus étrangers à nos anciennes coutumes, et irrésistiblement, oubliant les bonnes mœurs (surtout par les jours de pluie), tous les deux, elle et moi, reprenions nos jeux bruyants de Totétaco ; jusqu'au moment où la femme de chambre de l'étage inférieur se présentait avec la plus grande distinction, pour demander un peu de calme de la part de la Comtesse (sa Signora) qui souffrait de migraines. Je revois encore la satisfaction mal déguisée (pareille à une flammèche serpentant sur sa face) avec laquelle notre Zaïra venait nous transmettre cette réclamation impérieuse : dans son for intérieur, elle s'indignait de nos excès puérils, et jouissait de nous voir enfin pliés sous un ordre répressif.

Jamais ni moi ni Aracoeli n'avions été familiarisés, avant, au réseau serré des rues de la ville, rien que des murs et des immeubles et des véhicules. Et si j'évoque cet hiver des débuts, je revois notre couple toujours en train de tourner le coin d'une rue, ou de prendre des rues de traverse, ou de s'arrêter aux croisements, le cœur dans la gorge, à la façon des petites gens de la campagne. Me réapparaît le visage effrayé d'Aracoeli, qui me traîne derrière elle, fuyant presque le grouillement de la foule citadine ; et, soudain, la voilà qui se met à rire pour quelque drôle de sujet qui passe. En particulier, certains chapeaux de dames lui semblent comiques : « Regarde ! regarde ce chapeau ! » me souffle-t-elle, les joues déjà enflées d'une première bouffée de rires. Puis elle court se protéger sous une porte cochère, pour s'égayer tout à son aise avec moi (mais ces moqueries, j'imagine, ne sont, de sa part qu'un repli pour exorciser sa timidité).

Jamais cette première Aracoeli ne se serait aventurée dans les rues sans moi : parce que aussi — pour étrange que cela paraisse — en de telles occasions c'était moi qui la protégeais, elle, et non le contraire. Peut-être tenais-je de ma branche paternelle une expérience atavique de la ville ; ou peut-être, était-ce la gloire de la protéger elle, qui m'inspirait. Il est certain que, pour la circonstance, je me sentais investi d'une responsabilité virile : preux, sûr et pratique. « N'aie pas peur ! » lui criais-je, « nous pouvons traverser, maintenant. » « Par ici ! par ici, on peut passer ! » « Un bond, et nous sommes arrivés ! Allez ! » Pour une fois, c'était comme si elle devenait mon enfant ; et ce renversement des rôles nous emplissait tous deux d'une allégresse mêlée d'appréhension, à l'égal d'un jeu plein de hardiesse. Jeu qui, du reste, fut de brève durée. Impatiente qu'elle était d'atteindre aux hautes qualités de son époux, Aracoeli ne tarda pas à se dégourdir.

De son apprentissage de dame, il ne me reste que de petites séquences rapides, tels les morceaux d'une pellicule perdue. À table, elle prend une orange dans le compotier, et, sans y penser, y plante les dents ; mais instantanément elle se fait toute rouge sous un coup d'œil chargé de tante Monda, et en hâte elle se met à éplucher l'orange avec son couteau à dessert. Un après-midi, chez tante Monda, entre autres visites se présente un monsieur en uniforme, collègue de mon père : et Aracoeli vivement se lève du divan où elle était assise. Mais immédiatement elle se rassoit, pleine de confusion : se rappelant qu'il n'est pas convenable qu'une dame se lève, quand on lui présente un monsieur.

Je me souviens de m'être senti son complice dans certaines de ses présumées illégalités infantiles : comme si on usait d'injustice envers elle. Mais en réalité, de son côté, elle était bien disposée à apprendre ; et se montrait une élève débordante de bonne volonté auprès de tante Monda, guide et maîtresse pour cet apprentissage.

L'autocar s'arrête. C'est l'arrivée. Enfoncée dans une large cuvette en contrebas de la route, Gergal tout entière se montre aussitôt à mes yeux, dans sa petite surface plate de toits égaux couleur gris ardoise. Je vois (ou crois voir) que ces toits se désagrègent en partie, à certains endroits ils m'apparaissent même défoncés et rapiécés tant bien que mal. Et je me demande si la petite ville ne serait pas par hasard inhabitée ; quand d'en bas m'arrive un écho de voix enfantines, et le tintement d'une cloche. D'une cheminée file un ruban de fumée ; et une antenne de télévision, dressée contre la cheminée, oscille au vent avec un très léger sifflement.

Parmi les voyageurs de l'autocar, deux seulement sont descendus ici, à Gergal. Un vieux et une vieille aux allures de paysans, qui tiennent ensemble, chacun par une anse, un panier recouvert d'une toile. Tandis que je les suis en prenant vers la petite agglomération, un

212

souvenir vacillant (mais sans grande surprise) m'avertit que ce parcours m'est déjà connu. Qui sait en quelle autre mienne biographie, une fois déjà j'ai pris cette direction, précédé de ces deux vieillards qui ressemblent à des oiseaux, avec leur profil sémite. Il se peut que cette autre vie ne soit qu'imaginaire, un reflet éphémère de celle-ci ; mais il est aussi possible que celle d'aujourd'hui ne soit au contraire qu'un reflet de l'autre : la vraie. Il se passe, dans le domaine de la lumière, de semblables jeux de miroirs. Enfant, certaines nuits, j'éprouvais un doute quant à la réelle existence de toutes ces myriades d'étoiles qui nous apparaissent dans le ciel. Selon moi, il n'existait qu'une unique étoile créée au début ; et multipliée à l'infini, par nos regards terrestres, soumis à un jeu de miroirs illusoire. De ma cosmogonie enfantine, je perçois, aujourd'hui, une variante autobiographique : où mon existence présente ne serait, en réalité, que le dernier d'une série infinie de reflets trompeurs. Mon unique, ma vraie existence se trouverait à la source, par-delà les innombrables miroirs déformants qui m'en défigurent l'image, comme cela se passe dans le palais des glaces d'une foire suburbaine. Il peut m'arriver, en effet — dans le sommeil ou à l'état de veille — d'en ressentir un signal impalpable — tel un clin d'œil en passant aux carrefours des neuf mille ciels. Peut-être qu'en fixant toute mon attention vers les pôles invisibles du destin, je pourrais, de reflet en reflet, discerner au moins une lueur de mon véritable corps. Ou, en somme, entrevoir si à cette tache informe de mon existence actuelle, correspond, en un point du cosmos, quelque signe déchiffrable.

Mes deux compagnons de voyage ont disparu derrière une rangée de masures. Ma gorge est altérée. Et, tout interdit, je me prends à rôder sans plus d'intérêt ni de curiosité pour ce fameux point du monde, jadis sûrement foulé par les pas d'Aracoeli, et d'où Manuel postait ses cartes postales. En face de moi, par une porte ouverte que ne distingue aucune enseigne, j'aperçois le comptoir d'un petit débit de boissons. Et tandis que, sans presque m'en rendre compte, j'avale la liqueur blanchâtre qu'on me sert, à la saveur d'anis (j'avais demandé *chichón*), mon esprit ne cesse de poursuivre ce Double ambigu qui m'a fait signe peu auparavant, en descendant la pente. Mais quand et où donc — me demandé-je encore — m'est-il déjà arrivé de me trouver dans la même passe, derrière deux vieillards à la face sémite ? M'amuse l'idée qu'une telle charade dissimule quelque indication plausible sur mon vrai Moi-même : ainsi qu'un fragment de hiéroglyphes, réaffleurant d'un centimètre à la surface des sables, amène à la découverte d'un palais royal.

Du fond de mes réminiscences, la première à venir à ma rencontre est une ombre qui soudain se présenta, il y a des années de cela, un soir, dans la fumée de ma cigarette de drogue. Par l'intermédiaire d'un trafiquant, ami de Mariuccio, j'avais acheté une dose de haschisch sans doute excessive pour une seule soirée. Mais puisque j'avais bien l'intention de m'abrutir, je tirai sur mon joint avec fureur, brûlant tout mon hasch en une prise unique ; et son effet imprévu fut qu'il en surgit un esprit de l'air comme il en sort des flacons des magiciens. Je me souviens que j'étais allongé sur mon lit, seul et dans l'obscurité, en face d'une fenêtre dont les carreaux donnaient sur une cour sans lumière. Je n'étais pas endormi, mais pas tout à fait réveillé non plus ; quand, sur les vitres, commença à se dérouler une petite scène pleine de vie, semblable dans ses teintes aux miniatures ou aux vitraux des cathédrales. Et j'en étais personnellement le protagoniste, encore qu'engagé sous une autre forme que ma forme ordinaire. J'étais une jeune fille indienne très belle (peut-être une danseuse sacrée ?) vêtue d'une étoffe légère et précieuse, de toutes les couleurs de l'arc-en-ciel. Et d'un pas allègre, dansant presque, je descendais vers ma fosse. Deux faucons noirs, me précédant en un vol bas, m'indiquaient ma route ; et ils m'abandonnaient sur le bord de la fosse déjà creusée, où flambait vivement le feu de ma crémation. D'un bond, mon agile petit corps disparaissait dans les flammes : lesquelles immédiatement se changeaient en fleurs d'été, oscillant sur de longues tiges. Mais ce n'était là qu'une première métamorphose : car aussitôt les fleurs se changeaient à leur tour en longues plumes multicolores, pour se composer définitivement en forme d'oiseau fantastique, de toutes les couleurs de l'arc-en-ciel. Un phénix ! qui, volant de ses ailes, s'évanouissait au zénith. Et dans la fosse, il ne restait rien d'autre que la terre nue, jusqu'à ce que la scène entière retombât dans l'obscurité.

Je me souviens que je n'éprouvai aucune surprise à me reconnaître dans la jeune Indienne transformée en phénix. Mieux : je crus comprendre que sa parabole était une allusion transparente au vrai thème occulté (que moi-même j'ignorais) de chacune de mes vicissitudes : tel un horoscope radieux lisible en filigrane sur le vieux papier de mon pauvre calendrier. Et mon imagination droguée se flatta, pour un soir, de cette petite épiphanie : tant et si bien que même aujourd'hui, ici à Gergal, la réminiscence m'en ramène une senteur d'encens magique. Mais soudain, le projecteur se déplace ; et une seconde réminiscence relaie la première, comme dans l'Opéra japonais, où le drame alterne avec la farce.

Et de fait, cette autre ombre revenante pourrait précisément devenir le sujet d'une farce, ce qu'elle fut bien en réalité : au point qu'à cette heure je devrais en rire, même si j'en fus la victime. Si ce n'est qu'au contraire, après tant d'années, je (toujours le même je) reste encore la cible découverte de son supplice dérisoire : tellement qu'à son seul souvenir, j'en ressens, avec un douloureux élancement, la meurtrissure impitoyable.

C'était le dernier automne de la guerre. Exilé dans le Collège sur la colline, tel un oiseau migrateur aux ailes cassées, je me voyais inapte à la migration et le jouet de la nature solitaire. La barrière de guerre entre le Nord et le Sud de l'Italie, qu'alors on appelait *ligne gothique*, me séparait de Rome, sans plus de nouvelles de mon père et de tante Monda. Mes grands-parents piémontais — qui du reste m'aimaient peu — étaient morts entre-temps. J'ignorais l'existence éventuelle d'autres parents survivants, de même qu'eux, si j'en avais, ignoraient la mienne. Et au Collège, je ne m'étais fait aucun ami.

Je manquais encore de maturité pour ma « crise mystique » et pour les « suicides », qui m'attendraient bientôt au tournant de l'adolescence ; mais déjà, souvent m'assaillait une envie de mourir. Lorsque nous nous trouvons seuls dans un milieu étranger, sans personne pour nous caresser, nous sommes portés à confondre la Mort avec nos morts, autrement dit avec un corps d'amour et de caresses. Alors, le corps d'amour qui m'entraînait à la mort était ma mère. Et son premier compagnon était mon homonyme inconnu, son célèbre frère Manuel d'Andalousie. Son corps à lui était d'une telle splendeur dans la mort que, à le contempler depuis le monde des vivants, je me faisais honte de n'être pas, comme lui, tombé sous la mitraille.

Les accompagnait, dernier arrivé, mon chien Balletto, qu'on m'avait donné depuis peu et repris aussitôt, mon extrême ami.

Ces corps d'amour n'étaient pas immobiles, ravagés

et froids ; mais guéris et chauds et vivants. Si je pensais à Aracoeli et à Balletto, le lieu de la mort s'offrait à moi telle une très douce couche où se tenir fort, embrassés ensemble. Et si je songeais à Manuel, je le voyais dans une Sierra sublime, radieuse d'un bleu océanien, où il courait en compétition avec d'autres braves, ses pairs, franchissant les sommets sans difficulté. Il était armé d'une espada, et prenait parfois à mes yeux la figure d'un archange, avec de grandes, nombreuses ailes légères et métalliques, aux couleurs changeantes or et argent.

Au fond de moi, en ce temps-là, mon naturel esprit d'aventure ne s'était pas encore tout à fait fané. La mort était une aventure, et la foi une aventure (il s'ensuivit qu'un peu plus tard j'en fus réduit à la foi en Dieu : non plus, certes, le Dieu d'Aracoeli, avec les Vierges et les Anges de la Garde. Mon Dieu — au reste provisoire — a été un Domicile incorporel, au-delà des nombres et du Verbe et des phénomènes. Une abstraite Paternité).

Pour moi, Manuel était une Foi, et donc, ses croyances étaient aussi les miennes. Après sa mort dans la guerre d'Espagne, le commentaire posthume de tante Monda, murmuré en aparté, fut : « Malheureusement, il s'était mis du mauvais côté. » Et puisque l'on savait que, selon le jugement de tante Monda, ceux « du mauvais côté » étaient les adversaires du Généralissime Franco, par elle tous mis dans le même panier sous l'étiquette « les communistes », dans mon for intérieur, raisonnant, bien que muchachito, j'en déduisis que Manuel devait avoir été l'un d'entre eux.

Sur les communistes, on le sait, circulaient des bruits horribles dans notre milieu, et en particulier dans notre cuisine. Pourtant, ce mot de tante Monda jeta en moi la semence d'un retournement fatal : si Manuel se trouvait du côté des Communistes, moi aussi j'étais sans hésiter de leur côté, avec lui. Ce fut pour moi un choix d'honneur, ma première propriété personnelle, que je tins caché à tous (même à Aracoeli) et qui resta un secret jaloux entre moi et Manuel. Lequel (d'après le peu que j'en ai exhumé beaucoup plus tard) avait été de fait anarchiste, pas communiste ; mais ni de l'anarchisme ni du communisme, en réalité, je ne savais quoi que ce fût.

Et, à y repenser, même devenu adulte, je n'en ai jamais su grand-chose de plus qu'à six ou à douze ans. Ma nature se refuse à la politique et à l'histoire : piètres et vaines, mes tentatives de le démentir. Moi je suis un animal au dos écrasé par une grosse pierre. De mes pattes désespérées, je gratte la terre, et j'aperçois là-haut, à demi aveugle, des vapeurs bleues. Je ne sais pas pourquoi je suis collé à la terre. Je ne sais quelle est la substance de ces vapeurs. Je ne sais pas qui l'a déchargée sur moi, cette pierre. Je ne sais pas quel animal je suis.

En cet automne 1944, j'avais glané les nouvelles suivantes au sujet du conflit et de ses répercussions au-dedans et au-dehors du Couvent :

1) On faisait une guerre sans fin. 2) L'Italie était partagée en deux, Rome se trouvait de l'autre côté, et au milieu des deux parties il y avait une ligne qu'on ne pouvait franchir. 3) Dans le ciel passaient les avions qui bombardaient les villes et avaient détruit Turin ; et, sur toutes les terres, des ennemis en armes faisaient des incursions. 4) Des batailles, dans nos parages, on n'en avait pas vu ; mais dès l'année précédente j'avais entendu dire qu'en haut, dans les montagnes, au-dessus de la colline, existaient des *bases* cachées. C'est de là que sortaient les Italiens rebelles, qui faisaient la guerre des partisans, et que les Pères, au Couvent, taxaient génériquement de « communistes ».

Les Pères aussi, quand ils faisaient allusion à ceux-là, levaient les yeux en signe de déprécation. Certains accusaient les partisans de rivaliser de brimades et de férocité avec les pires des Allemands. On parlait d'un jeune berger assassiné parce que son chien s'appelait *Alalà*, le hourra guerrier adopté par les fascistes. Ses brebis égorgées et « réquisitionnées » — et de bien d'autres épisodes du même acabit.

Je ne voulais pas entendre semblables accusations, et n'avais aucune foi en ces accusateurs, que j'estimais être des ennemis de Manuel. Une fois, j'avais vu, par une fenêtre, deux partisans qui se présentaient au Couvent, à la recherche, me semble-t-il, de nourriture et de vin. J'avais été frappé par leurs longues barbes et leur curieuse tenue. L'un portait un béret pittoresque, genre couvre-chef qu'on voit dans les cirques ; et l'autre une capote de type militaire, mais reteinte par bandes et taches : et en l'ouvrant, il avait montré en souriant, à une troupe de gamins piqués de curiosité, une ceinture à laquelle pendaient des grenades, qui, de loin, me paraissaient des œufs. Ils étaient jeunes tous les deux, venaient du Sud, disaient-ils, et avaient des manières douces et badines.

Dans le Couvent, il ne restait que très peu d'enfants. Et ces quelques-uns (dont je faisais partie) sans nouvelles de leurs familles à cause des communications coupées, étaient presque tombés à l'état d'enfants trouvés. Dans la difficulté du ravitaillement et des achats, au Couvent aussi on vivait à faible régime, entassés dans les quelques salles nécessaires. Il arrivait parfois des sinistrés et des égarés, mais qu'on hébergeait au-delà de la basse enceinte extérieure, dans une aile séparée de l'édifice, pour qu'ils ne puissent avoir aucun contact avec nous, les pensionnaires. De temps à autre, il nous en parvenait des éclats de voix, dont on entendait le son sans les paroles ; et cela semblait des plaintes de grues errantes, ballottées et perdues, dans un bouleversement des saisons terrestres.

Pour économiser le courant électrique, on allait au lit avant la tombée de la nuit. Et, l'automne venu, les heures de lumière se réduisirent encore ; mais comme les écoles renvoyaient l'ouverture des classes, mes camarades qui étaient restés jouissaient chaque jour de longues récréations. Selon mon habitude, je ne participais pas à leurs passe-temps ; mais, bien qu'au fond je m'en exclusse par moi-même, je n'en éprouvais pas moins de la peine à m'en sentir exclu. Et je restais dans mon coin, tel un ouistiti lié à sa chaîne, seul et muet avec mon envie de mourir.

En pareilles occasions, comme on me trouvait inoccupé, on me chargeait parfois de petits services. Un jour, avant le repas de midi, on m'envoya dehors pour fendre des branches sèches, déjà rassemblées en tas près du portail. Les premiers froids commençaient, et, avant de sortir, j'enfilai en hâte mon petit manteau d'hiver sur le tablier noir du Collège. Au vrai, ce tablier était dévolu aux pensionnaires les plus petits ; mais en cette époque de pénurie, dans le délabrement irrémédiable de nos trousseaux, il servait aussi aux moins petits (pourvu qu'ils n'aient pas trop grandi), qui le mettaient aussi chez eux. Et puis quant à moi, c'était aussi une question de décence, pour cacher, dessous, mes culottes de tous les jours, qui étaient déchirées.

Mon manteau lui-même, exposé à deux hivers qui l'avaient vieilli, s'était fait trop court, au point que le bord du tablier en dépassait, suivi de mes genoux nus qui pointaient hors de mes bas noirs. Ma tête (qu'à cette époque j'avais à moitié tondue, selon la règle du Collège) je me l'étais protégée avec ma petite casquette. Sur mon nez, je portais mes lunettes. Et ainsi, prêt, muni d'une hachette, je me trouvai devant le tas de branches sèches, à côté du portail.

Avec l'âpreté redoublée de la guerre qui nous cernait, nos promenades de collégiens se faisaient de plus en plus rares ; et dans cette existence renfermée, l'air extérieur, rien qu'à le respirer, excitait le cœur. Mais pour ma part, l'excitation de mon cœur, à l'égal d'un coup de fouet, exacerba ma tristesse, et de nouveau me tenta la nostalgie de mourir.

La journée était pluvieuse et sombre, déjà presque hivernale. L'horizon vallonné était couvert de brumes, et cette étendue brumeuse paraissait fermer le périmètre de l'espace battu vers quelque territoire infini et différent. Jetant les yeux sur le portail d'entrée, je m'étais aperçu qu'une des grilles latérales avait été laissée à moitié ouverte, et que son cadenas décroché pendait ; et quand j'eus donné le premier coup de hache, je savais déjà que je ne donnerais pas le second. Là, instantanément, j'avais décidé de m'enfuir du Collège ; sans toutefois pouvoir fournir de limites calculables à mon but et à ses distances. D'une certaine façon, je m'enfuyais vers l'infini. Il me semblait que, à force de marcher et de marcher jusqu'à en perdre haleine, et une fois ces brumes atteintes et ces vapeurs pénétrées, et moi disparu à la vue de tous en m'enfonçant dans leur vide : là se trouvait la fantastique surprise de la mort.

Pour le moment, ce dessein de mort se présentait à moi d'une façon abstraite, hors de tout moyen précis. Ne plus revenir sur ses pas : c'était là, la mort. Et comme dans une compétition improvisée, pris de vertige je me jetais dans une course à travers la campagne. Dès ces années-là mon temps et mon espace ne se mesuraient pas toujours au mètre et au cadran. Après environ un ou deux kilomètres, et quelques minutes de trotteuse, au jugé je pensais avoir parcouru des âges et des distances démesurés. Au fur et à mesure que j'avançais vers les bancs de brume, celle-ci s'éclaircissait ; quand sur le fond, parmi ses hauteurs cachées, je crus deviner je ne sais quelles flammes, et des fumées rougeâtres. Alors, il me vint à l'esprit que certainement là-bas se trouvaient les fameux repaires des partisans : les BASES. Et tout à coup je m'expliquai la vraie fin, la fin suprême de ma fuite. Le charme de Manuel — qui m'accompagnait, on peut le dire, depuis ma naissance — à cet instant s'enlaça avec force à mon propre corps, me communiquant ses pulsations fiévreuses (telle, dans la fable des Chevaliers, l'invisible ceinture d'or). La mort des héros : c'était la mienne ! Camarades et égaux comme dans notre nom, moi, Manuele le Vilain et lui, Manuel le Magnifique. Le Walhalla serràno de mon invention m'ouvrait tout grand ses lumières outremer au-dessus des bancs de brume.

D'après les nouvelles que j'avais entendues par hasard, il me résultait que même les muchachites, mes égaux, servaient dans la lutte armée. Donc, moi j'allais me présenter, volontaire, aux repaires clandestins de cette lutte ; mais en attendant, pour la recherche de ces repaires, je n'avais ni indication ni guide. Je ne pouvais évidemment pas trouver des traces ou des signaux, pour m'aider, sur mes sentiers occultes.

Au vrai, la colline que j'explorais en m'exposant dangereusement était dans une région bien aménagée, ouverte aux gens et praticable. Elle n'était pas très éloignée de la route communale, et on connaissait, dans ses parages, des bourgs et des villages, avec restaurants, et même guinguettes, actuellement fermés à cause de la guerre. Tenue à l'écart de toute installation industrielle, en temps de paix c'était une zone de promenades dominicales et de repos ; il arrivait de voir, en ces temps-là, défiler les élèves du pensionnat, allant à leurs rituelles parties de campagne. Mais pour moi la terre, ce jour-là, était une lune. Ma fuite romanesque transformait déjà la colline en une lande exotique et aventureuse qui se déroulait sous mes pieds, et où chaque forme devenait une apparition, et chaque bourdonnement pouvait être porteur d'un message. De fait, sous l'effet de certaines ivresses inhabituelles, mon imagination congénitale, déjà mortifiée dans son épanouissement, jubilait sans racines, tout à sa naïveté et à sa folie. Et, à l'âge de douze ans, alors que dans mes études (surtout littéraires) je n'étais pas resté en arrière, dans la pratique du monde, malgré *tout*, j'étais un attardé, niveau cours élémentaire. En réalité, suivant mon sort de toujours, ma conscience affamée d'amour croissait sous-alimentée et rachitique. C'était cet état de privation qui me rendait toujours soupçonneux dans ma muette mendicité : jusqu'au moment où je me livrais d'un coup tout entier à l'aveuglette, enflammé de confiance, au premier coup de sifflet ainsi qu'un chiot famélique et idiot.

J'étais d'une médiocre stature : petit plutôt que grand. Pourtant, dans cette course du dernier danger, je me sentais grandi, martial, beau même. La rage de mourir est un talisman, et qui le porte acquiert un corps magique. Toute entrave tombait, je ne me sentais inférieur à personne. Et j'avais la conviction presque magnétique de trouver sur mes pas les fameux partisans ; qui me reconnaîtraient aussitôt pour un des leurs.

Dans une proche villa, un chien aboyait ; et en contrebas, sur la route communale, on entendait transiter des camions tout terrain. J'étais un clandestin, je devais me tenir loin des lieux fréquentés ; mieux : je devais taire, dans tous les cas, mon identité. En me réglant sur ce concept élémentaire, je pris aussitôt soin de cacher la minuscule hache que j'avais emportée avec moi, et que je serrais encore dans mon poing : je la fourrai sous mon manteau, pour l'assujettir à la ceinture de mes culottes courtes. Puis je filai tête baissée vers certaines bosses boisées de la colline, et m'enfonçai au milieu des arbres, me rendant ainsi invisible des quatre points cardinaux.

Entre les fûts, stagnaient des lambeaux de brume de la même couleur ocre sale qui couvrait le ciel. Ma marche se poursuivait en montée, et j'en déduisis que, de ce pas, j'atteindrais à coup sûr la ligne montagneuse, asile mystérieux pour les nids de rebelles qui m'attendaient. Sans doute, au sortir de ce bois, me trouverais-je face aux glaciers et aux neiges, qu'en d'autres saisons j'avais vus resplendir dans les lointains, au fond des rues citadines. De ma vie, je n'étais jamais allé dans les montagnes, mais j'avais entendu un frère raconter qu'à certaines grandes altitudes, vivent en liberté différents animaux au blanc pelage : ils se confondent avec les neiges, et se rendent invisibles. Et que par le passé y demeurait, au fond d'une grotte, un juif qui avait fui la Russie. Son nom était Chalòm, et à force de vivre sans cesse au milieu des neiges éternelles, il s'était tout couvert, lui aussi, de poils blancs, et ses yeux étaient devenus d'une blancheur de lait. Il ne se nourrissait que de lichens. Et il vécut là-haut jusqu'à l'âge de quatre-vingt-dix-neuf ans, sans que personne l'eût jamais remarqué (pas même les plus grands champions d'alpinisme) en raison de son invisibilité naturelle ; et toujours occupant son temps dans la méditation des vérités éternelles. Jusqu'au jour où la mort lui fut destinée. Ce jour-là, il descendit dans la plaine en compagnie d'un chien blanc rencontré par chance au milieu des montagnes : qui le guida jusqu'au plus proche village (car le grand vieillard était aveugle). Et là, à peine arrivé, le vieil homme, d'un filet de voix, demanda d'être baptisé du Saint Baptême chrétien, changeant son propre nom de Chalòm en celui de Léon. Il n'émit pas d'autres désirs, ni ne dit d'autres mots. Et, une fois qu'il eut reçu le sacrement, il rit comme un enfant et expira.

Ce même frère encore avait ensuite précisé que, de fait, il n'est pas miraculeux mais ordinaire, de rencontrer au milieu des névés et des glaciers, des chiens en service de reconnaissance. Ce sont des chiens spéciaux, qui dénichent au flair les transis et les égarés, et portent, suspendues à leur collier, en plus d'une clochette de repérage, de petites fiasques de rhum et de café chaud.

Or, j'estimais, en général, peu dignes de foi les informations des frères et des prêtres. Cependant, cette dernière nouvelle sur les chiens se présentait à moi, d'entre toutes les autres, comme la plus crédible. Et, à cet instant-là, il m'en vint jusque dans la bouche et sur la peau, une odeur réconfortante de chien et de café. Au-delà des fûts, on distinguait une bande d'horizon d'un noir rougeâtre, les arbres semblaient noirs. Dans cette lumière d'éclipse, je jugeai toute proche la tombée de la nuit (en réalité, il devait être midi passé depuis peu). Et dans le froid humide que les brumes distillaient, je crus déjà reconnaître le souffle des neiges éternelles — tant j'avais les pieds glacés, dans mes chaussures d'intérieur en toile de sport. Alors, j'eus dans l'oreille, venu qui sait d'où, un tintement de sonnaille ; et, plein d'espoir, je me demandai si par hasard un de ces chiens des montagnes flairerait, fût-ce à une grande distance, mon odeur. J'ébauchai même un sifflement discret, comme je le faisais l'été passé, pour m'annoncer en sourdine à mon vagabond de chien abusif, Balletto.

Je m'étonnai qu'il fît encore jour ; mais en prévision de la nuit imminente je regrettai de ne pas avoir sur moi une lanterne électrique, certes nécessaire à un

225

guérillero bien équipé. En effet, selon la loi de la guerre, partout était en vigueur le black-out ; mais, dans tous les cas, on ne rencontrait certainement pas de réverbères à ces hauteurs, qui m'auraient éclairé dans mon exploration. Quoi qu'il en fût, j'espérais découvrir quelque Base avant la nuit.

Étouffés par la distance, des coups de tonnerre roulèrent en chaîne ; et je pesai en moi-même s'il ne s'agissait pas plutôt des batteries de partisans qui tiraient d'en haut sur la plaine envahie par l'ennemi. Un coup de vent me frôla les cheveux, tel un froissement d'ailes ; et je me figurai que c'était un aigle des cimes.

Il s'était mis à pleuvasser. À présent le chemin descendait, et mes pieds glissaient un peu sur le terrain couvert d'aiguilles et d'écailles de conifères. Une clairière s'ouvrit, toujours en pente, et là j'entendis tout à coup, venant d'en bas mais à une courte distance, et distinctement, le dialogue de deux voix humaines.

C'étaient des voix d'hommes : l'une encore d'adolescent, fausse et acidulée, aux intonations aiguës ; et l'autre, d'un timbre gras, rauque et dense, et qui, par moments, bégayait. Ils n'avaient pas un accent du lieu ; je reconnus même dans la voix aiguë la cadence romaine. La voix aiguë racontait, eût-on dit, quelque chose de comique, car toutes les deux phrases, elle riait brusquement ; mais en même temps elle avait l'air de porter aux nues une commune entreprise, dont la voix basse, à son tour, se félicitait. Leur discussion, d'après ce que mes oreilles parvenaient à en capter, traitait d'obscures « incursions », « décharges » et « rodages ». J'en saisis les mots « pet », « ottomane », et « chasseurs bombardiers ». Comme je perçus le mot « attaque », je tendis mieux l'oreille. Et je distinguai clairement le mot « BASE » ! Alors, pris d'une anxiété terrible, je me précipitai pour voir les deux quidams ;

et quand, du haut d'une dénivellation, je les entrevis de dos, je n'eus plus de doute. C'étaient des partisans !

Sans un brin d'hésitation, je les reconnus pour tels, vu qu'ils portaient le même type de manteaux gris-vert et largement tachetés (« tenue léopard »), que j'avais déjà remarqué sur les guérilleros de passage au Couvent. Ils portaient aussi, à la ressemblance des autres, des couvre-chefs de fantaisie : le premier, une sorte de sombrero empanaché, au bord tailladé et tout déformé. Et le second, un bonnet du genre falucho-phrygien, orné d'une corne taurine. L'un et l'autre chaussaient de grosses bottes de caoutchouc, très crasseuses et éclaboussées de fange.

Fébrilement, je m'ingéniai à les rejoindre ; mais eux, contrairement à moi, descendaient sur le fond glaiseux avec une telle prestesse qu'ils donnaient la nette impression d'un éboulement. Ils se retournèrent à peine, à un certain point, me jetant tout juste un coup d'œil ; et sans m'accorder la moindre importance. Puis ils reprirent leur glissement. Alors, j'eus peur de les perdre de vue : et, de ma position mal assurée, prenant à brûle-pourpoint (pour faire montre de ma compétence) un style militaire de circonstance, je criai, plein de feu :

« Halte-là ! »

Ils ralentirent, et, se retournant, ils m'allongèrent un coup d'œil sournois. « C'est à nous que tu parles ? » s'informa l'homme à la grosse voix. Je répondis en tremblant : « Oui, Monsieur », et alors l'autre à la voix aiguë, qui était plus grand et plus maigre, avec un air bouffon se figea au garde-à-vous, en me faisant le salut militaire, et me dit :

« Salut, Chef ! »

Je crus de mon devoir de le saluer, moi aussi, militairement, et portai la main à ma casquette. Après quoi (malgré le terrain glissant) presque projeté en avant par l'émotion j'arrivai, en un bond, au niveau des deux quidams.

Nous nous trouvions, maintenant, face à face. Et il me semblait n'avoir pas un, mais dix cœurs, qui me battaient dans le corps de tous les côtés. J'avais du mal, sur le moment, à émettre des sons intelligibles ; mais en rassemblant tous mes esprits en une résolution désespérée, je proférai avec audace :

« Excusez-moi. Pouvez-vous m'indiquer... où se trouve la BASE ? »

« De quelle ba-base il parle ? » traînailla la grosse voix, en s'adressant à l'autre. C'était un type déjà âgé (sans doute sur les vingt ans) d'une stature basse et large, à la face ronde, brune et barbue, avec deux petits yeux rouges, et un nez rouge et petit, lui aussi, écrasé comme par un tampon. L'autre en revanche (le type au sombrero) était élongé et pâle, avec des cheveux raides qui lui tombaient sur le front, et une face toute en os, aux joues caves, encore imberbes, traversées de rides obliques. Ses yeux étaient curieusement incolores, à en paraître éteints ; si ce n'est qu'au fond de ses orbites, comme sous chaque ligne de son visage, couvait une turbulence nerveuse, qui, entre autres choses, le rendait maître de changer de masque selon son caprice, par une gymnastique imperceptible des muscles faciaux. Dans ses traits, se combinait la double physionomie du cabotin et du limier.

Moi, je tendais vers les deux « partisans » avec l'adoration atterrée d'un pèlerin confit en dévotion, qui rencontre deux saints du calendrier. Et ma vue recueillit leur aspect extérieur ainsi qu'une note fugitive déjà transfigurée à l'avance dans mon cœur, qui se remettait spontanément entre leurs mains. Pour laids — vraiment — qu'ils fussent, sur le moment ils durent m'apparaître d'une beauté fulgurante. J'osais même à peine les regarder, décontenancé par leur éclat. Le spectre radieux de Manuel les revêtait d'un grand uniforme de gala, et moi avec eux.

« La base de la lutte armée ! » répondis-je, avec quelque suffisance, à la question indirecte du plus âgé. Puis, m'adressant à l'autre, j'ajoutai, tout à fait confiant : « Vous en faites partie ! Hein ?

— L'Armée ! Bon sang ! » s'exclama le jeune. Et du coup, il prit des airs de grande, pompeuse autorité. « Et comment donc ! » affirma-t-il, « Nous sommes avec l'armée, je veux ! Aux premiers rangs, que nous y sommes ! Moi, je suis colonel, et lui, vice-colonel ! »

Je manquais de toute compétence au sujet des hiérarchies du maquis ; mais la déclaration de leurs grades élevés les grandit encore, si possible, devant mon ignorance et mon incapacité à les juger.

« Et la base, elle se trouve loin ? » m'informai-je. Et puis, me gonflant d'une force inouïe, je déclarai tout de go : « Moi je veux y aller ! Avec vous !

— AVEC NOUS ! C'est vite dit ! » commenta, sarcastique, le Colonel. Puis, avec décision, il prit une pose d'inflexible raideur protocolaire : « Nous verrons ! » proféra-t-il. « Ton cas doit être soumis à la procédure régulière. Premier point : qui t'envoie ?

— Personne.

— Et où est-ce que tu habites, toi ?

— Nulle part.

— Et d'où viens-tu ?

— D'un autre côté.

— Alors quoi, t'es un MARTIEN ? »

Ce mot, dans le trouble mental où je me trouvais, prit une couleur guerrière (*martial*, ou quelque chose de ce genre). C'est pourquoi je répondis avec empressement : « Oui, mon Colonel.

— Ah, ça alors, nous le verbalisons : *il déclare être martien.* »

Le vieux piétinait la boue de toute la largeur de ses

semelles, mi-agacé et mi-flapi : « Il pleut, observa-t-il, faisons vite, mon Colonel, pa-parce qu'ici, ça va être le déluge. Moi, je sonnerais la retraite. Je veux dire que je me retirerais d'urgence à la BASE. »

Mais le garçon au sombrero l'arrêta d'un geste souverain : « Ne m'interromps pas, Vice-Colonel », le reprit-il. L'autre, s'inclinant avec un ricanement de résignation, ébaucha un salut militaire. « Poursuivons ! » dit le Colonel.

Et, fier, les bras croisés, il considéra ma personne de la tête aux pieds. Jusqu'ici, sans doute, notre rencontre inattendue ne devait avoir été, pour lui, pas plus que l'occasion futile et négligeable d'un bref divertissement. Or, à partir de ce moment-là, il a dû se déclencher dans son organisme agité quelque dispositif qui l'excitait à pousser son jeu. De cette insidieuse trame (et pourtant suffisamment claire !) toutes les séquences, une à une, depuis lors, sont restées photographiées dans mon cerveau. Mais en cette heure lointaine, hélas, mon cerveau altéré ne savait pas lire ses propres instantanés. C'est le même phénomène qu'on retrouve, par exemple, chez les amoureux : auxquels les signes visibles de l'imposture se rendent illisibles tant que leur ardeur n'est pas tombée. Sera-ce l'effet illusionniste d'un fluide chimique que la rétine sécrète, au petit bonheur, sous des impulsions endogènes ? Dans la personne de mes deux « partisans », mes yeux, dénués de tout soupçon, voyaient s'incarner la très haute classe des Héros. Et, comme une fièvre contagieuse, je brûlais (au milieu de tels troubles) de la prétention d'afficher moi aussi une digne grandeur, qui me vaudrait les applaudissements de Manuel.

Le Vice-Colonel bâillait à s'en décrocher la mâchoire, et laissait monter du fond de son estomac une bruyante flatuosité ; alors, je me rendis compte qu'il titubait un peu, tel un qui aurait bu (mais ça aussi, au besoin, était à mettre au crédit d'une coutume guerrière, qui ne le diminuait aucunement dans mon esprit). L'autre, à l'opposé, était de plus en plus vif, et désormais possédé d'une humeur sportive, ainsi qu'un footballeur qui s'échauffe avec son ballon.

« Et dans QUEL BUT tu cherches la BASE ? »

Véridique, j'eusse répondu : *parce que je veux mourir* ; mais je répondis d'un air décidé :

« Pour combattre.

— Tu sais le mot de passe ?! »

Je devins muet. En effet, je ne le savais pas. Et à la gueule du Colonel, je déduisis que c'était là une grave lacune.

« Mais je vais l'apprendre ! » voulus-je timidement garantir. Le Colonel se mit à rire, plein d'une supériorité dédaigneuse. Alors, il se fit pressant :

« Et où tiens-tu ton enseigne ? »

Là aussi, je me retrouvais en défaut, et restai muet. Je n'avais, en vérité, aucune enseigne, dans aucun endroit. « Et ÇA, tu le reconnais ? » me mit alors au défi le Colonel. Et, d'une façon grandiose, il exhiba, en le dénouant de son cou, un immense foulard, tout froissé, imprimé de rhombes — me sembla-t-il — marron et rose.

A contrecœur, il me fallait avouer que non. Et pour tout déni, je secouai la tête. Mais ayant été instruit (dès l'époque de tante Monda, et puis derechef au Couvent) que cette mimique n'entrait pas dans les bonnes manières, respectueusement j'articulai :

« Non, mon Colonel.

— Verbalisons ! notifia à son Vice-Colonel, le Colonel triomphant. *Il se présente en tant que combattant volontaire sans connaître le mot de passe ni même l'enseigne de l'Armée !* »

« Voilà notre glorieux drapeau ! » m'annonça-t-il ensuite avec une emphase lourde de menaces, en m'agitant son rectangle de toile sous le nez. « Et sais-tu quelle est notre devise ? *La pâte au rouleau*. Et tu connais le nom de notre escouade ? *Les Cannibales !* Et tu vois cette décoration sur mon sombrero ? Ce sont des cheveux d'hommes ! »

« Mon Colonel, tu es grand ! » le célébra alors bien haut le Vice-Colonel, avec un court rire stertoreux, mais sincèrement admiratif. La pluie redoublait. « Belle soirée ! » observa encore le vieux, qui dormait debout. « Bon, ça suffit », décida-t-il, en s'ébouriffant comme un oiseau gallinacé, « remettons-nous en route, moi je m'en vais au sec. » « D'accord, on va donner l'ordre de marche », approuva le Colonel. Et d'un grand pas de gymnaste, il fut aux côtés de l'autre.

Dans ce bref instant, il m'avait tourné le dos ; et je me vis, de but en blanc, refuser l'entrée dans les rangs, et abandonné à mon sort, inapte, ou pis, comme un appendice superflu. Le froid à l'eau mêlée, qui me glaçait les mains et les genoux, s'infiltra jusque dans mon cœur ; et j'en poussai un éternuement. A quoi le Colonel se retourna d'un seul coup vers moi, l'air rudement disciplinaire, ainsi qu'à un acte d'insubordination.

« Hé toi ! Ne bronche pas ! » me tança-t-il à pleine voix, « ne crois pas, maintenant, pouvoir filer en douce ! » Pareil soupçon de la part du Chef me parut irréel, plus encore qu'injuste. Pas même un bombardement aérien en piqué, centré sur ma personne, n'aurait pu, en cet instant, me faire déserter.

« Moi », dis-je avec un filet de voix, « je veux y aller au combat. Je ne suis pas de ceux qui reculent, moi.

— Alors, attends donc les ordres ! » m'intima le Colonel ; tandis que le Vice-Colonel, déjà sur le point de partir, se figeait, étourdi, dans une demi-extase. « Bah ! » l'entendis-je proposer, dans un bégaiement rigolard, « à présent donnons-lui sa feuille de congé de libération. » Le Colonel le regarda en coulisse, d'un air maussade : « Toi, gaffe à tes billes ! » l'avisa-t-il d'une voix plus basse.

« Le Chef a toujours raison ! » dit l'autre, avec l'air d'un bouffon, et en se drapant dans son manteau, « mais je te demande bien pardon, il pleut ici. Et alors, dis-moi un peu. Qu'est-ce qu'on en fait, de notre milicien ? On le laisse ici à tremper, ou on l'emmène ? »

Le Colonel le regardait toujours de biais : « Moi », lui déclara-t-il avec le plus grand sérieux, « je suis de ce deuxième avis. » Et il lui lança un coup d'œil de travers, pour se faire bien comprendre : « Le cas », précisa-t-il, en accentuant son ton officiel, « doit être examiné au siège du Commandement.

— A vos ordres ! » déclama le Vice-Colonel, et il salua martialement, dans son habituel cérémonial de pantin.

Je me tenais un peu à distance, secoué par l'incertitude qui planait sur mon sort. En effet, je n'avais pas très bien compris les dernières décisions des deux Chefs (dont le jargon et les façons — quels qu'ils fussent — prenaient à mes yeux les significations mystérieuses d'un code guérillero !) et perdurait en moi la crainte de me voir renvoyer sur mes pas. Je ne sais de laquelle de ses branches si vertes et graciles mon sang tentait, à cette heure-là, une gemmation aussi extraordinaire ; mais il est certain qu'en moi fourmillait, anxieuse et vivace, l'ambition de l'héroïsme coûte que coûte !

Le Chef avança vers moi, de son allure arrogante, les pieds en dehors : « Suis-nous », me dit-il, en m'agitant sous le nez, tel un fouet, son drapeau chiffonné. Et je crois qu'en cet instant il a lu sur mon visage une gratitude enfantine. « Ton cas est suspect », m'informa-t-il d'une voix dure, « il faut nous suivre au Commandement pour l'interrogatoire de rigueur », et comme je le contemplais, le visage tendu vers lui, déjà prêt à n'importe quelle ordalie, un éclair d'intelligence inventive lui traversa visiblement les pupilles, à la manière d'un fil scintillant. « A présent », m'ordonna-t-il, « enlève tes lunettes. »

Dès mon enfance, mon père m'avait appris que, dans les armées, les ordres des Chefs s'exécutent, sans discuter. Je m'exécutai, en revoyant brièvement, à travers ma myopie, les traits du Colonel, qui passaient devant moi, flous comme dans une nébuleuse. En un bond, il s'était trouvé dans mon dos, et me nouait son drapeau sur la nuque, me bandant ainsi les yeux. « Il est interdit aux étrangers », déclara-t-il, « de prendre vision des lieux. Et donc, par mesure de prudence, nous exigeons que tu restes les yeux bandés, jusqu'à nouvel ordre. A présent, marche », et il me poussa dans la direction du Vice-Colonel. Dès lors, les deux « partisans » redevinrent pour moi, deux voix : la maigre et la grasse. « Confie-moi tes lunettes et croise les bras », m'engagea la voix maigre, « et, à partir de maintenant avance au pas, entre nous deux. T'inquiète pas, le terrain est plat. Et, t'es averti : sous le manteau, nous transportons un arsenal complet. T'aurais pas intérêt à tenter de te tirer en douce. Au premier geste, tu serais abattu sur place. »

« Régulier : aux termes du Code », commenta la voix grasse. Puis elle ajouta, s'adressant (je crois) à moi : « D'accord ? » A mi-voix, et pourtant assez impavide, je répondis : « Oui, mon Colonel. » C'étaient certes là (me suggérait mon sentiment exalté) toutes épreuves d'honneur, nécessaires à l'initiation du guérillero. Et, lié par cet engagement d'honneur, je chassais toute possibilité d'angoisse, pour la confiner dans les dépotoirs de la lâcheté. Ainsi, peu à peu, je me sentais grandir jusqu'à atteindre presque la stature du grand Manuel ; me hâtant sur ses pas, tel le vaillant Tobie d'Israël accompagné par le mystérieux Azarias, vers l'inconnu.

La pluie s'était quelque peu atténuée. La voix maigre se taisait, et la voix grasse ne se faisait entendre qu'à intervalles, avec quelques gargouillements et renvois vineux. A un certain point, elle entonna en hoquetant une chanson alpine, mais la voix maigre lui intima de fermer ça. S'il m'arrivait de trébucher, j'étais robustement soutenu aux coudes, à droite et à gauche.

Selon un phénomène visuel que je connaissais bien, au cours du voyage mes ténèbres, sous le bandeau, s'allumèrent de temps à autre comme la rampe d'un théâtre : animées par intermittence de vapeurs de passage, irisées et changeantes, qui prenaient parfois des formes imprécises, à l'instar des nuages. Et, de temps en temps, un tel spectacle remplaçait, pour moi, le paysage invisible par un autre, si exotique qu'il allait jusqu'à me distraire de certaines aspérités du chemin, comme si mon corps était véhiculé sur un engin fabuleux. Ma préoccupation dominante pendant ce trajet fut qu'il fallait que je me mouche (un bon rhume me guettait). Mais je jugeais déshonorant de m'essuyer le nez sur une manche de mon manteau (peut-être l'unique geste qui me fût permis par le Code) ; et je n'avais pas pris, d'autre part, la précaution d'emporter un mouchoir. En tout cas, mes deux gardiens, qui s'enfonçaient dans leur mutisme, ne marquèrent aucun signe d'intérêt pour mon nez.

Au cliquetis métallique de la pluie, qui juste en cet instant reprenait de plus belle, je compris que je me trouvais sous un toit. « On est arrivé ! » m'annonça la voix maigre, « ne fais pas un pas de plus, et ne dis pas un mot si tu n'es pas interrogé. Tu resteras les yeux bandés — nous le répétons — jusqu'à nouvel ordre. » Une porte ou un portillon fut claqué dans mon dos, et, comme j'entendais que les deux Commandants se

235

détachaient de moi, j'en profitai pour m'essuyer désespérément le nez à ma manche. « Mets-toi en position de garde-à-vous : talons réunis et petit doigt sur la couture du pantalon ! » m'instruisit la voix maigre. Sur quoi la voix grasse répéta plusieurs fois : « Ga-gaarde-à-vous ! Ga-aarde-à-vous ! » en une caricature du ton des rassemblements. Un grand coup de tonnerre roula, tandis que le battement métallique de la pluie sur le toit s'atténuait, pourtant, de nouveau. On entendait, dans l'atmosphère close qui m'entourait, un piétinement sourd et un intense chuchotement, si bien que je m'imaginai la présence de plusieurs personnes, en plus de mes deux officiers recruteurs. Et puis, sans tarder, venu du fond, m'abasourdit un fracas répété, semblable à une série de coups de marteau sur un morceau de fer : « Prépare-toi à l'interrogatoire ! » explosa, haute et sifflante, la voix maigre, « tu es devant le Tribunal du Camp ! »

J'avais lu dans les livres, ou vu dans quelque film, des scènes de tribunaux ; et, en imagination, je me représentai, pour la circonstance, un rang de juges imposants (Généraux ? Amiraux ?) assis, roides, sur leurs sièges — et moi en face d'eux — dans un espace sombre qui évoquait pour moi, indistinctement, une salle. Il y eut un intervalle de temps, peut-être (supposai-je) préparatoire, au cours duquel on entendit des bruits sourds, un déclic, une pétarade, accompagnés de la voix grasse qui répétait : « Ga-aarde-à-vous ! Ga-aarde-à-vous ! » chantonné, cette fois, dans un vague style grégorien. Puis me parvint un lugubre hululement guttural, aussitôt amorti en un gargouillis, tandis qu'à l'air enfumé se mêlait une odeur de brûlé, dégageant jusqu'à moi un souffle de chaleur. Provenant du même côté, on percevait un grésillement, toujours avec l'accompagnement de la voix grasse qui à présent récitait une sorte de litanie, en une langue que j'ignorais. Il y eut un mouvement bruyant de bois et de métaux. Et enfin, en face de moi, à peut-être deux pas de distance, la voix maigre proclama :

« Commençons l'interrogatoire. Prêt à répondre ? Nom et prénom ?

— Moi ? murmurai-je désorienté.

— Et qui d'autre, sinon ? Réponds : nom et prénom ? »

Sur ce point, ma résolution demeurait inébranlable : il ne fallait pas révéler mon identité, à personne. « Je suis un clandestin... » me justifiai-je, d'une voix intimidée.

« Et donc, dans le civil, tu n'as pas de nom ? tu n'as pas de prénom ?

— Je n'en ai pas.

— Verbalisons : *il se refuse à décliner son identité.* Poursuivons : tu es armé ? »

Je déclarai : « Je porte une hache !

— Donne ça ! » intima la voix maigre. Je tirai des basques de mon manteau ma minuscule hachette, qui vivement me fut arrachée par une main invisible. Suivit le mot : « Réquisitionnée ! » après quoi la voix maigre prit une brusque inflexion d'astuce intimidatrice.

« Et à présent voyons », recommença-t-elle, « selon ta précédente affirmation, ton but serait de combattre, non ?

— Oui, mon Colonel.

— ET CONTRE QUI, veux-tu combattre ?

— Contre l'ENNEMI.

— L'Ennemi : c'est-à-dire ? Précise le terme. L'ENNEMI, qui c'est ? »

Là, je me rendis compte que tout s'embrouillait dans ma tête. En effet, je ne savais pas exactement qui était en réalité l'ennemi. D'après ce que j'avais entendu, ce devaient être les Américains, comme aussi les Allemands. Et les Anglais, et les Russes aussi, et les Africains. Si bien que je m'étais presque fait cette idée : que la patrie, toute seule, combattait contre le monde entier. Je craignais pourtant d'afficher mon ignorance, avec une réponse de ce genre : quand je m'adressai, par une subite inspiration, au fantôme de Manuel. Et de lui, la réponse me vint d'un trait :

« Je veux combattre, répondis-je, pour les Communistes.

— On t'a demandé CONTRE qui. Donne une réponse précise à la question : CONTRE qui ? »

Je restai agrippé à Manuel. Et, aguerri grâce à lui, me recueillant en un sérieux extrême, je répondis fermement :

« Contre le Généralissime Franco. »

De fait, sur les questions politiques et militaires, mon unique idée, consacrée depuis toujours, et élevée à un dogme inébranlable, était celle-ci : en tant qu'adversaire de Manuel, pour moi l'odieux Espagnol appartenait, invariablement, au camp adverse.

Un bruit de catarrhe fut émis par la voix maigre, qui finit en un crachat. « Vous avez entendu, Messieurs, la dernière nouveauté ?! » s'exclama ensuite la voix maigre, d'un ton de suprême sarcasme et de mépris, « l'INCULPÉ affirme qu'il combat contre le Généralissime Franco ! »

La voix maigre ricana en sourdine ; et elle reçut en écho une cascade d'éclats de rire, poussés sur des timbres différents, de sorte qu'il me sembla entendre un chœur hilare. J'étais incapable de m'expliquer ces rires (il est vrai que depuis longtemps on n'avait plus de nouvelles du Généralissime) mais le seul fait de les écouter m'eut l'air, en soi, d'une trahison envers Manuel. Et même, d'une énorme obscurité bouleversée par des taches rougeâtres, son ombre à lui avança sur moi, et me montra du doigt, courroucée, à d'autres ombres inconnues. Alors, risquant le tout pour le tout, je réaffirmai :

« Le Généralissime Franco est mon ennemi !

— Tu n'es autorisé à parler que si on t'interroge ! » me rappela avec solennité la voix maigre. Ensuite, baissant ténébreusement le ton, elle ajouta :

« N'essaie pas de brouiller les cartes. »

« Si tu espères nous rouler avec tes couillonnades », reprit-elle avec un surprenant humour excentrique, presque allègre, « nous t'avertissons que tu t'illusionnes, Chef. Cet interrogatoire ne nous sert, à nous, que pro-forma. Nous savons déjà tout de toi.

— Exact ! » approuva, en bégayant, la voix grasse, « tu es une vieille co-connaissance de l'Armée.

— Nous avions tes photos depuis longtemps, ici, dans nos archives spéciales », reprit la voix maigre en une sorte de frénésie inventive, « tu circules déguisé en chiard, mais il nous appert que tu es, en réalité, un nain, déjà d'un âge avancé.

— Eh ! À qui tu voudrais le faire croire ? Hein ? Qui ne le comprendrait à première vue : un vieux nain déguisé !! » approuva de nouveau la voix grasse, ne se tenant plus de joie.

« Messieurs, je vous prie, faites-moi passer sa fiche personnelle », dit alors la voix maigre, avec une déférence ostentatoire. Puis, reprenant son ton prétorien, il commença à déclamer, comme s'il lisait un document administratif :

« *Nom : Goretti. Prénom : Filippo. Classe : 1910. Réformé au conseil de révision pour défaut de stature.* »

Là, je fis un sourire en coin, de compréhension feutrée, mi-sagace, mi-propitiatoire : et pour mieux dire, servile. « Comment oses-tu rire ?! C'est pas une plaisanterie ! » me lança aussitôt la voix maigre, avec la tension furieuse d'un possédé, qui paraissait authentique. Pendant que, du côté de la voix grasse, se faisaient entendre des gorgées sonores, des claquements de langue, même, et l'habituel : Ga-gaarde-à-vous ! Ga-gaarde-à-vous ! répété avec un plaisir de subalterne. Je restais, de fait, au garde-à-vous, en une obéissance obstinée, qui m'endolorissait les muscles. De la porte claquée peu auparavant dans mon dos, venaient des filets d'air froid qui me pinçaient, mais, devant moi, un feu de bois flambait, m'offrant sa chaleur fiévreuse. Dans l'air demeurait suspendue une odeur de viande roussie et de fumée, avec un lourd relent de laines humides et de pieds sales. Revenaient toujours les mêmes bruits, frôlements d'objets déplacés ou qu'on laisse tomber ; mais les mystérieux « Messieurs » du Tribunal restaient muets comme des momies.

« *Informateur de l'Ennemi bien connu de nos Services. Cadre du Régime. Infiltré provenant de Salò. Se déplace sous de fausses identités. Agit sous différents déguisements, grâce à son infériorité physique.* »

La voix maigre était montée à en devenir rageuse voix nasillarde, semée de fausses notes enfantines et de pointes suraiguës. Et ces timbres hystériques et déréglés, semblables à des jets de rancœur impulsive — non contrefaite — m'effrayaient au-delà des mots. Pour envoûté et niais que je fusse, mon jugement percevait désormais, dans notre « interrogatoire », les signes de la représentation bouffonne ; et toutefois, la représentation en soi, même bouffonne, s'élevait pour moi à une sorte de dramaturgie initiatique. En remplaçant l'épreuve d'honneur que j'attendais, elle me réduisait à une petitesse angoissante inopinée, avec ses expédients imprévus, occultes ; tandis que les affronts obsédants de la voix maigre, et les approbations obtuses de la voix grasse paraissaient révéler, hélas, une cabale bien concertée entre eux deux, contre moi. Leur complot était trop abstrus pour mon esprit, et bouleversant pour ma foi, qui les avait reconnus à première vue pour les hérauts de mon Walhalla. J'avais espéré qu'ils m'aiment comme je les aimais. En revanche — encore que je cherchasse refuge dans les alibis de leurs mystères sacrés et de ma propre ignorance — désormais, comme un étau de plus en plus étroit, m'enserrait une impression fatale : celle d'être tombé en disgrâce.

Telle une déclaration d'amour, d'un cri je me rendis en avouant :

« Mon nom est Manuele !

— Pour ta gouverne, on t'a déjà dit que les trucs ne servent à rien ici. Ta fiche certifie : *se cache sous de fausses identités.* »

De quelle façon m'offrir encore ? Presque glorieusement, je révélai d'un plein élan :

« Je suis un évadé !

— Tu nous sers des plats réchauffés, Chef. Ça aussi, c'est du connu et c'est écrit en toutes lettres dans ta fiche : *Arrêté par mesure de sécurité dans la Zone Sud, il s'évade à diverses reprises en direction du Nord. Plusieurs fois signalé aux frontières. Soupçonné d'espionnage au service des Sections fascistes.*

— Ce n'est pas vrai ! Ce n'est pas vrai !

— Ah, ah ! Tu oserais donc démentir ta fiche. Que compte *ta* parole contre la PAROLE de la fiche ?! La parole de la fiche est vérité indiscutable. Or donc, Messieurs. Nous vous avons notifié les antécédents du Susdit, tels qu'ils résultent d'après des témoignages faits sous serment, et infailliblement enregistrés sur sa fiche personnelle. »

Je fis une grimace attristée, presque cynique. « Hé ! Toi ! » m'interpella de nouveau, pleine d'arrogance, la voix maigre, « tu reconnais l'exactitude de nos accusations ?

— Non.

241

— Nous ajoutons donc en note, à la charge de Susdit : *Il persiste à nier.* » Maintenant, la voix exprimait un âcre, bilieux dégoût. « Et alors », proféra-t-elle en une attaque définitive, comme pour me clouer à l'évidence, « voyons si tu nies ça aussi : que tu portes la chemise noire sous ton manteau ! »

Une rougeur sensible me brûla la peau. « Ce n'est pas une chemise ! » protestai-je en tremblant. Et là sans doute, pour préciser un peu mieux, j'aurais dû ajouter : « C'est un tablier » ; mais, surtout en la présente circonstance, pareil vêtement, rien qu'à le nommer, me semblait peu honorable. Raison pour quoi, je tordis les lèvres et me tus. En vérité, je n'avais plus envie de tenter quelque dialogue que ce fût ; et mon silence valait une capitulation sans condition. Devant la duplicité hostile de ces « Juges » mes ressources se grumelaient en une défiance informe ; et pourtant, en me dérobant avec tant d'impudence ma confiance, ceux-ci, plus que jamais, me subjuguaient jusqu'à une totale dépendance. Je ne pouvais plus douter, à ce point-là, qu'avec leur petit jeu, ils ne suivissent une méthode de raillerie et de vexation à mes dépens ; cependant, une sorte d'approbation damnée de ma part ne me les consacrait pas moins incurablement. J'entendis la voix grasse bafouiller en ricanant : « En effet, c'est pas une chemise, ça. On dirait un jupon. — Il s'est peut-être déguisé en demoiselle... — Et si c'était vraiment une demoiselle ? »... J'eus peur alors, comme d'une horrible effraction, qu'une main ne vînt se poser sur mon corps pour m'examiner, vérifiant chaque vêtement, jusqu'aux culottes courtes déchirées sous mon tablier. Je me souvins aussi, en tressaillant soudain, que le tablier portait, à l'envers, le nom du Collège estampillé en blanc. Et je me tins immobile, raide, en une manière de paralysie défensive, comme pour me faire une barricade de moi-même ; tandis qu'intérieurement un vertige étourdissait mon cerveau. Je ressentais les frissons et les bourdonnements fébriles d'un refroidissement croissant. La bouche me brûlait, les reins me faisaient mal ainsi que lorsqu'on court à en perdre haleine. Et je restais planté là, tel un de ces bourricots aux yeux bandés, contraints de faire tourner une machine dont ils ignorent la fin et la fonction.

« La Cour se retire pour délibérer. Toi ! reste avec ton bandeau, et dans la même position, en attendant le verdict ! »

Je ne souhaitais pas me libérer du bandeau. Le théâtre bouffon et hostile de mon « interrogatoire » me répugnait avant même de le voir ; et regarder en face les deux Chefs était un événement qui me terrifiait presque. Je désirais maintenant ce que j'avais craint plus que tout : être renvoyé sur mes pas ; mais les intentions sibyllines de mon « Tribunal » me laissaient en suspens au milieu d'un écheveau. Par moments, je soupçonnais une fâcheuse équivoque : ne se pouvait-il pas qu'on m'eût pris pour un autre ? Qui, peut-être, me ressemblait, vrai coupable et fuyard ? Un court laps de temps, j'entrevis vraiment la silhouette errante de ce sosie, hybride doublure de moi-même. Et sa fugitive apparition me fut plus odieuse que tous les satans à figure de cobra ou d'oreillard qu'on nous annonçait au Couvent : La « Cour », pendant ce temps, délibérait ; et de fait, m'arrivait du fond de la salle un chuchotement, si bas qu'il paraissait filtrer d'un sous-sol. Je pus discerner, bien que d'une façon incertaine, les mots *science-fiction* et *séance de spiritisme*, bredouillés par la voix grasse, au milieu de nouvelles pétarades du feu, et de gorgées goulûment bues, et de mouvements de mâchoires qui mordaient et arrachaient des morceaux, très bruyamment ; tandis que le crépitement de la pluie sur le toit avait pris, à mes oreilles, un rythme

243

musical, et que depuis quelque horizon extrême se poursuivaient des fugues de coups de tonnerre, tels des troupeaux lointains, et pas féroces. C'est alors que se formèrent dans les ténèbres de mes yeux de lents cumulus lactescents ; et l'envie de dormir me transporta sur les hautes neiges, qui m'avaient été décrites par le frère. Certes, y avançaient des animaux à laine blanche, mais invisibles dans la blancheur neigeuse, comme le vieux juif pelu aux yeux blancs.

« Silence ! Messieurs, la Cour ! »

L'annonce retentit dans ma tête. (Au vrai, je me sentais plutôt sceptique, maintenant, sur la présence effective de cette Cour aphone ; pourtant, dans le doute, elle marchait avec gravité à travers mon cerveau engourdi, telle une file de somnambules ou de zombis.)

« Sur la base de preuves écrasantes, confirmées par l'interrogatoire de ce jour, nous reconnaissons le suspect ici présent dans sa véritable identité d'agent de l'ennemi, espion et traître. Après avoir examiné son cas point par point, nous déclarons sa pleine culpabilité. »

Dans son timbre perçant de musique électrique, la voix maigre faisait entendre, là, quelques trémolos haletants, tel un trompette qui resuce sa propre salive. Elle reprit son souffle, et puis se fit entendre de nouveau, avec un débit ralenti, et empreinte d'une douceur fort étrange, qui, je ne savais pourquoi, me parut plus féroce que toute violence. Elle prononça, en savourant chaque mot :

« En — conséquence — de quoi — et — conformément aux lois spéciales — de — l'Armée — la Cour — à l'unanimité — a décrété — pour le susdit — la condamnation à mort. »

Comme un battement d'ailes affolées, cela me cingla dans la tête ; tandis que vivement, dans le pinceau éclair d'un phare, ma confiance revenait pour me suggérer que c'était sûrement une réplique finale de la comédie, voulue pour me réduire à la limite de l'Épreuve. Mais simultanément, à la manière de suggestions diaboliques, me sillonnèrent le cerveau ces histoires infamantes sur les partisans, déjà en vogue au Couvent. Ces gens vous trucident sportivement, sans motif ou sous des prétextes insensés et ridicules. Le jeune berger jugé et justicié avec son chien, pour la simple raison que ce dernier avait pour nom Alalà. Le prêtre contraint de dire la messe devant une pissotière et puis aussitôt pendu là, sur place. L'hôtesse massacrée à coups de bouteilles par une bande armée, parce qu'elle n'avait plus de vin rouge à offrir, etc., etc. Tout d'un coup, une roide stupéfaction me colla les os, comme une croûte gelée. « Attention ! Toi ! » me commandait à présent la voix maigre, « ne bouge pas d'un millimètre de la position où tu te trouves ! »

Jusque dans son commandement, serpentait une douceur de mauvais augure semblable aux sécrétions salivaires de certains crotales, qui coagulent le sang. Sa langue paraissait goûter à l'avance une saveur alléchante, qui l'imprégnait déjà d'un suave nanan. « Attention ! » répéta-t-il, « on va frapper deux coups de marteau, à environ une demi-minute d'intervalle l'un de l'autre. Au second coup, la sentence sera exécutée, sur place, immédiatement. »

Alors mon cerveau se transforma en une espèce de centrale d'épouvante, parcourue d'éclairs éclatant de couleur, et de vociférations miellées et stridentes. Encore que les yeux bandés, je *voyais* à présent la scène du « Tribunal » : lieu plat et sans parois, d'une lumière aveuglante, où se déclenchaient en série d'énormes pantins « léopardés » pareils à des martiens, avec rhomboïdes et triangles à la place des visages. Je n'avais désormais plus aucun doute que la mort ne m'attendît ; et, au premier coup de marteau, une panique ravageuse m'envahit, où se mêlait l'instinct de la fuite. Mais une panique encore plus forte me bloqua au moment de l'évasion : qui devait, à coup sûr, me jeter dans de tels sévices que ma mort en eût été redoublée. Ainsi je n'osai aucun geste, si ce n'est m'appuyer du dos à la porte fermée derrière moi. Et là je restai, cloué dans l'attente du second coup.

Dans cet intervalle, mes sens furent engloutis je ne sais où ; et avec eux Manuel et ses Walhallas célestes, et Aracoeli et Balletto et leur nid souterrain. Tous mes passés antérieurs et mes passés simples et mes futurs s'en étaient allés vers nulle part. Sous mon bandeau, il ne restait que le noir d'une cécité totale. Et devant moi, presque à mes pieds, la Mort se trouvait prête, qui était une chose irréelle, sans face ni mains, ni matière ni figure ; mais indécente au point que mes dents en claquaient de dégoût. C'était là, la mort : un objet dégoûtant, qui maintenant grouillait et grondait dans mes oreilles, vers le précipice impossible du second coup de marteau.

Le heurt de mes dents se répercutait dans mon cerveau ; tandis que, presque inconscient, je percevais, flottant sur le reflux d'une marée, certains signaux impénétrables de la « Cour ». Il y eut un bruit sourd, des corps se renversèrent et roulèrent au milieu de roulements de métaux, des voix méconnaissables qui balbutiaient entre elles, en une sorte d'extase convulsive : « Il a peur, hein ? le pauvre petit ? »... « Le pauvre petit, il a peur !... » ... « Aide-moi ! Aide-moi, maudit ! » « ... » « Assassin, finis-moi, au moins ! »... Je transpirais, j'étais en nage, et en grand tremblement, presque fasciné, je m'étais tendu de tous mes nerfs à ces signaux extrêmes ; jusqu'à ce que les voix se réduisissent à des râles d'agonie, d'entre lesquels, pour finir, jaillit un hurlement déchirant et atroce, d'abattoir. Je m'imaginai qu'avant mon second coup de marteau, était déjà en cours quelque autre exécution sanglante. Et je pissai dans mes frocs.

Alors, la honte me bouleversa au point de l'emporter sur ma croissante horreur de la mort. Et même, elle m'aida sans doute à me tenir droit, car mon souci le plus urgent, le plus désespéré fut de serrer fort les jambes, pour cacher au mieux mon irrémédiable déshonneur. Je crains de n'y avoir réussi qu'en partie ; mais je ne sais pas encore si mes geôliers s'aperçurent de mon cataclysme de misère. Tout à coup, je sentis qu'on m'arrachait le bandeau, au milieu de quelques rires forcés et nerveux. J'imagine que je devais être livide comme la glaise, et peut-être délirais-je légèrement. D'abord, je ne vis que des fulgurations et des bras danser dans des halos de ténèbres ; puis je distinguai assez mal un local à moitié vide — sorte de baraque sans fenêtre — obliquement éclairé par un faisceau de lumière dirigé sur le fond (peut-être par une torche électrique posée à terre). Une voix de basse, essoufflée et blèse, me disait : « La grâce de la vie t'est accordée ! » mais sur le coup, bien que les entendant, je ne saisis pas le sens de ces mots. Je regardais, halluciné, non loin de moi, presque à mes pieds, une petite masse de chair sanguinolente, dont je ne reconnaissais pas la nature. Était-ce un lapin ? Une poule ? Sur le moment, j'inclinai plutôt pour des lambeaux de chair humaine. L'objet le plus proche, c'était la face du « Vice-Colonel », qui m'apparut telle une trogne plate, d'une couleur pourpre maculée de noir, et sans nez, comme mangée par la lèpre. Puis, sous les parois sombres, j'aperçus tant bien que mal la terre battue, avec quelques caisses éventrées, des fiasques, des boîtes de conserve, et, jeté là, au milieu, un sombrero. Près des braises du feu, encore rouges, étaient étendus à même le sol les deux manteaux « léopardés », et sur l'un d'eux se trouvait couchée, en chien de fusil, une forme frêle, qui, à première vue, me parut un enfant mort. C'était en revanche le « Colonel » qui, dans cette pose, et sans manteau et sans bottes, avait l'air plus petit, et d'une gracilité presque impubère. Il bâillait, en émettant un long son d'angoisse ou de répugnance, et il ne regardait pas de notre côté. Outre les deux « Chefs », dans ce local n'apparaissait aucune autre personne.

Hébété, et l'esprit encore un peu chancelant, je sentis sur mes lèvres le bord d'un verre qu'on m'offrait ; et je laissai couler dans ma bouche une gorgée de vin, qu'involontairement je recrachai aussitôt. « Bois, ça te fera du bien », me conseilla la voix grasse, du ton posé de la bienveillance, et presque de la réparation ; mais moi je m'obstinais à regarder, là dans les cendres, un petit tas de plumes et de pattes cramées, où je craignais de reconnaître Dieu sait quels macabres signaux. C'est alors que d'un mouvement sec, le garçon allongé releva un peu sa tête dépeignée, qui me sembla encore mouillée de pluie, ou moite de sueur. « Eh bien ! Qu'est-ce qu'on attend ? » se récria-t-il d'une voix suraiguë, agacée, « dis-lui de se tirer, et bien le bonjour chez lui ! Fous-le dehors ! Je n'ai plus envie de l'avoir devant les yeux ! » brailla-t-il encore tout frémissant, dans une espèce de court accès de délire. Et puis, rejetant sa tête sur le sol, d'un ton devenu traînant, d'atroce indifférence, il conclut : « Rends-lui son fer à friser et ses lunettes, et renvoie-le chez lui. »

Le « Vice-Colonel » m'ouvrit grand la porte. À l'intérieur, j'avais cru qu'il faisait nuit, et il faisait toujours plein jour. Une fois dehors, il me restitua mes lunettes et la hachette ; celle-ci faillit s'échapper de ma main affaiblie, et le « Vice-Colonel », avec ses gestes gauches d'ivrogne, me l'enfila dans la poche de mon manteau. « Je t'accompagne jusqu'au sentier », me dit-il avec son habituel bégaiement, et son ton de protection paternelle, « pour te mettre sur la route. » Et ce disant, il expulsa de sa bouche une lourde flatuosité. « Eh, eh ! » bafouilla-t-il consciencieusement, « je ne crache pas sur la bouteille ! Lui, par contre », et il faisait allusion au garçon resté dans la baraque, « lui, il ne boit pas — non. S'il boit, il vo-mit », et il se mit à rire, bouffonnant. Il avançait en titubant ; mais, d'après les apparences, à présent il raisonnait. On aurait dit que le vin, une fois descendu de son estomac à ses jambes, et monté à sa tête, lui était redescendu dans les jambes. « Voilà », me dit-il, « ce sentier fini, en bas, tout en bas, tu trouveras la route co-communale. » Et au moment de nous quitter, il me tint une espèce de sermon. « Toi », commença-t-il, « on peut dire que tu as de la chance d'avoir rencontré deux types pacifiques. Pour qui tu nous avais pris ? ! Nous sommes deux paisibles intellectuels, gentilshommes et Surhommes. Sancta Maria et Corpusdomini. » Ayant dit, malgré son état poussif et sa démarche mal assurée, il prit de grandes poses théâtrales. Et tout à coup, se mit à parler en vers :

> « Nous ne sommes point les sujets de la guérilla
> nous sommes les rejetons d'une excellente famille
> moi vicomte lui comte
> et n'allons pas au front.
> Lui aliéné moi aliéniste
> et donc pour l'amour du Christ
> au premier coup d'œil nous entendons
> et ensemble nous arrangeons.
> N'ayez peur ! De nous mal point ne naît !
> On n'est pas TIGRE si PORC on est ! »

Après quoi, en s'éloignant il ajouta, me faisant adieu de la main : « Porcs, oui ; MAIS, Chevaliers. »

Il bruinait à peine, et, derrière moi, à mi-hauteur, nébuleusement je repérai le « siège du Commandement », une baraque solitaire au toit de tôle. L'urine se glaçait dans mes pantalons, et ma sueur aussi gelait sur ma peau, et je frissonnais des pieds à la tête. Et pendant ce temps, comme il arrive souvent à la montée de la fièvre, une lucidité brûlante m'éclairait le cerveau, mais je ne pensais à rien. Je résistais à la tentation de m'étendre par terre, n'importe où, et je voulus même hâter le pas en descendant le sentier ; mais comme j'avais négligé de mettre mes lunettes, je ne vis pas une grosse flaque, et tombai dedans. C'est une chance, me dis-je, que ce plongeon : il confondra l'horrible pissée et l'eau bourbeuse. Et une seconde chance, ainsi que je le constatai, fut d'avoir sauvé, dans ma chute, mes lunettes, avec lesquelles je revis le ciel bitumeux mais étrangement clair, comme sorti d'un incendie, et je distinguai le ruban de la route communale, mon unique échappée pour m'esquiver de l'inconnu. Je courais, chassé dans le tourbillon de mon déshonneur extrême. Et le trajet, qui, à l'aller, m'avait semblé un long voyage, se révéla beaucoup plus court. Inattendue, au milieu des lignes courbes des collines surplombantes, m'apparut la chapelle du Collège, que je reconnus à sa croix noire.

Ma troisième chance fut qu'en rentrant j'étais malade, et donc irresponsable. Ma maladie eut à peine la durée de cette fin de journée et de la nuit qui suivit ; mais elle fut tout entière un théâtre de magie, sans issue. Les deux « Chefs », ou mieux « faux partisans » (tels qu'ils m'apparurent, enfin !) m'assaillaient sans trêve, sous des aspects changeants. Ils montraient différentes faces métallisées de pantins mécaniques, vertes, ou rouges, ou jaunes ; avec d'horribles nez en forme de crochet tordu, ou de trompe ; et des langues à brusque détente, cylindriques, d'une longueur démesurée, plates (semblables à celle des fourmiliers) ou bien bifides, en forme de ciseaux. Ils parlaient en vers, mais avec des vocables abstrus, que je qualifiais, savoir pourquoi, de « mahométans », et qui se composaient de formules mathématiques, signifiant la cessation de la mort. La mort avait été une chose ancienne, appartenant à la préhistoire. Dorénavant, on ne meurt plus. Les vivants, éternellement vivants, d'un côté ; et les morts, sans retour, d'un autre côté. Impossible, toute communion. Tel est le vrai sens définitif de la « vie éternelle ». Elle s'est établie ici-bas, et non là-bas. Rien de religieux : résultat scientifique ! Explication qui m'était donnée par le juif Chalòm, lequel s'était fait pelu comme certains chiens dont, sous l'abondance excessive de leur poil, on ne voit plus les yeux, ni d'ailleurs les autres traits. Désormais, on ne comprenait même plus si ce Chalòm était homme ou chien. Alors, je pénétrais dans une sorte de sphère liquide, rougeâtre et chaude, où l'on pouvait — à ce qu'il semble — entendre à distance les voix des morts. Et là, j'entendais Manuel qui me disait d'une petite voix lointaine (faisant allusion à la scène de mon verdict au *Tribunal du Camp*) : « Tu as été courageux de ne pas pleurer. » Sa parole me consolait ; quand l'homme-chien, avec son savoir universel, intervint pour m'expliquer : Celui qui t'a parlé n'est pas Manuel ! Si ç'avait été lui, il t'aurait dit d'abord, à ta louange : « Tu as été courageux de NE PAS T'ÉCHAPPER. » Lui, de fait, il ne peut pas savoir la réalité : que tu es resté immobile à la sentence, sans le moindre mouvement de fuite, non pas en raison de ton cœur valeureux, mais, au contraire, par un excès de peur redoublée. Cette réalité est un misérable secret, que tu es le seul à connaître, Manuele. Et donc, celui qui t'a parlé, c'est toi-même, Manuele autoparlant. Manuel n'existe pas, c'est une de tes fabrications spirites. « *Le Mort qui parle* » c'est un mot grossier. Un numéro de la tombola ! Cette dernière phrase, les deux « Chefs » la murmuraient entre eux : et ils étaient maintenant deux très beaux guerriers, armés de lance et de bouclier, qui ensemble embrassés comme Achille et Patrocle, descendaient calmement jusqu'en bas à travers le bois. Eux ne me voyaient même pas ; tandis que moi, derrière eux, à une distance de deux ou trois pas, je les poursuivais en courant, mais sans jamais les rejoindre, selon la loi grecque de la tortue, découverte par le philosophe Zénon.

Je pleurais. Et dès avant l'aube, je me retrouvai tout en transpiration, sans plus de fièvre, et baigné de larmes.

Il ne fait pas de doute que, dans mon passé, plus d'une fois j'ai dû m'abreuver — sans le savoir — à quelque affluent caché du fleuve Oubli (situé, selon certains, dans l'Éden). Et peut-être ma fièvre automnale de l'année 1944 fut-elle l'un de ces émissaires invisibles. C'est un fait : depuis cette époque lointaine, aujourd'hui seulement mon équipée comique chez les « maquisards » m'est revenue à la mémoire. Pendant plus de trente ans, elle est restée ensevelie dans la petite, brumeuse nécropole de mes expériences enfantines. Et déjà, à quelques semaines de l'événement, les deux « Chefs » et leur tribunal s'étaient transformés pour moi en fantômes, se retirant, à reculons, parmi les autres larves menaçantes du passé. Mirages négatifs, inexpliqués, et que la raison ne peut atteindre.

Je les appelle tous larves ou mirages : autrement dit fumée, zéro. Mais si vraiment c'est à cela qu'ils sont réduits, d'autant plus problématiques se font leurs retours inattendus : où ils jaillissent, enflammés par leurs murs de cendres. Je les revois actifs, et intacts dans leurs corps, comme si, pendant leur longue désertion, mon propre sang les avait nourris ; et ils se découvrent à moi, plus vifs, même, et frais, qu'à l'époque où je les connus en personne : comme si les courants du célèbre Oubli les avaient lavés et rincés, les détergeant de toute croûte. On les dirait porteurs actuels d'une réponse à mes pauvres interrogations d'antan ; mais la réponse serait, désormais, tardive, et, en tout cas, ne servirait de rien. Il n'est en effet point de retour de l'Oubli, sinon à travers son jumeau, la Restitution. C'est dans cet autre fleuve, que l'on reboit les mémoires perdues ; mais comment s'assurer que ses eaux ne sont pas droguées, et polluées par des présages ou des séductions, des fabulations ou des leurres ? Réévoquant, par exemple, un peu plus haut, mon procès chez les « partisans », j'ai négligé un détail qui pourtant frappait à ma mémoire, mais doit être écarté en tant qu'apocryphe, tellement il est absurde. En somme, si je me reporte à la scène du Tribunal, sitôt après le verdict, je me souviens (comme si c'était vrai) que mes yeux, malgré le bandeau qui les aveuglait, soudain VIRENT la scène. Elle se dessina devant moi rapetissée et enfermée dans un cercle exigu, comme à travers une jumelle tenue à l'envers ; mais suffisamment claire et précise, jusque dans sa bizarrerie. On y voyait une espèce de couverture tachetée, semblable à une peau de panthère ou de girafe, et dessus, renversés, les deux « Chefs » ; qui, cependant, n'étaient plus deux, mais un, avec deux têtes et quatre jambes sortant — ainsi qu'il me parut — des têtes. Et cette créature hybride se tordait en une agitation forcenée, entre jubilation et agonie.

À l'instant même où je voyais cette scène, je l'oubliais. À la façon d'une bulle qui éclate, à sa place succédait un « trou de mémoire ».

On parle de « trous de mémoire », comme si la mémoire était de l'espace, ou de l'air ; et de « tours de la mémoire » (bons ou mauvais « tours ») comme si elle était un lutin, autrement dit un duende. Mais moi je me demande quel souffle ou quel duende, et venant d'où, m'a ramené précisément aujourd'hui, ici à Gergal, du fond de leur gouffre, ces deux tapettes menteuses, vagabondes et voleuses de poules. L'arc-en-ciel mystérieux qui m'avait effleuré en suivant les deux vieillards juifs, dans la descente de Gergal, a disparu dans ce choc railleur, sans laisser de trace. Ainsi revient me hanter, me tenter sans fin, le mythe oriental de l'escalier chromatique. L'escalier est descendant, chaque couleur est une porte. Au bas de chaque rampe, on laisse un degré du spectre, et la porte s'ouvre. Jusqu'à ce que, de degré en degré, on arrive à la porte du noir, et de là, nu, à la porte basse, c'est-à-dire suprême : la porte du vide. Mais mon échelle est tordue, boiteuse et lunatique. À tout moment, un caillou qui me fait achopper ; une gêne qui me bloque ; une marche brisée qui me fait rouler dans des éboulis ; un croisement ou un faux signal ou un traquenard qui m'embrouillent, me dévient, me renvoient en arrière. En arrière et en avant et de nouveau en arrière, sans règle ni direction. Et enfin, je me retrouve au sommet de l'escalier, sur la margelle du puits vertigineux. J'avais essayé de descendre, de reflet en reflet, vers le trésor indicible de mon corps extrême. Et me voilà en revanche ici, dans mon corps ordinaire, celui de tous les jours, ballotté entre irisations et halos précaires : expatrié, devant le même verre.

Tandis que je buvais au comptoir mon premier chichón, j'avais avisé cette salle annexe, exiguë, encore vide de clients, meublée d'une petite table et dè quelques chaises, et d'un poste de télévision éteint. Et maintenant, assis là, devant un deuxième chichón, tout à coup je devine qui, aujourd'hui, après trente et un ans, m'a ramené le tristement fameux souvenir de ma rencontre dans le bois piémontais. En effet, là aussi, en poursuivant les héros de la montagne, je courtisais, en réalité, Aracoeli-Manuel. C'était le paradis serrano de la berceuse et de la gloire qui me séduisait, rayonnant au-dessus de ces collines brumeuses. Et aujourd'hui, ô Manuel-Aracoeli, ma grande excursion touche à son dénouement. Le muchachito clandestin en tablier noir — aujourd'hui déguisé en vieux porteur d'anorak — a enfin mis pied à terre dans la Sierra tienne-mienne. À Gergal, capitale du monde, station centrale d'El Almendral! Merveilleuse ville serrana, petite fosse de pizarra : qui renvoie encore le piétinement de tes pieds nus, vibrant, par-delà le mur du son.

Le flot chaud et rougeâtre de ma fièvre au Couvent m'encercle de nouveau. J'entrevois un poteau blanc : c'est le mât sans voile d'un bateau. Hissé à mi-hauteur, le gabier se tourne, joyeux, vers moi. Il a les yeux d'Aracoeli, et la bouche aussi, et la rondeur de ses boucles ; mais son torse est lisse, dans son maillot moulant. Ses culottes déteintes et en lambeaux laissent nus ses mollets aux muscles impatients ; et on le croirait presque de sang maure, tant il est bronzé. C'est Manuel, muchacho qui n'a pas encore de poil au menton ; mais sa voix de ténor dramatique est déjà bien timbrée. Flatteur, il me dit, en souriant :

« Tu as été courageux de NE PAS T'ÉCHAPPER.

— Ah, je lui réponds, ce mot t'a trahi ! Tu es un faux Manuel, parce que le vrai Manuel est mort, et que les morts savent tout. Et moi, je te dis juste le contraire du juif Chalòm : toi, si vraiment tu étais l'Andalou Manuel, tu connaîtrais la vérité : que si je n'ai pas fui devant l'exécution, ce ne fut pas courage de ma part, mais peur redoublée.

— Ce que tu dis est compliqué. Parle plus simplement.

— Je dis que si tu es vraiment Manuel, tu dois avoir vu le vrai finale de mon procès : où, saisi d'une peur excessive, je pissai dans mes culottes.

— Les morts se soucient bien de regarder dans les culottes des gens !

— Alors, ce finale-là, tu ne l'as pas vu. Mais, à présent, je te l'ai dit. Tu connais ma honte.

— Quelle honte ? On pisse où on peut. Les anarchistes aussi. Et les marins también. Et les espadas et les camionneurs también. Tout le monde pisse.

— Mais moi, ce fut sous l'effet de la peur !

— Eh oui, c'est vrai. Faire dans son froc, par peur, ah ah » (Manuel rit en se souvenant) « une fois, à Córdoba, un taureau effrayé se laissa aller sur la cape de Pepe !

— À partir de cette peur, commença pour moi une honte suprême : la découverte qu'il m'était impossible de mourir.

— Mourir ? La belle affaire ! Chacun meurt quand bon lui semble.

— Mais toi alors, tu voulais mourir ? Hein ?

— Moi ? Si tu crois que je m'en souviens. Je suis mort.

— Moi, par contre, je voulais mourir ; mais, ensuite, je compris que cela comptait pour du beurre. Et ce fut le premier de mes faux suicides. Je prétendais aller à la recherche de la mort ; en revanche, c'était la grandeur que je cherchais. Mais mon destin n'était pas la grandeur : je suis destiné à rester éternellement petit.

— Moi aussi je suis resté petit : je n'ai pas encore fini de grandir. Je fais un mètre soixante. Et toi ?

— Ce n'est pas de la taille que je parle, moi ; ce n'est pas au mètre que je mesure ta grandeur. Manuel, tu es mon amour ! Tu es le plus beau de tous les garçons vivants ; et des jeunes chiots et des poulains et des taureaux et des Maries et de la Voie Lactée et du fond

256

des Océans. Manuel ! Manuel !! Ta grandeur est telle qu'aucun amour ne pourrait te suffire. Au temps où je me rapetissais, toi tu grandissais. Et désormais, tu as tellement grandi, que tu me fais horreur. Je ne peux me mesurer à l'horreur de la mort. La peur me relègue parmi ces corps qui choisissent, plutôt, la vie du Lager. Moi, Manuel, je demeure ici-bas enfermé dans le Lager : où chaque acte est une dégradation, et toute liberté se paie à coups de fouet. On travaille comme serfs au transport des ordures, au creusement des fosses et à la fabrication des barreaux. On lèche la main des matons et des bourres, on devient enragé pour un mégot ou une patate pourrie. On est promu machine à pomper la merde. On renie la lumière du jour — et la lumière de la nuit, qui, au fond, serait la plus claire.

Et la clôture du Lager est un simple réseau de fils, chargés d'un courant létal. Il suffirait de les toucher du bout d'un doigt, et hop, on est dehors, loin du Lager. Mais par-delà le Lager, il y a l'horreur suprême de la mort, qui les rend, pour la majorité des prisonniers, intouchables. Voilà ma honte. Mais toi, radieux petiot ? Tu es vrai ou faux ? Et si je veux te reconnaître pour vrai, tu es peut-être en vue du Trône ? Alors, présente-toi à cet Un qui est assis dessus, et vas-y de ton couplet à Notre-Seigneur : que dans sa grande semaine de travail, lui, jour après jour, il a fabriqué un Lager. Et que son chef-d'œuvre du sixième jour a été cette dernière plaisanterie de la nature : un caillot de maux plus lourd que le chaos, et sans autres organes moteurs que deux ailes atrophiées de teigne. Croîs et multiplie-toi dans ton cher Lager, lui a-t-il dit en guise d'adieu. Et depuis lors, il s'est retiré pour se reposer, sans plus s'occuper de la fabrique.

— LAG LAG. Mais tu parles dans quelle langue, toi, Manuel ?! Et qui est el Señor ?!

257

— Pourquoi m'appelles-tu Manuel ? Je suis Manuele.

— Moi je parle espagnol. Manuel, c'est Manuele en espagnol.

— Manuel, c'est ton nom.

— En italien, Manuel c'est Manuele. Mais, oh ! avec qui tu papotes ? ! Je ne porte aucun nom, et je ne me trouve ni en deçà ni au-delà d'aucun côté. Je suis mort, et toi tu es fou parce que tu parles tout seul. Ne vois-tu pas qu'ils te regardent tous et ricanent ?

— Je vais à El Almendral.

— Faire quoi ? Il n'y a personne là-bas. Va donc, si cela te chante, ainsi tu verras toi-même qu'il n'y a personne là-bas.

— Et elle ? D'elle, tu ne peux rien me dire ? D'Aracoeli ?

— Il est clair que tu es vraiment fou. Que pourrait-on ajouter sur EUX ? Eux, on ne les trouve en aucun point du monde, par aucun moyen, pas même avec les calculs négatifs. Ils sont même effacés du compte des morts. Mais pourquoi fais-tu semblant de ne pas le savoir ? Toi, le premier, tu le sais.

— Moi, qu'est-ce que j'en sais ? Qu'est-ce que je sais ?

(Manuel rit) : — Qu'Aracoeli a fini en enfer. »

Manuel rit, et moi aussi je ris. (Tu es un faux Manuel et tu parles à tort et à travers.) Pendant ce temps, la petite salle a été envahie par une troupe de clients, tous des hommes plus ou moins jeunes — en apparence des ouvriers — dont un groupe s'est installé autour de ma table. Certains d'entre eux parlent allemand ; et la fille du troquet s'approche en me demandant si je comprends l'alemán et si moi aussi je veux comer. Je fais un geste négatif. En réalité, je comprends l'allemand, mais peu m'importe de savoir ce que ces quidams racontent ; et je n'ai nulle envie de manger, je m'étonne plutôt que ce soit déjà l'heure de déjeuner. Alors que je me lève pour m'en aller, j'entends que les clients fraîchement débarqués se trouvent dans cette région pour y travailler. En effet, là-haut, sur les sommets — et la fille agite la main à gauche, vers le faîte des montagnes — on est en train de mettre en place un observatoire astronomique hispano-allemand — el primero d'Europa — parce que c'est ici la zone más luminosa d'Europa.

LA MÁS LUMINOSA.

De telles paroles m'accompagnent en un chœur céleste jusqu'à la sortie. Je me renseigne sur la route pour El Almendral. La fille ne connaît pas, elle s'excuse en expliquant qu'elle n'est pas du coin ; mais el tío, qui se trouve sur la terrasse, saura sûrement me répondre. De fait, el tío m'apprend que je dois remonter la petite descente de Gergal ; tourner dans la direction de ce château qu'on voit tout là-haut ; ensuite reprendre la rue passante : et là, je tomberai sur une pancarte qui indique El Almendral. El tío est un petit vieux à la figure longue, au menton plutôt proéminent, et aux yeux empressés et vifs bien que chassieux. Je remarque aussi qu'il a des bras et des jambes très courts par rapport au tronc, et semblables détails de sa personne me rappellent, sur-le-champ, mon chien Balletto. Au cours de ses explications, son bras menu se tend pour m'indiquer la direction d'El Almendral : en haut à gauche, exactement vers la même zone serrana déjà louée par la fille comme la más luminosa. Ces contingences me dansent à présent dans le cerveau, cliquetis et scintillements, telle une poignée de pierres précieuses ; et déjà, grâce à elles, le déconcertant avènement de Manuel, à peine redisparu, se confond en moi dans les fumées du chichón. En écoutant la fille y el tío, je m'aperçois en outre avec quelque étonnement que je comprends sans trop de difficultés l'idiome espagnol,

259

aujourd'hui : peut-être les voix du lieu m'en ont-elles ravivé le souvenir par un cheminement subliminal ? Cependant qu'en levant les yeux, j'ai encore une autre surprise : au-dessus de la porte, se détachant sur le mur, il y a une sorte de fétiche en terre cuite, dans lequel je reconnais en sursautant la même petite

silhouette du talisman qu'Aracoeli me sus-

pendit au cou jadis, après la prophétie de la bohé-mienne. D'évidence, le fameux petit bonhomme aux bras grands ouverts qui tiennent le grand arc repré-sente un des génies du lieu, sans doute commun dans cette région ; mais ma tête, par un de ses habituels caprices, prête aussitôt une valeur magique à sa réapparition inattendue. Ils sont donc déjà au nombre de quatre, les signes stellaires qui m'accompagnent vers le but prescrit (El Almendral) :

1) la MÁS LUMINOSA.
2) El tío ressemblant à Balletto.
3) Ma reprise de contacts avec la langue espagnole.
4) Le talisman d'Aracoeli.

Pour moi, ce dernier des quatre signes est le plus troublant. Je ne sais ce que veut représenter le petit bonhomme (enseigne ? symbole ?) ni ne l'ai jamais su, tout en l'ayant tenu des années sur ma poitrine. Sans doute, Aracoeli non plus ne le savait pas. Dans son intention, il devait me préserver d'une mort précoce ; mais alors, en ce cas, le talisman nous a donné une réponse négative — ou, pour le moins, ambiguë — en me gardant en vie, bien que je l'eusse, comme un affront, jeté au charreton des immondices. On pourrait aller jusqu'à supposer que le pouvoir d'un objet magi-que imprègne non seulement l'objet tangible, mais aussi son ombre ou son empreinte. Peut-être, à l'aide d'une radioscopie spéciale, verrait-on encore l'empreinte du talisman sur ma poitrine nue ; mais qui pourrait lire ses pouvoirs ambigus et ses fins indéchiffrables ? Nulle science ne peut explorer les forces invisibles des objets qui nous assiègent : les microscopiques autant que les gigantesques, et leurs ombres. C'est seulement à l'un de nos réveils définitifs que nous découvrirons, peut-être — comme Gulliver à Lilliput —, les fils qui nouent nos corps empêtrés. Cependant, mon réveil est improbable.

Pour moi, la réapparition matérielle du talisman aujourd'hui, à Gergal (de même que ce matin la bulle du crucifix à Almeria), ne peut s'expliquer que comme un autre message d'Aracoeli. Sans doute fallait-il entendre dès alors son don du talisman comme un rendez-vous : « Je t'attends, dans ta vieillesse, à El Almendral. Et toi, tu ne peux effacer notre rendez-vous en en jetant le gage dans le charreton des immondices : car ce charreton aussi est magique. Pour toi, il n'y a point de remède. Même ce charreton est immortel. »

Maintenant, je reviens vivement sur mes pas, à la poursuite de l'ancien, puant charreton dans les rues de Rome. Mais je n'en revois qu'un fantôme évanescent, auquel succède l'autre voiturette de Totétaco, poussée à bout de bras par le marchand de glaces poète (le premier poète que j'ai connu).

Ici, vous trouverez le règne du gel sucré !

La silhouette du talisman, c'est moi : qui marche sur l'hémisphère visible en portant sur mes bras l'hémisphère invisible. Il est accablant, le poids de cette coupole : où même les cornets de glace et les ordures sont immortels ; et où règne, irrémédiable, ma Dame la Macarena, avec des larmes pétrifiées sur son visage de rose vermeille toujours éclatant de fraîcheur.

Tu me reconnais, Aracoeli ? Je te plais encore ? Tu me trouves beau ?

Je le sais bien, quand j'ai commencé de moins lui plaire : ce fut le jour où, pour la première fois, on me mit des lunettes.

C'était ma première année d'école, et notre deuxième année dans la maison nouvelle (1937 — hiver). Aracoeli — maintenant grandie en vertu des talons hauts — avait appris à manger les fruits avec une fourchette et un couteau et à faire les présentations — outre d'autres notions indispensables de ce genre. Chaque matin, elle m'accompagnait à l'école, et venait me chercher à la sortie, habillée avec une élégance pleine de distinction (même dans le choix de ses vêtements, elle écoutait en élève pleine de bonne volonté les conseils de tante Monda). Et moi je ne cachais pas ma certitude rayonnante que, d'entre toutes les mères ici présentes — et même d'entre toutes les absentes —, elle était la plus belle, sans terme de comparaison humaine ; et qu'il n'existait robes, ni chaussures, ni chapeaux, comparables — par le luxe et la beauté — aux siens. Non moins glorieuse — j'en ai la certitude — était l'idée qu'elle se faisait de moi. Sans nul doute, la foule des autres enfants devait lui apparaître comme une troupe de gris moineaux communs autour d'un unique, prodigieux oiseau de Paradis : et cet oiseau, c'était moi ! Par ailleurs, même les passants inconnus œuvraient à sa gloire, souvent en m'applaudissant dans la rue avec de petits madrigaux du genre : *Regarde, ce joli petit bouclé-là !*, ou bien : *Tu as vu, quels yeux, cet enfant ? On dirait deux quartiers de ciel !* Et elle, à son habitude, ne laissait pas voir qu'elle recueillait ces louanges, n'eût été ce frémissement lumineux qui lui coloriait les joues et riait sous ses cils. Si l'applaudissement venait d'une autre mère qui sans détour la félicitait de vive voix, alors seulement elle ébauchait un sourire confus de remerciement.

Mais il arrivait (surtout dans certaines rues prolétaires) que les voix d'amour fussent adressées à elle, plutôt qu'à moi. Sur son passage, parfois la suivaient même des chœurs : — *Belle Maure ! — Ma joie ! — Quelle poupée ! — Bouche à baisers ! — Ah ! Je te boirais comme du raisin !* (sans compter différents jargons — probablement obscènes — qui, pour elle heureusement, non moins que pour moi, étaient de l'ostrogoth). Pourtant elle s'offensait de ces voix comme de mauvais traitements physiques. En effet, je comprends que selon son Code, non seulement elles polluaient, en ma présence, sa maternité ; mais elles outrageaient, fût-ce en son absence, mon père. Pour elle, la plus grande valeur de son corps était qu'il appartînt à mon père : et elle le défendait contre les autres, telle une chienne, encore que petite et inexperte, défend la propriété de son maître. Donc, elle redoublait le pas, durement renfrognée ; cependant qu'elle me regardait à la dérobée, inquiète que j'eusse entendu ses soupirants des rues.

Depuis longtemps déjà, au lieu de sa craintive gaucherie d'avant, elle avait adopté en ville une attitude de sérieux excessif, confinant parfois à la sauvagerie. Elle allait, une certaine fougue dans le pas ; et gardait les yeux baissés, non par modestie, mais par cette timidité invaincue de l'étrangère, qui pouvait même ressembler à de l'orgueil. Elle ne daignait pas regarder les gens, ni, encore moins, se piquer de curiosité pour eux : seulement, devant quelque scène irrésistiblement comique (à son sens) elle se cachait la bouche derrière sa main, tandis que ses joues —

comme par le passé — se gonflaient d'hilarité. Elle ne s'arrêtait pas pour contempler les vitrines (si ce n'est, parfois, celles des poupées, ou encore d'articles fantastiquement brillants et aux couleurs tapageuses). Elle détournait le regard des nudités statufiées, et elle se signait devant les images sacrées, fût-ce les plus humbles. Il est étrange qu'elle ne fît pas encore de distinction entre les effigies peintes et les photographies : pour elle, il s'agissait toujours de *portraits*, exécutés (avec plus ou moins de bonheur) d'après nature : « Ici, la Vierge, ils ne l'ont pas bien réussie », observait-elle mécontente ; ou bien : « El niño n'est pas aussi déplumé ! » « Au niño, il faut mettre sa petite robe couverte d'ors ! » Souvent elle déclarait que Notre-Dame, dans son pays, était mieux vêtue qu'à Rome. « Ici, dans certaines représentations, on dirait qu'on l'a prise en chemise. Elle a l'air d'une mujercilla — une pauvrette... » Il arrivait encore que, dans la chaleur de ses propos, lui revinssent aux lèvres des vocables espagnols ; mais, selon leur signification, elle était prête à les traduire, impatiente de montrer que l'italien, malgré tout, elle le savait fort bien maintenant. Certains jours, elle achetait des fleurs pour les offrir aux images les plus dépouillées, les plus négligées, et en échange, elle en sollicitait quelques grâces. Pour la plupart, c'étaient des grâces habituelles (les retours de mon père, mes succès à l'école, etc.) et celles-ci, elle les récitait à voix basse, en m'invitant à les réciter avec elle ; mais il y avait aussi des grâces plus secrètes, et qu'elle ne révélait pas, si ce n'est par le mouvement inaudible de ses lèvres. Et je soupçonne que, parmi ces dernières, ne manquait pas certaine invitation à faire des torts ou des méchancetés à Zaïra, notre gouvernante, qui n'avait pas ses sympathies. Il m'est aussi permis de soupçonner que, parmi ses demandes de grâces diverses, n'a pas manqué non plus celle — spéciale et nouvelle — de me sauver des lunettes ; mais, en cette occurrence, de toute évidence (pour quelque raison abîmée dans le mystère de son intellect) la vierge ne la paya pas de retour.

Vers la moitié de l'hiver, les religieuses qui m'enseignaient avaient commencé à remarquer le défaut de ma vue, ce qui était un fait nouveau pour Aracoeli et pour moi ; et Aracoeli opposait une sourde résistance à leurs conseils de consulter un oculiste : jusqu'au moment où, avec une forte répugnance, elle céda. La séance chez l'oculiste fut brève, mais plutôt dramatique. On me hissa sur un siège élevé, devant un appareil compliqué qui, immédiatement, suscita la méfiance d'Aracoeli. Elle craignait que de cette machinerie ne sortissent des rayons ou autres influx malins contre l'intégrité de ma matière ; et sur-le-champ elle se plaça à côté du médecin, aussi menaçante que si elle voulait l'assaillir, et elle eut ce mot frémissant : « Que lui faites-vous, que lui faites usted ?! Redescendez-le !! » Elle paraissait soupçonner ce personnage nécromantique en blouse blanche, à demi chauve — et lui-même portant des lunettes — de qui sait quelles incontrôlables manigances. Enfin, nous sortîmes avec l'ordonnance décisive et redoutée — qui me prescrivait des verres de myope (qu'Aracoeli appelait *les lentes*).

Je me rappelle la boutique de l'opticien de luxe, avec sa grande illumination électrique et les lunettes de toutes les formes alignées sur les longues étagères de verre, qui se dédoublaient dans leurs parois de miroirs. Je revois l'entrée hardie d'Aracoeli, grande dame dans sa toute neuve fourrure marron et avec, sur la tête, un feutre clair piqué de deux petites roses de velours, une saumon et une noire. Très élégant moi-même, avec des chaussettes montantes colorées, un paletot en poil de chameau, et un béret de poil blanc.

« Elles ne lui vont pas bien », l'entendis-je protester,

à l'adresse de l'employé qui, tout cérémonieux et satisfait, venait juste d'installer les lunettes sur mon nez. Dans sa protestation, partagée entre la timidité et la passion, elle respirait une authentique, bouillonnante férocité ; alors, tout à coup, une étrange perception m'avertit que l'objet de sa rage n'était pas seulement l'opticien ; mais moi aussi ! Ce fut un avertissement inouï et impressionnant, dont vibrèrent mes nerfs comme si me le transmettaient des antennes par-delà une terre arctique glacée ; alors qu'une voyance lacérante (non point certes la propre vue de mes pupilles, trop éblouies par les verres nouveaux) m'exposait de face, en plein, le visage d'Aracoeli. Avec une violence — eût-on dit — indépendante de sa volonté, elle me scrutait, et ses traits semblaient se décomposer, presque vieillis sous la surprise et sous la déception, comme à la découverte d'une trahison. En effet (je crois) pour la première fois dans notre vie, elle me voyait laid ; et comme, tout à coup, j'arrachai mes lunettes et lui fis un petit sourire de conciliation, elle me rendit à son tour un même petit sourire, qui avait cependant quelque chose de forcé ; tandis que ses yeux inquisiteurs ne se détachaient plus de mon visage. Elle dut alors, à n'en pas douter, se rendre compte, invinciblement, que son fils, en grandissant, enlaidissait ; et qu'en accuser seulement les lunettes serait, en partie du moins, un faux alibi. En vérité, sur le moulage primitif de mon visage, qui éveillait en elle tant d'amour, déjà commençait à travailler ce pouce sombre et malin qui devait le déformer sans remède, pour mon éternel malheur. Et au fur et à mesure que le monde, sous un météore imprévu, s'assombrissait et gauchissait à mes yeux affaiblis, dans le même temps l'eau de mes iris se troublait, tamisant ses éclairs et ses caprices lumineux. Les louanges qui, aux rencontres quotidiennes, saluaient

266

l'enfant pour combler de gloire la mère, devaient se faire de plus en plus rares.

Sur ce sourire d'aumône, les lèvres d'Aracoeli s'étaient aussitôt refermées, alors qu'elle s'écartait du comptoir pour aller vers la caisse ; mais moi qui la suivais, accroché à sa fourrure, j'insistais pour la tenter de mon petit sourire d'anxiété interrogative et de séduction. J'espérais qu'elle me baiserait les yeux, ou au moins me caresserait, en disant : zapé ! zapé ! mais en revanche, d'un ton qui se voulait sage et engageant, elle me fit un signe vers les lunettes que je gardais enfermées dans ma main, en m'exhortant à les utiliser dès à présent, afin de m'y acostumbrar.

Docile à sa voix, je les chaussai de nouveau : sursautant comme la foudre, ensorcelé, dans l'incendie blanc des trop nombreux bulbes électriques, au milieu des miroirs multiples d'où, en un écœurant tournis, des cortèges d'orbites sans chair dirigeaient sur moi leurs scintillements sinistres. Mais le pire m'attendait hors de la boutique : où la rue noire de gens, rutilante de néons et de réverbères, me cerna de son spectacle d'horreur jamais vu. Les aspects du monde avaient pris à mes yeux une clarté et un relief inusités, qui les accusaient ainsi qu'une unique violence protéiforme. Je ne m'étais jamais aperçu, auparavant, combien dures et brutales sont les marques inscrites dans les faces humaines. Leurs peaux semblaient toutes tannées, et elles étalaient de féroces rides, pareilles à des balafres cruentées par la gouge et noircies par des goudrons. Entre l'un et l'autre trottoir, se succédaient et se pressaient en une série harcelante, des cernes bilieux tuméfiés, d'énormes narines gourmandes, des gorges arrogantes aux taches violâtres, de gros yeux bistrés effrayants et des bouches couleur sang de boucherie. Les asphaltes mouillés, semblables à des courants abyssaux, reflétaient au passage des voitures des éclairs tors et des lunes décomposées. Et sur le trottoir d'en face, les vitrines exposaient des bustes décollés, des lames bifides, des couennes chevelues, des ceintures herniaires, des corsets et des dents. Terrifié, je refusai d'avancer sur ce pavé nauséabond, selon l'instinct des petits chiens récalcitrants. Et j'étais presque sur le point de me calmer, lorsque je vis flotter sur ce monde atroce (telle une corbeille de roses descendue d'un rebord de fenêtre bleu) la mignonne tête d'Aracoeli qui, en vacillant, planait vers moi. En rencontrant ma misérable face lunettée, elle fut prise d'un rire enfantin. Et comme, révolté et tremblant, je me libérais de mes verres en les déposant entre ses mains, elle les replaça dans leur étui qu'elle glissa dans son sac à main : « Cependant », m'avertit-elle avec un cruel scrupule résigné, « il faudra qu'à la maison tu les remettes tout de suite, pour acostumbrarte. » Et il en fut ainsi. Le restant de la soirée et le lendemain (dimanche) furent consacrés à mon nouvel exercice ; auquel mes yeux — sinon mon cœur — furent vite *acostumbrés.* Le lundi, selon notre habitude, elle vint me chercher à la sortie de l'école ; et moi, l'ayant aperçue dès la porte, sur le trottoir d'en face, je me précipitai en courant à sa rencontre, et, ce faisant, en une décision subite, ôtai mes lunettes. À cet instant-là, mes sens soudain obnubilés, je fus effleuré par le museau d'une voiture, et il s'en fallut d'un cheveu qu'elle ne m'écrasât sous ses roues. Au déchirement sibilant du coup de frein, correspondit, sur le trottoir d'en face, un hurlement barbare de tigre hyrcanien : « Manuelito ! ManuelitOOO ! » tandis que dans le même temps Aracoeli s'était jetée sur moi, et que déjà je me retrouvais sain et sauf sur l'autre rive, serré contre son corps dans un embrassement qui ressemblait à une agression furieuse. « Asasino ! Asasino ! » me rabrouait-elle, les lèvres blanchâtres tordues par un rire haletant sur ses dents mouillées d'écume. Pour se mettre à mon niveau, elle était tombée sur les genoux, et je sentais les battements de son cœur jusque dans sa gorge, ainsi que les tressaillements d'un petit animal débusqué. « Asasino! Vilain Feo! » pourtant déjà sa voix chantait, et, me caressant les yeux et le visage, elle me consolait en un rire jubilant, et disait : « Zapé! zapé! zapé! »

Ah! amour! amour! Quels onguents, quels remèdes fantastiques tu es capable d'inventer, pour panser les plaies du mal ulcéreux que tu as toi-même, avec tes aiguilles, inoculées dans un sang! Mais, par la suite, on en viendra à découvrir que tes remèdes étaient provisoires : autrement dit du genre de ces médecines dites symptomatiques, lesquelles soignent les signes superficiels du mal, sans en détruire les germes, qui travaillent en profondeur. Et eux, ils ne cessent leur activité, et le mal augmentera de l'intérieur en attaquant le sang dans toutes ses ramifications, et en en mâchouillant les racines jusqu'à la moelle : et alors, elle ne reviendra plus la main douce qui, au moins, nous faisait illusion avec ses médications précaires.

Me trouvant déjà trop instruit, à cinq ans, pour le premier cours, les religieuses m'avaient assigné, dès le début du trimestre, au second : et, dans mes études, on me considérait comme une sorte de prodige. Outre l'école de français, je prenais des cours d'anglais et d'allemand. Et la lecture me fascinait à tel point que parfois les heures — à l'instar des époques stellaires — s'envolaient sans que je pusse les compter, pris que j'étais à ce nouveau jeu. Je me revois, par un après-midi dominical, moi-même assis à la table du séjour, haut perché sur une chaise avec appui-bras, complétée, pour obvier à ma petite taille, de deux ou trois coussins de renfort. Ainsi qu'un pionnier allant à la découverte des mondes, un livre m'absorbe tout entier avec ma face lunettée. Pourtant, je perçois, là dans la même pièce, les plus légers mouvements d'Aracoeli, qui, de temps en temps, se distrait de ses revues illustrées pour me jeter un coup d'œil à la dérobée. Et je l'entends, à un moment donné, bougonner d'une voix qui rit en elle, entre tristesse et humour : « Pauvre Manuelino, avec ces lentes il a l'air d'un Profesor. »

Mes succès scolaires l'enorgueillissaient, mais aussi l'intimidaient. Désormais, en effet, mon instruction dépassait déjà la sienne. Nos études jumelles avaient été interrompues ; et elle (bien qu'un peu mortifiée, au début, devant pareille abdication), elle avait vite renoncé à me suivre, ou à m'assister dans mes progrès intellectuels. On comprenait qu'après la grande conquête de l'alphabet et de l'italien, son intellect touchait maintenant une frontière prescrite, au-delà de quoi, pour elle, il n'y aurait aliments ni nationalité. Cela, elle le sentait sans le savoir, à travers une intelligence à elle, quasi physique, qu'elle ne soupçonnait pas elle-même, mais qu'aujourd'hui je crois reconnaître (comme l'ombre étoilée de nuits innombrables) dans la profondeur de ses yeux. Son intelligence était différente de la nôtre : c'était une substance ténébreuse, impénétrable et secrète, qui coulait dans tout son corps, telle qu'une infinie mémoire charnelle mêlée d'exultation et de mélancolie. Elle la rendait capable — je crois — de ressentir, dans les espaces et dans les temps, des présences, des mouvements et des météores refusés à notre connaissance ; mais, devant les exercices de la pensée abstraite, elle se réfugiait en une région de stupeur et d'absence, à la façon d'un petit animal à qui on offre en guise de repas une matière non comestible. L'intelligence mystérieuse, qui n'avait pas séjour en sa pensée, était une errante inconnue à l'intérieur d'elle-même ; de même que, parmi nous, elle était une étrangère. Et elle évoluait, inconsciente, en deçà de l'Histoire, et de la politique, et des livres et des journaux, ainsi qu'une nomade qui a planté sa tente sur un no man's land.

(C'est en cela, sans doute, que je lui ressemble un peu ; mais cet héritage d'Aracoeli s'est dégradé, comme il descendait à moi, en se réduisant à une copie aussi contrefaite et abîmée, que ma fable de Totétaco. Moi je suis une plate vignette, qui follement s'agite vers la deuxième dimension, et la troisième, et la quatrième ; et tend, chose absurde, vers la dernière, l'Exotique, l'Anormale.)

Quand j'étais lecteur. Ainsi pourrait s'intituler une phase de ma vie, qui commença avec ma découverte des livres et dura jusqu'après le collège, et encore après, et encore encore après, jusqu'au moment où elle cessa. Le vertige me prend si je repense à la promesse d'aventures et l'envie démente d'explorations et de surprises qui, jadis, me venaient des pages encore non coupées des volumes, et des caractères d'imprimerie ; et à la continuelle révélation (réalité déchiffrée, oracles ou énigmes sublimes) que me signifiaient ces mots à la file. *Depuis que je ne suis plus lecteur*, serait le titre de la phase ultérieure et ultime : où ces caractères noirs, pullulant par milliers sur les feuilles, rien qu'à les voir me donnent la nausée : ainsi que des bataillons de fourmis sur un corps décomposé.

Du temps que j'étais novice, aux Hauts Quartiers, mes lectures favorites restaient les fables, qu'à présent je pouvais lire tout seul, sans nulle aide. Et parmi elles, selon mon critère primitif, *les belles* étaient celles qui avaient un heureux dénouement ; et *les pas belles*, les autres. La question de la fin était, alors, un problème pour mon cerveau : pourquoi donc, si les histoires (ainsi qu'on me l'avait assuré) étaient magie d'auteur, ce dernier ne les faisait-il pas toutes, absolument toutes, *belles* ? Il s'agissait d'un bien grave problème ;

et, à ce propos, je caressais, parfois, de vastes réformes. Par exemple, le brave petit soldat de plomb et la petite ballerine ne finissaient pas brûlés dans le poêle ; mais ils se mariaient fastueusement dans la Cathédrale. Et le dixième Cygne Sauvage, dans sa métamorphose — prévue et conclusive — en Prince, ne se retrouvait pas avec une aile de cygne et un bras d'homme (ce qui voudrait presque dire, homme estropié) mais avec deux splendides ailes de cygne (autrement dit homme ailé, première beauté angélique). Sur de telles questions, je ne cessais de consulter, avec grande fougue, Aracoeli, car de tout l'itinéraire illimité du savoir humain — qui serpentait maintenant devant moi, entrevu par mes gros yeux de myope — le territoire des fables était l'unique où ma mère se laissait encore un peu entraîner. Mais là aussi (elle, naguère sublime chante-histoires, et puis compagne de nos fabuleuses lectures vespérales !) ma mère semblait maintenant s'engager et se désengager à la fois, balançant entre une certaine nostalgie du jeu et un opportun renoncement. Et puis le renoncement fatalement prévalut ; et pour finir, d'elle-même elle s'expulsa de notre petit fief commun. Tandis qu'aspirant avec anxiété au dialogue, moi je redoublais de ferveur pour mes sujets fabuleux, elle, désenchantée et distraite désormais, me prêtait à peine attention, et avec un certain air d'indulgence supérieure : comme pour s'aliéner volontairement ce genre d'intérêts pour elle datés, et non plus adaptés à sa maturité. En ce temps-là, pour elle *maturité* signifiait : habileté et habitudes de grande dame, digne du rang de mon père. Et à une telle exigence ingénue, correspondaient mieux les revues de mode et les hebdomadaires illustrés, avec force photos de mannequins, de princes régnants et de vedettes. Elle les examinait avec la diligence sévère et un peu contrainte d'un petit juif plein de zèle, penché sur le Talmud ou la

Torah. Et elle bougonnait si de temps à autre il m'arrivait de l'interrompre, allant jusqu'à me repousser, à la façon dont un philosophe écarte un cher petit chat venu mettre du désordre dans ses papiers.

Je me rappelle qu'un de ces jours-là, trop désireux de communiquer à quelqu'un ma dernière, enthousiasmante découverte littéraire, je me repliai sur Zaïra, dans la cuisine, à laquelle j'en fis lecture à claire et haute voix. Je ne sais plus de quelle fable il s'agissait, mais à coup sûr elle était *belle* : car je me souviens bien que Zaïra ajouta à la conclusion le commentaire suivant :

> Et ils vécurent heureux et contents
> et nous, ils nous laissèrent en plan
> avec un fameux mal de dents.

Dans ses rapports avec Zaïra, ma mère se montrait toujours auréolée d'une ombre menaçante. Au début — je le suppose — elle avait dû faire l'expérience, face à Zaïra, d'une suggestion désarmée et pénible, pas très différente de celle d'un novice devant un gourou initié. Mais, bien vite, il y avait eu un retournement d'attitude de sa part. Certes, Aracoeli avait ressenti que Zaïra, selon son concept aristocratique de classe, devait la considérer comme une « malheureuse » élevée au niveau des « maîtres » seulement par voie d'acquisition, et donc, d'une certaine façon, d'un rang inférieur vis-à-vis d'elle-même, Zaïra. À un œil attentif, ce mépris chafouin transparaissait, d'après différents petits signes, dans l'attitude de Zaïra : laquelle, d'ailleurs, s'en épanchait à mi-voix dans sa sphère réservée, avec de menus rires allusifs, des sarcasmes et des renseignements cancaniers tirés de Dieu sait quels rapports à elle, dignes d'un détective privé. Il est curieux de voir quelle irritation, quelle malveillance et quel *sentiment d'injustice* peut provoquer la *bonne fortune* d'une femme pauvre chez d'autres femmes pauvres : et en particulier chez celles comme Zaïra, respectueuses, en général, des patrimoines constitués.

Peut-être Aracoeli s'efforçait-elle, malgré tout, d'honorer dans notre gouvernante une institution consacrée de la famille ; en conséquence de quoi, elle laissait sous le boisseau sa grandissante aversion pour celle-ci. Elle la tenait, cependant, toujours à distance, allant jusqu'à l'éviter en se faufilant d'une pièce à l'autre, avec des manœuvres de chatte sauvage. Pour la fuir au maximum, elle abandonnait entre ses mains énergiques le plein gouvernement de la maison ; et jamais elle ne se départait, en sa présence, d'une armure de fierté sombre et hérissée (que d'autres prirent — sans doute — pour l'ostentation *aristocratique* d'une *parvenue* qui n'avait pas l'habitude de commander). On eût dit qu'à la seule vue de Zaïra, une fruste, élémentaire barbarie montait de ses entrailles, obscurcissant l'air autour d'elle, et lui dictant des manières pires que celles d'une maîtresse : d'une Majesté absolue. Elle s'adressait à Zaïra presque uniquement pour lui donner des ordres ; et aussitôt, dans cet acte, ses grands yeux jetaient des flammes, et ses mâchoires durcissaient au point que ses joues puériles, de rondes qu'elles étaient, se faisaient carrées. Il n'était pas jusqu'à son petit corps qui ne semblât s'enfler en un gonflement statuaire ; alors que sa voix humide et chaude (qui, d'habitude, sentait les baisers) prenait des intonations souterraines où la férocité et l'ire, fièrement contenues, se percevaient pourtant du fond de son être, ainsi que le grondement lointain des bêtes fauves dans les nuits des Tropiques. Zaïra, en subalterne expérimentée, lui obéissait avec empressement et une servilité hypocrite, presque maniérée. Et elle, tout en se faisant servir de la sorte, baissait les cils en une immobilité ténébreuse et tendue, qui ressemblait à un spasme.

La vie de notre famille dans les Hauts Quartiers pourrait se diviser en trois époques, dont la première, dans mon souvenir, reste l'Époque des Sœurs. En effet, le hasard voulait que la maison de couture et la boutique de modiste fréquentées par ma mère (toujours en suivant le sûr magistère de tante Monda) portassent toutes deux l'en-tête *Les Sœurs* sur leurs griffes et leur enseigne. L'une se qualifiait, me semble-t-il, *Les Sœurs Maggioli*, et l'autre, *Les Sœurs Guardabassi* : deux titres exprimant pour moi (ainsi que tout ce qui concernait Aracoeli) un prestige mirifique : et desquels je déduisis le principe que les confections de vêtements étaient, fatalement, des entreprises sororales. En imagination, je me représentais les grandes Sœurs de la Mode comme appartenant toutes à une espèce d'Ordre lié à des mystères religieux ; et les rares fois qu'il m'arriva de pénétrer dans leurs temples — à la suite de ma mère et de tante Monda — j'en franchis le seuil tout ébloui, entre palpitations d'extase et d'indignité. Ma mère s'y rendait toujours et seulement accompagnée de tante Monda, s'en remettant, passive et pleine de bonne volonté, à ses choix. Elle ne montrait qu'une certaine irritabilité au moment des essayages, et voulait qu'on la laissât seule dans le salon tandis qu'elle se déshabillait, âprement jalouse, à son habitude, de ses nudités. Lorsque ensuite elle se montrait à la lumière, dans le nouveau modèle à peine bâti, elle se soumettait, maussade et roide, aux opérations des couturières officiantes, en laissant entendre par intervalles un petit rire confus : soit parce que sous leurs doigts elle devenait à l'occasion chatouilleuse, soit parce que la cérémonie lui apparaissait, je crois, un peu drôle. Tante Monda, elle, lui tournait autour telle une abeille autour d'une fleur : examinant, critiquant et suggérant avec un sérieux inlassable et avisé.

Jamais comme en ces occasions-là, mon cœur ne tendait (tel un petit chien noctambule soupirant à la lune) vers l'impossible merveille d'être né femme comme Aracoeli. Je contemplais, déployés tout autour de nous, des tissus jamais vus auparavant, tels qu'on les pouvait croire descendus du firmament, grandis dans les immenses forêts ou remontés des mines profondes ou des abîmes de l'Océan. Et les mannequins, qui apparaissaient et disparaissaient en scintillant, semblables à des fils joueurs dans un jeu d'eau, n'étaient pas à mes yeux des êtres matériels, mais des esprits, évoqués de quelque caverne au service des Sœurs. Présentant, en un tourbillon, leurs nouveaux modèles, ces filles-esprits , avec leur voix un peu rauque et un très beau sourire d'eau morte, en annonçaient les noms, pour moi tous formules chiffrées de Dieu sait quel code des merveilles :

« Nuit sans lune »

« Sourire d'automne »

« Mille ailes »

« Le soir où j'ai dansé avec le prince »

« Tous les gonfalons »

« Almanach du Gotha »

« Dorémisol »

« Fleurs de glace »

Devant certaines robes fastueuses (dignes des Fées et Reines des fables, ou même des Toujours-Vierges Macarene) je retenais à grand-peine un cri ; et Aracoeli à son tour les regardait de ses yeux écarquillés, mais sans paraître les désirer pour elle. Je me rappelle encore l'apparition d'une jupe très longue de velours violet, doublée d'un tissu de soie jaune d'or chatoyant (*moiré*, le qualifièrent les Sœurs) dont je tombai éperdument amoureux. « Maman, prends-la ! » murmurai-je. « Tu n'y penses pas », dit Aracoeli, « elle est trop voyante. » Et elle échangea, avec tante Monda, un léger sourire pour mon ignorante présomption. « C'est pour le soir », ajouta tante Monda, afin de ne pas trop me décevoir, « ta maman en a déjà une, de robe du soir. » Parfois, je déplorais, en secret, le jugement modéré et distingué de tante Monda ; mais, par ailleurs, même le tailleur gris le plus commun m'avait l'air d'un habillement royal, sur ma mère. Au fond, peut-être, tous les trésors des Sœurs m'eussent-ils semblé des tas de chiffons, si je ne les avais pas toujours et uniquement ramenés à la splendeur d'Aracoeli. J'étais persuadé que les fascinants cérémonials de la Mode, les *créations*, le cortège des Mannequins-esprits, étaient organisés en hommage exclusif à Aracoeli. Les autres clientes, qui, le cas échéant, se présentaient dans la boutique, étaient des figurantes ou des satellites. Aracoeli était l'étoile de Rome ; et qui ne la révérait pas ne méritait que mon mépris.

À la maison, j'entendais de temps à autre ma mère et tante Monda commenter entre elles les modèles et les modes, en utilisant différents mots d'une langue pour moi exotique, mais que j'aimais laisser dans l'ombre (de même certains analphabètes préfèrent l'usage du latin pendant la Messe). *Godets, plissé, cloche, façonné*, etc., etc. Aujourd'hui encore, pareils vocables m'évoquent des portes intimes et secrètes, derrière lesquelles un élysée, refusé aux hommes, célèbre ses fastes liturgiques, exclusivement féminins, et sur quoi veillent les grandes, vieilles Sœurs, semblables à des Parques. Ma mère avait appris naturellement cette langue, tout aussi bien que les communes phrases cérémonieuses de notre petit monde (« Lait ou citron ? » « Soda ou sec avec des glaçons ? » « Merci pour cette charmante soirée ! ») et, avec zèle, elle se renseignait auprès de tante Monda si à telle dame on devait dire « Donna

Matilde » ou bien « Comtesse ». À l'occasion, elle ajustait devant le miroir, avec le plus grand sérieux, son « tailleur d'après-midi » ou sa « robe du soir » pour se rendre, en compagnie de tante Monda, à quelque invitation : une *canasta*, ou « dîner debout », ou bien un thé ou encore une loterie de bienfaisance en faveur d'Instituts nommés « Le Toit des Veuves », « La Goutte de lait » ou « Le cœur de l'Urbs ». Et certes, je m'imagine que semblables réceptions et réunions l'amusaient fort peu mais elle s'était éduquée à ravaler ses bâillements ; d'ailleurs, c'étaient là des chances de s'instruire, toujours au profit de sa *maturité* si vivement convoitée. Tous ses exercices, en vérité (les Sœurs, les visites, les recherches d'élégance) étaient, pour elle, toujours et uniquement des préparatifs en vue de ses seules, vraies occasions de gala : autrement dit, les rares (parfois juste épisodiques) retours de mon père. C'étaient là ses grands moments initiatiques : où son laborieux apprentissage éclatait dans la fête libératoire. Alors seulement elle jouissait de faire montre de ses voilettes et de ses toilettes, qu'aux jours « ouvrables » elle portait comme un uniforme obligé, par devoir mais sans plaisir. Et je me rappelle l'extraordinaire splendeur que ces *modèles* prenaient sur sa chair, quand elle les arborait en se présentant à mon père. Elle s'avançait vers lui en grande pompe, ses boucles apprêtées quelques heures auparavant chez son coiffeur. Et plutôt fière, mais circonspecte, elle s'arrêtait à trois pas de lui, dans l'attente anxieuse de son jugement. Je crois qu'en réalité mon père ne s'intéressait pas beaucoup aux modes, ou ne les comprenait guère ; mais son cœur amoureux lui prêtait une sorte de divination propice : « Une toilette magnifique ! — Vraiment de grand style ! — Le comble du chic ! — Un bijou ! » étaient les phrases qu'il proférait invariablement, ému à la vision d'Aracoeli, au milieu de ses habituels petits rires et rougeurs de muchachito. Mais ses phrases outrées, dans leur traversée vers Aracoeli, mettaient drôlement des ailes, changées en cris d'amour ; et battant et palpitant comme au premier vol, elles allaient se poser sur leur nid qui attendait : Aracoeli. Elle, à les recevoir, se colorait toute d'une telle fraîcheur et d'une telle joie, que même la reine de Saba n'éprouvait semblable bonheur, quand elle écoutait le Cantique des Cantiques récité par le roi Salomon.

En pareilles circonstances, j'étais atteint, par contagion, de la même complète allégresse qui envahit les chiens domestiques : si l'on danse en famille, ils se mettent eux aussi à danser. Mais ma danse n'était pas, elle, vulgairement profane. L'exultation qui me contaminait était une religion, comparable à celle des villageois au passage de la Statue, ou des Hébreux en la présence de l'Arche. Or, la Statue, et l'Arche, en l'occurrence, c'était mon père. Avec le passage de l'enfance, au lieu d'incarner l'espèce paternelle, l'époux d'Aracoeli représentait de plus en plus un culte pour moi. Dès ma naissance, *paternité* a signifié *absence* ; et l'on sait que l'absence est la loi ordinaire des lumineuses déités, lesquelles, avec la fulgurance de leurs apparitions extraordinaires, nous confirment leur propre substance divine. À mon culte (presque abstrait) le consacrait la foi adorante d'Aracoeli ; et à travers moi en lui s'honorait l'époux d'Aracoeli, non point certes le père de ma chair.

Et, de son côté, lui-même toujours gardait cette pudeur embarrassée ou incapacité (déjà évidente dans ses manières, dès le début) pour ses fonctions de père. C'était peut-être un effet de la discipline rigide où l'avait élevé son propre géniteur ; mais on eût dit qu'avec sa répugnance d'être père, cette éducation lui avait inoculé le vice d'en avoir un. Et de fait, à peine sorti de la tutelle de son père légitime, il s'était procuré un autre père, qui, dans son Idée, dépassait, en honneur, tous les pères du firmament. Celui-là, on l'aura compris, était le roi d'Italie : Victor Emmanuel III de Savoie.

Moi, par contre, je n'ai jamais été le fils d'un père. J'évitais toujours, avec lui, de l'appeler *papa* : le son même de ces deux syllabes sonnait à mon oreille comme quelque chose de ridicule, presque d'inconvenant. Au contraire, les deux syllabes ma-ma étaient très douces et naturelles, comme les propres voix de ma chair.

Une fois, en sa présence, Aracoeli me fit remarquer : « Pourquoi ne l'appelles-tu pas *papa* ? », mais je courus aussitôt me cacher dans ses jupes, pour me protéger d'une épreuve impossible. Et là, je l'entendis émettre son habituel petit rire discret (peut-être perdurait-elle en lui la conscience de m'avoir laissé sans nom, pendant des années ?).

À la maison et à l'extérieur, par tous je l'entendais appeler *Le Commandant* (même Aracoeli, quand, parfois, pleine d'importance elle en parlait, elle le nommait : le Commandant). Et je me souviens qu'un jour, dans mon timide instinct, le touchant à la manche, je m'adressai ainsi à lui : « Commandant ! » Tout égayé, il en rit ; mais sans me suggérer, pour l'appeler, aucun autre nom.

J'avais été dûment informé de tous ses noms de baptême : Eugenio Ottone Amedeo ; mais de ceux-là, je ne pouvais pas me servir. On n'appelle pas son père par son prénom.

Je renonçai alors tout à fait à le nommer d'une façon directe. Pour attirer son attention, je le touchais à la manche de sa veste. Et lui m'encourageait d'un sourire qui découvrait ses larges dents blanches ; en y ajoutant son geste coutumier de me caresser les cheveux. Cette caresse ne me troublait pas, et pourtant, d'instinct, je m'en détournais, ainsi que d'un symbole vide et peu crédible. En réalité, entre son corps et le mien s'était répandu (et il devenait plus dense au fur et à mesure que je grandissais) un épais brouillard : pareil à celui qui, précisément, voile aux mortels les apparitions étincelantes des Divinités. Peut-être un brouillard semblable aura-t-il entouré, aux yeux des Aztèques, les premiers Blancs débarqués dans leur royaume. Sa race était différente de la nôtre. Et ses blasons allogènes agissaient sur moi comme des exorcismes contre le poids de sa présence physique. Blasons ou blessures ? L'un était la PATERNITÉ, dont j'ai déjà parlé. Et un autre était la VIRILITÉ. De cette dernière, je voyais en lui le spécimen adulte : et la VIRILITÉ adulte, dès ce temps-là déjà, provoquait chez moi un sentiment de séparation forcée : comme chez un petit Juif du Premier Siècle, la personne d'un Romain.

Pour couronner son chef blond cuivré, il y avait enfin ses actions guerrières, qui restaient alors nécessairement occultes, et dont on murmurait à mots couverts. Pourtant, même son héroïsme restait pour moi, comme son grade et son uniforme, un symbole abstrait de sa citoyenneté hyperboréenne. À mon idée, Eugenio Ottone Amedeo s'inscrivait dans un Gotha ésotérique, au-delà de toute émulation ou imitation, et aussi de toute familiarité.

À chacun de ses retours, ma mère, glorieuse, l'informait de mes succès scolaires. Et lui, il en rayonnait, tout content. « Bravo ! » m'encourageait-il, sur-le-champ, de l'air à la fois réjoui et bureaucratique d'un Chef militaire qui confère une médaille : « cependant », ajoutait-il vivement, reprenant ses manières réservées, « il ne faut pas que tu exagères avec les études. Tu dois jouer, exercer tes muscles, respirer de l'oxygène... Je te trouve grandi, mais tu as une petite mine... » Et il taisait sûrement le fond de sa pensée : tu as *enlaidi*.

De son fond ingénu, venait à la surface dans son regard, une simple bonté désarmée qui, au lieu de raviver ses yeux à fleur de tête et fades, les lui couvrait d'une patine opaque. Puis sa main me caressait les cheveux ; et cet unique geste conventionnel de tendresse avait pour moi, en l'occurrence, valeur de congé. Alors, je filais en douce à quelques pas de lui : d'où je continuais à le regarder, comme, d'un petit port, on regarde passer un grand navire pavoisé.

En plus de la vénération, j'éprouvais toujours pour lui de la gratitude, car à chacun de ses retours Aracoeli éclosait et refleurissait. Fondait de son visage cette sorte de suie qui le rendait triste, certains jours, lors de ses longues absences. Et les annonces de sa venue avaient chaque fois couleur de Samedi Saint, quand on délie les cloches de toutes les églises. Non seulement pour ma mère et pour moi, mais bien pour toute notre famille, c'était le temps de l'alléluia. Dans la maison, l'air se faisait transparent, les sons s'animaient, les teintes s'allumaient. Les rideaux aux fenêtres, à peine lavées, se gonflaient et palpitaient de souffles très frais, comme dans les convalescences printanières. Aux repas, la table paraissait dressée par les fées et par les gnomes des bois. Et tante Monda et Zaïra jubilaient comme des fiancées. Même les façons féroces d'Aracoeli envers Zaïra perdaient de leur pesanteur, manifestant une dignité naturelle ou une condescendance supérieure. Pour ma mère, en effet, la présence de son époux était un bouclier éblouissant, qui la protégeait de n'importe quel adversaire et lui conférait un patriciat incontesté. Et moi, puisque je n'avais d'autre loi hors celle d'Aracoeli, à mon tour j'éclaircissais l'air renfrogné dont je m'étais armé depuis longtemps dans mes rapports quotidiens avec Zaïra.

282

Malheureusement, les permissions de mon père étaient non seulement rares mais plutôt courtes. Pourtant Aracoeli le saluait toujours à ses départs, avec une insoucieuse confiance, comme si elle devait incessamment le revoir (tandis que les attendait, en principe, une autre longue séparation). Son comportement, en de semblables circonstances, pouvait paraître d'un stoïcisme héroïque, digne des femmes spartiates ; alors qu'il s'agissait plutôt de sa part d'une obéissance passive à la Nécessité. Ou peut-être était-ce sa santé intacte qui lui épargnait de se condamner, à l'avance, aux maux futurs, bien qu'ils fussent imminents.

Peu à peu, avec les séparations suivantes, elle apprit à passer ses journées dans une activité fébrile, se conformant à son état de Dame. Elle courait chez « Les Sœurs », que nous connaissions déjà, vers de nouvelles Sœurs plus économiques, lesquelles copiaient, en privé, des « modèles » sur les revues ; et de chez elles, chez le coiffeur (là aussi, il s'agissait sinon vraiment de frères, d'un couple : leur enseigne disait : « Ferruccio & Ugo »). Et puis chez les modistes. Et aux habituels réceptions ou thés de bienfaisance ou queues-de-coq (c'est ainsi que tante Monda appelait les *cocktails*, par respect pour la linguistique d'État qui proscrivait les termes étrangers). Le dimanche matin, elle m'emmenait avec elle à la messe de la paroisse Sainte-Thérèse. Et certains soirs, elle et tante Monda allaient au cinéma : après quoi, revenues à la maison, elle ébahissait tante Monda par les interprétations qu'elle donnait des films. Il en résultait que, de ces trames, elle rapportait une vision fantomatique, décousue, oblique et arbitraire, comme d'un spectacle qui aurait été projeté de la lune sur la terre. Elle confondait les personnages, les dédoublait, et souvent les déclarait tontos, jugeant leurs exploits, qu'elle racontait à l'envers, indécents, ou farfelus. Elle ne comprenait pas si la secrétaire du Commandeur veuf était sa femme, d'abord vivante, et puis morte de nouveau, ni pourquoi le vieux Directeur était devenu un petit écolier de Madame le Professeur (« Et lui, ce n'était pas l'autre ? Et si ce n'était pas lui, pourquoi l'appelait-on Monsieur Max ? Et le Comte, n'était-il pas supérieur au Chef de bureau ? Inférieur ?! Un Comte ?! »). Tante Monda s'amusait beaucoup de ces mille commentaires ; jusqu'à ce qu'Aracoeli, offensée par ses éclats de rire, cessât toute discussion sur ces maudites intrigues.

Vers la fin du second hiver, l'époque « des Sœurs » déclina. Sur Aracoeli était descendu le miracle. Et cela lui apporta, parmi les premiers effets — immédiatement — un sensible changement de son rythme temporel. Le temps — que les hommes tentent de dompter avec leurs horloges, jusqu'à en faire un automate — est en soi de nature vague, imprévisible et multiforme, tel que chacun de ses points peut prendre la dimension de l'atome ou de l'infini. Son poids peut imiter celui, écrasant et vertigineux, d'une machine, ou celui, ravi et impondérable, d'une main qui peint l'espace de l'Assomption. Son mouvement n'a point de loi. La journée d'un agneau au pâtis n'a pas la même durée que celle d'un forçat dans un camp de travail.

Les journées d'Aracoeli — c'était environ le mois de mars 1938 — prirent un rythme naturel, libre et illégal, qui lui venait, en réalité, de l'invisible ; mais, dans ses effets extérieurs, cela nous devenait bien visible à tous. Ses différentes occupations précédentes semblèrent devant elle se déformer et s'abîmer dans l'inexistant, ainsi que des ombres. Elle ne rendit plus visite aux « Sœurs » ni aux petites couturières de second rang, ni aux modistes. Elle se détournait d'un air indolent des propositions mondaines de tante Monda. Elle négligeait les soins de « Ferruccio & Ugo ». Elle refusait de se déranger pour les films, tous tontos et sans *pies ni cabeza*, etc., etc. Mais, d'évidence, cette anarchie passive ne la plongeait pas dans l'ennui : portée, tel un esquif, par des ondes jaspées, qui la distrayaient, jour et nuit, avec leur surprise radieuse ; et tout à coup la chaviraient en de tempétueux malaises. De fait, ma mère se retrouvait enceinte. Et c'était là l'unique objet de ses pensées quotidiennes.

Apparemment, elle avait enlaidi ; mais sa laideur était si douce qu'elle pliait tout le monde à son service, par sa grâce irrésistible. Elle était prise d'inquiétudes et de stupeurs, comme si c'était sa première grossesse. Et comme une chatte encore petite, gâtée et un peu effarouchée, elle semblait présumer de ses mérites pour son entreprise, et, dans le même temps, demander de l'aide. Elle allait jusqu'à s'adresser à Zaïra, en des actes de clémente soumission, ainsi qu'à une infirmière antipathique, mais scrupuleuse, qui vous administrerait exactement les aliments et les médicaments qu'il vous faut. Et fût-ce dans le supplice de ses malaises, elle cherchait à rassurer les présents de quelques petits sourires. Dans ses yeux cernés demeurait toujours le reflet de la Visitation ; mais, si les anges ont un sexe, l'Avé, c'était sûrement un Ange femme qui le lui avait apporté, à elle. En effet, cette fois-ci Aracoeli était certaine, au-delà de tout doute, qu'elle accoucherait d'une niña. Peut-être en avait-elle obtenu une promesse formelle de la Macarena : laquelle, dans son fameux tableau, nous avait suivis de Totétaco aux Hauts Quartiers, et veillait là aussi, au centre du mur, sur le lit matrimonial. Je crois qu'Aracoeli la considérait — entre autres — comme une manière de Dame d'honneur, préposée (à l'instar des autres Vierges de la même famille) à son service personnel.

Aracoeli elle-même m'avait informé que l'enfant à naître s'était déjà établie — et pour le moment logeait — dans son ventre ; moi cependant je ne l'imaginais pas comme un embryon, mais comme une toute petite fille déjà complète, bien que d'un modèle extrêmement réduit. Et je me préoccupais de la commodité de son logis. Aracoeli m'assura que, là-dedans, ma petite sœur avait trouvé, déjà toute prête, une très belle cuna, dans une petite pièce bien chaude, et pourvue de tout le nécessaire. Ma hermanita s'y trouvait mieux qu'une reine.

Moi : « Mais elle est dans le noir !? »

Aracoeli : « Tu te trompes. Là où elle se trouve elle, il fait clair.

— Il y a des lampes ?!

— Non, c'est la niña qui porte sur elle une lucecita. Elle la porte à l'oreille : un pendiente, avec un brillant qui lui fait le jour. »

Sans trop insister avec mes questions, souvent je me demandais en moi-même comment la niña passait ses journées dans son existence claustrale. Je savais que moi aussi j'avais naguère habité son domicile actuel ; mais je ne réussissais pas à le retrouver avec exactitude dans ma mémoire. Si je tentais de remonter encore plus en arrière dans ma genèse, dans le passé antérieur le plus éloigné, j'avais l'impression — très vague — de me revoir suspendu dans une sorte de nacelle volante, qui cependant se confondait avec notre petite chambre des nuits de Totétaco. J'aurais aimé savoir si moi aussi, dans ma toute première claustration, j'avais porté un petit diamant au lobe de mon oreille, en guise de lanterne ; mais j'avais honte de m'en informer, me disant que les boucles d'oreilles devaient être, selon l'usage, réservées aux seules niñas (peut-être les niños portaient-ils la gemme au doigt ?). Quoi qu'il en soit, je n'éprouvais envers ma sœur ni envie, ni rivalité ; au contraire, je l'aimais plutôt. Non seulement pour ce renversement bien connu de ma nature qui me faisait, souvent, idolâtrer mes rivaux ;

mais aussi parce qu'Aracoeli, depuis qu'elle était enceinte, cherchait continuellement ma compagnie, comme autrefois : « Manuelino ! Manuelino ! » Ses sentiments maternels, vivifiés dans tout son corps par sa nouvelle grossesse, déversaient sur moi leur anxieuse, double ferveur. Elle me gardait près d'elle, et en m'embrassant me répétait : « Tu l'aimes, cette petite sœur ? notre Encarnación, notre belle Carina ? » Encore que pas plus grande, alors, que le petit doigt, pour moi, l'enfant à naître, d'après les propos de ma mère, s'ornait de toutes les beautés ; et je l'imaginais comme une copie parfaite d'elle-même, Aracoeli : au point qu'il m'arrivait, au profond de moi, de l'appeler Aracelina ou Aracelita, bien que déjà depuis beau temps personne n'ignorât son nom : Encarnación, dite Carina en famille. Il est inutile de me demander si mes sentiments eussent été différents dans le cas où l'on m'eût promis un frère, à la place d'une autre Aracoeli. La promesse du destin ne laissait pas de doute : à telle enseigne qu'Aracoeli refusait toute discussion à ce sujet. À la question fortuite d'un quidam : « Et si c'était au contraire un garçon, comment l'appelleriez-vous ? » elle s'assombrissait et protestait : « *Si c'était...* mais cela n'est pas, je vous le dis ! » et un jour elle se révolta, rageuse : « *Si c'était...* il s'appellerait Ninguno !... PERSONNE ! »

De plus en plus, les jours passant, je m'éprenais de cette nouveauté : une sœur. Sa présence parmi nous me piquait de curiosité, et parfois je prétendais en entendre la petite voix, comme le chuchotis d'un canari caché. Entre Aracoeli, moi et la niña nous composions maintenant un trio, et je me voyais déjà marcher, dans le futur, deux mamites me tenant par la main. Chaque jour, comme au matin de Noël, je me réveillais avec la surprise de cette nouveauté ; et sautant, étourdi, les chiffres du calcul, dans mon impatience je courais vers Aracoeli : « C'est aujour-d'hui peut-être qu'elle arrive ? Non ? Demain ? Mais alors, quand ? » « Eh, attends, il faut le temps, elle doit grandir encore. » « Mais comment sortira-t-elle de toi, quand elle sera grande ? Elle ne te brisera pas le ventre ?! » Ma mère riait en me rassurant : la niña sortirait d'elle naturellement, comme un œillet du *tiesto*. Et là intervient tante Monda : on ne doit pas parler du *ventre* de sa maman !

Le seul tourment pour moi, ces jours-là, c'étaient ses malaises à elle. Lorsque je la voyais se faire pâle, quasiment verte, et se troubler, ou s'enfuir les mains sur la bouche, j'étais vraiment pris de panique. C'est alors que la niña me semblait une vilaine maladie, coupable de sévices sur Aracoeli. Mais celle-ci s'offensait de mes calomnies : « Que dis-tu là ! De quelle *faute à elle* parles-tu, Manuelino ! Elle n'est coupable de rien, elle. Elle est petite, toute douce comme un pain pétri par la Madone.

— Et alors, pourquoi te sens-tu mal ?

— Dieu le commande. »

Enfin, les odieux malaises cessèrent. Et commença, pour ma mère, un grand travail ininterrompu : préparer le trousseau en vue de la future naissance. Dans cette affaire, dès le début Aracoeli exerça un droit exclusif, en vraie propriétaire jalouse ; et la vanité naturelle des femmes, à quoi elle paraissait presque réfractaire quant à sa propre personne, se donna tout à fait libre cours au regard de Carina. Cette fois, elle ne se soumettait pas aux avis de tante Monda, si ce n'est pour en assimiler la science des travaux féminins (points, tricots, broderies, etc.) digérée par Monda dès ses premiers pas au collège, selon les systèmes éduca-tifs du XIXᵉ siècle. Aracoeli s'y appliquait à présent matin et journée et soir, avec une telle ferveur que, fût-ce en rêve, elle revoyait broderies, tricots et points. Et, vu que la science se développe même en dormant, à chaque réveil ses mains se montraient plus habiles. Elle jouissait d'un plaisir extrême à coudre et orner de ses mains cette lingerie d'une petitesse invraisemblable, où elle épanchait librement ses propres caprices d'enfant, et les envies fastueuses de son sang hispano-oriental. Étoffes, couleurs, dessins, ici tout était le fruit de son choix. Et dans son visage penché sur ses travaux, tremblotait un amour en liesse, qui reflétait aussi une espèce de narcissisme. Maintenant, je crois comprendre que sans doute, dans le trousseau de sa petite fille si ardemment désirée, Aracoeli s'habillait aussi elle-même enfant. À son époque, cette Aracoeli enfant n'était fagotée que de quelques chiffons, et aujourd'hui, enfin elle la rachetait. Au fond, Aracoeli restait encore une enfant, peu faite pour porter des robes de dame. Sur une enfant, un tailleur est un déguisement disgracieux (son unique compensation, les louanges d'Eugenio) tandis qu'aujourd'hui, enfin, Aracoeli touchait à la grâce, ainsi qu'un poète qui se libère de la censure.

Maintenant, notre maison avait l'air d'une petite Cour royale dans l'attente de l'Infante. Partout — même au salon — on voyait des pelotes, des langes et des nœuds de toutes les couleurs de la lumière (avec prédominance dans la gamme des roses). Et moi ici, tandis que j'en parle, je sens que mes orbites me brûlent, comme si je retrouvais sous mon front mes deux yeux d'alors, en extase devant le trousseau d'Encarnación. Les « créations » des Sœurs, hier tant admirées, devenaient de la camelote pour sombres géantes, devant ces minuties d'extraordinaire joie. À la place du marché bourgeois, ici régnait le jardin des fées, ou les trônes de Notre-Dame de los Reyes. Chaussures lilliputiennes de laine à maille dorée, fermées par une parfaite petite rose double de velours vermeil.

289

Bonnet baroque majestueux, mais aussi léger que de la barbe à papa. Blanc mantelet, avec triple collet couronné sur les trois ourlets, en relief : 1) d'une guirlande de fleurs — 2) d'une frise d'anges musiciens — 3) d'un vol de cigognes et de palomites. Sur le petit métier à broder, près de la fenêtre, on célébrait de minuscules genèses quotidiennes de faunes et de flores enfantines, qui faisaient rire, satisfaite et divertie, la créatrice elle-même : « Regarde, mira, mira, Manuelito ! Le palmier, l'azucena, el pajarito, mira ! » La machine à coudre dansait, infatigable. Et en famille c'était une suite de défilés de mode : brassières, courtepointes et bavoirs à volants et rideaux de berceau, aériens baldaquins dignes d'un trône, et longues et précieuses robes de baptême... chaque pièce portant brodée l'initiale *E* (Encarnación). Pas même Zaïra n'osait toucher ces ouvrages répandus sur les tables et les divans, et encore moins murmurer contre ce désordre. Grandie par la suprême importance de Carina, Aracoeli atteignait à une tyrannie totale. Négligée, mal coiffée, toujours en robe de chambre et en pantoufles, elle était à l'abri des critiques, une hors classe qui avait d'autres chats à fouetter. Et elle ne sortait que pour la Messe, ou poussée par la rage de nouveaux achats pour le Trousseau : habillée tant bien que mal, et par simple décence ; et souvent suivie de tante Monda qui se faisait son esclave. Au milieu de sa joyeuse et futile excitation, tante Monda redoutait seulement qu'à la fin, par surprise, n'arrivât un autre garçon (« Et qu'en ferons-nous, alors, de tout ce rose ? ») mais elle se gardait bien de manifester ses propres doutes si ce n'est, à voix basse, avec Zaïra. (Zaïra : « Chut... motus et bouche cousue ! Ça ne se discute pas ! Garanti cent pour cent que d'ici peu nous aurons sous le nez la nouvelle Señorita. »)

290

En contrebas du Château de Gergal, le long de la pente, je mesure combien je me suis fait vieux. Quand je m'appelais Manuelino-Manuelito, mes maigres jambettes se seraient ailées pour voir le Château de près, et même l'examiner à l'intérieur (si, comme j'ai tout lieu de le supposer, il est inhabité). Ainsi que pour tous les lecteurs de fables, pour moi alors les châteaux n'étaient pas à proprement parler des constructions terrestres. Non seulement chevaliers, dames et fées ; mais aussi Toujours-Vierges ou Trinité — à peine tentais-je de m'imaginer leur demeure — je n'aurais su les mieux installer qu'entre des murailles crénelées. Peut-être murailles de nuages ? peut-être, d'or ? Quand, abandonnées, ce sont ensuite les fantômes qui les occupent.

Qui sait combien de fois la petite Aracoeli et son frère Manuel auront grimpé à toute volée cette pente. Mais rien, fût-ce une telle certitude, ne m'invite à monter. Je ne ressens aucune curiosité : unique sensation, mon corps éreinté, enroulé dans les vapeurs blanchâtres du chichón ; et tout autour, peut-être, de petits fantômes flottant dans l'air, semblables à des libellules spectrales. Aujourd'hui, pour m'abattre il me suffit d'une fatigue dérisoire. Depuis que je suis sorti (non sans aplomb !) du troquet de Gergal, je ne dois pas avoir marché plus de dix minutes, à ma montre. Et déjà je m'écroule, à demi couché pour une première halte au bas de cette légère montée. Le Château est à mi-hauteur, se détachant sur le fond de la Sierra qui domine, stérile et déserte dans sa couleur de sang séché. D'après ce que je parviens à en voir, c'est un petit château de construction grossière, qu'on dirait modelé tant bien que mal dans l'argile (peut-être propriété de quelque *Conde* local au maigre blason) mais régulièrement pourvu de ses tours et créneaux et meurtrières : exact modèle réduit tiré des histoires de fées. Il me revient à l'esprit qu'autrefois, me distrayant à tisser des mythes sur mes ascendances maternelles, je m'étais inventé aussi, entre autres, une mère hidalga et châtelaine. Voilà donc qui serait le fameux château des Muñoz Muñoz. Et alors, qu'attendons-nous, Aracoeli, pour rentrer à présent dans notre fief serrano? Pour toute réponse, Aracoeli elle-même (réduite à un filet de vent) rit dans mon dos d'une pareille proposition touristique. Et je me surprends à entendre que ce présent éclat de rire est un rire de vieille.

Ce Château ne vaudrait pas le détour, pas même pour une visite scolaire, instructive et dominicale. Évidemment, ce n'est qu'une ruine sans valeur, abandonnée par le *Conde*, son propriétaire, aux pipistrelles et aux reptiles. L'intérieur s'est peut-être effondré. Ni parois, ni pavements, ni plafonds. Le toit est ouvert au vide. Ainsi, des villes asiatiques les Tours du Silence, où, sur le fond nu, sont exposés les morts, nue et libre proie, aux oiseaux cannibales du ciel.

La mort, dans les familles, se comporte parfois comme un hôte envahissant qui, une fois vicié par la drogue, s'accoutume à son propre vice.

La grossesse d'Aracoeli touchait à son septième mois, quand on apprit chez nous la vilaine fin de son frère; mais, prenant en considération son état, on ne lui communiqua pas la nouvelle. Un sage complot familial lui assurait tout autour d'elle un paravent protecteur de silences et d'égards; et, pour son compte, elle ne semblait pas tentée de sortir de son petit abri privé. Des guerres et des affaires politiques, elle en savait autant que moi, c'est-à-dire moins que rien; je crois que des mots tels que *révolution* et *guerre civile* étaient pour elle des vocables d'une autre planète et intraduisibles, au point de se vider de toute résonance réelle, ainsi que des vibrations confuses dans le cerveau d'un sourd. Un résumé historique l'aurait trouvée niaise et inapte à comprendre, pire que devant les fameuses comédies filmées auxquelles tante Monda l'invitait.

Certaines de mes évocations présentes ne se fondent bien sûr pas sur le témoignage de l'ignorant petit gamin que j'étais à cet âge. C'est plutôt une sorte de vaticination à l'envers, qui aujourd'hui me les fait passer en transparence devant les yeux. Et moi, penché sur elles, j'essaie de lire le passé comme une diseuse de bonne aventure lit le futur dans sa sphère de cristal. Mais on dirait que cette optique visionnaire, me réaccompagnant en arrière vers mes premières lumières, reste encore, en quelque façon, réglée par l'esprit infantile qui bornait, alors, mon théâtre terrestre. Ce que je sais peut me fournir, aujourd'hui, en lettres et en chiffres, les dates historiques de ces années passées ; et me signaler les multiples scènes contemporaines du théâtre extérieur, qui se déroulaient au-delà de notre petit intérieur bourgeois. Alors elles allaient, on le sait, vers ce désastre final, qui devait abattre, en sa dernière convulsion, nos coulisses de papier, à cette heure-là déjà déchirées et sanglantes. Mais ma présente boule de cristal limite son centre focal à mon petit théâtre privé de famille, où les faits publics nous parvenaient à la manière dont les questions d'adultes arrivent dans une *nursery*. Ainsi, des événements d'Espagne, en cours depuis deux ans déjà, on parlait peu à la maison : surtout en présence d'Aracoeli. La seule, parmi nous, qui achetât les journaux, c'était tante Monda, laquelle, cependant, les parcourait de préférence le soir, chez elle (se limitant souvent, pour la partie politique, aux gros titres triomphalistes de première page), et à l'occasion, en cachette, elle les commentait ensuite avec Zaïra. Pour sa part, celle-ci suivait avec enthousiasme les actions des « Nôtres », se

293

sentant, ou peu s'en faut, une décorée honoraire des Phalanges, non seulement en vertu de notre Commandant, mais aussi d'un de ses propres enfants, aviateur, naguère en service sur le front antirépublicain. Elle disposait d'un petit appareil radio personnel, qu'elle gardait allumé dans la cuisine, mais à bas volume, pour écouter presque en catimini les bulletins d'information. En effet, la consigne du Commandant était qu'on évitât tout risque d'alarmer Aracoeli.

Mais, quant à elle, Aracoeli était peu attirée par la radio, éprouvant à son égard un certain soupçon craintif, de même que pour les automates ou les mécanismes en général (au téléphone, il lui arrivait encore de manquer d'assurance et de bégayer presque). Et puis, en ce qui concernait les journaux, devant leurs feuilles pleines à déborder de caractères indigestes, elle paraissait régresser vers l'analphabétisme le plus total. Quand bien même elle les voyait, son regard y tombait comme sur le vide, en une opacité obtuse.

Des événements d'Espagne, il ne lui parvenait qu'échos légers et partiels, tous tamisés par mon père. Aucun doute à cela : ni les vieux — comme ses parents — ni les jeunes garçons — comme son frère — n'étaient entraînés dans le conflit, qui ne concernait que les gouvernants et les militaires, et se déroulait dans de rares centres ou des champs de bataille, parfaitement isolés, et à des lieues et des lieues de chez elle. Là-bas, dans sa Sierra, et dans toute la région, la vie continuait, normale et tranquille, et les gens ne s'apercevaient même pas de la guerre ; ils attendaient en paix la libération finale, désormais garantie grâce à l'action des « Nôtres ». De cette action, par intervalles, mon père rapportait le son épique à la maison, à travers certaines brèves annonces exclamatives, semblables à des coups de clairon victorieux. Et Aracoeli en éprouvait, d'évidence, le même plaisir (amoureux et glo-

294

rieux, mais incompétent) que l'épouse casanière d'un champion olympique annonçant les succès de son équipe. Telle — je le suppose — lui apparaissait la guerre civile : une compétition entre deux équipes pour un championnat. Et les « Nôtres » de mon père, cela s'entend, étaient aussi les siens.

Un an auparavant, par un hasard malheureux, elle avait entendu la nouvelle du bombardement d'Almeria par l'artillerie de la marine allemande. Faisant retour impromptu à la maison, elle et moi, je me souviens, nous avions surpris une discussion provenant de l'office, entre Monda et Zaïra sur le sujet du jour. Tante Monda finissait tout juste de démontrer que c'étaient les « Ennemis » (autrement dit les « Communistes ») qui avaient provoqué l'action de la flotte allemande, en l'assaillant les premiers par traîtrise ; du reste, il ne fallait pas oublier que nos amis allemands étaient défenseurs et solidaires des patriotes espagnols, contre les comunistes, lesquels avaient chassé le roi et voulaient détruire les églises.

Survenant au milieu de ces derniers mots, Aracoeli s'était arrêtée sur le seuil de la cuisine, d'un air renfrogné et perplexe.

Aracoeli : « Les gens sont pourtant des chrétiens, dans ma région. Et quand les autres chassèrent le roi, la Virgen de las Angustias a pleuré. À Granada, certains l'ont vue. »

Zaïra : « Pour moi, je suis informée et convaincue que ce furent des bateaux russes camouflés en flotte allemande, qui ont donné du canon sur Almeria, pour diffamer le peuple germanique et le calomnier par une propagande mensongère. »

Aracoeli (avec une âpre et anxieuse exigence) : « Mais qui possède les canons les plus *larges* ? Les Russes ou les Allemands ? » Et puis elle haussa les épaules en fronçant les sourcils, car elle venait de retomber dans l'une de ses confusions linguistiques des premiers temps, lorsqu'elle appelait *largueza* la longueur, selon le vocabulaire espagnól. (Exemple. Aracoeli : « Le rat a la queue plus large que le corps. ») « Plus LONGS », se corrigea-t-elle avec sévérité. Certes, dans son for intérieur, elle se préoccupait à l'idée que ces canons inconnus mesurassent une longueur telle qu'ils pouvaient arriver Dieu sait où, peut-être même jusqu'à El Almendral. Mais tante Monda, en riant, eut tôt fait de la rassurer ; ajoutant, par ailleurs, d'un ton persuasif, que cela ne valait pas la peine de se faire des cheveux pour cet incident d'Almeria : casuel, déjà terminé, et sans nulle conséquence pour personne.

Les derniers mois de grossesse furent les plus fatigants pour Aracoeli. Le climat estival — qui d'habitude la nourrissait de fraîcheurs et de couleurs comme une pêche — l'épuisait ; mais elle, obstinée, se refusait à quitter la ville, dans la crainte presque angoissante que tout changement ou toute secousse extérieure fussent une menace pour le précieux petit corps qui grandissait en elle. Contrairement à ses habitudes, elle se levait très tard de son lit, et passait une bonne partie de la journée à demi allongée, comme les femmes des harems, ne se distrayant de son oisiveté que pour apporter quelques finitions au trousseau de la niña, qui, tout à fait prêt maintenant, repassé et replié, remplissait une petite commode près du berceau. Pour ne pas la laisser seule, cette année-là tante Monda passa à Rome ses vacances d'été ; alors que je fus expédié (à mon corps défendant) à la mer, dans une villa d'amis. De ce mois de vacances je ne me rappelle rien, si ce n'est ma nostalgie de la présence maternelle, et l'antipathie que me décrétèrent — dès le premier jour — les enfants de mes hôtes : deux garçons et une fille, tous trois de mon âge. Ils furent, me semble-t-il, les précurseurs de ce vague malaise (de ma part, timidité et singularité — et hostilité de la part des autres) qui devait me condamner, dans le futur, à la peine de l'isolement.

À mon retour de vacances, je trouvai ma mère plus épuisée et plongée dans une plus grande torpeur. Mon père, dans les rares incursions qu'il pouvait se permettre à Rome, la faisait ponctuellement examiner par son médecin de confiance, lequel lui confirmait chaque fois que la gestation suivait un cours normal. Naturellement, je n'étais pas admis à ces visites, mais j'imagine que, pour le médecin, ce devait être une rude épreuve. En effet, par nature Aracoeli haïssait les visites médicales et appréhendait les docteurs et leurs mains. Elle résistait désespérément à la demande de se déshabiller, et quand le médecin la touchait, elle tremblait autant qu'une pauvre lapine. Je me souviens que mon père lui-même, après ces visites dramatiques, apparaissait troublé et pâle : comme s'il s'accusait d'avoir soumis, par nécessité, son propre amour à une odieuse, froide violence.

En voyant l'obstination de sa patiente enceinte à rester en ville, le médecin lui avait prescrit au moins une heure de mouvement quotidien en plein air, pendant les heures les plus fraîches. Et elle, dans sa lourde indolence, se plia à une courte promenade quotidienne, accompagnée de tante Monda et de moi, dans les allées de la Villa Borghèse. Mais elle sursautait au moindre incident, le passage des véhicules et des gardes à cheval lui faisait peur. Et elle hâtait l'heure du retour, comme si l'univers entier, avec tous ses objets et ses êtres vivants, représentait une unique menace contre son petit bien. Et puis, à peine à la maison, elle s'abattait sur son lit, énervée et haletante, ainsi que la rescapée d'une expédition incertaine, et d'un effort énorme.

Le poids de son ventre n'avait pas l'air excessif ; mais il semblait pourtant lui briser chaque muscle et ralentir son flux vital, en rendant son sang plus dense et plus visqueux. Dès le mois de juillet, on avait installé à la maison des ventilateurs, qui n'avaient pas grand pouvoir contre la canicule. Dans mon souvenir, reste leur bruissement bourdonneur, au cœur de la pénombre des persiennes closes ; et s'y ajoute, parfois, la palpitation d'un éventail avec lequel Zaïra, pleine d'un humble zèle (je ne sais jusqu'à quel point hypocrite) s'employait à rafraîchir le visage d'Aracoeli. Puis, tout à coup, celle-ci faisait un petit geste agacé, pour se libérer de sa présence. La gouvernante subissait, maintenant, de sa part, le même traitement que si elle avait été un bourricot bâté au service d'une cour royale. N'était-elle pas, en effet, tenue de servir notre petite reine, Carina Encarnación ? Je crois que Zaïra, pour sa part, en bougonnait dans les coulisses ; mais sur la scène, elle filait droit, toujours soumise au mérite du Commandant.

Au mois d'août, la ville de Rome ressemble à un Sahara chauffé à blanc. Jour et nuit, Aracoeli était trempée de sueur. La transpiration gouttait de ses cils et lui ravinait le visage, qui n'était plus son visage d'avant. Altéré par sa pâleur, taché aux joues, et presque tuméfié, souvent il prenait une expression stupide et sans âme. Ses yeux, naguère limpides et légèrement saillants telles deux gemmes enchâssées, rentraient maintenant dans leurs orbites enflées, toujours voilés d'un brouillard sale. Dans sa passivité d'absente, immunisée contre l'ennui et le cours du temps, elle imitait une bête tombée en léthargie dans l'attente du réveil équinoxial. Elle passait de nombreuses heures assise dans son petit fauteuil bas aux hauts accoudoirs, pareille à une idole difforme dans sa niche. Mal fagotée dans de fines robes de chambre d'été, légères mais amples, et longues jusqu'aux pieds, elle prenait soin, même dans sa morbide apathie, de se les ajuster par pudeur, de façon à se couvrir les jambes, que son ventre grossi forçait à une vilaine pose indécente. Et hors de sa robe de chambre ne sortaient que ses pieds nus (d'instinct, elle se libérait de ses pantoufles). Qui, courts, gros et malformés, se retiraient parfois sous la chaise, de l'air de deux pauvres petits animaux de la terre, débusqués et honteux.

La terrible fatigue de la grossesse lui laissait si peu de souffle, qu'elle demeurait constamment silencieuse. Mais lorsqu'elle ressentait les mouvements de la créature, mue par des joies irrésistibles, elle partait en de certains brefs éclats de rire discrets, qui ne cessaient de trembler dans sa gorge, ainsi que des cordes de mandoline à peine touchées : « Manuelino ! ah ! ah ! Manuelino ! La hermanita joue ! La hermanita saute et danse ! » Et d'un geste ami, de tendre chasteté, elle approchait ma main de son ventre. « Oui ! je la sens ! je la sens ! » m'exclamais-je avec fougue (en écoutant une espèce de frémissement d'ailes à travers l'étoffe légère de son déshabillé). Et nous riions ensemble, pleins d'allégresse. Et moi je lui donnais deux petits baisers sur les genoux.

Selon ma chronique que je date de mémoire, ce fut dans ce même mois d'août que Manuel, enfui avec les guérilleros anarchistes, finit sous la mitraille de la partie adverse. Où son corps fut jeté, cela reste un mystère ; et je ne sais par quel moyen nous parvint la nouvelle ; mais il ne fait pas de doute que c'est mon père qui la reçut le premier, et la confia à tante Monda — et, je crois, à elle seule. À moi comme à ma mère, elle fut tenue secrète : en raison d'une défense évidente contre toute indiscrétion éventuelle de ma part, outre que de la coutume — répandue, dans les bonnes familles — d'éviter certains sujets funestes en la présence des enfants. Plus tard seulement — on le sait — j'en appris quelque chose de la bouche de tante Monda. Qui ignora toujours quelle révolution fatale (encore que vaine) déchaînerait dans mon cerveau ses propos fortuits. Au vrai, depuis longtemps déjà, n'arrivaient plus les cartes postales avec le cachet de Gergal et la signature que nous connaissions bien, Manuel Muñoz Muñoz. Et même une fois, au cours de cet été, j'avais demandé à ma mère ce qu'il en était ; et elle, tournant dans le vide son nouveau regard, opaque et médusé, m'avait répondu : « La poste, là-bas, ne marche pas. » C'était l'explication habituelle que lui donnait mon père : justifiant à ses yeux cette désorganisation prolongée par les grèves que fomentaient les communistes ; et la rassurant, en même temps, du fait qu'il avait lui, ponctuellement, à travers consulats et ministères, d'excellentes nouvelles de nos parents andalous résidant à El Almendral. La famille jouissait d'une bonne santé, le père aussi (souffrant d'une forme de cirrhose) allait mieux, etc., etc.

Enfin — nous étions déjà en octobre — nous arriva une carte postale de Manuel. Le hasard voulut que je la reçoive personnellement des mains du concierge, monté pour nous la remettre. C'était précisément cette fameuse carte postale avec l'antique silhouette de la Puerta d'Oro. Dans son écriture aux caractères montants — restée d'ailleurs celle d'un enfant — en quelques lignes Manuel nous informait que son père s'était remis et avait quitté le lit — que tous, dans la famille, se portaient bien et qu'il n'y avait pas lieu de s'en faire pour eux — que le petit-fils (el nieto) de Patufè était revenu à la maison. Il ajoutait les traditionnels baisers (besos y besitos) en grand nombre,

300

suivis, en bas, de la signature rituelle : Manuel Muñoz Muñoz.

La carte postale était régulièrement affranchie, et oblitérée avec le cachet de Gergal ; mais la date de départ, sur le cachet, n'était pas lisible (quant aux dates dues communément à la main des expéditeurs. Manuel avait l'habitude de les omettre). En réalité, qui sait pendant combien de temps et à l'intérieur de quels sacs oubliés ou recoins postaux, la carte avait dormi avant d'atterrir heureusement dans la maison des Hauts Quartiers. En effet, le jour où elle arriva, Manuel était déjà mort depuis au moins deux mois. Mais je demeurais dans l'ignorance de cette mort, autant que ma mère. Et c'est à elle que je courus apporter la surprise, en lui agitant, tout joyeux, la carte postale devant les yeux. Elle, cependant, toujours ravie dans sa pose inerte, y jeta à peine un regard de biais, sans la toucher. Sa lèvre inférieure — saillant naturellement un peu sur celle de dessus — s'était relâchée, donnant à sa bouche mi-close et muette une expression de stupide abrutissement ; tandis que son œil troublé — comme affecté par un mal — fuyait la carte postale, ainsi qu'une vomissure ou une menace. « C'est Manuel ! C'EST MANUEL ! » lui criai-je. « Jette-la ! » me dit-elle, en l'écartant, avec un petit cri d'exaspération.

Au vrai, dès cet été-là je m'étais aperçu que ma mère se détournait de tout propos sur Manuel, et je sentais dans sa réticence de la répulsion et de l'angoisse. Après cette dernière scène, elle ne prononça plus jamais par la suite, autant qu'il m'en souvienne, le nom de Manuel ; et moi je n'osais plus le lui nommer. La raison nous en restait inconnue ; mais ce silence réciproque devint une espèce de complicité secrète entre elle et moi. Entre nous deux, on pouvait percevoir une ombre sacrale dans notre double secret : même si l'explication pour moi (non moins que pour elle, peut-être) demeurait indéchiffrable.

Un de ces soirs-là, tante Monda me fit écouter, au phonographe, la Chevauchée des Walkyries. Wagner était, à l'époque, très à la mode (pour sa part, tante Monda réunissait curieusement Wagner et Puccini dans une même prédilection, sans compter les romances ou les chansonnettes), et sur mon goût puéril cette musique s'avéra d'un effet surhumain. La même nuit, je rêvai de Manuel qui chevauchait avec immense fougue, à l'égal des Walkyries ; pourtant, à la différence de ces opulentes filles, lui, dans mon rêve, il était petit, environ de ma taille ; en outre, au lieu d'un cheval, il montait un taureau. C'était un animal gigantesque, noir, et, par contraste, les ors et les satins pourprés de Manuel (en costume d'espada) prenaient un relief irréel. « Tu ne joues pas ? » me hélait Manuel au passage (c'était la même question que me lançaient parfois, à l'occasion, d'autres garçons de mon âge quand ils me voyaient isolé alors qu'eux jouaient tous ensemble). « Mon cœur », lui ai-je répondu, « fait trop de rides. » Et de fait dans mon rêve ma sensation était précisément celle-ci : que mon cœur se ridait comme la peau d'un vieillard. Je me réveillai, les côtes endolories, et dans le souvenir d'une poursuite inutile, ou d'une chute.

Certains événements fortuits se chargent — plus on avance en âge — d'une mystique exaltée et arbitraire, qui ronge intempestivement un tissu déjà rongé, comme fait la rougeole sur un organisme adulte. Ce jour, la carte, qui nous est remise posthume en raison d'une désorganisation du courrier, me donne à croire à un alibi de Manuel, qu'il nous a fait parvenir lui-même, au-delà de son radieux outre-monde, pour nous opposer un démenti formel à la nouvelle de sa mort. Pareille affectueuse plaisanterie lui ressemble ; et ce n'est pas pour rien qu'il aurait choisi l'image de la Puerta d'Oro. Almeria (*Le miroir*) a dérobé hier soir à mes sens impuissants ses splendeurs arabes ; mais elles ne sont pas perdues pour autant. Comme l'amulette d'Aracoeli, et la voiturette des glaces, et Totétaco, et jusqu'au moindre comparse de la comédie, ainsi la Puerta de Manuel est immortelle. Nos organes des sens sont en réalité des mutilations. Nous étions entiers, avant la Genèse ; et il se peut bien que l'expulsion de l'Éden doive être prise, dans son sens occulte, pour un jeu ambigu et provocateur : « Vous avez mangé du fruit *défendu* », dit la sentence du Seigneur, « mais non pas du fruit *secret*, celui de la vie que moi, le Maître du jardin, je garde caché à vos yeux, car il vous rendrait pareils aux dieux. » Or, le jeu équivoque de l'expulsion pourrait se glisser ici précisément : en réalité, *les portes mêmes qui nous ont fermé le jardin de l'Éden nous ont ouvert les jardins innombrables du monde. Et où se cache, alors, le fruit secret ? au-delà, ou en deçà des portes ?* Sur ce point, la sentence est muette. Muette ou chiffrée ? Dans le second cas, c'est justement son silence ambigu qui nous en indiquerait, peut-être, la clef. « Allez-vous-en d'ici », dirait la sentence renversée du Seigneur, « en vertu du fruit défendu, vous êtes libérés de l'Éden, et s'ouvrent devant vous les champs de la terre, où se cache le fruit secret. Trouvez-le, et vous serez pareils aux dieux. »

Les dieux ne sont pas broyés par la machine des sens. Ils sont entiers. Passé, présent et futur — ténèbres et lumière — mort et vie — les multiples et les termes — les différents et les contraires — pour eux ne font qu'un. Peut-être est-ce LÀ notre ligne d'arrivée. Et il ne serait pas permis de nier que le suc de l'intégrité déifiante puisse se révéler à nous dans quelque simple produit de la terre. Comme dans une grappe de raisin se trouvait cachée l'ivresse, et le courage dans une feuille de coca, et le calme et l'extase dans un pavot, et dans un champignon les révélations brahmaniques des mystères — et chaque espèce de médicaments et de remèdes prodigieux et de guérisons en de pauvres herbes, grains imperceptibles et écorces et moisissures —, on peut vraiment supposer que quelque minuscule germe ou spore de la végétation illimitée est l'occulte porteur de notre métamorphose définitive. Et puis il n'est pas exclu que le Seigneur, dans ses verdicts, ne recoure à des symboles ou à des métaphores : la cache du « fruit » secret, on pourrait même la chercher, sans doute, dans d'autres règnes de la nature. Ce pourrait être une pierre, une aile d'insecte, la cendre d'un os ; ou encore un mot inventé, une pensée jamais conçue par personne... Alors, on verra des choses invisibles, et on comprendra les incomprises, et les perdues seront restituées.

> « Que les ténèbres deviennent ténèbres lumineuses
> et que la lumière se fasse lumière ténébreuse. »

Après sa visite d'août, mon père revint, de passage, vers octobre. Je me souviens de la saison, parce que c'était le temps où rouvraient les écoles ; mais Aracoeli, à cause de son état, ne venait plus, comme avant, m'accompagner jusqu'à l'entrée, et me chercher à la sortie. Il était triste, pour moi, de voir Zaïra à sa place, et chaque jour j'espérais (telle une surprise miraculeuse) la voir réapparaître devant moi, sur le trottoir d'en face, riant et agitant la main. Je n'aurais certes pas eu honte de sa difformité ; mieux : celle-ci m'apparaissait en elle comme une nouvelle grâce, qui la distinguait davantage encore, d'entre les mères de mes camarades. Pour moi, c'était toujours elle seule, qui déterminait les

304

dogmes de la beauté ; et toute contestation de la part d'autrui à ce propos eût eu l'air à mes yeux d'une aberration.

Mon père, effrayé de la voir si pâle, convoqua aussitôt le médecin, qui, de fait, lui prescrivit une cure contre l'anémie. Cependant, à mon père qui tentait une fois encore de la convaincre de chercher un climat plus salubre, en se transférant — fût-ce pour peu de temps — au moins sur les toutes proches collines du Latium (où on était en train de fêter les vendanges), elle opposa son habituelle résistance obstinée. Elle se plaignait de douleurs à l'abdomen, qui lui faisaient craindre (contre les assurances du médecin) un accouchement prématuré. Et devant les insistances de mon père, elle éclata tout à coup en sanglots, révélant enfin la grande prétention idéale qui la soutenait dans cette désobéissance inouïe. « Mais tu ne comprends donc pas ? » lui dit-elle dans un cri de caprice convulsif, « je veux que la NIÑA naisse ici, à Rome ! Dans NOTRE maison ! »

Pour moi, présent entre eux deux, cette phrase me fit l'effet d'une égratignure intérieure, un coup d'ongle qui m'aurait griffé le cœur. Et il se peut bien que ce fût (je ne le nie pas) un coup inattendu de jalousie ; non pas, toutefois, vraiment pour moi-même — plutôt pour l'autre maison, où *moi* j'étais né — mieux : pour son ombre. Totétaco ! répudiée, maison bâtarde ! Dès lors, certes, je ne la vis pas remonter intacte à ma conscience, après cette démolition obscure. C'est à peine si je ressentis le heurt d'une quelconque destruction. Un signal expiré et non identifié, comme d'une étoile anonyme explosée aux origines de l'espace-temps. Je me rappelle l'élan qui me rapprocha de ma mère : je la touchai au bras, voulant la consoler de ses pleurs ; mais sa chair resta insensible à la mienne. Ses yeux pleins de larmes admiraient, tout autour d'elle, cette pièce des Hauts Quartiers, avec des lueurs d'amour,

305

par vénération de la niña, pour sa richesse et noblesse supérieures. C'était là le digne lieu d'une naissance, pour une petite reine légitime ! Tandis que le lieu de ma naissance à moi, était, ici, innommable.

La volonté d'Aracoeli ne fut exaucée qu'en partie. Carina naquit à Rome, oui, mais pas à la maison. Aracoeli lui donna le jour dans une clinique ; et (pour autant que je pus le déduire des habituels murmures de cuisine) ce ne fut pas un accouchement facile — sans doute même risqué. En tout cas, quelques jours plus tard, Aracoeli et Carina débarquèrent saines et sauves dans la maison des Hauts Quartiers.

La petite reine aussi, comme moi, était née en novembre ; mais moi, début novembre (Scorpion, signe d'eau) ; et elle, à la fin (Sagittaire, signe de feu). Je me souviens que tante Monda, en cette occasion, consulta dans un livre l'horoscope, non seulement de Carina, mais de toute la famille ; et ces histoires me fascinaient au point que j'allais récitant les décrets astraux à l'instar de poésies. Leurs vers, jamais plus oubliés, défilent encore dans mon esprit, en un ordre précis :

EUGENIO — signe du Taureau. *Nature* la Terre. *Planètes* Vénus Nocturne, Mars en exil, Jupiter et Soleil en voyage. *Pierre précieuse* l'agate. *Métal* le cuivre.

ARACOELI — signe du Lion. *Nature* le Feu. *Planètes* Soleil en Maison, Saturne en exil, Lune en voyage. *Pierre précieuse* le Rubis. *Métal* l'or.

MANUEL — signe du Scorpion. *Nature* l'Eau. *Planètes* Pluton en Maison, Vénus en exil, Lune en chute. *Métal* le fer.

CARINA — Sagittaire. *Nature* le Feu. Jupiter en Maison, Mercure en exil. Neptune en voyage. *Pierre précieuse* le grenat.

MONDA — Capricorne. *Nature* la Terre. Saturne en Maison, Lune en exil, Jupiter en chute, Vénus en voyage. *Pierre précieuse* onyx. *Métal* le plomb.

. . . .

L'existence de Carina fut si brève, qu'elle ne me laissa d'elle vivante que deux images fixes, tels des déclics d'instantanés. Sur l'une, Aracoeli (à peine revenue de la clinique) la tient contre elle, au milieu de son grand lit, collée à sa mamelle. Dans la chambre, il y a une lumière de couchant, qui colore le visage radieux d'Aracoeli, et imprègne le noir de ses yeux d'une luminosité presque turquine. Du nourrisson, je ne vois rien d'autre qu'un petit bonnet blanc et rose ; et j'entends l'imperceptible sucement de ses lèvres, qu'Aracoeli semble savourer comme des gouttes de miel. Dans la pièce dorée et calme nul autre bruit n'arrive. Et dans cet espace-là le temps s'est arrêté, me rendant à un sentiment indicible, unique et total, auquel je pourrais aujourd'hui donner un nom : ÉTERNITÉ. (Il est étrange que l'ÉTERNITÉ se laisse plutôt capter en un segment éphémère qu'en une continuité étendue. Mais le corps ne soutient pas l'épreuve et revient au désordre.)

Dans une autre scène, je revois Carina au fond de son berceau, devant moi, piqué de curiosité, qui l'observe à travers mes lunettes. La petitesse extrême de son corps, pourtant accompli et précis dans chacune de ses parties, est une merveille incroyable pour moi. Elle est calme, allongée au milieu de talismans, de dentelles, de laines aussi vaporeuses que l'écume, réveillée, les yeux bien ouverts. Ses yeux, très grands, ont cette teinte azurée, encore laiteuse, qui change par la suite : et leur stupeur ressemble à une mélancolie. C'est une stupeur sans objet, ni curiosité, ni connaissance ; et elle ne répond pas aux choses, elle paraîtrait plutôt, en soi-même, une sorte de question inexprimée adressée à personne. Sa face est ronde et pleine, aux traits de miniature mais d'un fini parfait et d'une grâce extraordinaire. La bouche est si petite qu'on la dirait peinte avec le plus fin pinceau d'un artiste chinois. Elle est d'un rose délicat, et de la même couleur sont aussi ses lobes, déjà ornés de dormeuses d'or gravé, minuscules comme deux graines. Les cheveux, noirs, lui sont nés plutôt épais, et poussent en petites touffes qui, malgré leur douceur plumeuse, commencent à s'enrouler en boucles. (Dès les premiers jours, Aracoeli s'amusa à les lui décorer avec deux petits rubans joliment noués.) À la différence de notre carnation (la mienne et celle d'Aracoeli) la sienne se révèle déjà de la clarté des perles. La rougeur propre aux nouveau-nés ne lui reste qu'aux mains, que par habitude elle tient fermées, en serrant les poings. Au tintement des clochettes et des amulettes d'argent qui pendent du haut du berceau, ses petits poings s'agitent à peine à peine, comme si c'était là sa façon d'applaudir. Elle porte au poignet un fin bracelet de fils d'or tressés, agrémenté de grains d'ambre et de corail, qui doivent la protéger des infections et de la toux. Et pour sa défense, au faîte du berceau monte la garde un portrait de la Madone, armée d'une épée.

C'était une menue créature tranquille, qui pleurait rarement et sans donner de grands coups de voix, mais avec de petits cris pareils à des bêlements. Même sur les fonts baptismaux, quand on lui fit couler de l'eau sur la tête, elle ne protesta pas, sinon avec une drôle de petite grimace. Lorsqu'on l'enlevait de son berceau, elle palpitait à peine, de quelques perceptibles battements de cœur ; et parfois, quand on la dorlotait, ou l'appelait par son nom, elle poussait certains légers vagissements, qu'Aracoeli, promptement, interprétait comme des remerciements ou des réponses. Elle n'était pas gloutonne, mais à l'heure de la tétée elle se nourrissait docilement ; et il suffisait de la bercer un peu, ou d'ébaucher un vague thème musical, pour que, obéissante, elle s'endormît. Elle dormait une bonne partie de la journée et de la nuit; mais, au moment de la tirer de son sommeil, il pouvait arriver de la surprendre déjà réveillée, les yeux grands ouverts, et pourtant silencieuse. Alors on entendait la voix d'Aracoeli la saluer de mille mots inventés, qui paraissaient chantés dans la langue des oiseaux.

Au terme de son premier mois, on attendait de jour en jour que Carina apprît à sourire. Et il arrivait qu'Aracoeli, dans son impatience, allât jusqu'à prétendre le lui apprendre, en lui tirant les lèvres de ses doigts joueurs, avec une extrême délicatesse. Mais le futile miracle tardait, et ne s'est jamais accompli. Au milieu d'une matinée, alors qu'on croyait la niña endormie, on la trouva morte (peut-être dans son sommeil) au fond de son berceau. Il semble (d'après ce que je pus en comprendre) que la cause en était un défaut congénital des glandes surrénales.

À cette heure-là, je me trouvais en classe. Et à mon retour dans notre appartement, me surprit un silence insolite, semblable au vide qu'on laisse dans une maison après un crime. Aracoeli, sous l'action d'un narcotique, dormait profondément; mais il vint à ma connaissance que ses hurlements avaient été tels que non seulement les voisins étaient accourus, mais même quelques passants montés de la rue. On eût dit, à l'entendre de l'extérieur, d'une invasion de chiens enragés ou de fauves, et le spectacle qui s'offrait était terrible. Elle tombait et se relevait et retombait, se traînant sur les mains et sur les pieds comme une bête; et elle s'agrippait aux gens présents, les repoussant ensuite avec horreur; et elle allait se cognant à l'aveuglette entre les meubles et les murs, au point qu'à l'arête d'un mur, elle s'était blessée au front. Et elle n'émettait pas de paroles humaines, mais rien que des cris brutaux méconnaissables; jusqu'au moment où un docteur, aidé d'une infirmière, lui avait fait une piqûre pour lui ôter sa conscience.

L'impossible délire d'Aracoeli incita à prolonger son sommeil insensible, semblable à un coma profond : de façon que l'épreuve suivante des obsèques lui fût épargnée. Elle dormait donc (« ta petite maman se repose, il ne faut pas la déranger ») quand on m'appela : je devais saluer ma sœur avant son départ de la maison des Hauts Quartiers (« pour le Paradis », évidemment). La niña était déjà prête à s'embarquer dans sa minuscule caisse de bois blanc ; et je me souviens d'être resté, en sa présence, perplexe, avec une sensation d'équivoque et d'irréalité. De fait, Carina me parut, je ne sais pourquoi, encore plus petite qu'à l'ordinaire : tellement que je ne la reconnus pas tout de suite, et — me méprenant — je la confondis presque avec une poupée à l'intérieur de sa boîte. Elle était somptueusement habillée, dans sa longue robe blanche de cérémonie, ramassée et serrée autour de ses petits pieds ; elle était parée de tous ses bijoux. Même les yeux fermés, sa face, dans la rondeur encore pleine des joues et dans la bouche menue mi-ouverte, exprimait de la stupéfaction ; mais sans plus aucune question, fût-elle inconsciente. « Donne-lui un baiser », me suggéra tante Monda, mais là je me rétractai, avec un sentiment de répulsion : comme toujours le suscitait dans ma chair la vue des poupées, presque intouchables pour moi, à l'instar de simulacres mortuaires.

Une pièce de la maison avait été transformée en une chapelle ardente : où le décor, entre les tapis et les fleurs odoriférantes et les flammes dansantes, rappelait les veilles de Noël. Je me souviens d'avoir aperçu, sur un fond flou, mon père en grand uniforme, immobile et bombant le torse comme à une revue navale.

Ainsi, après avoir été enfermée pendant neuf mois dans une petite cellule — seule et sans autre éclairage

310

qu'un brillant à l'oreille — et tant attendue et pourvue d'un trousseau royal — Encarnación-Carina était maintenant renvoyée d'où elle venait. « Au Paradis. » Je la voyais monter vers les précipices colorés des constellations, dans une sorte de nacelle volante, semblable à celle où je m'étais déjà vu moi-même descendre à Totétaco. Cependant une horreur me bloquait les sens : non point à cause de l'adieu de ma hermanita, mais du soupçon épouvantable que ma mère — depuis la veille déjà, dérobée à mes regards — s'envolait derrière elle. Alors tante Monda, attentive à apaiser mes sanglots, me laissa entrevoir, par l'entrebâillement de la porte, la chambre matrimoniale : « Regarde, ta petite maman est là, tranquille, qui repose. » Et je distinguai en effet, dans la demi-lumière bleuâtre d'une lampe voilée, le profil de ma mère endormie, le corps recroquevillé sous les couvertures. Elle aussi, qui sait pourquoi, parut à mes yeux plus petite que d'habitude, à la ressemblance de Carina ; mais, en attendant, je reconnus, rassuré, sa façon de ronfler — très légère, aussi légère que le filage d'une toile d'araignée.

Lorsqu'elle émergea de ces journée de léthargie, elle avait l'air d'une somnambule, ou d'une idiote. Entre-temps, le berceau avait été enlevé de la chambre matrimoniale ; de même qu'on avait fait disparaître de la maison les autres, multiples traces de Carina (la petite commode vénitienne avec les pièces de son trousseau, sa baignoire, sa balance, un petit orgue de Barbarie qui jouait des airs joyeux...). Mais Aracoeli ne fit pas mine de remarquer ces disparitions, et plus jamais, depuis lors, s'il m'en souvient bien, elle ne nomma la niña. Elle passait les journées entières dans sa chambre, les volets à demi fermés pour faire l'obscurité ; et là, elle demeurait assise, à son habitude, dans un petit fauteuil bas, toute pelotonnée sous une

couverture, les yeux fixes qui paraissaient deux charbons éteints. Ou bien elle se rejetait de tout son long
sur son lit, et longtemps on entendait, derrière la porte,
sa plainte solitaire et misérable, qui ressemblait à un
râle ; d'où, parfois, jaillissait tout d'un coup un criail-
lement presque obscène, comme d'un oiseau de nuit
qui se cogne, égaré, contre des murs de béton. Mon
père, en permission spéciale, passait grande partie de
son temps dans la chambre, pour lui tenir compagnie :
en retrait, immobile et coi, ainsi qu'un grand pantin
sans parole. Cependant, sa présence virile et inoffensive semblait agir sur elle comme un calmant. Un jour
qu'il devait s'absenter pour un court laps de temps, je
la vis dans son fauteuil le saisir à la poitrine de ses
deux bras tendus, en disant : « Ne me laisse pas
seule. » Et dans ses yeux à lui, la tendre gratitude
mettait un tremblement, telles des gouttelettes sur une
vitre.

De temps à autre, désespérément désireux de
caresses maternelles, je m'introduisais dans la chambre, jusqu'à elle. Et elle, de ses lèvres sèches me baisait
à peine à peine, comme en rêve. Puis, aussitôt tremblant de froid, elle se blottissait plus frileusement sous
sa couverture ; tandis que mon père me repoussait avec
douceur vers la porte, en me disant à voix basse : « Va,
va, maman a besoin de repos. »

En ces journées-là, son estomac refusait toute nourriture, et le thé de l'après-midi était, peut-on dire, son
unique repas quotidien. À cette occasion, il m'était
permis de lui apporter de mes propres mains jusque
dans sa chambre l'assiette des biscuits et, à la cuisine,
chaque jour je m'agitais, brûlant d'envie qu'on me
confiât cette tâche, par moi assumée comme un honneur et une grave responsabilité. Zaïra me suivait à
une courte distance (je courais toujours devant elle,
exigeant d'arriver le premier) portant le plateau avec

la théière et deux tasses : une pour ma mère, et une pour mon père. À moi, il m'était permis d'assister, en attendant de passer à côté, pour mon habituel goûter.

Ce fut lors d'une de ces occasions que la vieille aversion d'Aracoeli pour Zaïra (apparemment assoupie ces derniers mois) explosa d'une manière inopinée et extravagante. Au vrai, les jours précédents déjà, à l'entrée de Zaïra avec son plateau, Aracoeli s'assombrissait chaque fois, et détournait le visage d'un autre côté. Moi seul, cependant, m'en étais aperçu, grâce à cette seconde vue semi-consciente qui, depuis toujours, gravait dans mes sens le plus imperceptible mouvement qu'elle faisait. Mon père, je crois, n'avait rien remarqué ; de même que, du reste, il ne s'était jamais rendu compte avant, de ce double fil de rancœur souterraine qui circulait dans notre maison.

Cet après-midi-là, avec le thé Zaïra apporta sur un plat un gâteau sortant de l'ordinaire, et tout juste démoulé : « préparé spécialement pour Madame ! » annonça-t-elle pompeusement. Mais elle eut à peine le temps de poser le plat sur la desserte, qu'Aracoeli, tout en évitant de la regarder, lui cria : « Dehors ! Dehors ! » le visage bouleversé, et bondit soudain de son fauteuil, toute tremblante dans son corps affaibli. Puis, avec une sorte d'horreur fantastique, comme l'autre hésitait, elle jeta le plat par terre ; et tandis que Zaïra, affectant un calme olympien, se dirigeait vers la porte, ma mère lui lança avec violence un objet dans le dos, qu'elle avait saisi au hasard sur la table, et qui par chance manqua son but. De quel objet il s'agissait, je ne saurais le dire ; mais il devait être lourd, car le fracas de sa chute retentissait dans ma tête, alors que Zaïra, avec ses façons tolérantes et empressées, le ramassa sur le pavement en même temps que le plat du gâteau, les déposant sur la desserte avant de se retirer. Cependant qu'on entendait Aracoeli murmurer entre ses dents des phrases espagnoles incompréhensibles (peut-être des conjurations) et que mon père, devenu pâle, lui serrait les mains pour la calmer. Elle chancelait et transpirait comme dans un accès de fièvre. Sa bouche faisait la moue d'une fillette boudeuse, et son front se sillonnait de rides. Sous la peau de son cou, terriblement maigri, montait et descendait un nœud, ainsi qu'une amère bouchée mal mâchée. Entre les mains de mon père, ses petites mains se tordaient : « Renvoie-la, cette femme », se mit-elle à lui répéter sur un ton suppliant, effrayé et maniaque, « chasse-la loin de notre maison... C'est une bruja, qui jette le maléfice... » Mon père la fit réinstaller dans son fauteuil. « Comme tu voudras », la rassura-t-il, d'un ton persuasif, « il en sera fait... comme tu voudras... » Et sur ses lèvres, au fond de cette phrase ininterrompue, vibrait un mot inexprimé (que moi je lus : *mon âme*).

Il lui fut certes impossible de congédier au pied levé et définitivement Zaïra, qui servait la famille depuis plus de trente ans. En accord avec tante Monda, il décida de lui offrir une longue vacance payée dans son village (pendant toute la durée de son service, elle avait toujours réduit au minimum ses jours fériés et ses sorties — de sa propre volonté — tant elle était attachée à la maison). Aracoeli ne la salua pas à son départ. Les premiers jours, ce fut la sœur du concierge qui vint la remplacer ; puis arriva, de façon provisoire, une femme de ménage. Mais bien des tâches ménagères, c'était tante Monda qui s'en chargeait, laquelle, depuis l'été, avait demandé à son bureau une mise en inactivité.

À compter de l'adieu de Carina, une semaine environ s'était écoulée. De nouveau mon père insistait afin qu'Aracoeli se transférât pour quelque temps dans un air plus sain ; mais à la proposition de quitter la maison, elle se révoltait comme à une odieuse menace.

Sans doute lui semblait-il que la niña, bien qu'invisible, n'avait pas encore tout à fait disparu de l'appartement où elle avait été conçue en amour, et allaitée, et était née, et était morte.

À la fin de la semaine, Aracoeli sortit enfin de sa chambre. Elle errait de pièce en pièce, enroulée dans des couvertures et des châles, car où qu'elle fût, elle avait froid. Elle marchait de travers, ainsi qu'une demi-aveugle, et à intervalles retombait assise sur ce même petit fauteuil du temps qu'elle était enceinte, et qui paraissait, à présent, devenu grand tant elle avait rapetissé. Dans ses orbites, brutalement cernées, les globes de ses yeux saillissaient, inertes, si décolorés qu'ils en paraissaient recouverts de poussière. De rond, son visage s'était fait presque triangulaire, ressemblant au museau d'un petit animal sauvage. Tout coup de sonnette ou toute voix étrangère la mettait en alarme, la poussait à quitter le fauteuil où elle se terrait ; et, en se déplaçant, elle rentrait la tête dans les épaules, comme le gibier rabattu lors d'une chasse. Le matin, elle tardait à se peigner, à cause que le peigne lui faisait mal. Elle commençait, en effet, dès cette époque, à se plaindre de douleurs à la tête ; et en se plaignant, elle prenait son expression de fillette boudeuse. Hors la famille, elle ne voulait voir personne. Comme la nouvelle domestique avait plutôt la langue bien pendue, et que sa voix claironnait à travers tout l'appartement, elle pria tante Monda, par pitié, de la faire taire. Il fut nécessaire d'arrêter le balancier de l'horloge, car le carillonnement des heures l'épouvantait.

Mon père fut contraint de repartir. Et je me souviens du moment de l'au revoir, dans l'antichambre. Elle s'était agrippée à sa veste. « Ne me laisse pas seule ! » l'implora-t-elle en dernier recours, lui pressant les lèvres sur la poitrine afin que sa prière arrivât tout

315

droit au cœur. Mais il sortait de sa bouche une petite voix peu audible : veule, et comme brûlée par une très longue course.

Il promit de hâter son retour, de revenir le plus vite possible, à n'importe quelle condition. Et peut-être qu'en cette minute précise, il décida de se plier à un énorme sacrifice, auquel il devait ensuite, peu de temps après, se résoudre. En attendant, ses pupilles se dirigeaient sur moi, avec ce regard particulier qui voulait me confier, en son absence, notre aimée. Ou, du moins, est-ce ainsi que je l'interprétais : et je me pénétrais d'une drôle de suffisance virile, comme si Aracoeli devenait, dès lors, ma possession.

Cette absence de mon père reste marquée, en particulier, par un incident qui, à beaucoup sans doute, semblera de peu de poids. Il m'arrivait, par moments, au cours de ces jours-là, de voir ma mère porter d'instinct une main à sa poitrine : peut-être une légère douleur passagère ; ou le rappel inconscient d'un stimulus encore vivant, et aussitôt rendu vain. Un matin, revenant de l'école avant l'heure habituelle, je m'aperçus que ma mère ne s'était pas encore levée. Dans mon impatience de la voir, je m'approchai de la porte close de sa chambre ; mais n'obtenant aucune réponse à mes appels à mi-voix, sans plus insister j'entrebâillai un peu la porte. À l'intérieur, la lampe de chevet était encore allumée ; et, voilée, elle donnait une pâle lueur azurée. Isolée de la lumière du jour, la chambre apparaissait suspendue dans un calme hors des heures d'un temps qui n'était ni le jour ni la nuit. Et ma mère dormait, le dos tourné à la porte, si bien que je ne voyais d'elle que l'enchevêtrement noir des boucles au dos de la chemise de nuit blanche.

Alors, sur la pointe des pieds, je fis le tour du lit pour la regarder en face. Et, en premier lieu, je vis dans l'échancrure déboutonnée de sa chemise de nuit, se tendre une mamelle nue. Cela semble impossible, et pourtant le sein qui m'avait allaité, jamais jusqu'à ce jour ne s'était montré à moi, découvert et entier ; et la surprise me combla d'allégresse, comme si j'assistais à une incarnation lumineuse. Sa tête reposait sur l'oreiller qui lui inclinait un peu le cou, et son visage, apaisé et attentif, paraissait se colorer de rose à sa respiration. Puis, à un petit mouvement de ses lèvres, les avançant comme pour boire, elle trembla dans son sommeil ; tandis que sa main se portait à la mamelle découverte, en en serrant la pointe entre deux doigts. Un grand battement de cœur me secoua, mêlé de frissons et de joie, tel un qui se jette dans la mer pour la première fois, et de bon matin. Et je n'eus pas un instant d'hésitation : appliqué à ne pas la réveiller, je rampai près d'elle sur le lit, collant à son tétin mes lèvres goulues. J'étais inspiré par l'étrange présomption de la consoler, ou même de la bercer : « *Je suis là, moi, Manuelino ! Dors, dors : s'il n'y a plus Carina, Manuelino est là, lui !* » prétendais-je l'informer, dans ma jubilation muette. Et, en réponse, je sentis de minuscules gouttes de lait, sucées l'envie aux lèvres, monter de leurs tièdes canaux, me mouiller le palais. Ce fut, je crois, une illusion de ma soif qui les sécréta pour moi (désormais, ne s'était-elle pas asséchée, la poitrine d'Aracoeli ?). Mais il s'en instilla une tendre saveur dans mes sens, en un mirage de délices partagées. Et un tel accomplissement me fit fermer les yeux, sur un goût de miel semblable au sommeil. Totétaco ressuscitait ! et comment représenter la mesure de ma joie ? immense, l'étendue — et la durée, un point imperceptible. Soudain, un sursaut, si brusque qu'il donnait l'impression d'un coup, me détacha de ma mère ; et mes yeux, subitement écarquillés, rencontrèrent les siens, qui dilataient leurs pupilles, me fixant dans une horreur pétrifiée, comme à la vue toute proche d'un vilain animal : « Qu'est-ce que tu fais ici, toi ?! » me dit-elle âprement, « va-t'en tout de suite, allez, loin d'ici ! » Et je ne saurais dire si je me trouvai à bas du lit parce que je m'y précipitai ou parce qu'elle m'y poussa. Je l'entrevis qui, se redressant en hâte, se recouvrait la poitrine en tirant sur sa chemise ; tandis que je m'enfuyais à travers le couloir, vers un puits de lumière méridienne, terrible et aveuglante. Je me retrouvais dans ma chambre, jeté à terre par un accès de sanglots convulsifs et secs, qui, ne se résolvant pas en larmes, se figèrent en fièvre. Celle-ci monta rapidement, mais passa, je crois, avant le soir ; et de ces quelques heures me reviennent seulement des signes fugitifs, incertains entre la veille et le semi-délire. Ainsi, je ne saurais dire s'il fut vrai ou illusoire, ce toucher d'une petite main fraîche et maigre qui lissait ma face fiévreuse ; ni si c'était un fantôme, cette menue silhouette d'Aracoeli, qui me disait à mon chevet, en un reproche aussi doux qu'un baiser : « tontillo ! tontillo ! » Je sais, en revanche, à coup sûr, que ce court événement de la matinée engendra une flore onirique, plutôt maligne, dans mes nuits suivantes. Le décor variait, mais la lumière filtrait toujours d'un même voile bleuâtre, sans couleur de temps ; et toujours j'y jouais le rôle d'un exclu, ou rejeté, ou chassé, ou intouchable. Je me trouve à l'extérieur d'une très haute porte en fer, et dans ma petitesse, je n'arrive pas à la serrure. Et d'ailleurs je ne possède aucune clef qui aille : la seule dont je dispose est minuscule et informe, telle une boulette de mie de pain. Inutilisable. — À quatre pattes, j'avance dans un étroit couloir cylindrique, pareil à un boyau ; mais, en réalité, c'est le ventre d'un serpent, qui m'a avalé vivant. Personne ne devait s'apercevoir, en effet, que j'étais un rat ; et donc, il a mieux valu pour moi être mangé par le serpent, sans retour.

Changement de scène. Je suis au lit avec Aracoeli qui me tend le sein, comme à un nourrisson. Le lit, en forme de berceau rose, oscille d'abord doucement, puis fort, jusqu'à un violent roulis. Et le fracas des vagues et des lames est couvert par un hurlement d'Aracoeli : car, dans le geste de me coller à sa mamelle, je l'ai heurtée des dents, et mordue.

Une autre scène encore. Haute, très haute devant moi s'élève une demeure royale crénelée, colorée de rose. La dominent deux tours jumelles, mais vers son faîte la même lumière bleuâtre s'épaissit en un brouillard qui m'en confond la vue. Ainsi, je pus entrevoir, mais non pas distinguer, une silhouette qui, de la dernière fenêtre de l'une des tours, fait balancer dans le vide, suspendu à un fil, un précieux cadeau, d'une extraordinaire splendeur de nacre perlide, semblable à une lune minuscule. On dirait qu'il est pour moi, ce splendide cadeau, vers lequel je tends désespérément, avec une envie aussi brûlante que la faim. Mais le fil oscillant s'est arrêté à mi-parcours, là où mes mains n'arrivent pas à le toucher. Et je ne dispose ni d'échelle ni d'aucun moyen, pour l'atteindre ; au contraire, une sorte de paralysie magique me cloue au sol, sur ce terrain plat. Et peut-être ce balancement du fil est-il un jeu bien intentionnel, une tentation impossible visant à se jouer de moi. En effet, de l'intérieur du palais royal proviennent des rires étouffés, qui en quelques instants éclatent en une hilarité chorale.

Ce dernier rêve a inspiré, par la suite, plusieurs imitations au génie de mes nuits. L'occasion et la scène changeaient, mais le point de départ était toujours le même. Un appât merveilleux qui m'alléchait du haut de quelque ciel interdit, sans qu'il me soit permis de le happer ! Des présages, peut-être ? Ou encore, des anomalies d'une mémoire sens dessus dessous qui se rappelait, comme déjà consommées, mes chances futures ? Il est certain que, par la suite, je devais revivre sans fin, et à l'état de veille, l'épreuve que je venais de subir dans ces premiers rêves. Cet appât divin me tente, avec ses jeux radieux. Et il se refuse à moi — se refuse à moi — se refuse à moi — bien que, à condition d'en connaître juste le goût, je sois disposé à rester accroché à l'hameçon, et pendu par la gorge. Sont-ce les rêves qui plagient la veille, ou le contraire ? C'est cette énigme qui m'amène, en me racontant, à confondre l'une avec les autres. Et, pour dûment les mettre à leur place, je dois me contraindre à jouer les pédants, à la manière d'un fou qui mime la raison.

D'évidence, la petite scène entre moi et ma mère, dans la chambre à la lumière bleuâtre, avait été réelle, et non pas rêvée ; cependant, les rêves qui en germèrent vinrent se greffer sur sa substance, la recouvrant de leurs ramures d'ombre ; et, par moments, je supposais que cette scène appartenait au monde des ombres, et non point à celui des corps ; de même qu'à ses concrétions oniriques, je prêtais la nature des corps matériels.

Ni de ma part ni de la part d'Aracoeli, il ne fut jamais dit mot de cet épisode. Après ma fièvre, elle allait retrouvant pour moi les tendresses anciennes, dont peu à peu elle m'avait privé, le temps passant. Peut-être, maintenant qu'il ne lui restait plus qu'un enfant, me prodiguait-elle, précieux reliefs, les caresses et les baisers perdus qui auraient dû échoir à la niña. Elle ne prêtait plus attention à mes lunettes, ni à ma laideur ; ou même elle les tournait en petits mérites amoureux, tout en me câlinant : « mon joli crapaud (sapillo) de oro ! — mon gentil binoclard (gafudo) ! — mon petit museau bigleux (hociquito cegarrito) ! », etc. Mais à présent, c'était moi qui me dérobais à ses embrassements, mal à l'aise ou méfiant, me refermant comme les feuilles d'une sensitive à ses petits mots amoureux; ou répondant à ses pauvres sourires avec un sérieux ténébreux qui les repoussait. Parfois, à me voir absorbé dans la lecture de quelque fable, elle me disait (selon l'habitude du temps jadis) :« elle est belle ? tu me la racontes ? » se posant en curieuse. Et moi, d'instinct, je couvrais la page de ma main, comme pour la défendre d'une indiscrétion. Dernièrement, elle avait repris l'habitude (que le deuil avait interrompue) de dire avec moi les prières du soir, juste avant le sommeil. Et moi je les lui mâchais à contrecœur, jetant en l'air mes deux baisers comme des allumettes éteintes, pour plonger aussitôt le nez sous les couvertures. Mais à peine m'avait-elle quitté en me souhaitant la *bonne nuit*, je commençais à m'inquiéter pour elle, m'imaginant tous les dangers possibles qui la menaçaient hors de ma vue. Il y avait, le long du couloir, un certain nombre de prises électriques : en les touchant, par distraction, elle pouvait recevoir une décharge ! Entre sa chambre et la salle de bains, il y avait une marche : elle pouvait y buter et tomber ! Dans sa chambre pouvait se cacher un voleur, prêt à l'agresser ! En de pareilles circonstances, par le passé je l'aurais poursuivie en lui criant : « Attention ! attention ! » mais à présent j'étais comme un arbre fiché en terre, tandis que l'orage siffle et fait rage dans sa ramée. Mon petit cerveau était parcouru d'une rixe énorme, sans que mon corps, figé dans sa propre incapacité, le secourût. À quelques pas de moi, Aracoeli me semblait déjà un point inaccessible ; mais partout, dans l'obscurité de ma chambrette, son visage avait laissé son empreinte lumineuse. Avec sa bouche prognathe qui envoie les baisers de la nuit et ses boucles capricieuses sur sa pâleur tourmentée : j'avais beau serrer les paupières ou me couvrir la tête de mon oreiller, je continuais à la voir, obsessionnellement. Et anxiété, remords, adoration m'assaillaient en bande,

321

me déchirant de leurs dents et me léchant de leurs langues ; jusqu'à l'instant où le sommeil me livrait, désormais épuisé de pleurs, à mes familiers, perfides rêves nocturnes. Dont, parfois, je me réveillais en sursaut, et la veille se remplissait pour moi de peurs. Je tremblais de voir mes quatres anges gardiens me fixer des quatre coins de ma chambre, avec leurs huit yeux phosphorescents. Ou bien d'entendre un vagissement et un tintement de menus joncs : peut-être ma sœur qui, dans sa boîte de poupée, descendait du funèbre firmament étoilé, en flottant sur les ténèbres ? La nuit était un instrument de supplices, contre ma petitesse seule et nue ; et alors, par la force d'une habitude première, fatalement il m'arrivait d'appeler Aracoeli. C'étaient des appels presque clandestins, d'un souffle si léger qu'ils valaient autant que la susurration d'un moustique : raison pour quoi, il fallait exclure qu'Aracoeli, dans sa chambre éloignée, en entendît le son. Mais il est clair que certaines vibrations, non reçues par l'oreille, frappent à d'autres huis. En effet, une nuit, au milieu de mes épouvantements, j'entendis dans le couloir son pas, à elle, qui se hâtait pieds nus vers ma chambre : « Manuelino ? » répétait-elle à voix basse, tout en grattant la porte de l'ongle, « Manuelino, tu as appelé ? Manuelino ? »

Mon sang ne fit qu'un tour, à la voix adorée, comme à l'irruption d'un bandit. Et, recroquevillé sous le fouet d'une pudeur extrême, je demeurai muet afin que, derrière le vantail, elle fût convaincue que je dormais.

Je l'entendis toutefois qui poussait la porte, ainsi qu'un souffle, et s'approchait, précautionneusement, pour explorer mon sommeil. Elle aussi se taisait, maintenant, de crainte de me réveiller. Et moi, blotti au milieu des couvertures, immobile, je retenais mon souffle et les battements de mon cœur, avec l'instinct des animaux menacés qui font le mort.

Je percevais jusque dans mes narines l'odeur de sa respiration. Et j'attendais presque désespérément, les yeux fermés, qu'elle me donnât un baiser : qu'à la fois je refusais. Mon cœur lui ordonnait : « va-t'en ! va-t'en ! » tel un condamné impatient de retourner à sa solitude carcérale.

Ainsi donc, Aracoeli revint sur ses pas.

Souvent encore, le matin, à l'heure de partir à l'école, une sorte d'espérance imprécise me dirigeait vers sa chambre. Mais devant cette porte close, je m'arrêtais, raide comme un piquet, à l'image d'une marionnette de plâtre. Puis, je m'enfuyais, chassé par la panique de la voir, elle, tout à coup surgie sur le seuil, pour me couvrir de honte.

Dans l'entrée, pendant ce temps, m'appelait la voix de la femme de ménage, déjà prête avec mon cartable et mon panier, pour m'accompagner à l'école. Fini, désormais, depuis des mois, l'usage quotidien d'arriver à l'école ma main dans la main d'Aracoeli, et de la retrouver à la sortie, cette reine des mères.

Ainsi qu'il l'avait promis, mon père hâta son retour avec lequel, cette fois, il apportait une extraordinaire offrande sacrificielle. En effet, pour ne pas laisser ma mère seule, il s'était décidé à un choix qui lui coûtait, certes, sans comparaison possible, plus que toutes ses gestes de guerre, et ses risques de mort. Il demanda, et obtint, son transfert dans un service sédentaire à Rome, au Ministère.

Si j'essaie de me le rappeler tel qu'il était dans cette nouvelle phase de sa vie, le premier effet que j'en perçois, c'est que je ne le revois pas vraiment lui, mais son double, projeté à la maison par quelque opération de spiritisme. Désorienté, de son pas de marin il déplaçait sa haute stature à travers l'appartement comme sur un grand voilier bloqué par la bonace. De temps en temps, ses regards fixaient le vide, derrière une rêveuse lactescence, comme s'ils sécrétaient un brouillard qui se stratifiait sur les choses ; et quand il ébauchait ses sourires sans motif, il avait l'air drôle d'un provincial dépaysé.

En principe, il endossait toujours son uniforme de militaire, dans lequel, cependant, il paraissait trahir à présent un profond malaise, un abus : tel un poulet qui se serait déguisé en albatros ; si bien qu'à l'occasion, il montrait un vague soulagement à s'en dépouiller, ainsi qu'un prisonnier en cavale. S'il lui arrivait de nommer le roi, alors seulement il semblait revêtir d'un coup l'uniforme, et il s'en fallait de peu qu'il ne se mît au garde-à-vous : à croire que, dans la Majesté de ce nom, sa foi jurée témoignait devant l'univers, à la vie à la mort.

Envers Aracoeli, il était anxieusement empressé, et un peu désarmé, à l'instar d'un enfant qui voudrait préserver de tout choc ultérieur une colombe rudement éprouvée par les tempêtes — et pour lui plus chère que toute chose au monde.

Je me souviens d'une petite scène où, rougissant jusqu'aux cheveux, il lui demandait — dans l'angoisse d'une réponse : « Tu es contente que je reste avec toi maintenant ? » et qu'elle éclatait en pleurs et qu'elle lui couvrait les mains de baisers. Je crois qu'il serait difficile sur la terre de pouvoir contempler pareille expression d'amour dans les yeux de deux créatures aimantes.

Le printemps ne s'annonçait pas encore, lorsque ma mère, touchée par les prières de mon père, se laissa enfin convaincre de s'installer hors de la ville, pendant un certain temps. On parlait d'un hôtel (plutôt une maison de santé) situé entre les bois de pins et la mer, et peu distant de Rome, si bien que mon père pourrait la rejoindre chaque soir, et passer avec elle toutes ses journées libres. L'espoir qu'Aracoeli refleurît animait les préparatifs de leur départ (moi, il ne m'était pas permis de les accompagner, en raison de l'école). Et c'est précisément à ces jours-là que remonte un autre, obscur événement, qui m'entraîna dans son désordre. En soi-même, il paraît que c'était un incident plutôt ordinaire, et non pas grave : telle fut, du moins, l'explication rassurante que j'en obtins, alors et par la suite. Mais, pourtant, il se réverbère encore, depuis les farouches orients de cette époque maligne, comme le signal d'un incendie.

Il était tard dans l'après-midi, par un temps sombre de sirocco. Je courais à travers l'appartement, tout occupé à allumer les lampes (opération qui m'excitait autant qu'une prouesse). Et en traversant le couloir déjà éclairé, je vis Aracoeli avancer du fond, avec une étrange gêne, glissant contre le mur, comme si elle se hasardait dans l'obscurité sur des éboulis. Peu à peu elle pâlissait, devenait blanche comme un linge, tout en cherchant de sa main incertaine la porte de sa chambre ; mais, avant de l'atteindre, elle s'adossa sans force au mur du couloir. Elle paraissait pencher sur un vide, et ne s'apercevait pas de ma présence ; elle restait là, en extase, à fixer ses pieds. En suivant son regard, je découvris que ses pantoufles doublées de fourrure étaient déjà trempées de sang.

Une double rigole de sang continuait cependant à couler le long de ses jambes, s'élargissant par terre en une flaque qu'elle épiait, perplexe. Elle hocha à peine la tête en émettant une très courte plainte enfantine, presque tendre. Et elle s'affaissa sur le pavement, tel un animal épuisé par une trop lourde charge. Sous le bord de sa robe, déjà imbibé, on pouvait voir fluer par vagues encore du sang, sans doute d'une blessure meurtrière ? Alors, hurlant, j'appelai tante Monda, qui accourut du séjour. Pour aussitôt aider Aracoeli à se lever et à s'allonger sur le lit matrimonial. Le long du bref parcours allant du couloir à son lit, le tapis s'était taché d'un ru rouge, tandis que le visage d'Aracoeli, d'une pâleur quasi bleuâtre, gardait une étrange expression réfléchie. Elle n'avait pas perdu conscience, elle paraissait même se reprendre un peu, et tournait ses pupilles vers tante Monda, presque en signe d'excuse. Et puis, elle lui murmura, avec un grand sérieux, comme si elle lui devait une explication :

« Mon mal est ici

— et ici. »

Et elle se toucha d'abord l'abdomen et puis le front.

Oublié sur le seuil, je tremblais de tous mes membres, tandis que tante Monda, après avoir couvert Aracoeli avec son duvet de nuit, se précipitait au téléphone du séjour. Là, à voix basse, elle parla vivement, en deux temps. Après quoi, de retour, elle me prit la main avec empressement. « Toi, viens par là », me dit-elle, tout en garantissant : « Ce n'est rien », d'une voix naturelle et calme. Ensuite, en parcourant le couloir, elle se remit à m'expliquer avec sollicitude que ce n'était vraiment rien, le type même d'indispositions sans danger qui frappent les dames. Moi je ne pouvais pas en avoir connaissance, bien sûr, car j'étais un homme. Mais il existait des médicaments infaillibles, qui guérissaient ces maux en une minute. Et l'éminent Docteur, sur le point d'arriver, guérirait ma petite maman avant la nuit. Il n'y avait absolument pas à s'inquiéter. En attendant, elle me confia à l'ordonnance Daniele (nouveau venu à la maison, à la suite de mon père) lui enjoignant de m'emmener au Cinéma, voir des dessins animés.

Au Cinéma, où j'entrai avec Daniele, on passait en effet un programme de dessins animés, un genre de spectacle qui me plaisait, et à Daniele aussi. Ce jour-là, pourtant, mon attention avait du mal à se fondre et à se distraire dans ces sujets ; jusqu'au moment où commença une histoire qui m'absorba tout entier ; et qui ne s'est pas encore effacée de mon esprit.

Il y était question d'une minuscule taupe, laquelle enviait les oiseaux du ciel, qui, à l'égal des anges, volent sur leurs ailes joyeuses, très haut dans la lumière solaire. Elle désirait désespérément devenir elle aussi une semblable créature : et un beau jour, un pouvoir supérieur l'exauça. Tout à coup le petit mammifère de la terre sentit que des ailes lui poussaient ; et il s'éleva dans les airs.

Mais aussitôt, dans sa première ivresse, il voit sous lui se dessiner une vilaine ombre noire aux ailes démesurées, qui défigure, en ses évolutions sinistres, les prairies lumineuses de la terre. Et avec horreur, il se rend compte que c'est là l'ombre qu'il projette lui-même : autrement dit, l'ombre d'une chauve-souris, car telle elle est devenue, naturellement. De fait, une chauve-souris n'est rien d'autre qu'une taupe aveugle avec des ailes : sorte de sale petit monstre qui n'est ni oiseau ni rat. Son espace n'est pas le jour, mais la nuit ; et nulle créature du jour ne l'accompagne. Sa laideur lugubre dégoûte et fait peur, et tout le monde, à son passage, s'enfuit, comme devant le malheur.

À cette conclusion de la fable, de pitié j'éclatai en bruyants sanglots, au beau milieu de la salle de cinéma : disant tout en pleurs à Daniele de me ramener à la maison. Et Daniele, docile par nature, ne s'y opposa pas, encore qu'il regrettât de manquer le reste du spectacle. « Courons ! Courons ! » l'exhortais-je avec impatience tout au long du chemin.

Nous arrivâmes à la maison, où déjà se préparait le dîner. Et tante Monda m'informa promptement que ma mère, comme prévu, avait guéri aussitôt de son malaise. Toutefois, selon le médecin, pour une pleine guérison, il lui convenait de quitter l'air de la ville, sans retard : si bien que, en avance sur le programme déjà fixé, mon père et elle s'étaient transférés dès ce même soir à la campagne, d'où ils promettaient de nous donner au plus vite de leurs nouvelles. Or moi, derrière cette annonce désinvolte de tante Monda, je soupçonnai sur-le-champ quelque menaçant secret ; et dans la nuit, ainsi qu'il arrive, mon soupçon augmenta, obstruant dans sa croissance fantastique les passages naturels de mon sommeil. Sans trêve, Aracoeli me réapparaissait ; pas précisément elle, à vrai dire, mais son obscur corps de chair, telle une caverne de merveilleux mystères et de ténèbres cruentées. Là-dedans, germaient des yeux, des mains et des cheveux ; y habitaient pantins et petites reines prisonnières ; il en jaillissait du lait sucré et du sang... Était-ce un foyer de maladies ? était-ce une maison de Dieu ? peut-être, comme un serpent, s'y tordait la mort ? Soudain, en pleine nuit, je crus entendre un objet heurter de l'extérieur les persiennes closes ; et dans le doute que ce fût une chauve-souris, je dégringolai de mon lit et courus dans le couloir. Je me voyais engager une lutte désespérée avec cet être aux bras membraneux, énormes et noirs. Et, envahi d'horreur, je me décidai à réveiller l'ordonnance Daniele, qui dormait à deux pas de là, dans la chambre des domestiques : petite pièce fort étroite et sans fenêtre (à part une espèce de hublot qui donnait sur l'escalier de service) naguère occupée, en son temps, par Zaïra.

Daniele reposait sur le dos, les bras rejetés en arrière, et dans un calme si parfait qu'il ne ronflait pas le moins du monde. La lampe, que j'avais allumée en entrant, ne suffit pas à le réveiller. Suspendues au portemanteau, sa casaque bleue de marin et sa veste blanche de domestique ; et au mur, outre l'image sacrée, veillait une effigie du couple royal d'Italie, et une photographie de mon père, dans un cadre de carton ouvragé.

328

Il s'éveilla, et d'abord, tout ensommeillé, me regarda avec un air stupide. Puis, comme il dormait torse nu, conformément à ses devoirs, il se tira les couvertures jusqu'au cou. Et, s'efforçant de voir clair dans mes propos haletants, il me demanda si ma fenêtre était ouverte ou fermée.

« Elle est fermée.

— Et alors », me fit-il observer, « seuls les esprits traversent les vitres et les murs. Les chauves-souris ne sont pas des esprits, mais des êtres vivants. » Et il ajouta, pour la défense de ces dernières, qu'il ne faut pas les tuer, comme on le fait dans certains pays trop rustres. On peut en effet tuer les animaux, dans le but de les manger, car la faim est un besoin général (quel est notre premier sentiment, à peine nous naissons ? la faim). Ou même, s'il s'agit d'animaux dangereux, sans doute il est convenable qu'ils crèvent. Or, la chauve-souris n'est pas d'une substance bonne à manger. Pas plus qu'elle n'est dangereuse, au contraire puisqu'elle chasse les insectes qui ravagent les campagnes. Il est donc de notre intérêt de la laisser vivre en paix et en liberté. Les femmes, comme elles portent des cheveux longs, rien qu'à les voir ont peur qu'elles ne s'accrochent à leur chevelure ; mais l'homme porte des cheveux courts : aucune crainte à avoir. Du reste, s'il arrive qu'une chauve-souris entre dans la maison, il suffit de lui réciter, fort poliment, la poésie suivante :

Belle Dame, comtesse et duchesse
bonne nuit et bonne santé.
Bénie toujours sois-tu
si de suite de suite tu
t'envoles loin de ma maison.
Car nous ne te connaissons :
oblige-moi par courtoisie
envole-toi loin d'ici
je ne te mange ni bouillie ni rôtie.

Le lendemain, de bon matin (avant que je ne parte pour l'école) Aracoeli m'appela au téléphone. Elle avait une voix claire, et même inhabituellement perçante, et elle m'annonça qu'elle se trouvait dans un grand hôtel, très beau, où bien vite (un de ces prochains dimanches) je pourrais aller la voir. Dans les jardins de l'hôtel demeuraient des passereaux et des colombes, et puis encore des tourterelles, et même un paon. Et en plus, dans une prairie voisine, on pouvait voir brouter une biquette.

Après ce premier appel, elle me téléphona presque chaque jour, en général avant l'école. Le timbre de sa voix était inégal : tantôt il allait jusqu'à l'exaltation, tantôt il s'éteignait, devenu soudain fragile ; mais il laissait toujours percevoir, en arrière-fond, une palpitation caressante, à croire que dans son éloignement elle me revoyait petit et beau comme autrefois. À présent, mon attente de ses appels était telle que chaque matin me réveillait à l'avance un battement de cœur précipité, qui se prolongeait sans interruption jusqu'à ce que la sonnerie du téléphone me le suspendît d'un coup, me coupant le souffle. Ensuite, devant l'appareil, je perdais tous mes moyens ; à l'instar d'un débauché qui, dans une orgie promise et merveilleuse, aurait la surprise de se découvrir impuissant. En réalité, je ne trouvais rien à dire à ma mère. Et notre dialogue se réduisait à : « Comment vas-tu, Manuelino ? » « Bien. Et toi ? » « Bien. » Ensuite, au bout du fil, elle s'informait : « Tu as pris ton petit déjeuner ? » « Oui. » « Mais je parie que tu as laissé tes tartines de beurre, comme d'habitude ! » « ... » « Et alors, en cours de route, achète-toi une *danese*, tu la mangeras à dix heures. » (N.B. La « danoise » était mon gâteau préféré.) « D'accord », était ma réponse. Et là, un accès d'ennui me faisait désirer que cessât ce dialogue : pour que j'eusse un temps de paix jusqu'au battement de cœur du lendemain.

De loin en loin, le Commandant réapparaissait à la maison, nous confirmant les bonnes nouvelles du téléphone. J'aurais voulu lui poser quelques questions ; mais il était rare que mon audace arrivât jusque-là. Et toujours, dans ses réponses, j'avais l'impression d'entendre — grâce à un nerf plus affiné que l'ouïe — une vibration impénétrable de réticence. La promenade tant attendue au superbe hôtel était, en vérité, renvoyée, qui sait pourquoi, d'un dimanche à l'autre. Et le soupçon du premier soir, bien qu'assoupi et évanescent, hantait encore les tentacules de mon cerveau.

Il s'était présenté, la première nuit, tel un fantôme sinistre, hypocrite et innommé : pour se réduire, après les coups de téléphone d'Aracoeli, à un feu follet, qui, à peine surgi, se rétractait, tardant à préciser son maléfice ; jusqu'à ce que, pour finir, ces apparences incertaines se grumelassent à mes yeux en une forme concrète. Et en une suggestion divinatoire, je crus découvrir le secret qu'on me cachait. Autrement dit : le soir de son départ, ma mère ne s'était pas rendue à la Villa, ainsi qu'on voulait me le faire croire ; mais à cette clinique spécialisée pour les femmes, où déjà — selon certaines de mes insidieuses appréhensions d'alors — on l'avait tailladée à coups de couteau pour l'accouchement : afin d'y subir de nouveau, sans doute, d'autres inconcevables blessures.

Je ne sais comment semblable soupçon logique finit par se glisser dans mon esprit peu madré. Peut-être quelques mots sibyllins chuchotés en famille ; ou seulement l'étrange pouvoir d'intuition qui, en certains cas, ente chez les enfants précoces la charge imaginative. Jamais confirmé ni démenti, ce mien soupçon devait, par la suite, m'amener à une seconde conjecture : qu'Aracoeli, sous les couteaux de la clinique, avait subi Dieu sait quelles taillades ou mutilations : raison pour quoi, elle ne pourrait désormais plus accoucher.

Pareilles suggestions, qui, à l'égal du COCO, me visitaient tout particulièrement la nuit, je ne les confessais à personne au monde. Et peut-être, ainsi que certains ulcères imaginaires, n'étaient-elles que des formations de mon esprit inquiet. Pourtant, non moins que des contingences réelles, elles ont laissé leur dépôt dans ma matière. Et je les considère encore avec peine, comme des indicateurs — vrais ou présumés — de l'ultime projet.

Ces vicissitudes familiales risquaient de me livrer à une totale solitude (toujours, je ne sais pourquoi, j'ai sous-estimé tante Monda, comme si elle était le succédané d'une vraie personne). Mais par contre, pendant la durée entière de la saison, je ne fus jamais seul ; et même, malgré tout, je connus une joie extraordinaire : pour la première (et dernière ?) fois dans mon existence, j'avais un ami.

L'ordonnance Daniele était un petit marin frais recruté, qui, à considérer son visage, faisait moins que son âge (vingt ans). Il avait la peau lisse, encore soyeuse d'enfance, d'une couleur brune à peine mêlée de rose. Ses grands yeux, d'un bleu turquin violacé, qui paraissaient un peu mouillés de lait, regardaient tout le monde avec un étonnement confiant et ingénu. Et, lui donnât-on quelque motif de se fâcher, sa réponse était toujours un sourire de limpide mansuétude : comme si chez tous les habitants de la terre il ne voyait rien d'autre que justice et bienveillance. Il était par nature fort respectueux de ses Supérieurs ; et je crois qu'à son idée tous ceux qui vivaient sous notre toit appartenaient à la classe des Supérieurs. Il appelait

Madame même la domestique ; mais, dans sa langue, MADAME en absolu désignait ma mère. Et il suffisait de l'entendre nommer LE COMMANDANT, pour comprendre que mon père était l'objet suprême de son respect : plus qu'un Supérieur, une Divinité à laquelle Daniele s'était voué par foi et engagement total. Voici, à mon avis, l'ordre hiérarchique de Daniele :

1) le Commandant
2) Sa Dame (du Commandant)
3) la classe des Supérieurs.

Et j'ai tout lieu de croire que cet ordre, dans l'opinion de Daniele, reflétait une loi divine. La même qui, d'ailleurs, présidait à l'échelle des considérations suivante, décroissante selon l'âge :

1) les vieux et les anciens
2) les jeunes gens
3) les garçonnets.

Or donc, supérieur à Daniele par la classe, par l'âge en revanche, je lui étais inférieur : il en résultait que je me trouvais presque son égal. D'où je m'explique pourquoi, d'entre les membres de la famille, il m'avait choisi précisément moi comme ami : à moi seul, en effet, il pouvait offrir sa confiance naturelle, déliée de toute sujétion hiérarchique.

Toutefois, selon les dispositions ataviques de tante Monda, il me donnait du *Vous* (ainsi que moi à lui) et m'appelait *Signorino*. Mais dit par lui, ce *Signorino* n'avait rien de servile, et prenait, plutôt, un air de surnom familier ou de simple diminutif, genre *fiston*, ou *minou*. J'eusse bien aimé, certes, qu'il m'appelât par mon prénom, ainsi que je faisais pour lui. Mais je n'osais le lui proposer : au vrai, cela m'aurait semblé trop d'honneur, pour moi.

De taille, Daniele n'était pas grand, mais vigoureux de muscles, élastique. Et, en se prêtant volontiers aux différents travaux ménagers réservés en principe aux femmes (balayer, laver la vaisselle, refaire les lits) il évoluait avec une particulière grâce virile, comme à des jeux athlétiques, ou à une compétition sportive. Pour laver les vitres, les carreaux du haut, il montait sur un escabeau en deux bonds, comme sur un arbre ; et pour faire briller le dallage, il ne se servait pas d'un chiffon, mais de deux : glissant et voltigeant à vertigineuse allure sur ses deux pieds, en une sorte de slalom. Il avait aussi un grand talent de cuisinier. Et il savait mijoter des plats que nous n'avions jamais dégustés à la maison : des pâtes aux anchois et aux brocolis ; du stockfish frit aux câpres et aux olives, etc. Moi qui, jusqu'alors, chipotais aux repas, maintenant je me rassasiais de ces mets avec l'enthousiasme et le respect d'un gourmand amateur ; et je faisais la tête à voir que tante Monda les dédaignait, en les taxant d'indigestes. La présence de tante Monda entre Daniele et moi faisait l'effet d'un rhume qui obstrue les bronches et le nez. Mais, par chance, elle s'était remise en partie à faire briller son propre appartement et avait repris ses occupations au bureau, outre ses petites mondanités. Et il n'était pas rare que je me retrouvasse dans la seule compagnie de Daniele, qui volontiers m'entretenait de ses histoires personnelles. Or, à les entendre, suivant une mienne version fantastique, je déduisis que notre ordonnance descendait d'une fort ancienne et grande aristocratie.

Daniele venait du Sud. Et avant de s'enrôler sous les drapeaux de la Marine Royale, dans son village il faisait deux métiers : paysan et loueur de barques (il possédait une barque du même nom que celui de sa fiancée : Rita). Son père, son grand-père et son arrière-grand-père aussi, étaient, comme lui, des loueurs de barques et des paysans, et ils n'avaient jamais mis les pieds hors de leur village ; mais là, de temps à autre, ils recevaient des aides pécuniaires de ses deux oncles émigrés en Amérique depuis environ trente ans. Et c'est même avec ces aides, que la famille avait acheté la barque Rita et un champ non loin de la côte.

Au cours des trente années de leur absence, les deux oncles d'Amérique étaient revenus deux fois en visite au pays : la première, pour le tenir sur les fonts baptismaux, lui, Daniele (fils de leur sœur bien-aimée) ; et la seconde, dix ans plus tard. L'une et l'autre visite avaient été des événements de grande importance pour Daniele ; mais ce n'est que de la seconde, naturellement, qu'il pouvait me donner un témoignage direct. De la première, il me signala toutefois — parce que restée mémorable — la cérémonie, qu'on lui raconta, de son baptême : où il paraît que lui, Daniele, n'avait pas été seulement aspergé de quelques gouttes d'eau, comme nous autres ; mais plongé tout entier dans une fontaine. Tel, en effet, avait été l'enseignement de ses oncles d'Amérique : auxquels lui aussi devait, comme à des parrains, le choix de son prénom. Cependant, l'originalité de son baptême devait rester un secret entre nous deux (me dit-il).

Et de son baptême, et de son nom de baptême et de différents autres mystères ayant trait à ce lointain événement, Daniele avait reçu de ses oncles (à leur seconde visite) une explication solennelle : apprenant la science même qu'en notre temps il me transmit. Pourtant (je dois l'avouer en conscience) je ne sais jusqu'à quel point il avait compris l'enseignement de ses oncles ; et moi le sien. Et à cause de ce doute et d'autres encore, je ne peux garantir d'en donner ici un compte rendu plausible.

Il paraît donc que les deux oncles, dès leurs premières années d'Amérique, s'étaient affiliés là-bas à une secte religieuse, laquelle mettait ses fidèles en communication directe avec le vrai Dieu. Ce vrai Dieu n'était pas Trois (comme notre Dieu de Totétaco) mais Un ; et outre que Créateur de l'univers, c'était aussi un immense écrivain, auteur de l'unique livre de vérité : la Bible, où Il avait Lui-même écrit chaque mot de sa main.

Avis : beaucoup de fausses Bibles sont en circulation. Mais (me dit Daniele) lui, de ses propres yeux, il avait vu l'unique véritable authentique Bible, grâce aux deux oncles qui l'avaient apportée avec eux d'Amérique. Malheureusement, elle était, ajouta-t-il, d'une lecture très difficile, parce qu'imprimée en trop petits caractères. Et en plus, elle n'était pas écrite en langue italienne. Là, je me suis hâté de lui faire remarquer :

« Moi j'étudie le français et l'anglais.

— Mais elle était écrite en langue américaine. »

En tout état de cause, les deux oncles comprenaient l'américain et avaient appris à leur neveu Daniele bien des choses imprimées dans la vraie Bible, la lui laissant regarder et même toucher et tenir plus d'une fois dans ses mains. Elle était reliée en une couleur marron, avec titres en or et tranche d'or : de papier fin et de poids moyen. Et là-dedans, écrite de la main même de Dieu, se trouvait contenue l'entière, éternelle vérité, le Bien et le Mal, et toutes les histoires présentes, futures et passées, depuis le début jusqu'à la fin du monde.

Or, parmi celles-ci, on trouvait l'histoire d'un certain Daniel, jeune garçon de famille royale, sans peur et plein de sagesse, qui ne bougeait pas le petit doigt sans prendre conseil auprès du vrai Dieu. Il advint que les hasards de la vie le firent tomber prisonnier d'un sultan barbare, nommé Bel-Shasa, lequel flétrissait la religion en adorant des pantins. Celui-ci bâfrait et buvait comme un porc, et un jour, tandis qu'à son habitude il se goinfrait, une énorme main sans corps lui apparut, qui écrivit sur le mur ces mots exotiques :

MANÈ TREKKÈ FAFAR.

Tremblant d'épouvante, le Sultan appela magiciens, professeurs et hommes de science, afin qu'ils lui fournissent la traduction de cette écriture. Mais il résulta que cette langue exotique était inconnue de tous. En dernier recours, on fit venir Daniel, qui, entre-temps, à genoux, avait consulté le vrai Dieu. Et à peine entré il salua et parla et dit :

« Sultan, voici la traduction exacte et garantie de ces trois mots exotiques :

MANÈ égale DEMAIN
TREKKÈ égale CREVÉ
FAFAR égale SERAS
Total : DEMAIN TU SERAS CREVÉ. »

Et, ponctuelle, le lendemain la promesse se réalisa.

Toujours le même Sultan, ou un de ses pairs, bien auparavant avait fabriqué un pantin d'or, le déclarant Dieu de par la loi. Qui n'adorait pas le pantin était jeté en pâture aux lions. Mais ce Daniel Sans-Peur s'exclama, en présence des autorités et du peuple :

« Moi, je n'adore pas les pantins, qu'ils soient d'or, d'argent ou de brillants. J'adore uniquement le seul vrai Dieu, fait d'esprit et de vérité ! »

Raison pour quoi, sans autre forme de procès, on le descendit vivant dans la fosse aux lions. Alors, tandis que les fauves le reniflaient déjà pour en faire une terrible ventrée, il murmura, en levant les yeux au ciel : « À toi seul, vrai Dieu, je m'en remets ! » et immédiatement descendit du haut des cieux, pour se poser à côté de lui au fond de la fosse, un savant ailé nommé Babazar, tout resplendissant comme neige au soleil. « Pas touche à ce garçon ! » ordonna le grand savant aux lions. Et aussitôt les lions se couchèrent aux pieds de Daniel, aussi doux que des agneaux.

Pareilles et autres semblables aventures de ce noble, antique jeune garçon — m'expliqua mon ami — se trouvaient écrites dans la Bible, sous le titre DANIEL (qui en américain équivaut à DANIELE), titre que lui, en suivant les indications de ses oncles, avait pu lire clairement, imprimé au beau milieu de la page du Livre. Et c'était précisément là que les deux vieux (à l'époque moins vieux) oncles, en voyageant de l'Amérique vers l'Italie, avaient pris l'idée de choisir le nom Daniele pour leur neveu et filleul, au temps de son baptême.

L'épopée du Daniel biblique — racontée par mon Daniele — était pour moi encore plus séduisante que les contes fabuleux : pour la simple raison que ceux-ci, après tout, étaient inventions de livres, et que celle-là, par contre, était vérité jurée, écrite de la main même de Dieu. Mais en plus, l'histoire du prénom faisait travailler mon cerveau ; et en suivant mes déductions fantasques, j'en venais à la conclusion que, par certain système invisible, dans la personne de mon présent Daniele devait passer un fil dont l'antique Daniel tenait une extrémité : si bien que l'un et l'autre appartenaient à une même lignée (la noble souche des Daniels — ou Daniélides). Et cette découverte me comblait d'orgueil, d'autant plus que j'étais le seul dans la famille à connaître la secrète aristocratie de notre ordonnance. Même l'intéressé en personne paraissait l'ignorer. Je ne lui en soufflai d'ailleurs jamais mot, peut-être parce qu'avare de cette nouvelle extraordinaire comme d'une propriété à moi ; ou peut-être encore par une forme paradoxale de respect.

En de rares cas seulement, je lui adressai, avec hésitation, quelques questions. Une fois, par exemple — tandis qu'il houssinait un tapis :

« Vous aussi, Daniele, pour chaque chose vous demandez la permission à Dieu ? »

Daniele interrompit un instant de battre le tapis, levant un visage perplexe qui se fit aussitôt grave et responsable :

« Moi, répondit-il, je suis un militaire. Je dois être aux ordres de mes Supérieurs.

— Et vos oncles ? Eux ? Oui ? Ils demandent la permission à Dieu ?

— Ça, signorino, je ne le sais pas », admit Daniele, puis il se remit à houssiner le tapis.

(Lorsqu'il ne disposait pas de certitudes ou de preuves décisives, mon ami répondait honnêtement : « Je ne le sais pas. »)

« Et que font-ils, vos oncles, en Amérique ?

— Ils travaillent chez FORD. »

Je ne connaissais pas cette firme. Et j'imaginai à l'instant qu'il s'agissait de quelque chose d'incommensurable et d'éternel, à l'égal de l'unique véritable Bible, que ces deux oncles possédaient.

À la fin, après avoir trop longtemps résisté, je n'y tins plus :

« Moi aussi, j'ai un oncle ! » révélai-je à mon ami, « le frère de maman. Il a le même nom que moi : Manuel, qui, en langue espagnole, équivaut à Manuele. Mon oncle, là-bas en Espagne, lutte avec le taureau. » (Je ne savais pas encore que Manuel était mort — et du temps devait encore passer avant que je l'apprisse.)

« Chez nous », observa Daniele, « nous n'avons point de taureau. Nous avons un bœuf.

— Et quelle différence y a-t-il entre un taureau et un bœuf ?

— Le taureau est un mâle, et le bœuf est châtré. »

Sur le sens du mot *châtré*, je m'informai auprès de ma tante Monda. Laquelle, une légère rougeur au front, me dit :

« Ce n'est pas un mot convenable. On dit *attendri*.

— Et que veut dire *attendri* ?

— *Attendri*, c'est un bifteck. »

L'ordonnance Daniele était curieux de mes lunettes, au point qu'il me demanda de les essayer ; mais il les ôta bien vite : « On y voit, dit-il, tout couvert et trouble. »

Ainsi voyais-je le monde, moi, sans mes lunettes. Je regardai les yeux de Daniele, semblables à deux campanules fraîches : « Quand j'étais petit, lui dis-je, j'avais moi aussi une vue excellente. Mais ensuite je n'y ai plus rien vu. » Dans le même temps, j'éprouvais de la joie pour les yeux de Daniele, et de la tristesse pour les miens : mais un tel dédoublement débouchait pour moi sur une grâce unique, qui ressemblait à un baiser. Pendant ce temps, Daniele moulait le café, en tournant le moulin avec un si grand brio qu'il avait l'air d'un joueur d'orgue de Barbarie.

« Dans la Marine, dit-il, ceux qui ont une vue faible ne passent pas. Mais vous, vous êtes dans les livres, pas sur un bateau ! Et puis ne dites pas que vous n'y voyez rien ! Vous n'êtes tout de même pas aveugle ! Porter des lunettes n'est d'aucun remède pour les vrais aveugles ! »

Et il m'exposa le cas d'une de ses connaissances, un certain Malone, dont les yeux avaient éclaté au souffle d'une bombe. Ce dernier circulait toujours avec de grosses lunettes noires, mais uniquement pour cacher que dessous il lui restait seulement deux peaux sèches, comme deux déchirures recousues. Quand il passe, il frappe de la canne et hurle :

> Aidez Malone, aveugle et pauvre peau.
> Mettez-lui une aumône dans son chapeau.

Et donne qui veut. Mais certains gamins, pour se moquer, y mettent une crotte de chèvre, un escargot, un clou...

« Il n'y a point de remède, pour la cécité », trancha Daniele, avec un pessimisme absolu.

Après quoi, pris de scrupules, il revint sur sa sentence : « Il arrive, dit-il, des miracles. Si quelqu'un a une nature bénie de Dieu, il est capable, d'un crachat, de redonner la vue àux aveugles.

— Peut-être l'autre Daniel de la Bible, était-il capable... ?

— Ça, je ne le sais pas. »

Et l'ordonnance se remit à tourner le moulin, qui émettait pour moi une chansonnette imaginaire, sautillante et magique.

Sur-le-champ, je me trouvai prêt à lui donner crédit pour n'importe quoi. Une espérance incroyable et jubilante, planant comme une hirondelle un peu folle, fit deux ou trois tours autour de ma tête.

« Daniele, s'il vous plaît ! » commandai-je, « crachez-moi dans les yeux ! »

Mon Daniele s'esquiva, avec un éclat de rire forcé : « Mon crachat, déclara-t-il, ne vaut pas quatre sous. » Il m'observait, amusé, comme placé devant un dessin humoristique, et je ne me risquai plus à insister. Je l'avais vu cracher sur les chaussures de mon père, quand il les cirait, afin d'en tirer le plus grand éclat. Invariablement, lorsque mon père passait le seuil pour sortir, son œil plongeait sur les pieds du Commandant, et reflétait sa satisfaction pour la brillance de cette chaussure, dont il s'attribuait non seulement le mérite, mais la responsabilité.

Mes souliers aussi, il les cirait chaque jour avec ardeur ; et parfois même, complice de ma paresse, il me les laçait : moi aussi sur mon lit, et lui accroupi devant moi sur le pavement. Je me sentais élevé à un honneur sans égal, à voir un champion de l'aristocratie me gratifier de son aide avec une telle modestie. Je revois sa tête ronde, ployée dans ce cérémonial du matin sous mon regard encore ensommeillé. Il avait les cheveux coupés très court, mais si vivaces qu'ils bouclaient dès qu'ils apparaissaient au jour, imitant dans leur masse une toque d'astrakan. Moi aussi, j'aurais voulu me couper les cheveux comme les siens, mais tante Monda s'y opposait.

Après l'épouvantable soir de la chauve-souris, j'étais la proie continuelle de frayeurs nocturnes ; à telle enseigne qu'à ma prière nous nous accordâmes, Daniele et moi, pour dormir l'un et l'autre la porte ouverte. Chaque matin, au point du jour, je m'éveillais à la sonnerie du réveil qui ébranlait de ses trilles la chambrette contiguë, et j'entendais l'ordonnance descendre de son lit avec un petit grognement, tandis que je me rendormais jusqu'à l'heure de l'école. Moi, ce n'était pas la sonnerie d'un réveil qui me tirait du lit, mais les notes du lever militaire, que Daniele sifflotait à mes côtés, en imitant le clairon. Et, à partir de là, notre nouvelle journée se déroulait comme une nuée de drapeaux au vent.

À cette heure, nous nous trouvions souvent tous deux seuls à la maison, car tante Monda allait volontiers dormir sous son propre toit, me confiant à Daniele, en qualité de garde d'enfant méritant toute son estime. Et lui, par gentillesse, m'épargnait le passage par la salle de bains, mais prenait bien soin, en revanche, de mon esthétique la plus manifeste (ongles, coiffure). Il m'aidait même à me laver les oreilles ; et une telle opération, en soi fastidieuse, me devenait sous ses doigts un plaisir hilarant, et me flattait. C'était, en effet, un hasard inattendu pour moi, qu'un marin me servît de mère. Il possédait, en vérité, des qualités maternelles : avec en outre certaine rudesse involontaire qui attestait à mes yeux sa grandeur virile, et la chance de l'avoir pour ami, moi, petit comme une araignée.

(Ô Daniele! lave-moi les oreilles
peigne-moi les cheveux, même si tu me les tires un peu.
Caresse-moi par erreur ô Danielet
des Daniélides.)

Au moment du café au lait, grâce à notre familiarité réciproque, lui, sans cérémonie, il restait en maillot de corps (alors que si tante Monda était là, il devait s'habiller aux repas, porter sa veste blanche, en se plantant bien droit derrière nous, armé, au dessert, d'une petite brosse afin de balayer la table de ses moindres miettes). Ensuite, il endossait son uniforme pour m'accompagner à l'école. Et alors, sonnait l'heure glorieuse de ma journée.

Depuis que j'allais à l'école en sa compagnie, tous les matins j'exigeais d'enfiler, moi aussi, mon costume marin : si bien que nous devenions deux camarades sur un pied d'égalité, avec le même uniforme. Pour ne pas lui faire faire piètre figure, j'enlevais mes lunettes et les glissais dans mon cartable ; et j'avançais à côté de lui, tirant vanité d'un double narcissisme, à croire qu'entre amis, même la beauté se partageait. J'allais jusqu'à me faire illusion que le public nous admirait (« Regardez ces deux charmants marins ! ») et le regret d'autres marches passées, triomphales — quand je faisais cet identique parcours avec Aracoeli — me devenait moins cruel, comme étouffé par une sourdine.

Malheureusement, je n'étais pas toujours sûr de le retrouver à la sortie. Certains jours, de multiples tâches domestiques le séquestraient ailleurs. Et, à la façon d'une jeune fille qui effeuille la marguerite, vers l'heure de la dernière sonnerie, je me demandais chaque fois : viendra ? viendra pas ? Une petite éclipse m'offusquait le soleil, si, comme déjà la saison passée, je trouvais qui m'attendait à la porte de l'école la femme de ménage, ou tante Monda. Mais, par bonheur, c'était là une exception depuis que nous avions l'ordonnance à la maison.

En principe, au moment de ma sortie, il se trouvait déjà en vigie au fond de la place, derrière le groupe des parents et des mères. Comme moi, pour l'occasion, j'ôtais mes lunettes, j'avais beau scruter, je n'arrivais pas à le voir tout de suite. Sera là ? Sera pas là ? Et vivement me répondait, tout en fête, la voix bien connue de ténor dramatique : « Signorino ! Signorino ! »

Cela faisait presque trois semaines que durait l'absence d'Aracoeli, quand il me fut enfin permis de la visiter. Ainsi qu'elle me l'avait raconté au téléphone, elle demeurait précisément dans une belle villa, entourée d'un grand jardin, où nous la trouvâmes en compagnie de mon père, installée sur une chaise longue, dans un pré ensoleillé. Elle n'était plus aussi décharnée qu'à son départ, ses joues avaient repris des couleurs, et les minuscules étoiles de naguère réapparaissaient dans le noir de ses yeux. Par contre, le visage de mon père, comme il avait perdu son vif bronzage, apparaissait presque émacié, et d'une morne pâleur. Plus visiblement encore, ressortait ainsi sa ressemblance avec tante Monda.

Le plaisir de la convalescence animait Aracoeli, jusqu'à frôler une très légère, très ingénue ivresse. Et mon père, reconnaissant de la voir qui recouvrait la santé, la fêtait de la pieuse palpitation de ses yeux et de

344

ses habituels petits rires extasiés. Cependant, encore pris dans ses récents tourments, son rire, de temps à autre, paraissait s'empêtrer et se débattre comme des ailes graciles dans une toile d'araignée. Et ma mère le consolait d'un sourire éloquent, à lui seul adressé, tel un petit don caché (« Zapé ! zapé ! zapé ! tu le vois bien, que je suis guérie ? À moi, il me suffit de savoir que tu existes »).

À mon arrivée, son accueil me ramena, tout surpris, aux triomphes de mes premiers pas, quand, les bras tendus, elle m'applaudissait sur la ligne d'arrivée. « Le voilà ! » s'écria-t-elle. Et elle continua à répéter, avec des exclamations plus basses presque incrédules : « le voilà, le voilà, le voilà » m'enfermant dans son châle, et me faisant claquer sur les joues ses baisers andalous : « Mon Caballero galant est arrivé ! les beaux yeux de sa mamita ! » Là, mon menton se mit à trembler. Les propositions joyeuses, après l'incartade, remplissent de peur. « El mio varoncito lindo ! » Je sentais, contre mon sternum, la forme tendre de son téton, d'où elle m'avait arraché. « Que me dis-tu ? Il ne me dit nada, mon poète ? » Je fis un pauvre petit sourire de mendiant.

Elle m'observait avec des yeux déchirants, comme si nous étions tous deux, elle et moi, les survivants d'une horrible, symétrique croisière dans les ténèbres. Et moi, sans oser me pelotonner en elle, je me frottais à son flanc, à peine à peine, tel un chat de gouttière qui balance entre l'invitation aux ronrons et la crainte d'offenses déjà souffertes.

« Tu t'es fait plus beau, chouchou de mi alma. Le museau plus rond... » « Tu vois, intervint mon père, je te le disais que nous pouvions nous fier à notre incomparable Daniele ! »

Respectueusement resté en arrière, Daniele se tenait là, droit, presque au garde-à-vous. Aux félicitations de mon père, une rougeur béate le transfigura. « C'est un devoir, mon Commandant », répondit-il, en saluant. « Avance donc, Daniele », l'invita affablement mon père. Et il avança. Son pas était ferme et digne ; mais son visage, tourné vers mon père comme un tournesol vers son étoile, en plus de la discipline de rigueur rayonnait d'une vénération enfantine, enthousiaste. Ainsi, l'autre Daniel, celui de la Bible, contemplait-il — je l'imagine — en le remerciant de Son aide, le « vrai Dieu ».

C'est alors que m'apparut clairement ce qu'en réalité on me laissait entendre, par bien des façons, depuis longtemps déjà : ses soins et ses attentions, Daniele ne les prodiguait pas vraiment à moi en personne : mais bien plutôt au fils de mon père. Et assurément — fût-ce à travers une ombre de jalousie — la chose me sembla juste.

D'ailleurs, comme une petite nue passagère, cette ombre aussi s'évapora, peu après, dans le bleu serein des mythes. En effet, tout au long du voyage de retour, Daniele, encore radieux du récent honneur qui lui était échu, donna libre cours, en un chant ininterrompu, à l'expression de ses sentiments admiratifs pour mon père. Non seulement — entonna-t-il avec passion — notre Commandant était un guerrier valeureux, gloire première de la Marine Militaire (le Roi d'Italie soi-même l'avait félicité !) mais il était un Chef de foi et de vertu, qu'il suffisait de connaître pour lui confier son âme. Toute la Marine Royale lui portait respect, et quand Lui punissait, personne ne s'en plaignait : car Lui s'en tenait toujours à la justice, et la punition juste ne déshonore pas le soldat : au contraire, elle l'honore. En attendant, Lui tout le premier, le Commandant ! donnait l'exemple de la conduite et de la discipline, le Summum, pour un Chef ! Et jamais il ne faisait étalage de ses actions, ni ne profitait de son grade : montrant de la considération pour ses inférieurs comme pour ses supérieurs, car il pesait le mérite, l'honnêteté et la Foi intègre ! Mais sa grandeur, au reste, était bien connue, et on pouvait dès lors prévoir qu'il arriverait au grade d'Amiral, Lui.

Ces louanges immenses, en vérité, ne faisaient que confirmer mon idée — déjà enracinée au profond de moi — quant à la légendaire stature de mon père. Mais criées par mon ami Daniele — avec tant de frémissement musical dans la gorge, et de splendeur dans les yeux, et d'agitation jusqu'au bout des doigts —, elles me communiquaient un scintillement spécial, ainsi que les premiers feux d'une étoile sur un minuscule fragment de miroir. Incommensurable était la distance de moi à mon père ; et pourtant, un peu de sa lumière solaire me touchait par reflet, comme une petite lune. Et je n'aurais certes pu me comparer à un Daniélide ; mais incontestablement, aux yeux de mon ami, descendre d'un Commandant sublime devait me doter d'une certaine vertu d'aristocrate.

Ainsi donc, le cantique de Daniele parvint à chatouiller ce point de mon moi où se tenait tapi (ses vaniteuses, petites antennes toutes vibrantes) l'orgueil de caste ! Pourtant, cela ne pouvait modifier dans mon idée la distance qui me séparait de mon père. Au contraire, à travers Daniele, je voyais se dessiner un royaume obscur (par moi jusqu'alors à grand-peine entrevu) où le Commandant dispensait condamnations, grâces et punitions, ainsi qu'une Puissance inconnaissable. Je n'avais jamais vu mon père punir (aujourd'hui encore, en vérité, je n'arrive curieusement pas à me l'imaginer dans la peau d'un punisseur) et je n'avais jamais subi sa discipline (si j'exclus certaines règles d'hygiène ou de comportement, telles que la montée des escaliers à pied ou la coupe des cheveux chez le coiffeur, ou me moucher le nez). Mais dans son

347

royaume, en revanche, il disciplinait et punissait : si bien que sa figure entière devenait pour moi plus abstraite que jamais, empiétant sur le système des symboles. Viril et paternel était son royaume, et défendu aux mères : astre étranger, propriété et sanctuaire des pères, fermé même à mon désir, tant son accès m'était impossible ! Eh oui ! comment un quidam pouvait-il — fût-il un aspirant — se présenter à la Marine affublé de lunettes ?! et sans avoir appris à nager ?! Avec moi les leçons de natation, hélas, étaient vaines. J'avais beau me pavaner dans mon costume marin, moi, la mer — avec son souffle gigantesque et sa succion terrible — en vérité m'épouvantait. Et je n'enviais même pas aux escadres océaniques la grâce de compter parmi leurs propres embarqués Daniele des Daniélides, puisque je l'avais auprès de moi, à terre. Je n'aspirais pas à des royaumes, ni à des commandements. Il me suffisait à moi que le marin Daniele fût mon ami.

« ... Mais là-bas, dans la Marine, il n'y a pas de femmes ?...

— Des femmes !! En voilà une idée ! Non. Tous des hommes et tous des marins. »

Au milieu de ces événements familiaux (autrement dit pendant l'absence de ma mère) eut lieu un fait historique que j'allais oublier de citer ici, tant il me toucha peu à l'époque : la fin de la guerre civile en Espagne, avec la victoire de celui qui devait, plus tard, représenter mon *Ennemi*. Dans le futur, à travers les différentes phases de mes névroses, le fantôme de ce fait historique (avec d'autres, semblables fantômes) devait rouler sur mes horizons malades, tel un moulin fou et homicide qui allongeait ses ailes d'ombres sous mes pas. Mais en feuilletant, aujourd'hui, les registres de ma mémoire, je n'en trouve, à cette date, aucun avis, nul signal. Le fait, dans la maison des Hauts Quartiers, passa inaperçu : du moins, à ce qu'il me semble. Si je force ma volonté dans cette direction-là, je parviens à peine à y découvrir la vague réminiscence d'une tante Monda qui jubile en exposant le drapeau tricolore à la fenêtre, et bat des mains à un défilé de trompettes et de fanions dans les rues. Mais là, je me sers sans doute d'un photomontage. La scène ressuscitée pourrait se référer à quelque autre occasion commémorative de conquêtes, d'actions ou de fastes patriotiques qui, à cette époque, se répétaient fréquemment. Du même côté me revient, suggestion aidant, la voix reconnaissable de Zaïra (alors déjà entrée au service exclusif de tante Monda) qui dit pompeusement : « Vous avez vu, Mademoiselle ? nous l'avons emporté ! » suivie du commentaire excité de ma tante : « Cela signifie le salut de l'Europe ! » Ici survient une incertaine réapparition de moi-même applaudissant entre les deux femmes (Daniele était-il présent ?) dans une sorte de vallée noire de corps et de vacarme (une place ?) que domine un gros PAPE noir hurlant à un balcon... Pourtant, même ces autres réminiscences pourraient être dues, comme les premières, aux effets d'un photomontage. Elles flottent, déchirées et floues, sur les fonds de ma réalité, comme des dépouilles mortelles sur une fagne brumeuse. Cependant qu'en jaillissent toujours vifs, d'autres jours, d'autres cris.

L'absence de ma mère dura encore tout le mois d'avril, et peut-être même se prolongea-t-elle davantage. Je la revois à la maison, parmi nous, déjà dans ses robes colorées de l'été. Certes, pour les âmes mignonnes d'infime taille, comme Carina, l'usage n'est pas de porter le deuil ; et quant à Manuel, chez nous on gardait le silence sur son sort. De la part d'Aracoeli, le nom de Manuel était banni depuis longtemps déjà. Et moi, après tant et tant de semaines de passive complicité, je me retrouvai perplexe devant ce bannissement abstrus, tandis que, cédant à l'insouciance, je laissais le frère d'Aracoeli remonter de ses ombres interdites, intact et allègre, pour venir à ma rencontre. Je voyais Aracoeli guérie, exubérante même, et j'avais aussi entendu que l'Espagne jouissait désormais d'une paix définitive : si bien que dans mon esprit futile reprit peu à peu place une impatiente attente des cartes postales andalouses de M.M.M. Me séduisait, entre autres, le projet de les montrer à Daniele ! Mais ni à lui ni à personne je ne parlais de ces choses-là. En réalité, un reste de soupçon, demeuré indéfini et encore rampant, ne cessait de s'entortiller à mon vieux rêve de Manuel, et, sur le point de demander de ses nouvelles, toutes les fois ma gorge se nouait.

C'était une trame muette, qui ne pouvait durer : jusqu'au moment où ma timide résistance céda. Déjà commençait, je crois, le mois de juin. Aracoeli était venue à la sortie de l'école (elle avait repris sa chère fonction, en alternance, par périodes, avec l'ordonnance). À la traversée d'un Corso — j'en garde encore le souvenir vivant — nous fûmes bloqués par une sirène des pompiers. Et alors, protégé par ce sifflement assourdissant, d'un coup le nom trop tu éclata sur mes lèvres. Le souffle court, et comme si je parlais à la cantonade, avec précipitation je m'informai :

« Et Manuel, il n'a plus écrit ? »

Nous étions appuyés à un mur ; et ma mère n'eut pas l'air d'avoir entendu. « Hein ? il n'a pas écrit ? » la pressai-je en redoublant d'urgence. La sirène était passée. La circulation régulière avait repris, et elle me tira par le bras ; mais je m'obstinai. Je ne voulais pas faire un pas de plus avant d'avoir obtenu une réponse. Et d'un ton geignard, en capricieux exigeant, je revins à la charge : « Manuel, hein ! qu'est-ce qu'il fait, hein ? lui, maintenant ? »

Aracoeli s'arrêta au bord du trottoir. Détournant de moi sa face, elle tordit les pupilles tellement qu'elle paraissait atteinte de strabisme, tout en ébauchant un sourire réticent et sinueux, qui la défigurait. De nouveau, elle me tira le bras, et, impulsive, d'une voix criarde, elle prononça cette phrase bizarre :

« Manuel a perdu ses dents. »

Perplexe, presque hors d'haleine, je me mis à trottiner derrière elle. Et, à la manière d'un enfant, je me renseignais : « Où ?... à la corrida ?... » Toujours sans me regarder, et de la même voix criarde, elle confirma :

« Oui. Un taureau l'a encorné. »

Elle paraissait parler au hasard, en redoublant le pas. Mais comme, m'efforçant au rythme de sa hâte inutile, je m'agrippais à son bras, elle baissa à peine les yeux sur moi. Et, en rencontrant mon regard interrogateur, elle fut assaillie d'une émotion qui altéra ses traits, comme si des doigts atroces la chatouillaient. Elle partit d'un rire malheureux, presque infâme, et reprit, en une espèce de comptine démente, à couleur d'*humour noir :*

« Et il a perdu aussi ses cheveux... et ses mains... et ses yeux... »

Puis, du fond de sa gorge monta un son étrange, une manière de raclement ferrugineux. À présent, elle courait tant que ma main se délia de son bras. Alors, ralentissant, elle me reprit la main, et tout en me regardant du coin de l'œil, d'un accent caressant elle me dit : « tontillo ».

Je ne lui demandai plus rien. Désormais, derrière

sa course vile et sa voix devenue stérile, j'avais appris, sans plus de doute, que Manuel était mort.

Et à partir de là, je commençai à apprendre aussi l'exacte vérité du dicton courant sur les morts : *qu'ils vont au Paradis*. Le Paradis est cette substance radieuse, magique, qui grandit avec le temps autour des morts, les laissant à jamais intacts et les nourrissant de sa splendeur. Il n'est pas prouvé que ce destin échoie à tous les morts : peut-être à quelques-uns seulement. Mais Manuel Muñoz Muñoz était à coup sûr parmi ces quelques-uns. Sans dents, ni yeux, ni cheveux, ni mains — pendant deux minutes il s'était caché pour narguer le taureau. Et maintenant, déjà guéri du massacre, il revenait à ma rencontre ! intact dans ses boucles joyeuses, et ses dents bonnes à mordre plantées sur des gencives saines, et ses yeux encantadores, et ses mains brunettes jouant avec l'épée, pour me saluer. Bien que nous ne nous fussions jamais rencontrés auparavant, aussitôt je le reconnaissais à son visage, qui était — avec des linéaments masculins plus résolus — le visage même de sa sœur, Aracoeli. Rien de plus naturel, car j'avais toujours su par ma mère que son frère et elle se ressemblaient « comme deux exemplaires de la même gravure ». Et dès lors, plus que jamais, à présent les deux séductions d'Aracoeli et de Manuel se fondirent en une seule : le « paradis » de Manuel filtrait à travers les halos changeants d'Aracoeli.

Mon petit espace intérieur était envahi par des duendes qui travaillaient dans l'ombre, comme les voleurs. Et je n'en parlais à personne. Je fus tenté de communiquer à Daniele les nouvelles concernant Manuel, mais une pudeur jalouse (propre à ma nature) me l'interdit. Et je n'en parlai ni à mon seul ami ni — à plus forte raison — à personne d'autre. Au vrai, peut-être les morts veulent-ils que leur beauté croisse en secret : de même que, dans les paradis d'amour, la nudité des amoureuses se cache aux étrangers pour se réserver à l'amant. (Une contradiction des morts est que souvent — bien que fugitifs et imprenables — ils se laissent fréquenter mieux que les vivants.)

Du reste, il fallait s'y attendre, après le retour de la famille, Daniele eut moins de temps pour moi. Sa révérencielle soumission à mon père l'obligeait, en outre, à un maintien sérieux et responsable, si bien que parfois son visage enfantin prenait (avec un effet presque drôle) un air officieux et réglementaire. Mon père en personne nous avait fait observer (fût-ce avec sa discrétion habituelle) que, désormais, je m'étais fait suffisamment grand pour me laver et m'habiller tout seul, et affronter virilement la menace des ombres de la nuit (dormir la porte fermée !). Et Daniele, comme il était de son devoir, évitait de seconder mes naturels enfantillages, lui-même se retenant de jouer les acrobates, de faire le fou, etc. De notre menu, avaient été éliminées les pâtes aux brocolis et aux anchois, et autres similaires délices ; et durant son service à table, la roideur et la noble componction de notre ordonnance étaient dignes d'un majordome de haute volée. En de pareilles circonstances austères, moi, pour le rappeler à notre amitié, je me résolvais à lui faire, derrière mes verres, un clin d'œil de connivence ; et l'éclair d'un sourire dans ses pupilles me suffisait pour garantir sa foi. Mais il était clair que la foi en l'autorité paternelle tenait dans son cœur la première place.

Toutefois, dans ses intervalles de détente, il m'entretenait, comme avant, de son village, et de Rita, et du vrai Dieu et de ses oncles d'Amérique ; et il me confia même que ceux-ci lui avaient promis, s'il les rejoignait là-bas, de le faire embaucher à la fameuse FORD. Mais de mon oncle à moi, Manuel « qui luttait avec les taureaux », il ne me demanda plus jamais rien : ou

353

bien par désintérêt total, ou bien, peut-être par un total oubli.

En attendant, pour Aracoeli, après son étrange bavardage de ce matin, le nom de Manuel était retombé dans le bannissement. Et sur lui, dans notre maison, redescendit une chape de silence. Il est possible qu'au jugement de la famille — et à celui d'Aracoeli aussi — un parent guérillero fût un déshonneur. En vérité, ma mère, elle, avait désormais rejeté dans le silence non seulement le guérillero Manuel, mais aussi Carina, la petite reine. Je dirais qu'elle avait horreur de toutes les morts comme d'une contagion. Toutes ses fibres animales, après son retour de la campagne, vibraient dans la ferveur de son violent et étrange refleurissement.

Elle avait grossi, et sur son corps gracile de fillette grandissait un corps différent, plus rempli et plus tapageur. Ses hanches, en particulier, débordaient avec une sorte d'ostentation involontaire, et accompagnaient son pas d'un balancement de danse lente, tel qu'on le voit chez certaines jeunes Africaines. Son ventre, après la dernière grossesse, n'avait plus repris son rentrant virginal, et il se relâchait en une paresseuse turgescence, visible sous sa jupe serrée. Ses seins aussi, toujours plutôt menus, mais désormais amollis, pendaient librement. Et ses formes, que ne contenaient ni des bandes ni des corsets, donnaient à son jeune corps une impression d'abandon et de langueur. Et elle sinuait quelque action sournoise et crue, à laquelle sa matière servilement se faisait. Ses joues, pleines et rondes par nature, semblaient céder un peu à leur propre poids, et se révélaient, surtout dans la pâleur, d'une pâte plutôt dense et granuleuse, pas aussi fraîche et tendre que naguère. Leur couleur m'apparaissait plus brune, et habituellement elles étaient plutôt pâles ; mais elles fleurissaient parfois d'une rougeur opaque, qui avait l'air d'une brûlure. Alors elle portait une main à son front, se plaignant d'un léger mal de tête ; mais aussitôt m'avertissant de n'en rien dire à mon père, afin de lui épargner des soucis ; et aussi parce qu'il l'eût entraînée chez les docteurs, qui, il l'ignorait, voulaient la tuer.

En vérité, de tous les gouffres parmi lesquels nous nous déplaçons à l'aveuglette (les abîmes effondrés de la terre sous nos pieds, et au-dessus et autour de nous, le précipice des mers et des ciels) aucun n'est aussi sombre, et pour nous-mêmes inconnaissable, que notre propre corps. On l'a défini : sépulcre, que nous transportons avec nous ; mais les ténèbres de notre corps sont plus insondables pour nous que les tombeaux. Ces jours-là, dans le petit corps d'Aracoeli avançait une invasion démesurée, dont nulle oreille ne pouvait percevoir le fracas.

Comme avant son long hiver, elle se remit à fréquenter l'église. Le dimanche matin, je l'accompagnais à la Messe ; et je la voyais, dans certaines de ses humbles et muettes oraisons, s'arracher à elle-même, vers des identifications impossibles avec quelque pantin de l'autel : toujours, naturellement, des Madones moulées en plâtre blanc et rose, sommées d'auréoles pourprées. Elles étaient, en effet, comme tous les simulacres de cette église, des objets de commerce, matière vulgaire et facture ordinaire. Mais pour Aracoeli, sûrement capables de se transfigurer, de prendre les corps somptueux et bienheureux des Señoras, chiffre suprême de sa Trinité.

À la fin de la Messe, elle ne se limitait pas toujours à la révérence rituelle : plus souvent, elle allait jusqu'à se prosterner, selon l'usage musulman, mais avec sa propre violence agressive, ainsi qu'en une union corporelle avec le territoire de Dieu.

Maintenant, chaque jour elle m'accompagnait à l'école, et venait me chercher à la sortie. Puis, avec l'été et la fermeture des classes, elle parut s'attacher à moi comme si elle me revoyait plus petit, et m'avait tout à fait pardonné mes lunettes, ma laideur. Elle me gardait toujours près d'elle, et recherchait avec anxiété ma compagnie, par crainte, eût-on dit, que je me perdisse, ou fusse kidnappé. Elle m'emmenait avec elle en promenade, au Café ; et je me souviens qu'à la plus petite occasion, franchement comique ou simplement drôle, offerte par la rue, elle éclatait de rire avec une telle irrésistible gaieté que les passants se retournaient et que certains, par contagion, riaient eux aussi. À cette époque, elle cédait facilement au rire, et parfois — contre son habitude — même aux larmes. Un jour, elle pleura à la vue d'un lapin écorché suspendu à la devanture d'un boucher, car l'animal semblait encore vivant dans sa mince fourrure blanche. À certaines heures, elle avait l'air accablée par sa propre vivacité physique. Et dans la maison nous nous poursuivions, nous jouions ensemble à l'égal de deux chiots. On aurait pu alors déceler dans son regard resplendissant, juste au centre de sa pupille, un point de scintillement presque électrique ; mais, à l'improviste, sa vivacité s'éteignait, l'abandonnant à une somnolence agacée, qui la faisait bâiller sans trêve. Et elle me disait, d'un ton dégoûté, de la laisser seule.

Souvent elle m'étreignait et me couvrait de baisers, me câlinant de son langage divin, mâtiné d'italien et d'espagnol, et qu'on n'entendait plus entre nous, depuis les temps de Totétaco ; jusqu'à l'instant où, soudain, elle m'écartait d'elle, comme à la suite d'un mauvais coup reçu de l'intérieur, ou d'une méchante offense.

Mon inguérissable amour pour elle subissait, à présent, un charme nouveau et difficile. Il m'arrivait de me trouver devant elle, sans presque la reconnaître ; et de la fixer d'un œil stupide et incertain, mais toujours subjugué par ses transformations. Tantôt elle se dédoublait en son frère Manuel. Tantôt elle redevenait pour moi la première Aracoeli de Totétaco. Et à d'autres moments, elle se faisait étrangère à moi, prenant une forme inconnue, sans baisers ni caresses, oublieuse et ignorante de tout : promise à quelque violation aveugle du hasard, et minée par une lèpre de la nature. À ces moments-là — si je la considère aujourd'hui, à une telle distance — elle ressemblait à certains marbres merveilleux, remontés des fonds marins vers quelque littoral, où ils abordent les membres mutilés et semés de détritus, coquillages et flores aquatiques. Une fatalité adventice les rejeta à terre dans un filet, les exposant à des regards idiots, qui ne savent pas lire les alphabets étranges de leur matière. Aracoeli ! ainsi te regardais-je alors — moi, le muchachito analphabète — et ainsi je te regarde encore aujourd'hui — moi, le vieil analphabète.

L'été revenait ; cependant que s'était introduite dans notre maison une présence animalesque, invisible, qui de jour en jour en prenait possession. Le matin, surtout, dans l'air lourd des chambres, l'odeur s'en manifestait, une sorte de souffle douceâtre et fermentant. Et une obscure alarme en suggérait presque la silhouette, sinueuse, gîtant dans les coins pour nous épier, ou errant de son pas inquiet et mou entre nos pieds. On avait même l'impression de distinguer sa peau léopardée et son museau vorace qui sortait de dessous les meubles. Et moi, bien qu'incapable de la percevoir, pourtant, en quelque sorte — peut-être à travers mes pores — j'en ressentais l'espèce indistincte, telle une intrusion bestiale, innommée, qui magiquement (à des intervalles de moins en moins rares) s'incorporait à Aracoeli. Une lutte, cependant, paraissait engagée entre cette Aracoeli et l'autre : et la maison en ressentait le désordre fragmenté et bas, comme des hurlements et des rires de cabarets infréquentables. De cette éruption infâme, un quidam, par la suite, me fournit un charitable diagnostic, que je repoussai, et qu'encore je désavoue (sera-ce là un signe tors d'amour ? ou une sombre volonté de calomnier ma mère ?). Mais si par moments je veux en admettre la vérité et le supplice, je me demande hors le temps, avec un long frisson, quelles forces impossibles, alors, dut invoquer ma mère, dans ses pauvres tentatives de s'opprimer. Et quels tumultes et quels effondrements (invisibles à tous, et à elle en premier) durent sourdre et se répandre, alors, dans la nuit noire de son corps.

Mon père, retenu par ses devoirs militaires, restait absent une bonne partie de la journée. Et Aracoeli, surtout dans les après-midi, était, par intervalles, la proie d'une agitation sans issue, jusqu'à l'heure de notre promenade quotidienne. Au vrai, plus qu'une promenade, en ces jours cela prenait l'allure d'une fuite extravagante, sans qu'il fût possible de comprendre d'où ni pour où. En effet, après de nombreux tours désordonnés, sans aucun arrêt déterminé, ma mère commençait à se troubler jusqu'à éprouver la panique du voleur traqué par la police. Et précipitamment nous revenions chez nous.

Nos circuits se bornaient, en général, aux parages de la maison ; et même, nos promenades se suivaient d'une façon plutôt monotone. Toujours en avant et en arrière et de travers, par les mêmes rues fraîchement arrosées et luisantes, au milieu de l'étalage habituel des boutiques et des hôtels internationaux, et des tables en plein air des Cafés à la mode. Le lieu, à cette heure-là, attirait quantité de gens, séduits par une illusion de pompe mondaine ; il s'agissait, pour la plupart, d'oisifs, ou de petits-bourgeois libérés de leur bureau ou encore de provinciaux. Et Aracoeli, davantage qu'en d'autres temps, soulevait l'admiration des hommes de passage. Mais, contrairement à ce qui se passait auparavant, à présent elle ne se dérobait plus à son succès : elle avait plutôt l'air d'être accourue à un spectacle dont l'objet était son propre corps ; et où l'entraînait un ordre déchirant et despotique. Chacun de ses mouvements était d'obéissance. À son pas ondulant, les courbes de son corps s'offraient, ingénues et éhontées, toutes désireuses de se fondre en une ultime obéissance interdite. Et les voix de louange à sa beauté, les œillades parlantes, semblaient toucher physiquement son épiderme, comme langues ou doigts, ou mordre sa peau jusqu'aux couches profondes, la faisant tressaillir. De temps à autre, nous prenions place dans un Café, où (par une pulsion sans retenue, jumelle de l'innocence) elle s'abandonnait à des poses qui, naguère, l'auraient fait rougir. Elle tendait le buste, présentant son petit sein qui, dans ce mouvement, paraissait vouloir se dresser. Elle croisait les jambes avec une nonchalance vulgaire, si bien que sa jupe remontait jusqu'aux cuisses. Et si, d'une table voisine, un homme se mettait à la fixer — fût-il laid, souffreteux, vieux — elle en ressentait une émotion anxieuse, visible, et audible dans ses soupirs. Entre sa paupière mi-close, et le blanc de l'œil, lui passait un tremblotement de langueur, comme un liquide s'évaporant sur des fleuves violâtres. Et moi j'en discernais le lent flux — jusqu'à la couleur violette des vapeurs — à travers cet habituel nerf primordial de la vision qui si souvent, de l'intérieur, me rattachait au corps d'où j'étais né. Mais, encore que plus aigu et vigilant que mon sens extérieur, ce nerf n'en demeurait pas moins naturellement aveugle sur le plan de l'intelligence. Je ne comprenais pas du tout la signification de la scène ; néanmoins, commençait à me pénétrer la même inquiétude soupçonneuse et sotte qui envahit les aveugles au milieu d'un bruit confus. Pendant ce temps, sans aucune intervention du dehors, la scène avait changé. Sur le visage de ma mère, s'était imprimé un masque aux traits contractés, entre le trouble et le défi ; tandis qu'elle bondissait sur ses pieds, telle une sentinelle de nuit qui, sur le point de céder au sommeil, se réveille à un heurt. La scène, pourtant, pouvait se répéter d'un Café à l'autre, sans variantes ni surprises notables. En vérité, au cours de ces promenades, il ne se passait jamais rien. Ma mère évitait même tout imprévu, se rétractant parfois avec la timidité d'une lapine qui voit sur elle l'ombre d'une lame. Si, par exemple, quelque admirateur s'exposait à la suivre, elle me serrait fébrilement la main, pour me demander aide. Et elle s'esquivait en doublant le pas, toute transpirante et tremblante. Puis notre promenade reprenait : jusqu'au moment où, acculés, nous arrivions à l'épilogue inévitable : notre rapide retour à la maison, livrés à une terreur croissante, qui nous talonnait tous deux, bien que pour des motifs différents. De fait, je commençais à redouter que ma mère, à cause de sa trop grande beauté, ne me fût volée.

Ce dernier été me réapparaît maintenant comme une calamité : à l'exhumer, une série obsédante de phénomènes pestifères s'y accumule en une concrétion pullulante sur quoi camper quelque scène singulière qui tend à figurer en soi la série tout entière. Ainsi, je dois observer qu'à ce point je ne peux plus distinguer avec certitude si les « promenades » de nos après-midi, telles que je viens de les décrire, étaient vraiment nombreuses ou plutôt se réduisaient à une seule, exemplaire : et je ne retrouve pas le fil des séquences de nos retours à la maison (dont toutefois me reste une forme d'élancement douloureux, semblable à ce qui se produit à la place des membres amputés). Si j'en recherche la trace, j'ai d'abord devant les yeux une sorte de photogramme, où Aracoeli s'affaisse engourdie mais sans repos, comme à l'intérieur d'un nuage d'insectes harcelants ; et dans le même temps (par un absurde effet simultané) me parviennent, de derrière la porte close de sa chambre, certains sons étranges et désertiques de sa voix défigurée.

Et je ne sais comment ni quand il m'advint de la surprendre. J'ai dû suivre, je crois, la traînée de sa respiration haletante entrecoupée d'un balbutiement incohérent. Et le tableau s'est fixé devant moi. Dans la pénombre, elle est là, seule, jetée à mi-corps, à la renverse, sur un tabouret ou un petit divan, bas et oblong, sans accoudoirs ni dossier. Sa tête, aux yeux mi-clos, pend chavirée en arrière, si bien que les pointes de ses cheveux touchent terre. Elle ne s'aperçoit pas de moi, qui me trouve dans son dos, sur le seuil. Elle a ses jupes relevées presque jusqu'au pubis ; mais moi je ne vois de son corps qu'une partie de la cuisse nue à demi découverte, et les deux genoux arqués. L'une de ses mains est pressée sur son bas-ventre. Et l'autre, sous l'ourlet de la jupe, s'agite dans l'ombre noire entre ses cuisses en un mouvement convulsif, dont tout son corps tressaille, s'offrant dans le vide. Du fond de sa gorge monte un balbutiement emporté par une impatience féroce ; jusqu'à ce qu'en un cri aride, son corps se raidisse. Elle ne s'est pas aperçue de moi.

Même ce balbutiement étranger, avec ses vibrations de rage et de râle — et d'enfance barbouillée et de sévices — et de misère et de litanies — encore que je l'aie surpris, je crois, cette seule et unique fois, se prolonge dans mon oreille, à l'instar d'une traîne hybride à travers notre appartement. Et ainsi les habituels sorties et retours de mon père, allant et revenant de son bureau, se changeaient à mes yeux en un va-et-vient continu : où mon père va errant comme un fantôme, et fait irruption, en même temps, avec une turbulence toute matérielle. Vers l'heure de son retour vespéral, ma mère l'attendait penchée à la fenêtre ; et à peine le voyait-elle apparaître en bas dans la rue, qu'elle courait à la porte d'entrée pour la lui ouvrir à l'avance, les mains déjà tremblantes de l'étreindre. Mais, dans le geste de s'agripper à lui, elle ne lui demandait pas, à présent, un asile, comme au temps du deuil pour Carina. Cette fois, son corps à lui, plus qu'un rempart, lui servait d'instrument (son unique et légitime instrument à elle), pour satisfaire enfin son embrasement inextinguible. Comme si la maison était déserte, et le quartier en poussière, dès le seuil elle se moulait à son corps, le touchant fébrilement des doigts et de la langue, et lui mordant les lèvres et l'oreille, et lui ouvrant sa veste pour le chercher de ses mains sous la chemise : « O beau beau hermoso querido », ne cessait-elle de lui répéter ; et d'en louer le beau corps *velludo*, mâle, *valiente*, et l'odeur de sa peau, et sa salive douce *como un jugo* ; et autres mérites à moi incompréhensibles en leur obscénité — dans une nouvelle langue à elle, inouïe, où elle ne disait pas le sentiment amoureux, mais une désespérance vorace. Mon père lui répondait seulement : « Mon amour ! » la voix déjà altérée, et brûlante et râpeuse dans son souffle. Et ensemble ils se dirigeaient vers leur chambre, enlacés en un dialogue haletant dont je ne distinguais pas d'autres paroles sinon les deux mots lancinants de mon père : « Mon amour ! »

Tout au long de notre dernier été, il redisait à ma mère ces deux mots-là. C'était la seule réponse qu'il savait lui donner, et l'on sait, en effet, combien son vocabulaire était pauvre. Mais par lui dits à elle, ces deux mots communs déchus reprenaient intégralement leur valeur primitive. *Amour* signifiait vraiment AMOUR, et ainsi *mon* voulait dire MON. Dans le siècle de la dégradation que nous vivons, les mots sont réduits à des dépouilles inanimées : restituer un mot à sa vie primitive se rapprocherait, pour cet acte miraculeux, de la résurrection des corps. MON AMOUR : ces trois syllabes, dans la voix de notre Commandant, signifiaient que, pour lui, dans la présente Aracoeli parlait toujours la toute jeune fille bouclée rencontrée à El Almendral ; et qu'Aracoeli, eût-elle été vieille (par hypothèse) ou défaite, ou immonde, resterait pour lui toujours la même. Mon amour. Dans le théâtre pollué et convulsif de cette dernière saison, où encore leurs deux voix se croisent, au milieu de ses méconnaissables intonations à elle, refait toujours écho, de tous les points de l'appartement, cette petite réponse intarissable

Mon amour
Mon amour   Mon amour
                Mon amour
Mon amour   Mon amour   Mon amour.

Quand ils s'enfermaient ensemble dans leur chambre, je me tenais à respectueuse distance, conformément à la fameuse « religion adulte des noces » que j'avais apprise dès mon plus jeune âge. Mais de cette clôture nuptiale sacrée se répandait en moi, maintenant, un pressentiment de désordre, semblable à un souffle d'orage qui agite le voile de l'Arche. Lorsque mon père se trouvait à la maison, Aracoeli ne supportait pas le plus petit éloignement de lui ; à peine s'écartait-il un peu, on entendait bien vite sa voix à elle qui le hélait à travers l'appartement depuis leur chambre, là-bas, tout au fond. Et il y avait, dans cet appel, à la fois de la plainte énervante, ulcérée, et une promesse d'irrésistibles délices.

« Eugenio ! Eugenio ! »

La voix de ma mère était changée. Sa saveur bien connue, à moi familière depuis toujours (*pétrie de miel et de salive*) se fondait à présent, à partir de sa gorge, en une pâte plus dense, visqueuse et presque sale. Et il en filtrait, à certains instants, une humidité molle de larmes, qui, dans son étrange lâcheté, avouait une régression pitoyable, telle une petite enfant abandonnée seule dans son berceau. (Même cette voix laide et pleurante de femme demeure enregistrée dans mon corps, et l'envahit encore, mais comme une autre mienne voix de moi-même, à laquelle ne sera jamais donnée de réponse, fût-ce du fond de l'enfer.)

Peut-être la nouvelle scène qui maintenant me revient devant les yeux avait-elle commencé par cet appel : « Eugenio ! Eugenio ! » ; et je ne sais dire, cette fois non plus, comment je l'ai surprise, ni où précisément. Ce ne fut certes pas dans la chambre matrimoniale ; plutôt dans un dégagement, où je me trouvais par hasard. Cela a tout l'air d'une scène hâtive, soudaine. Les portes ont été laissées ouvertes. Mon père est sans veste, la chemise déboutonnée de haut en bas sur sa poitrine : déjà un indice de subversion chez lui : même à la maison, il ne se fait jamais voir s'il n'est habillé de pied en cap (coutume qui, de l'opinion de tante Monda, est « le premier signe de la véritable éducation » « Ne serait-ce que pour le respect des domestiques »). Ma mère, les pieds nus, est couverte tant bien que mal d'une succincte robe de chambre, mal fermée par une simple ceinture ; et dessous, elle doit être nue, car le déshabillé, qui lui est devenu étroit, dessine ses formes pleines, bandées par l'étoffe légère. Mon père vient tout juste d'arriver : sa respiration est encore accélérée par sa course. Et aussitôt ma mère s'est emmêlée à son corps, en un tressaillement simultané de tous ses membres qui, à ce contact, semblent se faire de cire molle. Cependant, de sa voix excitée qui lui mouille les lèvres comme une liqueur, elle lui parle dans une langue extravagante, inventée depuis peu, et pour moi trop exotique, alors, pour qu'elle me soit restée au fil des jours. Ainsi que des chiffons arrachés à un tissu en désagrégation, m'en reviennent à peine quelques lambeaux incertains :

... tuyo mio mio mio... este flor brujo... mio mio... tu frutas calientes... mi palomo de fuego...

Je ne sais quel écran de hasard me cache à leurs yeux, spectateur incognito derrière une coulisse d'ombre. Aracoeli s'est accroupie (ou agenouillée ?) à présent, devant mon père, dans l'attitude d'une dévote fanatique ; et je m'aperçois qu'elle s'affaire à le toucher en bas, d'un âpre mouvement de ses mains. Dans la violente congestion sanguine qui lui enflamme le visage, mon père ressemble à un garçonnet malade de la rougeole. D'un sursaut de tous ses muscles, il ploie vers Aracoeli ; et là, roulant des pupilles autour de lui en une exploration inquiète, tout à coup il m'entrevoit : « Toi, va-t'en immédiatement ! » a-t-il le temps de me crier, avant de se renverser au sol sur elle.

Obéissant, je m'enfuis en courant de la scène qui, en un éclair, est hors de ma vue. De la vue, mais pas de l'ouïe, encore. Et parmi les tragiques vibrations de *la danse angélique* qui ravissait mon père et ma mère à quelques pas de moi — certaines doivent être tombées prisonnières de mes labyrinthes : pour y rôder, égarées, jusqu'au dernier silence. Je crois, en réalité, que précisément alors mon cerveau enregistra pour la première fois ce haletant RYTHME fatal qui, dans le futur, devait revenir à jamais cingler mon sang de son fouet convulsif et stérile. Il l'enregistra — sans se l'expliquer — et sitôt après il l'oublia (selon la loi de toute mon enfance au regard du sexe et de ses instruments). Mais ensuite, adulte, sous mes fustigations suicidaires, j'ai toujours réentendu l'écho d'une réminiscence originaire. Certaines impressions primitives sont un passage de migrateurs qui, sans trace, s'engouffrent dans un ciel blanc pour revenir en arrière à la saison des nids.

Mon unique sensation consciente fut, alors, une lâcheté soudaine, qui m'éloigna d'un bond de *la danse angélique*. Elle ressemblait à ma peur de nager, quand, lançant des coups de pied et hurlant, je m'enfuyais du courant bleu — qui s'empare des sangs et les tire vers les fonds pullulants où la mort les suce. Mon sentiment pour Aracoeli et son époux était resté le même, pur de tout jugement. Et même alors, j'en suis sûr, je ne souffris d'aucune jalousie envers mon père. Seulement peut-être d'une stupeur, confondue dans les autres stupeurs qui me celaient son espèce.

Les frénésies d'Aracoeli alternaient, encore, avec des intervalles de répit au cours desquels elle recouvrait, près de lui, ses façons d'avant ; et l'on voyait, alors, plus que jamais, combien elle l'aimait. L'amour jouait dans ses iris, allègre et ingénu de nouveau, tel un messager enfantin de la première Aracoeli ; mais il arrivait que, tout à coup, son œil prît une fixité épeurée, comme si, en pleine matinée, elle voyait tomber la nuit. Mon père ne lui posait pas de questions ; mais il souriait, content, en s'apercevant que peu à peu elle resaluait dans ses yeux la lumière du jour. Parfois, elle lui baisait les mains, avec une sorte de gratitude timide et sans fièvre, comme à un frère compatissant. Pourtant il arrivait aussi que ces baisers innocents, à l'instar du philtre des sorcières, réveillassent *l'autre* Aracoeli.

Quand il se trouvait là, présent, Daniele s'empressait de se retirer sur la pointe des pieds, se confinant une grande partie de son temps du côté de l'office. Et en nous prêtant son aide — par exemple à table — en aucun cas il ne se départissait de son style réservé : lige à son devoir codifié de n'avoir ni yeux ni oreilles pour l'existence privée des Supérieurs. Et puis je suppose que lui, tout comme moi, devait croire que le mariage du Commandant était célébré dans les Empyrées ; et qu'entre deux époux tout était licite et sans scandale, grâce au sacrement donné par Dieu.

Tout en bavardant, il me confiait ses projets d'épousailles avec sa fiancée Rita ; et que ses deux oncles américains lui avaient promis, en cadeau de mariage, de lui payer une moto. De cette moto, il parlait déjà avec une vive affection, comme d'une autre Rita. Et, emporté dans ses propos, il lui arrivait de s'asseoir à califourchon sur une chaise de cuisine, en traçant — presque inconsciemment — de ses bras et de ses jambes des acrobaties sur une motocyclette imaginaire.

Désormais, il était passé maître dans les différents travaux domestiques, et je crois que, même pour ces tâches ménagères, il se mettait sous la protection du vrai Dieu. Une fois, je l'ai trouvé en prière devant le four, les yeux pleins de confiance levés au plafond pour la bonne réussite d'une pizza.

Ma mère devenait tout à fait étrangère aux soins de la maison ; et les occasions mondaines ou sociales — pour modestes qu'elles fussent — elle les fuyait comme des sujets de peur. Elle évitait même de se trouver avec tante Monda. Et donc — aux heures d'absence de mon père — pour toute compagnie elle s'en tenait à moi seul.

Jour après jour, cependant — tel un processus virulent suscité par les premières chaleurs — sa mutation s'accélérait avec l'été. Et c'est ainsi qu'a commencé la sarabande finale dont, à mon habitude, certaines séquences et figures — ayant glissé jadis telles des ombres éphémères sur mon âme — se projettent aujourd'hui devant moi avec la force des hallucinations, se précisant jusqu'à de certaines vétilles, clins d'yeux, grimaces. Tant d'années elles firent mine d'être effacées ; et maintenant elles viennent s'exhiber, documentaires d'archives, dans mon théâtre vide. Seraient-elles, elles aussi, des fictions ? des faux ? des plaisanteries d'un *trip* qui a mal tourné ? L'Homme-chat. Le Consul de la Milice. L'ascenseur devenu fou. La Femme-chameau. L'Église. La Quinta.

Parfois mon père, contraint par des obligations officielles, demeurait absent de la maison des journées entières. Et ma mère, qui toujours, sans lui, devenait nerveuse, m'invitait, en de telles occasions, à déjeuner dehors. Mais là, sa timidité originelle reprenait le dessus ; et n'osant s'asseoir — elle avec moi, seule dans un restaurant — elle préférait m'emmener dans les crémeries. Un jour, par contre, elle me proposa d'aller tous les deux à la mer.

Je ne saurais dire le nom du lieu : l'image qui m'en reste est une petite baie avec quelques rochers à fleur d'eau (pas bien plus grands que de gros cailloux) et un arrière-pays avec des arbustes et des haies, et des taches d'herbe déjà roussie par le soleil. Toutefois, la saison des bains n'avait pas encore commencé, et c'était un jour de semaine : de fait, la petite baie, dans mon souvenir du moins, est déserte. C'est pour nous, je crois, le premier bain de la saison, et Aracoeli portait un maillot neuf, audacieux à l'époque : en mailles de laine noire, lisse et serré sur les chairs, il lui laissait à découvert tout le dos, jusqu'au bas, par une plongeante échancrure finissant en pointe. Et je remarque que son dos, charnu et plein, est divisé, en son milieu, par un profond sillon en forme de croissant, vers quoi semblent converger en serpentant les vibrations de son corps entier, comme sous un flux électrique. De l'ondoiement de la hanche à l'articulation déliée des genoux, jusqu'à certaines torsions du buste et du cou : tous ces mouvements nouveaux et barbares, dans lesquels elle paraît invinciblement s'exhiber, ont l'air d'avoir dans ce sillon leur centre sensible. Et au moment précis où un jeune homme en simple caleçon de bain apparaît derrière nous, sorti des arbustes, avant de le voir de ses yeux, elle semble l'avoir vu à travers ce sillon ; et là d'abord en avoir perçu la présence, dans un frisson bien visible. Le jeune homme est grand, robuste et svelte ; et tout son corps, doré par le soleil, est recouvert d'un poil chaud et lumineux, de la même couleur blond-rouge que ses cheveux courts et vifs : tel qu'à le voir, on l'apparente à la race des chats roux. Ses yeux cuivrés ne regardent pas Aracoeli ; mais il semble, tout comme elle, la voir par un autre moyen que celui des yeux : peut-être à travers sa peau, ou à travers ses cheveux, qui s'agitent à son pas ainsi que des vibrisses. Il disparaît sous l'eau, et en émerge plus lumineux, car sur ses poils rouges la mer a posé des milliers de perles transparentes. Son corps joue à quelques mètres du rivage, se coulant sous l'eau et surgissant, avec ses mouvements longs et onduleux de chat ; chacun de ses mouvements s'adresse intentionnellement à ma mère, encore qu'il ne la regarde ni ne l'ait, jusqu'à présent, en quelque manière regardée. De son côté, Aracoeli ne le regarde pas non plus ; mais moi je sais avec certitude qu'elle le voit ; et même, présentement, elle ne voit que lui, devant elle. Au milieu de son dos, le sillon est parcouru d'un petit spasme, qui se transmet à chaque cellule de son corps. Et son corps semble de mous ressorts et se dénoue, presque désossé, en sinuant dans le sillage de l'homme-chat. Je voudrais la rejoindre ; mais l'eau m'arrive déjà à la poitrine, et la terreur de la mer me refoule vers le rivage. Je fus toujours fasciné par la mer, pis qu'un amant désespéré ; et peut-être une fascination pareille est-elle inséparable de la terreur. Comme toujours, alors qu'Aracoeli s'éloigne vers le large, fût-ce de quelques brasses, je tremble que la mer ne me la ravisse. En outre, je suis sans mes lunettes (je les ai laissées avec les vêtements, dans notre panier, derrière la haie) et je vois l'espace marin s'ouvrir en une démesure vorace, confuse et rutilante. Toute la lumière de l'univers, depuis les mines d'or jusqu'aux galaxies, se déverse liquéfiée dans cette crue monstrueuse. S'y enchevêtrent étoiles filantes, vers phosphorescents et serpents de feu ; et y surnagent des yeux de noyés, des putrescences irisées et squameuses, au milieu de bancs de poissons cannibales aussi fins que des aiguilles ; mais il n'y apparaît aucune silhouette de femme. « Ma-ma ! ma-ma ! » Je cours pêcher mes lunettes dans le panier des vêtements, et de nouveau je peux distinguer Aracoeli, qui nage à une faible distance de la plage. Quant à l'homme-poisson, il nage lui aussi, à quelques mètres d'elle. De temps en temps, deux brasses, et il s'écarte, puis il se rapproche, apparemment sans prendre garde à elle, évoluant dans l'eau comme sur la piste d'un cirque. Il se renverse sur le dos, fait une cabriole, se roule et se retourne et disparaît tel un scaphandrier, puis saute sur le rocher et de là rebondit et plonge en boule, embrassant ses genoux. Pendant ce temps, Aracoeli vague alentour, flottant à peine par la poussée des talons, et une somnolence semble lui donner envie de s'abandonner à son propre poids. Mais, comme portée par un courant, elle se prend à tourner en rond autour du rocher plat, peu à peu resserrant ses cercles, en une sorte de géométrie régulière qui ressemble à une manœuvre : jusqu'à ce qu'elle s'appuie à la pierre et s'y installe, couchée sur le dos, haletant dans sa pose extatique. Elle écarte les jambes et puis les referme, prise de petits tressaillements, les yeux fermés, et de nouveau les écarte, et l'homme-chat s'approche du rocher et s'y hisse à demi, et se trouve le visage entre les jambes ouvertes. Alors, à cet instant, sans m'expliquer pourquoi, j'ai enlevé mes lunettes. Et une fois de plus, devant moi, le firmament marin a englouti toute figure dans ses trombes de lumière. Je ne vois plus Aracoeli ni l'homme-chat ; mais sous l'effet des vagues et des réverbérations, d'autres couples éparpillés brillent et s'éteignent, telles des bulles sur le champ liquide démesuré. Certains sont rouge feu, d'autres noirs : et ont l'air de silhouettes fuyantes au milieu d'un incendie, ou de feux follets dans une nécropole méridienne. Je tombe assis sur le sable, la tête appuyée au panier, jusqu'à ce que j'entende un clapotement qui se rapproche. C'est Aracoeli, seule, revenant au rivage, et déjà surgie, debout, hors de l'eau basse. Ses jambes, aux cuisses grossies, là, soudain sans talons, se montrent à moi trop courtes, et d'une discordante proportion sous les flancs alourdis. Elle s'efforce de courir, d'un pas oblique et nerveux, comme si la menaçait un requin. Ses cheveux trempés pleuvent sur sa face tels des bouts de ficelle noirs ; et sa bouche tremble, figée dans un désarroi tragique. Elle me cherche, alors que je me trouve juste devant elle : « Ma-ma... » et elle me jette un étrange coup d'œil torve, où paraît filtrer de la haine. « Filons d'ici ! filons d'ici ! » m'exhorte-t-elle. Et tandis que je déguerpis derrière elle en direction de la haie, elle éclate en des sanglots convulsifs et bruyants de fillette. Nulle trace de l'homme-chat, du moins dans notre voisinage; d'ailleurs, ni elle ni moi ne nous sommes retournés pour voir.

Outre ce sillon en forme de croissant au milieu de son dos, me réapparaissent, issus du même gouffre de la baie, ses tétins qui se dressaient sur ses petites mamelles tombantes, piquant le costume mouillé comme deux épines. De notre retour de la plage — ainsi que de notre aller — je ne sais plus rien dire.

Le temps est venu où, dans la rue, non seulement elle se laisse regarder par les hommes, mais elle les regarde. Ses regards sont d'une impudeur atroce, sans ressembler pour autant à ceux des femmes communes qui font le trottoir. Dans les yeux de ces dernières, en effet (fussent-ils humiliés ou vicieux) se manifeste habituellement, avec l'exhibition, l'aride caractère pratique de qui offre une marchandise; alors que, dans ses yeux à elle, l'offre jaillit — involontaire — d'une féroce éruption intérieure, et se perd dans une imploration stupide et brûlante, qui ressemble à une demande d'aumône. Ce qui attire les hommes, en général, plus que les offres ordinaires du marché; mais la plupart renoncent, peut-être déconcertés par ma petite présence comme par une incongruité. Et je me demande si, en vérité, elle ne recourait pas à une telle incongruité par une pitoyable intention de se défendre, ou même de se sauver.

Pourtant, l'un d'eux n'a pas renoncé. Son pas décidé et arrogant nous a suivis tout au long du chemin de la maison, presque jusqu'au bout, presque jusqu'à la porte d'entrée. C'est une figure banale, anonyme; pourtant elle aussi, déjà disparue, pour moi, depuis des époques lointaines et aveugles, au fond des précipices immémoriaux, aujourd'hui se restitue à mes yeux, précise, comme conservée dans les glaces. *Consul de la Milice*, ainsi l'avais-je qualifié en moi-même, à notre première et unique rencontre. En réalité, je ne savais rien de rien des *consuls* ni des *milices* ; mais c'est en ces termes que tante Monda m'avait qualifié, quelque temps auparavant, un personnage en uniforme qui la saluait au passage ; et l'autre portait un uniforme du même genre. Passé la grande avenue, je me suis retourné pour le regarder. C'est un individu sur les quarante ans, trapu, avec la chemise noire bien visible sous sa veste, un ceinturon bouclé sur l'estomac proéminent, et de hautes bottes luisantes. Il a une expression de suffisance béate et stupide, et de gros sourcils noirs. Sur la dernière portion de notre trajet, il nous talonne de près, et susurre dans le dos d'Aracoeli quelque chose que je ne comprends pas ; et Aracoeli hâte le pas, mais peu après s'arrête, éclatant d'un rire d'ivrognesse. Le *Consul* aussi s'est arrêté, à une vingtaine de mètres, au coin du trottoir, et reste là, droit, attendant, dans la pose d'un qui aurait rappelé son chien en le sifflant. Le visage d'Aracoeli est moite de sueur, meurtri de taches sanguines, son regard obtus. « Nous sommes presque arrivés », me dit-elle d'une voix pâteuse et méconnaissable, qui ressemblait au bredouillement d'une idiote, « notre porte est là. Tu peux monter seul à la maison. Je reviens tout de suite. » Et elle se dirige sur le *Consul*, solennelle et triviale, avec aux pieds ses grosses semelles de liège. Sa robe légère, rose et collante, froissée au dos, remonte un peu sur ses mollets nus, la transpiration dessine sous ses aisselles deux auréoles d'un rose plus sombre. Sans plus me tourner pour la regarder, je me dirige vers la porte de l'immeuble d'un pas d'abord indolent, et puis pressé. Quelle conjoncture mystérieuse réunissait le *Consul* et Aracoeli, je ne l'imaginais, ni ne me le demandais. Le *Consul*, comme l'Homme-chat et autres semblables passagers de nos cheminements estivaux, traversaient mon imagination telle une théorie de fats figurants autour de ma légende-mère. Un rideau de fumée chimérique, œuvre de quelque interdit sibyllin, cachait à mon jugement certaines régions énigmatiques. Je ne savais qu'une seule chose — avec une certitude fidéiste presque tragique : ces nouveaux et étranges actes maternels, dont le hasard ou le caprice me faisaient le témoin, devaient rester un autre de mes profonds secrets, à ne dévoiler à personne au monde. Et en vérité, j'en parle seulement aujourd'hui que je les redécouvre : n'ignorant pas que, de toute façon, j'en parle au vide.

Insondable et fou resta pour moi l'épisode de l'ascenseur. On sait qu'Aracoeli gardait une fruste méfiance de cette machine. Un matin (la maison était vide à part nous deux) Aracoeli et moi descendons à pied les escaliers, quand, à peine au bas de la première rampe, nous voyons s'arrêter à notre étage l'ascenseur, et en sortir un grand barbu en bleu de travail, qui se plante devant notre porte. À nous, qui remontons la rampe à sa rencontre, il fait aussitôt ses plus vives excuses pour avoir profité de l'ascenseur (*interdit au personnel de service, aux fournisseurs, etc.*) qu'il avait trouvé ouvert par hasard au deuxième étage, alors qu'il grimpait régulièrement les escaliers. À cause de son métier, nous explique-t-il, il ne fait que monter et descendre des escaliers, tellement qu'à ce jour, s'il n'avait fait que les monter, il pourrait se trouver devant la loge de saint Pierre, au Paradis. Il a une voix grave et douce de violoncelle, avec les cadences traînantes des Romains. « Je vous en prie, pensez donc. Je vous en prie, veuillez entrer », lui dit ma mère, dans sa pose distinguée de Dame des Hauts Quartiers.

C'est un employé de la Société du Gaz, envoyé pour vérifier les compteurs. Mais, dans sa grande barbe noire (un ouvrier avec la barbe était, en ces temps-là, une anomalie) et dans la majesté de sa charpente athlétique, il ressemble plutôt au célèbre capitaine des

Croisés, Godefroi de Bouillon, que j'avais vu sur une illustration. Je le suis de près, tandis que ma mère le précède dans la cuisine. Par sa taille, elle lui arrive à peine à la poitrine, et moi, peut-être, à l'articulation de la cuisse. Alors qu'il s'affaire, assis par terre, au contrôle du compteur, je remarque ses mains encrassées de graisse, aux ongles noirs, et une chaînette d'or qui brille sur sa nuque. De sa face, la barbe ne laisse à découvert que le nez, plutôt épaté, et les yeux marron, où l'on reconnaît la fraîcheur de la jeunesse et qui, présentement, s'abîment dans l'examen du compteur, comme si celui-ci était le centre du cosmos. Ma mère, dans l'attitude de surveiller son travail, s'approche tout contre lui, l'effleurant de son visage, si près que ses narines paraissent s'attarder à lui flairer les cheveux et l'haleine. Semblable à une spirale d'air chaud, l'enveloppe une excitation fiévreuse. Et, en la touchant à nu, on pourrait à coup sûr sentir ce sillon, le long de ses gouttières vertébrales, vibrer telle une corde de guitare.

L'opération du compteur a duré un temps très bref. Mais quand le barbu se redresse d'un bond, elle montre une émotion sans retenue, comme devant un congé intolérable. Elle accompagne l'homme sur le palier. Et là, avec le lourd sans-gêne d'un lépreux à l'affût des aumônes, elle lui offre la descente en ascenseur, le devançant dans la cabine pour l'accompagner en bas : puisque, explique-t-elle, sans elle on irait à l'encontre du règlement des propriétaires. Ce disant, elle s'est blottie dans un coin de l'ascenseur, avec une expression misérable, entre maquerellage et abrutissement. L'homme lui jette un coup d'œil ; et l'ascenseur s'est refermé sur eux deux.

Je suivais la scène, hésitant et inquiet aussi, sachant que ma mère a peur dans l'ascenseur. Et je reste sur le seuil de notre entrée, dans l'impatience de son retour.

En attendant, perplexe, j'observe la cabine en mouvement, qui, au lieu de descendre, est montée vers les étages supérieurs, et aussitôt en redescend, pour immédiatement remonter, avant d'avoir touché le fond. Ses portes sont demeurées fermées : et une seconde fois, et une troisième, et encore une autre fois, je la vois repasser devant moi, montant et descendant, en un mouvement ensorcelé. Derrière sa vitre opaque et sourde, on aperçoit à peine un volume d'ombres informes qui remuent ; mais ce n'est qu'une apparition fugitive. Aussitôt le minuscule wagon disparaît de nouveau à mes yeux, avalé par sa cage, dans ses montées et descentes qui ne mènent à rien. Je serais tenté d'appeler ma-ma ! mais je n'ose pas. Et je reste là, suspendu près de la cage comme au-dessus d'un abîme, au milieu du halètement et des soubresauts des engrenages, jusqu'à ce que le mouvement des cordes cesse, et que d'en bas, le déclic de la grille de fer me signale que l'appareil, enfin, a touché un point d'arrivée. Or, ce signal (autre nouvelle manœuvre sibylline) ne provient pourtant pas du rez-de-chaussée, ainsi qu'il était à prévoir, mais d'un point plus proche. Et de fait, en me penchant sur la rampe, je vois, à la hauteur du deuxième étage, un peu en dessous de moi, le barbu qui descend les escaliers, du pas leste et circonspect d'un meurtrier.

Plus un bruit, plus une voix. On dirait qu'Aracoeli a disparu. Déjà en alarme, mon imagination d'enfant se met à me suggérer des craintes fantastiques et noires. Et, le cœur en émoi, je me précipite dans l'escalier, où je ne tarde pas à me trouver nez à nez avec Aracoeli qui monte à pied.

Elle me demande : « Que fais-tu ici ? » avec l'air de m'éviter. Et moi, je ne sais que lui dire, bien que le soulagement de la rencontre m'enflamme d'une anxiété loquace. Et, tout exalté, la précédant de quel-

376

ques marches (qu'elle monte mollement, comme si elle portait deux boulets aux chevilles) je lui crie la grande nouvelle :

« Maman, l'ascenseur est fou ! »

À cette annonce, elle m'adresse tout juste un coup d'œil mécanique. Je m'aperçois que sa petite jupe étroite est à moitié déboutonnée sur le côté, et qu'un bout de son chemisier en sort et pend. Elle a une joue mâchurée ; sur sa poitrine, vers la gorge, elle a une large tache rouge ; et elle traverse le palier d'une démarche presque bancale, jetant la jambe de côté ; tandis que moi, qui déjà l'attends à la porte, je continue à lui répéter, comme si j'agitais autour d'elle un drapeau propitiatoire :

« L'ascenseur est fou ! L'ascenseur est fou ! »

À la visite de l'ouvrier du gaz se rattache le cas d'un autre visiteur fortuit : cette fois un receveur, je crois, peut-être d'un impôt ou de quelque service public. Sa personne — par moi tout juste entrevue — je la revois pourtant avec une suffisante clarté pour que j'en appelle à sa comparution dans mon pénible, impossible jugement. C'est le type d'employé d'âge moyen, aux tempes dégarnies, avec quelque chose de négligé dans son costume de ville, et sur ses traits amorphes une pâleur de sédentaire. C'est moi qui, accourant vivement au tintement de la sonnette, lui ai ouvert la porte (cette visite aussi a dû avoir lieu le matin, à une heure où nous nous trouvons seuls à la maison, Aracoeli et moi). Et sitôt après, ma mère est apparue dans l'entrée, venant à la rencontre du receveur avec ses mouvements onduleux et sa voix avide jusqu'à l'indécence — symptômes désormais clairs de sa lèpre cachée. En toute hâte, elle invente des prétextes pour m'éloigner et s'isoler avec l'inconnu au fond de quelque pièce. Mais — je ne sais plus comment — peu après je me trouve là quand ils prennent congé l'un de l'autre ; et le changement intervenu entre-temps dans les manières de l'homme ne peut m'échapper. Il s'était présenté avec la froide et occasionnelle déférence du subalterne ; et à présent, par contre, il traite ma mère avec une horrible désinvolture, où percent une vanité insolente et une prétention ridicule ; tandis qu'elle, l'aveugle intermède maintenant consommé, elle le chasse presque, avec une brutalité mêlée de stupéfaction et de terreur.

Dès lors, elle n'avait plus le choix ; sous les accès rageurs de sa maladie, elle se jetait dans les bras de n'importe quel homme, n'ayant égard ni à sa classe sociale, ni à ses manières, ni à sa figure, mais seulement à son sexe. La seule condition qu'elle ne transgressait pas, malgré tout, c'était que l'homme fût un inconnu de passage, étranger à notre immeuble et à notre cercle de connaissances. Et, certes, c'est aussi pour cela qu'elle se gardait plus que jamais de nos relations et de nos voisins, et des réunions familiales et des lieux de vacances institués, s'enfilant à l'aventure dans les rues, telle une pauvre prostituée clandestine. Et moi je me serrais contre elle, comme un petit veau contre sa mère, pour lui toujours odorante de son lait divin. Qui alimentait depuis toujours l'éclat de ses grands halos concentriques, où tout sentiment présent se dissipait, et où chacun de ses actes et mouvements — même ses crises obscènes — trouvait pour moi une destination sacrée. Mais, à cette heure, ses chères mamelles s'étaient asséchées, et de sournoises mandibules travaillaient avec férocité dans son ventre obscur.

Je me demande si dans ces crises — et avant, et après — des propos, fussent-ils rudimentaires, s'échangeaient entre elle-même et son propre corps. Mais la question est vide de sens. Notre corps est en effet étranger à nous-mêmes, autant que les amas d'étoiles ou les fonds volcaniques. Aucun dialogue possible. Aucun alphabet commun. Nous ne pouvons nous couler dans sa fabrique ténébreuse. Et en de certaines phases cruciales, il nous lie à lui dans le même rapport qui lie un forçat à la roue de son supplice. Je me souviens d'avoir, je ne sais quand, surpris Aracoeli affaissée en silence sur un petit banc de l'entrée, les yeux agrandis, qui demandait et demandait à moi aussi, là devant elle : « Mais qu'est-ce qui m'arrive ? Qu'est-ce donc, tout cela qui m'arrive ? » Dans son regard, sous la lumière opaque, le noir foncé des iris déteignait sur le blanc de la sclérotique, s'estompant en une pauvre couleur d'innocence, gris bleuté qui rappelait les plumules des pigeons.

Son mal obsédant devait d'autant plus la déchirer qu'il était inavouable. À tous inavouable, et — pire qu'à tous les autres — à mon père, son unique ami. Un soir, je l'entendis sangloter désespérément dans la chambre matrimoniale, où elle se trouvait enfermée avec lui : « Bats-moi ! » lui criait-elle, « piétine-moi ! brise-moi les os ! tue-moi ! » Je ne distinguais pas les humbles réponses de mon père, plutôt semblables à des caresses qu'à des paroles. Et plus elle s'acharnait dans sa prétention désespérée, plus sa voix à lui devenait tendre, anxieuse et caressante...

« Mátame ! avec ta manecita... dulce. Tu es beau comme el Redentor ! Moi je suis indigne, fea ! je suis maudite ! piétine-moi sous ta suela ! mátame... mátame...

— Mais que dis-tu, mon amour ? »...

Sa beauté allait s'altérant. Son corps paraissait se hâter vers une maturité précoce, consommant contre les lois naturelles en quelques semaines le temps de plusieurs années. La graisse s'accumulait sur ses flancs et sur ses cuisses, alors que son visage, aux yeux hagards, s'émaciait. Et dans le haut du dos, vers la nuque, lui poussaient des épaisseurs de chair qui écrasaient l'élan de son cou et de sa tête, comme sous un joug. Ses dents, ses cheveux n'avaient plus la splendeur d'avant ; et de toute sa matière émanait une sorte de lourd désordre, qui abîmait sa grâce autant qu'une balafre. Mais mon amour trop grand masquait à mes sens d'enfant l'évidente menace de sa déchéance ; et quelque chose de semblable, je crois, arrivait à mon père. La clarté céleste se dénude, intacte et lumineuse, au-dessus d'informes tas de nuages errants. Et dans l'âme qui la respire, resplendit fixement, telle une éternité. N'importe si c'est la nuit ou l'hiver.

Douloureuse et déchirée, Aracoeli demeurait néanmoins une fête radieuse et nécessaire pour mon père, comme pour moi. Les gens disent que les époux des adultères sont souvent aveugles à leur propre malheur ; mais le malheur de mon père n'était pas de l'espèce courante ; ni, de même, les « fautes » de ma mère. Lui, il se peut que son apparente cécité provînt d'une occulte voyance, plus profonde et tragique que la vue extérieure (qui se trouve même chez des individus, tels que lui, d'esprit médiocre). Et ses pénibles silences à elle ne correspondaient certes pas à une rouerie commune aux femmes adultères, mais plutôt à un respect ultime et merveilleux : pour protéger l'aimé de certaines horreurs inconcevables.

Cependant, ce que mon père paraissait ne pas voir devait, en revanche, se révéler aux yeux des étrangers. Déjà parmi les habitants mêmes de l'immeuble, quelque chose avait changé au regard de ma mère : à commencer par l'attitude du concierge. Celui-ci était un baromètre sûr de l'atmosphère sociale, et sa casquette galonnée lui tenait lieu de premier indice de graduation. Depuis que, par exemple, le régime avait donné le coup d'envoi public à l'antisémitisme, quand passait le notaire juif du premier étage, il n'ôtait plus sa casquette, mais en effleurait à peine la visière, avec certain air supérieur de suffisance. Et pour ma mère, à présent, il se limitait tout juste à un vague geste obligé en direction de sa casquette, prenant un air renfrogné, quasi chichiteux, de réprobation bornée et de dignité.

Quant aux autres, la veuve du troisième étage, se trouvant nez à nez avec Aracoeli, réduisait son salut à une très digne petite grimace de convenance forcée. Tandis que l'Excellence accompagnait son habituelle, pénible inclination de la tête d'un regard curieux jusqu'à l'indiscrétion : à tel point que parfois, laborieusement, il se retournait derrière nous pour nous regarder (bien vite rappelé à l'ordre, en un nerveux chuchotis, par sa petite épouse).

Ceux-là, en contrepartie, montraient double considération et sympathie envers mon père, comme unis en une solidarité générale contre les injustes offenses qui le frappaient. Et quand ils le rencontraient en couple avec Aracoeli, ils paraissaient appliqués à bien distinguer, avec l'ostentation correcte de rigueur, sa personne à elle de la sienne. Mais lui se déplaçait, alors, en une région d'autres météores, qui le protégeaient, telle une noble armure, de ces menus phénomènes mondains.

Aracoeli non plus, de son côté, n'en était pas directement touchée. Elle les frôlait, je crois, sans même s'en rendre compte, toujours éclipsée dans sa nuée trouble. À l'intérieur de cette nuée, elle parcourait les escaliers, et les étages, et le hall de l'immeuble, ainsi qu'en certains rêves pesants, qui défigurent les images de la veille et les brassent en une larve hybride. Quand elle tombait sur les gens de l'immeuble, elle saluait passivement, d'un murmure fuyant et presque timide, sans regarder à qui elle s'adressait. À la seule apparition inévitable de notre voisin de palier (Gr. Off. Zanchi) elle réagissait encore visiblement pleine d'une horreur qui avait augmenté avec le temps, comme aux retours d'un fantôme répugnant et assidu. À la différence de tous les autres, ce dernier gardait à son endroit ses manières cérémonieuses ; mais elle, sitôt qu'elle l'apercevait, doublait le pas et détournait la tête, pour éviter son salut. Une fois, en rentrant à la maison, nous tombâmes face à face avec lui, qui sortait de l'ascenseur, tout de blanc vêtu, rasé et lavé, parfumé de son habituelle essence. Lui échapper ne fut pas possible ; mais comme, en s'inclinant devant ma mère, il se tendait dans le mouvement du baisemain, elle retira sa main avec autant de précipitation qu'en présence d'une blatte. Puis, m'ayant tiré d'un coup sec avec elle dans la maison, elle ferma la porte brutalement, la claquant presque ; et elle poussa un petit hurlement strident d'une laideur bizarre, en crispant sa main dans le geste des cornes.

Ce fut vers la mi-juillet que, parmi les apparitions de cet été-là, vint prendre rang la Femme-chameau. Je lui donne encore ce titre de fantaisie (qu'il m'advint de lui prêter alors) car son nom, je ne l'ai jamais su.

Dans les derniers temps, pour ses sorties, Aracoeli cherchait de moins en moins ma compagnie : allant jusqu'à me repousser, avec agitation, lorsque, en une muette espérance, je la suivais pas à pas dans ses préparatifs et jusque sur le seuil. Il arrivait, toutefois, certaines rares journées, qu'à l'improviste — et sur un ton précipité, presque de défi au destin — elle me proposât d'aller ensemble prendre une glace. Les derniers temps, elle évitait les parages de notre maison, préférant des quartiers plus obscurs, où elle me conduisait dans de petits Cafés à moitié vides — ou bien, mieux encore, des crémeries — que d'ordinaire fréquentaient de modestes petites vieilles, ou des vieux retraités inoffensifs et insociables. Un après-midi, nous étions précisément assis dans une de ces crémeries, lorsque entra une dame passablement différente de la clientèle du lieu : laquelle, sans façon, nous adressa un sourire bienveillant et engageant de sa large bouche équine. Je l'avais déjà vue, peu auparavant, passer et repasser devant la crémerie, fixant son attention, à l'intérieur, sur notre couple ; et je ne pus comprendre, d'après son sourire, et celui, presque reconnaissant, qu'en réponse lui adressa Aracoeli, si c'était là leur première, et fortuite, rencontre, ou si elles avaient eu quelque précédente occasion — fût-ce sommaire — de faire connaissance.

À peine eus-je aperçu cette dame que, dans mon for intérieur, je lui trouvai une ressemblance avec un chameau ; et non seulement à cause de la couleur marron de sa robe, de ses cheveux et même de sa peau — d'un brun si épais, qu'elle en paraissait cuite ; mais aussi des formes propres à son corps étrange. À la comparer avec le type commun de la race féminine, elle était d'une taille gigantesque : en fait, principalement due à la longueur excessive de ses très maigres jambes ; tandis que son corps était large, trapu et massif, et qu'il fût tout muscles et os ne changeait rien à l'affaire. Des bosses, à proprement parler, elle n'en avait pas ; mais des épaisseurs inégales de son dos gonflaient la soie adhérente de sa robe, imitant une sorte de gibbosité multiple.

Sa tête, aux courts cheveux frisés, teints d'un roux aux reflets de jais, paraissait un appendice de son cou, très long et d'une grosseur anormale ; et un bibi de paille noire la recouvrait en partie, fixé par deux épingles latérales à pointe de lance. De sa robe —

comme aussi de son sac à main en perles de verre — pendaient de longues franges corvines ; et sa main, grande et sèche, aux jointures noueuses, était ornée d'une bague gravée de signes cabalistiques, qui me sembla superbe. Aux oreilles, elle portait deux gemmes à facettes (des diamants ?) et ses bas de soie étaient de la même couleur brun-violet qui teignait ses lèvres. Quant à son âge, elle devait avoir sur les cinquante ans.

En entrant, elle commanda un café ; et vu que, des rares tables de la crémerie, aucune n'était libre, elle décida de s'installer à la nôtre, en nous disant : hay permiso ? Puis elle tira de son sac un paquet de bonbons et chocolats, de ceux qui contenaient alors un jeu de cartes à surprises qu'on appelait *Le féroce Saladin*. Et en me le tendant, elle dit : « Voyons si, en échange, ce niño saura aller m'acheter tout seul, comme un grand, des cigarettes au tabac, juste à côté. » Et avec l'argent, elle me confia, en échantillon, une de ses cigarettes à bout doré.

Je fus empressé à la servir, sous le charme de sa laideur merveilleuse, qui irradiait en moi un pouvoir d'enchantement, d'autant plus fascinant qu'il avait un goût de peur. Dans mon imagination, elle s'apparentait non seulement aux chameaux (bêtes pour moi légendaires) mais aussi aux magiciennes et à certaines illustrations ténébreuses de prophétesses. Et l'idée qu'elle était de la terre d'Espagne (ainsi que le suggérait son parler) lui ajoutait la qualité de Sirène. Je me rappelle que même sa cigarette-échantillon, je la tenais entre mes doigts avec une suprême considération, comme s'il s'agissait d'un objet rare et ensorcelé. Devoir attendre mon tour derrière la petite file de clients qui me précédaient, me coûta une fébrile impatience. Et à mon retour précipité avec les cigarettes (jusqu'à leur boîte, qui me parut mirobolante : en fer-blanc, couverte d'arabesques rouge et or, et ornée d'une inscription orientale) je trouvai la Femme-chameau emportée dans une conversation confidentielle, serrée et à voix basse, avec Aracoeli. Entre-temps, elle avait même appris son nom, allant jusqu'à lui inventer un diminutif. *Cielina*. Et elle ne manqua pas de lui offrir sur-le-champ une de ses cigarettes ; et Aracoeli qui, en général, n'aimait pas l'arôme du tabac, le taxant de nauséeux (contre l'avis de tante Monda, fumeuse dilettante de certaines cigarettes pour dames, appelées *Eva*), cette fois — par obligeance, bien sûr — accepta. Mais, après les premières bouffées, elle toussa, fit une grimace, et s'arrêta, en disant, rouge et rieuse, qu'elle se sentait bailar dans la tête.

Cependant, la Dame, quant à elle, fumait sans interruption : suçant — plus que fumant — ses cigarettes, avec presque une gloutonnerie de famélique, et toutefois d'un air distrait. Elle se prodiguait dans ses manières et ses gestes, dense et chaleureuse, mais affairée. Et elle ne s'attarda pas longtemps : exactement la durée de trois cigarettes. Trop peu, pour mes spectaculaires enchantements.

Résigné à ma laideur naturelle, je n'enlevai pas mes lunettes en sa présence. Je n'avais pas, en effet, l'ambition de lui plaire ; mais je ne pouvais renoncer à mon plaisir de la contempler. Elle restait toujours tournée vers Aracoeli, comme si je n'existais pas. Et elle lui parlait, penchée, quasiment dans l'oreille ; pourtant, par instants, dans le feu de ses propos, elle haussait un peu le ton. Elle avait une voix nasale, à laquelle elle donnait diverses modulations chantées et mélodieuses, de hautbois alto. Et Aracoeli lui répondait à peine, par monosyllabes, avec une appréhension presque aphone mais attentive et curieuse, s'excitant visiblement à des promesses pleines d'ombre, que ses sens évoquaient déjà par avance. Elle parais-

385

sait envoûtée par un vorace, croissant vacarme, telle une fille de la forêt qui écouterait un rythme de danse sauvage.

Pour moi, ces promesses demeuraient des mystères, bien éloignés de ma petite sphère profane. Et telles, au fond, moi aussi je voulais les laisser : non révélées. Dans les notes étouffées du hautbois alto, on pouvait percevoir une emphase complaisante, maternelle : périlleuse, mais en même temps protectrice, et complice. La majestueuse Femme-chameau s'adressait à ma mère comme à une créature désarmée, livrée à soi-même : vouée pourtant à quelque secret génie, et favorite d'une Cour d'étoiles.

De ces chuchotements, seuls quelques fragments de phrases me parvinrent distinctement : « une *quinta* de rêve... très réservée... de grande classe... une *quinta* estupenda... uniquement des messieurs de premier ordre... un coup de téléphone... toujours l'après-midi... » À la fin, avec circonspection, en un murmure inaudible, elle confia à ma mère une ultime nouvelle d'une portée, j'imagine, sensationnelle (peut-être des noms ? des blasons ?) mais le commentaire d'Aracoeli ne fut qu'un petit « oui » insignifiant, vide et perdu. « Alors, ne te fais pas attendre » fut le salut final de la Dame. Vers qui, d'en bas, je levai mon anxieux et craintif regard lunetté. Mais elle, dans sa hâte importante, négligea de me saluer.

Ainsi l'ai-je vue sortir de la crémerie, figure immense et funèbre, la tête courbée sur sa forte échine gibbeuse, entre deux épingles acérées : torse et véloce dans son long pas, au milieu du balancement de ses franges luisantes. Et je ne devais jamais plus la revoir ; pourtant, depuis lors, elle n'a cessé de croître, dans mon iconographie puérile ; et je me demande, à ce propos, si au fond elle n'a pas été qu'une chimère, par moi fabriquée en rêve. Souvent, sous le crâne des enfants, loge un génie de la transfiguration et du libre arbitre ; alors je ne sais vraiment pas quelle mienne fantaisie mentale a prêté semblable faste impérissable à la vieille chamelle de la crémerie. On raconte que, au seuil de notre existence, se présente une rangée de portes closes : la porte de la gloire, celle de l'amour, celle de l'aventure, et de l'héroïsme, et des voyages et de la prison, et ainsi de suite. Mais les portes sont toutes anonymes et pareilles vues de l'extérieur, aucune ne présente une quelconque indication : si bien que notre choix est toujours incertain. Et parmi toutes celles-là, seules quelques-unes pourront être ouvertes. Les autres, qu'on a laissées fermées, resteront telles, définitivement. L'unique, qui, tôt ou tard, qu'on le veuille ou non, s'ouvrira à coup sûr pour tout le monde, c'est, évidemment, celle de la mort.

Or, quand je m'imagine la rangée de mes portes — toutes closes, ponctuellement, telles qu'elles l'étaient au début, au seuil de l'une je trouve toujours, de garde, la fameuse Femme-chameau. Elle m'apparaît, cela s'entend, selon l'image que je lui avais donnée moi-même dans ma vision : autrement dit gigantesque, magique, d'une laideur horrible et merveilleuse. En principe, son tour de garde alterne avec celui d'un autre de mes habitués obstinés : le taureau noir. Et souvent les deux gardes se mêlent en un seul corps, donnant forme à un animal très étrange. Mais quelle peut être précisément la porte au vantail de laquelle ils veillent, en somme qu'est-ce qui m'attend là derrière, voilà une charade encore irrésolue.

La Femme-chameau sortie, ma mère tomba dans une anxiété torturante. Se plaignant d'une douleur à la tête, elle en rejeta la faute sur la cigarette fumée peu auparavant, et qui maintenant était écrasée dans le cendrier. Elle se leva, inquiète, l'air égaré, comme si on la chassait pour qu'elle s'exposât à un grave danger.

Elle transpirait, avait les joues enflammées et défaites ; et ses regards nageaient dans cette huile irisée, injectée de langueur, qui paraissait un indice de fièvre. Un court laps de temps, incompréhensiblement nous tournâmes en rond dans les rues alentour. Je connaissais déjà le quartier, car ce n'était pas la première fois qu'elle m'emmenait dans cette crémerie ; mais les autres fois, le rite de la glace terminé, nous reprenions le tram pour rentrer à la maison. « Où allons-nous ? » demandai-je. « Nous allons », répondit-elle, « où Dieu commande. » Là, elle fit une halte, retrouvant son souffle avec peine ; et avec l'acharnement d'un chien errant qui fouille dans les immondices, elle se mit à explorer son sac, pour en extraire une petite feuille de papier froissée. Quelque chose au crayon y était écrit, et, après l'avoir considérée un instant, elle leva les yeux sur la plaque de marbre où était inscrit le nom de la rue ; puis, résolument, se dirigea vers une large artère asphaltée, à main droite. Elle semblait poussée par une volonté irraisonnée et insondable, dont elle-même était surprise. Et moi, la voyant confronter le feuillet et les plaques des rues suivantes, je me persuadai — en une subite ferveur de science divinatoire — qu'elle allait suivant quelque trace de la Femme-chameau. L'idée me séduisait et, avec une certaine importance, diligemment je m'appliquai à la tâche de lire à mon tour, l'une après l'autre, les plaques de notre parcours. Ma mère, cependant, ne m'écoutait même pas, tandis que je les lui déclamais, glorieux de l'imiter, et, à la fois, de la seconder. Ma lecture hâtive n'était pas toujours claire, hélas, car il s'agissait de prénoms et de noms qui étaient pour moi du chinois : à telle enseigne que parfois, dans mon empressement haletant, j'allais jusqu'à achopper sur les syllabes ! Quand, arrivés à la limite extrême du quartier, nous ralentîmes dans une rue au nom d'un saint appelé Tommaso.

Le susnommé, en vérité, était Thomas d'Aquin ; mais je le pris pour un autre Thomas, le seul dont j'eusse entendu parler ; et satisfait de rencontrer, enfin, une connaissance à moi, je voulus aussitôt en faire part à ma mère : « C'est lui qui a mis les doigts sur la blessure de Dieu ! » Mais elle, encore pire qu'avant, resta sourde à ma voix. Elle s'était dirigée sur une rue latérale, qui devait lui apparaître désormais proche du but de ce jour. Pourtant, si près d'aboutir, elle avait l'air partagée entre des forces contraires, qui la désorientaient, la tirant à hue et à dia, et lui donnant une allure chaloupée et hagarde. Soudain, elle me devança de quelques pas et s'arrêta à l'improviste face à une courte traverse non asphaltée, où elle demeura immobile, appuyée contre un poteau électrique. Elle regardait avec des yeux ardents et apeurés par-delà la petite traverse ; et moi, en suivant son regard, je reconnus aussitôt à quelque distance la *quinta de grande classe* qu'en un murmure la dame de la crémerie avait vantée peu auparavant. Encore que je ne l'eusse jamais vue, d'un coup je la reconnus, à croire que sa forme correspondait à un présage, récent et fugace, mais dont je ne pouvais douter. Et aussitôt, la fascination même de la Femme-chameau — mêlée de séduction et de vague horreur — en émana devant mes yeux ébahis. Je supposai que la Femme-chameau y habitait, et jugeai assurément que c'était là une demeure à l'élégance fastueuse et aux merveilleux mystères féminins.

Ce devait être, en réalité, un pavillon assez ordinaire, encore que " distingué " ; dans lequel s'exhibait, je crois, cette manière bourgeoisement pompeuse — à la fois mièvre et lourde — qui fut jadis à la mode, au début du siècle, et que, dans les familles, l'on qualifiait génériquement de " style liberty ". Si ce n'est qu'en l'occurrence, comme en d'autres cas d'ailleurs, il devait s'agir plutôt d'un genre hybride, où se combinaient des " styles " faux et disparates, selon un idéal esthétique approximatif. La *quinta*, du reste, apparaissait en partie cachée par une haute enceinte de pierre et de fer, d'où pendaient de vieilles plantes grimpantes : si bien que, sur le moment, il ne me fut possible que d'en observer la tourelle supérieure avec une fenêtre bilobée entourée de fresques décoratives. Au-dessus de l'enceinte, une ou deux touffes de palmes. Et, au-delà de la grille de fer battu (à volutes et motifs floraux, avec quelques frises couleur or) une porte jaune au sommet d'un petit escalier sinueux, dans des cascades de glycines. Toutes choses de peu d'éclat, et telles qu'on en rencontrait facilement, même dans notre quartier ; mais pour moi, infesté de l'habituel bacille visionnaire, la fameuse *quinta*, dès alors promise au mythe, se changea en une fantasmagorie. Je crus, même, par une hallucination auditive, percevoir de l'intérieur de ces murs la voix d'une vieille criant : « Cielina ! Cielina ! Cielina ! » avec un timbre de hautbois alto.

Je me retournai vers ma mère, dans la crainte (mon lot, désormais) d'un enlèvement. Et je la vis, qui fixait la *quinta*, les yeux ronds, la face presque enflée dans sa pâleur : dans l'attitude épouvantée d'une fauvette voyant fondre sur elle un vautour. C'est alors que, derrière nous, au milieu de la rue, freina un taxi, d'où descendit un monsieur âgé, chauve et rasé de près, en veste d'été de soie claire. Celui-ci, tout en se dirigeant vers la petite villa, se tourna pour regarder ma mère ; et à l'instant même, je revis soudain l'invincible panique qui déjà la surprenait au cours de nos premières promenades poméridiennes. D'un cri, elle rappela le taxi qui manœuvrait pour repartir ; et, m'entraînant avec elle dans la voiture, elle hurla au chauffeur l'adresse de notre maison.

Mon père avait pris soin de nous avertir à l'avance

que ce soir-là, il serait contraint de dîner en ville : si bien que nous devions nous retrouver, ma mère et moi, en tête à tête. Dans la maison, on n'entendait d'autre bruit que les familiers, discrets mouvements de Daniele qui préparait le dîner ; et, provenant de la rue, quelques échos quotidiens de la circulation. Mais Aracoeli, en rentrant, accusa qui sait quel tohu-bohu excessif, qui lui cassait les oreilles. Elle fit allusion en grommelant à des bourdonnements d'avions, des coups de klaxon ; et en une hâte désordonnée, elle se réfugia dans la chambre matrimoniale, oubliant d'en fermer la porte. Je la trouvai, peu après, qui s'était toute déshabillée (ses vêtements jetés par terre) et enfilée sous les draps. Elle s'exclama qu'elle avait mal à la tête ; mais à son habitude, vivement me recommanda de n'en souffler mot à personne. Ni de ses douleurs à la tête, ni, insista-t-elle, de ce qui s'était passé aujourd'hui. À personne. Et là, elle ajouta sur un ton d'affreuse menace (chez elle tout à fait innaturel) : « Si tu parles, les rats viendront la nuit te manger la langue ! »

Son ton m'épouvanta ; mais, ainsi qu'on le sait, point n'était besoin de menaces pour m'obliger à ne pas trahir ses secrets (pour moi sacrés). Sans lui répondre, je lui adressais un petit sourire éteint. Et elle, alors, sans doute pour me redonner confiance, me dit que, de toute façon, ce mal de tête n'était rien, un simple effet de la chaleur. La journée, de fait, avait été étouffante, fouettée de coups de sirocco ; et, selon la règle en de pareilles heures, au déclin de la lumière l'appartement exsudait la plus grande chaleur. Elle était toute moite, jusqu'aux cheveux ; et, bien que les lampes ne fussent pas encore allumées, elle avait les yeux visiblement éblouis, et les protégeait de la main. Tout à trac, elle se mit à rire d'un rire abîmé, comme si des doigts indécents fouissaient sa chair ; et, me jetant un coup d'œil trouble, à croire que ma vue sécrétait de l'angoisse, elle me dit rageusement :

« Qu'est-ce que tu fiches ici, toi ? Va-t'en ! »

Lorsque, à l'heure du dîner, je frappai à sa porte pour l'avertir, du fond de sa chambre elle me répondit qu'elle n'avait pas faim ; mais elle apparut quand même, peu après, dans la salle à manger. On pouvait voir qu'elle avait sauté à bas de son lit avec précipitation, allant jusqu'à négliger de se rhabiller avant de se montrer à table ; et semblable comportement était en vérité tout à fait nouveau, chez nous. Elle se présenta dépeignée, sans chaussures, et sans rien d'autre sur le dos qu'une robe de chambre à moitié ouverte. Elle semblait ensauvagée, et à la fois humiliée, telle une qui, en insultant, appellerait à l'aide. Et elle s'assit à table, de côté, en une pose négligente jusqu'à l'obscénité, montrant les chairs à nu de sa poitrine et de ses cuisses : au point que Daniele se trouva incapable, contre son habitude, de rester impassible ; dans l'acte de la servir, il en détourna les yeux, se faisant tout rouge au visage. Alors, comme elle remarquait cette gêne, elle fut prise d'un rire mou. Et se tortilla, en tirant sur son déshabillé. Puis elle se pencha pour lui demander d'une voix défaite, affectée et pourtant agressive :

« Mais vous, donc, vous n'avez pas chaud, tout habillé de la sorte ? »

Cette question directe eut le ton d'une attaque brutale. Et Daniele s'en troubla encore plus, se faisant plus rouge que jamais. Or, elle qui ce soir-là ne touchait presque pas à la nourriture, remuait de sa cuillère le contenu de son assiette, ainsi qu'une matière dégoûtante. « Qu'est-ce que c'est que ça ? » demandat-elle à Daniele, avec une petite plainte d'écœurement, bizarrement angoissée. Mais comme Daniele, en balbutiant, tentait d'ânonner une explication, elle se leva, rêveuse, débraillée sur son corps à demi nu. Et elle se dirigea de nouveau vers la chambre matrimoniale, de son pas balancé à un rythme de barcarolle.

Moi aussi, ce soir-là, je n'avais pas grande envie de manger, ni Daniele de discuter. Les mains encore tremblantes, il commença à desservir, tandis que moi, n'osant pour le moment importuner Aracoeli, je m'attardais assis à ma place. Ayant approché le chariot à desserte, Daniele y disposait, dans la plus grande confusion, les couverts et les assiettes souillées des restes du repas. Pendant ce temps, ne sachant que faire, je sortis de la poche de ma chemise, où il était resté, le paquet de douceurs reçu en cadeau à la crémerie. Avec une mince curiosité j'en arrachai l'enveloppe, et en retirai la carte à jouer de la surprise. Mais ce n'était pas *le féroce Saladin*. C'était une autre carte, de valeur nulle ou presque nulle pour la récompense. Cela ne valait même pas la peine d'en donner nouvelle à Daniele.

Cependant celui-ci avait chargé le chariot ; et il se mettait à le pousser vers le seuil, en direction de la cuisine ; quand, du bout du couloir, par-delà la porte de la chambre demeurée entrouverte, Aracoeli appela :

« Daniele ! »

Ce n'était pas sa vraie voix, l'unique et familière de tout notre passé ; mais l'autre, la nouvelle, qui se révélait à moi, désormais, tel un sombre symptôme ; et toujours encore, à la réentendre, elle m'apparaissait étrangère. Un sentiment mélangé d'offense — et de pitié — me traversait à cette vibration ! où une imploration tragique, et une féroce prépotence, et une promesse flatteuse, se fondaient en une vile misère, au goût gras, visqueux et presque sale. Pourtant, ce soir-là, à son appel : « Daniele ! » je reçus dans le sang une secousse différente. Un avertissement indéchiffrable, inquiet, m'avait fait tout à coup bondir de ma chaise.

« Daniele ! Daniele ! »

Je voyais Daniele de dos ; mais certains mouvements imperceptibles dans le tissu de sa veste blanche me transmettaient les tressaillements invisibles de ses nerfs. Il se tenait, hésitant, sur le seuil, bloqué par le chariot, comme encore incertain s'il devait le ramener à la cuisine ou l'ôter de son chemin. Mais un quatrième appel venu de la chambre l'ébranla. « Oui Madame ! » s'écria-t-il, repoussant de côté le chariot. Et d'un pas rapide, il s'engagea dans le couloir, où je le suivis, sans trop savoir pourquoi — « Daniele ! Daniele... »

À mi-parcours, je m'arrêtai, à quelques pas de lui. Et je le vis qui s'immobilisait, abasourdi, devant la porte ouverte de la chambre matrimoniale, d'où provenaient des plaintes et des souffles tumultueux, comme d'une enfant capricieuse recevant les verges. Quelques secondes, il resta là, hors de la chambre, planté sans un mouvement, l'œil fixe. Puis, avançant craintivement jusqu'au-delà du seuil, il émit soudain un petit hurlement bestial, de singe ou de chat sauvage. Et la porte claqua derrière lui, sous une poussée brusque et bruyante, sans doute un coup de talon. Se fit entendre, dans le même temps, venue de l'intérieur, cette voix d'enfant répéter Daniele Daniele entre autres vibrations confuses, prise au milieu d'une dissipation vorace et délirante.

Mon cœur cognait si furieusement qu'il semblait devoir se fracasser contre mes vertèbres. Et — sûrement en réponse à ses pulsations — me revint (d'un recoin de ma mémoire ignorante) ce *rythme* que mes oreilles avaient déjà enregistré, peu de jours auparavant, d'un autre point de ce même couloir. De fait, comme alors, je le fuis en courant ; mais, cette fois-ci, il continua à battre en moi et hors de moi, tel un désastre assourdissant qui brisait terre et ciel ; et, cherchant une voie de salut dans ma chambre close, je lui criai :

« non ! non ! » comme à un fantôme damné, et je me réfugiai sous mon drap. J'expérimentais un sentiment jamais éprouvé auparavant : c'était la haine, qui, en une masse noire, m'écrasait le cerveau et les viscères de tout son poids. Je les haïssais, Aracoeli et Daniele, l'un et l'autre ; mais plus particulièrement Daniele, à croire que je voyais en lui l'agresseur et en elle la victime. Si j'avais été un roi, j'aurais condamné Aracoeli à la prison perpétuelle, au sommet d'une tour visitée seulement des tempêtes ; et Daniele à une mort par le couteau (donnée, qui sait, de mes propres mains ?)

(Oh, Daniele ! lave-moi les oreilles
peigne-moi les cheveux, même si tu me les tires un peu.
Appelle-moi par erreur « Manuelino » et non « signo-
rino ».
Crache-moi dans les yeux, ô miraculeux
Daniele
des Daniélides.)

Quelques minutes s'écoulèrent, et j'entendis Daniele se retirer dans sa petite pièce, s'y enfermer ; et à travers la cloison, j'eus l'impression de l'entendre tousser. Un peu plus tard, la sonnette de l'entrée retentit ; mais personne n'alla ouvrir la porte, qui, après un autre et aussi vain coup de sonnette, fut ouverte de l'extérieur, avec une clef. Il n'était même pas encore dix heures : trop tôt pour que mon père rentrât de son dîner : et de fait ce n'était pas lui, mais tante Monda, venue chercher je ne sais quels papiers dont elle avait besoin pour son bureau.

Depuis que ma mère était *possédée*, tante Monda avait commencé à espacer ses visites, sous différents prétextes de travail ; et, quand elle se décidait à venir nous voir, elle avait toujours un air confus et gêné, comme si elle se sentait de trop. Il est désormais prouvé que, à l'instar de tant d'étrangers, elle aussi connaissait, du moins en partie, ce que mon père ignorait. Mais, certes hésitant, dans son for intérieur, si elle en informerait son frère, elle devait éprouver embarras et remords de sa duplicité, et en sa présence elle rougissait à la moindre occasion, tel un enfant coupable. Plus bizarre, par contre, était son comportement avec Aracoeli : laquelle ne semblait pas susciter en elle indignation et scandale (comme on eût pu s'y attendre de sa part) mais plutôt une anxiété fascinée, et presque une humilité admirative. Elle la regardait, ainsi qu'un chardonneret en cage regarderait les vols jamais vus d'une cigogne ; et elle avait l'air de lui demander l'aumône de quelques confidences secrètes (alors qu'Aracoeli la décourageait chaque fois avec des silences dédaigneux et quasi farouches). Même à la vue de certaines toilettes, qui désavouaient son école de décence et de distinction, elle ne se permettait aucune observation.

De mon lit, je l'entendis qui, à peine entrée, se dirigeait vers la cuisine et allait de pièce en pièce, de ses petits pas discrets, appelant à voix basse : Daniele ? où êtes-vous ? Daniele ? Les lumières étaient restées allumées, mais la maison se taisait, comme si tous ses habitants dormaient profondément. Et elle dut sûrement se trouver perplexe et ébranlée devant ces nouveautés invraisemblables : la cuisine en désordre, et le chariot abandonné dans le couloir avec ses assiettes sales, et la table desservie à moitié seulement, et la *domesticité* sourde et muette à dix heures du soir. Peu après, elle frappa à la porte de l'ordonnance, appelant doucement :

« Daniele ? Daniele... »

Alors, de la petite pièce, une voix méconnaissable, grêle et hachée, répondit enfin :

« Oui Mademoiselle.

— Ah vous êtes ici ! Mais qu'est-ce que vous faites :
vous dormez ?

— Non mon Commandant. Mademoiselle...

— Mais que se passe-t-il ! Vous n'avez pas entendu
la sonnette ? Et Madame, dort-elle ? Le Signorino dort-
il ?

— Oui Mademoiselle... » À ce point-là, la voix qui
venait de la petite pièce déborda, brisée et déchirante,
comme à l'issue d'un lynchage :

« Mademoiselle ! Il faut m'excuser ! Je veux m'en
retourner chez moi ! »

Ce n'était plus la voix bien dressée du militaire de
service ; mais celle d'un pauvre petit paysan.

« Chez vous ? Mais de quoi parlez-vous ? ! Et quand,
voudriez-vous retourner chez vous ? ! »

— Vite. Tout de suite. Cette nuit même. Si, je vous
en supplie, par pitié, vous me donnez la permission de
m'en aller. Parce que je ne peux plus vous servir. Je
veux m'en retourner chez moi ! »

Tante Monda parut hésiter. Sans doute se deman-
dait-elle si elle pouvait ou non entrer dans la petite
pièce ; mais cela ne dut pas lui sembler convenable de
surprendre un jeune homme au lit, et peut-être nu :
elle — bien que d'un certain âge — une fille non encore
mariée.

« Mais peut-on savoir, demanda-t-elle, ce que vous
avez ? Vous vous sentez mal ?

— Non. Non. Rien, je n'ai rien. Rien. Rien. Je veux...

— D'accord. J'ai entendu, conclut nerveusement
tante Monda, vous en parlerez au Commandant. Il va
bientôt rentrer, et moi je l'attends dans le salon pour
l'avertir de la situation. Vous vous expliquerez avec
lui. »

À présent, moi, il ne me restait plus qu'à faire
semblant de dormir, à tout prix. Impossible d'affronter

un interrogatoire de tante Monda. Tel qu'un écho à mes craintes, elle se mit à frapper à ma chambre. Mais elle dut se raviser car, devant mon silence, elle s'éloigna. Je ne crois pas qu'elle se serait hasardée, en ces temps-là, à déranger Aracoeli. Elle se retira sans doute dans le petit salon, en attendant mon père, comme elle l'avait dit.

De la pièce étroite, j'entendais encore tousser. Mais cela ressemblait plutôt à une toux convulsive, qu'à une toux ordinaire.

Je pressai les mains contre mes oreilles pour ne pas écouter. Jamais plus, pensai-je, je ne pourrai lui adresser la parole. Je le haïrai pour l'éternité. Et en attendant, j'étais repris par la peur de l'obscurité, que je croyais vaincue ; mais je ne voulais pas allumer la lumière, de peur que tante Monda, en passant devant ma porte, n'en aperçût un rai, et comprît que j'étais réveillé. Daniele ! Daniele ! Ma-ma ! ma-ma ! Je voudrais dormir. Et que pourrais-je faire, maintenant, pour m'endormir ? si j'essayais de dire mes prières ? de compter les moutons ?

Un mouton... deux moutons... et un autre, voilà qui fait trois. Et de quatre moutons...

Je ne sais pas si cet exercice m'a servi à grand-chose. Et si j'ai vraiment dormi, ou s'il ne s'est agi que d'une langueur de la veille, un assoupissement obtus, et incertain, qui toutefois me déroba un peu de temps. J'en fus secoué plus tard (était-ce déjà onze heures ? minuit ?) par des sanglots bruyants et terribles provenant de derrière la cloison, sur lesquels se détachait, sonore et sans emphase, la voix de mon père. Même dans ses inflexions persuasives, elle restait dure, et plutôt froide.

« Vous m'étonnez, Daniele. Je ne vous reconnais pas. Je vous le dis : reprenez vos esprits.

— Ah ! mon Commandant. Je vous en supplie, mon

Commandant. Donnez-moi une permission. Je ne suis plus bon à vous servir, mon Commandant, renvoyez-moi au pays.

— Je le répète : reprenez vos esprits. Ceci n'est pas tolérable.

— Ah ! mon Commandant. Oui, je le voudrais ! emprisonnez-moi pour désertion de poste, mais il faut que je quitte le service. Ah ! mon Commandant. Vous êtes mon Commandant. Soyez-en toujours béni. »

J'imagine que Daniele s'était jeté à genoux. De fait, la voix de mon père, impérieuse et brutale, dit :

« En voilà des scènes. Relevez-vous immédiatement, je vous l'ordonne. Debout. Comportez-vous en homme. Et en soldat.

— Ah ! ma vie est à vous, mon Commandant. Mais je ne peux plus...

— Suffit ! l'interrompit alors mon père, je n'admets pas semblable tapage vulgaire. Je ne vous ai que trop entendu. Repensez à votre devoir. Bonne nuit. Demain, quand vous serez calmé, vous vous expliquerez mieux. »

J'ai entendu son pas viril s'éloigner dans le couloir. Puis, j'ai dû m'endormir. Je ne me souviens pas, en effet, d'avoir perçu d'autres mouvements ou bruits, jusqu'au jour.

Au cours de la nuit, il y eut le suicide de Daniele. Ou mieux, son suicide manqué, car il eut recours à un moyen du bord, pris à la cuisine : un banal détergent ou désinfectant, d'un pouvoir toxique non létal. Sitôt après l'arrivée matinale de la femme de ménage, il se fit un grand remue-ménage dans la maison ; mais j'en eus à peine conscience, du fond de mon demi-sommeil forcé, et presque catatonique ; et Aracoeli ne s'en rendit pas compte non plus, qui s'était endormie avec des somnifères. Il paraît que la domestique, dès son entrée, a entendu dans la chambrette de service des gémissements et des râles. L'ordonnance fut transporté d'urgence à l'hôpital ; et c'est alors seulement qu'en courant j'ouvris ma porte. Mais je ne vis que — de dos — la silhouette de son brancard qu'on emportait ; et lui, je ne l'ai plus jamais revu.

Ma famille, je crois, convainquit les autorités militaires de la version que lui-même avait fournie : il avait bu le produit toxique par erreur, pensant qu'il s'agissait d'une boisson désaltérante. Lui furent ainsi épargnées enquêtes, instructions et mesures disciplinaires. Je sus en son temps, par tante Monda, qui était allée le trouver à l'hôpital, qu'il s'en sortait bien ; mais affaibli et déprimé par les séquelles de l'empoisonnement, il avait obtenu une courte permission pour se rendre chez lui. Et à ce que je sais, au terme de sa permission, il reprit son service dans la marine. Mais, à la maison, il ne fit jamais retour.

Une fois, pourtant, il s'est rappelé mon existence. Quelques mois après cette dernière nuit, quand déjà depuis longtemps je vivais avec mes grands-parents, au Piémont, m'arriva une carte postale illustrée. Celle-ci s'était promenée dans toute l'Italie avant de me rejoindre, car elle m'avait été adressée (au départ du Sud) à Rome, chez tante Monda, laquelle me l'avait fait suivre au Nord : raison pour quoi je la reçus avec la même surprise heureuse de qui voit se poser à côté de lui un pigeon avec, lié à sa bague, un message imprévu. Sur l'adresse, devant mon nom, il y avait écrit *Au Signorino*, et sous le texte (*Mes salutations les plus chères et distinguées*, signé plus bas, par *Rita* aussi) était apposé son paraphe, entier et bien lisible, nom et prénom : *Redavid Daniele*. Ainsi, par cette carte postale, j'ai même appris son patronyme, qui m'était, jusqu'alors, resté inconnu, et à n'en pas douter désignait une rare, haute qualité dans sa résonance auguste. ROIDAVID ! Un nom pareil a été pour moi une preuve que l'ordonnance descendait d'une souche superlativement aristocratique.

La carte postale provenait de son village des Pouilles ; et on n'y voyait ni barques ni campagne, mais, par contre, une pompe à essence, avec, derrière, un bar de style tout à fait moderne.

Cette carte, ce furent les dernières nouvelles que j'eus de lui. Ensuite, silence à jamais. C'est pourquoi, au fil des années et jusqu'après la guerre et par la suite encore demeura non résolu pour moi le problème de savoir s'il avait émigré en Amérique, selon le fameux programme des deux oncles. Pour ma part, je n'ai pas cherché à savoir ce qu'il était devenu : primo, par inertie ; secundo, à cause de la haine indéfectible que je lui avais vouée dans cette dernière nuit ; et tertio, par peur d'apprendre sa mort possible à la guerre. Cependant, je dois dire qu'au fond de ma plus intime certitude, pour moi il est toujours vivant (et même peut-être servant les glorieux mystères de la firme FORD). Et puis, dans mes sordides journées du collège, immanquablement, à la distribution du courrier, chaque fois je me surprenais à espérer recevoir une carte postale de l'Amérique. Pour moi, c'eût été un somptueux cadeau, qui me promettait, en plus des nouvelles de mon seul ami, peut-être aussi quelque prestige inouï dans le cadre du collège, où l'on ne m'accordait ni amitié, ni importance. Une carte postale de l'Amérique ! Mais en revanche, à moi, il m'arrivait peu de courrier. Autant dire, rien.

L'ordonnance parti dans l'ambulance, la consigne que mon père nous donna à tous fut de taire cette vilaine histoire à Aracoeli, afin de ne pas la troubler avec trop d'émotions inutiles après tant d'épreuves subies cette année-là. À son réveil, on prit seulement soin de l'informer que l'ordonnance, suite à des nécessités militaires imprévues, avait été dispensé du service. Et son visage à elle — dans son habituelle, sombre pâleur du matin — resta inaltéré, comme si la nouvelle ne la concernait pas.

La veille au soir, en la vouant à ma terrible haine, je m'étais promis de l'éviter dorénavant ; mais il fallut bien que j'en convienne : dès le matin de ce jour, c'était plutôt elle qui me fuyait. Et à ce nouveau coup inattendu, je redevins l'esclave — tels ces infimes invertébrés qui, si on les sectionne, regrandissent sur leurs tronçons — se remettant à ramper devant elle, pour en mendier un regard, une syllabe. Mais sa bouche prognathe dédaignait tout propos, et ses brûlants yeux fixes couvaient une sombre négation. Une seule fois, alors que j'étais penché à la fenêtre, me retournant, je vis ses yeux écarquillés sur moi. Mais à peine eut-elle croisé mon regard qu'elle referma avec force ses paupières, comme pour s'aveugler.

À table, ce jour-là, nous avions tante Monda comme invitée, tout affairée sur les talons de la femme de ménage, laquelle, notre repas servi, devait courir vers d'autres tâches dans d'autres maisons. À l'encontre de toutes ses propres règles de bienséance, ma tante se levait de table à tout moment, allant et venant de la cuisine, et parlait à tort et à travers de futilités inécoutées (qui lui servaient sans doute à cacher son embarras). Aracoeli — comme souvent en de pareilles journées de canicule — dit que la nourriture lui donnait la nausée. Elle n'avait envie que d'une glace ; mais de celle-ci aussi (que le crémier monta promptement nous livrer) elle goûta à peine, en en léchant une cuillerée à dessert de la pointe de la langue, à la façon des enfants, et laissa fondre le reste dans sa coupe.

Toujours, je gardais les yeux levés vers elle, en une imploration incessante, qui demeurait sans réponse ;

jusqu'à ce que son visage — à force de la regarder — parût se défaire devant moi tel un nuage ; tandis que son regard éperdu pérégrinait autour de mon père, s'arrêtant parfois pour le contempler avec une acuité acerbe et désespérée, comme l'unique station de son cœur. On eût dit, à un moment donné, de la manière dont elle le fixa au visage, de ses pupilles s'attachant toute à sa forme, qu'elle voulait graver sur ses traits ses propres stigmates douloureux. Puis, tout à coup, elle écarquilla les yeux sur moi ; mais sans s'attarder, elle les referma. À la fin du repas, mon père dut nous quitter pour ses devoirs officiels. Et tante Monda sortit à son tour.

Ma mère se dirigea vers sa chambre, suivie inévitablement de mes petits pas serviles ; quand là, je la vis soudain se tordre, avec un haut-le-cœur ; et elle vomit une écume blanchâtre, car elle n'avait rien d'autre dans l'estomac. « C'est la glace, grommela-t-elle, qui m'a fait mal. » Et moi, ne trouvant rien de mieux pour lui donner raison, j'observai : « Il n'y avait pas un brin de vraie vanille, dans cette glace. »

« Et elle était à quoi, alors ? » Inattendu, un souffle de sa gaieté native la retentait, venu de qui sait quelle profondeur de ses entrailles. Sa voix avait encore les inflexions nasales et râpeuses de la nausée. « C'était », décida-t-elle en cédant à cette attaque de puérilité irrépressible, « une glace de grillos y caracoles. »

Autrement dit aux grillons et aux escargots ! Je ris ; et elle aussi eut une ébauche de rire dans sa bouche close ; pour aussitôt l'étouffer, en me fixant, au contraire, une fois encore, de ses deux yeux écarquillés qui paraissaient, à me regarder, voir à ma place une ombre énorme ; et puis aussitôt ils se refermaient avec force, en une cécité destructrice. « Mama », lui dis-je en touchant sa robe ; et en réponse elle cria : « Ne me touche pas ! tu as les mains sales ! » d'une voix innaturelle et hagarde.

Je regardai mes mains. « Tu as les mains sales ! Tu as

les mains sales ! » s'acharna-t-elle à répéter, de cette voix étrange, petite mais hurlée, dans le tumulte tourbillonnant de ses nerfs. « Va-t'en ! » continua-t-elle, « tu ne dois plus me regarder ! tu ne dois plus me toucher ! tu es sale ! tu es laid ! va-t'en ! » Je reculai et sortis de la pièce, en laissant la porte entrebâillée ; mais à peine dehors, je me recroquevillai près du seuil, en un pleur désastreux, mal suffoqué. Et je l'entendis de derrière la porte, elle, qui dans la chambre geignait : ah ah ah, avec cette misérable voix animale que je reconnaissais, désormais.

Peu après, elle passa devant moi, dans l'une de ses robes trop courtes, et sans me saluer sortit seule, comme elle faisait maintenant tous les jours. Mais, ce jour-là, la maison était vide, il n'y avait plus Daniele, toute la famille s'en était allée ; et de mes livres mêmes, je ne savais que faire. De cet après-midi solitaire, il me reste une bizarre sensation : d'éclairs qui traverseraient l'appartement en zigzag. Au vrai, dehors l'air bouillonnait sous le plein soleil de juillet ; mais, pour m'effrayer, la sensation de ces éclairs me suffisait, qui me semblaient lancés qui sait d'où dans le but de transpercer, ainsi que des flèches d'Indiens cachés derrière les buissons. Et l'un des transpercés était Daniele, lequel, selon la prompte explication adoptée à la maison pour mon usage personnel, dès le petit matin, sans doute parce qu'il avait mangé trop de fruits, avait été pris d'un fort mal de ventre, que les médecins lui guériraient tout de suite avec de l'huile de ricin. À présent, je me demandais si l'huile de ricin suffirait à lui épargner aussi les flèches invraisemblables de ces féroces Indiens, dont je crus même entendre le sifflement sur ma tête. « Ma-ma », commençai-je à gémir en moi. Et comme une réponse, je perçus dans l'entrée, avec le déclic familier de la serrure, la voix d'Aracoeli qui appelait : « Manuelino ! Manuelino ! »

D'habitude, elle rentrait plus tard, et je courus à sa rencontre, presque incrédule. « Je vais me changer », m'annonça-t-elle avec une ferveur agressive, « vite, vite, nous devons aller à l'église. » Et elle se dirigea vers sa chambre, tandis que, sautant, je courais me munir de ma petite casquette. Je me sentais des ailes, tant mon contentement était immense, et, en vérité, je n'aurais pas été moins content, si elle m'avait proposé « allons ensemble en prison » ou « en enfer ». Après notre terrifiante séparation des dernières heures, cette invitation inattendue de sa part me rendait à un esclavage total ; et même infini, car je ne faisais pas acte de reddition envers elle ; ni de pardon ; mais, plutôt, de gratitude. Je me regardai dans le miroir, pour observer l'effet de ma casquette. Ce n'était pas le béret de marin que je mettais l'hiver ; mais une nouvelle jolie casquette qu'Aracoeli elle-même m'avait achetée, de sa propre initiative. En toile d'été blanche, agrémentée d'une visière de ciré rouge. Je la contemplai sur moi avec les lunettes et sans les lunettes ; tout en me faisant dans le miroir des grimaces comiques. Le trop grand bonheur de ce jour me rendait à moitié idiot.

Quelques minutes plus tard, Aracoeli se présenta devant moi, dans une correcte petite robe sombre, et les jambes voilées de bas ; mais sans chapeau. Ses cheveux (encore que depuis quelque temps elle en laissât beaucoup entre les dents du peigne) s'étaient allongés au cours de l'été, jusqu'aux épaules, retombant en un double écheveau noir, qui lui mangeait le visage et en augmentait la pâleur. Et son visage, même dans son dessin immature, apparaissait émacié ce jour-là, jaunâtre et comme marqué par une fièvre de consomption : c'est qu'aussi, depuis quelques jours, elle mangeait du bout des lèvres, et trouvait un mauvais goût à tous les aliments. Mais à cette heure, en dépit de sa faiblesse, une énergie anormale, presque une violence extérieure, entraînait chacun de ses gestes. Et dans ses pupilles dilatées brûlait une ligne scintillante, verticale, ainsi qu'en l'œil de certaines créatures subhumaines quand elles explorent l'obscurité.

« Il faut courir, dit-elle, pour ne pas arriver en retard à l'office. » En réalité, ces dernières semaines, elle avait négligé jusqu'aux Messes du dimanche, et c'était la première fois depuis longtemps que nous retournions à l'église. D'ailleurs, nous n'avions jamais été très assidus aux offices de la semaine. Il y avait de l'extravagance dans sa hâte excessive.

La lumière — en plein solstice d'été — éclairait encore le ciel ; mais c'était déjà la fin du jour ; et l'appel pieux des cloches qui nous accompagnait depuis la maison annonçait un office du soir, je ne sais plus lequel (les Vêpres ? l'Angélus ?). Je nous revois tous deux, lancés dans la rue sous le crépuscule imminent, vers notre bien laide église : moi, tout contre elle lui serrant la main, et elle qui accélérait le mouvement, par bonds, comme sous une série de secousses électriques. On eût dit qu'elle courait à un vœu — à un accomplissement ; mais à peine, longeant le trottoir opposé, fûmes-nous en vue de l'église, qu'elle fléchit et s'assit sur la marche d'une porte cochère, avec un petit halètement plaintif.

À une altération instantanée de son regard, qui parut se révulser sous quelque offense invisible, on pouvait comprendre que ce n'était pas la seule fatigue qui l'avait fait ployer ; mais une sorte d'avertissement infâme — désormais son hôte implacable et familier — revenu ici pour la menacer sans rémission. « Voilà que ça recommence », murmura-t-elle, en une intonation hybride, entre sourd rejet et lâche abandon. Et sa face se contracta, et son menton palpitait comme dans un sanglot d'enfant. À ce moment, la voiturette d'un marchand de glaces passait, et ma mère, suivant mon regard, fit un mince sourire : « Tu ne voudrais pas un cornet ? » me demanda-t-elle. À la vérité, il ne m'aurait pas déplu de le vouloir ; mais je jugeai que l'occasion était mal choisie. « Dans l'église », observai-je non sans regret, « il est interdit de lécher des glaces. » Et, avec le vague, très mince espoir qui me restait, j'ajoutai : « C'est vrai ? » Alors, elle me dit doucement, tel un baiser dans l'oreille : « Manuelito ! Manuelito ! » Et portant mes deux mains à ses joues, et les pressant de ses deux paumes, elle me demanda, d'une petite voix étrange, tintant comme une vitre cassée :

« Tu es toujours mon niño ? tu es toujours mon niño à moi ? »

Ma réponse était là toute prête, mais elle, brusquement, l'évita, libérant ses joues de mes mains, dans le geste de qui s'arrache un bandeau. Et elle proféra d'une tout autre voix, durcie, plate et avilie comme issue d'une féroce opération de restauration :

« Moi, par contre, je ne suis plus ta mamita. »

On était samedi ; et, comme de coutume en fin de semaine, surtout en plein juillet, il n'était pas resté grand monde à Rome, et dans notre quartier ; et rares étaient les voitures et les passants à circuler dans les rues. Le glacier stationnait à présent un peu plus loin, à un carrefour, peut-être pour jouir d'une parenthèse de repos, ou peut-être dans l'attente de possibles clients au sortir de l'office. Toujours avec sa vilaine voix abrutie, elle m'incita : « Mais va donc t'acheter une glace, vite, vite, va ! Nous avons tout notre temps ! tout notre temps ! » ajouta-t-elle avec une impatience morbide. Perplexe, je la regardais, et attristé, doutant d'avoir, par quelque faute dont je ne me serais pas aperçu, provoqué l'exaspération incohérente de ses manières. Et, tout anxiété, j'épiais au moins une trace,

407

sur son visage, du sourire effacé, à ces commissures où coulaient maintenant des gouttes de sueur, malgré la brise vespérale de ponant qui s'était levée pour rafraîchir l'air. « Alors », lui proposai-je enfin, « j'achète deux glaces, une pour toi aussi ? et la tienne, je te l'apporte ici ? » « Non non non ! » me répondit-elle sur un ton de colère. Et, me voyant hésiter, elle m'exhorta brutalement : « Qu'est-ce que tu attends ? file vite, je te dis ! » Je pris, mal assuré, la direction de la voiturette, mais la tête tournée en arrière, ainsi qu'une bannière contre le vent ; tandis qu'elle ne faisait déjà plus attention à moi. Elle était toujours là, sur cet espace vide du trottoir, pareille à une mendiante, mais à présent accroupie et ramassée sur elle-même, les mains enfoncées dans son giron. Et elle s'était mise à osciller d'un fébrile mouvement qu'elle accompagnait d'un balancement mécanique de la tête, comme absorbée en une extase obtuse — alors que ses yeux se fixaient sur la façade de l'église en une trouble stupeur hostile et quasi vindicative.

Et moi, pour être en quelque sorte présent dans ses pensées, de l'endroit où je me trouvais, je lui criai : « Ma-ma ! » en agitant ma casquette en signe de salut. Mais elle ne s'aperçut de rien.

Ce fut là, en avançant plus vite vers la voiturette chargée de glaces, que je me rendis compte, juste à temps, qu'il me manquait l'argent pour payer. Revenu alors sur mes pas, je voulais lui en demander ; mais je vis qu'elle s'était abandonnée, pendant ce temps-là, la tête entre les bras, sur ses genoux repliés, comme vaincue par une extrême fatigue ou par le sommeil. Toutefois, quand je fus près d'elle, elle leva inopinément la tête, et dit : « Allons, allons il est temps ! » sans plus se souvenir de la glace.

Fût-ce dans le simple fait de dire : « allons allons », elle avait affecté un ton bizarre, entre le caprice et le blasphème, ou même le crime. Et, encore qu'elle se déplaçât d'un pas lourd et mou, elle avait pris l'air théâtral d'une conjurée, en avançant sur l'église à mes côtés, mais sans plus me tenir la main. Si je repense à notre « marche fatale », il s'en faut de peu que je ne sourie de notre double, jumelle futilité. Au vrai, je ne sais qui de nous deux était le plus enfant : moi, qui irrésistiblement jetais des regards en arrière sur la voiturette des glaces ; ou elle, persuadée — je l'imagine — que l'Église tout entière, du Saint-Père dans son Vatican, aux Toujours-Vierges suspendues dans les firmaments, et là-haut jusqu'au triple siège de Dieu, dût sursauter à la menaçante protestation d'Aracoeli Muñoz Muñoz.

Avant de franchir l'entrée, elle s'arrêta pour sécher un peu la sueur dont elle ruisselait ; et elle le fit avec des gestes violents de ses mains, par à-coups vifs, comme si elle secouait loin d'elle une eau baptismale, qui lui répugnait désormais, telle une eau sale.

Au passage de la lumière claire de l'extérieur, à l'intérieur à moitié plongé dans l'obscurité, il semblait faire déjà nuit. Entrée dans l'église, elle ne se plia pas à la génuflexion rituelle ; et moi aussi, pour l'imiter, je me retins de fléchir le genou. Puis, sans du tout faire halte devant le bénitier, nous nous adossâmes, debout, contre un mur de la nef, vers le fond. D'après le cérémonial sacré — et par nous toujours respecté — selon lequel les hommes doivent se découvrir et les femmes se couvrir la tête, d'instinct, encore avant d'entrer, j'avais ôté ma casquette. Mais elle, ayant pourtant apporté un voile qu'elle continuait de chiffonner entre ses doigts, elle resta en cheveux, comme une hérétique ; et, triomphant de sa propre fatigue, elle adhéra au mur, droite et roide, à la façon d'une petite Majesté. Elle ne fit pas le signe de la croix, ni ne s'unit au chœur des autres voix qui répondaient au prêtre ;

elle demeurait muette, figée et boudeuse dans sa pâleur d'enfant infirme. Puis, à un point de la liturgie où tous les fidèles s'étaient mis à genoux, je la vis soudain changer de couleur. Son visage se couvrit d'une rougeur dense qui, à l'avare lumière d'une niche éclairée près de nous, avait l'air d'une large brûlure violacée. Et, en un élan outré, elle alla s'asseoir sur le banc le plus proche, où vivement je la suivis. Nous étions les seuls assis, nous deux, à l'intérieur de l'église, où chacun se tenait à genoux. Et elle ne faisait pas mine de vouloir changer de pose ; bien au contraire, elle s'affichait, forçant les vertèbres de son dos, et jetait un regard mauvais en direction de l'autel, avec l'arrogance d'une chatte qui hérisse son poil contre un chien d'une taille gigantesque. Or, sa prétention pouvait même avoir quelque chose de comique, n'eût été cette terrible rougeur, fiévreuse et douloureuse comme un exanthème.

Dès lors, je m'étais avisé que ce jour, pour ma mère, était un jour de transgression définitive. Fier d'être son complice, je mis ma casquette sur ma tête ; et, pour faire bonne mesure, je posai, désinvolte, mes deux pieds chaussés de sandalettes sur l'agenouilloir devant nous.

Nous avions pris place dans la dernière rangée de bancs, au fond de la nef. Les autres fidèles, par contre, s'étaient ramassés dans les premiers rangs, à proximité de l'autel ; et donc personne, je crois, ne s'aperçut de notre mauvaise conduite. Le public, d'ailleurs, était peu nombreux : des femmes vieilles, en majorité, toutes un chapeau sur la tête, ou un foulard, ou encore un simple mouchoir ; quant aux hommes, peut-être deux en tout — eux aussi des vieillards, et le crâne chenu découvert. L'éclairage non plus n'était pas celui des Messes du dimanche et fêtes : faible, presque réduit aux seules lampes de l'autel. Le long des nefs, s'allongeaient des colonnes d'ombre ; et des formes ombreuses se blottissaient, craintives, comme des présences ambiguës, derrière la chaire et les confessionnaux chuchoteurs. La sombre et laide église ce soir n'avait pas l'air à mes yeux d'une dépendance ou annexe — fût-elle secondaire — du Paradis ; mais plutôt d'un entrepôt provisoire de la mort. Et la mort n'était plus la région fabuleuse d'un au-delà ; mais une sorte de fumée dissipée sur terre, qui s'effiloche en fils cassés, et formes déformées, déjà se défaisant et s'évanouissant à peine dessinées ; ou bien un écho hybride et niais, où chaque parole du monde est estropiée. En une curieuse hallucination auditive, j'entendis la voix du prêtre réciter, au lieu des litanies, certaines idioties, certaines insanités. À la place de : *Agnus*, par exemple, il disait : *anus* (Anus de Dieu). Et tous ces vieux et vieilles répondaient : *Miserere vos pisses*. Alors, ahuri, je fermai les yeux ; et aussitôt, sous le noir et microscopique espace de mes paupières closes, brilla, par bonheur, une aimable image multicolore, rose, verte, jaune. C'était la voiturette des glaces.

Ici le fil se brise, qui jusqu'à présent m'a amené à reparcourir cet office vespéral de notre samedi. Et à ce propos, je suis de nouveau à m'étonner, une fois de plus, sans fin, de la bizarre conduite de ma mémoire, tout au long de mon « travail » présent. Elle me restitue, en effet, venus des lointaines époques passées — et déjà refusées — et dépourvues de tout document — et tombées dans l'oubli —, les moindres gestes et mouvements et détails, qu'alors, avec les moyens réduits de mon âge, je ne fus certes pas capable d'enregistrer, ni encore moins de m'expliquer, et peut-être pas même de saisir avec mes sens. Aujourd'hui, elle les expose tous à ma connaissance adulte, désormais vaine et tardive : alignés et évidents, avec une exactitude perverse ; tandis qu'au contraire elle abandonne souvent, isolés sur les talus, le long du même chemin, les rares souvenirs conscients qui déjà m'en signalaient les passages et les détours, et qui toujours, à partir de leur émergence, ont marqué au sceau de la certitude mon témoignage suspect. Ainsi, par exemple, il est deux souvenirs véritables sur lesquels, en réalité, au fil des ans, a continué de survivre dans ma conscience ce fameux office du Samedi. Deux seulement : et ce sont précisément eux qui, aujourd'hui, se présentent les derniers et les plus confus à ma pensée, incapables de retrouver leur place précise dans la trame. Le premier, c'est un chœur de vieilles voix, mais qui résonnent sur toute la hauteur de l'église. Elles récitaient les louanges merveilleuses de Notre-Dame :

> Mater purissima
> Mater inviolata
> Causa nostrae laetitiae
> Rosa mystica
> Domus aurea
> Ianua coeli
> Stella matutina
> Regina angelorum
> Regina martyrum
> Regina pacis,

et moi, je rêvai que c'était tout un poème crié en l'honneur de ma mère.

Et le second (déjà fortuitement évoqué plus haut) c'est le visage d'Aracoeli, tel qu'il m'apparut (par un effet d'ombres, peut-être, ou une illusion d'optique) contre les lueurs d'une niche rougeoyant dans son dos. Avec le front marqué transversalement par les sourcils comme par une balafre ; et ses grands yeux enfouis dans le noir des cernes, à en paraître deux orbites vides.

Ce soir-là, nous fûmes seulement deux à dîner, mon

père et moi, de mets froids préparés depuis le matin par tante Monda. Aracoeli, dès notre retour, s'était retirée dans sa chambre, disant qu'elle avait pris un goûter dans l'après-midi, et que cela lui suffisait. Mais avant même que notre dîner fût achevé, au fond du couloir arriva son appel :

« Eugenio ! Eugenio ! »

Et elle avait, cette fois, une voix différente, comme de nostalgie impossible d'une terre étrangère. Mon père, en quittant la table, me dit de me coucher tout de suite : d'ailleurs, j'étais grand maintenant, et je savais me déshabiller tout seul.

Aucun des deux ne vint me souhaiter bonne nuit. Et de nouveau, ainsi que l'ombre d'une chauve-souris qui battait aux persiennes, la peur revint me visiter. Il ne servait de rien, ce soir, d'entrebâiller ma porte en catimini : l'étroite pièce attenante de Daniele était vide. Et je n'eus d'autre ressource qu'un appel urgent à mon Ange Gardien personnel, dans les termes qui m'étaient familiers depuis l'époque de Totétaco :

> « Angel de la Guarda
> dulce compañía
> no me dejes solo
> que me perderia »,

> « Ange de la Garde
> doux compagnon
> ne me laisse pas seul
> je me perdrais sinon »,

lui dis-je. Et l'appelé, de fait, vint en songe me visiter. Encore après, réveillé, je gardais dans le corps la sensation de son corps. Il n'était ni homme ni femme (mais plutôt femme qu'homme). Il était tout couvert de plumes, et ses plumes sentaient le mouillé, à croire que, durant son vol, elles avaient traversé une zone de pluies. Il demeura quelques secondes, renversé sur moi ; et je sentis dans sa chair, de très près, une mollesse, comme de mamelles pendantes. Sa bouche, au mouvement du souffle, semblait murmurer ; mais elle n'émettait aucun son, d'où l'on pouvait comprendre que l'apparent murmure était, en réalité, une succession de baisers ; et il m'en resta, en effet, un parfum de salive, pur : de salive d'enfant. Puis tout finit en une sorte de barouf démesuré, en somme un plouf à l'envers dans la profondeur du ciel ; et cela signifia à coup sûr que sonnait minuit, vu qu'à minuit, — plus ou moins comme il arrive dans l'histoire de Cendrillon — en principe expire la permission de la Dulce Compañía, qui doit se hâter de rentrer chez elle. C'était l'épilogue : et après celui-ci, dans mon songe, passèrent de nombreux siècles, par moi perceptibles à travers les révolutions planétaires, tournant par myriades autour de leurs centres gravitationnels ; jusqu'à ce que tout se conclût en un cataclysme terrestre, retentissant, qui me coupa le sommeil.

Je ne saurais dire quelle heure il pouvait être, mais l'aube pointait à peine ; et notre maison n'était que bruits de claquements de portes, avec la voix de mon père qui appelait dans toutes les directions : « Aracoeli ! Aracoeli ! » Il courait à travers l'appartement, les pieds nus ; et il l'appelait même par les fenêtres. C'était dimanche. L'univers entier était en repos. Et je me rappelle encore l'aboiement d'un chien qui répondit de quelque cour : précédé — ou suivi — d'un premier trille d'hirondelles. Et certains tintements de cloches lointains. (Mes impressions — ainsi qu'il advient aux myopes — commencent par l'ouïe.) Descendu de mon lit, je courus — pieds nus moi aussi — vers la chambre matrimoniale. À ce moment-là, mon père parlait au téléphone du séjour (il appelait en effet

— son premier et sans doute unique recours — tante Monda). « Ma-ma ! » criai-je. Dans la chambre matrimoniale, toutes les lumières se trouvaient allumées ; et dans le lit défait, la place d'Aracoeli était vide. Par terre, il y avait encore, restée là, sa chemise de nuit ; et, jeté tout à côté, s'offrit aussitôt à mes yeux un morceau de papier quadrillé, froissé et moite, écrit au crayon. Je me souviens avec netteté de la signature, restée tronquée : ARAC, et, penchés, tombants, des caractères de l'écriture, d'un infantilisme primaire, encore de semi-analphabète.

PARTIE PARASIEMPE JE FINI
NO SUIS DIGNE DÉTRE TON ESPOUSA JE DESSONO-RÉE
NO ME CHERCHE PAS NUNCA NINGUNO PERSONE NO ME CHERCHE PAS NO MESPAIRE PAS
NO NO A SI JE POURRAIS TE DONNER A TOI DES BAISSERS DES BAISSERS
FINNI ADIO

ARAC

Je suis presque sûr que c'était là, précisément, son message. Plus d'une fois je l'ai eu sous les yeux : personne n'avait pris soin de le faire disparaître. Un peu plus tard, arriva tante Monda, toute tremblante et le visage en feu. Arrachée de son lit, elle avait les cheveux tenus par une résille, et un foulard de soie noué dessus ; et mon père, habillé de son seul pantalon, dépeigné, vint à sa rencontre d'un pas d'automate. Moi, pendant ce temps, je m'étais réfugié non loin d'eux, dans quelque coin sombre, tandis qu'ils s'enfermaient dans la chambre, pour se consulter. Mais, pendant tout ce temps, pas une seule fois on n'eût pu entendre la voix de mon père, lequel — pouvait-on comprendre — dès le début de l'entretien était devenu muet, alors que tante Monda n'arrêtait pas de chuchoter, comme perdue, sans frein, entraînée dans son bavardage hystérique. Elle s'efforçait de baisser le ton au minimum, mais de temps à autre, irrépressiblement, elle éclatait en sanglots aigus. Il ne m'est certes pas difficile d'imaginer qu'elle était en train de révéler à son frère tout ce qu'elle savait, et que lui, jusqu'à présent, ne savait pas.

Elle réapparut, rompue et quasiment ivre de désarroi, telle une pauvre ménade apeurée ; et elle me dit qu'elle devait courir pour régler d'urgence certaines affaires, mais qu'elle resterait très peu absente ; et elle me recommandait, pendant sa courte absence, de rester auprès de mon papa. En un souffle, je lui demandai où était ma mère. « Elle a dû partir », dit-elle, « ta petite maman, mais elle sera bien vite de retour. » Je compris sur-le-champ que la vieille mentait.

Curieusement, je n'éprouvais rien, presque objet passif d'une continuité abstraite : l'ordre des nombres ? le passage du temps ? Dans son agitation, tante Monda avait laissé entrebâillée la porte de la chambre ; mais une sensation d'apathie, plus qu'un sentiment de crainte ou de respect, m'empêchait de m'approcher de mon père. J'entendis dans la chambre quelques mouvements lourds et sourds, comme d'un chien qui se roule : puis rien d'autre, jusqu'à ce que, sans parler, je m'avance sur le seuil. Par la fenêtre, restée grande ouverte, la lumière du matin, déjà chaude et aveuglante, se versait en plein dans la chambre. Mon père s'était jeté sur le lit, les yeux au plafond, nu ; mais, en m'entendant arriver, d'instinct il se couvrit le bas-ventre de son drap. Et il ne se retourna pas du tout pour me regarder, tandis que je l'observais plein d'une étrange, indifférente attention. M'étonnaient la blancheur de ses chairs et l'actuelle

416

maigreur de son torse, d'où ressortaient les côtes, ainsi qu'à certains chevaux sous-alimentés. Son corps semblait celui d'un garçonnet, cependant que sur sa tête ébouriffée, et jusque dans la toison bouclée de sa poitrine, au milieu de l'or se montraient quantité de poils blancs. Je m'aperçus aussi que le volume de sa musculature, sur les bras, avait, en peu de temps, beaucoup diminué, et que, sur ses joues amaigries, les rides s'étaient davantage creusées. À voir la pâleur de son visage, on eût dit que sous sa peau de ce jour-là, au lieu de sang, coulait un plasma grisâtre ; et même ses yeux, dans leur fixité à vide, avaient la couleur de la cendre. N'eussent été les mouvements respiratoires de son thorax, j'aurais cru qu'il était mort. Sa position aussi était celle d'un mort, jambes écartées, longues, roides, et les pieds en dehors ; et je remarquai que ses pieds, pour avoir couru nus dans la maison, avaient leurs plantes noircies par la poussière, comme les miens.

Quelques instants, nous demeurâmes ainsi, l'un devant l'autre, sans nous dire mot. Puis je me retirai dans un autre recoin de la maison ; et au bout d'une demi-heure environ tante Monda fut de retour. Laquelle, après s'être affairée en tous sens, de la chambre à la cuisine (ce jour, dimanche, était jour de liberté pour la fille de service) m'annonça qu'elle m'accompagnerait chez elle, où elle me confierait à Zaïra : pour revenir aussitôt sur ses pas, auprès de mon père.

La première question de Zaïra fut : « Qu'as-tu à mâchouiller de la sorte ? » Et en réalité, depuis la première heure du matin, tout en n'ayant rien dans la bouche, je ne cessais de serrer et de desserrer les mâchoires, comme si j'avais entre les dents un pâte argileuse. À elle, toutefois, je ne fournis aucune réponse ; mais, le ton revêche, à mon tour je l'interro-

417

geai : « Où est allée maman ? » Et elle, détournant l'œil et l'épaule, tel un qui parle dans sa barbe, proféra à mi-voix : « Où elle est allée, elle seule le sait ! » Il y avait une inflexion de médisance et d'ironie dans sa phrase ; pourtant sur moi, inopinément (ainsi qu'au contact soudain de deux pôles contraires) il en jaillit un scintillement mystérieux. Ce fut une apparition fantastique et immédiate, semblable à une bande dessinée très secrète qui serait sortie de ma tête. « Mais, moi aussi je le sais ! » disais-je dans la bulle. Et ce disant, pareille aux châteaux des fées surgissant des vapeurs, dans un brouillard se dessinait la *Quinta*, que j'avais déjà contemplée à distance, en compagnie d'Aracoeli, moins de deux jours auparavant : et que j'avais, moi, reconnue avec certitude, à première vue, pour être la demeure de la Femme-chameau. Mon corps entier se cloua à la vision, qui s'éclaira peu à peu au fil des minutes, gravée devant moi en l'air sur les tapis et le long des murs, telle l'écriture du Sultan Bel-Shasa dans la Bible de l'antique Daniel. À l'instant, je cessai de mâcher et fus saisi par la fièvre de l'action, qu'un battement de cœur précipité redoublait. J'aurais voulu posséder l'aiguille magique de la marâtre de Blanche-Neige pour injecter le sommeil à Zaïra ; mais la chance également me servit. Certainement à cause de son brusque lever aux aurores, la gouvernante s'était assoupie sur la table de cuisine. À côté d'elle se trouvait son porte-monnaie de cuir argenté, orné d'une ancre dessinée et du blason des Savoie ; et dans ma furia je me fis voleur. Ainsi, je réalisai la première fugue de mon existence (et pas la dernière).

Je connaissais bien la ligne de tramway qui condui-sait à la crémerie. Et en me présentant avec une convenable dignité virile, je me suis hissé sur le tram, j'ai payé le billet et je suis descendu à l'arrêt, à l'égal de n'importe quel citoyen de Rome. Quant au reste du trajet jusqu'à la *Quinta*, je le retrouvai dessiné et écrit dans mon cerveau, comme sur une carte topographique. Et sitôt quitté le tram, je pris le pas de course, en sorte que mon cœur martelant soutenait ma fougue téméraire, ainsi qu'un tambour sur le champ de bataille. Il ne fallait pas que je laisse le moindre espace aux pensées ; et en réalité, je n'avais aucune pensée, encore moins un projet, ou quelque espérance définissable. Je savais seulement que chacun de mes pas me rapprochait du sanctuaire secret d'Aracoeli : là où personne ne devait la chercher. NUNCA NINGUNO, jamais personne.

Dans la dernière partie du trajet, je ralentis, et marchai en rasant les murs. En vue de la *Quinta*, je crus m'évanouir de peur. La *Quinta* était là devant moi, dans la grande lumière du matin, tel un autel praticable et proscrit ; et sur moi elle agissait avec une séduction si ténébreuse et oblique, qu'elle se confondait avec l'horreur. En avançant à découvert vers la grille, je tremblais comme si le terrain sec sous mes pieds était l'échine d'un dragon. Et en me protégeant derrière le mur d'enceinte, je m'arrêtai près de la grille fermée, coulant à peine, du coin de l'œil, un regard dans le petit espace clos. La grille s'éclairait au soleil ainsi qu'un candélabre contourné, avec ses nœuds et liserons peints en or sombre ; et au-delà, je ne vis pas beaucoup plus que ce que j'avais aperçu, de loin, la première fois, avec Aracoeli. Le petit escalier serpentant sous les cascades de glycines. La porte d'entrée jaune, décorée au-dessus du linteau par une bande de mosaïque. Les deux palmiers latéraux. Et en plus une allée bordée de cailloux et de coquillages. Mais peu importe ce que je pus voir en réalité, si mon sentiment était imprégné des sucs maternels bien-aimés, aussi hallucinatoires que l'herbe magique : en raison de quoi tout ce qui m'apparaissait au-delà de cette grille, avec violence s'éleva à mes yeux au niveau d'un règne d'une autre nature, matière en extravagante lévitation. Un occulte travail de technique spectrale avait transformé les verres de mes lunettes en petits prismes optiques : à travers lesquels la lumière se décomposait en filaments convulsifs et changeants, du violet au pourpre, à l'or sombre. Et tout l'air vibrait, à l'intérieur de l'enceinte, en un battement innombrable d'antennes ou ailettes filiformes, comme une colonie d'insectes multipliée par les trop nombreux soleils dans ce jardin obscur et éblouissant. Avec le craintif respect d'un petit mendiant, je n'osai quitter la protection du mur, m'autorisant à peine à lorgner, là-bas derrière, les splendeurs irréelles de cette délirante demeure. Et il suffit du heurt de deux persiennes qui s'ouvraient le long de la rangée des fenêtres (toutes fermées) pour me faire sursauter d'angoisse. Je tremblais en effet qu'à cette fenêtre soudain grande ouverte n'apparût Aracoeli ; et d'être découvert et chassé avec un hurlement, ainsi qu'en ce terrible jour où, s'éveillant, elle m'avait surpris à son sein. Je glissai en hâte derrière l'angle, me tapissant à l'ombre du muret latéral : semblable au pauvre, malheureux amant d'une danseuse devenue étoile sous les feux des plus prestigieuses rampes. À ce moment-là, des salles intérieures de la *Quinta* me parvint aux oreilles, comme déjà la première fois, une voix qui hélait : « Cielina ! Cielina ! » Mais cette fois — j'en fus persuadé — ce n'était pas une hallucination auditive. Ce fut vraiment le timbre réel d'une voix féminine, mûre et cadencée ; où je crus reconnaître la vibration du hautbois alto.

Cette voix suffit à me précipiter dans une panique servile : comme si elle était la gardienne d'un sublime théâtre où je m'introduisais envers et contre tous, et en fraude. Et le cœur réduit à un brin d'herbe vacillant, je pris en courant le chemin du retour, par la petite traverse d'où j'avais débouché peu auparavant. Revoilà, dans le sens contraire, les rues de l'aller, voilà la plaque de saint Thomas, la place. « Taxi ! taxi ! » éperdument je m'égosillai (à l'imitation d'Aracoeli) en fonçant sur la proche station. Et je revois encore l'œil méfiant du chauffeur qui me toisait : « Mais les sous pour la course, tu les as ? » En guise de réponse, je lui déversai sous le nez, dans ma paume ouverte, presque tout le contenu du porte-monnaie de Zaïra ; tandis que ma langue, de son propre mouvement, lui récitait, endémenée, non point l'adresse de tante Monda, devenue alors mon adresse, mais celle *de notre maison*. Plus que l'instinct *de l'écurie*, ce fut, je crois, un aiguillon différent qui, dans cet acte, agita ma langue : à savoir le sentiment qu'Aracoeli, dans l'éventualité de son retour, débarquerait dans *notre maison* — celle de mon père et la mienne — et certes pas dans celle de tante Monda — et de l'odieuse Zaïra. Cependant, la voix que déroula ma langue était empâtée et dure, comme celle d'un sourd et muet. De fait, je crois que j'étais sur le point de perdre les sens. Le chauffeur, en tout cas, me conduisit à destination.

La suite de cette journée je la vois maintenant prise dans les brumes. Je me souviens qu'auprès de tante Monda ma courte cavale fut justifiée comme *le tour du chat* (autrement dit le commun exploit de certains minets domestiques qui, au cours des déménagements, à peine installés dans leur nouveau domicile, en émigrent pour retourner à l'ancien). Mais il est certain que les quelques jours qui me restaient à vivre à Rome, après cette date, je les vécus (de par ma ferme volonté, je crois) dans *notre maison*. Je n'eus toutefois, avec mon père, que des rencontres rares, et passagères : la plupart du temps, je tombais sur lui quand il partait pour le bureau, ou s'en revenait, toujours habillé de la tête aux pieds, et strictement boutonné dans son uniforme. Il n'avait pas interrompu, en effet, pas même pour une heure, ses devoirs officiels ; et il se déplaçait toujours avec une allure impeccable, seulement un peu raidie. Je ne me rappelle, de sa part, aucun mouvement de familiarité, et encore moins de familière intimité, envers moi ; et même sans doute ma présence l'embarrassait-elle, au point qu'il paraissait l'éviter. Peut-être que lui aussi, en rentrant régulièrement chaque soir, *dans notre maison*, espérait au fond, comme moi, y retrouver Aracoeli ; mais seul un entrelacs d'ombres dans son regard fuyant trahissait malgré lui, au matin, le désert de ses nuits. Il ne venait pas me saluer avant que je m'endorme, abandonnant cette tâche à tante Monda. Et sa place à table — s'il m'en souvient bien — restait toujours vide.

Tante Monda passait chez nous toutes ses heures de liberté, avec l'assistance régulière de Zaïra. J'imagine qu'après ma fugue du premier jour, se resserrait sur moi leur double surveillance ; mais celle-ci dut bien se relâcher en quelque occasion, puisque, pendant le peu de temps que se prolongea encore mon séjour dans la ville, j'ai réussi par deux fois à m'évader pour faire le pèlerinage de la *Quinta* (allant jusqu'à m'approprier les clefs de la maison). La première fois, ce fut dans les heures les plus chaudes de l'après-midi ; et même la *Quinta*, muette de voix et de pas et toutes persiennes closes, exsudait, à mon arrivée, les vapeurs de la sieste. Le sortilège qui, à distance, me la représentait maintenant si lointaine et inaccessible dans ses fourmillantes fulgurations — telle une galaxie en fuite à travers les univers — m'en augmentait, de près, le prestige sacral et lourd de terreurs indéchiffrables. Et cette fois-là, je n'osai plus m'approcher de la grille, et me tins, titubant d'incertitude, contre le muret latéral, sur une étroite bande d'ombre. C'est alors que, provenant du terrain vague situé en arrière, un bruit traînant de pieds qui avançaient vers moi se fit entendre. Et apparut un groupe d'enfants du genre petits loqueteux suburbains, entre neuf et dix ans. Tandis que les autres s'attroupaient à quelques pas de là, le plus grand vint jusqu'au muret. Et, après m'avoir lorgné sans m'accorder d'importance, d'un air circonspect et fripon il s'agrippa, en une vive escalade, aux fers supérieurs de l'enceinte, pour épier curieusement à l'intérieur. Vacillant, je le regardais d'en bas, presque ravi à l'idée utopique de l'imiter. Mais mon cœur craintif, naturellement, m'en empêchait ; quand soudain, de derrière la maison, éclata un bruit de voix féminines (sonores, mais éraillées et fausses, sans vibrations de viole, ni de hautbois alto). Et le voyeur dégringola par terre où il rebondit pour s'échapper vers le groupe de ses compagnons. Il est clair, en vérité, que pour lui cette fuite avait valeur de scène spirituelle, partie intégrante de son propre spectacle ; tandis que mon esprit se trouvait aux antipodes. Sur mes sens ensorcelés et stupides, ces voix inouïes avaient surgi des fonds ignorés de la *Quinta*, ainsi que d'une gorge barbare, de ténébreuse menace. Et il m'en vint une telle peur, qu'en prenant la fuite à mon tour, involontairement je balbutiais en moi : ma-ma ! ma-ma ! et achoppai et tombai par terre sur les genoux. Alors, je fus pris de honte, d'autant que je vis à quelques pas de moi la petite troupe d'enfants, qui avait assisté à ma chute, et m'observait d'un air de suffisance et d'extranéité raciale. De fait, non seulement j'apparaissais, à côté d'eux, comme le plus propre (outre que le plus jeune) et l'unique lunetté ; mais, en plus, ce jour-là, pour dignement me présenter devant la *Quinta*, je m'étais habillé avec une extrême élégance, sans oublier ma casquette. Tout à coup, au centre de ces regards, je sentis ma condition bourgeoise me brûler la peau, comme la marque d'une race inférieure. Et tandis que je restais planté là, tel un accusé dans son box, je reconnus, à la tête de la compagnie haillonneuse, le hardi grimpeur, qui avait, d'entre tous, la plus haute stature ; et avec sa trogne insouciante de Chef, ne me jetait pas le moindre coup d'œil. Je m'apprêtais à abandonner le terrain, quand une petite fille, qui s'était tenue jusqu'alors derrière la bande des garçons, me fit face : et elle s'adressait de biais au Chef, mais plus directement à moi en personne, avec un air de reproche et d'importance suprême. Un lien de parenté étroite devait l'unir au Chef, car elle avait les mêmes yeux de braise dans une très blanche sclérotique — en forme de demi-lune ; et la même longue chevelure, pareille à un luxuriant buisson d'épine noire. Elle portait une robe trop grande, sortie de la gueule d'une vache, et la morve lui coulait sous le nez. « Là-bas, moi, je ne veux pas y aller », me fit-elle savoir avec une ferveur anxieuse, et en avalant les consonnes difficiles. Et me montrant la *Quinta* du doigt, elle me révéla à voix plus basse que, sur la foi de sa mère et de sa sœur, dans cette maison on dévorait les enfants. Du groupe, lui répondirent à peine quelques ricanements d'indulgence supérieure, auxquels s'ajoutèrent par contre, çà et là, des notes d'un rire plus superbe, et je compris qu'à présent c'était de moi qu'on riait. Aux nouvelles de la petite fille, j'étais en effet resté coi, roulant des yeux, en une interrogation stupéfaite et dubitative, mais quasi crédule. Et là, le Chef, qui affichait un détachement aristocratique au regard de toute l'affaire, allongea sur ma personne un coup d'œil ironique et blasé, où je lus qu'il me tenait pour une nullité. Mais, comme il m'avait reconnu — peut-être à ma casquette — il parut me faire l'honneur d'une certaine générosité méprisante. Et, du ton de qui jette à un chiot une boulette immangeable, il m'expliqua :

« Ça, c'est une maison de putains. »

À son explication, je le contemplai, idiot et fasciné, tel un pauvre barbare venu de ses steppes devant un oracle de l'Apollon de Delphes : car, dans ma langue, le vocable *putain* n'existait pas encore. Lui, cependant, me tournait déjà le dos, sans plus m'accorder audience ; tandis que son public sagace, l'entourant, riait grassement. Il ne me resta enfin plus qu'à me retirer lentement, en continuant à errer solitaire dans les parages, avec l'âme d'un vrai paria. Je pouvais pourtant apercevoir de loin le petit tas de compagnons, qui s'étaient jetés sur le terrain poussiéreux, comme s'ils se trouvaient sur une plage en pleine sieste ; et ils ne paraissaient plus faire aucun cas de moi. Seule la fillette, isolée par rapport aux autres, était encore debout ; et j'eus même l'impression de la voir gesticuler bizarrement dans ma direction, à croire qu'elle voulait m'avertir, pour aussitôt se jeter à terre, près des autres, avec un cri théâtral. Alors, d'instinct, je tournai les yeux vers la *Quinta*, et m'aperçus que là-bas, à la grille, se trouvait la silhouette d'une femme en robe rouge. La terreur de cette apparition me fit détaler à toutes jambes de ce magique territoire, comme poursuivi par un troupeau féroce de Chimères. Je n'avais pas peur — on le comprend — d'être mangé tout cru, selon l'avis de la petite fille. D'un tout autre ordre était mon épouvante : tel un levain, elle dilatait néanmoins la séduction fatale qu'exerçait sur moi la *Quinta*, cette chimère voleuse qui nous avait dérobé Aracoeli. L'obscur titre féminin, à peine sorti des lèvres du Chef, s'était inscrit, pour moi, dans la Cour stellaire déjà promise à ma mère par la Femme-chameau. Quelle sorte de patriciennes splendides pouvaient être ces Señoras de la *Quinta* ? Des princesses royales ? Des *Sœurs* de la Mode ? Mannequins danseuses ? Des Divas de magazines ? Des Fées ? Comme on le lit de certains errants maudits, peut-être en ces jours-là ma petite personne lunettée était-elle assujettie à un serviteur d'ombre, commandé de qui sait quel lieu afin de m'emmener vaguer pour quelque dessein ambigu qu'on me laissait ignorer. Il m'attirait vers des fêtes interdites qui me faisaient fuir de terreur. Il me bâtissait des Palais Royaux qui, à peine atteints, se dissolvaient en fumée au milieu de chœurs de rires mauvais. Et, enfin, pour que je servisse à ses visées, il se fit sans doute le complice de mes fugues : de la première, en suggérant de son souffle, à ma décharge, le *tour du chat* ; et de la seconde, jouant sur l'équivoque, de façon que mon évasion passât même inaperçue. En effet, de retour à la maison après ma ronde poméridienne, je découvris que la famille ne s'était pas aperçue de mon absence : croyant pendant tout ce temps que j'étais en sécurité dans ma chambre, pour mon habituelle sieste des après-midi d'été. Et c'est dans ma chambre que vint *me réveiller*, pour le goûter, l'ignare Zaïra (avec une rare habileté, je veillai à remettre les clefs à leur place). À la maison, elle seule était présente ; et dans ses droits reconquis, elle promenait son arrière-train à travers l'appartement, en se gonflant comme une dinde. Pour le goûter, elle avait fait une tarte aux abricots. « Ce gâteau », lui dis-je, « a un goût de patate. »

Avec elle, je n'étais jamais timide. Ma sombre antipathie pour sa personne m'armait d'une liberté brutale et insolente. À nul autre, je n'aurais pu adresser ma question, qui me semblait mettre au jour Dieu sait quels abîmes, tel un instrument de domination, ou d'impiété supérieure. Je lui demandai, avec la farouche rudesse du maître :

« Que veut dire *putain* ?

— Hein ?! Signorino, on vous en apprend des mots ! » reprocha-t-elle, d'un ton outragé, « ce sont d'abominables femmes, qui font une vilaine vie... »

426

Puis, faisant, à son habitude, semblant de croire que je ne l'entendais pas (et passant, pour l'occasion, du *vous* au *tu*) elle marmonna, un peu en aparté :

« Ta mère en est une. »

Je fis une grimace de mépris, sans même la regarder. Et en une manière de délivrance immédiate, je lui criai d'une voix aiguë de neurasthénique :

« Tu as compris ? ! Ce gâteau a un goût de patate ! »

C'était l'une de mes dernières journées romaines. En effet, on attendait, convoqués par tante Monda, mes grands-parents de Turin, qui devaient m'emmener avec eux en villégiature sur les collines piémontaises. Une fierté revêche m'interdisait de montrer mes sentiments (comme s'ils appartenaient, eux aussi, aux secrets d'Aracoeli) mais, dans la solitude, je pleurais, surtout le soir avant de m'endormir, et jusque dans mon sommeil, me retrouvant, à mon réveil, les cils et les joues mouillés. M'assaillait la crainte que ma mère ne revînt à la maison tandis que je me trouvais au loin. Et davantage encore, je pleurais sur ma lâcheté, qui par deux fois m'avait fait fuir de la *Quinta*, quand j'aurais dû appeler à très haute voix : « Ma-ma ! Ma-ma ! » (je ne doutais pas qu'elle était là-dedans) et la convaincre de s'en retourner avec moi. Le dernier jour (l'arrivée de mes grands-parents était annoncée pour le lendemain) je m'enfuis une fois de plus vers la *Quinta*. Mais cette fois-ci, le *serviteur d'ombre*, même s'il favorisa ma fuite au départ, sitôt après, de toute évidence, se dissolut dans le vide : car mon pèlerinage échoua, à peine entrepris, et sans autre excuse véritable, pour moi, que la misère de mon cœur. J'étais depuis peu hors de portée de notre immeuble, content d'avoir échappé, ce jour encore, à la surveillance du concierge. Et je prenais le chemin de l'arrêt du tram, en longeant le bord du trottoir ; lorsque je sentis derrière moi une odeur de parfumerie qui aussitôt transmit à mes nerfs,

427

sans se définir davantage, un présage confus d'angoisse. J'évitai de me retourner, alors que, derrière moi, un pas étranger se hâtait au rythme de mon pas ; et je tressaillis au contact d'une main sèche et lisse qui se posait sur ma nuque. À mon mouvement instinctif de m'écarter, répondit, d'en haut, un petit rire bonhomme et sautillant ; et je reconnus, à mes côtés, notre voisin de palier qui se penchait sur moi avec des façons empressées et presque cérémonieuses, et pesant avec insistance de sa propre main sur mon cou : « Qu'est-ce qu'il y a ? » me salua-t-il plein d'une affectation d'intimité conquérante, « nous deux, nous nous connaissons eh il me semble. Ne sommes-nous pas voisins ? deux excellents voisins ? » Ensuite, il poursuivit, de la voix faussement cajoleuse d'une vieille religieuse : « Et où s'en va-t-il, à cette heure, mon gentil petit voisin, bien seulet ? Avec ses culottes courtes toutes bleues, et ses jambettes toutes nues ?... Où allons-nous ? peut-on savoir ? » Je voyais son visage rasé, couleur de rose, et, à la boutonnière de sa veste de lin blanc, une fleur de jasmin glissée à côté de l'insigne fasciste. Sa voix de fausset, et ses trop nombreux, fastidieux diminutifs confirmaient l'aversion que depuis toujours je lui portais (en accord naturel avec Aracoeli). Et comme le bout de ses doigts furetaient autour de la chaînette que j'avais au cou — avec, suspendues, outre la médaille, la fameuse amulette andalouse — je fus pris du soupçon qu'il voulait me la voler, et vivement la défendis, m'y agrippant avec jalousie. « Oh ! quel beau collier* ! » fit-il semblant de l'admirer, « quels beaux pendentifs* ! laisse-moi les voir. » Il parlait en prenant l'air spirituel, en faisant des mines, et pendant ce temps, comme par distraction, il insinuait sa main sous ma chemise, en me regardant avec des yeux froids de

* En français dans le texte (N.d.T.).

428

poisson mort. Mais brusquement, d'une torsion, j'esquivai son contact qui, par un sentiment obscur, reflétait pour moi la mort, comme son regard ; et mon visage dut lui montrer une telle, ouverte répulsion que lentement il se détacha lui-même de moi. Avant de s'en aller, pourtant, il ne rata pas sa vengeance. Du coin de l'œil, il regarda mes traits, en une sorte d'examen rapide, et, fronçant ses lèvres empreintes d'une expression outrageuse, il conclut, d'un ton doucereux : « Dommage que tu sois moche. » Puis, il ajouta entre ses dents :

« Tu ne pourras pas faire le métier de ta mère. »

Cette dernière allusion passa incognito, ainsi qu'une figure voilée, sur mon petit esprit lent ; quand déjà, au contraire, l'attaque initiale : *tu es moche*, m'avait frappé droit en pleine poitrine. TU ES MOCHE. Ce n'était plus, hélas, une vérité nouvelle. Mais en cette veille désespérée, et au premier pas de mon extrême fuite, elle opéra la déchirure fatale. Et immédiatement, pareille à une sangsue, elle se colla à mon cœur avec ses ventouses, me suçant jusqu'à la dernière goutte de hardiesse. Comme à la lecture d'un message sinistre, je crus entendre, désormais sans plus de doute, décréter contre ma laideur une condamnation à perpétuité. Mon corps me devint une triste, irréparable misère ; et je restai là, immobile sur le trottoir, moche fantoche qu'Aracoeli avait délaissé sans même le saluer. Pendant ce temps, notre voisin de palier s'éloignait, désinvolte, de son pas modulé et onduleux ; et il me sembla que, sur le point de disparaître de ma vue, il emportait derrière lui, le traînant par terre comme une loque (vers quelque dépôt d'ordures) le moche petit fantoche que j'étais. L'imagination est un instrument multiple et imprévisible, qui au seul toucher d'une corde peut rendre diverses, étranges vibrations. À l'instant précis où il tournait au coin de la rue, je sus —

prophétie subliminale — que jamais plus je ne le reverrais sur la terre. Et le dernier sentiment que j'éprouvai à le voir disparaître, fut une extravagante pitié de lui — répulsive, funeste et tragique. « Mon gentil petit voisin... bien seulet... » Depuis quelques minutes, le brûlant soleil méridien, d'une fixité éblouissante presque torve, avait été aveuglé par les grosses vapeurs du sirocco, qui encombraient à présent l'entière coupole de l'air, telle la tente lacérée d'un lazaret. Et au-dessus de ce lazaret du monde, fermentant de massacres et de sueurs, un sanglant courant primordial me ravissait la légendaire *Quinta*, dans le sillage confus de Totétaco : entre un concert atroce de chansonnettes andalouses, et des fables de marionnettes, et des oraisons du soir. Peut-être m'advint-il à ce point-là, sans que je le susse, d'avoir déjà consommé, par avance, toutes mes expériences futures. Je repris en sanglotant le chemin de la maison ; et tout en marchant, dans mon désordre convulsif, je commis un crime inopiné et saugrenu, qui ne fit surgir en moi, sur le moment, aucune question. Ce fut une espèce de raptus, un mouvement involontaire, quand je vis par hasard un charreton de la voirie, arrêté près du trottoir. Son couvercle était levé, et moi, sans même ralentir, furieusement j'arrachai de mon cou la chaînette et la jetai dans le bidon, avec toutes ses breloques. L'acte fut si impulsif et soudain que je m'en avisai moi-même lorsque je l'avais déjà commis. Arrivé à la porte de notre appartement, je me mis à sonner avec précipitation, comme si j'étais le porteur frénétique d'une dépêche ne souffrant aucun retard. En grand émoi, tante Monda accourut ; et à son enquête anxieuse, je refusai toute réponse.

Le lendemain, mes grands-parents arrivèrent, pour m'emmener avec eux. Le surlendemain, en me saluant à l'heure du départ, mon père me caressa la tête et me dit : « Sois sage. » Puis, après un regard craintif et quasiment honteux à ses parents, par devoir il ajouta : « Et conduis-toi virilement. » Je crois alors avoir saisi à la dérobée, de la part des deux vieux, un coup d'œil sceptique dans ma direction. Depuis ma naissance, je les avais vus, la veille, pour la première fois, et je bégayais de peur. En leur honneur, tante Monda et Zaïra m'avaient habillé comme pour la Sainte Confirmation : je portais même la cravate, dont tante Monda me rajustait le nœud à tout instant, donnant à croire qu'elle était insatiable de ma perfection esthétique. Enfin, l'horloge, dans l'entrée, donna le signal de l'adieu définitif ; et mon père, levé d'un bond, prit congé de mes grands-parents (il devait aller ponctuellement à ses ministères) avec les exactes manières de déférence filiale, qui en réalité paraissaient manœuvrées par les fils de fer d'un montreur de marionnettes. Peut-être, à ce moment-là, ne voyait-il pas même les présents — ni son père, ni sa mère, ni d'autres objets visibles — comme si sur ses gros yeux proéminents grands ouverts était descendue une double cataracte. Les efforts rituels obligatoires, auxquels il s'était soumis lors de ces dernières heures en famille, s'étaient condensés sur lui en un manteau opaque, d'une évidence brute, quasi matérielle ; et il ne parvenait à se l'arracher de la peau que dans ses ministères : car il avait opéré sur son propre ego, après la disparition d'Aracoeli, une sorte de scission en deux lui-mêmes. Où l'un des deux — pantin mélancolique, blanchi et fixe — ponctuel, aux heures dues régénérait l'autre, le Commandant, fidèle à sa règle journalière.

Tante Monda nous accompagna au train, après nous avoir pourvus du nécessaire roboratif pour le voyage (à moi, des confitures, et un livre de fables, auquel mes grands-parents accordèrent quelques regards de méfiance). C'était le premier ou le deux août. Et ainsi, tout élégant, en chemise et cravate, je levai l'ancre vers cette longue villégiature, au cours de laquelle pour la première fois j'ai fait l'expérience de la plus noire infélicité terrestre : être vivant où il n'y a personne qui vous aime.

Mais dans l'enfance, toute expérience, pour noire qu'elle soit, se donne pour transitoire. Et nulle enfance ne prêterait foi à un horoscope qui lui dirait : *ton sort constant et définitif sera de vivre sans l'amour.* L'amour n'est-il donc pas un élément naturel de la substance vivante ? Gratuit ? Partout distribué, et nécessaire ? N'est-il pas, avec la mort, promis dès leur naissance à tous les animaux, y compris les plus laids ?

Le premier phénomène qui marqua, dès le début, mon séjour chez mes grands-parents, fut le bégaiement, dont je ne guéris qu'à leur mort. À mes yeux, les deux vieux se présentaient comme une sorte de dédoublement de la Statue parlante du Commandeur : seulement moi, je n'avais ni les vertus de Don Juan, ni celles, complémentaires, de Leporello. Mon seul semblable dont le modèle s'offrirait à mes yeux, si maintenant je voulais me décrire dans ce nouveau rôle de petit-fils, serait un gentil petit animal : le lapin. En effet, tellement j'avais peur de mes Grands-Parents, qu'il n'était pas jusqu'à mes oreilles qui n'en tremblassent. Et en leur présence, non seulement je désapprenais de parler, mais même de marcher, avançant par petits sursauts inquiets, dans l'angoisse de me protéger au fond de quelque gîte à ma mesure, par conséquent trop petit pour permettre l'entrée de leurs grandeurs. Car ils se dressaient à mes yeux ainsi que des géants, autant pour leur stature physique que pour leur autorité morale : au point que l'humaine propriété de l'intellect (ma seule différence avec le lapin) en moi se réduisait à néant devant eux. Le fait est que dans la tradition de notre famille, les géniteurs de mon père s'érigeaient en majestueux Pénates, dignes objets de vénération non seulement pour nous, mais également pour la ville de Turin, et aussi pour le Piémont tout entier. Le visage de mon père, rien qu'à les nommer, prenait la concise austérité d'une pierre tombale, dressée comme un avertissement, et exposée en honneur indiscuté et en reconnaissance de respect inéluctable. Et de son côté, ma mère (qui ne les connaissait qu'en photographie) exhibait, en les mentionnant, une certaine morgue ingénue et contrite, car, selon son vaniteux dogme d'amour, la grandeur de ses beaux-parents ajoutait une autre feuille d'or à la couronne de ses épousailles.

Se conduire virilement! En réalité, mes grands-parents durent s'apercevoir très vite que c'était là une présomption illusoire, dans mon cas. Nul doute qu'il suffit aux géniteurs de mon père de me voir pour comprendre que je n'étais pas un petit-fils selon leurs vœux et que je ne correspondais en rien à leur idéal viril. J'imagine que dès son premier coup d'œil la forme de mon crâne induisit mon grand-père à un diagnostic négatif, lequel ne se démentit jamais au cours de notre cohabitation ultérieure. Il n'y avait rien en moi qui plût à l'un ou l'autre de mes grands-parents; et les deux ne ressentaient naturellement pour ma personne que de l'antipathie. Cela ne contribuait pas à corriger ma conduite : au contraire, toujours plus effrayé, je me réduisis à un vacillant cornet en papier plein d'erreurs et de hontes (toutes d'un genre femmelette) me discréditant sans remède aux yeux de la Double Statue. Il n'y avait pas d'issue, dans son Domaine. Chiens, chats et oiselets domestiques étaient exclus de ses murs; et la domesticité, là-dedans, était fabriquée avec la même pâte et sur les mêmes patrons que les Maîtres. Il ne se présentait pas de Daniels, dans cette maison.

Parfois, dans mes dialogues avec mes Grands-Parents, j'étais pris de hoquets ou de spasmes, qui faisaient dire à Grand-Mère : « Ce garçon est un psychopathe ! » tandis que Grand-Père pesait mon cas dans un silence expressif, de pessimisme et de désolation. Il m'arrivait, de temps à autre, au sein de ma misère, de lever sur eux un regard involontaire, perdu mais presque contemplatif. Je ne pouvais en effet douter de leur science et de leur justice. Pour moi, ils demeuraient infaillibles.

La Double Statue était *parlante*, en vérité, surtout du côté de Grand-Mère, car Grand-Père s'en tenait, à la maison, à un style taciturne, exprimant sa redoutable éloquence principalement par différents mouvements faciaux (de l'arcade sourcilière et de l'orbite, des commissures des lèvres et même du nez). Grand-Mère, par contre, comme il peut arriver dans leur vieillesse à certaines femmes réprimées du temps de leurs jeunes années, était sujette à une faconde incoercible — manière d'agitation réflexe ou de toux nerveuse — qui rarement la laissait souffler. Aujourd'hui, je crois m'expliquer sa loquacité par l'éruption fébrile d'une angoisse chronique, semblable à une infection, qui, depuis déjà plusieurs années, j'imagine, s'était attaquée à ses organes internes, et se développait, alors, en une virulence extrême. Dès le matin, elle me harcelait de ses sermons exaltés et prolixes, pour moi fort difficiles à comprendre. Et ce flot de paroles se déversait sur ma tête à l'instar des volumes d'une encyclopédie entraînés et disloqués par un séisme. Volontiers, à propos de mes déficiences, elle faisait allusion à des vices d'origine — exemples désastreux — influences néfastes — se référant évidemment à mes racines maternelles (mais

434

moi, de tant d'arguments, je ne pouvais sonder le fond).

Il ne fait pas de doute que notre diplomatie familiale avait présenté aux grands-parents de Turin un rapport très expurgé du récent événement. De tout l'enfer estival d'Aracoeli, ils ne connaissaient — selon mes déductions — que le dernier acte, à savoir la désertion inattendue du toit conjugal : dont, à leur usage, on accusa provisoirement un ébranlement nerveux qui l'avait soudain saisie après ses derniers malheurs. Je soupçonne, au vrai, que par la suite, directement ou par la bande, les deux vieux arrivèrent à en savoir davantage ; mais, dès alors, il y en avait assez pour exacerber le ressentiment de ma grand-mère contre sa belle-fille. Logiquement, les parents de mon père s'étaient pliés à son mariage comme à une croix qui, hélas, avec ma naissance, s'imposait à leurs principes mêmes : l'honneur obligeait. Ils avaient porté cette croix avec une réserve constante, hautaine et muette, se tenant à l'écart, et sans se donner en spectacle ; s'excusant même, sous divers prétextes, chaque fois que (immanquablement) ils évitaient de rencontrer notre petite famille ; et tolérant, avec le nécessaire détachement, la complicité sororale de la Raïmonda. Celle-ci, d'ailleurs, par intuition, avait dans la pratique *ignoré* la dissension, en silencieux accord avec son frère, prenant garde à ne pas troubler l'illusion confiante de sa petite belle-sœur. C'est ainsi que tout prétexte était accrédité, tout indice déplacé, toute occasion de risque sagement évitée. Et entre les vieux et nous se maintenait une paix rigide et distante : ligne de défense surveillée, décorée de lauriers, abstraite et soustraite aux heurts. Jusqu'à ce dernier mois de juillet fatal : quand Raïmonda désespérée avait, sous notre petit déluge, lancé son S.O.S. à la Grande Arche.

Le choc, pour les deux vieux, avait été dur, même s'il

se trouvait compensé par une certaine satisfaction triste. C'était un fait, en vérité, que le ratage conjugal de mon père confirmait leurs prévisions sur son maudit mariage. L'issue donnait raison à leur loi offensée. Et cela offrait à mon grand-père un plaisir vindicatif ; et à ma grand-mère, le subtil trémolo du triomphe. Naturellement, devant notre drame, l'un et l'autre surent faire montre d'un comportement de grands seigneurs : autrement dit impassible. Ils avaient l'air de créditeurs de haute volée, qui ne profitent pas d'un sort contraire pour revendiquer justice et, sollicités, se concèdent providentiellement au besoin. Mais, après notre triple débarquement au Piémont, les pulsions contradictoires de ma grand-mère ulcérèrent son virus intérieur de l'angoisse, que ma présence rendait plus maléfique. Cette présence qui, dans le même temps, se prêtait au jugement laconique de mon grand-père comme un tableau démonstratif de sa sévère doctrine anthropologique.

Je suis persuadé que leur antipathie pour moi naissait premièrement de ma propre chair, marquée (fût-ce en moche) par la race d'Aracoeli. De couleur noirâtre. Plutôt trapu qu'élancé. Court de doigts. Noir et frisé de tête. Et corvin de sourcils. Mes seuls points moins sombres — les yeux — étaient à demi aveugles. Certains matins, alors que je venais de me laver, ma grand-mère me voyait sale et me renvoyait dans la salle de bains. Et si en marchant je sortais un peu trop le derrière ou me déhanchais, elle me disait, le sourcil froncé : « Qui t'a appris ces horribles mouvements de femmelette ?! » En certaines heures critiques de sa journée, l'angoisse ou l'ennui la portaient à de fébriles accès de logorrhée dont, plus d'une fois, le hasard me fit spectateur solitaire et forcé, ma grand-mère ne disposant pas de possibles interlocuteurs, et n'en sollicitant pratiquement même pas. Il s'agissait en effet pour elle d'un soliloque ininterrompu et répétitif, essoufflé à se poursuivre soi-même dans un labyrinthe. Et il ressemblait, dans son déroulement, à un commérage bourré de reproches et de querelles et de raisons, où l'incurie des domestiques — et les vices des coronaires — et les provisions pour la guerre que l'on jugeait désormais imminente — et le chauffe-bain détraqué — et le nerf sciatique — et les quartiers de noblesse — et ces aboiements nocturnes qui vous troublent le repos — et la princesse de Belgique — et les dégâts des mites — et la fiancée de Hitler — et la collection (de perruques) — bouchonnaient continuellement avec notre *scandale* sur lequel ma grand-mère revenait par à-coups, malgré elle, tout en le voilant d'allusions et de sous-entendus et sans jamais en nommer les protagonistes. Outre sa discrétion invétérée, peut-être aussi une évidente considération pour ma présence l'obligeait, maintenant, à de semblables censures. Mais ses réticences, avec leurs indices confus, se tachaient à mes yeux d'une duplicité suspecte, qui allongeait son ombre équivoque sur tous les sujets possibles de son bavardage. Je ne pouvais échanger de questions et de réponses qu'avec mon seul moi-même. Et des doutes persécuteurs se croisaient dans ma tête comme les détenus dans une prison. Plus aucune voie, pour moi, vers Aracoeli ! Sa péripétie sans nom filait désormais hors de mes possibles itinéraires, et un ordre sévère (peut-être voulu par elle-même ?) imposait, d'évidence, que j'en fusse banni. Mais avait-on de ses nouvelles ? reviendrait-elle ? Chacun de ses plans, on me le tenait secret. Cependant, nul doute que ma grand-mère, dans sa grandeur omnisciente, dût posséder ce secret interdit, que ses mots laissaient filtrer tels des indicateurs masqués et doubles. Et il me vint le doute que tout son radotage signifiait toujours cet unique secret, qu'elle le maquillait sous une langue chiffrée, dont on me refusait la clef.

Blotti au fond d'un divan, en un silence déférent, j'étais soumis au harcèlement de la noble voix sénile comme à une séance d'hypnose. Et — la saison du Théâtre Royal — le télégramme de l'Amiral — le phylloxéra de l'année dernière — l'indignité — les plus beaux noms — la carrière glorieuse — une arthrose cervicale — le joyau de l'Académie — un climat saharien — l'extrême bas-fond — une Thaon di Revel — l'élève exemplaire — l'excès de graisses et de sucres — se mélangeaient, se broyaient en moi, devenaient une matière grouillante, qui se mettait en ébullition dans mon cerveau, l'intoxiquant de ses fumées : jusqu'à ce que de celles-ci, le long d'un fil vibrant, se levassent des signes géométriques linéaires : un théorème, qui recelait le mystère ! Mais c'est précisément à ce moment-là qu'irrépressiblement je bâillais, m'abîmant dans le sommeil.

Aujourd'hui seulement, à 43 ans, je suis arrivé à comprendre que ce sommeil servait à me proscrire le secret interdit d'Aracoeli. Avoir déjà été le complice et le dépositaire d'autres de ses secrets, c'était mon mérite caché, et d'autant plus précieux pour moi que ces secrets-là me restaient, tous, sous figure d'énigme. J'étais le légataire d'une lettre scellée qui nous octroie son pouvoir magique à condition de ne la desceller jamais. Mon trésor était une énigme devant laquelle ma jalousie montait la garde ; il m'importait de la préserver et pas seulement des autres : moi-même, pis que tout, j'étais jaloux de moi.

En vérité — comme enseigne une loi antique — l'intelligence contamine les mystères : les violer est une entreprise fâcheuse, qui se conclut dans la dévastation et la dégradation.

Ce fut ta mystérieuse ambiguïté, Aracoeli, qui t'a rendue pour moi immortelle ; et ce n'est sans doute pas un hasard si cet août ténébreux de ma « villégiature »

— qui préparait mon passage à l'âge de raison — a été le point choisi pour ta mort. Ta mort opportune, en m'amputant de toi, a bloqué ma croissance, afin que mon-ton invention puérile se conservât éternellement immunisée contre la raison. Seule la mort prématurée peut exclure les corps adorés des sordides petites tombes régulières et sauver la vérité de l'absurde contre les faux de la logique. Quitte à te calomnier et à te maudire et à te renier, je n'ai JAMAIS voulu que soit dénoncée l'impossible misère de ton dernier secret. Et ainsi je te remercie pour notre intrigue enfantine. Ta terrible ambiguïté — ta ténèbre et tes leurres, ton scandale ta splendeur — m'accompagnera, en jouant, à l'arrivée du vide. Bénie sois-tu, mamita, pour ton alibi.

Et ainsi, je voulais laisser indéchiffré ce théorème de délation, le refusant à la veille et l'écartant de l'école des vieux, grands et savants. Peut-être en avais-je même peur ? Je distingue encore ses lignes fuyantes, comme une suite ininterrompue d'éclairs filiformes dans les brumes de chaleur. Il était possible, peut-être, d'y lire un message d'Aracoeli ? Et quel pouvait-il être ? La promesse de son retour ? Ou la menace du contraire ? Ou un salut distrait ? Une grimace ? Je préférais me bercer de doutes. En réalité, sur ma misérable sente éteinte, vaguait encore l'espérance, tel un ver luisant.

Toutefois, pendant les nuits, ce théorème fantomatique se représentait au-dessus de la calotte noire de mes sommeils, s'éteignant et se rallumant dans les lointains ainsi que l'enseigne d'un luna-park, lequel bien vite, dans une grande explosion, devant moi immensément s'ouvrait sans fond sur les ténèbres. Une illumination aveuglante y alternait avec une phosphorescence bleuâtre ; mais ensuite, de ses machines spectaculaires, effets de l'illusionnisme, et monstres, et phénomènes, d'habitude il restait tout juste à mon réveil quelque simulacre vacillant, qui ne résistait pas à la lumière. Un seul point persistait avec relief, sans plus s'effacer au fil des jours : la présence obstinée de la Femme-chameau. Celle-ci, eût-on dit, figurait dans tous les numéros du programme, même si elle apparaissait furtivement, ou au milieu des comparses, ou dans les coulisses ; et moi je la reconnaissais sans risque d'erreur, malgré ses travestissements et ses prodigieuses transformations. Une fois, elle se déguisait en clown, et une autre fois en nonne, ou en ourse, ou en général armé, ou en prêtre ; ou bien, elle se présentait toute bandée, comme une momie ; ou insidieuse et amorphe, telle une tache errante... En quelques secondes, elle changeait d'habit et de figure ; mais toujours elle était muette. Et sa fonction immuable était d'emporter ma mère ailleurs. Où, on ne le disait pas : à mon avis, c'étaient des fêtes, des bals, ou des défilés très élégants de *Sœurs*, dont on interdisait l'accès aux hommes. Désormais, en tout cas, la fascinante Dame de la crémerie se présentait à moi ainsi qu'un masque louche et de mauvais augure, qui forçait Aracoeli à son propre servage, la tenait ségrégée après me l'avoir volée. Et de fait, dans les numéros du programme où, gigantesque, elle occupait la première place, la présence inévitable d'Aracoeli, à ses côtés, se distinguait à grand-peine, minuscule et futile, sorte de petite poupée crayonnée dans l'air. Une nuit, les multiples lumières vociférantes du luna-park s'étaient éteintes. Et sur toute l'aire de mon cauchemar s'étendait un Sahara informe, faiblement éclairé par la réverbération ocre des sables qui se levaient au vent lunaire. Cette fois, la Dame avait pris une vraie figure de chameau ; et, à travers les sables, elle traînait ma mère, qui pendait sur son dos, la tête renversée en arrière. La face d'Aracoeli était à demi cachée par un drap qui ne laissait que ses yeux à découvert, selon l'usage des femmes arabes ; et ses yeux, aveuglés de lumière, étaient blancs.

Après cela, il y eut une éclipse de mes rêves. Mais la science médicale assure que les songes sont un aliment nécessaire à nos longs sommes. Quand, par hasard, nous croyons qu'ils font défaut, ou cessent, c'est parce qu'en réalité nous les oublions, ou plutôt, à ce qu'on dit, nous voulons les oublier : peut-être pour nous défendre de quelque terrible larve qui menace notre paysage réel. On peut toutefois supposer — toujours selon les dires des médecins — qu'ils continuent à vivre et à croître dans nos dépôts souterrains, y créant, à notre insu, une serre monstrueuse, qui infeste de ses parasites notre champ vital, de fond en comble. Et ainsi, sous nos vicissitudes bien dénombrées, s'enterrent d'autres vicissitudes aveugles, soustraites de la somme, en deçà du zéro comme les nombres négatifs. Et à la fin, notre expérience totale donne un hybride, dont seul nous apparaît le tronc exposé et mutilé, tandis que la partie enfoncée nous échappe pour disparaître dans une foibe. Cet hybride est mon corps même, est ton corps : c'est toi, c'est moi. Et peut-être, notre corps entier, déchiré par nos propres ciseaux, à l'heure dernière viendra de la croix spatiale à notre rencontre, baroque carnivore inconnu.

J'ai toujours été une énorme fabrique de rêves. Et s'il est vrai que notre temps fini linéaire est en réalité le fragment illusoire d'une courbe déjà achevée : où l'on tourne éternellement sur le même cercle, sans durée ni point de départ ni direction ; et puis si vraiment chacune de nos expériences, la plus petite ou la plus grande, est LÀ impressionnée sur cette bobine de pellicule, déjà filmée depuis toujours et en projection permanente ; alors je me demande si les rêves aussi s'inscrivent dans cette totalité. Et si ma bobine, prise dans son ensemble, se révélerait film d'horreur, ou comédie. Mais moi, en tout cas, je ne pourrais que pleurer, à le revoir ; et je ne pourrais d'ailleurs vraiment plus me remettre à le tourner — miséricorde

(petit scorpion encerclé avec Vénus en exil
amer petit tarot de la mort).

Ce que peut bien être, enfin, ce LÀ hors des temps et des lieux, ma prière serait de n'en avoir jamais nouvelle. De toute façon, si cela m'arrive, ce sera à coup sûr une nouvelle médiocre, conforme à mon esprit. Je l'abandonne aux séraphins, aux chérubins...

L'instinct commun indique ce LÀ dans le ciel.

Moi, si je fixe le ciel étoilé jusqu'au fin fond, je ne vois qu'une noire fournaise, d'où jaillissent braises et étincelles ; et où toutes les énergies par nous dépensées en état de veille et dans le sommeil continuent à brûler, sans jamais se consumer. Là, dans cette fournaise planétaire, on expie sa vie. C'est ici que le LÀ en son entier suce toute l'énergie de nos vies, pour en nourrir ses mouvements. Et alors, je voudrais que vînt le Samedi de la paie finale : où la totalité du firmament s'éteint.

L'enfant Manuele — surdoué et arriéré — précoce et retardé — laid et narcisse — toujours, au cours de sa *villégiature*, dans l'imminence de la nuit, était ballotté entre la terreur et le désir. Désir, parce que la nuit le sauvait des deux Statues Parlantes. Et terreur, pour la menace des songes.

Même en cette période d'éclipse, les rêves le tourmentaient dans leur duplicité : ou par la menace de leur présence, ou par leur absence feinte et fourbe.

De mes journées avec mes Grands-Parents, l'heure la plus détestable était le dîner : moi, le pèlerin sans défense à la passe de la nuit, assis à table entre mes deux convives de pierre.

Dès Totétaco, tout petit et avec Aracoeli, j'avais été

dûment instruit par tante Monda des règles de l'étiquette à table. Cependant, en face de mes Grands-Parents, il arrivait que non seulement mon cerveau, mais mes muscles mêmes souffrissent d'amnésie. Déboussolé, je m'embrouillais pis qu'un bambin : mangeant le poulet à pleines mains, ou attaquant les fruits en y plantant les dents, ou suçant les spaghetti qui dégoulinaient de ma bouche. Il pouvait m'arriver de me salir de sauce tomate jusque sur le nez ; et puis de m'essuyer avec le bord de la nappe. Et en aspirant les cuillerées de soupe (j'évitais de les avaler d'un coup, à cause du bouillon brûlant) j'émettais fatalement un bruit chuinté. « Mais ta cuiller, tu la prends sans doute pour un sifflet ? ! » « Mais où est ta droite ? et ta gauche ? » « Mais tes lunettes, à quoi donc te servent-elles ? » En certains cas, ma Grand-Mère renonçait à tout commentaire, en échangeant avec mon Grand-Père un regard consterné devant ma corruption irrémédiable ; mais pareille abstinence forcée la mettait visiblement mal à l'aise ; jusqu'à ce qu'un soir (car mes fautes — je le crains — ne se comptaient plus) sans crier gare, elle m'apostropha : « Mais qui t'a habitué à ces manières à table ? Tu as sans doute grandi parmi les barbares ? ou au milieu des chiens errants ? Certes », ajouta-t-elle, « ce n'est pas de notre fils, que tu tiens ces... »

Elle se rendit peut-être compte qu'elle avait exagéré ; et dans sa volonté de se dominer, elle se tut, en arborant une espèce de sourire âpre et contrarié, plein de dents et de rancœur. Je m'aperçus que la servante me regardait, elle aussi, d'un air de reproche ; et mes doigts ne surent plus tenir la fourchette, qui tomba sur mon assiette, avec un bruit inopportun. Alors, ma nostalgie réprimée, inconsolée et seule « en terre étrangère », flua en une plainte pitoyable : « Ma-ma ! mama ! »

Je crois que l'habituelle angoisse de ma Grand-Mère la rongeait intérieurement ce soir-là plus encore que d'habitude. À ces deux syllabes ma-ma, elle allongea vers moi son cou pâle et émacié, aux veines gonflées semblables à des gros bouts de ficelle. Si près de moi, sous l'abat-jour vert, sa face s'agrandissait, douloureuse de vieillesse et minée au point qu'on y apercevait, en surface, les ramifications des nerfs : « Ne prononce plus ce mot-là ! » m'enjoignit-elle, « la personne que tu appelais mère n'est plus digne de ce nom ! » Alors, se fit entendre la voix grave et basse de mon Grand-Père, qui conseilla : « Misa ! » (ma Grand-Mère s'appelait Marialuisa, dite Misa dans la famille) tandis que j'éclatais en sanglots déshonorants. Un silence se fit, dans la salle verdâtre où se prolongeait, à demi éteint, mon pleurnichement ; jusqu'à ce que mon Grand-Père à l'adresse de ma Grand-Mère émît sa sentence : « Maintenant, il vaudrait mieux l'envoyer au lit. » Et déjà les masques de mon terrible lunapark me guettaient derrière la porte, tous d'une très grande taille, comme montés sur des échasses ; quand par chance, brusquement, vint me distraire un phénomène inouï. Mon Grand-Père avait de fait paraphé sa sentence avec l'un de ses particuliers mouvements faciaux : et qui, cette fois-ci, m'eut tout l'air inédit ; et d'un effet, en vérité, extraordinaire. En somme . alors que ses traits s'étaient équarris en une immobilité absolue (à tel point que même sur son cuir chevelu ses mèches s'alignaient, tendues comme autant de petites baguettes) ses oreilles remuaient toutes deux, fort sévèrement. Tant je fus distrait à contempler le phénomène, que j'en exécutai avec retard le rite de la bonne nuit : lequel consistait pour moi en une légère inclinaison, de rigueur, à droite et à gauche. Là-bas, chez mes Grands-Parents, on n'échangeait pas de baisers, ni d'oraisons du soir.

Dans la succession de ces nuits, l'éclipse de mes songes s'interrompit, s'il m'en souvient bien, par deux fois. Lors d'un rêve, je me retrouvais à dîner, seul avec Daniele, dans la cuisine des Hauts Quartiers. Pour moi, Daniele enlevait dans mon assiette l'arête d'un poisson volant. Et à brûle-pourpoint il me dit : « Il n'y a pas d'épine sans rose. » Puis ce poisson, au lieu de voler, se prit à danser en l'air, diffusant une multitude de couleurs et de sons. « Mais maman », demandai-je, « quand revient-elle ? » Et la voix du poisson danseur — qui entre-temps avait disparu — répondit de je ne sais où : « Madame s'amuse. »

(Cette phrase, en réalité, je l'avais saisie par hasard, avant de partir, dite par Zaïra à son aide cuisinière, qui s'enquérait de ma mère.)

Le second rêve, par contre, m'emmena à l'intérieur d'un théâtre des plus fastueux, au milieu d'une « Veillée Royale ». Sous une coupole vertigineuse, chargée de grappes touffues de lampadaires allumés, folâtraient des dames et des messieurs de la plus haute société, en habits de gala. Cette fête, dans ma mémoire, se confond avec un bal de Jeudi gras, réservé aux enfants des Officiers : où plus de deux ans auparavant (quand encore j'étais beau) Aracoeli et tante Monda m'avaient conduit, à l'immense admiration de tous, dans un costume d'Infant d'Espagne. Mais cette fois, dans le rêve, il n'y avait pas d'autres enfants, mon costume était éteint, indistinct ; et moi, perdu dans les joyeuses festivités du parterre, je cherchais anxieusement ma mère, sans la trouver. Alors, d'une loge, se penchait un buste blanchâtre, la tête enroulée d'un turban, qui me désignait quelqu'un dans la foule. Et moi, jubilant, je reconnaissais Aracoeli, habillée d'une grande robe rouge plissée (semblable à celle de la fameuse danseuse de la carte postale). « Mama ! Mama ! » criais-je, et je la rejoignais en courant. Mais elle ne me reconnaissait pas, et plus précisément, elle ne me voyait même pas. Elle riait et se tortillait en compagnie d'un personnage majestueux, lequel, avec son grand panache, s'identifiait à mes yeux au Roi d'Italie; cependant, je ne doutais pas, au fond, que c'était la Femme-chameau travestie.

Ces deux rêves provoquèrent, sur mes sentiments de la veille, un effet étrange : ils me rendirent, dans mon for intérieur, presque le complice de mes Grands-Parents contre Aracoeli. « *Elle n'est pas digne de ce nom!* » « *Madame s'amuse!* » Et je m'imaginai que vraiment, tandis que je souffrais, solitaire, dans cette villégiature désespérée, elle — tout à fait indifférente à mon sort — se donnait du bon temps jour et nuit au milieu des danses et des splendeurs, insoucieuse, là-bas, dans la *Quinta* ou tout autre palais offrant pareille débauche de beauté. Pourtant, cette sienne trahison extrême, tout en lui donnant les traits démoniaques d'une bête féroce, me la rendait, dans le même temps, plus merveilleuse et royale encore. Sans remède.

NO ME CHERCHE PAS. NO MESPAIRE PAS. En réalité, là-haut, chez mes Grands-Parents, on ne savait pas encore (on était à la mi-septembre) qu'Aracoeli, un de ces jours-là, avait fini à l'hôpital, sous les fers des chirurgiens, déjà condamnée à mourir. Les rares détails qu'à présent j'en rapporte, je les ai appris des années plus tard. Il paraît qu'elle s'était préalablement plainte de fréquentes douleurs à la tête, et que la prenaient, par intervalles, des malaises étranges et spectaculaires (jugés, le plus souvent, par les profanes, de nature hystérique). Cependant que sa phobie des médecins la faisait entrer en fureur, à peine lui proposait-on d'en consulter un. Jusqu'au jour où (on était environ à la mi-septembre), tandis qu'avec une amie elle attendait à un arrêt d'autobus, elle s'était écroulée par terre, sans connaissance, sombrant dans un état comateux qui depuis lors persistait quasiment immuable. Dès les premiers examens, on avait arrêté le diagnostic tragique de son mal. Mal qui, de l'avis des médecins, s'était probablement implanté dans ses cellules tout juste quelques mois auparavant, et dont la croissance évoluait avec une hâte furieuse, comme il en va souvent dans les organismes très jeunes.

À la suite des indications opportunes de cette amie, le premier à être informé avait été mon père, aussitôt accouru. Quant à informer mes Grands-Parents dans le Piémont, on ne le jugeait pas encore nécessaire ; et d'ailleurs dans les lettres et cartes postales de tante Monda (que, ponctuelle, elle nous expédiait chaque dimanche) il n'était jamais question de ma mère. Sa correspondance était habituellement lue par ma Grand-Mère à haute voix, eu égard aux yeux de mon Grand-Père, éprouvés par une excessive usure. En un style fort correct et précis, de maîtresse d'école, et en une écriture, par contre, de jeune écolière prolongée — sur papier à lettres d'un azur de soie — tante Monda prenait régulièrement de mes nouvelles, et s'employait à rassurer ses parents sur le compte d'Eugenio, dont la santé était bonne et qui avait déjà fait une demande de rembarquement. Dans ses lettres les plus récentes (en fidèle auditrice de tous les journaux radio) elle ne manquait pas de communiquer certaines de ses théories sur la guerre qui avait éclaté entre-temps en Europe. De ce dernier événement, il n'était pas ou peu question chez mes Grands-Parents, pour autant que je puisse m'en souvenir. Je me rappelle un seul commentaire de ma Grand-Mère qui un jour, à table, observa que le conflit était prévu et notre prochaine intervention inévitable. Et même — ajouta-t-elle — souhaitable, si l'on considérait le bien d'Eugenio et son avenir. Pour Eugenio, en effet, dans sa condition actuelle, la guerre pouvait représenter l'ultime planche de salut :

en lui offrant la façon de reconfirmer sa valeur militaire et morale, et de redonner du lustre à son nom indignement offensé.

Là, mon Grand-Père contracta ses os zygomatique et maxillaire, avança l'os frontal et gonfla les narines. Sans autre explication. En vérité, les deux vieux, l'un et l'autre également, détestaient depuis toujours les Allemands.

Quoi qu'il en fût, la guerre d'Europe, on ne la sentait pas du tout de chez mes Grands-Parents, où nos jours s'égrenaient égaux et communs, sans aucune explosion, ni, encore moins, *intervention*. Et puis moi, je ne savais rien au-delà de mes limites de bambin. L'Europe se présentait à mes yeux comme un site aussi lointain et étranger que la Jérusalem des Croisés. L'unique événement de l'Histoire qui m'eût jamais amené à agiter (fût-ce dans une totale ignorance) mon petit drapeau, c'était la guerre civile espagnole. Autrement dit l'Histoire de mon oncle Manuel, frère d'Aracoeli.

Ma Grand-Mère était presbyte, et je ne cessais de l'admirer, tandis qu'elle lisait les lettres de tante Monda, le feuillet tenu à distance (la faculté de lire d'aussi loin était pour moi un signe de haute maturité et de pouvoir). Elle élevait la voix aux bonnes nouvelles de mon père ; et survolait au contraire, d'un ton nébuleux, les théories personnelles de tante Monda quant à la politique et à la guerre — tel un échantillonnage sans valeur. Mais souvent, certains rictus sur la face de Mon Grand-Père l'amenaient à tout juste jeter un coup d'œil aux paragraphes de teneur idéologique — sans du tout les exhiber.

Lorsque ensuite, vers la fin septembre, arriva ce télégramme du soir, ma Grand-Mère le lut pour son compte, en silence ; et, muette, le tendit à mon Grand-Père, qui, après l'avoir lu à son tour, en silence le lui restitua.

448

Aucun des deux ne fit de commentaires : si bien que le texte de ce télégramme me resta inconnu. Il me fut seulement donné de comprendre, le lendemain matin, que tante Monda y annonçait son arrivée imminente.

À mon réveil, vers huit heures, je reconnus aussitôt, derrière le mur la voix de ma tante qui parlementait avec ma Grand-Mère. Celle-ci devait lui adresser des objections, car tout à trac elle éclata, d'une forte voix larmoyante : « C'est une exigence absolue d'Eugenio ! Il dit qu'il ne pourrait jamais se pardonner de ne pas lui avoir fait revoir son fils ! » (Je suppose, en réalité, que mon père espérait surtout réveiller en Aracoeli, par ma présence, quelque signe de vie.)

Peu après, ma tante se présenta devant moi. Elle avait voyagé de nuit, et son visage était las et chiffonné. « Ton papa », me dit-elle, « te rappelle à Rome pour deux ou trois jours, et il faut que tu te prépares vite à partir avec moi. Il faut que tu viennes revoir ta maman, qui va mal. »

Ces trois derniers mots *qui va mal* glissèrent à peine sur mon cœur, comme des gouttes d'eau sur la peau d'une pomme : tant je me trouvais ébloui à l'idée de m'enfuir pour un voyage, dont la destination était Aracoeli ! La seule idée de rejoindre Aracoeli suffisait à me promettre une guérison, au lieu d'une maladie. Comme si, à notre nouvelle rencontre, la jubilante santé d'avant devait nous rétablir ensemble ; et que l'étrange bête féroce qui nous avait infestés pendant tant de mois devait enfin se retirer au fond de ses déserts.

Dans le train, je sommeillai la plupart du temps. Et il me semblait, même assoupi, que j'allais voyageant ; mais non point par voie de terre : par voie de mer. Mon bâtiment naviguait, calme sur un océan où s'abattaient des paquets de mer ; mais l'élément qui me portait m'apparut, en me penchant, non pas comme un

449

espace océanique, mais un terrain escarpé, où les vagues étaient des éminences rocheuses de formes variées, au milieu d'une étendue de pierraille. Je me demandais stupéfait comment mon bâtiment pouvait filer sans secousses à travers un tel pays de rocs; quand je m'aperçus que ce navire n'en était pas un, mais une sorte de montgolfière élevée à quelque hauteur de la terre, qui — unique voyageur — m'emportait paisiblement. Au vrai, la mer n'était pas à l'extérieur, mais dans la montgolfière, et l'illuminait de sa couleur bleue. Et sous moi, et à l'intérieur et au-dessus, il y avait l'air, visible à travers les parois transparentes du ballon; mais cet air devait être — je ne sais dire de quelle façon — Aracoeli : comme s'il était sa respiration même.

À Rome, je dormis dans l'appartement de tante Monda qui, elle, passait ses nuits à l'hôpital. Vers dix heures du matin, une dame de ses amies, inconnue de moi, vint me chercher pour m'accompagner chez ma mère. Je me souviens que cette dame, à cause d'une particulière conformation des lèvres, paraissait continuellement les retrousser en un sourire indéfini, semblable à celui de certaines statues égyptiennes; pour le reste, elle ne se distinguait pas des dames ordinaires. Elle me prévint que je ne devais pas me faire de souci pour l'état apparent de ma mère : lequel n'était que l'effet d'un médicament très fort et amer, garantissant, en revanche, une prompte guérison.

Le matin était voilé et inquiet. À travers les rideaux amidonnés, une blanche lumière égale se répandait le long du couloir de la clinique; aussitôt me frappa, venu du fond, un son de syllabes confuses et de sanglots étouffés, où il me sembla reconnaître le timbre de tante Monda. Dans la chambre aussi, où la dame m'introduisit, je trouvai la même lumière blanche. Et la première personne que je vis fut mon père, assis sur un divan, là, de face. Il était en uniforme, les jambes rigidement réunies et le buste bien droit, et il couvrait son visage de ses mains. À un léger mouvement constant de ses mâchoires, il paraissait chuchoter quelque chose à lui-même. Et moi, comme d'une écoute non perçue, je crus deviner qu'il disait :

« Mon amour mon amour. »

Alors, je me retournai de côté, vers le lit, d'où provenait une sorte de protestation syncopée quasiment futile dans son inexistence, et pas plus grosse que la voix d'un passereau ; mais qui pourtant clamait un spasme énorme. Dans le dessin de son visage, à un premier coup d'œil, je ne sus reconnaître Aracoeli. Et je la reconnus plutôt aux petites, anciennes déformations de sa main droite, qu'elle tenait agrippée à sa chemise de nuit. Cette chemise aussi — brodée aux poignets et jusqu'au col — je me la rappelai, pour l'avoir déjà beaucoup admirée sur elle aux Hauts Quartiers.

Sa tête était tout enveloppée dans une bande de gaze épaisse et serrée. Mais en un point, entre deux ligatures du bandage, il me sembla apercevoir que, dessous, elle avait la peau à nu, à peine ombrée de poils follets, comme après un rasage. En outre (ou du moins c'est ce qu'il me parut) la gaze — entre l'oreille et la nuque — était tachée de sang.

Et le visage, enfermé dans le bandage, apparaissait si rapetissé qu'il en était presque devenu méconnaissable. Rongé par la maigreur, entre les pommettes proéminentes et le menton minuscule, il ressemblait au museau triangulaire d'une petite bête. À l'exemple des petites bêtes ensauvagées quand elles deviennent infirmes, elle avait l'air absente à tout l'univers sauf à son propre mal. Entre ses dents, pointait le bout de sa langue. Ses grands yeux saillants étaient sensiblement

rentrés dans leurs orbites; et, sous les paupières mi-
closes, ils ne montraient qu'un rai de sclérotique,
incolore, et comme voilée par une seconde paupière
translucide. « Essaie de l'appeler, ta petite maman »,
m'exhorta la dame à l'éternel sourire égyptien. Et
j'articulai, presque honteux : « Mama mama. »
« Essaie encore, essaie. » Mais aucune mama ne
paraissait m'entendre, et encore moins me reconnaître, de nulle part. Ne sachant plus que dire, ni que
faire, je tournai les yeux tout autour de moi, à la
recherche d'un conseil. Et alors seulement je remarquai la présence d'une autre dame inconnue, qui était
assise de l'autre côté du lit, serrée entre le chevet et le
mur. À vrai dire, elle n'avait pas l'aspect d'une dame
de la ville, mais de quelque journalière venue de sa
campagne. Elle ne portait pas de chapeau, mais un
fichu noué sous le menton, d'un noir coton de deuil
comme le reste de ses vêtements. Et elle se retirait tout
entière avec sa chaise vers le mur : non par humilité
sociale — semblait-il — mais par une espèce d'apar-
theid volontaire, presque hautain. Je ne la voyais que
des hanches à la tête; mais d'après la position du
tronc, on pouvait comprendre qu'elle tenait les pieds
cachés sous sa chaise, ainsi qu'en usait, parfois, Aracoeli. Et sur son visage aussi — surtout dans les yeux et
la bouche prognathe — on lisait le signe commun
d'Aracoeli Manuel, malgré le grand travail d'intaille
opéré par les rides sur sa peau mauresque. Elle n'avait
toutefois pas l'air d'une vieille; elle ne manifestait
même aucun âge, plutôt une accoutumance naturelle
au temps infini, sur quoi elle posait, avec grâce, une
patine de mélancolie suprême. Ses mains, appuyées
sur le bord du lit, me semblèrent sales; mais je crois
qu'il ne s'agissait que du terreau durci qui striait de
noir ses nombreuses ridules, comme on le voit en
général chez les paysans. Ce portrait entier d'elle, je le

composai inconsciemment, en la fixant derrière mes lunettes l'espace de quelques secondes ; et jamais plus je ne l'ai rencontrée, mais ces secondes sont encore là, immobiles, avec son portrait précis : « C'est ta grand-mère d'Espagne », me souffla la dame au sourire égyptien ; et elle me poussa à un pas de la vieille paysanne ainsi que pour une présentation à distance. Alors ma grand-mère d'Espagne me fit un petit sourire édenté, entre la familiarité et la pudeur, tout en disant doucement : « Ah, Manuelito », comme en une reconnaissance suspendue. Je lui fis une légère inclinaison de tête, à la façon que m'enseignaient mes autres grands-parents du Piémont.

Pendant ce temps, cette plainte d'oiseau, si ténue, qui provenait du lit, ne s'interrompait pas. Seulement à un certain point, on y distingua un fragile gargouillis articulé, qui sembla se composer en une parole incertaine. Alors mon père se leva immédiatement et s'approcha du lit, succombant à une confiance sans espoir. « Aracoeli », susurra-t-il, en se penchant sur le petit museau bandé. Et moi aussi je me remis à appeler : « Mama ! mama ! » dans l'illusion présomptueuse qu'elle formulerait mon nom. Mais elle ne savait plus ni noms ni voix, et ne se souciait de personne, absorbée qu'elle était dans un entretien élémentaire imperceptible avec elle-même. Et au mouvement de son souffle, plus qu'à un véritable son de sa voix, on entendit qu'elle disait : « sangre... sangre... »

Elle insista un certain temps dans son propos fait d'un mot unique : « *sangre* » à peine audible : et puis aussitôt s'en revint à la première, futile et continuelle plainte, qui pour nous se traduisait dans la forme d'un refus impitoyable. Peu après, je fus emmené loin de là. Du bout du couloir, tante Monda vint à notre rencontre, les cernes encore gonflés et rouges de larmes : pourtant elle aussi, d'accord avec son amie au sourire égyptien, m'assura que ma mère était hors de danger, et désormais en voie de guérison. Sur le moment, je cédai à une telle illusion, comme à un caprice. Mais au cours des jours suivants, revenu chez mes grands-parents, sans la moindre allusion de leur part et en l'absence de toute nouvelle en provenance de Rome, je me persuadai moi-même, et au-delà de tout doute, qu'Aracoeli était morte. Tante Monda, lors d'une ulté-rieure visite éclair, m'en donna confirmation, en me serrant sur son sein et me disant, la voix en pleurs : « Il faut se résigner, mon pauvre petit à nous. Ta chère maman n'est plus. » Mais moi, je le savais déjà, et ne pleurai que par automatisme, tel un pantin. Tante Monda avait pris le deuil blanc, bordé d'un ruban noir sur le revers de sa jaquette. Son chapeau aussi était blanc, orné d'une plume blanche et noire. En repar-tant, elle me dit : « Ton papa te salue. »

Alors, a commencé la vengeance d'Aracoeli. Morte, à présent, elle me faisait seulement peur, et presque horreur. Ce n'était pas son spectre, qui alimentait mon épouvante ; mais elle, précisément, telle qu'elle avait été avant dans son corps vivant. Même à la lumière du jour, je redoutais de la voir réapparaître à l'improviste, pour me faire du mal, avec des gestes d'accusation et de rage ; et, parfois, je hâtais le pas, craignant qu'elle ne me suivît. Mais ensuite, la nuit, m'assaillaient les angoisses les plus folles. Je soupçonnais qu'elle rôdait dans ma chambre, à la faveur de l'obscurité, toujours ennemie et insomnieuse, pour se manifester d'un coup, penchée sur moi avec son sourire méchant. Toute apparence d'ombre ou le moindre craquement noc-turne me devenait un tourment ; et je cachais la tête sous les couvertures. Et je n'osais plus appeler à l'aide l'*Angel de la Guarda*, ou les Trois Personnes ou d'autres assistants et messagers de la Cour céleste : comme s'ils étaient tous ses complices à elle.

En réalité, elle ne se faisait jamais plus revoir, pas même en songe : peut-être dédaignant désormais de me visiter, sous quelque apparence que ce fût.

Je préférais ne pas savoir de quelles fautes elle m'accusait ; mais, au fond, je le savais bien. J'avais déjà commencé, en effet, dès mon retour au Piémont, à me défendre de sa mort en défigurant et dévastant notre amour. Dans quelque refuge secret à elles — impraticable et interdit à moi le premier — mes pauvres, petites ressources complotaient contre Aracoeli, pour la mettre au pilori, Mamita Aracoeli, reine des souvenirs, s'arrachait de moi, comme une mutilation. Et ma présente Aracoeli — la seule qui reprît figure après sa mort — ne ressemblait ni à la première Aracoeli de Totétaco, ni à la seconde des Hauts Quartiers, et pas même à la créature à peine entrevue dans la clinique — celle au bandage, et au museau de petit animal. Si en elle on pouvait déceler une ressemblance, ce n'était qu'avec l'autre — éhontée et concupiscente — qui me traînait avec elle jusqu'au dernier été. Oui, c'était bien elle, il fallait me rendre à l'évidence ; mais réduite à une vilaine vieille, blette et fardée, qui s'employait à mimer une frénétique indécence. Et tous riaient d'elle, l'évitant avec horreur : les gamins de la *Quinta*, et les passants dans les rues, et notre voisin de palier. Tous mes témoins possibles, de retour, accouraient lapider la laide Aracoeli. Mais c'était moi l'ordonnateur du massacre, moi l'exécuteur volontaire. Et non moins que les Statues Parlantes, moi — leur courtisan et serviteur — j'avais honte aussi d'Aracoeli. J'avais parfois la sensation d'un ongle minuscule qui me grattait la poitrine ; et pris de peur, je fouillais sous ma chemise, dans l'hypothèse magique d'y retrouver l'amulette andalouse. Avec l'automne, mes Grands-Parents s'étaient transférés dans leur demeure citadine, à Turin ; et ils m'avaient inscrit à

455

une école privée, mais laïque, fréquentée par des garçons « de la meilleure société ». Parmi eux, je me sentais un inférieur et un exclu ; et souvent, pendant les leçons, je craignais de voir la porte de la classe brutalement s'ouvrir toute grande à la subite apparition de cette horrible Aracoeli, venue me faire honte devant tous mes condisciples. À demi nue dans sa ridicule petite robe trop étroite et courte, avec un rire de folle, elle jouait de ses grosses hanches trémoussantes et de son arrière-train, roulant des yeux bistrés à l'instar de troubles signaux. À ses ondulations obscènes, la robe étriquée remontait le long de ses cuisses grasses et séniles, presque jusqu'à l'aine, dont je fuyais la vue ; tandis que sa bouche se démenait en un appel onctueux et gémissant, d'une intimité répulsive à mes sens.

Le bâtiment de notre école touchait à un autre établissement scolaire. Un jour, à la sortie des classes, j'entendis un lycéen prononcer le mot *putain*. Et à l'instant, j'eus les joues en feu, tel un ruffian démasqué. C'est alors, enfin, que la substance infamante — sinon vraiment la signification exacte — du fameux mot, s'est pleinement révélée à moi, comme sous la suggestion d'un spectre. Tant qu'elle était vivante, aucun indice, aucun propos, n'avaient suffi à me faire comprendre qu'Aracoeli était notre déshonneur.

Je crois que sur ma face, en cette période, alternaient seulement deux expressions : l'une, misérable ; et l'autre, sinistre. Tout le monde m'inspirait soupçon, ou honte, ou peur : les plus proches et les plus éloignés. J'étais convaincu que tous me fuyaient ; mais sans doute était-ce moi aussi qui, tout le premier, les fuyais. Envers mon père, je n'éprouvais aucune pitié, mais plutôt rancœur et antipathie. Je me surpris même à désirer qu'une prochaine guerre le tuât.

Je ne parle pas de tante Monda, qui pour moi n'a

jamais compté plus qu'un balai. Elle n'avait d'ailleurs manifesté aucune intention, ou envie, de me garder avec elle, lors de ces dernières vicissitudes : au contraire, après la visite à la clinique, elle avait hâté mon départ de Rome, impatiente de me réexpédier aux Statues Parlantes.

Et pas même l'image confidentielle de Daniele des Daniélides ne pouvait me redevenir amie. Je n'arrivais pas encore à lui pardonner ce hurlement bestial et cette porte claquée, en réponse à l'abject appel d'Aracoeli.

On était à peine en automne ; mais moi, bien que vivant dans une maison chauffée, j'avais toujours froid. En outre, je mangeais peu ; et mon teint maure prenait souvent (surtout le matin) une couleur violacée, marbrée de verdâtre. En conséquence de quoi, je devenais de moins en moins beau ; et je m'étonne encore qu'une quelconque des maladies de l'âme (de celles dites *psychosomatiques* par les médecins) n'ait pas attaqué alors mon corps étiolé. La médecine du miracle me vint en vérité de mon étoile première, toujours renaissante et toujours vive : Manuel. Seul ce sosie fantastique, mon oncle, garçon du Walhalla, pouvait racheter de sa splendeur enchantée notre déshonneur et ma laideur. Et, tel un poète amoureux de ses propres inventions, je m'abritai dans son corps, et m'enflammai de ses mérites.

Il me suffisait de l'imaginer, et je n'étais plus seul. Nous étions un couple. D'une minute à l'autre, je me vidais de toute expression, je ne voyais plus les Statues Parlantes, ni mes camarades de classe, et pas même mon propre moi. Je crois que mes proches, durant cet automne, me jugèrent un petit crétin ; et me tolérèrent de mauvais gré, seulement en considération de ma couleur livide. Par contre, il m'était facile, à moi, dans ces cas-là, de me passer d'eux. Aussi bien, si je tirais sur le vert, Manuel, en revanche, lui, avait un minois brun-rose solaire qui sûrement, à l'embrasser, devait avoir un goût de prune et de pêche. On ne pouvait le comparer à personne, lui. Il était différent. Et il était mon ami. Certains soirs, sans plus l'assistance de mon Angel de la Guarda déserteur, je m'adressais à Manuel pour qu'il m'assiste, lui. Et lui se trouvait là, prêt, malgré toutes ses obligations de Chef; et il veillait sur moi, et il me disputait aux sbires. Comme depuis toujours — à Totétaco, aux Hauts Quartiers — je revenais le voir dans ses célèbres costumes d'espada, de guérillero, de communiste. Mais ensuite, laissant tomber ses costumes, quels traits pouvais-je lui donner? Quels yeux? quelles joues? quelles boucles? quelles *autres* boucles? Comme de juste, ce Manuel, à bien le regarder, était une Aracoeli habillée en homme.

Là, à y repenser, je m'embrouille entre les jeux-remèdes et les combines d'amour. Et je me heurte, par surprise, à un doute jusqu'alors informulé. Aracoeli! peut-être ne m'appartenait-elle pas, cette rouerie plus haut décrite, de te flétrir pour me défendre de ta mort. C'était là une rouerie À TOI : c'était toi, qui te défigurais pour me défendre de la contagion funèbre. À la manière de la Traviata, qui simulait un rôle odieux par amour de son imbécile de Germont : ainsi toi, avec tes agiles petits doigts de morte, tu me fabriquais un de tes sosies à l'âme noire, qui, à ton commandement, me maltraitait pis qu'une marâtre. Et m'exhibait ses laideurs de vieille putain, presque jusqu'à dénuder son sexe difforme. Et convoquait des témoins vendus, pour ta parodie. Tout exprès. Toute une trouvaille à toi, dans quoi, idiot que j'étais, je me suis laissé engluer. Tu étais vraiment, devant ma futile crédulité, cette vieille sorcière, mon COCO, mon scandale. Tu me dégoûtais. Mais, en attendant, ta rouerie, avec son spectacle obscène, parvenait à m'éloigner du vrai scandale impossible. En effet, derrière ta mascarade, s'est cachée ta pauvre matière en dissolution : seule, dans une petite caisse clouée. Là était ta pudeur. Là, tu ne voulais être regardée, ni même entrevue, par Manuelino.

Et puis, par la suite, derrière l'affreux sosie contre-fait, même les autres Aracoeli toutes belles se dispersè-rent à mes yeux — emportées dans cet éboulement d'ombre — jusqu'à se faire oublier. Il arrive, par lois naturelles, que certaines expériences hors de toute mesure, accomplies par un moi trop enfant, soient rejetées ensuite par le même enfant grandissant, comme les larves des trépassés par les tribus sauvages. Et ainsi, mes différentes Aracoeli s'étaient vouées à une fuite qui paraissait éternelle ; façon, à ce qu'il semble, de jouer à cache-cache. Après quoi, elles devaient à plusieurs reprises revenir se présenter, tantôt l'une, tantôt l'autre, tantôt torsadées ensemble ; pour retom-ber enfin de nouveau dans leur éboulement d'ombre. Leurs *périodes de latence* ont toujours été capricieuses dans la fréquence et dans la durée ; et il n'est pas même exclu, d'ailleurs, qu'elles fussent toutes un leurre. Peut-être, alors qu'elle se prétendait bannie, qui sait com-bien de fois, au contraire, Aracoeli s'est présentée incognito devant moi, innommée ou déguisée, sous différents titres, sexes, âges. Il n'est pas jusqu'à mes plus éphémères rencontres du soir, quand à Milan je draguais, chasseur des rues, qui ne pouvaient s'avérer des incarnations d'Aracoeli. Sans doute même, aucune rencontre, dans ma vie, n'a été un hasard. Toutes étaient préordonnées et jouées par une seule femme. C'était toujours Aracoeli travestie, qui les exécutait.

Lorsque la guerre éclata en Europe, le premier septembre, je me trouvais dans la maison de mes grands-parents ; et me retrouva encore là, au mois de juin suivant, l'annonce de l'intervention italienne. Cette nouvelle phase historique n'amenait cependant point de changements chez mes grands-parents, où l'existence quotidienne allait son train-train monotone, comme d'habitude. Revint un autre juillet, un autre août. De nouveau, avec la saison chaude, nous nous étions transférés sur la colline.

Entre-temps, mon père avait rembarqué. Et cela, après la fin d'Aracoeli, avait été la première nouvelle importante. Puis, vers la mi-août, en arriva une autre, tout à fait inattendue : tante Monda s'était fiancée ! et pareil événement s'abattit sur mes grands-parents à la façon d'une catastrophe. Déjà, rien qu'à en apprendre le patronyme, mon Grand-Père, les lèvres grimaçantes, avait taxé le fiancé inconnu d' « individu ». Et les renseignements qu'il put se procurer à son sujet, par ses propres moyens, ne correspondirent que trop à ses sombres soupçons. D'après ce qu'il en résultait, cet individu n'avait ni titres ni famille dignes d'être mentionnés. Son assise financière était de nature nébuleuse. Et sa profession — ou son savoir-faire pour ainsi dire — se multipliait en diverses activités commerciales et petits trafics indéfinis.

Sa photographie dédicacée, jointe à la lettre suivante par tante Monda, exhibait, sur un fond de monuments romains, un quidam ventripotent en chemise noire, un peu moins avancé en âge que sa fiancée, et exsudant un prestige supérieur, allié à une expression naturelle de jactance presque sinistre. D'après ses cheveux, ses yeux et son teint, on pouvait le qualifier sans erreur de type brun. Et il n'était pas difficile de relever sa modeste appartenance à cette race particulière des Duce et des Caudillo dont s'inspirait le Prince Charmant de tante Monda.

Mes Grands-Parents ne se rendirent pas si vite que ça au rêve exaltant de leur fille amoureuse : mais — malgré sa pieuse soumission filiale — ils ne réussirent qu'à en retarder les noces. Elles se célébrèrent plus d'une année après, en pleine guerre, bien sûr en l'absence des deux vieux. Et elles provoquèrent très vite la désertion finale d'une autre vieille, à savoir Zaïra : laquelle — paraît-il — ne toléra pas certains usages et manières de son nouveau Maître par alliance, peu conformes à ses conceptions aristocratiques.

À partir de cette époque, en une chute accélérée, tomba sur mes Grands-Parents la vieillesse, avec ses signes extrêmes. L'un et l'autre s'étaient voûtés, rétrécis dans leurs os et racornis dans leur chair. Et l'énergie qui restait encore dans leurs muscles s'épanchait en une activité maniaque, si bien que mon Grand-Père, par exemple, s'acharnait sans trêve à déplacer les différents objets de la table et les bibelots sur les meubles, pour les disposer en des figures symétriques variables, mais exactes et pointilleuses, à l'instar d'équipes d'athlètes nains dans une parade gymnique. Ses mouvements faciaux, qui remplaçaient naguère la parole, lui étaient devenus maintenant un tic ininterrompu, hors de toute valeur lexicale ou intention pédagogique : à telle enseigne que, malgré moi, je restais fasciné à les regarder, comme si j'assistais à un petit théâtre de mimes. Et ma Grand-Mère s'était adonnée, corps et âme, à la philanthropie : ne l'exerçant pas par voie directe, mais à travers des Comités, des Organismes et Institutions, en somme dans l'abstrait, pour ainsi dire. Les seuls bénéficiaires qu'elle connût en personne étaient les hôtes d'une *Maison de la Bienheureuse Fraternité* ou quelque chose d'approchant, qui abritait les plus anormaux et idiots d'entre les êtres nés d'un ventre de femme, qu'on eût pris pour les produits d'une folie cosmique. Parmi eux, outre les nabots aux bras de gorille — les jumeaux siamois à la tête de chien — et autres créatures aux étrangetés multiples — végétaient certaines formes charnues à demi mortes, accouchées, elles aussi, par des femelles de l'espèce humaine, mais qui existaient seulement comme morceaux de matière organique. Ces derniers, entre tous, attiraient particulièrement l'attention de ma Grand-Mère, qui le soir, au dîner, après une visite à leur Maison, nous les décrivait avec une emphase doctorale, ni tragique ni comique, mais plutôt mystique, semblable à l'élocution de certaines religieuses énumérant les mutilations et les sévices de l'enfer. Pourtant, ma Grand-Mère n'inclinait pas au mysticisme, étant par vocation, à l'instar de mon Grand-Père, laïque ; et je crois que ces bizarres prônes du soir lui permettaient d'épancher autrement son éternelle angoisse. Elle prodiguait jusqu'au gaspillage tout son argent liquide et ce dont elle disposait à la banque, en continuelles oblations, dont elle tenait note dans un album relié en parchemin couché d'or. Et souvent, quand elle se trouvait libre de son temps, elle s'absorbait dans l'examen de cet album, avec la même volupté de collectionneuse qu'elle avait consacrée aux perruques. Quant à mon Grand-Père, on le voyait, des heures entières, penché sur ses propres textes scientifiques et juridiques, dont, toutefois, sa vue étant devenue tellement basse, il ne pouvait désormais rien lire. Peut-être ne faisait-il que méditer ; mais alors, pas même durant ces longues méditations, ses tics ne connaissaient de trêve.

Avec l'intensification des bombardements aériens sur Turin, mes Grands-Parents — ainsi qu'on le sait déjà — me transférèrent dans le collège-couvent, à la campagne ; tandis qu'eux deux, avec une ferme volonté, demeurèrent dans leur résidence citadine, gardiens de leurs trésors (codes, distinctions honorifiques, mémoires, albums, perruques). Et, quelques mois plus tard, ils moururent, écrasés dans l'écroulement de leurs murs (peut-être avait-ce été là leur intention secrète ?).

À présent, un requiem pour eux me semble de mon devoir : car enfin, eux seuls se chargèrent de moi quand j'étais devenu pour tout le monde un fardeau encombrant. Et dans leur méthode d'éducation, ils s'abstinrent toujours — je dois le reconnaître — de certains excès, même assez répandus. De leur part, jamais la moindre punition corporelle ou violence matérielle, d'aucune sorte. Leur sévérité était formaliste laïque méthodique austère implacable mâle et glaçante ; et telle resta jusqu'au dernier jour, même si leur très haut idéal viril avait dû peu à peu baisser pavillon — je le crains — devant leur petit-fils. Quand je les ai quittés, en tout cas, j'étais le parfait contraire de ce qu'eux sans doute — et en dépit de tout — avaient souhaité vivement pour moi dans leurs programmes d'origine. Si jamais, parmi mes plus secrètes velléités primordiales, avait déjà existé un modèle extravagant de destrier piaffant ou même d'étalon, mes Grands-Parents, sous leur tutelle, m'en désarçonnèrent sans espoir : me laissant là, terrassé, et à jamais inapte aux cavalcades magistrales, comme après une lésion de la colonne vertébrale.

Ici, maintenant, en grimpant le chemin charretier qui, du château de Gergal conduit à la dernière station de mon voyage, j'ai ressenti un choc dans mon cerveau, comme d'une bêche qui heurte un vestige. Et je me surprends à reconnaître, dans le territoire alentour, ce monde jamais visité auparavant dont j'avais rêvé vers les sept ans, dans le train qui m'emmenait du Piémont à Rome, visiter Aracoeli « qui allait mal ». C'étaient là les éminences rocheuses, et là les étendues inégales de pierraille, que dans mon rêve j'avais pris pour des vagues et des paquets de mer : à part qu'ici je ne dispose pas d'une montgolfière bleue. J'avance péniblement, avec mon corps attiré par la terre et encore titubant un peu des libations de Gergal. Au-dessus de moi, l'espace intouchable absorbe par le ciel la laide couleur fangeuse qui m'accompagne depuis l'aube d'Almeria. Toute autre était la couleur de ce jour ancien, où l'espace d'air céleste et le souffle bienheureux d'Aracoeli ne faisaient qu'un. Au vrai, la passe où je me trouve, on dirait un souvenir en deuil de rêve. Mais aussi bien de l'un à l'autre circule le même signal d'Aracoeli : ma traversée présente, et mon petit vol en montgolfière, se croisent en ce point-là.

Mais si là est le nœud de la croix, où tendent ses bras, Aracoeli ? À pareille oiseuse question, la vie rit. Les bras de toute croix doivent toujours, en effet, se rencontrer dans une autre croix, et de cette autre dans une autre encore. Innombrables sont les méridiens et les parallèles de la sphère roulant sans fin, jusqu'au blanc zénith, ultime impossible station des croix. Et comment retrouver, maintenant, ma mie, dans cet immense champ de croix stellaires, à partir de cette pierraille funèbre ? *Aujourd'hui, tu seras avec moi au Paradis.* Peut-être m'attend-elle vraiment à El Almendral ? ou veut-elle y entrer avec moi, par ce chemin charretier, tous deux nous tenant par la main ? Ou plutôt, confirmant mes perpétuels soupçons, ne m'at-elle pas attiré jusqu'ici sur une fausse piste : pour s'amuser de l'arrivée on-ne-sait-où d'un idiot, et même de son expulsion, comme au temps de la *Quinta* ? « Madame s'amuse. » Je me demande si après ses drôles de chansonnettes hélantes, et l'icône volante, et ses mille artifices, elle ne savoure pas d'avance, maintenant, son divertissement final, qui ne saurait tarder. Elle en rit déjà, cachée dans la forêt zodiacale des croix : ou arrivée, enfin, à proximité du zénith. Et alors cette imitation caricaturale de mon vol rêvé, et le rêve même de la montgolfière, seraient tout juste des plaques mobiles, clins d'œil et friselis d'ailes produits par elle pour que nous jouions ensemble à cache-cache, comme à Totétaco.

Mais déjà je me replie. Il est vrai qu'il en faut peu pour me faire replier. Même l'absurde hypothèse, à peine osée, qu'une présence d'elle existe encore — où qu'elle soit — redouble mon exaltation. De nouveau, pris d'engouement, je me flatte du rendez-vous. Trop de signes diraient qu'elle aussi me va cherchant, ainsi que je la cherche moi. « Aracoeli ! » Nos moyens, certes, sont inférieurs à la distance qui nous sépare. Mais n'importe. Si cette caillasse onirique est — comme il semble — le lieu prescrit de la cérémonie, elle et moi, avec nos volontés réunies, nous pouvons agir sur la tension fantastique des coordonnées. « Aracoeli ! » Et Aracoeli accourt vers moi du fond de ses longitudes. Elle acquiert la vitesse de la lumière. Elle a déjà dépassé, en remontant le temps, le mur du son. Et il ne me reste plus qu'à inventer notre rencontre. Elle a pris forme.

« Mama ! mama !

— C'est moi — tu me vois ? »

(En vérité, j'aperçois — ou prétends apercevoir — à peine une sorte de minuscule sac d'ombre. La voix, cassée, mêlée de rires très brefs, ressemble au vain râle d'un animal.)

« Oui. Tu m'as entendu ?

— Oui. Mais quel mal pour te rejoindre — recueillir ce dernier résidu infime d'énergie vivante dans ma maigre poussière — et la produire dans cette forme

465

sans forme — qu'ensuite il faudra que je paie — toute forme est une marchandise qui coûte.

— C'est moi qui paierai pour toi, mama.

— Nada nada — et me transporter à cette distance. Mais toi, où vas-tu ?

— C'est encore loin, El Almendral ?

— Je ne comprends pas — pourtant je dois être passée par là — en une autre agonie.

— Quelle autre ?

— Une autre. À un certain degré de fièvre, on en perd le compte — il faut passer beaucoup d'agonies, et pas rien qu'une — pour guérir.

— Mais on guérit ?

— On fait semblant d'y croire.

— Et le Zénith ?

— Quelle langue parles-tu — je ne te comprends pas — mais que dois-tu me dire — dépêche-toi — il est déjà tard. »

(Donc elle aussi, comme Cendrillon) « Je voulais te dire que tout me fait peur.

— Et quoi, plus que tout ?

— Avoir péché.

— Toi ! Et où as-tu péché, toi, mon pauvre niño ?

— Partout, j'ai péché. Dans les intentions et dans les fins et dans les actes, mais pis que tout dans l'intelligence. L'intelligence nous est donnée pour comprendre. Et à moi, on me l'a bien donnée, mais je ne comprends rien. Et je n'ai jamais compris et ne comprendrai jamais rien.

— Mais, niño mio chiquito, il n'y a rien à comprendre. »

J'entends son rire fuser, tendrement. C'est l'adieu. Je vois le sachet d'ombre s'affaisser et fondre dans le vide. Jusqu'au dernier résidu qui restait d'elle, tout est consommé. Désormais, nid ou tanière, rien ne lui sert pour se protéger, à El Almendral.

Mais moi je reprends quand même ma marche, parce qu'aussi bien cette rencontre a été une de mes inventions. Et une invention de l'alcool. On sait que l'alcool est un ruffian : et Aracoeli, une p.

Voilà le tournant qu'on m'avait annoncé au troquet. Il en part un raidillon, tout en montées et en descentes, qui, d'un côté, donne sur un précipice de rocs et de pierraille, un énorme éboulement, dirait-on, de la sierra surplombante. Pendant un moment, de ce côté, comme du côté opposé vers le haut, m'accompagne toujours le même désert calcaire couleur sang caillé. Mais, plus loin, sur les bords, poussent quelques figuiers de Barbarie. Et à une plus grande distance encore, en bas, tout au fond, au milieu du cirque éboulé, on peut commencer à distinguer un carré plat verdoyant. Un champ ! un jardin, si l'on peut dire. On y aperçoit des taches régulières cultivées : et puis, parmi celles-ci, je reconnais un oranger malingre, un olivier rabougri, une vigne nue. À quelques pas de là, sur ma gauche, il y a un écriteau, où se détachent, peintes à la main, les lettres déteintes mais lisibles : *El Almendral*. Et plus bas : *Las Aneas* (certainement le nom d'un autre village proche d'ici).

Le premier être vivant que je rencontre, c'est un chien, qui galope, lancé dans une fuite sans issue, prenant toutes les directions, et traînant à ses trousses un tintamarre de ferraille. Par sa forme, il est parent des loups, d'une branche bâtarde certes, et d'un naturel doux. Il est tuberculeux de faim, et fou de terreur. Il se croit poursuivi par une marmite défoncée qu'on lui a attachée à la queue avec une ficelle. Là aussi, évidemment, comme sur tout territoire humain, il en est qui jouissent à persécuter les cabots errants. Quant à moi, les chiens me font plus pitié que les hommes.

Je veux le libérer ; et dans mes vaines tentatives de le rejoindre, je me mets à l'appeler à pleine voix. À défaut de son nom, il ne me reste plus qu'à l'appeler Chien : ou mieux, dans son cas, Perro, puisque, naturellement, il comprendra plutôt l'espagnol. *Perro* a été un des premiers mots que j'ai appris dans ma vie.

« Perro ! Perro ! Perro !! »

Mais lui n'a pas confiance, et disparaît dans une fuite folle. Je ne suis arrivé qu'à redoubler sa peur.

Apparaissent les premières masures, faites de l'habituel matériau argileux, commun dans cette région. Elles sont fermées, et ont l'air inhabitées. Seule une porte est ouverte, au sommet d'une courte rampe de terre battue. Un vieux s'y montre, très petit de taille, très coloré de visage ; et je m'informe auprès de lui : « El Almendral, c'est bien par là ? »

Il écarte les bras en un mouvement circulaire : « El Almendral, c'est ça. »

J'insiste, par gestes aussi, pour savoir où s'étend le village. Et le vieux ne tarde pas du tout à me comprendre. « Mais c'est ça. El Almendral », répète-t-il. Et il étire les lèvres en une forme de sourire entre ironie et tolérance, tandis que de nouveau il fait dans l'air un mouvement circulaire de son bras, pour me signifier : « Tout est là. »

Pour exigu que je me le sois jamais figuré, notre village est plus exigu encore. À les compter, il ne devrait pas y avoir plus de six ou sept masures visibles ici. Une fois parcourue la petite rampe, je rejoins le vieux sur le pas de sa porte, et, du seuil, je regarde vers l'intérieur. C'est donc là le premier point d'abordage. Et que pourrait-il être d'autre, mon point d'abordage, sinon une taverne ou un bar ? Le lieu, de fait, dans sa surface minime, paraît bien affecté à un service de ce genre. Il est pourvu d'un comptoir, d'une étagère pour les bouteilles, et d'une table avec deux bancs. Aussitôt, je me laisse tomber sur un banc ; et, au premier coup d'œil, je reconnais au-dessus du comptoir le Généralissime, sur une photographie d'il y a peut-être trente ans : déjà gros et pansu dans le célèbre uniforme, et avec sa physionomie historique de bureaucrate rusé, bouffi d'orgueil et vainqueur. Le mur à côté de ma chaise est décoré de coupures de revues illustrées en couleurs : pas très différentes du genre italien le plus proche, sans en égaler encore la pornographie. Ce sont des photos imprimées en rotogravure, avec des figures variées, mais uniformes quant au sujet : toutes des femmes à demi habillées, qui exhibent différents morceaux de leur propre chair, étalant leurs cuisses ornées de la jarretière bien tirée sur le bas, et le débordant soutien-gorge de dentelle transparente. En pareils déploiements, elles ont leur habituel sourire stupide : avec lequel, au fond, elles semblent masquer une accusation d'irrémédiable outrage. Je demande au petit vieux où se trouvent les gens du village, à cette heure ; et lui me répond, comme une chose allant de soi : « Mais ici, il n'habite plus personne. Et les gens, qu'est-ce qu'ils pourraient bien faire, perchés ici ? Ici, trabajo, comida, rien. Ici, il n'y a plus rien à faire pour personne. » Son espagnol est aisé ; et moi aussi je mets en branle avec lui tout mon espagnol. Sa conversation, du reste, est plutôt laconique, et vite expédiée.

Je lui demande s'il peut me donner quelque chose à manger et à boire. Et lui m'apporte des petites miches sucrées, de fabrication industrielle, dans une boîte rouge doré ; en même temps qu'une grosse bouteille de vin blanc. C'est là toute la marchandise que peut me fournir sa boutique. Les miches, bien que conservées chimiquement, ne sont pas désagréables sous la dent. Le vin est bon, pas frelaté, et il sent vraiment la vigne.

Au premier verre, je m'informe tout de suite auprès du vieux si par hasard il a entendu parler, dans ces parages, d'une famille du nom de Muñoz Muñoz.

Il fait de nouveau son sourire indolent, de résignation ironique et d'évidence. Il me répond : « Par ici, tous les gens portent ce nom. »

Ma seconde fugue du collège eut lieu à la fin de la guerre, à peine parvint la fraîche nouvelle que les frontières entre Nord et Sud, en Italie, s'étaient rouvertes. Alors, sur moi fondit ce même, premier démon qui jetait sur les routes les rescapés, les déserteurs, les fuyards et les soldats survivants : REVENIRALAMAISON. Et quelle importance de se demander si la maison existe encore, ou quels météores vont nous attendre à l'arrivée, dans l'urgence de ce démon possesseur : *revenir à la maison*. On se fait sans doute l'illusion qu'un retour en arrière dans l'espace est aussi un retour en arrière dans le temps. Rome (ma maison) pour moi représentait soudain encore le petit enfant que j'avais été — Totétaco — les Hauts Quartiers — Aracoeli. Le dernier giron possible. Pour le forçat qui revient d'une Sibérie, même la fumée de sa cheminée, promise de loin, dégage la tiédeur d'un poêle.

Je n'avais pas même treize ans, et je grandissais sous les stigmates « signorino » et « femmelette ». Je n'avais pas le sang fait pour les grandes gestes. Mais le démon *Reveniralamaison* me prêta, pour cette occasion exceptionnelle, l'astuce du serpent, la liberté du bouquetin et la nostalgie de l'hirondelle. Le désir fou de m'enfuir me ravissait au point que, maintenant, dans ma mémoire, les détails de l'entreprise se voilent d'obscurité. Je me souviens que je tremblais tout entier. Et d'avoir dormi une nuit par terre, dans un hangar, au milieu d'une foule de soldats à la débandade. D'avoir tendu la main pour demander l'aumône aux militaires américains. Et d'avoir volé des fèves. Ma pâle laideur binoclarde même, je crois, me préserva de certains risques évidents. Je me revois voyageant sur un camion, en compagnie de soldats nègres. Et hélant en anglais une voiture immatriculée GB. Et habillé par quelque Croix Rouge. Et aux basques d'une petite famille de faiseurs de cigares et chocolatiers d'occasion. Et tombé dans un tas de fumier. Et persécuté par des myriades de phares. Et poursuivi par une vache. Je me rappelle un tourbillon, une ivresse, une danse du cœur et de l'estomac. Mais par-dessus tout événement possible ou hasard, de cette aventure me reste, indélébile, la sensation continue que le monde entier était réduit à une apocalypse de gravats, écroulements, moteurs sibilants, vacarmes, fumée et aveugle poussière. Je supposais dès lors que Rome n'existait plus : une étendue de cendres et de détritus. Et quand je me retrouvai, sur mes pieds, au milieu de ses monuments intacts, et larges palais et ministères, je me sentis comme une espèce d'argonaute, qui débarque dans une métropole miraculeuse veillée par un dragon.

De la maigre, dernière famille qui me restait, depuis longtemps je n'avais plus de nouvelles. Ils pouvaient tous être morts. Ce fut — je crois — en début d'après-midi que je me retrouvai devant notre immeuble des Hauts Quartiers. Là, tout était demeuré pareil, le concierge toujours le même. De prime abord, il me dévisagea avec défiance ; mais quand il m'eut reconnu, il me fit presque fête. À ce moment-là, revenait de quelque course une belle-sœur à lui, que j'avais connue naguère, accompagnée de sa fille sur les quatorze ans ; et en un parfait accord, ils m'invitèrent à m'asseoir un instant, en bas dans leur logement en sous-sol, où ils m'offrirent du café, du pain carré blanc, et du chocolat américain. Ils me firent savoir alors, comme à un rescapé inattendu, que notre appartement, abandonné depuis des années déjà, était occupé actuellement par certaines gens, des exilés politiques rapatriés de France. De mon père (du moins pour ce qu'on pouvait en savoir dans la loge) manquait toute nouvelle précise. Mais, par contre, tante Monda habitait toujours dans son appartement de demoiselle, qu'elle partageait à présent avec monsieur son mari. La nièce s'offrit même de m'escorter jusque chez eux.

Tandis que nous remontions des sous-sols vers le hall d'entrée, l'ascenseur, descendu à cet instant, fut promptement grand ouvert par le concierge ; et avec mille précautions on en retira un fauteuil à roulettes où était assis un vieillard. Aussitôt je reconnus l'Excellence du dernier étage, comme je reconnus sa femme dans la dame qui poussait la voiture d'infirme. La tête de l'Excellence tombait en avant tel un boulet de plomb, au point qu'il touchait le milieu de sa poitrine avec son menton. Et la remuer devait lui coûter trop de peine désormais, car à notre passage il ne se retourna pas, pas plus qu'il ne se soucia de nous jeter un coup d'œil de côté. Son Épouse, en revanche, me lorgna, incertaine, mais elle renonça à s'assurer de mon identité pour se consacrer au service du fauteuil.

Chemin faisant, la nièce, avec des airs pédants et presque un zèle enthousiaste, se hâta de me renseigner sur les autres habitants de l'immeuble. Sauf l'Excellence, des anciens locataires, il ne restait plus personne. Tous décédés. Et dans un ordre topologique scrupuleux, elle m'en exposa — un par un — la destinée.

Le Notaire du Premier Étage, deux ans auparavant — ou peut-être moins — avait été déporté par les Allemands, parce que de race juive. À ses protestations, qui clamaient très haut ses titres et décorations de guerre, les autres ricanaient ou haussaient les épaules. Et ils l'avaient chargé de force, tandis que lui se débattait et perdait son souffle à protester. Le bruit courait qu'on l'avait brûlé, sitôt arrivé, dans les fours crématoires.

La Comtesse du Second Étage, un matin, avait été trouvée morte dans son lit, sûrement une attaque cardiaque au cours de la nuit. Peut-être avait-elle tenté de crier : elle avait les yeux et la bouche ouverts, et la bouche était sans dents (le dentier se trouvait sur la table de nuit, dans un verre). Et son visage, selon qu'elle en avait l'habitude, était serré dans une bande, car chaque soir, pour sa cure de beauté, elle appliquait deux biftecks crus sur ses joues.

Notre voisin de palier avait été justicié à l'aube, dans quelque cour, ou Fort, ou pré de périphérie, parce que, pendant l'occupation allemande, il avait pris à tâche de séquestrer, dans une villa près de la Gare, les partisans et les ennemis du Régime. Il les faisait dénicher et prendre en filature et attraper, et puis, là, à l'intérieur de la villa, il les mettait à la torture : pour finir, la plupart y crevaient ; dans le cas contraire, il les achevait de sa main. C'est ainsi qu'il était devenu célèbre, tous les journaux avaient parlé de lui, avec son portrait — et même les photos de l'exécution — imprimé à la une.

Nouvelles supplémentaires : l'Excellence du Dernier Étage avait perdu son titre d'Excellence, car l'Académie d'Italie, fondée par le Fascisme, avait vécu. L'appartement du Notaire (Portes de Droite et de Gauche) avait été occupé par des familles de réfugiés chrétiens. Dans celui de la Comtesse, habitait une de ses parentes. Et chez le Gr. Off. Zanchi (notre Voisin de Palier), en principe personne n'avait l'estomac d'habiter, mais, en fin de compte, un certain « poète de la Radio » s'y était installé (ce fut la définition que m'en donna la nièce. Laquelle, cela dit, reprit souffle et se tut, d'autant que nous étions arrivés. Je l'avais écoutée sans ajouter un mot).

Sur la porte de l'immeuble, que je connaissais bien, la nièce me confia à la concierge, qui me dirigea vers l'ascenseur où je fus hissé à l'étage attique. Là aussi, la concierge était toujours la même qu'avant, mais l'arthrite la faisait boiter.

Arrivé à l'attique, je restai d'abord dans l'incertitude devant la plaque de la porte, non plus au nom de tante Monda, mais d'un *dott. X. Y.*, à quoi s'ajoutait *e Signora*, outre l'auréole d'une petite couronne. Il s'agissait, comme je pus le comprendre ensuite, d'une mise à jour : le « docteur » était mon nouvel oncle, et la petite couronne revenait de droit à « Madame » son épouse (tante Monda). J'étais en effet au courant que le nom de jeune fille de ma grand-mère était inscrit dans un Gotha turinois ; mais ma tante, par le passé, ne s'était jamais parée de la petite couronne maternelle.

C'est elle-même qui vint m'ouvrir ; et elle m'accueillit avec émotion et surprise, tout en se montrant plutôt préoccupée par ma fugue du collège : « Il faut tout de suite envoyer un télégramme ! » répéta-t-elle à deux reprises. Elle s'exprimait par murmures, et dès le seuil, elle posa l'index sur ses lèvres, pour m'avertir qu'il ne fallait pas élever la voix. Du salon provenait en effet un ronflement si énorme qu'en comparaison celui de l'Aigle n'était qu'un son flûté. Et précisément ma tante ne m'introduisit pas dans le salon, mais me fit passer dans un petit vestiaire au fond de l'appartement, qui communiquait avec sa chambre. Là, en pleine lumière, on remarquait mieux certaines transformations de sa personne. Ses cheveux, non plus blondasses, mais auburn, composaient une guirlande bouclée avec artifice. Et elle avait les lèvres inusuellement retouchées (avec un rouge couleur cyclamen). Elle avait beaucoup vieilli.

Son appartement aussi avait maintenant quelque chose de vieillot et d'étroit : peut-être parce qu'en vérité il était négligé jusqu'au sordide, et encombré à l'excès. De tous côtés s'empilaient des caisses et des caissettes, sous différentes marques et estampilles, ainsi que dans un dépôt de marchandises. Mais, d'après quelques échantillons éparpillés autour de moi, ces marchandises — pour la plupart de provenance étrangère — m'apparaissaient d'un genre mêlé et sans définition précise : machines à écrire? briquets? liqueurs? boîtes de conserve? Tout cela étalé directement sur un pavement mal entretenu, non plus frotté à la cire, mais semé — même — de mégots, souvent des cigarettes jetées à peine allumées. Comme l'unique chaise, dans le vestiaire, était occupée par une pyramide de pots et de boîtes, incontinent je m'assis sur une caisse, et ma tante en face de moi, sur le bord extrême de la chaise : « Mais comment es-tu arrivé jusqu'ici? comment as-tu voyagé?! » Je lui donnai quelques aperçus de mon périple, mais de mauvais gré. On voyait que son esprit sautait, avec appréhension, d'une pensée à l'autre; dès le premier instant, je m'étais rendu compte que mon arrivée s'avérait non seulement inattendue, mais tombait mal : « Plus tard », m'interrompit-elle tout à coup, « nous aurons tout le temps d'en reparler. » Et elle ajouta, du ton mal assuré de qui espère un démenti : « Tu es très fatigué? tu as sommeil? » D'un mouvement rétif de la tête, je lui signifiai que non. (J'avais presque envie de me vanter : « J'ai dormi dans une charrette! » ce qui n'était que la stricte vérité. Mais je me tus.)

« Tu as faim? » « Non, j'ai mangé. » « On ne le dirait pas, à te voir. » Elle considérait, indécise et ahurie, l'état de ma personne. « En attendant », dit-elle, « je te ferai d'abord prendre un bon bain. Et puis, on peut descendre sur la place, pour te trouver quelques vêtements propres. En bas, il y a un petit marché de surplus américains, toujours ouvert. Après quoi, on peut aller au Café de la via Piave, prendre un en-cas et discuter plus à notre aise. » Ce projet de sortir de chez elle me soulagea, car j'étais pris de désarroi à la perspective de rencontrer mon nouvel oncle inconnu, qui ronflait de la sorte. Et ma tante, au reste, paraissait impatiente, elle aussi, de libérer son appartement de ma présence.

En la suivant le long du couloir vers la salle de bains, dans ma demi-cécité je cognai contre un objet volumineux et lourd qui obstruait le passage (c'était, je crois, un appareil de gymnastique, peut-être pour l'aviron en chambre). À ce bruyant incident, nous nous arrêtâmes l'un et l'autre pris de frayeur, et retenant notre respiration. Mais par chance, l'oreille tendue en alarme, nous entendîmes régulièrement ronfler dans le salon. « Attention, fais doucement », me recommanda-t-elle en un peureux chuchotement, tandis qu'elle ouvrait précautionneusement la porte de la salle de bains, « et tâche de ne pas traîner dans la baignoire. »

Sorti de mon bain, je la retrouvai dans sa chambre, tout occupée à y remettre de l'ordre, après qu'elle se fut employée à certains préparatifs culinaires. Elle se déplaçait à petits pas pressés, presque sautillants tant elle était agitée. Et, confuse, elle souligna que tout se trouvait dans un grand désordre à cette heure, parce qu'elle revenait tard du bureau et ne disposait, pour le moment, d'aucune domestique. La chambre était pourvue de deux lits jumeaux (à la place de l'unique petit lit d'avant) dont l'un encore défait. Sur le tapis, étaient éparpillés des sous-vêtements masculins (caleçons, chaussettes sales, une ceinture de flanelle élastique) et le cendrier sur la table de nuit débordait de mégots, parmi lesquels un morceau de cigare à la tripe mâchouillée. Sur la commode, trônait le portrait d'un monsieur gras et sanguin d'âge moyen, au regard résolu : dans lequel on pouvait reconnaître, déduction facile, le personnage de la photo, en chemise noire, qui avait, naguère, consterné mes Grands-Parents.

476

Par la baie vitrée, on remarquait la dégradation de la terrasse, où les rares plantes qui avaient survécu se rabougrissaient vers l'agonie.

Avant que nous ne sortions, ma tante s'attarda à faire reluire une paire de chaussures d'homme laissées bien en vue sur la toilette : se vouant à cette opération avec un zèle de nature religieuse. Mais en vérité, tout objet et n'importe quel objet à usage masculin, qu'elle trouvait dans la chambre (fût-ce le linge sale recueilli par terre), s'élevait, dans ses mains, à une rare sacralité, comme autant de calices sur l'autel d'une église.

Lorsque les chaussures lui parurent dignement briller, elle les déposa au pied du lit, refait à présent. Et dans le même mouvement apprêta sur la couverture, en un ordre parfait, une chemise d'homme d'une blancheur éclatante, une veste sombre et un pantalon accordé : « Plus tard », m'informa-t-elle, « nous avons un cocktail d'affaires. » Et elle laissa entendre dans ce *nous avons* l'ingénu plaisir d'une jeune épousée qui partage les fastes de son mari. Il était clair qu'elle attribuait une grande importance à ce cocktail, événement du jour, dont elle me cita l'adresse : une villa, de certains Baroni, dans le Quartier huppé des Parioli. Et elle m'avertit qu'elle devrait remonter chez elle, pour se changer à son tour, après notre collation. Ensuite, elle prit, perché dans un coin, un carton de modiste pas encore ouvert. S'y trouvait, dit-elle, un chapeau neuf, qu'elle avait acheté à l'occasion du fameux cocktail, et que la modiste lui avait fait parvenir ce matin même, tandis qu'elle était au bureau. Elle ne l'avait essayé qu'au moment de l'achat, dans la boutique ; et elle voulait maintenant en constater de nouveau l'effet, en attendant de l'inaugurer plus tard. Plusieurs fois, par le passé, je l'avais vue partir vers quelqu'une de ses réunions mondaines, en toilette d' « après-midi habillé » ; mais je ne lui avais jamais vu une telle, béatifique attente, comme si elle était transportée dans le ciel des Grâces, couronnée de son chapeau neuf.

Je me rappelle le soleil radieux du plein jour, qui faisait irruption de la terrasse, sans égards, telle une brigade de sbires venus perquisitionner. Et tante Monda, là, droite devant le miroir, qui posait le chapeau sur ses boucles, avec une certaine suffisance féminine. Or, de ce chapeau je ne saurais dire les détails, mais plutôt, en général, les qualités. Il était juvénile, frais, printanier, pimpant dans ses couleurs et dans la profusion de ses rubans ; de forme fantasque ; et à n'en pas douter, excentrique : provocant, même. Fût-ce dans mon inexpérience, je l'aurais plutôt imaginé sur la tête d'une starlette ou d'une divette.

On dirait que parfois les femmes, quand elles choisissent leurs vêtements, se transfigurent à leurs propres yeux. Ce chapeau, en soi, m'avait semblé de toute beauté ; mais sur la tête de tante Monda il se révéla d'une perfidie atroce. Tante Monda n'avait jamais été jolie : plutôt le contraire. Je ne me rappelais pourtant pas l'avoir jamais vue aussi laide que ce jour-là sous ce chapeau. Et c'étaient précisément les grâces voyantes du chapeau qui exaltaient au pire, par contraste, ses disgrâces. La couleur artificielle des boucles, qui s'échappaient de tous côtés, comme des copeaux cramés. Les gros bulbes oculaires, semblables à des cochonnets de verre derrière des lunettes épaisses. La peau tavelée d'un rose fané, qui, sous la poudre de riz, devenait jaune. Le nez trop mince, qui paraissait rongé par le gel. Elle avait en ce temps-là, je crois, dans les quarante-sept ans ; mais le printemps de ce chapeau, par effet de contraste, lui en accusait au moins soixante. Et c'était surtout cette vieillesse qui lui donnait l'apparence folle et comique d'un misérable paillasse. Peut-être saisit-elle, d'un regard en coulisse, l'expression de mon visage, car subitement une terrible rougeur traversa la couche de poudre de riz. Et je la vis qui s'était mise à fixer le miroir avec une stupeur désarmée et clairvoyante, comme si ce verre au tain funeste était la bouche noire d'un tunnel, au fond duquel ne s'offrait aucune sortie possible, sinon la mort. Elle eut, alors, un étrange rire saccadé, semblable à un caquet de poule, et ôta doucement son chapeau, en une sorte de lente amputation.

Mes vêtements neufs, je les enfilai dans les W.-C. du Café. Au petit marché américain, sans le dire, je m'étais engoué d'une large chemise à grandes fleurs colorées, telles qu'on n'en avait pas encore vu chez nous (à l'usage des hommes). Mais à m'imaginer une si magnifique chemise sur moi, immédiatement s'imposa à mon esprit tante Monda sous son beau chapeau. Et je me repliai sur une autre, à carreaux bleus et marron, l'assortissant à un pantalon bleu au tissu très raide, dont je dus relever l'ourlet, car il était trop long pour moi. Ma tante voulut aussi m'acheter une chemise de rechange, pareille à la première ; et en plus, deux mouchoirs et des caleçons très courts, qu'on appelait slips en américain. Ce mot aussi était une nouveauté pour moi, à l'époque. Et je me sentis comme un aviateur de l'Atlantique, habillé ainsi, à l'américaine.

Voulant ranger mes nouveaux vêtements de rechange, ma tante me demanda si je n'avais pas une valise ou un sac quelconque. Alors, je posai devant elle, sur la table du Café, l'unique bagage que j'avais emporté dans ma fuite : un morceau de toile noué par les coins, dont je ne m'étais jamais séparé un seul instant : pas même dans la salle de bains de l'appartement du *Dott. e Signora*, ni ici dans les W.-C. du Café. Mon baluchon contenait mon étui à lunettes, une touffe de poils de mon chien Balletto, et les Poèmes de Giacomo Leopardi. Considérant ce nom sur la couverture, tante Monda observa, avec un pathétique regard de mélancolie, et le ton compétent de la bonne écolière :

« Le Grand Infortuné ! »

En les tassant avec force, nous fîmes tenir toutes mes propriétés d'alors dans ce carré de toile. Après quoi, de but en blanc, tante Monda me dit :

« Je pense que tu voudras revoir ton papa ? »

De lui, jusqu'à cet instant, il n'avait pas été le moins du monde question entre nous deux : « Il se trouve ici, à Rome », reprit-elle, « mais il ne désire pas faire savoir aux gens sa nouvelle adresse, même si désormais certains secrets ne sont plus nécessaires... Quoi qu'il en soit, il préfère ne pas recevoir de visites : moi-même, je ne l'ai quasiment plus revu depuis lors. Mais pour un fils, cela s'entend, la porte d'un père est toujours ouverte ! Tu voudras sans doute le revoir. »

Je dis que oui, que je voulais le revoir. Et quand ? Aujourd'hui. Tout de suite. (Je prenais d'ailleurs en considération l'avantage de renvoyer ainsi ma rencontre avec le *Dott.*) Mais là, ma tante se montra perplexe : « Aujourd'hui », objecta-t-elle à mi-voix, « moi je ne peux pas t'accompagner jusque là-bas. J'ai trop à faire à la maison. Et puis toi, n'es-tu pas fatigué ? » Je répliquai obstinément que je n'étais pas fatigué ; et que je pouvais fort bien y aller tout seul. « Sur ce point-là », approuva-t-elle, « il n'y a rien à redire. Quelqu'un qui est venu jusqu'ici du Piémont ! » et elle fit un sourire contraint, montrant la base de ses larges dents, légèrement jaunies.

Cette fois aussi, je compris qu'au fond elle n'était pas mécontente de m'expédier, avec de bons prétextes, faire un petit tour. Mais, en attendant, des ombres obliques et des rougeurs se télescopaient sur son visage. « Je crains », murmura-t-elle inquiète, « que tu ne le trouves très changé. Toi, tu ne sais pas encore toutes les épreuves qu'il a traversées. Désastreuses...

Mauvaises... » Elle baissait la voix, et regardait à la dérobée autour d'elle, soupçonnant presque d'occultes témoins. Puis, se débattant dans l'épreuve cuisante, au point de paraître avaler, à chaque parole, des charbons ardents, elle se résolut à me révéler :

« En ce mois de septembre de... de l'armistice partiel... lui, il déserta la flotte. Il a quitté la Marine Royale... définitivement. Et par la suite, il s'est tenu caché... où, personne ne le sait !... Notre Roi », admit-elle alors, avec un tel embarras que ses joues se firent de feu, « avait manqué à son honneur. Et tu sais bien avec quelle foi ton papa... s'était voué au Trône... Ce fut là le coup de grâce, pour lui.

— Mais à présent, la pressai-je, où habite-t-il ?

— Il a pris un logement dans un quartier loin d'ici... Ce n'est pas un quartier chic... ce n'est pas un beau quartier. Mais c'est lui qui l'a choisi — je l'ai tout de suite compris — ... pour rester près d'Elle... »

Ce *Elle* fut prononcé en une inflexion spontanée d'hommage, avec la majuscule ; tandis que ses lèvres tremblotaient en un pauvre sourire ingrat, mais persuasif, d'humilité consciencieuse : « Il aurait mieux valu », prononça-t-elle, « qu'à sa place, je meure moi, tu ne crois pas ? »

Et là, brusquement, elle éclata en sanglots, allant jusqu'à oublier qu'elle se trouvait dans un lieu public. Je me raidis, glacé. J'eusse préféré qu'elle restât en dehors de notre conversation, *elle*.

Mais les pupilles de tante Monda, même au milieu des pleurs, étaient fixées sur moi, presque à la façon d'une possédée : « Maintenant que tu es grand », proféra-t-elle, « il faut que tu le saches. Ta maman s'est toujours comportée en Dame ! en vraie Dame ! Et sa conduite... bizarre des derniers temps était un symptôme... une conséquence de sa maladie. Ce sont des effets qui se produisent, dans certains cas. C'est un

481

Professeur qui me l'a expliqué : un spécialiste éminent ! »

Je me tortillai sur ma chaise. Je n'ai pas cru à cette nouvelle histoire de la vieille Raïmonda. Nul doute que c'était de sa part un prétexte inventé pour sauvegarder l'honneur de la famille. De même qu'en d'autres temps on avait mis sous le boisseau les origines familiales de A. Ainsi que l'on passait sous silence la nouvelle que, dans la guerre d'Espagne, un très proche parent à nous était mort en combattant *du mauvais côté*.

Mon seul commentaire fut une grimace. Et, me dérobant avec une rudesse excessive, presque cynique, je m'informai brusquement :

« Mais quelle maladie, où était-elle atteinte ? »

En vérité, c'était là un point qui m'avait toujours laissé dans l'incertitude. Et en le formulant, je ne me rendis pas compte que je me prenais à gesticuler autour de mon propre corps, comme en une recherche convulsive. Ce furent ces mouvements involontaires, je crois, qui aussitôt éclaircirent pour tante Monda mon interrogation. « Où... », fit-elle vaguement, « ... la crise décisive a été ici », et elle se passa une main le long de sa tête, les doigts pleins d'égards et caressants, comme dans la crainte encore de faire mal à sa petite belle-sœur par un toucher moins délicat. « Cette sale maladie », reprit-elle en pressant son mouchoir sur ses yeux, « ne dit pas où, ni quand elle s'installe. Elle circule dans le sang — d'un côté — et de l'autre — et on ne sait pas où elle touche — jusqu'au moment où il est trop tard... Suffit, mieux vaut n'en plus parler. Ce que je devais te faire savoir — et à présent tu ne l'ignores plus — c'est que tu dois respecter la mémoire de ta maman. Parce que ta maman fut toujours IRRÉPROCHABLE, sans aucune faute... » (À ces mots, de nouveau je pensai : *je n'y crois pas*. Et en vérité je n'y ai jamais cru. Peut-être n'y crois-je pas même à présent.)

« Et tu me donnes l'adresse de... du père ? demandai-je à tante Monda.

— Oui, un instant, je vais te la donner. » En attendant, ma tante se mouchait le nez, se remettait de la poudre ; elle prenait son temps, lorsque de l'entrée du Café s'avança vers nous une dame en toilette élégante, qui me rappelait quelque chose de déjà vu. C'était, en effet, cette amie de ma tante, qui arborait un éternel sourire égyptien, et m'avait accompagné, des années auparavant, à la clinique ; mais, fort heureusement, ni elle ni ma tante ne rappelèrent cette horrible occasion. Ma tante se hâta de me communiquer qu'elle s'était mise d'accord au téléphone avec la ci-présente Dame, laquelle bien aimablement était disposée à m'offrir une hospitalité temporaire dans sa propre maison. Et la Dame, acquiesçant avec une certaine grâce stéréotypée, me remit une carte de visite avec son adresse et son téléphone, m'expliquant qu'elle-même devait rester dehors pour faire des courses, mais que chez elle il y avait une brave femme de chambre, déjà au courant de tout, et prête à me recevoir, même tout de suite. « J'habite à quelques pas d'ici », ajouta-t-elle, « il ne te sera donc pas difficile de trouver, toi qui connais bien le quartier », et ma tante se remit à répéter, comme déjà peu auparavant : « Pensez ! Un qui est venu à pied du Piémont ! », avec un air de proche parent, mi-adulateur et mi-spirituel, qui me tapa sur les nerfs. « Je ne suis pas venu *à pied* », rectifiai-je en fronçant les sourcils. Et certes, j'aurais plutôt dû remercier la Dame au sourire égyptien ; mais je ne lui dis rien, en revanche, fourrant dans la poche de ma chemise américaine sa carte de visite, sans même y jeter un coup d'œil. Je compris ensuite que la Dame au sourire égyptien était elle aussi invitée à la fameuse *party* de tante Monda, et les deux amies entamèrent à ce propos une conversation qui pour moi dégoulinait comme un gargouillis incohérent et agaçant. Alors, je touchai tante Monda au bras, grommelant que je voulais lui parler à part. Une impatience fébrile m'avait pris de fuir ce Café, loin des deux Dames. Et en me détachant de la table avec ma tante, j'emportai vivement mon baluchon : « Prends ton stylographe », lui dis-je en même temps à voix basse. Et puis, sitôt à l'écart, je lui tendis sous les yeux ma paume gauche, l'invitant à y écrire l'adresse du père : « Tu l'as promis ! tu l'as promis ! », la pressai-je, presque menaçant, voyant qu'elle hésitait encore ; jusqu'à ce que, contrainte, elle s'exécutât, tandis qu'une de ses rougeurs auxquelles elle était encline lui montait au visage. « J'avertis mon amie », me dit-elle, « que tu iras chez elle plus tard. » Et après avoir chuchoté un instant avec l'autre dame, laquelle répondit : « O'kay », elle courut à mes trousses — car déjà je filais vers la sortie — afin de me glisser dans la poche deux petites coupures, d'un genre inédit pour moi. C'étaient en effet les nouveaux billets de banque de l'occupation, imprimés par les Américains.

Porter écrite dans la main, cette adresse inconnue, et quasiment interdite, me donnait la sensation électrique d'une aventure clandestine, qui suffisait à m'alléger le cœur.

Le logement de mon père se trouvait dans le quartier de San Lorenzo, aussi inconnu pour moi à ce jour que la lune. Je n'avais jamais mis les pieds dans cette zone périphérique : une des rares, à Rome, qui ait été dévastée par les attaques aériennes : et je ne m'attendais pas non plus, dans ma traversée de la ville, à débarquer dans un théâtre de ruines, comme j'ignorais encore que cet immense parc d'arbres effilés en bordure des habitations, était le Campo Verano (le cimetière de Rome). En l'apercevant, au-delà des rues que je venais à peine de descendre, j'avais pensé qu'il s'agissait du jardin de quelque villa princière. Certes, j'aurais dû m'étonner, par la suite, en me rappelant l'indifférence avec laquelle, à demi distrait et sans stupéfaction, je passai, regardant à peine, au milieu de ce spectacle, avec le Campo en toile de fond. Mais, dans cette portion de mon chemin, tout mon soin allait à la lecture des indications de rues. Raison pour quoi mon esprit, déjà dépaysé par trop de décors de guerre, parcourait maintenant les lieux présents comme une carte de géographie. Même la circulation de la foule, qui, bizarrement, parmi ces murs écroulés, paraissait toute en fête, avait autant de valeur à mes yeux qu'un réseau de signes sur la carte, sans substance ni relief. Le seul phénomène qui attira mon attention fut la voiturette d'un glacier, surgie par surprise, en avance sur la saison. Et volontiers je dépensai dans la primeur d'un cornet une partie de l'argent de papier que je venais de recevoir de tante Monda.

Je suçais encore ma glace en montant l'Escalier B, pour atteindre la porte 15, selon l'adresse complète que j'emportais écrite sur ma paume. Un côté entier du gros immeuble prolétaire était démoli, et entre les gravats s'exhibaient de petits panaches d'herbe, sommés de rares fleurs minuscules, dont (grâce à mes lunettes) je distinguais à mes pieds les petites taches de couleur, tout en grimpant les escaliers tournants. Dans la montée, je ne rencontrai personne. Les marches étaient pourries de vétusté et de crasse, et sur les murs rongés et disloqués on arrivait encore à voir les habituelles inscriptions barbouillées, avec leurs habituelles bourdes : certaines délavées et illisibles, au point de paraître des pissées d'hirondelles. En réalité, il devait y avoir là-haut des nichées d'hirondelles, que leurs trilles révélaient, et leurs vols cinglants hors des fissures. Devant la porte n° 15, je ne ressentis aucune émotion, mais encore, plutôt, un léger sentiment d'aventure : comme si je venais visiter le gardien d'un phare isolé sur les abîmes.

La porte n'était pas fermée, mais seulement poussée ; et, en l'absence de sonnette (à sa place, sur le battant, il y avait un trou) je frappai, d'abord timidement, puis à nouveau — et encore — avec plus de hardiesse. À l'intérieur, on restait sourd ; et je m'étais écorché les doigts, lorsque enfin, de quelque arrière-fond, une voix dit : « Entrez ! » « Posez là », ajouta-t-elle ensuite avec urgence, de derrière une porte close ; tandis que, titubant, déjà je passais le seuil et m'avançais à l'intérieur d'une énorme pièce carrée et vide de tout mobilier, au point de faire penser à un lieu inhabité. D'évidence, derrière cette deuxième porte, on attendait quelque fournisseur ou livreur : raison pour quoi, avant de continuer, il me fallait éclaircir la situation. À son timbre, j'avais tout de suite reconnu sa voix à lui, bien que gâtée et desséchée ; et je m'apprêtais à l'appeler, quand j'hésitai sur la façon. En effet, l'invincible réticence de toujours m'empêchait d'émettre les deux syllabes : *pa-pa*. Et je n'avais pas le cœur non plus à lui annoncer simplement, par exemple : « C'est moi, Manuele ! » car, rien qu'à y penser, le son de mon propre nom, adressé à lui, me mettait mal à l'aise, comme un couac de la part d'un bien mauvais ténor.

Enfin, je demandai à voix haute : « Je peux entrer ? » et me tins dans l'expectative, là, planté avec mon baluchon pendant à un poignet. Au vrai, mon attente fut brève, mais pour moi pénible et accablante. Il stagnait une odeur de renfermé qui, dès le seuil déjà, m'avait presque rejeté en arrière. Une fenêtre aux vitres closes, sans persiennes ni volets, éclairait crûment la grande pièce vide, d'où partait un étroit couloir oblique, obstrué par des amas de plâtras. Ceux-ci paraissaient marquer la frontière infranchissable de l'habitation.

Un instant avant qu'il ne se présentât à sa porte, de l'intérieur se fit entendre un piétinement, un bruit d'objets renversés et de verre brisé. Mais il n'en eut cure, ni ne parut s'apercevoir, en sortant, qu'il marchait pieds nus sur des éclats et des tessons de bouteille. Derrière lui, on pouvait entrevoir les formes confuses d'une petite pièce encore enveloppée dans le noir de la nuit.

Le sentiment unique et immédiat que j'ai éprouvé, à le revoir, a été de dégoût. Il ne portait rien d'autre sur lui qu'une robe de chambre, que je connaissais déjà, de très légère soie indienne, toute froissée et trempée de sueur. Étrangement, de fait, dans ce climat printanier, son corps à demi nu, d'une blancheur malsaine frôlant l'indécence, était aussi moite que sous la canicule. À première vue, je le trouvai, à ma grande surprise, grossi et florissant ; mais bien vite, à le regarder de plus près, je me rendis compte que là où il paraissait gras, il était, en revanche, enflé. Ventre et estomac débordaient à l'excès, innaturellement, de son corps émacié — sédentaire et mal nourri ; tandis que certaines plaques sanguines, étendues et légèrement tuméfiées, lui tiraient la peau des joues, remplissant rides et ridules : ainsi son visage n'apparaissait-il pas vieilli, mais plutôt empreint d'une régression vers une étrange immaturité. Quant à sa barbe, il en avait à peine une courte couche irrégulière, attestant un rasage assez fréquent, fût-il négligé et nerveux. Et d'apparence, en vérité, il ne se révélait pas trop sale ; mais, avec une évidence certaine, pris de boisson.

Poussé à la porte par un mouvement impulsif — ou réflexe — il s'efforçait maintenant de se tenir debout, déséquilibré et comme ébloui de se retrouver, encore, en plein jour. Cependant qu'il ébauchait à mon endroit un sourire égaré et inquiet, qui paraissait suscité par un signe confus, plus que par une perception réelle. Il est sûr qu'au premier regard il ne me reconnut pas, peut-être me repérant à peine ainsi qu'un point de contraste, qui s'élargissait en une tache de réminiscences indistinctes. Il continuait à me scruter, en effet, à demi aveuglé et malaisément, tel qui rechercherait, dans une eau trouble, sa bague immergée. Et quand le petit objet perdu réaffleura à ses pupilles, celles-ci me saluèrent d'un tremblotement de sympathie, mais sans stupeur. Il me parut qu'un doute lui rappelait, soudain, un vague rendez-vous, mais peut-être convenu entre nous deux précisément pour ce jour même. Et en premier lieu, il m'adressa cette question ridicule :

« Tu es revenu pour les vacances ? »

Je sentis que, plus encore que sa question, toute réponse de ma part serait ridicule. Je le voyais qui, incroyablement, prétendait se donner un ton désinvolte. dans l'effort suprême de me cacher qu'il était ivre. Brusquement, il parcourut son corps du regard, et il se rejeta en hâte dans la petite pièce obscure, me laissant devant la porte fermée. Suivit un bref intervalle mouvementé, après quoi je le vis réapparaître devant moi : il avait fait le nécessaire pour correctement se rhabiller, avec un pantalon sombre quasi hivernal, et une chemise à laquelle manquaient le col et des boutons, d'un tissu blanchâtre taché aux aisselles d'auréoles de transpiration. À ses pieds, il avait une seule pantoufle, l'autre, il l'avait laissée traîner par terre ; et je le vis qui chancelait irrésistiblement vers le lit, où il s'abandonna à demi renversé. Puis, allongeant le bras en un effort pesant, il alluma une lampe placée sur une étagère près du chevet, au milieu de bouteilles de bière, de tasses et de verres en carton.

Une gêne ténébreuse, dénuée de toute pitié, me

serrait les sens ainsi que des tenailles, à le voir si péniblement empêché et déglingué pour exécuter la plus simple action pratique, et remuer des mains incapables de saisir, comme deux moignons. Il se versa de la bière et m'en offrit, d'un geste instinctif de maniérisme hospitalier ; mais elle était tiède, presque chaude et à la première gorgée, je la repoussai avec répugnance, tandis que lui buvait goulûment tel un enfant assoiffé, tenant non sans peine sa tasse à l'aide de ses dix doigts. Je m'assis tant bien que mal, au bord du lit, tout au fond, évitant de m'approcher de lui car il puait. Ce n'étaient pas seulement les vapeurs de l'alcool pourries par son haleine ; mais un autre miasme indistinct, diffus à travers tout son corps, et qui me renvoyait à quelque impression déjà ressentie, je n'aurais su dire laquelle ; mais récente. Il fallait sans doute en accuser cette continuelle sudation, qui donnait à sa peau un luisant fiévreux, presque infectieux ; et je me demandais si l'odeur de saleté, qui stagnait dans ce gîte et m'avait pris à l'estomac dès l'entrée, ne provenait pas aussi de lui. Dans tout cet intérieur, en réalité, il était impossible de respirer une seule bouffée d'air propre. Là même, dans la pièce étroite, l'unique fenêtre avait ses vitres closes, et recouvertes en outre, d'une toile noire. Je ne saurais dire de quelle façon cette pièce était meublée, ou si précisément elle l'était : j'évitais, en effet, de regarder autour de moi, parce qu'aussi je redoutais, jusqu'à en trembler, la présence possible d'un portrait, ou de toute autre trace, d'Aracoeli. Pourtant, me reste imprimée dans le cerveau la vision de la vieille tapisserie en papier peint, aux figures géométriques d'une couleur ocre déteint, qui s'étalait sur tous les murs du logis, tel un immobile, monotoné panorama. Et pour le reste, sur pareil fond je ne retrouve rien d'autre que quelques caissettes de bouteilles — de la bière, je crois — et encore des bouteilles vides, et un bidon pour les ordures. Je sais à coup sûr qu'il n'y avait pas l'ombre d'un livre autour de moi, ni même d'un journal.

Je ne peux retrouver d'autres mots échangés entre nous deux, en dehors de cette ridicule question initiale. Sans doute, dans sa velléité de se montrer logique, s'essaya-t-il à des formules de circonstance et de bonnes manières, ou même à quelque raisonnement, qui se réduisait, sur ses lèvres, à une kyrielle informe presque idiote, jusqu'à ce qu'il se défît en un mastic de sons inarticulés et inutilisables. Mais une amère perspicacité m'assurait qu'au fond il restait encore conscient de lui-même. Et que par-dessus tout autre sentiment, comme une ultime ulcération au centre de sa matière, prévalait en lui une pudeur atroce. À laquelle je répondais, dans mon âme, par une farouche antipathie.

Je crois qu'au cours de notre *entretien*, de ma bouche sortirent à grand-peine quelques monosyllabes. Au vrai, pour moi, le sens dernier de cette visite se conclut dans la puanteur, le malaise, et dans le seul irrépressible désir de m'en aller de là. Du reste lui non plus — je suppose — n'inclinait pas à prolonger l'effort de m'avoir devant lui.

Enfin, il me dit, gêné : « On va se revoir, hein ? » et pour moi, venant de lui, ce mot eut valeur de congé. Sans plus rien trouver à lui dire, gauchement je me levai de ma place. Et à son tour, il se remit debout d'un bond fébrile quasi inconscient — par instinct d'obéissance (j'imagine) à ses cérémonials d'hospitalité bien établis. Peut-être, dans sa fièvre alcoolique, à ce point-là put-il me confondre avec quelque haut gradé de la Marine Royale, car de son pas vacillant, il se fit même un devoir de m'accompagner jusqu'à la porte palière. Après ce trajet de six à sept mètres, il suait comme au terme d'une marche exténuante. Et en lui donnant la main pour le saluer, je lui dissimulai mal, malgré mes efforts, combien me dégoûtait le contact de sa main, qui était toute mouillée de sueur, et froide, presque glacée. Mais il la retira en hâte, avec un de ses misérables petits sourires de honte.

Je redescendis de l'Escalier B vers la rue ainsi qu'en une chute aveugle au fond d'un précipice. Comme déjà dans la montée, dans la descente non plus je ne rencontrai personne, au point de soupçonner que les habitants de l'édifice — peut-être menaçant tout à fait ruine ? — l'avaient abandonné en foule, alors qu'au contraire, des rues avoisinantes montaient des voix et un vacarme joviaux, quasiment carnavalesques. Mais à la hauteur du dernier palier me frappèrent, venus du fin fond de la cage, des éclats de rire séniles, gras et catarrheux, sans que je pusse comprendre s'il s'agissait d'une femme ou d'un homme. Et, arrivé au pied de l'escalier, il s'en fallut de peu que je n'achoppasse sur une vieille femme, trapue et obèse, qui était renversée sur le dos, là, par terre, agitant ses misérables petits bras et ses courtes jambes, comme une tortue les pattes en l'air. Elle commentait avec de gros rires le spectacle qu'elle offrait, et, dans un lourd accent romain, elle me pria de lui venir en aide, m'expliquant que peu auparavant elle s'était penchée pour ramasser des légumes qui lui avaient échappé des mains avec son cabas ; mais à cause de son volume et de ses muscles en capilotade et de sa colonne vertébrale tassée par l'âge, elle avait ainsi boulé, sans plus parvenir à se redresser. Selon qu'il était de mon devoir, je m'employai à la secourir, mais en vain : tirée par moi, elle se remettait péniblement sur son séant, et aussitôt retombait en arrière ; et elle revenait dans la position assise, et elle retombait. Si bien qu'à la fin j'abandonnai la partie — encouragé par elle-même, assurée, disait-elle, qu'il ne tarderait certes pas à passer par là quelqu'un d'autre plus robuste que moi. Et pareil heureux avènement devait lui sembler, lui aussi, comique, puisque à cette idée elle se remit à rire en faisant grand bruit. Et son hilarité ne s'apaisa pas même quand elle m'informa, pour finir, qu'elle habitait juste là-haut au premier étage, où elle vivait naguère avec sa sœur, qui, dans un cas comme celui-ci, aurait pu la secourir. Mais, depuis deux ans, elle vivait seule, car sa sœur, propriétaire d'un étalage de fleurs devant le Verano, était morte sous les bombes, qui de fait n'avaient pas respecté le Cimetière, et ni même les morts. Alors, toujours riant gras, elle parla de cyprès déracinés, de tombes ouvertes, etc. Après quoi, elle agita sa main en signe de salut. Et moi — avec la promesse d'envoyer quelqu'un à son secours — je la laissai comme ça, là où elle se trouvait, si bien qu'à quelques pas de distance, par un effet de son ventre énorme, elle avait l'air d'une noyée sur un bord de mer en tumulte. Dehors, la rue multipliait, à mes yeux, son mouvement de roues et de pieds, et de troupes de jeunes enfants, et de marchandises, et de femmes, et d'uniformes de militaires. Le soleil était encore haut en plein ciel, mais tout à coup des dards scintillants me transpercèrent les pupilles, jusqu'à ce qu'il me semblât que j'errais dans un passage souterrain et que les azurs limpides, et l'étoile diurne, n'étaient pas des splendeurs naturelles, mais des lueurs électriques de publicités. Même les passants, sous cet étrange météore, se déformèrent en laides poupées de papier, ou en silhouettes animées par un artifice. Mais quand je retrouvai, peu après, la faculté de regarder, la scène de la réalité m'effraya pire encore que ma vision fallacieuse. J'étais en effet saisi d'une faiblesse haletante, et je perdis alors toute volonté d'interpeller quelqu'un — selon ma promesse — pour le sauvetage de la vieille obèse. Et même, à ce point-là, mes sens la prenaient en horreur, tel un monstre marin plein de ruses, qui me rappelait en arrière, vers l'Escalier B. Cependant, je m'étais trompé de direction, et je me trouvai côtoyant ce grand parc entrevu à mon arrivée, et que j'avais pris, de loin, pour une demeure princière. Mais maintenant, de près, face à la multitude des cyprès et des croix, et aux pierres tombales et autres signes funèbres, je compris ce qu'avait voulu dire tante Monda par cette phrase : « Ton père veut rester près d'elle. » Ce fut comme le coup de patte d'un tigre qui m'eût frappé à la gorge ; et je pris la fuite, en une panique semblable à celle qui, des années auparavant, m'avait chassé de la *Quinta*.

Du temps que j'étais niño, quand en manière de plaisanterie elle me disait : « Duérmete que viene el COCO », Aracoeli ne prévoyait pas que dans le futur mes étoiles me verraient m'enfuir d'un COCO à l'autre sur cette planète. Où une *quinta*, un immeuble, un cimetière, une baraque, une robe une présence une absence une silhouette un mot prendraient à mes yeux le corps de ce géant hirsute, se démultipliant en une troupe ennemie, pour m'assiéger. Et trop souvent, par la suite, je chercherais le sommeil, ma seule voie de salut devant le COCO.

Je déviai par certaines rues contiguës, où, à chaque pas, les bâtisses exhibaient encore leurs éventrations, plaies et moignons, tels des lépreux dans une contrée de l'Inde. Je n'avais plus rien à faire par là, désormais ; et je commençais, en outre, à ressentir une lassitude tardive, proche de l'épuisement. Mais je n'avais aucun refuge domestique, pour me consoler à l'approche de l'obscurité. L'idée de passer la nuit chez la Dame au sourire égyptien me plongeait dans le désarroi ; par ailleurs, je n'avais, hélas, pas le choix. Et alors, j'ai préféré retarder ma retraite, en continuant à me déplacer sans but, ainsi qu'une petite masse inerte, à travers le quartier de San Lorenzo. Une loi presque physique, dèjà marquée et définitive, me prédisait que jamais plus je ne reviendrais dans le quartier de San Lorenzo, où je me sentais toutefois retenu comme par un mors, dans le même temps que je m'en écartais sans retour.

La vue d'un petit Café m'attira, pris que j'étais du désir d'une halte. Mais, une fois entré, une timidité sauvage m'interdit de m'asseoir, et je me limitai — pour payer quelque chose — à acheter au comptoir une fougasse sucrée, que je mordis presque voracement, à peine sorti du bistrot. Mais là, tandis que je marchais dans la rue en mastiquant ma fougasse, soudain je fondis en pleurs.

En me préparant à reconstituer mon tour à San Lorenzo, aujourd'hui, immédiatement, s'est d'abord imposée à moi cette vue finale de moi-même : garçonnet laid et propret dans son pantalon neuf et sa chemise américaine, qui trottine sur les pavés déchaussés de San Lorenzo, pleurant en public sans retenue ni réconfort. Ç'a été là, sur le moment, une simple apparition : tel un petit emblème muet au frontispice du chapitre. Mais ici à présent — selon la loi du son qui suit l'onde lumineuse — avec la petite figure pleurante me revient la voix de son pleur. Et dans cette voix se laissent percevoir d'étranges discordances, comme de thèmes différents au milieu d'une mêlée indécise. Jusqu'à ce que je me demande s'il ne conviendrait pas de chercher dans ces pleurs la signification du petit emblème.

Savoir pourquoi l'on pleure paraît facile. Mais, en réalité, qui voudrait, à supposer qu'il le pût, examiner la « semence des pleurs » (ou de semblables épanchements « manifestes ») se perdrait — je le crains — dans une analyse obscure et confuse, qui n'entrerait dans aucune formule chimique. Pourquoi Christ pleure-t-il à Gethsémani ? Et Achille, après le vol de l'esclave ? Et la fillette, qui voudrait une robe neuve ? Et l'amant trompé ? Et l'assassin ? Toute réponse possible à de pareilles questions serait — fût-elle vraie — toujours insuffisante et approximative. Et donc, c'est uniquement par jeu d'oisif que je m'essaie ici à décomposer dans ses différents éléments la semence de ces pleurs du passé. Pour une telle opération je ne dispose, entre autres, ni des moyens ni de la science. Cette pauvre lointaine semence est désormais sèche. Le microscope est fabuleux. Et je sais déjà que ma présente analyse et ses prétendus résultats sont imaginaires, comme imaginaire, du reste, est toute mon histoire (et toutes les autres histoires, ou Histoires, mortelles ou immortelles).

Un premier élément, au début, m'apparaît prouvé : la *cause déchaînant* ces larmes d'autrefois. Le hasard a voulu, en effet, qu'en ce même instant se trouvait à passer sous mes yeux un chien abandonné, sans compagnon et frétillant de la queue, qui fatalement devait me rappeler une rare saison d'amitié, plutôt récente et déjà perdue. Et à partir de cette rencontre se propose une première, immédiate réponse : j'ai pleuré, au souvenir de mon chien Balletto.

Mais avant le passage du chien, quand mes pleurs ne jaillissaient pas encore, j'en retrouve, au fil de mon enquête, un présage. Je venais tout juste de sortir du Café avec ma fougasse, lorsque je ressentis, dans ma chair, une piqûre très vive, comme d'un aiguillon de guêpe géante qui, de mon cou, pénétrait jusqu'au fond de ma gorge. Toutefois, nulle guêpe ne volait autour de moi, pas plus qu'il n'y avait alentour d'insecte sanguinaire sorti des gravats. Et il ne me resta sur le cou aucun signe de cette morsure. De fait, la *cause déchaînante* ne signale, en vérité, que le point de rupture de la digue. Trop d'autres causes, évidemment, s'amoncellent en tumulte derrière la digue, de long en large à travers les cercles de ma mortelle randonnée. Ainsi, ma seconde réponse est évidente : je pleurais sur mon sort.

Il y a cependant une troisième réponse, dont à présent me tente la curieuse ambiguïté (pour caduque et invraisemblable qu'elle soit) :

je pleurais par amour.

Amour de qui ? D'Aracoeli, laissée derrière moi, seule à se décomposer dans l'horrible parc ? Non — impossible. Pour moi, en cette saison-là, Aracoeli était négation — reniement — vengeance — oubli. Nul amour d'elle. NON. D'elle, non. Amour d'un autre, par contre. Et de qui ?

D'Eugenio Ottone Amedeo.

Jamais jusqu'alors dans le cours du temps je ne l'avais aimé, lui. Mais ce jour, pendant ma visite là-haut, derrière la porte 15, tandis que je me révoltais de dégoût en sa présence, peut-être étais-je désespérément épris d'amour. Et si en me saluant sur le seuil, au lieu de me tendre sa répugnante main froide et moite, il m'avait de cette même main caressé la tête (une de ses caresses institutionnelles, par moi toujours accueillies dans le passé avec une juste indifférence glacée) peut-être lui aurais-je hurlé : Je t'aime !

Et ainsi s'explique donc à mes yeux le petit emblème muet. Cette explication inouïe arrive, il est vrai, avec trop de retard. Et je ne me risquerais pas à la proposer, s'il n'existait un indice qui me la confirme presque — bien que minime, et, lui aussi, tardif. Cela se passa, en effet, durant l'automne 1946, plus d'un an après avoir versé ces pleurs ; et ce fut à la nouvelle inattendue que le Commandant était mort. Je ne pleurai pas du tout à cette nouvelle : pas la moindre larme. Mais, à l'instant même, je fus saisi par cette identique sensation déjà éprouvée dans la venelle de San Lorenzo : comme d'un aiguillon de guêpe géante qui, par mon cou, pénétrait jusqu'au fond de ma gorge. Je n'entendis pas, alors, l'appel du double signal ; tandis qu'aujourd'hui je me demande si cette nouvelle, petite bête fauve si sanguinaire, parfaite jumelle de l'autre, n'était pas par hasard sa messagère posthume, envoyée pour me suggérer, avec son dard, le motif innommé de mes pleurs passés. Elle ne fut pas cette fois-ci, comme l'autre fois, porteuse de larmes ; mais il est des individus plus enclins à pleurer d'amour, que de mort.

Termes espagnols intégrés par Elsa Morante
dans son roman

abuela : grand-mère
acostumbrar : habituer
azucena (l') : le lis
bailar : danser
barrio : quartier
bocadillos : sandwichs
brujo : sorcier
cabeza : tête
camison : chemise de nuit
casarte conmigo : te marier avec
  moi
ciudad : ville
comer : manger
comida : nourriture
conde : comte
cuatro esquinitas : quatre coins
cuerpo : corps
cuna : berceau
cunear : bercer
domingo : dimanche
duende : lutin
encantador : enchanteur
espejo : miroir
espada : matador
feo : laid
frutas calientes : fruits chauds
hermanito : petit frère
hermoso : beau

lindo : gentil
manecita : petite main
manzana : pomme
mariscos : fruits de mer
más luminosa (la) : la plus lumineuse
matar : tuer
mediodía : midi
mirar : regarder
muchachuelo, muchachito : petit
  garçon
Navidad : Noël
nenes : bébés
pajarito (el) : le petit oiseau
palomita : petite colombe
palomo de fuego : pigeon de feu
paseo : promenade
pescados : poissons
pies : pieds
pizarra : ardoise
querido : aimé
rambla : ravin
ropero : armoire
sangre : sang
serrano : montagnard
suela : semelle
también : aussi
tía : tante

tiesto : pot de fleur
tío (el) : le bonhomme
tonto : sot
trabajo : travail
usted : vous

uvas : raisins
vencedores (los) : les vainqueurs
varoncito : petit homme
zapa : chagrin

DU MÊME AUTEUR

Aux Éditions Gallimard

L'ÎLE D'ARTURO
LE CHÂLE ANDALOU
MENSONGE ET SORTILÈGE
LA STORIA

COLLECTION FOLIO

Dernières parutions